Lucida Pétrel

Expire

Tome 1

Art en Mots éditions

DÉDICACE

Mentions légales

Expire

Tome 1

Lucida Pétrel

ISBN : 9782383850564

Illustration : © Graph'L

Source image : © Adobe Stock

Chapitre 1

JEMINA

Ma capuche sur la tête, le bitume défile sous mes yeux à mesure de mes pas. De temps à autre, une tache sombre ou un chewing-gum écrasé vient briser la monotonie de mon paysage. Mais je vais relever la tête, bientôt. Je serre mon appareil photo entre mes mains, mais, soudain paniquée à l'idée de le réduire en miettes, je relâche un peu ma prise.

La nuit est tombée il y a peu. Ça devrait me rassurer, mais les cris fêtards me mettent mal à l'aise. Je hais travailler les vendredis. Impossible d'échapper à tous ces jeunes qui profitent de leur week-end.

Je bifurque, empruntant une rue qui m'éloignera plus rapidement du centre-ville. O.K., c'est bon, personne ne m'a reconnue. Pourtant, je tire un peu plus la capuche de ma veste sur mon front. Si elle était suffisamment grande, nul doute que je finirais par me transformer en boule de tissu bleu géante.

Au moins, je pourrais peut-être rouler à travers la ville sans m'inquiéter qu'on me reconnaisse.

Je me dirige vers une ruelle qui m'est devenue habituelle, ces deux derniers mois. L'endroit est un peu lugubre, avec ces lampadaires défaillants accrochés aux murs effrités, cette odeur de moisissure proche de celle de la décomposition.

— Encore Mme Brun, aujourd'hui ?

Rose apparaît à ma droite, un petit sourire aux lèvres.

— Je pense, oui, on est vendredi soir, après tout.

— Tu crois qu'on ne va pas fermer trop tard et qu'on aura le temps de faire notre petite excursion ?

Je réponds par un signe de tête positif.

— Et puis, tu sais, on a toute la nuit.

— Tu es sûre que tu ne voulais pas aller prendre quelques photos de la ville endormie ?

Si, c'était bien le cas, mais Rose passe avant tout, même avant la photographie.

Nous nous arrêtons devant la devanture de la boutique. Les lettres gothiques du *Syl' pleut voir* sont peintes en noir, arquées au-dessus du logo représentant un œil grand ouvert, dont les cils retiennent une goutte d'eau de tomber. L'écriteau est tourné, indiquant que la boutique est encore fermée, mais nous entrons. La clochette usée claironne.

Le petit hall d'entrée au parquet sombre mène à une seconde porte, rustique et qui mériterait un bon coup de vernis. Syllia apprécie particulièrement les objets vieillots, on peut d'ailleurs le constater en pénétrant dans la pièce de communication. C'est ici que nous pratiquons tour à tour, comme en témoigne la petite table ronde aux pattes sculptées, accompagnée de deux fauteuils de style victorien. La couleur bleu marine de leur matelas ne détonne pas. Tout est plutôt sombre, ici. Même Syllia ne se vêt jamais autrement qu'en noir ou dans ses meilleurs jours, en bordeaux.

J'avance un peu dans la pièce, suivie de près par Rose. Sur le mur à gauche, le même service à thé ancien et rouillé trône sur la commode, toujours aussi empoussiéré. L'endroit peut paraître sinistre, mais personnellement, je le trouve magique. Savoir qu'une Sorcière l'habite n'y est sans doute pas pour rien.

Un mouvement dans l'immense miroir, dont l'encadrement a dû un jour être doré, attire mon attention. Syllia porte constamment ses cheveux noirs en rideau sur son visage. Je la soupçonne de chercher à se dissimuler comme elle le peut, une chose que je comprends parfaitement.

— Salut. Ça va, aujourd'hui ? se soucie la Sorcière.

Malgré son apparence parfois austère, Syllia est sympathique et bienveillante, même si le ton de sa voix laisse souvent présager du contraire.

— Plutôt, oui, et toi ?

Syllia arrange un bouquet de narcisses dans un vase, posé sur l'étagère à gauche de la porte qui mène à une petite cuisine. Nous nous y retrouvons presque tous les soirs pour boire une tisane, après notre dernier client. Je me tourne vers elle tandis qu'elle répond :

— Ouaip, nickel, j'ai ravitaillé mon stock de plantes cet après-midi. Et Rose, elle va bien ?

Mon amie, toujours debout près de la porte de sortie, croise les bras.

— Dis-lui d'arrêter de parler comme si je n'étais pas là, c'est vraiment offusquant, parfois.

Je lui adresse un sourire penaud : comment lui expliquer qu'il est difficile de s'adresser à quelqu'un qu'on ne voit pas ?

— Elle va on ne peut mieux. On attend un premier client ?

Les allers-retours de Syllia dans la pièce me font penser que c'est bien le cas. Elle répartit correctement les coussins sur le canapé, disposé sous une fenêtre dont les volets bleu nuit sont en permanence fermés.

— Susanne. Et elle devrait arriver d'une seconde à l'autre.

— Tu as pu lui décocter une bonne infusion, alors ?

La réponse de Syllia s'en va avec elle retourner l'écriteau sur « Esprit ouvert ».

Mme Brun ne trouve plus le sommeil depuis qu'un conducteur ivre a raflé sa fille, alors que cette dernière rentrait de soirée. J'aimerais pouvoir faire plus pour elle que la soutenir durant une entrevue de quelques minutes. Son histoire touche également Syllia, si bien que nous lui proposons parfois de rester après sa séance pour discuter de tout et de rien. Elle se sent horriblement seule, depuis son divorce qu'a engendré la mort de sa fille, à tel point qu'elle dégage une aura qui me prend à la gorge et m'écrase la poitrine.

La clochette tintinnabule. Syllia pose une main amicale sur mon épaule à son passage, abandonnant le soin de ses bonzaïs pour ouvrir la porte.

Nous saluons Mme Brun d'une seule voix :

— Bonsoir, Susanne !

— Bonsoir ! nous fait écho Rose.

Elle accueille toujours les clients comme s'ils étaient capables de l'entendre. Je ne suis pas bien sûre de comprendre pourquoi, mais je suppose que la mort n'empêche pas la politesse.

— Comment s'est passée votre journée ?

Susanne m'offre un immense sourire, tout de même empreint d'une pointe de chagrin. Elle hoche la tête à plusieurs reprises tandis que Syllia tire son fauteuil pour l'inviter à s'installer. La femme, la quarantaine passée, paraît avoir dix ans de plus. Sa peau est grisâtre, ses mains commencent déjà à friper. Comme si un deuil avait la capacité d'aspirer votre énergie et de vous vieillir de plusieurs années.

— Très bien, nous annonce joyeusement Mme Brun en s'asseyant, son sac à main sur les genoux. J'ai pu trier quelques vêtements d'Adeline, aujourd'hui. Je me suis donné pour objectif de les déposer demain dans une association qui vient en aide aux sans-abris.

— C'est une super idée !

Je suis du même avis que Syllia, seulement les traits de Susanne se chiffonnent peu à peu.

— Oui, justement…, commence-t-elle en se grattant le nez, je ne suis pas tout à fait sûre.

Ma bouche mime une expression mi-déçue, mi-encourageante :

— Oh non, Madame Brun, vous êtes sur la bonne voie !

— Je sais, je sais, m'assure-t-elle en secouant la main. C'est juste que…

Constatant qu'elle ne parviendra pas à conclure cette confidence seule, je l'assiste.

— Vous vous demandiez si Adeline serait d'accord ?

Susanne acquiesce, les cils bordés de larmes toutes fraîches qu'elle contient avec bravoure. Je me souviens de notre première rencontre. Elle était au bord du gouffre, son mari s'apprêtait à demander le divorce, et elle était venue chercher un peu de réconfort. Chercher sa fille. Rose, qui travaille avec moi pendant les séances de communication, avait secoué lentement la tête de gauche à droite, la mine sinistre. Je l'avais interrogée du regard, alors que Mme Brun m'expliquait que cette photo, qu'elle triturait dans sa poche, était un portrait de sa fille récemment décédée. Rose, sachant que Susanne n'entendrait pas un seul mot de ce qu'elle me dirait, a articulé :

— Je ne le sens pas, Mina. Elle a l'air à deux doigts de mourir.

Certains clients qui se présentent à nous connaissent des problématiques particulièrement difficiles à vivre. Au fur et à mesure de nos entretiens, nous avons découvert que Rose possédait un don spécial, que je n'avais jamais connu chez aucun autre esprit. Il faut dire que Rose est justement spéciale. Son esprit dispose d'une énergie extrêmement développée, et même après ces trois derniers mois, elle ne s'est toujours pas dissipée. C'est cette même énergie qui lui permet de me suivre où que j'aille, tandis que la plupart des esprits ne parviennent pas à quitter le lieu de leur mort.

En plus de ça, Rose est capable de sentir les pensées suicidaires de nos clients. De tout le monde, à vrai dire. Je soupçonne que ça ait un rapport avec sa propre histoire. Rose ne s'est pas tuée, à vrai dire, elle a été assassinée et nous sommes à la recherche de son corps, mais elle m'a confié que ce genre d'idées noires l'avaient poursuivie toute sa vie. Que, même entourée du copain parfait et de deux parents fous amoureux et attentionnés, elle n'était jamais parvenue à empêcher aucune de ses rechutes. Elle dit souvent que si ce n'est pas la dépression qui l'a tuée, c'est bien elle qui l'a empêchée de vivre.

Susanne commence à s'en sortir depuis peu, à reprendre pied, ce n'est pas le moment pour elle de douter.

— Eh bien, si la question vous tient tant à cœur, Madame Brun, pourquoi ne pas directement interroger Adeline ?

Elle me gratifie d'un sourire, apaisée par ma proposition, mais malgré tout angoissée à l'idée de la conversation. Susanne n'a jamais eu peur de ce que pouvait lui dire sa fille, au contraire, la perspective de lui parler était justement ce qui la poussait à se battre. Mais, ce soir, j'ai l'impression que quelque chose d'important va se jouer.

Je n'aime pas du tout la possibilité que ces rendez-vous quotidiens deviennent une source d'anxiété pour elle. Que le souvenir de sa fille la hante, plutôt qu'il n'encourage son rétablissement.

Je m'assois en face d'elle, Syllia adossée au mur à ma gauche. Je prends les mains tremblantes de Susanne dans les miennes. Je suis toujours un peu intimidée à l'idée de toucher les gens, mais Susanne, c'est Susanne. Qu'elle ait plus besoin de moi que j'aie besoin d'elle me rassure, dans un sens.

C'est moi qui revêts le rôle d'extractrice, tous les vendredis. Celui d'aller fouiller en elle et d'en sortir le meilleur, pour qu'elle puisse l'admirer quand elle se retrouvera devant son miroir, le lendemain.

— Laissez-vous aller, Susanne. Voilà, respirez profondément et fermez les yeux.

Le menton de la femme tremble. Elle semble déjà soulagée, alors que rien n'a encore été entrepris. J'aperçois du coin de l'œil Rose s'avancer vers Mme Brun.

— Pensez très fort à Adeline, à un souvenir joyeux pour toutes les deux. À un instant important que vous auriez pu partager.

La femme souffle bruyamment pour se détendre et se vider l'esprit, sans doute. Un sourire imperceptible vient étirer ses lèvres et ses traits se relâchent ostensiblement. Rose choisit ce moment pour poser sa main sur l'épaule de Mme Brun et, même si son membre la traverse, Susanne soupire :

— Elle est là, je la sens. Elle vient de toucher mon épaule, n'est-ce pas ? Elle fait toujours ça, elle le faisait déjà à l'époque pour me rassurer quand j'étais trop stressée, rit-elle avec émotion.

Je le sais déjà, Rose aussi. Susanne me l'a confié à sa première venue en me parlant de sa fille avant même que la séance n'ait commencé. Rose n'a pas hésité à utiliser cette information.

— Adeline vous salue et vous demande comment vous vous portez.

Je parle un peu plus bas, consciente qu'à ce stade, Mme Brun est dans un état trop paisible pour oser m'immiscer. La première fois que j'ai fait ça, Syllia m'a dit que ça ajoutait du piment à la mise en scène.

Et la mise en scène, nous estimons que c'est une partie primordiale de notre travail. Parce que c'est elle qui convainc principalement les clients de l'authenticité de notre pratique, de la véracité de nos propos. S'ils n'en étaient pas persuadés, nous serions incapables de les aider.

— Je vais bien, ma puce, je vais très bien, même si tu me manques encore un peu plus tous les jours.

Cette fois, une larme parvient à s'échapper et roule lentement sur le visage de la femme. J'attends quelques secondes, fais mine d'écouter, puis lui rapporte :

— Adeline vous répète que vous n'avez pas à vous en faire. Elle dit qu'elle veut bien que vous conserviez la fraîcheur de son souvenir seulement si ça peut vous aider à mieux vous porter.

— J'essaie, oui, mais c'est difficile, ma puce.

Rose dépose une seconde fois sa main sur l'épaule de Mme Brun et la traverse à nouveau. Susanne sourit en allant toucher ce même endroit.

— Mais je vais déjà mieux, Adeline. Je fais ce qu'il faut.

— Justement, Susanne, c'est ce qu'elle veut plus que tout : que vous alliez mieux. Elle vient de me confier être plus reposée à l'idée de vous savoir en train de remonter la pente.

Les yeux toujours fermés, Susanne sourit timidement, puis se ranime, angoissée :

— Est-ce qu'on peut lui poser la question ? J'ai un peu… peur de le faire moi-même.

Je serre délicatement les doigts de Mme Brun entre les miens, pour lui rappeler qu'elle n'est pas seule.

— Adeline, dis-je, ta mère a trié tes vêtements. Elle voudrait les donner à une association pour sans-abris, qu'est-ce que tu en penses ?

Encore quelques secondes de silence. Je lance un coup d'œil furtif à Syllia, qui me regarde, confiante.

— Susanne, Adeline trouve que c'est une idée géniale.

Mme Brun soupire en portant une main à sa bouche. De l'autre, elle tire un mouchoir du paquet posé sur la table. Le regard brillant, elle éponge ses larmes en s'excusant.

— Je suis tellement soulagée, désolée d'avoir rouvert les yeux.

Je secoue la tête.

— Aucun souci. Mais, Susanne, Adeline a une faveur à vous demander.

La femme fronce légèrement les sourcils, encore une fois inquiète. Cette constatation me conforte dans mon idée, aussi je n'hésite pas :

— Elle veut que vous pensiez plus à vous, que ce temps que vous lui consacrez en venant ici, vous le conserviez pour vous.

— Qu'est-ce… Adeline ? appelle Susanne. Tu ne veux plus me voir ?

— Non, non, n'allez pas vous imaginer une chose pareille ! C'est simplement qu'Adeline veut vous voir heureuse, et elle a bien conscience que ce n'est pas attendre vos rendez-vous quotidiens comme si rien d'autre ne comptait, qui vous permettra de venir à bout de votre deuil.

Rose, émue, s'autorise à caresser la joue de notre cliente tout en faisant glisser ses doigts sur le dos de sa main.

— Adeline ne supporte plus de vous voir courir après elle, après son souvenir. En fait, Susanne, elle aimerait que vous vous préoccupiez plus de ce qui se passe dans le monde des vivants, parce que c'est ce que vous êtes : vivante.

— Non, je ne veux pas ! Adeline, ne me laisse pas toute seule !

— Vous ne serez jamais seule, Susanne. L'esprit d'Adeline veillera toujours sur vous. Mais elle aussi a besoin de se reposer, venir discuter avec vous lui demande beaucoup de force, vous savez.

À présent les deux mains plaquées sur la bouche, Mme Brun ferme les yeux en signe de résignation. Ses épaules se voûtent, ses sourcils prennent un angle douloureux, si bien que Syllia vient l'enlacer.

— Tout va bien se passer, Susanne, chuchoté-je doucement. Adeline vous aime, elle a compris qu'il était temps pour vous de retourner à la vie.

Mme Brun éclate en sanglots, rappelle une dernière fois à sa fille combien elle l'aime, combien elle donnerait tout pour la prendre une dernière fois dans ses bras, puis souffle, tremblante :

— Mais tu as raison, ma puce, je n'en peux plus de toute cette culpabilité…

La forêt s'élève devant moi, être fier et puissant déployant ses arbres dont les cimes menacent de percer le ciel de nuit. Je remonte la fermeture éclair de ma veste aussitôt un début de chair de poule sur mes bras, puis traverse le parking à grands pas pour me lancer entre les premiers arbres. Le crissement des feuilles mortes, piétinées par les semelles de mes chaussures, se joint à l'orchestre nocturne. J'avance, prudente. Un hululement passe presque inaperçu.

J'ai parfaitement conscience qu'il n'est pas recommandé de se promener seule en forêt, au beau milieu de la nuit qui plus est, mais j'imagine renfermer quelques élans suicidaires qui pourraient ressembler à une forme de courage… Mouais.

Les branches d'un jeune arbre m'éraflent le visage alors que je m'engouffre entre deux buissons épineux. Je grimace lorsque ma manche s'y fait emprisonner, et grimace toujours en essayant de la libérer sans me piquer.

Raté.

Je chemine durant plusieurs minutes sans trop de difficulté. Mes nombreuses excursions m'auront au moins appris à m'orienter dans cette forêt. Je prends appui sur un tronc d'arbre puis grimpe la pente. De l'autre côté, le terrain s'affaisse.

Rose apparaît alors auprès de moi. Je chuchote, hésitant à briser le silence :

— Tu sens quelque chose ?

Les cheveux foncés de mon amie glissent de son épaule lorsqu'elle porte son attention sur moi.

— Non, rien. Et toi ?

Je détaille rapidement les environs.

— Rien non plus, désolée.

Rose pousse un long soupir. Ça fait un bout de temps que nous recherchons son corps et nous n'avons toujours aucune piste. J'ai pensé à la forêt hier, en lisant un article sur le violeur en série qui sévissait depuis des mois dans la ville. Après avoir kidnappé ses victimes aux abords de la forêt, il s'enfonçait dans les bois pour les violer puis les tuer. Il prenait la peine de les enterrer, mais un violeur en série finit toujours par commettre une erreur. C'est ce qu'ils racontent à la télé. Je ne sais pas quelle a été la sienne, ce qui est certain, c'est qu'il a abandonné le corps de sa dernière victime au beau milieu de ces arbres, comme s'il avait été pressé. Un randonneur a retrouvé la jeune fille à moitié nue, le crâne éclaté, mais elle n'avait pas été abusée.

Un pressentiment me pousse à croire que Rose a croisé le chemin de cet homme, pendant son week-end en famille.

— L'endroit ne t'évoque aucun souvenir ?

Mon amie me fait signe que non.

— Je te l'ai dit, j'étais en ville. C'est ça, mon dernier souvenir.

Je sais que ça ne ressemble pas aux méthodes de ce criminel, mais je sens… Je ne sais pas.

— On ne devrait pas aller plus loin, Mina. S'il t'arrive quelque chose, je ne pourrai pas intervenir, tu le sais.

À moi de soupirer.

— Et si tu étais bien là, quelque part ? Tu n'as pas envie d'en avoir le cœur net ?

Rose croise les bras, fronce les sourcils, ses yeux intransigeants plantés dans les miens.

— Je préfère que tu restes en vie, figure-toi. Et puis, un corps n'est qu'un corps. On s'en fout, franchement.

Ce n'est pas le discours qu'elle tenait à notre rencontre. Elle disait au contraire vouloir retrouver son corps pour ses parents, qui l'imaginent disparue et espèrent inutilement qu'elle finira par refranchir la porte.

— Et tes parents, alors ? Et ta sœur ? Ton copain ?

Au vu de son regard enflammé, elle n'apprécie pas ma réplique. Seulement, je n'en démordrai pas, elle le sait bien. Ses intérêts passent avant les miens, point.

— Tu n'as qu'à te ramener chez eux pour leur expliquer que tu me vois – après leur avoir dit que tu communiques avec les morts, ça va de soi.

Non, rien de tout ça ne va de soi. Parce qu'ils n'y croiraient pas une seule seconde.

Je pourrais poursuivre mon expédition sans que Rose ne puisse y faire quoi que ce soit. Je pourrais ignorer ses mises en garde, et peut-être finalement retrouver son corps, qui sait ? Seulement, elle m'en voudrait à mort, et je n'ai pas spécialement envie de me mettre à dos une des deux seules amies que j'ai.

Déjà qu'elle est morte et qu'en plus son temps est imparti, je préfère profiter de sa présence tant que nous en avons l'opportunité.

Oui, mais, d'un autre côté, il est plus important que son esprit disparaisse en toute tranquillité, ce qui sera impossible tant qu'elle n'aura pas découvert la vérité.

— Bon, tant pis, je vais rentrer.

Je n'ai pas menti, je n'ai pas non plus promis que je ne reviendrai pas dans cette forêt.

Chapitre 2

JEMINA

Je dégaine mon appareil photo devant mon nez et fais claquer le flash.

— Mina, s'il te plaît, soupire mon père, écoute-moi quand je te parle.

— Je t'écoutais, c'est juste…

Mon regard se perd par la porte-fenêtre ouverte. L'oiseau que je viens de saisir en plein envol n'est plus qu'un petit point noir dans le crépuscule, à présent.

— Tu t'inquiètes trop, papa. Je t'ai dit que j'allais bientôt signer un contrat.

Mon père n'est pas dupe ou, plus précisément, il est prévenant. C'est justement cette prévenance qui m'empêche de me dépatouiller de la conversation. Il me harcèle depuis une semaine en me rappelant qu'il vaudrait mieux que je cherche un CDD ou, mieux encore, un CDI, plutôt que de continuer de travailler au noir.

Oui, c'est la seule excuse que j'ai trouvée pour expliquer les billets que je ramène du *Syl' pleut voir*. Qu'est-ce que je pouvais bien dire ? Que mon amie fantôme m'aide à arnaquer les gens ? Super, comme plan d'avenir. Si mes parents ne font pas d'attaque en apprenant que je communique avec les morts, ils n'hésiteront pas à m'accuser de voler de pauvres gens dans le besoin sans même envisager ce que j'apporte tous les soirs à ces clients.

Donc j'ai opté pour une histoire plus convaincante : j'aide dans une boutique de prêt-à-porter. Le pire, c'est qu'ils y ont cru, alors qu'il suffit d'un regard sur mes baskets trouées et mon pantalon trois fois trop large pour comprendre que, la mode et moi, on ne se côtoie pas souvent.

— Mais quand ? Je ne veux pas que ta patronne te fasse marcher trop longtemps. Si ça se trouve, elle ne compte jamais te proposer de contrat.

Qu'est-ce que je suis censée dire pour ma défense ?

— Et si je faisais des crêpes, demain ?

Mon père me toise et je me recroqueville intérieurement. Pour échapper à l'instant, je dirige mon objectif vers la rose fanée que ma mère n'a toujours pas libérée de son vase, sur la grande table du salon. Je la lui ai offerte il y a une semaine, alors que nous venions de nous disputer pour une raison tellement idiote que je l'ai déjà oubliée.

— Je suis grande, p'pa, je peux me débrouiller toute seule.

— Je n'ai jamais prétendu le contraire, Mina, reprend-il de son ton habituel : tranquille et compréhensif. Je pense par contre que tu ne connais rien au monde du travail et que tu dois prendre ton avenir sérieusement en main…

J'entends la suite qu'il ne formule pas : puisque tu ne vas plus à l'école. Une boule se forme dans ma gorge, en même temps qu'un feu brûle dans mon estomac. Ça m'enrage autant que ça me fait mal. Littéralement. Merci de me rappeler que je n'ai plus rien de normal.

Plus rien ? Comme si j'avais été normale une seule fois dans ma vie. Je vois des esprits, donc, fatalement, je suis en marge de la majorité.

— Désolée, mais je dois y aller.

— Tu sors ? m'interroge mon père. Tu vas où ?

Il n'a pas l'air content de repousser une nouvelle fois cette conversation.

— Je vais prendre mon avenir en main !

La blague fait son effet et je suis rassurée de quitter la maison en ayant soutiré un sourire à mon père. Dehors, ma mère ouvre la portière de sa voiture, garée devant le garage. Je l'embrasse rapidement avant de partir aussitôt en direction du centre-ville, mon appareil photo autour du cou.

Une fois suffisamment loin de chez moi pour m'y autoriser, je laisse libre cours à ma morosité.

À croire que je n'ai pas conscience de ce qui m'attend. À croire que ce sont eux, qui sont déscolarisés. Mes parents répondent toujours présents pour me rappeler combien j'ai tout gâché. Mais je le sais parfaitement. Je sais que, d'ici quelque temps, je serai forcée de trouver un véritable travail si je veux mon indépendance. Je sais aussi qu'ici, je ne dégoterai rien d'autres que des contrats intérimaires qui n'offrent aucune sécurité d'emploi. Je ne trouverai pas non plus d'appartement, parce que je ne serai pas en CDI. J'irai dépenser ma paye dans des trucs qui finiront par me sembler inutiles. Je m'achèterai un nouvel appareil photo. Puis d'autres. Je renouvellerai les posters accrochés dans ma chambre. J'insisterai pour aider financièrement mes parents et ils refuseront parce qu'ils n'en ont pas besoin.

Jamais je ne trouverai ma place ici. Dans ce monde. Je me sens utile seulement assise à la table du *Syl' pleut voir* ou lorsque des esprits viennent requérir mon soutien.

Mais, dans cette ville, dans celle d'à côté, ou même dans celle d'où nous venons de déménager, jamais je n'aurai rien à apporter. Et à quoi bon vivre si on n'y trouve aucune raison ? À quoi bon lutter, alors même qu'on sait qu'une fois le mur franchi, rien ne nous attend outre un champ déserté ?

J'ai essayé. Vraiment, de toutes mes forces. Mais la peur a été plus forte. Alors j'ai abandonné. Si on m'a bien renvoyée de mon lycée, je ne peux pas nier que mon esprit, lui, était déjà ailleurs depuis longtemps. Je crois que j'étais simplement trop fatiguée pour continuer.

La nuit est presque tombée lorsque j'atteins le centre-ville. Je rabats la capuche de mon sweat sur ma tête et laisse pendre mes cheveux façon Syllia. Le regard rivé par terre, je me fonds dans la masse en priant à nouveau pour ne croiser aucune vieille connaissance. Heureusement pour moi, j'ai trop envie de photographier l'église pour retourner sur mes pas.

Il y a toujours autant de monde que la veille, peut-être même plus. Je ne sors pas les samedis soir, à l'ordinaire, seulement si Syllia a besoin de moi, et je me souviens brusquement pourquoi. Mais c'était plus fort que moi, quelque chose se dégage de cette église et je veux pouvoir en rendre compte par le biais de mon objectif. Saisir l'éternité fatale que dégagent les monuments religieux.

Alors j'allonge mes pas, en me répétant que la place n'est pas éternelle, elle, et que je vais bientôt regagner le calme des rues. Des gens poussent des cris de joie, attablés à la terrasse du bar. Plus loin, un couple échange avec énergie. Je crois qu'il se dispute. Je le dépasse sans que mon regard ne dévie de mes pieds et observe le tissu abîmé de mes baskets, les bordures de mes semelles que le temps et la marche ont jaunies, mes lacets pas du tout symétriques.

Et bientôt, je finis par quitter la place pour arriver dans la grande rue qui débouche sur l'église. J'inspire en relevant la tête pour admirer la cloche se fondre dans la nuit. Quelques étoiles brillent autour, comme des lucioles prêtent à s'y cogner pour la faire sonner. Ou, plutôt comme des yeux qui veillent à sa sécurité.

Une silhouette attire alors mon regard. Cette rue n'est pas vraiment fréquentée le soir, seulement les riverains s'y aventurent. La journée, en revanche, des tonnes de voitures s'entassent sur la route et dispersent des nuages de fumée noire en attendant dans les embouteillages quotidiens, aux heures de pointe.

Mais une aura particulière émane de cette personne, ainsi dessinée derrière la lumière orange d'un lampadaire épuisé. L'obscurité dissimule son visage et même son corps entier. Je ne perçois que sa main droite enfoncée dans la poche de son jean abîmé. C'est un homme, au vu de son avant-bras épais que la manche de sa chemise rebroussée laisse respirer.

À mesure que j'approche, les contours démarqués de sa mâchoire apparaissent, et l'ombre épouse la forme de son cou que sa pomme d'Adam fait onduler. Une sensation sombre, de flottement et de vie délavée, émane de lui. Comme si, dans sa position nonchalante, adossé de la sorte au mur sans que son corps semble avoir conscience du monde qui l'entoure, il n'était qu'une apparition qui ne tarderait pas à s'estomper.

Mes doigts picotent autour de mon appareil photo.

L'arrière de son crâne se repose lentement contre le mur et, étendu, l'homme expire des volutes de fumée blanche. C'est l'instant que je choisis d'immortaliser.

Ce nuage pâle, cette silhouette plongée dans l'obscurité, n'ont que leurs couleurs respectives à s'envier.

J'aime l'idée que ce simple passager de mon univers soit à la source d'un mouvement lui aussi éphémère.

Je le dépasse, en concentrant de nouveau mon regard sur les allers et retours de mes pieds dans mon champ de vision, mais je ne parviens pas à m'empêcher de lancer un coup d'œil fasciné par-dessus mon épaule.

Un autre jeune homme s'avance vers lui. Ils échangent discrètement quelque chose en se serrant la main, puis s'en vont aussitôt chacun de leur côté.

— Si tu veux, je te le fais ce foutu contrat.

Le menton au creux de la main, accoudée sur la table de la cuisine, je laisse échapper un soupire qui frôle l'abus.

— Et qu'est-ce que je dis, à mes parents ?

Syllia remue le miel dans son thé en haussant les épaules.

— Tu es bientôt majeure, non ? Qu'est-ce que ça peut bien leur faire que tu bosses dans un salon de voyance ?

— Oh, je ne sais pas, c'est vrai qu'ils vont forcément se réjouir d'apprendre que leur fille excelle dans au moins un domaine : le charlatanisme.

Mon sarcasme a tendance à se manifester quand bon lui semble, et Syllia est bien une des rares à ne jamais s'en offusquer.

— Vu sous cet angle…

Je porte ma tasse à mes lèvres quand Rose fait son apparition sur la chaise d'à côté.

— Syllia a raison, Mina, tu fais ce que tu veux de ton temps. Et puis, je ne vois pas en quoi tes parents devraient s'inquiéter du moment que tu gagnes suffisamment pour vivre.

Elles ont toutes les deux raison, seulement j'ai tellement peur de décevoir mes parents que jamais je n'oserai leur avouer les activités qui m'encouragent à sortir presque tous les soirs. Mais pour mon plus grand bonheur, je trouve un moyen d'éviter qu'on ne s'étale trop sur le sujet. Je désigne le livre presque déchiqueté qui patiente sur le plan de travail, derrière Syllia.

— Est-ce que tu as trouvé le charme que tu cherchais ?

Syllia regarde son grimoire, puis lâche, lassée :

— Un tas de feuilles séchées qui parle infusion et jardinage, c'est tout ce que c'est. Complètement inutile, ce truc, je pourrais le jeter sans jamais en être emmerdée.

Pourtant, elle m'avait expliqué que le grimoire d'une Sorcière était son outil primordial. C'est un objet qui se transmet de Sorcière en Sorcière, dont seule la détentrice peut faire usage, et elle me l'avait présenté comme l'objet qui balayait tous les obstacles qu'on pouvait rencontrer.

Peut-être que, finalement, elle ne parlait que de soigner maux de ventre et diarrhée.

— Comment tu vas faire ?

Syllia m'a avoué qu'il était possible qu'on soit à sa recherche. Qu'on veuille carrément la tuer. C'est pour cette raison qu'elle a relu pour la millième fois ce vieux grimoire, espérant y dénicher un charme qui lui permettrait de se protéger. Dans l'idéal, elle aimerait que la devanture de la boutique apparaisse comme un simple mur à quiconque pourrait lui vouloir du mal. Elle m'a confié que ce genre de charme était courant, mais très difficile à pratiquer, encore plus à inventer lorsqu'on n'en dispose pas d'un déjà préparé.

— Aucune idée, m'avoue Syllia. Je pense que je n'ai plus qu'à essayer d'innover.

— Inventer un charme ? C'est courant, ça ? s'intéresse Rose en fronçant les sourcils.

Je rapporte son questionnement à Syllia. La Sorcière se lève pour débarrasser sa tasse vide.

— Pas vraiment, non. En fait, c'est tellement compliqué que ça doit bien faire une centaine d'années qu'aucune Sorcière ne l'a tenté. Il faut dire qu'avec tout ce que les grimoires ont emmagasiné depuis l'Antiquité, il n'y a pas un sort qui n'existe pas déjà dans l'un d'eux.

Je ne vois pas trop l'intérêt.

— Mais, si une Sorcière ne peut utiliser que son grimoire, elle n'est pas capable de se servir d'un sort écrit dans un autre, non ? Alors pourquoi ne pas… je ne sais pas moi, recopier toutes les incantations existantes dans tous les grimoires du monde ?

Syllia se rassoit en face de moi et coince ses cheveux derrière ses oreilles, un geste qui prouve la confiance qu'elle a en Rose et moi.

— Parce que toutes les Sorcières n'ont pas les capacités nécessaires pour toutes les maîtriser, et puis tu t'imagines sincèrement qu'un seul grimoire suffirait ?

Pas faux.

— Il y a bien un grimoire particulier. On raconte qu'il lit dans nos pensées, et inscrit lui-même les incantations désirées sur ses propres feuilles pourtant vierges.

Quoi ? Je ne comprends pas… Comment c'est possible ? Syllia m'a bien prouvé ses pouvoirs extraordinaires à maintes reprises, je ne compte plus les fois où elle a fait germer des graines en fredonnant des paroles incompréhensibles, non plus celles où elle a senti la soif d'une de ses plantes avant même d'entrer dans la pièce de communication, mais… imaginer qu'un livre puisse s'écrire de lui-même, c'est presque impensable, même pour une fille qui échange en ce moment même un regard troublé avec son amie décédée.

Mais alors que je m'apprête à interroger Syllia, la clochette de l'entrée annonce l'arrivée d'un client. La Sorcière disparaît immédiatement accueillir le nouveau venu et l'installe à la table ronde. Par l'entrebâillement de la porte, je constate que cet homme n'est pas un habitué et son aveu confirme mes pensées :

— Je n'ai pas l'habitude de ce genre… d'endroit, je suis un peu stressé, excusez-moi.

Syllia le rassure en lui expliquant comment la séance va se dérouler.

— Eh, m'interpelle Rose, t'as compris un seul mot de ce qu'elle a raconté ?

— Euh… Elle m'a larguée en parlant de ce grimoire, euh… spécial ?

Rose grimace une expression d'incompréhension en haussant les sourcils. J'entends alors notre client, dans la pièce d'à côté :

— J'ai cru comprendre qu'une jeune fille pouvait appeler les esprits, dans votre boutique. J'aimerais parler à mon frère.

— Très bien, je vais aller la chercher.

Les pas de Syllia s'approchent de la cuisine, puis la porte s'ouvre un peu plus pour laisser passer sa tête. Elle me fait signe de venir, puis Rose et moi entrons en scène. Je prends place face à l'homme, dans le second fauteuil. Je regarde subrepticement la boîte de mouchoirs toujours posée sur la table. Il n'en reste pas énormément, alors espérons que nous n'en aurons pas trop besoin ce soir, car je crois me souvenir que Syllia a oublié d'en racheter.

— Bonsoir, vous pouvez m'appeler Jemina.

— Simon Loris, enchanté.

L'homme me tend une main, que j'empoigne sans trop de fermeté. Rose n'attend pas une seconde avant de l'observer de très près, fouillant du regard ce qu'elle peut apercevoir du fond de ses poches, sur l'écran de son portable qui vient de s'éclairer, ou inspectant même le morceau de tatouage qui dépasse du col du client.

Ce dernier passe une main sur son crâne dégarni, aplatissant ses cheveux grisonnants.

— Vous vouliez parler à votre frère ?

L'homme confirme, le regard un peu fuyant, comme si la décoration attisait sa curiosité, bien que je constate également qu'elle aggrave un peu sa nervosité. Tout le monde ne se sent pas forcément à l'aise dans l'obscurité et les tentures.

— Je dois vous expliquer que la communication peut être compliquée, en début de séance. Les esprits sont parfois réticents à l'idée de revenir parmi les vivants et peuvent ne pas toujours se montrer coopératifs.

M. Loris effectue des mouvements de tête à chacune de mes phrases. J'ai l'impression qu'il est particulièrement pressé d'en finir.

— Vous allez m'aider à établir la connexion en pensant très fort à un souvenir que votre frère et vous avez en commun. Un souvenir joyeux, durant lequel vous avez partagé quelque chose d'important pour vous deux. Je devrais alors trouver votre frère et l'inviter à nous rejoindre.

Je m'enquiers silencieusement qu'il ait bien compris ce que je viens de lui expliquer, puis j'ajoute :

— Allez-y, Monsieur Loris, fermez les yeux et pensez très fort à votre souvenir.

L'homme s'exécute, visiblement réticent à l'idée de ne plus voir ce qu'il se passera autour de lui.

— Alors, commence Rose, il a une date écrite sur son poignet : 1971. Tout à l'heure, c'est un message de son fils qu'il a reçu. Et ce tatouage qui dépasse de son col, c'est un prénom, David. Oh ! La vache ! Tu verrais sa montre, Mina, elle doit coûter le prix d'une baraque !

— Qui est David, Monsieur Loris ?

Notre client réprime un sanglot violent, tout en essayant d'articuler :

— C'est… C'est m-m-mon… David est mon frère ! Est-ce qu'il est là, dites, il est là, n'est-ce pas ?

J'ai à peine le temps de prendre une inspiration pour répondre, que la clochette de l'entrée valdingue en couinant. Rose et moi sursautons d'un même mouvement, alors que la porte qui conduit à la pièce de communication s'ouvre avec fracas.

Une jolie rousse, essoufflée, se penche en avant, les mains sur les genoux. Sa robe rudimentaire est ajustée par une large ceinture en tissu et rien d'autre qu'un châle blanc enroulé autour de ses épaules ne vient réchauffer sa tenue.

— Gwendolyne ? s'étrangle Syllia.

Quelques secondes passent, puis Gwendolyne lance un coup d'œil oblique à notre client, qui, bouche bée, n'a toujours pas pris le temps d'essuyer ses pleurs.

— Monsieur Loris, nous sommes désolées mais nous devons fermer, lui annonce Syllia d'une voix blanche.

C'est qui, cette Gwendolyne ? Et qu'est-ce qu'elle fait là ?

Je force un sourire à l'adresse de M. Loris qui s'enfuit presque, maladroit. La clochette chantonne. Gwendolyne se tourne vers moi.

— Salut, enchantée, tu dois être Jemina.

Oui, mais… La voix éteinte, je n'esquisse pas le moindre geste de politesse.

— Qu'est-ce que tu fais là?! s'emporte alors Syllia en s'approchant dangereusement de Gwendolyne. On avait dit : seulement hors de la ville ! Imagine qu'on t'ait suivie, Gwen?!

— Oh, arrête avec tes grands airs, c'était important !

— Ah oui?! Comme la fois où tu n'arrivais pas à sauver ta putain de lavande?!

— Eh ! s'indigne Gwendolyne en menaçant du doigt la propriétaire des lieux. La lavande, c'est hyper utile, je te rappelle !

— Ma vie aussi et je tiens à la garder !

Les deux jeunes femmes demeurent agitées un certain temps en silence, jusqu'à ce que leurs corps reprennent des postures moins menaçantes et que leurs yeux cessent de lancer les flammes des enfers.

Alors, Syllia interroge Gwendolyne, avec dans la voix un timbre proche de l'excuse :

— Bon, pourquoi tu es venue ici ?

— Lara t'a dénoncée.

Syllia et moi plissons les yeux en même temps, bien que ce ne soit pas pour les mêmes raisons. Rose marmonne en s'installant dans l'autre fauteuil :

— Encore un sujet auquel on capte rien, forcément.

— Mais j'ai une autorisation, dit Syllia. En quoi elle peut me dénoncer ?

Gwendolyne hausse les épaules, la mine déconfite.

— Je n'en sais rien, au village on n'en a pas entendu parler. C'est Snow qui est venu me conseiller de te convaincre de fermer.

— Snow ? Mais qu'est-ce qu'il cherche encore, lui ?

Je suis totalement perdue. Qui c'est, ce Snow ?

— Rien de particulier, c'est son équipe qui a été missionnée.

Rose et moi nous regardons d'un air désorienté.

— Missionnée pour quoi ? grogne Syllia comme si elle se rappelait un souvenir pas très agréable.

— Mais pour te rechercher ! Réfléchis, Syl !

Gwendolyne, les poings serrés, attend une réaction de la part de Syllia, qui reste de marbre. Bien droite, les cheveux rabattus sur une partie de son visage, elle toise l'intruse avec méfiance. Pourtant, elles me donnaient la sensation d'être amies, en se crêpant le chignon de la sorte.

— Mina, rentre chez toi.

La surprise me cloue le bec. Je m'apprête à bafouiller un « mais je… je veux… », mais Syllia ne m'en laisse pas le temps :

— Allez, Mina ! Casse-toi et ne reviens pas !

Poussée jusqu'à la porte, je me retrouve dans la rue déserte, à fixer la devanture de la boutique. Syllia rouvre pour me tendre mon appareil photo, esquisse un petit sourire désolé, puis referme en tournant l'écriteau sur « Œil fermé ».

Derrière moi, la voix de Rose me fait remarquer :

— J'ai comme l'impression que tu viens d'être virée.

Chapitre 3

JEMINA

Je peux déjà sentir l'air frais de la forêt. Les maisons sont toutes endormies, sauf une qui laisse une lampe éclairer son jardin, depuis la fenêtre du salon. Parfois, je me demande pourquoi je m'entête à me promener au centre-ville, tandis que de ce côté abandonné de la ville, je peux me permettre de ne pas porter de capuche. Je sais que dans cette zone, personne n'est susceptible de me reconnaître, j'y ai suffisamment vagabondé pour en être certaine.

Le petit parking qui borde la forêt n'est plus très loin, j'en aperçois une partie. Je vérifie mon téléphone, inquiète sans trop savoir pourquoi. Une sensation d'imminence bloque à peine les mouvements de ma poitrine, et je l'associe instinctivement à cette impression qui me pousse à remettre les pieds dans la forêt en solitaire. J'ai demandé à Rose de ne pas me rendre visite aujourd'hui, prétextant que j'avais besoin de me reposer. Elle ne devrait donc pas se montrer.

Je disparais très vite, dissimulée par les arbres resserrés. J'arpente le terrain irrégulier toujours avec une certaine appréhension. Pas question de se laisser manipuler par son inconscient, du moins, sauf en cas d'utilité. C'est simplement la Jemina qui manque de courage, qui tente de s'imposer et de me faire rebrousser chemin, mais ça n'arrivera pas. Parce que justement, il semble que mon inconscient ait aussi décidé de me traîner quelque part dans cette direction. Quelque chose me dit que c'est pour une bonne raison.

J'avance en surveillant mes arrières, en prenant soin d'écouter avec attention. Mais, plus je m'enfonce dans la forêt, plus les petits cheveux sur ma nuque se redressent. Comme si on m'observait.

Ça y est, je commence à me faire des films.

Pourtant, mes enjambées ne réduisent pas. Au contraire, même. Elles s'étendent et prennent de la rapidité sans que je ne le commande. J'arrive très vite aux abords d'une petite clairière, où un vieux puits assailli de lierre et de mauvaises herbes semble attendre en vain de s'écrouler.

La brume ondule dans la clairière, occultant un instant le puits. Je m'approche à pas prudents, discernant à peine la condensation de mon souffle dans le froid. Il y a quelque chose là-dedans. Quelque chose qui appelle. Qui m'appelle, moi.

Une main sur la pierre, je me penche avec précaution, de peur de basculer dans le vide. Mes yeux s'habituent lentement à cette nouvelle obscurité, plus dense, plus compacte. J'en suis persuadée : quelque chose patiente au fond de ce puits.

Je discerne d'abord un pied, puis une cheville. La jambe, elle, est recouverte de feuilles mortes. Un bras tordu par la force de la pierre, toujours à côté. Je reconnais cette robe fleurie, faute de voir le visage du cadavre.

Un soupir tremblant siffle dans ma gorge quand je fouille ma poche à la recherche de mon téléphone.

— Bonsoir, je me trouve dans la forêt Eclipsis, je viens de découvrir un cadavre au fond d'un puits.

— La forêt éclip-quoi ? Quel est votre nom, madame ?

— La forêt Eclipsis, regardez sur Internet.

Je raccroche.

O.K., maintenant, il va falloir avouer à Rose la nouvelle. J'espère qu'elle ne va pas trop m'en vouloir d'y être allée sans elle. Une amie en moins, c'est suffisant.

Je fais volte-face, persuadée d'avoir entendu une branche craquer derrière moi.

Mais rien. Seulement la lueur fantomatique de la lune qui fait écran sur la brume. Je crois qu'il est temps de rentrer.

Le fichier s'ouvre sur mon ordinateur. Une brise froide s'engouffre dans ma chambre par la fenêtre, tandis que je fais défiler mes dernières photos. La lune. Les étoiles. Encore la lune. Toujours les étoiles.

Ah, tiens, celle-ci change un peu. Je contemple les deux petites mains entrelacées. Ces deux fillettes gambadaient main dans la main en ville, et je n'ai pas pu m'empêcher de les photographier. Sur le moment, ce contact semblait les définir. Alors, naturellement, je l'ai immortalisé. Peut-être que leur amitié durera aussi longtemps, qui sait ?

Un cours d'eau. Un arbre mort, parmi d'autres bien feuillus. Un cendrier. Un graffiti simple et sobre : « J'existe. », qui m'a plongée dans un état proche de la transe. Puis qui m'a forcée à essuyer des larmes récalcitrantes.

Parce que je n'existe pas, moi. Je n'ai aucune réalité, pour personne. Même Syllia et Rose ne connaissent qu'une partie de mon histoire. Et ceux qui ont conscience de ce qu'elles ne savent pas, eux, ignorent le reste.

Je ne suis toujours qu'à moitié pour tout le monde et une partie de moi se terre toujours dans l'obscurité. Je suis de ceux qui flottent dans un entre-deux, à jamais partagés.

Je m'immobilise, ma respiration se suspend. Même au travers de cet écran, l'impression reste la même. Cet homme, volontairement calfeutré dans la nuit, paraît attendre. Oui, c'est ce qu'il faisait. Il attendait quelqu'un d'autre. Mais ce n'est pas ce dont je veux parler.

La fumée se disperse en cercles distendus et s'évanouit progressivement. La tête ainsi levée vers le ciel, je jurerais qu'il admire les étoiles. On ne discerne rien de son visage, seulement la forme de son profil. Mais, pourtant, quelque chose me dit que je devrais le connaître. Ou que lui me connaît.

Qu'il sait tout sur tout, en fait. Qu'il a déjà vécu, déjà trépassé, mais n'est pour autant ni jamais parti ni revenu. C'est un spectateur, un contemplateur. Mon estomac se noue. L'ennui quotidien qui se dégage de lui est celui d'un dieu las de faire vivre son univers, mais forcé de rester là, les mains suspendues autour de la Terre.

— Mina ?

Je bondis de surprise sur ma chaise avant de reconnaître ma mère, sur le pas de la porte. Elle entre dans ma chambre et s'en va allumer ma lampe de chevet.

— Tu rentres tard, ça va ? Je n'aime pas que tu te balades toute seule la nuit.

Assise sur mon lit défait, elle frotte son visage ensommeillé.

— Je n'étais pas toute seule et, oui, ça va.

— O.K., mais, la prochaine fois, préviens, d'accord ? Je n'ai pas fermé l'œil, j'étais persuadée qu'un fou t'avait emmurée dans une cabane au fond des bois.

Je suppose que je sais maintenant de qui je tiens ma paranoïa.

— C'est quoi, cette photo ?

Ma mère se lève pour me rejoindre. Durant une seconde, je m'imagine fermer la page en prétextant que ce n'était rien, mais je connais trop bien ma mère pour savoir qu'une réaction pareille l'encouragerait.

— C'est qui ? Tu le connais ?

Je secoue la tête.

— Non, je l'ai juste croisé en ville. J'allais prendre des photos de l'église, et… bah, il était là, quoi.

Une main sur mon épaule, elle hausse les sourcils dans une expression étonnée, peut-être aussi un peu admirative… ou fière, je ne sais pas trop. Mais le supplice est long, quand vous savez que cette femme est douée pour inventer des scénarios. J'espère qu'elle ne va rien s'imaginer de bizarre.

— Eh beh, Mina, tu l'as vraiment bien cerné avec ton objectif. Je crois que j'ai trouvé ma photo préférée. Mais, reprend-elle en m'embrassant, faut vraiment que j'aille me laisser mourir de fatigue, O.K. ?

Ouais, moi aussi, me dis-je sans parvenir à détourner le regard de mon ordi.

Je bois le jus de pomme à même le goulot avant de me rendre compte qu'un verre plein m'attend sagement à côté de l'évier. Mince, j'ai si mal dormi que ça ?

J'attrape mon téléphone qui traîne sur la table de la cuisine et vais guetter à la fenêtre. Super, les parents sont enfin partis bosser. Je porte cette fois mon verre à mes lèvres en appuyant sur le contact du *Syl' pleut voir*. Ça sonne. Sonne. Sonne. Sonne…

Syllia ne répond à aucun de mes appels depuis deux jours et je ne sais pas quoi faire. Elle m'a clairement stipulé ne plus vouloir me voir passer la porte de la boutique. Syllia peut parfois être rude, insociable, mais jamais… Je ne sais pas, c'était extrême comme décision.

Alors je m'en donne à cœur joie et fais chauffer son répondeur.

« Salut, Syl. Ouais, c'est encore moi et au cas où tu ne l'aurais pas compris, je m'inquiète. »

« Ouais, Syl, encore moi. Toujours moi. Est-ce que tu ne m'aurais pas involontairement ensorcelée ? Parce que je ne me sens pas capable de me passer de toi, ton répondeur en témoigne. Par contre, je suis parfaitement capable de plomber ta messagerie. »

« En fait, tu sais quoi ? Je vais carrément débouler ce soir si tu m'ignores encore une fois. T'as une heure pour donner un signe de vie, je te préviens. »

« Bon, tu m'as encore ignorée une fois… sauf que j'ai oublié les clés de la boutique dans ta cuisine, Syl. »

L'après-midi est presque passée lorsque je porte à nouveau mon téléphone à mon oreille, misérablement allongée sur le canapé.

« Jemina pour Syllia. Je répète : Jemina pour Syllia. Est-ce que tu me reçois ? »

Je m'acharne une dernière fois en zappant les chaînes de télé.

« Eh, ça en devient presque marrant, fais gaffe ! »

Maudite Sorcière.

Je laisse tomber et me dirige vers la cuisine pour faire cuire ma pâte à crêpes. Il m'a bien fallu trouver une occupation pour la journée et je n'étais pas vraiment motivée pour sortir.

Le dîner tourne autour des sujets habituels : mon père qui s'extasie devant la télé, ma mère qui me parle d'une nouvelle recette végétarienne à tomber par terre. Je monte rapidement dans ma chambre, prétextant aller me coucher.

Je m'élance vers mon lit pour m'y camoufler, sans apercevoir Rose dont la colère pourrait faire trembler les murs de la pièce :

— NAN MAIS MINA C'ÉTAIT QUOI CE PLAN, LÀ ?!

Mes yeux rencontrent les siens lorsqu'elle se penche vers moi. Étalée sur le matelas, sur le ventre qui plus est, j'ai du mal à détourner le regard.

— J'ai retrouvé ton corps, maintenant tu peux être tranquille.

— Tu t'es aventurée en solitaire dans la forêt alors que je t'avais demandé de ne pas le faire ! Et si tu étais tombée sur le jumeau diabolique de ce violeur en série ?! T'aurais fait quoi ?!

Je soupire en me redressant.

— La police a appelé tes parents ?

— Oui.

Rose saute au-dessus de moi pour s'asseoir sur le lit, le dos reposé contre le mur. Elle croise les bras.

Je me doutais bien qu'elle réagirait comme ça, seulement je ne peux pas m'empêcher d'être satisfaite. Encore une bonne chose de faite.

— Tu veux que je parte, c'est ça ?

— Quoi ? m'étranglé-je. Mais non ! Enfin…

Avant de quitter définitivement cette terre, la plupart des esprits morts de façon brutale et inattendue ont besoin de réponses aux questions qui peuvent les tourmenter. J'en ai parlé à plusieurs reprises à Rose, simplement sur le ton de la conversation, jamais pour l'inciter à disparaître, mais…

— Il faudra bien que tu t'en ailles un jour, Rose. C'est juste que… Si tu viens à en avoir l'envie, plus rien ne te retiendra maintenant, et si jamais tu y es forcée, tu ne regretteras pas de ne pas connaître la vérité.

— Je suis obligée de rester.

Je fronce les sourcils. Qu'est-ce qu'elle veut dire ?

— Sinon, poursuit-elle, tu vas être toute seule. Surtout maintenant que Syllia ne veut plus de toi.

En levant les yeux au ciel, j'ai le réflexe de lui donner un coup d'oreiller, mais l'objet se contente de la traverser. Au moins, ça lui rend le sourire.

— Je ne suis pas toute seule, arrête voir. Et, de toute façon, je vais aller à la boutique, cette nuit. Tu m'accompagnes ?

Rose semble étudier la proposition, puis pose sa condition :

— Seulement si tu dis à Syllia d'arrêter de parler de moi comme si je n'étais pas là.

— Promis.

Je me laisse alors aller à la contemplation de la lune, éraflée par une branche sinueuse. Les étoiles scintillent faiblement ce soir, j'avoue être un peu déçue du spectacle.

— Mina ? Qu'est-ce que tu as ?

L'inquiétude qui transperce la voix de Rose me force à tourner la tête vers elle.

— Hein ? Comment ça ?

Rose détaille mon visage, mes yeux, ma bouche, mes joues.

— Tu pleures.

Ma poitrine se contracte violemment, comme écrasée par une pierre lourde d'angoisse. Je porte mes mains à mes joues, essaie d'essuyer des larmes qui ne cessent de se renouveler. En proie à la panique, je bondis sur mes jambes, frileuse.

— Tu as envie de crier ? s'enquiert Rose.

Je secoue la tête de façon convulsive.

C’est comme un nuage sombre et opaque qui passe au-dessus de moi. Il relâche une fumée étouffante qui m’empêche de respirer normalement. Le corps recouvert de chair de poule, je frissonne en soufflant :

— On doit vraiment voir Syllia. Maintenant.

Chapitre 4

JEMINA

Rose ne s'est pas éloignée de tout le chemin. Elle me jette des regards alarmés depuis que nous avons quitté la maison, ce qui ne m'encourage pas vraiment à faire redescendre la pression. Je ne comprends pas pourquoi je suis dans cet état. Je n'ai pas envie de crier, pas comme cette autre fois.

Mais Syllia m'avait bien dit que les pleurs n'étaient jamais anodins. Pas ce genre de pleurs incontrôlables et sans raison.

C'est pour ça que je tambourine à la porte sans m'arrêter. L'écriteau « Œil fermé » est toujours visible, alors que la boutique devrait déjà commencer à recevoir sa clientèle du jour. Nous sommes en début de semaine, Syllia travaille forcément. À moins qu'il ne lui soit arrivé quelque chose.

— Qu'est-ce qu'on fait ? panique Rose. On appelle la police, tu crois ?

Je me tourne pour observer la rue, comme si la propriétaire du *Syl' pleut voir* était simplement cachée dans la nuit, à l'abri de la lumière des lampadaires.

— Je n'en sais rien. Tu crois qu'on devrait ?

La grimace de Rose laisse penser que réfléchir lui est presque douloureux. Moi non plus, je n'ai pas l'esprit bien en place. Et je n'ai réellement aucune idée de la réaction à adopter.

Au moment même où j'ouvre la bouche pour formuler tout haut à quel point je me sens perdue, la porte de la boutique grince. Je fais volte-face.

— Mina je t'ai déjà dit de ne pas… Mince, tu pleures ?

Ah bon ? Encore ?

J'éponge mon visage du revers de ma main et soupire :

— Tu nous as fait peur, Syl, on a cru qu'il t'était arrivé quelque chose.

— Et c'est pour ça que tu pleures ?

Elle aussi, elle est inquiète.

— Non, c'est venu tout seul.

Syllia surveille un instant les environs, puis m'invite silencieusement à la suivre à l'intérieur. Mon inquiétude s'estompe un peu. La Sorcière m'installe sur le canapé de la pièce de communication.

— Est-ce que tu as envie de hurler ?

Je fais signe que non, puis mon attention se perd dans la contemplation d'une tenture.

— Mais est-ce que ça veut quand même dire que quelqu'un va…

Mourir.

Je déglutis.

— Calme-toi, je vais aller te faire un peu de tisane.

Mais je le vois. Syllia fuit mon regard. Qu'est-ce que ça signifie ?

Elle s'enferme dans la cuisine, s'affaire, revient finalement en m'expliquant aller chercher les plantes adaptées dans sa réserve, en haut. Elle pousse un rideau noir et opaque, puis disparaît à nouveau, dans l'escalier.

Rose reste muette, assise à côté de moi.

Le poids qui pesait sur ma poitrine se relâche peu à peu, me permettant de respirer profondément pour ralentir les battements de mon cœur. Je me répète que tout ça ne veut rien dire. Que je n'ai pas crié. Et donc, que tout le monde est en sécurité.

Personne ne va mourir. Personne ne va mourir.

Le son de la clochette retentit. Mes paupières se rouvrent alors que je n'avais pas conscience de les avoir fermées. Je passe la manche de ma veste sur mes joues, dans le doute, puis me lève, légèrement sur le qui-vive.

La porte de la pièce de communication s'ouvre à son tour : un jeune homme apparaît. Des boucles de cheveux noirs tombent sur son front. Ses sourcils sombres et épais contrastent le bleu océan de ses yeux, qui viennent transpercer les miens.

L'homme referme tranquillement la porte, par mouvements lents pourtant brusques. Mais c'est son regard qui produit cet effet. Comme si le temps ralentissait, pas loin de se suspendre. Rose se lève à son tour, suspicieuse.

— Attention, Mina, il est pas net, celui-là.

Elle a raison, mais mes muscles parés à déguerpir le savent déjà.

— Qui t'es, toi ?

Sa voix n'est pas spécialement rauque ou éraillée. Son ton, lui, est dérangeant. À mi-chemin entre l'oisiveté et la rudesse. En fait, je crois qu'il est tout simplement impoli.

— Eh bien…

— Elle est où, Syllia ? me coupe-t-il en s'installant nonchalamment sur le fauteuil réservé aux clients.

Je plisse les yeux, mais contiens l'envie de lui sortir une répartie acerbe. Premièrement parce que c'est un client, visiblement un habitué des lieux que je n'ai jamais rencontré, et deuxièmement, parce que j'ai peut-être été un peu trop bien élevée pour ça. Je déteste les échanges houleux, les disputes, les mauvais regards… En fait, je préfère clairement être sympathique et que l'autre soit tout autant avenant que moi.

Seulement, mon intuition me chuchote qu'avec ce client-là, la tâche ne sera pas de tout repos.

— Elle ne va pas tarder, vous…

Je m'interromps, estimant que s'il s'est autorisé à me tutoyer, je n'ai pas à me gêner et fais donc de même :

— … tu es peut-être ici pour qu'elle te tire les cartes ?

Ses yeux bleus brillent étrangement, il est pâle. Il cherche quelque chose dans la poche de son jean, ce qui semble lui demander de s'appliquer autant que possible.

— Peut-être, répond-il sans m'accorder un regard.

Je me souviens alors que l'écriteau était tourné, alors pourquoi est-il entré ? Et puis, en y réfléchissant, j'ai l'impression de le connaître. Mince, j'espère qu'il n'était pas dans mon lycée !

— Et toi, c'est quoi ton petit talent ? À part arnaquer les gens, j'entends.

Je vire au cramoisi. Je le sens et c'est affreusement gênant. Pour qui se prend-il, à la fin ? On n'entre pas comme ça chez les gens pour les insulter !

— Je…

… ne pense pas que trouver des plantes dans la réserve prenne autant de temps.

— C'est fermé, tenté-je, mais…

— Je sais, c'est pour ça que je suis entré.

L'inconnu lance trois billets de vingt sur la table ronde. J'écarquille les yeux sans pouvoir me contrôler. Syllia m'en voudra moins de m'asseoir en face de cet homme comme si je travaillais encore ici, plutôt que de passer à côté d'une somme pareille.

— Vas-y, insiste-t-il en désignant du menton le fauteuil devant lui, fais-moi ton tour de magie.

Rose, qui comprend que je compte accepter, se dirige vers notre nouveau client. Elle le détaille sous toutes les coutures pendant que je prends mon temps pour m'installer, la surveillant du coin de l'œil.

— Euh… Mina ? Je ne trouve rien d'intéressant. Mis à part qu'il sente l'alcool.

— Qui souhaites-tu entendre ? demandé-je tout de même au nouvel arrivant. Je peux appeler les esprits.

Il émet un bruit de gorge. Je crois qu'il se moque de moi, mais dans le doute, je ne réagis pas.

— Surprends-moi.

Je ne me laisse pas déconcerter par son regard railleur. Je ferme les yeux, attendant des indices de la part de Rose et espérant que l'autre croie que je… Qu'il croie ce qu'il veut, tant qu'il se tait !

— Je ne vois pas quoi te dire, déblatère Rose, il n'y a rien ! Pas d'objet particulier, pas de tatouage, il est complètement statique, enfin, même s'il penche un peu et peine à rester droit, mais… Merde, Mina ! Comment on va faire ?

Je n'en ai strictement aucune idée. À l'ordinaire, les clients m'expliquent pourquoi ils viennent requérir nos services, me disent clairement à qui ils souhaitent parler et, de fil en aiguille, ils finissent par me raconter leur histoire. Moi, j'ai simplement pour mission de mémoriser les éléments importants, dont quelques détails qu'ils ne se souviendront plus m'avoir confiés trois semaines plus tard.

Un bruissement me parvient. Quand j'ouvre les yeux, l'inconnu est accoudé sur la table, un énorme sourire hilare collé sur son visage. Il est beau, enfin, il correspond aux normes de beauté actuelles, mais quelque chose entache le tableau.

— T'as besoin d'aide, peut-être ?

Je serre mes poings dissimulés sous la table.

— Bah alors, l'experte, t'es devenue muette ?

Il tire un joint caché derrière son oreille, et le met entre ses lèvres, les yeux en forme de fente.

— Rougis pas comme ça, princesse, j'ai pas franchement envie de ramasser tes restes si tu venais à exploser.

Le visage déformé par une colère sourde, j'ai à peine le temps d'ouvrir la bouche pour répliquer : la voix de Syllia résonne depuis l'escalier.

— Ça va mieux ? Désolée, impossible de remettre la main sur mes…

Je ne détourne pas le regard de l'étrange client, mais je visualise très bien Syllia se figer au bas des marches.

— Qu'est-ce que tu fais chez moi ?

Les yeux de l'homme se détachent des miens pour aller s'occuper de mon amie. Rose, elle, secoue la main en chuchotant : « Merde, ça va barder. »

— T'es bourré en mission, toi ? s'étonne Syllia en s'approchant. Depuis quand ?

Elle réajuste son châle autour d'elle et croise les bras sur son torse, appuyée contre le mur. Son expression de tombe semble vouloir enterrer son interlocuteur.

— Qui t'a dit que j'étais en mission ?

C'est incroyable comme tout chez lui réveille en moi des pulsions meurtrières. Même le voir dégager ses cheveux de son front me donne envie de lui scalper ce fichu crâne d'arrogant.

— C'est interdit de fumer ici, lâche froidement Syllia.

Mais il ne semble pas s'en préoccuper une seule seconde. Il actionne son briquet et allume son joint, avant de dire :

— Ouais, tout comme pratiquer la Magie pour gagner du fric dans le monde humain, le Corbeau.

Je retiens ma respiration. Mince, mais de quoi est-il au courant, au juste ?

— Je t'ai déjà dit de ne pas m'appeler comme ça !

— Alors arrête de piaffer et retire ton châle de chauve-souris complètement flippant.

— Connard.

— À tes souhaits.

La boîte de mouchoirs franchit en une seconde l'espace qui nous sépare de Syllia et atterrit dans son front.

— Putain de merde, Snow ! T'es un gamin ou quoi ?!

Snow ? Comme le Snow de l'autre soir ?

— Je suis venu t'aider et voilà comment tu m'accueilles !

— C'est pas ma faute si je te supporte mieux quand tu es sobre !

Un sourire narquois sur la face, Snow s'étale confortablement dans le fauteuil. Il tire sur son joint et crache sa fumée, la tête levée vers le plafond, mais les yeux baissés, toujours en direction de Syllia.

— Pour l'instant, j'ai réussi à convaincre Sophie de te laisser tranquille, mais tu vas devoir prouver que tes activités n'ont rien d'illégal, le Corbeau. Pas de Magie ici ou en tout cas, pas pour amasser du fric.

Intransigeante, Syllia lui assure qu'aucune pratique magique n'entre dans nos entrevues avec notre clientèle. Je m'efforce de garder les yeux fixés sur Rose, pour ne pas lancer un regard scandalisé à la Sorcière. Et moi, je n'ai rien de magique, peut-être ?

Mince, mais dans quel pétrin elle s'est mise ?

— O.K., pas de souci, dit Snow. Mais attends-toi à recevoir de la visite.

— Quand ça ?

— Pas envie de te le dire. Ça ruinerait l'effet de surprise, tu crois pas ?

Snow fait tomber ses cendres par terre, mais Syllia ne moufte pas. Elle semble en proie à une réflexion bien trop complexe pour qu'elle se soucie d'un détail pareil.

Moi pas :

— C'est quoi ton problème, à toi ? Sincèrement, j'hésite entre l'ego surdimensionné qui cherche à dissimuler un manque de confiance en soi trop important pour l'assumer, ou l'intelligence qui frôle le poids du morceau de pénis qui te sert d'ustensile.

Et je me fais emporter.

Le bleu hypnotique de ses yeux me sonde et, sans crier gare, j'ai l'impression de tomber dans des eaux si sombres qu'il m'est impossible de discerner la lumière du soleil. Je ne sais pas de quoi j'ai l'air, à l'admirer comme si ma vie en dépendait. À rester scotchée aux vagues troubles qui ondulent dans ses prunelles.

Sa main claque sur la table, je sursaute et il sourit.

— Réveille-toi, princesse. L'humour, c'est une forme d'intelligence, et je constate que tu en manques considérablement.

Bouche bée, je reçois sa fumée au fond de la gorge et m'étouffe. Je toussote alors qu'il s'en va tranquillement vers la porte, mais je l'arrête :

— Ton argent !

Il ne daigne même pas se retourner et balance d'une voix parfaitement méprisante :

— Tu vas pouvoir acheter des vêtements à ta taille, profites-en.

Chapitre 5

JEMINA

C'est comme une masse vaporeuse qui prend toute sa densité au-dessus de nous sans que personne ne le remarque. Le ciel descend, les astres tombent et ne reste que le noir. Pas la nuit : le noir. L'obscurité d'une pièce confinée. Et on étouffe. On appelle. Mais personne n'entend.

Aujourd'hui signe le deuxième jour de rentrée auquel je n'aurai pas assisté. Ça va bientôt faire un an et demi que je n'ai pas mis les pieds dans une école, quelle qu'elle soit. J'ai passé la primaire et enchaîné deux années de collège dans cette ville, et mes parents espéraient qu'en y revenant, je parviendrai à reprendre le lycée.

Mais c'est peine perdue, je le sais. Mon corps ne supporterait pas un énième essai et mon esprit serait terrassé par un nouvel échec.

— Ce n'est pas si grave, Mina. Après tout, à quoi ça sert, le bac ? Regarde-moi, on ne peut pas dire qu'il m'ait franchement été utile.

Rose ne comprend pas. En fait, personne ne comprend vraiment.

Je m'en contrefiche d'être diplômée, ce que je veux, c'est pouvoir vivre normalement et participer au spectacle qui m'entoure. Être dans les tribunes et apprécier la vue, c'est évidemment reposant, mais on finit vite par rêver de fouler le sol de la scène.

— Je croyais que c'était aider les esprits qui t'intéressait ?

Je hoche vaguement la tête.

Je me sens utile dans ce rôle, Rose a raison, mais elle ne sait pas combien il est dangereux de côtoyer de trop près les morts, quand vous n'êtes plus tout à fait certain d'avoir quelque chose à faire dans le monde des vivants.

— On ne pourrait pas discuter d'autre chose ?

Ma proposition semble renfrogner Rose.

— C'est bien toi, ça. Toujours présente pour élucider les problématiques des autres, mais totalement fermée quand il s'agit des tiennes.

— N'importe quoi, je suis très ouverte à la discussion.

C'est juste que je n'ai pas encore rencontré quelqu'un qui puisse comprendre ce que je tente de formuler ou, au contraire, ce que je n'ose même pas aborder.

Nous nous apprêtons à traverser la place du centre-ville, si bien que Rose reste muette pour ne pas risquer que je lui réponde devant tout le monde. C'est une règle que nous avons rapidement établie, lorsque je lui ai demandé par inadvertance de se la fermer alors que je faisais la queue à la caisse du supermarché.

Le visage dissimulé par la capuche de mon énorme sweat, je fourre mes mains dans mes poches et voûte mes épaules. J'ai parfois l'impression de me transformer en taureau prêt à tout envoyer valser sur son passage pour fuir la corrida. Sauf qu'en ce qui me concerne, le combat ne finit pas toujours sur une mise à mort.

Quoique…

Un coup dans l'épaule me fait violemment pivoter et, surprise, je reste immobile, la tête relevée.

Trois filles complètement saoules me dévisagent, comme si elles redoutaient ma réaction. La rousse et la blonde plissent les yeux et se lancent un regard avant de m'observer à nouveau.

— Eh, mais…, commence l'une.

Je rabats immédiatement ma capuche le plus bas possible.

— On s'connaît, nan ? poursuit l'autre sans trop articuler.

La brune aux cheveux incroyablement brillants et qui reste silencieuse semble intriguée. Je choisis ce moment pour m'échapper.

— Oui, Lila, ou un truc comme ça… Lola, peut-être ?

— Mais non, la corrige l'autre voix. C'est Jemina, idiote, qu'est-ce que ça a à voir avec Lola ?

Mon cœur se contracte violemment, mes poumons relâchent l'oxygène qu'ils viennent d'emmagasiner.

Sans pouvoir le contrôler, je cours comme une dératée.

Syllia m'avait proposé de ne pas venir aujourd'hui, de me reposer ou je ne sais plus trop quoi – parce que oui, finalement, je suis réembauchée. J'écarte l'idée que j'aurais peut-être mieux fait de rester chez moi pour la soirée, puis actionne la poignée de porte.

J'entre dans le *Syl' pleut voir* en ignorant les questions de Rose.

— Sérieusement, Mina, explique-moi, je pourrais peut-être t'aider, pour une fois ?

Il n'y a rien à expliquer, j'ai encore réagi comme une folle, c'est tout. Mais elle ne veut pas l'entendre.

— Syllia, tu es là ?

— Dans la cuisine !

Je croise mon reflet dans le miroir accroché au mur d'en face. Mon teint blême et mes cheveux clairs sont ceux de la terreur et de la mort, mais je n'y pense pas plus longtemps.

— Dis-moi, Syl, dis-je en refermant la porte derrière moi, tu as cinq minutes pour parler du gros con d'hier soir ? Parce que je suis curieuse de savoir ce qu'il venait…

Lorsque je relève les yeux, un visage inconnu me sourit, l'air compatissant.

— Je vois que tu as rencontré mon chef d'équipe, observe le jeune homme.

Il me tend une main sympathique.

— Appelle-moi Damien, enchanté.

— Euh… Jemina.

Je lui abandonne ma main molle, qu'il secoue avec délicatesse. Ses cheveux blonds sont coiffés vers l'avant, son sourire aimable semble lui être ordinaire, et il me paraît être incapable d'élever la voix.

— Je suis là pour analyser vos méthodes de travail, c'est Digvix qui m'envoie. Enfin, disons que la directrice de Digvix a confié l'enquête à mon équipe et que mon chef m'a demandé de vous rendre visite.

— Digvix ?

Damien se tourne vers Syllia :

— Je croyais que tu lui en avais parlé, Syl ?

La Sorcière dépose trois tasses remplies d'eau chaude sur la table.

— Plus ou moins. Le sujet est vaste, après tout.

Le jeune homme acquiesce d'un signe de tête puis me regarde à nouveau pendant que je m'assois. Rose pose ses fesses sur le plan de travail, balançant ses jambes dans le vide.

— Moi, je me souviens, dit-elle à la cantonade. L'Institut, s'adresse-t-elle finalement à moi. Tu sais, le truc bizarre que Syllia a quitté pour venir vivre en ville.

Ah oui, ça y est, je me souviens. La Sorcière m'avait expliqué qu'elle dépendait avant d'une organisation dont je n'ai pas compris grand-chose et qu'on appelle la Corporation. Syllia est toujours restée très évasive sur le sujet. Je n'ai aucune idée d'en quoi ça consiste.

— Ce n'est pas si important, m'explique Damien. Ce qui l'est, c'est que tu comprennes que je ne suis pas là pour vous faire plonger, au contraire. Je vais simplement prendre quelques notes, puis je verrai avec Syllia si elle doit oui ou non abandonner certaines pratiques.

— Et d'ailleurs, je te préviens : tirer les cartes, faire brûler de l'encens, rien de tout ça ne relève de la Magie, O.K. ? met au clair Syllia en prenant place à table. Les infusions non plus, c'est juste de la botanique, rien de méchant.

Damien, installé sur la chaise à ma gauche, sourit toujours.

— Oui, Brian a justement conclu que vous n'étiez rien de plus que deux… arnaqueuses, pour le formuler plus poliment.

Brian ? J'espère que ce n'est pas le jumeau diabolique de Snow, comme dirait Rose.

— Donc je te propose de faire un compte-rendu qui prouvera que cette boutique n'a rien d'illégal, ça marche ?

Syllia approuve puis nous invite à prendre un peu de miel. Damien accepte et se sert en s'adressant à moi :

— Par contre, toi, je ne veux pas te voir à l'œuvre. Après tout, tu n'es pas vraiment employée ici, de ce que m'a dit Syllia, et personne n'est au courant de ton existence à l'Institut. Autant que ça continue.

Merde. Il sait. Forcément. Comment ?

— Mais Syl, dit-il à la Sorcière, parler de la Corporation à une simple humaine, ça, c'est puni par la loi.

Une simple humaine ? O.K., il ne sait pas.

— En tout cas, poursuit Damien en remuant le miel dans son thé, comme l'Institut n'a aucune idée que vous collaborez, on va faire en sorte d'oublier de mentionner ta collègue.

Damien sourit encore et toujours, mais ses paroles me donnent le vertige :

— Tu as une semaine pour te trouver un nouveau job, Jemina. Parce que si l'Institut apprend que j'ai menti, c'est mon équipe et surtout Brian, qui en paiera les frais.

Rose pouffe. Je lui lance un regard désespéré.

— Désolée, s'excuse-t-elle, c'est juste que c'est la deuxième fois que tu te fais virer du même taf et par deux personnes différentes, en plus.

Je reboule le haut de ma couette sous mes bras en soufflant. Impossible de dormir.

Qu'est-ce que je vais bien pouvoir raconter à mes parents ?

Et il y a cette histoire d'Institut, que Syllia n'a pas voulu plus approfondir après le départ de Damien. D'ailleurs, elle m'a presque mise à la porte en me disant qu'il avait raison, que je devais vraiment chercher un autre job, avant de me retrouver mêlée à ses histoires.

Ma tête crisse sur mon oreiller lorsque je pivote lentement pour regarder le réveil. Quatre heures. Encore une nuit blanche, super.

C'est quoi, les histoires de Syllia, au juste ? J'avais cru comprendre qu'elle habitait autrefois un village de Sorcières, perdu en pleine forêt et dont personne ne connaissait l'existence. Comme me l'a rappelé Rose, ce village répond aux directives d'un Institut, une sorte d'établissement rattaché à l'organisation que Syl appelle « Corporation ».

C'est tout ce que je suis parvenue à retenir de nos conversations. En même temps, il faut dire que Syllia ne possède pas vraiment la fibre pédagogique. À chaque mention prolongée de la Corporation, elle finissait par balayer l'air de la main en prétextant que c'était trop compliqué et puis que, de toute façon, c'était du passé.

Mais, si je ne m'abuse, ce Damien fait partie de la Corporation. Et Snow, lui… Eh mais… Je rêve ou…

Mince, ça y est, j'ai compris ! Brian n'est pas le jumeau diabolique de Snow. Brian et Snow sont une seule et même personne ! Gwendolyne en a informé Syllia : l'équipe de Snow a été missionnée pour rechercher mon amie. Qui s'est aussitôt ramené ? Snow. Qui m'a accusée d'arnaquer la clientèle ? Snow.

Et qui a dit à Damien que Syllia et moi n'étions rien d'autre que des arnaqueuses ?

Brian.

Je sonde ma mémoire en me répétant son nom en boucle. Brian Snow. Je ne crois pas le connaître. Peut-être qu'il n'habite pas ici ? Ou, rien ne me dit qu'il n'a pas fait sa scolarité ailleurs.

Quel con.

Je repense alors à ses traits symétriques et froissés. Par la fatigue, l'alcool, et gâchés par tout ce qui pouvait sortir de sa bouche. Ses lèvres pleines qui dessinent un sourire narquois et froid ne cessent de me revenir en tête. L'odeur de son joint me brûle encore l'œsophage.

Un sentiment d'imminence me compresse soudain la gorge. Ça s'insinue dans ma poitrine, contamine mon cœur qui pompe le poison sans pouvoir s'en empêcher. Ça longe mes veines. Me frappe le crâne. Me tord l'estomac et me provoque un haut-le-cœur.

De l'effroi pur, qui sera suivi par un torrent de tristesse.

J'ai envie de hurler. Rien ne sort, tout est comprimé. La terreur de la perte reste bloquée là, au bord de mes lèvres.

Quelqu'un va bientôt mourir.

La sonnette retentit depuis le rez-de-chaussée. Emmitouflée dans mes draps, je me retourne sur le flan en aplatissant ma couette sur mes oreilles. Mais la sonnette insiste. Ou, plutôt que la sonnette, le tortionnaire qui s'évertue à me prévenir que ma journée sera un véritable enfer, en la faisant débuter sur la pire note possible.

J'ouvre un œil pour loucher sur mon réveil. Midi.

Un gémissement plaintif accompagne mes jambes que je force à basculer dans le vide. Je me lève en me grattant le crâne, enfile un short avant de descendre l'escalier en somnolant. Lorsque j'arrive à la porte, située juste en face de l'escalier, la silhouette floue qui se dessine derrière la vitre s'acharne encore à me vriller les tympans.

Une claque d'angoisse m'immobilise alors sur la dernière marche. Et si l'on venait m'annoncer que mes parents étaient décédés ? Qu'un accident de voiture particulièrement impressionnant me les avait enlevés ?

Je frémis, me concentrant malgré tout sur l'inconnu qui sonne encore une fois. Il ne semble pas porter d'uniforme, ça ne peut pas être ça.

Je déverrouille la porte, nerveuse, et je ne l'ai pas ouverte en grand qu'une voix s'exclame :

— Je savais que quelqu'un était là ! Ça fait une éternité que je sonne, vraiment !

Devant moi, la jeune fille amie avec celle qui m'a bousculée l'autre soir. Je me fige.

— Enchantée, Liana, se présente-t-elle. Jemina, c'est bien ça ?

Mais qu'est-ce qu'elle fait là ?

Je n'esquisse pas le moindre geste, méfiante. C'est celle qui n'a pas ouvert la bouche à notre malheureuse rencontre, avec ces mêmes cheveux bruns et brillants, coupés aux épaules, et parfaitement ondulés.

Tout à fait naturelle, une main posée sur sa hanche, l'autre sur son petit sac suspendu à son épaule, elle m'interroge :

— Tu ne me fais pas entrer ? Je n'ai pas beaucoup de temps, tu sais, je reprends les cours dans une heure.

Ma bouche s'ouvre, mais mes cordes vocales ne produisent aucun son. Mais qu'est-ce qu'elle veut ? Pourquoi espère-t-elle entrer chez moi ?

— Si tu ne veux pas parler, pas de souci. À vrai dire, ça m'arrange, même, parce que j'ai toujours trois mille trucs à raconter, donc tu auras plus de temps pour m'écouter, pas vrai ?

Elle ne force pas le passage. Elle fait un pas en avant depuis le seuil de la porte et je me décale pour la laisser passer, comme si je ne pouvais pas faire autrement.

Liana observe quelques secondes l'intérieur. Elle lorgne le grand salon, puis le corridor apparent auquel mène l'escalier et qui longe la pièce depuis le premier étage.

— Je voulais m'excuser, dit-elle finalement en se tournant vers moi.

Elle paraît sincère, le sourire désolé. Je pense que c'est ce qui ravive ma voix :

— T'excuser ? Mais de quoi ?

Liana me tourne de nouveau le dos pour aller toucher avec curiosité la petite sculpture qui décore la commode, à notre gauche. J'ose refermer la porte, pas pour autant tout à fait tranquille.

Qui débarque chez une inconnue pour lui présenter ses excuses sans raison ? Je n'ai aucune idée de qui est cette Liana, je ne crois pas l'avoir connue plus petite. Quoique, j'avoue ne pas me souvenir de ses amies qui, elles, m'ont reconnue.

— Pour Morgane et Chloé. Elles n'ont pas fait exprès de te bousculer, mais elles auraient pu se montrer plus polies, tu ne penses pas ? D'ailleurs, ce sont elles qui m'ont dit que tu habitais ici, avant. J'avais raison, en pensant que c'était peut-être toujours le cas. Qu'est-ce que ça représente ?

Elle désigne de l'index la sculpture en argile tandis que je me retiens de la toiser avec méfiance. Je croise les bras, mal à l'aise.

— Le ventre miniature de ma mère enceinte. C'est mon père qui l'a fait.

Liana hausse un sourcil, le doigt toujours dressé. J'ajoute sans y penser :

— Oui, il est tordu et il a besoin d'entraînement.

La jeune fille sourit.

— Je sens que tu as de l'humour, toi. Mais, je t'avoue que, pour l'instant, j'ai plus faim qu'envie de rire. Je n'ai pas encore mangé, tu as quelque chose dans tes placards à partager ?

Si je résume, cette fille harcèle ma sonnette, entre chez moi sans y être invitée, s'excuse d'une chose sans importance, et réclame maintenant un déjeuner.

Comprenant sans doute mon air dubitatif, elle déblatère :

— Écoute, quand j'ai demandé qui tu étais à plusieurs gens du lycée, on m'a raconté que tu étais une folle qui n'osait plus sortir de chez elle depuis des années, d'autres m'ont dit que tu étais morte et que tes parents avaient déménagé, et d'autres encore se sont crus drôles à encourager la rumeur selon laquelle tu serais une schizophrène que la paranoïa rendrait dangereuse.

Liana m'observe un instant, une neutralité à toute épreuve en guise d'expression.

— J'entends parler de toi depuis que j'ai emménagé ici, en première, et je ne pensais pas que tu existais vraiment.

Les mains moites, les rumeurs qu'elle vient d'énumérer tourbillonnent dans ma tête.

— Les schizophrènes paranoïaques morts et qui ne sortent pas de chez eux, n'ont pas d'amis, je suppose. Chose que nous avons en commun.

Face à mon scepticisme, elle précise :

— Aucun véritable ami, je veux dire. Ces filles de l'autre soir, elles sont bien marrantes quand elles sont bourrées, mais pas vraiment intéressantes quand elles ne le sont pas.

— Est-ce qu'elles sont au courant de ce que tu penses d'elles ?

Liana approuve d'un signe de tête.

— Je leur répète souvent, crois-moi. Mais tu sais, elles pensent exactement la même chose de moi.

Je n'y comprends rien. Comment peut-on passer des soirées à boire avec des filles que l'on n'apprécie pas plus que ça ?

— J'ai du mal à croire que tu n'aies pas d'amis, lui dis-je en la détaillant discrètement.

Elle est belle, me paraît intelligente et surtout très classe. Certaines personnes ne s'entourent que de gens comme elle.

— Ah oui ? Pourtant, c'est ce qu'il arrive quand tu es la fille la plus canon et la plus cool de ton lycée.

Elle me glisse un clin d'œil malicieux, avant de conclure :

— Et puis, comme ça, je pourrai dire que je suis entrée chez la schizophrène et faire tourner des rumeurs mille fois plus trépignantes sur toi. T'en penses quoi ? On pourrait réécrire ton histoire.

Je m'autorise un sourire hésitant.

Après une profonde inspiration, je me dirige vers la cuisine ouverte, au fond du salon :

— Tu aimes les lentilles ? Par contre, je te préviens : si tu veux de la viande, tu vas devoir toi-même la faire cuire.

Liana pose son sac sur une chaise, tout sourire, et s'exclame :

— Trop bien, une végétarienne ! Tu es écolo, aussi ? J'adore les clichés. Tu as des steaks de soja ? Et tu n'aurais pas un chat que tu nourrirais de tofu, par hasard ?

Chapitre 6

JEMINA

Le parc est désert, en plein après-midi, peu importe que le beau temps soit au rendez-vous. Les enfants qui courent d'habitude dans tous les sens sont tous à l'école et les jeunes de mon âge ne se montrent ici que les soirs, une fois la nuit tombée. C'est justement pour cette raison que je n'y viens que la journée.

Assise sur un banc, je regarde la fontaine sans vraiment y faire attention. J'aime écouter le bruissement paisible de l'eau qui s'écoule, le laisser me transporter. Je ne sais pas, c'est comme si cette mélodie continue m'aidait à me concentrer sur mes pensées, mais qu'à la fois, elle pouvait tout autant faire le vide dans mon esprit si j'en ressentais le besoin.

— Tu ne la prends pas en photo, aujourd'hui ?

À côté de moi, Charles me sourit en m'étudiant.

— Qu'est-ce qui t'attire tant, chez cette fontaine, pour la photographier si souvent ?

Je hausse les épaules, alors même que je connais la réponse à sa question. C'est simplement que je ne suis pas certaine de pouvoir la formuler correctement.

— J'aime bien saisir en image l'éternité.

Charles m'interroge encore :

— Comment ça, l'éternité ? Tu penses que cette eau est éternelle ?

— Non, mais son mouvement est perpétuel et c'est ce qui me procure un sentiment d'éternité.

Le vieil homme décédé rit doucement en me faisant une remarque pertinente à laquelle je n'avais jamais réfléchi.

— C'est drôle de croire en l'éternité, pour une jeune fille capable de voir les morts.

Je ne suis pas seulement capable de voir les esprits, ai-je envie d'ajouter. Je peux prédire la mort, sans pouvoir le contrôler. Charles ne se doute pas à quel point c'est encore plus étrange qu'il ne le croit.

Mais, justement : je vois les morts. Donc dans un sens, difficile de ne pas penser qu'après notre vie terrestre, une autre nous attend.

— Comment se passe le travail, sinon ?

Je me tourne vers Charles, les jambes en tailleur.

— Je me suis en quelque sorte encore fait virer. Je ne sais pas trop quoi dire à mes parents, ils vont une nouvelle fois me répéter que je dois penser à mon avenir et trouver quelque chose de stable, s'ils n'insistent pas pour que je retourne au lycée.

Charles est au courant de mes problèmes de scolarité. En fait, il est pratiquement à jour sur ma vie entière. Ce vieil homme dégage quelque chose de rassurant, si bien qu'il fait partie des rares à qui j'ose me confier sans craindre son jugement. Il est toujours bienveillant, à l'écoute et n'hésite pas à se taire quand il saisit que le moment n'est pas à la parole.

Je crois qu'il m'aide plus que je ne lui tiens compagnie.

— C'est une bonne chose, si tu veux mon avis.

Mon regard va chercher le sol.

— Tu penses aussi que j'arnaquais les gens.

La déception départit ma question de son intonation, mais Charles répond tout de même :

— Non, je ne pense pas que tu arnaquais tes clients, Jemina, parce que ce n'était pas ton intention. Ce que je pense, par contre, c'est que tu vaux mieux que ça. Parce que la vérité, elle aussi, vaut mieux que le mensonge, dans presque tous les cas.

— Je n'en suis pas si sûre. Est-ce que ta femme aimerait savoir combien tu regrettes d'être mort ? Peux-tu sincèrement affirmer que ton fils ne serait pas rongé par la culpabilité, en apprenant que tu lui apportais son cadeau d'anniversaire, lorsque tu t'es écroulé ?

Charles a fait une crise cardiaque ici même. Il s'était disputé un mois plus tôt avec son fils unique et ce dernier lui avait promis de ne plus jamais lui adresser la parole. Habituellement, c'était le fils qui allait chez le père, après son travail, pour fêter son anniversaire. Les circonstances ont forcé Charles à sortir de chez lui et il est mort avant qu'une passante ne le découvre étendu sur le trottoir opposé au parc, devant la banque.

Si Charles avait été auprès de sa femme, comme à l'accoutumée, elle aurait pu appeler les secours lorsque la crise cardiaque l'aurait frappé.

— Tu sais, Jemina, tout n'est pas toujours triste, ou joyeux. Si je pouvais dire à ma femme combien je suis désolé d'être mort, je lui expliquerais que c'est parce que je l'aime, et que je l'aimerai toujours. Je suis certain que cette simple idée la réconforterait. Et mon fils, lui, je lui dirais de ne retenir qu'une chose : que j'ai voulu faire la paix. Parce que c'est peut-être ce que je regrette le plus. Être mort sans avoir eu le temps de m'excuser et de le prendre dans mes bras.

Charles a raison, c'est vrai. Mais peut-on être certain que Susanne aurait été capable de remonter la pente sans ses visites quotidiennes au *Syl' pleut voir ?*

— Contrairement à ce qu'on peut parfois raconter, Jemina, la fin ne justifie en aucun cas les moyens.

J'ai honte.

J'ai honte, mais je ne pouvais pas vraiment faire autrement. Je n'avais pas le choix, dans un sens. J'étais désespérée, Syllia a su me donner une raison de continuer. Si je ne l'avais pas rencontrée, cette nuit où j'ai poussé mon premier cri dans la rue de sa boutique, je ne sais pas ce que j'aurais fait.

En fait, si, je le sais. Mais je n'ai plus jamais envie d'y penser.

— Ne t'en veux pas trop, me rassure Charles en me regardant avec tendresse. C'est difficile pour toi, après tout, et tu es jeune, c'est normal que tu fasses des erreurs. Dis-toi que beaucoup t'attendent encore. L'important, c'est d'en tirer des leçons.

Je souris, mais j'ai la gorge encombrée par un sanglot.

— Qu'est-ce que je vais faire, quand Rose et toi, vous ne serez plus là ?

Charles plonge son regard transperçant dans le mien, très sérieux.

— Tu vivras, Jemina. Tu ne l'oublieras pas, cette fois.

Comment lui dire ?

Je n'ai pas oublié de vivre. Jamais. J'ai plutôt oublié comment respirer.

Mon corps entier est soumis à une déferlante de tremblements. Je n'ai plus aucun contrôle. Je cours à travers les rues ensommeillées sans pouvoir m'arrêter. Un étau brûlant me comprime l'œsophage tandis que je contiens avec force le cri qui cherche à s'échapper.

Inspire.

Expire.

J'atteins la forêt par miracle, en passant par le parking. Je trébuche à plusieurs reprises, secouée par des pleurs violents qui ne me laissent plus tranquille depuis une heure maintenant. J'ai prié pour que Rose apparaisse et qu'elle me dise quoi faire. Elle ne s'est pas montrée. J'ai pensé à aller voir Syllia, mais j'étais trop effrayée de m'effondrer en pleine ville, comme l'autre fois.

Inspire.

Expire.

À présent que mon corps semble décider pour moi, je ne songe à rien d'autre qu'à ce qui se prépare. Ça approche. Je n'ai plus beaucoup de temps.

Ma poitrine se comprime dans un spasme douloureux si puissant que mes genoux flanchent. Je m'écroule, plongeant la tête en avant. Mes mains se dressent tout juste à temps pour m'éviter de me frapper le front contre une pierre.

Mais je ne peux plus attendre.

Mes oreilles bourdonnent déjà alors que j'inspire le double de ce que sont capables de contenir mes poumons. Je quitte instantanément mon corps, les yeux aveuglés par une lumière éclatante, les membres ankylosés.

Expire…

Je ne sais jamais combien de temps ça dure. Je ne sais jamais pourquoi ni comment j'en viens à hurler. La seule chose dont j'ai totalement conscience, c'est qu'un mort est alors bientôt à déplorer.

Puis je me retrouve normalement à terre, soit agenouillée comme à cet instant, soit roulée en boule comme un enfant dans le ventre de sa mère. Mes sens me reviennent peu à peu et c'est généralement la vue que je recouvre en dernier.

Alors je l'entends, cette chose qui court à travers les bois, qui se rue dans ma direction. Je perçois sa respiration sauvage et ses grognements bestiaux. Mais je ne la vois qu'au dernier moment.

Le loup s'élance vers moi, de l'écume plein la gueule.

Et je me sens soulagée. Soulagée que cet animal prenne la décision à ma place. Soulagée de ne bientôt plus avoir à lutter.

Un bruit de pétard me perce les tympans, la bête retombe en glissant sur le flan. Sans même remarquer que mes jambes me répondent à nouveau, je me précipite à ses côtés. Son torse se soulève rapidement. Le loup gémit, l'épaule gauche trouée par une balle.

Et alors que la bête relève la tête, certainement pour se redresser, un poing me frôle la joue et s'abat avec force dans ses mâchoires. L'animal retombe, inerte.

Je fais volte-face, le cœur au bord des lèvres.

La lumière de la lune l'éclaire de dos. Il n'est qu'une silhouette sombre et élancée qui range un pistolet dans son étui, accroché à sa ceinture. Je le reconnais lorsqu'il franchit l'espace qui nous sépare de deux pas et s'accroupit devant moi, un avant-bras posé sur la cuisse.

Mon cœur ne se souvient plus comment battre.

L'expression dure et intraitable, Snow balance :

— Une collègue qui n'a rien de magique, c'est ça ?

Chapitre 7

JEMINA

Fébrile, je reste par terre tandis que Snow porte son téléphone à son oreille, à quelques pas de moi. Je l'entends vaguement demander que quelqu'un vienne récupérer un certain Dylan, puis dire à son interlocuteur qu'il lui envoie par message la latitude et la longitude du lieu, ce qu'il fait aussitôt après avoir raccroché.

Je regarde le corps étendu du loup par-dessus mon épaule.

— C'est lui, Dylan ?

Ma voix n'est qu'un murmure, pourtant, Snow répond en avisant l'animal :

— Ouais, et toi, t'es qui ? À part une Banshee.

Mon cœur cogne ma cage thoracique. Je n'ose plus croiser son regard.

— Comment…

— Est-ce que t'es au courant que Syllia et toi avez menti à Digvix ?

Je tressaille, quand bien même je n'ai aucune idée de ce que ça implique. Je ne sais même pas ce qu'est vraiment Digvix, pour tout vous dire, et je ne sais pas non plus qui est cet homme qui s'autorise à me réprimander comme si j'étais une enfant.

— Tu es blessée ?

La rigueur de son ton a disparu quand il s'approche, presque délicat, pour m'inspecter entièrement. Alors je ne peux pas m'empêcher d'admirer une nouvelle fois l'océan de ses yeux, qui, eux, ne me rendent pas mon regard, pas même lorsqu'il me dit :

— Tu saignes. Lève-toi.

Debout, il me propose une main, que j'accepte à contrecœur. Il m'assassine presque avec son intonation autoritaire et, maintenant, il se soucie de ma santé.

— Viens, m'ordonne-t-il en enjambant le corps de Dylan.

— Est-ce que c'est un… un Loup-Garou ?

Snow fait pivoter sa tête vers moi, étrangement suspicieux.

Syllia m'a parlé des êtres qui hantent cette forêt et c'est bien une des principales raisons qui me dissuadent de m'y aventurer trop loin. Mais, l'expression de Snow me fait penser que je ne suis pas censée être au courant de ces histoires. C'est pourquoi j'ajoute :

— Syl les a mentionnés pour me mettre en garde, rien de plus.

— Je n'ai rien dit.

J'évite de peu une branche que Snow ne se donne pas la peine de retenir à son passage. Quel con.

— Tu allais le faire, lui fais-je remarquer, légèrement agacée. Et où est-ce qu'on va ?

— Trouver du désinfectant et des compresses, princesse. Tu veux peut-être que je t'amène ton cheval ou tu penses pouvoir te servir de tes jambes cinq minutes ?

Quel con, quel con, quel con.

Je me mords la langue pour empêcher l'insulte de franchir mes lèvres. Lui, avance tranquillement entre les arbres sans difficulté, comme s'il connaissait suffisamment l'endroit pour savoir où et quand poser son pied. Ses bras se tendent l'un après l'autre pour dégager une branche, il évite chacune des racines qui me surprennent et semble parfaitement conscient d'où il va.

Personnellement, je ne parviens pas à me repérer. Je pense avoir largement dépassé la zone à laquelle Rose et moi sommes habituées, mais, en même temps, j'ai la sensation d'être juste à côté du puits. Après tout, un arbre reste un arbre, et le sol où tentent de pousser quelques brins d'herbe n'est pas bien différent de celui que j'ai pu fouler dans cette forêt.

Lorsque je relève la tête un instant plus tard, une cabane à l'allure d'un chalet dévoile sa façade à la lumière de la lune. Je lance un coup d'œil à Snow qui continue son chemin vers la construction en bois clair. Il s'en va sur le perron lui aussi en bois en sortant un trousseau de clés de la poche arrière de son jean.

Qu'est-ce qu'avait dit ma mère, l'autre soir ?

J'étais persuadée qu'un fou t'avait emmurée dans une cabane au fond des bois.

Laissez-moi rire.

Snow ouvre la porte, puis se retourne pour me chercher du regard. Lorsqu'il me découvre devant les derniers arbres de la clairière, il m'interroge, toujours de sa voix presque tranchante :

— Qu'est-ce que tu attends ? Ton prince charmant ?

— Mais. C'est. Quoi. Ton. Foutu. Problème !

J'ai furieusement envie de partir sans un regard en arrière, mais deux choses me retiennent : d'abord le fait que je n'ai aucune idée d'où je me trouve, ensuite le sourire hilare de Snow, qui croise les bras en s'appuyant au chambranle de la porte.

— Tu parles du fait que je sois incroyablement beau ou de ma vivacité d'esprit qui repousse les limites du possible ?

Je lève les yeux en faisant mine de réfléchir.

— Je ne suis pas sûre, à vrai dire. Je pense que j'évoquais plutôt ta capacité à te comporter comme le premier des connards que n'a jamais enfanté l'univers.

Snow hausse les épaules.

— Ah, ça. Bah, je dois faire partie de ces mecs qui s'imaginent que l'insociabilité accroît leur virilité. Tu entres ou tu préfères rester là à attendre qu'un autre Loup-Garou devenu fou vienne te chasser ? Je ne veux pas trop m'avancer, mais je pense que ma compagnie vaudra quand même mieux que la sienne. Moi, au moins, je ne me nourris pas de chair humaine.

Et il disparaît à l'intérieur.

Je frémis en imaginant la sensation de crocs m'arrachant la carotide, ce qui m'encourage à me rendre à mon tour au perron. Le petit couloir qui fait office d'entrée est éclairé, découvrant des murs entièrement nus. Je perçois du mouvement dans la pièce à gauche quand Snow réapparaît en passant devant moi sans me voir. Du moins, c'est l'impression qu'il me donne jusqu'à ce qu'il m'intime de l'attendre dans le salon.

Je jette donc un coup d'œil timide dans la pièce que Snow vient de quitter. Un canapé qui m'a tout l'air confortable attend, entouré de poufs de toutes sortes qui parsèment l'espace. La table basse est remplie de papiers griffonnés, de livres dont l'état atteste de leur vieillesse. J'entre en croisant les bras, mal à l'aise. Même si l'endroit est accueillant, j'ai comme l'impression qu'il n'est pas destiné à recevoir des visiteurs quelconques comme moi.

Snow s'affaire encore un instant dans la pièce au fond du couloir, tandis que je m'assois du bout des fesses sur le canapé. Les feuilles et les livres, éparpillés sous mon nez, me font l'effet d'une porte ouverte. Je ne parviens pas à tenir plus de vingt secondes avant de me pencher sur la table basse, sans jamais rien toucher de peur d'y laisser mes empreintes, que la pulpe de mes doigts tache les documents de sang.

Je lorgne un livre à la reliure abîmée, intitulé *Magic, legends and truths.* Quelques feuilles annotées recouvrent une partie de l'œuvre, si bien que je ne parviens qu'à lire le prénom de l'autrice : Sybille. Les papiers tapissés d'encre qui ensevelissent la table comportent tous la même écriture, et je me doute que c'est celle de Snow. Une écriture parfois soignée, mais plus souvent illisible, pressée. Je n'ai pas le temps de tenter d'en lire quelques lignes, que les pas de Snow reviennent dans le couloir.

Je me détourne précipitamment, m'éloigne de la table en m'enfonçant dans le fauteuil, et croise les mains sur mes jambes. Je grimace en écartant brusquement mes paumes l'une de l'autre, tiraillée par une douleur supportable mais surprenante.

Lorsque je relève la tête, Snow m'observe depuis la porte, des compresses, un désinfectant et du sparadrap dans les mains. Sa posture est naturelle, droite et détendue, mais quelque chose dans son regard qui s'en va vers la table basse avant de revenir sur moi, me souffle qu'il n'apprécie pas l'idée que je puisse étudier ce qui ressemblait en tout point à un travail de recherche, au vu des nombreuses annotations et des flèches qui s'entrecroisaient dans tous les sens.

— Tu as tout le temps l'air coupable, tu le sais, ça ?

Il me jauge du regard et je me sens presque violée, comme s'il voyait en moi ce que j'ignore moi-même, comme s'il était capable d'analyser chacun de mes mouvements les plus inconscients, sans que je ne puisse rien y faire.

— Tu habites ici ?

L'interroger me semblait le meilleur moyen de détourner son attention, mais il s'approche comme un fauve prêt à me prendre en chasse. À nouveau, je frémis. Parce que rien ne me dit que ce n'est pas finalement lui, qui va m'arracher la carotide.

— Et toi, tu habites où ? me relance-t-il en rabattant les feuilles éparpillées les unes sur les autres pour débarrasser la table. Je ne t'ai jamais vue en ville.

Un soupire imperceptible m'échappe, soulagée qu'il démonte l'hypothèse selon laquelle nous pourrions nous connaître du collège ou du lycée.

— J'habite en ville, justement, comme tout le monde, tenté-je de blaguer.

— Si tout le monde habite selon toi en ville, pourquoi tu me demandes si je vis ici ?

Touché.

Seulement, Snow, qui s'assoit sur la table basse en face de moi, dit plus sérieusement :

— Je passe souvent du temps dans cette cabane, elle appartient à mon père.

Je penche la tête sur le côté, comme un chien interloqué.

— Tu habites en ville, mais ton père possède un petit chalet dans les bois ?

— Pourquoi pas ?

Je pince mes lèvres entre mes dents. C'est vrai, pourquoi pas ? Et puis, tout de suite, je suis plus inquiète de voir Snow jongler entre ses compresses et son désinfectant. Son coude posé sur son genou, il ouvre la main en soutenant mon regard avec intensité. Il y a vraiment quelque chose dans ses yeux. Comme s'ils possédaient leur propre âme, une bien différente de celle de Snow. Une à la fois bien plus profonde et plus… éteinte.

C'est drôle, mais là où danse une mer sereine, gît un simulacre de lumière. Parce que ce ne sont pas les reflets du soleil que l'on peut admirer dans ses prunelles, ce sont les tréfonds d'un océan bleu comme la nuit. Une eau froide comme la pierre éternellement à l'ombre de toute éclaircie.

— Ta main.

Sa mâchoire se contracte insensiblement, sous l'effet d'une émotion que je ne cerne pas. Décontenancée, je remue et lui apprends :

— Je n'aime pas les ordres, *capitaine.*

Il reste muet un temps abominablement long, durant lequel je m'efforce de ne pas détourner les yeux, puis il répète calmement :

— Aurais-tu l'obligeance de bien vouloir me confier ta délicate petite main, princesse *?*

On dirait qu'il est lui aussi un fervent praticien du sarcasme, mais son air grave me pousse à ne pas renchérir. Je retourne alors ma main dans la sienne, découvrant l'entaille profonde que m'a value ma chute avant que je ne crie.

Snow s'évertue à en retirer les saletés qui s'y sont incrustées, non sans faire parfois preuve de brusquerie. Je me mords la lèvre, n'oppose pas la moindre résistance, simplement parce qu'une question me taraude l'esprit :

— Donc, tu sais ce qu'est une Banshee ?

Snow acquiesce d'un infime mouvement de tête, concentré, puis approfondit :

— Tu es la première que je rencontre. Les Banshees ne courent pas vraiment les rues et je ne suis pas un spécialiste. Ces Ombres sont particulièrement redoutées. Quoi de plus effrayant que de savoir que la mort va frapper, sans être assuré qu'on ne sera pas justement sa prochaine victime ?

C'est vrai. Même Syllia s'inquiète toujours de me voir hurler. D'ailleurs, en parlant de Syllia…

— Est-ce que Syl est en danger ? Je veux dire, cet Institut dont vous parlez, Damien, elle et toi, qu'est-ce qu'il lui veut, au juste ?

Ma question fige un instant Snow. Il lève les yeux sur moi, les sourcils à peine froncés.

— Attends, je croyais que Syllia t'avait parlé de la Corporation ?

Eh bien… Elle l'a bel et bien fait, même si je n'ai jamais vraiment compris les explications vagues qu'elle me donnait.

Je tente alors un :

— Elle a abordé quelques détails techniques, rien de plus. Mais, par exemple, je n'ai jamais entendu parler de ce que tu appelles les Ombres. Est-ce que ce sont des créatures magiques ?

Si Syllia est bien parvenue à me faire entrer quelque chose dans le crâne, c'est qu'il existe différents peuples qui habitent cette forêt et beaucoup d'autres à travers le monde. D'après elle, certains êtres dépendent entièrement de la Magie, comme les Gobelins, ou les Vampires, puisque c'est elle qui les maintient en vie. Mais d'autres, telles que les Sorcières ou justement les Banshees, sont en majeure partie humaines.

Quand les Gobelins, qui sont donc des créatures purement magiques, ont besoin de l'existence de la Magie pour survivre, les Loups-Garous, eux, n’y verraient aucun changement si elle venait à disparaître, outre le fait qu’ils ne pourraient plus se transformer.

Snow inspire profondément, comme en proie à une colère noire. Pourtant, c’est l’indécision qui marque les traits de son visage. Il me paraît peser le pour et le contre, tout en appliquant une compresse propre sur mon entaille. Il me bande la main et applique un morceau de sparadrap pour maintenir le bandage.

— Tu dois te tenir loin de ce monde-là, Jem.

Jem ?

Alors que je me souviens avoir confié mon prénom à Damien, je songe au fait que personne ne m’appelle comme ça. Et, je ne sais pas… Un surnom, c’est intime, d’après moi.

— Parce qu’une fois qu’on y entre, on ne peut plus en sortir. Jamais totalement. Et crois-moi, ce n’est pas le moment d’y mettre les pieds.

Je m’apprête à lui faire remarquer que, de toute manière, je n’ai aucune idée de ce dont il parle et que la possibilité de me faire dévorer par un Loup-Garou me suffit pour ne pas me risquer à revenir dans la forêt, mais Snow me devance :

— Les Ombres désignent tous les peuples capables de Magie ou, sinon, qui en dépendent. Tu es une Ombre. Syllia en est une aussi.

Ombre ? Pourquoi, « Ombre » ? Pourquoi pas au contraire, « Lumière » ? Mais une autre question me paraît primordiale.

— Et toi, qu’est-ce que tu es ?

— Aussi humain qu’on peut l’être, mis à part que je peux voir les Ombres.

Snow se saisit de mon autre main pour en nettoyer le sang, mais rien d’autre que de petites écorchures la recouvrent de façon éparse.

— Tu veux dire que les humains ne peuvent pas voir ces… Ombres ? Pourtant, nos clients ont bien conscience de notre existence, à Syllia et à moi.

Snow rassemble les déchets occasionnés par les soins et se lève pour les laisser tomber dans une petite poubelle qui patiente au coin de la porte.

— Parce que vous restez humaines, même si vous êtes capables de Magie. Tout comme les Loups-Garous. Les Vampires, eux, sont un peu à part. Mais si je te dis tout ça, Jemina, c'est parce que ces Ombres dont je te parle dépendent d'une organisation qui s'appelle la Corporation.

— Je n'ai jamais rien compris à ce qu'était la Corporation.

Snow reste debout, les bras croisés, adossé au mur.

— La Corporation a pour but de protéger les Ombres et les humains. Elle régit le monde magique, si on peut l'appeler comme ça. Son pouvoir est décentralisé en Instituts, chargés de s'occuper d'un territoire où vivent des Ombres.

Je me souviens alors de Gwendolyne, venue prévenir Syllia qu'une certaine Lara l'avait dénoncée et qu'une équipe avait été missionnée pour rechercher mon amie.

— Damien et toi faites partie d'un Institut, dis-je en laissant mon regard se perdre dans la contemplation du mur d'en face.

— De Digvix, situé bien plus loin dans la forêt. C'est pour ça que nous sommes venus chez Syllia, pour nous assurer qu'elle respectait bien les lois qui encadrent la vie d'une Ombre dans la société humaine.

Je ne réagis pas, perdue et, surtout, comprenant que j'ai véritablement enfreint une loi : celle qui interdit à une Ombre la pratique de la Magie à des fins financières dans le monde humain. Je me demande si Snow a saisi.

— Normalement, poursuit-il en revenant se positionner devant moi, toutes les Ombres doivent être affiliées à un Institut. Toi, tu devrais être affiliée à Digvix, puisque tu vis ici.

— Affiliée ? Comment ça ?

L'idée d'appartenir à un monde dont je ne sais rien est effrayante. Mais l'idée de savoir que ce monde-là pourrait me demander des comptes l'est encore plus. J'ai les mains moites, quand Snow se rassoit sur la table basse.

— L'Institut relève ton identité et veille à ce que tu respectes les lois qui encadrent le monde de la Corporation, tout en promettant de garantir ta sécurité. Mais, c'est là où c'est dangereux, pour toi. Une fois affiliée à un Institut, tu lui appartiens en quelque sorte. Et toi, tu es une Banshee, un être rare et qui, en ce moment, pourrait être très utile. L'Institut pourrait te demander une contrepartie.

J'ouvre la bouche, sans parvenir à produire la moindre syllabe. Non, moi, tout ce que je veux, c'est aider les esprits. Le reste ne m'intéresse pas. Et puis, j'ai déjà du mal à trouver ma place dans la société *« humaine »*, comme il dit, ce n'est pas pour aller autoriser qui que ce soit à me mettre une laisse autour du cou dans une autre.

— Je connais bien la directrice actuelle de Digvix, jamais elle ne ferait une chose pareille.

Durant un instant, j'ai l'espoir que Snow ait de quoi me rassurer, mais il ajoute aussitôt :

— Le problème, c'est que rien ne dit qu'elle gardera son poste encore longtemps. Et, le prochain ou la prochaine qui lui succéderait pourrait ne pas être aussi indulgent.

Je mime un hochement de tête pour lui faire comprendre que je saisis peu à peu son message. Abasourdie, je parviens finalement à souffler :

— Quand tu prétends que ce n'est pas le moment pour mettre les pieds dans ce monde, qu'est-ce que tu veux dire, exactement ?

Le bleu hypnotique de ses yeux s'assombrit encore, lorsqu'il expose sans prendre de gants :

— Je veux dire que tu dois rester aussi loin que possible de Syllia. Ne te rends plus dans sa boutique, trouve un autre travail, ne viens plus dans cette forêt. Je veux dire aussi que tu vas avoir envie de hurler à la mort très souvent et que tu ne dois plus jamais te lancer à la poursuite de la victime comme tu l'as fait cette nuit. Plus jamais. Parce que, la prochaine fois, tu n'y survivras peut-être pas.

Chapitre 8

BRIAN

Je tire une longue barre sur mon joint, tranquille.

La journée ne semblait pas décidée à s'arrêter, à tel point que j'ai fini par croire que ça n'arriverait jamais et que je serais éternellement coincé sur ma chaise, à faire semblant d'écouter le prof. Celui-là a tendance à vouloir me défier en m'interrogeant dans mes moments d'absence, mais j'ai toujours réponse à tout. Et jamais tort. C'est ce qu'il arrive quand on s'apprête à repasser le bac pour la troisième fois.

Je garde un temps la fumée en moi. Parfois, j'ai l'impression d'oublier de respirer.

Il pleuviote, ce soir. Et la nuit a enfin daigné tomber. Je lève les yeux au ciel pour recracher ma latte, en profite pour tenter d'apercevoir une étoile. Tant pis. Mon attention se reporte sur les environs : je n'ai croisé que trois personnes, qui trottinaient en cherchant à s'abriter, faute de parapluie. J'ai eu envie de ricaner, à les voir presser inutilement le pas, à vouloir s'inventer un toit avec leur sac ou une capuche avec une écharpe.

Les gens peuvent être tellement cons. Qui pourrait avoir la prétention d'échapper à la pluie ?

La silhouette maigriotte et dégingandée sort de l'ombre, dos à l'église. Lui a naturellement pensé au parapluie. Il me rejoint en me faisant un doigt pour me saluer ; je l'ignore, tire encore sur mon joint. Petit con.

Arrivé devant moi, il me tend une main en souriant de toutes ses dents, comme à l'ordinaire.

— Wesh cousin, dit-il en s'imaginant drôle. T'as de la verte ?

Je m'écarte du mur auquel j'étais adossé pour saisir sa main de la mienne. Nous échangeons discrètement matière et argent, puis enfouissons tous deux nos dus dans nos poches comme si de rien n'était.

— Ça va, les amis, la famille ?

Sam voit que quelque chose me préoccupe, sinon, il ne poserait pas la question, même s'il essaie de faire dans l'humour.

— Parce que tu connais l'un ou l'autre ?

— Aucun des deux, non, mais c'était sympa de s'enquérir, tu trouves pas ?

Si, mais je n'ai rien à dire.

— Tu as un peu de temps devant toi ? me demande-t-il.

Je secoue la tête en observant un instant la rue déserte.

— Non, désolé, j'ai des trucs à faire ce soir.

— Plus intéressants que venir te défoncer avec moi, tu veux dire ?

— Bien sûr, c'est tellement facile de trouver mieux.

Sam rit avec franchise puis tourne les talons. Nous nous saluons de loin et je remonte la rue direction le centre-ville après avoir jeté mon mégot. Je passe une partie de la place, tout en saluant quelques connaissances dont je ne me remets pas toujours les noms. J'ôte ma capuche, refourre mes mains dans les poches de ma veste, puis file un peu plus vite en espérant que personne d'autre ne viendra ralentir ma soirée en m'interpellant.

Lorsque j'atteins presque la rue qui m'emmènera à la ruelle près du Syl' pleut voir, un corps surgit dans mon champ de vision, les mains sur les hanches. Je relève la tête sur une paire d'yeux flamboyants.

Je soupire.

— Liana, super.

— J'exige la vérité, Snow.

Je secoue la tête en riant. J'apprécie Liana avant tout pour son exubérance, mais ce n'est pas vraiment le moment.

— N'essaie pas de t'échapper ! s'exclame-t-elle, menaçante, quand je tente de la contourner.

— Désolé, Li, vraiment, mais je suis pressé.

Elle me lance son sac en bandoulière au visage, son poing furieux refermé sur la chaîne dorée. Liana grogne de frustration lorsque je l'évite de peu.

Merde, elle est sacrément rapide.

— Brian, je t'en supplie. Je ne pourrais pas passer à autre chose tant que je ne saurais pas la vérité !

Son expression désespérée m'arrache un second soupir, cette fois de résignation. Ce ne sont pas mes affaires et Damien risque de m'asphyxier dans mon sommeil s'il vient à apprendre que j'ai parlé, même si c'était pour le défendre. Seulement, Liana me harcèle depuis leur rupture en traînant partout là où je vais. Je ne peux pas me permettre d'être suivi, surtout pas par une mégère qui se nourrit littéralement de potins.

— Allez, pose ta question, c'est ce soir ou jamais.

Son regard s'illumine, sa position devient moins menaçante, et elle finit par remettre son sac à son épaule.

— Est-ce qu'il me trompait ?

— Non.

— Mais alors pourquoi…

— À plus, Li.

Conscient que ses tentacules peuvent encore frapper, je lui tourne le dos sans attendre, m'enfonce dans l'obscurité de la rue. Il me faut bien parcourir une centaine de mètres afin de ne plus entendre les insultes éraillées qui me sont adressées avec toute la haine du monde.

Putain, ouais, Li est vraiment tarée. Bienveillante, attentionnée, empathique, mais complètement barge.

J'emprunte la ruelle aux murs effrités, sans prêter attention aux lampadaires suspendus qui grésillent les uns après les autres. Mes pas résonnent dans l'allée, jusqu'à ce que j'atteigne la rue de la boutique et bifurque à droite.

Deux minutes plus tard, la vitrine du *Syl' pleut voir* éclaire des jeux de tarots et des boules de cristal complètement pétées. À ma première venue, je me suis demandé si leur présence dans la devanture relevait de la décoration, avant de ricaner en remarquant les petites étiquettes qui indiquent les prix de chaque objet.

Syl doit vraiment se faire des couilles en or.

Mon entrée fait retentir la clochette accrochée au-dessus de la porte, ce qui m'irrite profondément. Je n'aime pas l'idée de prévenir mon arrivée malgré moi, sans comprendre vraiment pourquoi. Je clenche ensuite la porte suivante et avance de quelques pas dans le salon de voyance.

Comme prévu, je n'y vois pas Jemina, ce qui m'assure qu'elle a bien pris en compte tout ce que j'ai pu lui expliquer la veille.

— Snow ? Et sobre, cette fois ?

Syllia apparaît depuis une porte à ma droite, toujours dans ses haillons noirs qui pendent de partout sous son châle typique des Sorcières. Elle a presque l'air d'un Silencieux, dans des fringues pareilles.

— Je ne suis pas là en tant que Traqueur, ne me regarde pas avec cet air flippé, tu me communiques tes mauvaises ondes.

— Ça te connaît, les mauvaises ondes, pas vrai ?

Plutôt, ouais.

— Tu ne m'invites pas à boire une tisane, moi ? Parce que Dam's y a eu le droit, d'après lui.

— Damien ne s'est pas comporté comme un con d'arrogant avec mon amie, lui.

Je souris en avisant la table ronde où Jem et moi étions assis. Je me demande c'était quoi son truc, ce qui lui permettait de convaincre ses clients de vraiment communiquer avec leur proche défunt.

— Parce que tu es amie avec la Banshee ? Je croyais que vous étiez collègues, rien de plus.

Syllia croise les bras en s'appuyant au mur. Ses cheveux devant les yeux, elle me toise en silence. Je l'ignore et m'en vais admirer le service à thé disposé sur la commode, à l'opposé de la Sorcière.

— Comment est-ce que tu sais, pour Mina ?

— Elle a hurlé devant moi.

Je passe un doigt sur le bord d'une tasse.

— Tu devrais peut-être faire la poussière.

— Je trouve que ça lui donne un charme.

Je suis entièrement de son avis, mais jamais je ne le lui ferai savoir. Quand bien même, rien n'est plus important que la raison de ma venue, pour l'instant.

— Est-ce que tu te rends compte de la situation dans laquelle tu l'as mise, en omettant des détails importants au sujet de la Corporation ? L'Institut pourrait…

— Arrête, Snow ! Je l'ai fait pour elle, pas pour cette boutique ou pour gagner de l'argent, d'accord ? Et Rose ne lui donne pratiquement aucune information, c'est Jemina qui inspire confiance aux clients, ils finissent eux-mêmes par…

Je m'immobilise, une main appuyée sur la commode.

— Rose ? Parce que vous êtes trois à travailler ici ?

Syllia cille, surprise d'avoir pu lâcher un détail aussi important dans son ébauche de monologue. Elle sait que je ne suis pas abruti.

— C'est un esprit, c'est ça ? Cette Rose, elle est morte ?

Face au mutisme de Syl, une colère brûlante remonte mes membres et m'irradie le corps. Je m'élance vers elle.

— Putain, Syllia ! Tu te rends compte de ce que ça signifie !

C'est cette Rose, son truc. C'est elle qui l'aidait à manipuler ses clients. Comment, je n'en suis pas certain, mais au vu du regard fuyant de Syllia, je peux être sûr d'au moins ça.

— Si l'Institut l'apprend, elle peut être accusée de pratique magique à des fins financières dans le monde humain ! C'est une Ombre, Syl ! Où était passé ton putain de cerveau quand tu as accepté qu'elle travaille pour toi !

La Sorcière me bouscule, l'expression mi-féroce, mi-coupable, qui métamorphose son visage habituellement impassible.

— Même si l'Institut venait à l'apprendre, il ne pourrait rien prouver ! réplique-t-elle.

Je passe une main sur mon visage, puis décide de m'asseoir dans un fauteuil pour parer l'envie de balancer à la gueule de Syllia quelque chose de plus consistant que le carton de mouchoirs à moitié vide.

— On ne sait jamais, dis-je d'une voix plus calme. Tu as pris un risque démesuré.

Elle aussi soudainement moins remontée, la Sorcière vient prendre place face à moi.

— Tu aurais fait la même chose.

J'ai envie de répliquer le contraire, seulement Syllia est l'une des personnes qui me connaissent le mieux, avec mes coéquipiers. Si elle l'affirme avec autant de conviction, c'est sûrement qu'elle a raison. Je lui laisse donc le temps de s'expliquer sans l'interrompre, regardant distraitement les cartes de tarot empilées en un tas irrégulier devant moi.

— C'est dans la rue de la boutique, qu'elle a hurlé pour la première fois. Quand je l'ai entendue, je ne parvenais pas à y croire. En fait, je n'étais sûre de rien. Parce que c'était son premier cri, il n'avait pas l'ampleur qu'on décrit dans les livres. Ce qui m'a convaincue qu'elle était une Banshee, c'est d'abord de constater que personne n'avait été alerté, à part moi. J'étais la seule à l'avoir entendue. Ensuite, j'ai vu ses pleurs incontrôlables, puis elle a parlé dans le vide d'un air affolé, alors que je sortais de la boutique.

Je hausse un sourcil.

— Tu veux dire qu'elle est capable de parler aux esprits ?

Les Banshees peuvent avant tout prédire la mort. Certaines, expérimentées, parviennent à deviner l'identité de la future victime, sans pour autant pouvoir la sauver, d'autres sont comme appelées par les cadavres et finissent toujours par les découvrir, peu importe le temps qu'il leur faut.

Je sais bien que certaines Banshees sont douées de la capacité de communiquer avec les morts, mais les livres rabâchent toujours que c'est incroyablement rarissime. Cela fait longtemps que la Corporation n'a pas recensé de Banshee pouvant voir ou entendre les esprits, en France, en tout cas.

— Elle ne fait pas que leur parler, précise Syllia en se penchant sur la table, ils peuvent se matérialiser. Elle les *voit*.

Je bloque durant plusieurs secondes.

— Écoute, Brian, j'ai conscience que tu imagines que j'ai fait une erreur, mais ce n'est pas le cas. La seule faute que j'ai peut-être commise, c'est de ne pas lui avoir vraiment expliqué ce qu'est la Corporation et en quoi elle y est indirectement reliée.

Accoudé à la table, je me perds encore dans la contemplation des cartes usées de Syllia.

— Je l'ai fait, hier soir, l'informé-je d'un air absent.

Les choses se connectent rapidement, peut-être un peu trop pour que je parvienne à penser de manière vraiment raisonnée, c'est donc mon instinct qui prend la parole :

— Pourquoi j'ai l'impression que tout est relié, Syllia ? Qu'est-ce que tu ne nous dis pas ?

La Sorcière s'apprête de nouveau à détourner le regard, je me dépêche donc de préciser :

— Tu quittes ton village de Sorcières du jour au lendemain, comme si tu prenais la fuite. Tu rencontres une Banshee et tu choisis de ne pas en informer Digvix, non plus de conseiller à Jemina de demander la protection de l'Institut. Et Lara qui t'accuse de pratiques magiques dans le monde humain pour ta propre survie…

— Parce que tu as conseillé à Jemina de se faire affilier à Digvix ?

Je secoue la tête. Bien sûr que non.

— Je ne suis pas complètement irréfléchi, Syl. Si Sophie est aussi tolérante avec les Ombres, on sait bien que ce n'est pas le cas de beaucoup de directeurs. Seulement, j'ai l'impression que toi et moi, nous n'avons pas les mêmes raisons pour vouloir tenir Jemina loin de la Corporation.

Le visage de Syllia, à l'expression toujours orageuse, se ferme subitement. La Sorcière se lève en rabattant son châle sur elle, les bras contre son torse.

— Je tiens à ma sécurité, Snow, et à celle de Mina. Ne viens plus m'interroger et ne répète à personne, pas même à Sophie, ce que je t'ai confié.

La Sorcière se dirige à grands pas vers un escalier dissimulé derrière un rideau en velours. Je me lève à retardement, alerté par sa mise en garde, mais Syl ne me laisse pas le temps de l'ouvrir :

— Va boire une tisane ailleurs, Brian, je n'ai plus rien à te dire.

À l'étage, une porte grince puis claque avec force. Sur la commode, le service à thé en cuivre gémit.

Je jette un dernier coup d'œil au tarot de Syllia, m'interrogeant sur les raisons qui la poussent à s'en servir. Les symboles qui figurent sur les lames ont plutôt un rapport avec la religion chrétienne, donc rien à voir avec les croyances des confréries de Sorcières.

La lame de la Mort, représentée par un squelette muni d'une faux et qui marche sur des crânes, me regarde partir. Syllia, qui s'intéressait déjà au tarot avant de quitter son village, m'avait autrefois expliqué que cette lame pouvait signifier la transformation vers une nouvelle vie.

C'est drôle, parce que personnellement, j'ai tous les jours l'impression d'un peu plus mourir, comme si c'était encore possible.

Chapitre 9

JEMINA

— Tu penses rentrer avant de te dissiper ? demande Rose en croisant les jambes.

Charles, entre nous deux, hausse les épaules en réfléchissant. Maintenant que j'y pense, les esprits parlent toujours de « rentrer », plutôt que de « partir ». Comme si l'endroit qui nous attendait après avoir quitté cette terre, quel qu'il soit, était celui auquel nous avions été arrachés à notre naissance.

Comme si, alors qu'on nous donnait la vie dans cet espace-temps, on nous avait tués dans un autre.

Mais peut-être que ce n'est pas aussi simple. Ça ne l'est sûrement pas, même.

— Je ne suis pas certain de la meilleure décision à prendre, répond finalement Charles. Toi aussi, tu le ressens, ce besoin pressant de rentrer, non ? Mais, toi aussi, tu as le sentiment de devoir rester.

— C'est vrai, admet Rose en me regardant.

Sans plus écouter la conversation, je m'avance vers la fontaine, armée de mon appareil photo. Je fais quelques clichés de l'eau, de la sculpture, sans vraiment y penser. C'est plus un stratagème pour m'éloigner et me consacrer à mes pensées.

Je suis une Ombre. Une Ombre qui a enfreint les règles d'un monde auquel elle n'appartient pas. C'est curieux, ce don de pouvoir se mettre en marge de toutes les sociétés. Petite, je préférais jouer avec Ilian, plutôt qu'avec mes camarades de classe. Quand son énergie a été trop affaiblie pour qu'il puisse rester plus longtemps et qu'il a disparu, j'ai mis des mois à l'accepter. Parce que si mes parents pensaient qu'il était mon ami imaginaire, s'il était en vérité un esprit, pour moi, il n'en restait pas moins réel et surtout vivant.

Même lorsque je regarde Rose, je ne parviens pas tout à fait à me faire à l'idée qu'elle soit morte. Elle me semble bien trop… énergique, pensante, consciente, en somme, pour que je puisse un jour l'envisager. Je sais bien que son corps n'est plus animé comme le mien l'est, je sais bien qu'elle n'a plus la capacité de toucher un quelconque objet et qu'elle finira elle aussi par disparaître, mais je le sais sans vraiment le réaliser.

J'ai très vite compris que ces gens que je voyais n'existaient pas aux yeux des autres. Arthur m'a bien expliqué ce que signifiait être mort, l'année de mes sept ans, mais j'étais persuadée de pouvoir convaincre mon entourage. Imaginez la tête de ma mère quand je lui ai dit : « Maman, en fait, Arthur est mort, c'est pour ça que, toi, tu ne peux pas lui parler. » C'est quand mes parents m'ont fait voir mon quatrième pédopsychiatre, avant mon entrée au collège, que mes lèvres se sont scellées.

C'est là que c'est devenu un secret.

Et puis, j'étais décidée à me faire des amis vivants, cette fois. Je voulais profiter de rencontrer de nouvelles personnes qui, elles, ne me considéraient pas déjà comme folle, m'ayant vue converser seule dans la cour de récré à l'école primaire.

Cela a été un désastre. À tel point que mes parents ont choisi de déménager dans le Sud.

Second désastre. Alors nous sommes revenus.

Syllia a été la première à me croire. Elle a fait plus, même : elle m'a expliqué qui j'étais et en quoi mes capacités n'avaient rien à voir avec la folie. En quoi elles étaient une question de Magie.

Puis Snow débarque, narquois, arrogant, avec les yeux du dieu des océans, et m'explique tout ce que Syllia n'est jamais parvenue à me faire comprendre. Si tant est qu'elle ait vraiment voulu le faire.

Ce monde-là, magique, apparemment régi par la Corporation, pourrait peut-être être le mien, celui où je pourrais avoir une place et me rendre utile, seulement je vois bien le souci qui plisse le front de Syl à chaque fois que j'ouvre trop grand la bouche pour bâiller. J'ai peur qu'il en aille de même pour tous les autres.

Que je les effraie. Et qu'eux aussi, finissent par me repousser, par m'isoler.

— Mina ! Viens voir !

L'appel de Rose me fait presque sursauter. Je tourne la tête vers elle, elle me fait signe de les rejoindre. Charles lui chuchote quelque chose, gêné.

— Mais non, pose-lui la question.

Je m'assois sur le banc, à côté du vieil homme.

— Tout va bien, Charles ?

— Je vais rentrer, Jemina.

Je déglutis. Son annonce m'attriste considérablement, Charles est l'un des rares qui me connaissent presque sous toutes mes coutures et mes visites quotidiennes m'enchantent toujours. Seulement, je ne dois pas le lui montrer, je ne veux surtout pas qu'il se sente obligé de rester.

— Mais avant ça, reprend-il, j'ai un service à te demander.

J'acquiesce d'un signe de tête pour l'encourager à poursuivre.

— Suis-moi.

Charles part d'un pas tranquille vers le trottoir pour traverser la route. Il s'arrête devant l'entrée de la banque, les yeux rivés sur le sol. Je me lève à retardement, intriguée, et trottine jusqu'à lui. À l'intérieur, l'hôtesse d'accueil me regarde comme si j'allais entrer, déjà prête à m'accueillir. Je me détourne, l'air de rien, puis demande :

— Qu'est-ce qu'il se passe, Charles ?

Le vieil homme désigne le caillebotis du caniveau, sous mes pieds.

— Tu vois cette chaîne en or ? Ça fait un mois que j'attends que la pluie l'emporte, mais c'est comme si elle était décidée à rester.

Je regarde au travers du métal grillagé. Le soleil révèle l'éclat d'un bijou doré, caché sous quelques feuilles desséchées.

— J'aimerais que tu le remettes à ma femme.

La bouche entrouverte, je hoche la tête, mais garde le silence. Je sens que sa demande n'est pas terminée.

— Mais, si tu t'en sens capable, je voudrais aussi que tu la fasses venir ici. Parce que j'ai besoin de lui parler.

Alors ça signifie que…

— Ne fais pas cette tête, Jemina, intervient Rose en apparaissant à côté de moi, elle te croira, j'en suis persuadée.

La porte de la banque s'ouvre derrière moi. Je fais volte-face, comme prise la main dans le sac. L'hôtesse d'accueil m'observe, suspicieuse.

— Est-ce que je peux vous aider, mademoiselle ?

— Euh, eh bien, à vrai dire, j'ai fait tomber ma chaîne dans le caniveau hier soir et je me demandais…

À quelques pas de chez moi, je reconnais immédiatement les boucles soyeuses et la silhouette élancée de Liana remonter mon allée. Elle sonne à ma porte, sonne encore, et soupire en se retournant, une veste en jean entre les mains.

Elle m'avait prévenue qu'elle repasserait vite, mais sincèrement, je n'y croyais pas. Pourtant, elle est bien là, devant ma porte, à me faire de grands signes lorsqu'elle me voit arriver. Je lui souris en retour. Le dernier et premier repas que nous avons partagé, nous nous sommes rendu compte que, si nous n'avions aucun point commun sur les façons dont nous passons nos soirées, nous sommes en accord sur beaucoup d'autres sujets.

Comme à propos du fait que le salé, c'est décidément bien meilleur que le sucré. Et, oui, c'est une raison suffisante pour sympathiser.

Liana est entrée l'année dernière dans le lycée où j'étais censée aller. Elle y fréquente donc énormément d'élèves qui m'ont suivie dans une partie de ma scolarité. Elle n'a fait aucun commentaire lorsque je lui ai expliqué que j'avais arrêté les études, ne m'a pas interrogée outre mesure quand je lui ai confié que pour moi, aller au lycée s'apparentait à me jeter consciemment dans les flammes des enfers.

En fait, Liana est très compréhensive, malgré son goût prononcé pour les monologues.

— Tu pars en balade les matins ? m'interroge-t-elle lorsque je passe le portillon.

— Parfois, oui.

— Alors heureusement que tu rentres à temps, parce que j'ai besoin d'une oreille pour me plaindre des cours ennuyants de la matinée et de Loriane, surtout de Loriane.

Je ris en lui promettant de ne pas me laisser distraire par la télé, puis nous entrons.

Liana pose son sac au pied de la commode, regarde encore la sculpture d'argile, puis me suit dans la cuisine au bout du grand salon. Je m'affaire à préparer une salade digne de ce nom, tandis que Liana commence ses lamentations :

— Sérieusement, la philo, je pensais que ça deviendrait mon cours favori, mais comment c'est possible avec un prof pareil ? Et franchement, la prof d'histoire, on ne peut pas dire qu'elle soit tout à fait neutre. Et je ne comprends pas que les toilettes des nanas soient aussi dégueulasses.

Comment on peut pisser sur la cuvette en y étant assise, tu peux me le dire ? Et comment je suis censée m'essuyer s'il n'y a même pas de papier toilette ? Et ajoutez des miroirs, bon sang ! Moi aussi, j'aimerais prendre le temps de me remaquiller pendant les pauses, O.K. ?

Je coupe la tomate en rondelles, un petit sourire aux lèvres. Visiblement, Liana est toujours aussi énergique et je pense que j'en ai besoin.

— Et Loriane qui fait une soirée chez elle, mais qui nous impose de nous habiller en noir pour qu'elle soit la seule en couleur ! Désolée, je ne vais pas me fringuer comme un croque-mort seulement pour qu'elle puisse se taper Snow !

Mon couteau encore dans la chair du légume, je lance un coup d'œil à Liana.

— Tu connais Snow ?

— Tu sais quoi, Mina ? Tu vas m'accompagner à sa foutue soirée. Pas question que j'y aille avec ces pouffes qui font semblant d'être mes amies, alors qu'elles profitent de chaque moment d'inattention pour me planter leurs crocs empoisonnés dans le dos.

— Quoi ? Non ! Je n'irai pas à cette soirée !

Jamais.

— Tu disais quoi, à propos de Snow ? m'interroge Liana en ignorant mon intervention précédente.

Je me retiens de lui exposer toutes les raisons pour lesquelles je serai bien mieux sous ma couette plutôt qu'entourée de gens susceptibles de me reconnaître, préférant réitérer ma question.

Liana, qui se lève pour se servir un verre d'eau sans même avoir besoin qu'on lui rappelle où est rangée la vaisselle, me répond calmement :

— Bien sûr, que je connais Brian. On est dans la même classe depuis l'année dernière. Mais, toi, d'où tu le connais ?

Je me retourne pour poursuivre le découpage de ma tomate, innocente.

— Je l'ai croisé en ville, un jour.

— Il y traîne souvent, c'est vrai.

Ma nouvelle amie boit une gorgée d'eau, puis s'approche pour s'appuyer au plan de travail, à côté de moi.

— Tu as deux semaines pour te préparer psychologiquement, parce que nous allons nous y pointer, à cette soirée.

Je relève encore la tête, les sourcils froncés, plus inquiète qu'autre chose.

— Non ! Je déteste ce genre de trucs, je te l'ai dit !

— Mais tu m'as aussi dit que tu n'avais jamais essayé.

J'ouvre la bouche pour répliquer, seulement l'expression suppliante de Liana m'en empêche. Je soupire en levant les yeux au ciel.

— Allez, Mina ! On va danser, critiquer, boire, et moi, j'irai récupérer mon mec.

Je plisse les yeux.

— Ton copain ? Mais tu m'as raconté que vous aviez rompu il y a un mois parce qu'il te trompait.

— Bah c'est moi, qui me suis trompée, finalement. Alors autant ne pas attendre plus longtemps.

J'installe les rondelles de tomates sur les feuilles de salade, dans chaque assiette. Je m'imagine que ne pas répondre est une manière suffisante de clore le sujet, afin que Liana me laisse tranquille avec cette soirée, mais alors que je dispose les assiettes sur la table et lui propose du fromage, elle soupire :

— Je suis tellement pressée, Mina. T'imagines la tête que vont faire les débiles qui te croient morte ? Mince, je me demande ce que vont raconter les nouvelles rumeurs qu'ils vont inventer.

Chapitre 10

BRIAN

— Tu crois qu'un jour on pourra aller en Grèce ? Parce que j'aimerais bien voir le Colisée, moi.

Je ris en envoyant une pichenette dans la joue d'Alejo.

— Le Colisée est à Rome, Al, en Italie.

Mon petit frère, loin d'être offusqué, se frotte la joue en me demandant :

— Alors on pourra aller en Italie, tu crois ?

— Pourquoi pas, oui.

À cette heure, les couloirs de l'Institut sont presque vides. La plupart de ceux qui ne sont pas en mission sont en plein repas. Al laisse sa main frotter la pierre du mur lorsque nous montons l'escalier en colimaçon, celui que j'emprunte toujours pour rendre visite à Sophie quand je suis pressé. Personne ne passe généralement par ici, parce que tout le monde pense qu'il y a toujours des embouteillages.

Le couloir est sombre, la lumière étant filtrée par les vitraux qui décorent le mur.

— Et tu penses qu'on pourra emmener papa avec nous ?

Mes doigts se resserrent autour du sac d'Alejo, mais je m'évertue à ne rien laisser paraître.

— S'il en a envie.

Je laisse Al se réjouir en courant vers le bureau de Sophie. Le gosse entre comme un fou sans toquer, si bien que j'entends Sophie s'exclamer :

— Brian a vraiment une mauvaise influence sur toi, jeune homme ! On toque, avant d'entrer !

Devant le bureau, j'aperçois Soph enlacer Al en poursuivant ses fausses réprimandes. Elle prend Alejo par la main et l'emmène s'asseoir à son bureau. Impatient, je la regarde lui donner un tas de feuilles énorme et des crayons de couleur.

Je pose le sac d'Al sur la chaise destinée aux visiteurs pendant que Sophie se tourne vers moi, son sourire bienveillant et optimiste toujours aux lèvres. Elle va vite déchanter.

— Il y a un problème, avec Syllia.

Sophie souffle en portant une main à son front.

— Tu ne vas pas recommencer, Brian. Tout ça, ce ne sont que des spéculations.

— Laisse-moi surveiller Lara à temps plein. Nuit et jour.

La directrice hausse un sourcil.

— Est-ce que j'ai vraiment besoin de te rappeler que dormir est primordial pour la santé, et que, de toute manière, tu es au lycée la journée ?

Je lance un coup d'œil à Al qui s'extasie devant son crayon de couleur bleu.

— Je ne suis pas tout seul dans l'équipe, Sophie. Damien, Frog et Kenny peuvent très bien s'en occuper aussi.

— Ça devient du harcèlement, Brian. Je t'ai déjà dit non, et c'est toujours non.

Mais je ne la laisserai pas tranquille tant que sa réponse n'aura pas changé.

J'ai conscience des raisons qui poussent Sophie à refuser. Je n'ai aucune preuve que Lara, qui est la représentante du peuple des Sorcières, ait poussé Syllia à quitter son village. Mais j'ai un pressentiment, un mauvais même. Parce que Syl est partie du jour au lendemain, en demandant à Gwendolyne de prévenir l'Institut.

Les Sorcières ont bien le droit de vivre parmi les humains, même si la cohabitation est encadrée par des lois qu'a établies la Corporation. Mais que l'une d'entre elles fasse ce choix est exceptionnel, tout simplement parce que leur peuple est encore marqué par les traumatismes qu'ont engendrés les chasses aux Sorcières.

Et, Syllia, elle, n'a jamais montré aucun attrait pour le monde humain. Certes, elle s'intéressait à leurs croyances en la divination, en la voyance, mais jamais elle ne se serait éloignée de ses Sœurs. Parce qu'il n'y a justement rien de plus important pour une Sorcière que celles qui constituent sa confrérie, ce qu'image très bien la façon dont elles se désignent entre elles.

Elles sont Sœurs, chacune aime les autres sans distinction. Leur souci d'égalité est censé les caractériser, seulement j'ai pu remarquer à plusieurs reprises que Lara apprécie un peu trop son statut de Prêtresse.

— Et tu ne fais rien sans mon accord, me prévient Sophie en dressant son index.

Elle redoute la réaction des autres peuples d'Ombres, s'ils venaient à apprendre que nous espionnons Lara. Si les Ombres sont souvent en discorde, elles savent aussi se montrer solidaires face à l'injustice. Et espionner Lara sans raison valable relèverait justement de l'injustice.

Tant pis, je vais me débrouiller pour trouver de quoi convaincre Sophie. Je dois faire parler Syllia.

— Dylan se rétablit ?

Sophie s'assombrit. Elle secoue la tête.

— Il est mort, m'annonce-t-elle en baissant la voix pour qu'Alejo ne l'entende pas.

Dylan était un Loup-Garou de la meute de Digvix. Son alpha nous a prévenus de sa disparition il y a de ça deux mois. Dylan a voulu m'attaquer alors que je m'apprêtais à rejoindre la cabane. Il semblait fou. Par chance, j'ai réussi à lui frapper la gueule avec une branche avant qu'il ne me dévisage, puis je l'ai pris en chasse.

Vraiment, Dylan n'aurait jamais tenté de décapiter un Traqueur. Il entretenait de bons rapports avec la plupart des équipes.

— Ce n'est pas ta balle qui l'a tué, m'assure Sophie en m'entraînant vers le fond de la pièce. Il est mort d'une hémorragie interne. Il a très certainement été tabassé.

Je me fige.

C'est lui. J'en suis certain.

— Lorsqu'il s'est réveillé à l'Infirmerie, poursuit Sophie, je lui ai demandé de reprendre forme humaine. Il a voulu me sauter au cou, alors on l'a endormi, mais il est mort avant qu'on puisse faire quoi que ce soit. Lacie a proposé son équipe pour aller annoncer la nouvelle à la meute.

La directrice me sourit d'un air triste.

Dylan disparaît sans que sa meute ne remarque rien d'anormal, il revient deux mois plus tard, et refuse de se transformer. C'est du déjà-vu.

— Sophie, il recommence, tu en as conscience ?

Son sourire s'efface subitement, remplacé par une expression grave et impuissante.

— Je sais, mais il va falloir plus d'éléments si on veut pouvoir compter sur l'aide de la Corporation, tu comprends ?

Non, je ne comprendrai jamais.

Assis sur un banc de l'église, j'ouvre l'œuvre monumentale de ma grand-mère. N'ayant pas trouvé de bouquins intéressants à la bibliothèque de Digvix, j'ai fouillé l'étagère dans le bureau de mon père, aujourd'hui à l'abandon et encore plus empoussiérée que le service à thé de Syllia.

Et j'ai déniché ce livre, sans pourtant le chercher. Je suis tombé dessus, attiré par sa reliure foutue et les lettres gothiques dorées qui sont gravées sur la première de couverture. *Magic, legends and truths*, de Sybille Snow. Comme à chaque fois que je me prépare à poursuivre ma lecture, je m'attarde sur la dédicace, rédigée en français.

Au mystère, à la magie. À Ian, qui réunissait les deux.

Je me suis enfin décidé à interroger mon père à propos de ce Ian, tout à l'heure, mais comme je m'en doutais, j'aurais dû m'abstenir. Mon poignet et ma mâchoire me le font encore comprendre, dès que j'ose un peu trop m'en servir.

Quand j'ai vu mon père s'effondrer, épuisé par sa propre fureur, j'en ai profité pour m'échapper de la maison et filer chercher Al à l'école. Cette histoire m'a mis en retard. Mon frère m'a attendu comme si de rien n'était, parce qu'il a l'habitude, et cette seule pensée suffit à me nouer la gorge.

Je n'ai pas pu me résigner à le ramener à la maison, où mon père devait encore pleurer tout l'alcool qu'il avait ingéré la journée. Alors je l'ai emmené manger en ville et lui ai demandé s'il voulait dormir à l'Institut, ce soir. Comme toujours, il a pris la proposition comme une surprise, sans penser au pourquoi du comment.

Ce qui est tant mieux.

Je recherche dans le sommaire si le sujet qui m'intéresse est abordé dans l'œuvre. Je ne destinais pas ce livre à cette utilisation, mais je suis certain qu'il pourra me servir pour ça aussi. Et alors que mes yeux se posent sur le mot attendu, des claquements de pas me font relever la tête. J'étais persuadé être seul.

Une jeune femme blonde arpente lentement l'église, un appareil photo dans les mains. Elle longe le mur opposé à moi, sur ma gauche, sans me voir. Jemina arbore un sourire paisible, doux, presque imperceptible. Elle s'arrête devant une sculpture, l'air transporté. J'avise son jean encore trop large, sa veste informe et son visage serein. Il me fait l'effet d'une étendue d'eau plate et miroitante, une sur laquelle on voudrait se laisser tranquillement flotter.

Je me replonge alors dans mon bouquin, un pied posé sur le dossier devant moi. Il est entièrement écrit en anglais, et, si je maîtrise cette langue, je bute parfois sur quelques mots ou expressions.

Mais, « Banshee », lui, est bien orthographié comme dans les manuels que j'ai pu étudier à Digvix. Je feuillette le livre jusqu'à la page indiquée, quand un flash m'illumine tout entier.

— Bien joué, dis-je en regardant Jem du coin de l'œil.

Ses yeux écarquillés s'humidifient en même temps qu'elle prend une teinte rouge, son appareil photo baissé devant sa bouche.

— Je vais la supprimer, s'excuse-t-elle dans un souffle saccadé.

— Fais voir.

Son regard se durcit à l'entente de ces deux mots.

— Je t'ai déjà dit que je n'aimais pas les ordres.

— Ça n'en était pas un.

Je ferme le livre de ma grand-mère et le pose sur le banc, à ma droite.

— Alors tu pourrais ajouter « s'il te plaît », me fait-elle remarquer, ou encore choisir une formulation interrogative.

Un ricanement, c'est la seule réponse que je parviens d'abord à lui donner, avant de lui balancer :

— Attends, tu me prends en photo sans mon consentement, et après tu viens me filer des leçons de savoir-vivre ?

Elle hausse les épaules, visiblement indécise quant à ce qu'elle est censée répliquer. En même temps, elle n'a rien à dire pour sa défense. C'est clairement elle, la fautive.

— Tu me la montres ou pas, cette photo ?

Comme intimidée, elle esquisse un pas en avant, puis pose une condition :

— Je te laisse la voir seulement si je peux regarder ton livre.

— Je n'ai rien à cacher, contrairement à toi.

Mensonge.

Jemina me rejoint lentement, et, comme si je lui tendais un piège, elle me présente son appareil photo en restant en retrait, debout dans la rangée de bancs. Tout en regardant la photo en question, je la rassure :

— Tu peux t'asseoir, tu sais, je ne vais pas te manger.

Je la sens m'observer, immobile, anxieuse et intriguée. En lui lançant une œillade, je précise :

— À moins que tu me le demandes.

Ses sourcils prennent un angle outré, ses lèvres pleines s'ouvrent brutalement, mais je lui colle son appareil photo dans le ventre et ne lui laisse pas le temps d'en placer une.

— Elle est pas mal, tu peux la garder. Il faut dire qu'avec mon physique avantageux, n'importe quelle photo serait sublime.

— Ouais, une chance que ton apparence ne reflète pas ton intériorité.

Je l'aime bien.

Je souris en croisant mes chevilles sur le dossier en face de moi, Jem s'assoit.

— Pourquoi la photographie ?

Tournée vers l'autel, elle me retourne, sarcastique à souhait :

— Pourquoi la vanité ?

— J'ai demandé en premier.

Mon sérieux semble l'étonner, si bien qu'elle me jauge quelques secondes, avant de satisfaire ma curiosité :

— Pour saisir l'éternité.

Ça me plaît. Parce que c'est alambiqué et que ça donne à réfléchir. Je préfère ce genre de réponses à toutes les autres.

— Damien a disculpé Syllia, grâce au rapport qu'il a fait.

Jemina me regarde une seconde fois.

— Je croyais que je ne devais plus rien à voir avec elle, pourquoi tu me dis ça ?

Pour changer de sujet.

— Parce qu'elle m'a dit que vous étiez amies, donc j'ai pensé que ça pouvait t'intéresser.

Et un peu pour ça aussi, c'est vrai.

Elle me remercie, le silence s'installe. Le bras de Jem passe devant moi, sa main se saisit de mon bouquin. Elle lit la page de couverture, mais ne m'interroge pas sur le nom que l'autrice et moi partageons, non, sa question n'est pas celle que j'attendais :

— Tu dois avoir un sacré bon niveau en anglais, je me trompe ?

Je hausse les épaules, sans me détourner du vitrail qui surplombe le chœur. Sincèrement, je m'interroge quant aux priorités de sa curiosité.

— Dis, Brian… Comme Syl n'habite plus son village de Sorcières, est-ce que ça signifie que l'Institut ne la protège plus ?

— Non, elle reste malgré tout affiliée à Digvix. C'est pour ça qu'elle répond toujours aux lois de la Corporation, et ça veut aussi dire que l'Institut doit faire son travail : veiller à sa sécurité, tout en s'assurant qu'elle ne mette aucun humain en danger.

Jemina pince sa lèvre entre son pouce et son index, une petite ride entre ses deux sourcils. Elle murmure un « O.K. » qui ne semble pas rassuré.

— Qu'est-ce que tu sais, Jem ? Qu'est-ce qu'elle t'a dit, qu'elle n'a pas osé nous confier ?

Elle fuit mon regard, préférant s'intéresser à mes mains au chaud dans mes poches, mais je ne lâche pas :

— Écoute, c'est important. Je vois bien que tu t'inquiètes pour elle, c'est aussi mon cas. Je pense que Syllia a été forcée d'abandonner sa confrérie, mais elle ne veut rien me dire qui me permettrait de l'aider.

Jemina repose le livre de ma grand-mère entre nous deux. Je sais qu'elle a envie de parler. Ça se voit à sa façon de se mordiller la lèvre inférieure. Ses yeux turquoise rencontrent un instant les miens et j'insiste une dernière fois :

— J'ai des soupçons sur quelqu'un, alors si tu as des infos, ça pourrait peut-être m'être utile. Comme je te l'ai dit, mon travail, c'est de la protéger.

Elle prend une grande inspiration.

— C'est Syl qui m'a expliqué que j'étais une Banshee, le soir où j'ai hurlé pour la première fois. Je suis retournée la voir à plusieurs reprises et on a sympathisé. Un soir, où… Bref, elle a un jour posé son grimoire sur la table de la cuisine, avec une graine à côté. Elle a lu quelque chose dans son livre, la graine a germé, puis la plante a fleuri, comme ça.

Je me fais violence pour ne pas la secouer en l'attrapant par les épaules afin qu'elle m'épargne les détails. Elle a l'air de réfléchir.

— Elle m'a dit qu'elle était une Sorcière, que je n'étais pas seule, que… Elle m'a fait promettre de ne jamais raconter à qui que ce soit ce qu'elle venait de me confier, ni ce que je venais de voir. Parce qu'il était possible qu'on cherche à la tuer.

J'ôte mes jambes du dossier, mes pieds frappent le sol sous la nouvelle.

— Sur le moment, conclut Jem, je n'ai pas compris pourquoi elle me demandait ça. Personne ne m'aurait cru.

Mes yeux descendent inconsciemment se poser sur le cou fin de Jemina. Je souffle, déjà en train de penser à ce que tout ça peut bien signifier :

— Personne, sauf quelqu'un qui sait que les Sorcières existent.

Et un pressentiment me dit que ce quelqu'un pourrait bien être Lara.

Chapitre 11

JEMINA

Je ne sais pas.

Même, je crois que je ne sais rien.

Rose m'observe avec intensité, la mine inquiète. Installée sur ma chaise de bureau, elle se penche en avant, les coudes sur ses cuisses, ses doigts entrecroisés. J'aime bien sa robe. Parfois, j'ai presque envie d'en porter une.

— Où est le problème ?

Sa question me force à baisser les yeux. Parce que, finalement, j'ai bien une réponse. Mais personne ne veut l'écouter. J'essaie d'appeler. J'essaie de leur faire comprendre, ou, du moins, j'ai essayé par le passé.

Personne ne m'a jamais entendue. Comme si mes cris étaient devenus silencieux.

— Il n'y a pas de problème, je te l'ai dit.

Rose plisse les yeux, et, l'espace d'une seconde, je l'imagine devenir furieuse.

— Bon, on se rejoint là-bas ?

Mon amie acquiesce, muette. Je la regarde perdre de sa densité, devenir peu à peu translucide, transparente, puis se désagréger.

Un peu comme tout le reste.

Je m'extirpe de sous ma couette en repoussant l'hypothèse que Syllia soit véritablement en danger de mort. En fait, je repousse toute pensée pour me consacrer à une seule chose : la recherche du peu de courage dont je puisse faire preuve.

Je range la chaîne en or de Charles dans une petite boîte à bijoux, plus ou moins empruntée à ma mère, puis m'en vais dans l'escalier. La route n'est pas bien différente de celle que je prends pour me rendre au parc, elle dévie simplement de quelques rues. Seulement, même si les jeunes de mon âge sont en cours à cette heure de l'après-midi, je sais aussi que j'ai plus de chance d'en croiser ici que près de chez moi, et rien que cette idée me tétanise.

Toujours armée de ma capuche, je presse le pas. Tout ça devient obsessionnel. Et ce que je m'apprête à faire, c'est de la folie.

Je prends une grande inspiration, avec l'affreuse sensation de ne pas avoir entièrement vidé mes poumons, du moins, pas suffisamment pour pouvoir respirer convenablement. Dans la poche de ma veste, mes doigts se contractent autour de la boîte.

Je me fige, les yeux collés sur les deux chiffres en métal qu'arbore la façade de la maison. C'est là.

— Ce n'est pas la mort, Mina.

La voix de Rose se veut réconfortante, mais ses propos me glacent le sang. Je connais cette sensation. Une brise fraîche qui vous souffle au visage. Elle s'engouffre via vos pores et contamine le reste de votre corps.

Je pensais l'avoir oubliée.

— Si elle ne te croit pas, ce n'est pas si grave, mais je pense que c'est important que tu essaies.

Ma tête pivote vers Rose. Son regard encourageant m'insuffle un peu de confiance, mais rien ne saurait apaiser mon angoisse.

— Fais-le pour Charles, continue-t-elle, et pour toi.

Pour moi ? Je ne vois pas trop ce que ça pourrait m'apporter, surtout si ça venait à mal se passer.

Je me surprends à pousser un long soupir de résignation pendant que ma main va trouver le bouton de la sonnette, à côté du portillon. Je retiens ma respiration, accrochée à la boîte comme si elle seule pouvait me sauver.

La porte s'ouvre, une vieille femme sort sur le perron.

— Dis quelque chose, Mina, me chuchote Rose comme si quelqu'un pouvait l'entendre.

Je tressaille imperceptiblement.

— Madame Muller ?

La femme hoche la tête de haut en bas, suspicieuse.

— Si vous venez me proposer un nouveau désherbant, sachez que je ne suis pas encore suffisamment sénile pour qu'on m'embobine, jeune fille.

Mes lèvres s'étirent dans un sourire incontrôlable. Elle me fait penser à ma grand-mère, autrefois.

— Pas du tout, Madame Muller. Je suis Jemina Jaymeson et j'aimerais vous parler… et euh… Si vous préférez ne pas me faire entrer, je comprends, mais j'aurais besoin que vous vous approchiez pour que je puisse vous montrer quelque chose.

La femme de Charles m'inspecte derrière ses petites lunettes rondes, les poings sur les hanches.

— Dites-moi de quel sujet vous voulez parler.

Je lance un coup d'œil à Rose, priant pour qu'un éclair de génie l'illumine. Mais rien, elle me retourne mon expression paniquée.

Expliquer à Mme Muller que l'esprit de son mari m'envoie lui livrer un message et lui proposer un rendez-vous ne me paraît pas être la meilleure entrée en matière. Sans trop réfléchir, et impatiente de me tirer de cette position inconfortable, je pose la boîte à bijoux par terre puis la fais glisser entre les barreaux du portillon.

— Je vous laisse un cadeau de la part de l'un de vos proches, madame. Je repasserai vous voir demain pour discuter, si vous êtes d'accord.

La grand-mère opte pour le silence glacial. Elle semble me bannir de sa rue par son simple regard. Je reviens donc sur mes pas, dissimulée derrière les thuyas de Mme Muller. La pression redescend subitement, à tel point que je frémis en souriant à Rose.

— Tu vois, ce n'était pas si compliqué ! s'enthousiasme-t-elle. Bon, O.K., tout ne s'est pas déroulé comme prévu, mais je suis sûre que, demain, elle voudra en savoir plus et qu'elle avalera tout ce que tu pourras lui raconter !

Qu'elle dise ça comme si j'allais mentir à la femme de Charles me fait rire.

Je lève le menton vers le ciel, tandis que Rose me parle « d'une évolution de dingue dans ma mission d'aide aux esprits ». Les nuages sont épars, fins, brumeux et clairs. Le soleil a déjà perdu de sa chaleur d'été, mais il disperse encore une lumière vive dans la ville.

Je me sens bien.

Je me sens accomplie. J'ai fait un pas en avant, après une éternité d'inertie. J'ai repris du mouvement, transportée par de nouvelles jambes, enfin très loin de ce qui a pu me terrasser, et plus seulement par pensée. J'ai agi.

J'espère que cette envie de courir ne va jamais me quitter, parce qu'aujourd'hui, je me sens prête à sauver le monde entier.

Liana sautille, applaudit, couine, m'enlace, m'embrasse, puis encadre son visage de ses deux mains.

— T'es trop belle, comme ça !

Je me tortille en tirant sur les pans de la robe, un masque de gêne et de torpeur sur le visage. Heureusement que la surprise qu'a provoquée la visite imprévue de Li est passée, je ne suis pas sûre que le mélange aurait été beaucoup plus plaisant à admirer.

Mon amie me bouscule sans ménagement jusque devant mon miroir. Je pâlis à vue d'œil. Rose, étalée sur mon lit, éclate de rire en roulant sur le côté.

— Je…, tenté-je. Liana, c'est vraiment trop court pour moi !

— Tu sais, Mina, répond-elle en me reluquant, parfois, il vaut mieux plonger dans le bassin plutôt que de se contenter de faire tremper ses pieds, quand on a peur de l'eau.

Qu'est-ce qu'elle… Je grimace, encore.

— Nan mais Li, il n'est pas question d'aquaphobie, là.

— C'était une métaphore, chérie. Mé-ta-phore, tu connais ?

Je roule des yeux. Liana déteint déjà sur moi, à moins qu'elle ne libère ce que j'ai encagé trop longtemps.

— J'aime bien cette robe, c'est vrai, avoué-je en me tournant vers elle, mais s'il te plaît, étape par étape.

Li s'approche en posant ses doigts vernis sur mes épaules. Ses yeux marron pénètrent mon esprit, en quête de quelque chose. L'air soudain résolu, elle m'annonce :

— J'ai été missionnée, Mina.

Mon cœur rate une marche d'escalier et dévale celles déjà gravies. Est-ce qu'elle a vraiment dit ce que je viens d'entendre ?

J'entrouvre la bouche, confuse, et j'articule difficilement :

— Missionnée par qui ?

— Par moi. L'unique déesse de ma propre Voie lactée.

Je crois qu'on vient d'esquiver un quiproquo. Rose, une main sur le cœur, s'exclame :

— Merde ! J'ai failli y croire, moi aussi !

— Je suis ton ange bienfaiteur, Mina, reprend Liana avec un sérieux hilarant. Et pour exceller dans mon rôle, j'ai besoin de ta coopération. Je dois te tirer de ton obscurantisme social, tu comprends ?

— Pas le moins du monde, Li.

Mon amie croise les bras tandis que Rose, de nouveau en étoile sur mon lit, pouffe en regardant le plafond.

— Je l'adore, déclare Rose comme si elle me donnait son consentement.

Liana prend une inspiration incroyablement longue, l'air grave. Elle analyse pour la millième fois ma tenue, mes cheveux, mon mascara, puis propose, véritable mafieuse :

— On retire la robe, mais en contrepartie, tu mets un slim puisque tu n'as aucun jean large stylé et tu ajoutes du rouge à lèvres à ton maquillage.

— Va pour le slim.

Liana hoche la tête, un gigantesque sourire qui lui dévore ses joues rebondies.

— Génial, c'est ce que je prévoyais ! Tu sais, dit-elle en allant fouiller les vêtements dans son sac de sport, je suis vraiment contente de pouvoir t'aider. Je te préfère vraiment sans capuche, et puis, ce soir, ce sera ta première ! Je suis hyper contente de t'accompagner. Et tu verras, ça se passera tellement bien que tu me supplieras d'aller à la soirée de Loriane.

— Elle place vraiment beaucoup d'espoir en toi, me fait remarquer Rose. Tu as vu, je ne suis pas la seule.

Je hausse les épaules par réflexe, mais Li ne s'en aperçoit pas, trop occupée à choisir un jean pour moi.

— Il y a une différence entre aller dans un bar à peine fréquenté et se rendre à une soirée remplie de gens que je connais.

Liana, satisfaite, m'explique :

— C'est pour ça que je t'ai menti, Mina. Pas question d'aller dans un bar miteux.

Tout va bien se passer. Je suis invincible, aujourd'hui, et si je pensais pouvoir sauver le monde entier tout à l'heure, je suppose que je peux bien commencer par moi.

— Et tu n'sais pas encore ce qu'elle m'a sorti, tout à l'heure, avec sa voix de crécelle qui me donne envie de lui cracher au visage. « Dis, Liana, tu as pris du poids, et je trouverais ça cool, si seulement c'était au bon endroit. »

Inspire.

Expire.

Je vais exploser.

— Le pire, dans tout ça, c'est que je n'ai pas pris un foutu gramme. Elle me provoque, parce que tout ce qu'elle attend de moi, c'est que je finisse par lui sauter dessus pour ensuite retourner les filles contre moi.

Je me concentre sur les déblatérations de Li, avec toute la volonté du monde.

— Pourquoi tu continues de leur parler ?

Liana hausse les épaules, j'essuie mes mains moites sur mon pantalon.

— Je ne sais pas trop. J'ai l'impression que je finirais seule, si je leur tournais le dos.

— Et moi, alors ? Je croyais que j'étais ton amie.

Nous arrivons à la place. Un vendredi soir. C'est moi qui devrais tourner le dos à Liana.

— C'est vrai, tu l'es. Mais c'est comme une secte, ce groupe de nanas. Une fois que tu y es, tu n'en sors plus. Et si tu t'y risques, elles te pourrissent la vie comme pour rappeler aux autres que le problème, c'est toi. Pas elles.

Je n'y comprends rien. De toute manière, je suis obnubilée par les lampadaires de la place qui éclairent des groupes d'amis, en train de se rendre d'un endroit à un autre, en riant et en discutant. Tandis que moi, je pourrais faire un malaise tellement l'angoisse s'agglutine dans ma cage thoracique.

Inspire.

Expire.

J'ai envie de pousser violemment Liana contre la voiture que nous dépassons, afin d'avoir une chance de m'enfuir sans qu'elle ne me rattrape.

— Pourquoi est-ce tu as si peur ? Au pire, les gens parleront sur toi, au mieux, ils te lanceront des regards indiscrets.

Je déglutis. Liana vient d'exposer des hypothèses auxquelles je m'efforçais de ne pas réfléchir.

— Je préfère passer inaperçue.

— O.K., alors, ce qu'on va faire, c'est qu'on va commander chacune une bière, trouver quelqu'un à critiquer, et ne jamais regarder ailleurs que droit devant nous.

J'acquiesce sans y croire un seul instant. Parce que, ça y est, j'ai la sensation de me jeter consciemment dans les flammes des enfers.

Arrivée à la place, je ne tiens pas plus longtemps et rabats ma capuche sur ma tête, sous l'œil indulgent de Liana. Elle ne fait aucune remarque, de la même manière qu'elle s'est abstenue lorsque j'ai attrapé une de mes vestes d'un geste catégorique.

— Regarde, c'est juste là.

Liana désigne la terrasse d'un bar effectivement fréquenté, mais pas non plus surpeuplé. J'avale ma salive en enfouissant mes mains dans mes poches et garde la tête baissée lorsque nous passons entre les tables extérieures, encore quand nous entrons.

— Après toi, m'invite mon amie en me tenant la porte.

Mes yeux parcourent discrètement l'endroit. La décoration est sobre, sombre, jonglant entre le rouge, le brun et le noir. À notre gauche, des tables avec des canapés bordeaux. À droite, les mêmes tables encadrées de deux chaises de chaque côté, plus loin, un long bar avec des chaises hautes inoccupées.

Sans compter le barman qui nous salue en préparant une commande, je dénombre une dizaine de personnes, dont l'âge de plus de la moitié doit avoisiner le nôtre, à Li et à moi. Nous avançons jusqu'à deux petites marches d'escalier, qui mènent à d'autres places. La totalité est vacante, ici.

Je contiens un soupir de soulagement. Quand Li m'a confié qu'elle avait menti, je me suis tout de suite imaginé me rendre dans une foule encastrée dans cinquante mètres carrés.

J'avise le billard, mais Liana me conduit à une table en retrait.

— Tu as vu, ça reste un début en douceur !

Je lui souris en posant mon menton dans ma main, extraordinairement tranquille. Dans ce renfoncement, personne n'est susceptible de nous voir, et puis, à cet étage, nous sommes bel et bien seules, pour l'instant. Autant en profiter.

— Tu devrais porter moins d'importance aux regards des autres, sinon, tu risques de ne jamais vraiment vivre totalement.

Sa déclaration me met mal à l'aise et me force presque à m'éloigner contre le dossier de ma chaise.

— Je pourrais te retourner la remarque, lui dis-je sans me braquer. Toi, tu te soucies bien de ce que pourraient penser les gens du lycée si tu venais à ne plus parler à Loriane et à sa bande.

Au même moment, le barman se dirige vers nous. Liana commande deux demis sans que je ne la contredise, alors même que je ne bois jamais d'alcool, aussi infime soit-il.

Mais j'ai l'impression que, ce soir, je vais en avoir besoin, pour une fois.

— Qu'est-ce que tu fais de tes journées, comme tu ne vas pas au lycée ?

Liana semble véritablement intéressée, et alors, je prends conscience qu'avec elle aussi, je ne pourrai jamais être entièrement moi-même. Pour autant, je ne me laisse pas abattre pour si peu et lui réponds vaguement :

— Je travaillais les soirs, mais j'ai été virée. Je suppose que je devrais chercher un autre job, du coup…

La perspective ne m'enchante pas du tout. Je n'ai pas particulièrement envie de m'inscrire dans une boîte d'intérim qui m'enverra en usine. En fait, je n'ai envie de rien.

Surtout pas de bosser. Pas comme ça. Pas par dépit.

— D'ailleurs, dis-je, tu as des projets d'avenir ?

— J'irai en médecine, l'année prochaine.

J'arque un sourcil tandis que le barman dépose nos verres. Li et moi le remercions en chœur avant qu'elle ne poursuive :

— Belle, intelligente, et friquée. Nan, je rigole, ça va ! Sérieusement, j'aime bien aider les gens, et, la psycho, très peu pour moi.

Je porte mon demi à mes lèvres.

— Un bon médecin est aussi un bon psy, non ?

— Pas faux, oui. Toi, par contre, tu ferais une bonne psy. Tu comptes faire quoi, plus tard ?

Moi ? J'ai envie de lui répondre : « Rien, je viens de te le dire. » Mais je ne le lui ai pas dit. Pourtant, ça me semble évident. Je suis déscolarisée, je n'ai pas de boulot et, outre lors de mes visites à Charles et des quelques balades durant lesquelles je prends des photos, je reste cloîtrée chez moi.

Je n'ai aucun avenir. Penser à plus tard, pour moi, revient à envisager l'impossible. Non seulement parce que le peu de portes qui s'ouvrent à moi ne me procurent aucune envie, mais parce qu'en plus de ça, je ne me donne aucune issue.

J'avais oublié. C'est parce que j'ai perdu le peu d'espoir qu'il me restait, en rampant sur le chemin pentu et sinueux de la vie, diraient certains.

Je me racle la gorge, gênée par l'élan de morosité qui m'affaisse tout entière.

— Je ne sais pas. Je n'ai même pas le bac, aucune formation, et je n'en aurai jamais. Alors vers quoi je pourrais m'orienter à part les métiers dont personne n'a envie ?

Mes yeux s'en vont rencontrer le bois foncé de la table.

— Je ne t'ai pas parlé de métier, Mina. Je t'ai demandé à quoi tu te destines.

Sans que je n'y réfléchisse, la précision de Liana m'encourage à la regarder de nouveau.

— Moi aussi, je veux me rendre utile. Je veux apporter quelque chose aux gens, à la société.

— Alors fonce, conclut mon amie en faisant claquer sa paume à côté de son verre.

Mais comment ? Je ne suis même plus sûre d'être vivante. Il y a encore quelques mois, j'étais persuadée être morte, plus capable de quoi que ce soit à part entretenir ce vide angoissant en moi, et maintenant que j'ai remonté un peu de la colline qui m'attend encore, je flotte dans un entre-deux étrange.

— Li, je suis en marge de la société, on le sait toutes les deux. Je ne vois pas comment…

— Un refus scolaire anxieux, c'est ça ?

L'air se bloque dans mon œsophage. Mes doigts se relâchent autour de mon verre, la totalité de mon corps figé par la surprise, l'hésitation, le doute. La peur du jugement.

— J'ai fait quelques recherches, m'informe Liana sur le ton de la discussion, puis elle reprend plus sérieusement : mais tu sais, tu peux te rendre utile, pour les gens qui vivent la même chose que toi, par exemple. Tu as deux solutions : soit tu prouves aux autres que l'on peut vaincre ses peurs, soit tu leur montres que la vie ne nous offre pas seulement un unique chemin pour accéder au bonheur. À toi de décider.

J'en reste bouche bée, incapable d'en penser quoi que ce soit. Comment… Je sais bien que l'on communique de plus en plus sur le refus scolaire anxieux, mais jamais quelqu'un de mon entourage n'en avait entendu parler. Jamais à l'époque où j'ai quitté le lycée. Moi-même, je n'avais aucune idée que ça existait.

Et Liana, qui discourt sur le sujet en parvenant à éviter toutes les remarques effarantes que j'ai pu recevoir, tous les a priori que j'ai dû affronter…

D'un seul coup, je me sens moins seule. Elle n'a pas cherché à comprendre, ne s'est pas évertuée à se faire un avis, à découvrir la cause de cette quasi-phobie, elle est directement passée à l'étape « solution ».

Alors qu'on se connaît à peine.

Je ne peux pas m'empêcher de la dévisager comme un être extraordinaire échoué sur Terre.

— Oh, je crois qu'on s'intéresse à notre table, chuchote Liana.

Son sourire se prolonge sur mes propres lèvres sans que j'y pense. Je prends plusieurs gorgées de ma bière, encore époustouflée.

Elle a peut-être raison. Je peux faire quelque chose. Je peux apporter ma pierre à l'édifice, tendre la main à d'autres, une main que moi-même j'attends toujours.

— Ça pourrait être un bon exercice, pour toi, mais j'ai un peu peur qu'il arrive plus tôt qu'il ne le devrait.

Je fronce les sourcils en finissant ma consommation en une seule lampée.

— Je reviens dans cinq secondes, me prévient Liana en se levant avec classe.

Je la regarde à peine quitter la table et se diriger vers le bar, d'abord concentrée sur mon verre vide, puis sur le billard qui me hurle de venir faire chauffer son tapis.

Ça fait longtemps que je n'ai pas joué. Une éternité, j'ai l'impression, alors que mon père et moi faisions souvent des parties lorsque nous habitions encore dans le Sud. Donc, finalement, ma dernière frappe dans une boule date d'il y a seulement deux mois, plus ou moins.

Liana réapparaît avec le plateau du barman, un plateau jonché de shots. Elle en pose deux devant moi, en prend un troisième dans la main, puis me regarde droit dans les yeux.

— Quoi ? lui demandé-je.

— On trinque, Mina, allez !

Je m'empare doucement d'un shot, m'interrogeant quant à la substance qu'il contient, mais Li ne me laisse pas le temps de lui poser la question :

— À la fin de ta dépression et à ta nouvelle communauté d'amis !

— Mais je ne suis pas dépressive !

Liana penche la tête sur le côté, en pleine réflexion. Sans crier gare, elle attrape ma main munie d'un shot de la sienne et me force à le porter à mes lèvres, tout en remarquant :

— C'est vrai, c'est Brian qui l'est.

Le liquide m'arrache l'œsophage et s'en va enflammer mon estomac. Je toussote en faisant de mon mieux pour ne rien régurgiter, ne sachant pas trop si la brûlure de l'alcool ou l'annonce étrangement naturelle de Li est en cause.

— Qu'est-ce que tu dis ?

— Je dis qu'un deuxième ne te ferait pas de mal, face à ce qui t'attend.

— Hein ?

Mais Liana impose son rythme et me presse pour que je m'empare du second shot. Ce que je fais, plutôt amusée par sa mine déterminée. Je n'ai aucune idée de ce qu'elle prépare. Pour tout avouer, cinq minutes après cette deuxième avalanche de feu dans ma gorge, je m'en contrefous royalement.

Même lorsqu'elle fait signe à quelqu'un dans mon dos, même lorsque j'entends des voix masculines lui répondre, rien ne me semble plus attrayant que les shots délicieux qui nous attendent.

Alors ma main s'en va en prendre un autre, vite arrêtée par Liana.

— Doucement ! Ce n'est pas le moment d'être un déchet, l'objectif était simplement de te désinhiber, chérie.

Lorsque deux visages inconnus s'attardent à notre table, je commence à comprendre dans quel manège elle m'a embarquée. Et je m'en moque toujours.

Parce que j'adore cette sensation. Je me détache de mon corps, de mes impressions. Et je sais que ce n'est que la première étape. C'est pour ça que je suis impatiente de franchir la prochaine.

— Je vous présente Mina, dit Liana sans que je l'écoute.

Je la vois me montrer les jeunes hommes l'un après l'autre.

J'ai envie de jouer.

— Qui veut faire une partie de billard contre moi ?

Liana s'interrompt à ma question, surprise. Elle esquisse un sourire mi-satisfait, mi-inquiet. Je suppose que je dépasse les limites de son plan. Le brun se tourne vers le billard, plutôt avenant, et répond à ma proposition.

Je me lève sans le regarder, simplement décidée à l'éclater comme un misérable. Mais avant toute chose, je vole un shot sur le plateau et rejette ma tête en arrière pour l'avaler.

Li écarquille les yeux, je dresse mon pouce pour lui faire signe de ne pas angoisser. Tout va bien. Vraiment ! Ça fait longtemps que je ne me suis pas sentie aussi… légère. Pourtant, à mesure de la partie, je remarque bien que mes mouvements sont ralentis, que mes membres pèsent plus lourd et ont perdu le peu d'agilité qu'ils possédaient.

— Ça fait longtemps que tu habites ici ? Je ne t'ai jamais vue, avant ce soir.

Mon adversaire semble sympathique, mais rien ne m'importe plus que de gagner, alors je grogne une réponse en faisant tomber deux boules d'une seule traite dans le même trou :

— Moi non plus.

— Toi non plus quoi ? rit-il en s'armant pour jouer.

Il est plutôt doué, pas du genre imbattable, disons qu'il maîtrise. Mais moi, je suis une pro.

Alors que je mets la boule noire en trois bandes et crie un « prends ça ! » pas très fair-play, Liana s'étrangle et bouscule de la chaise voisine le blondinet qui lui tenait compagnie

— Merde ! Désolée, je ne voulais pas être aussi violente ! souffle-t-elle en attrapant le plateau de shots pour le poser à côté de moi, sur le billard.

Tiens, maintenant, elle est O.K. pour que je continue à boire ?

Je m'apprête à boire un autre verre quand Li s'empare de mon bras et en renverse la moitié. Elle me tapote l'épaule ; je l'ignore, bien décidée à emmagasiner ce qui reste.

— Mina, il est là !

— Qui ça ? gloussé-je en m'essuyant la bouche. Merde, Li, je sais pas ce que tu as mis dans ces verres, mais c'est… whao !

— Mon ex ! Alors on se met d'accord : c'est toi qui es allée chercher ces zigotos-là, dit-elle en désignant mon adversaire et son acolyte. Pas moi, Mina, pas moi.

J'approuve d'un signe de tête qui me donne le vertige. Mince, l'effet de l'alcool est incroyablement rapide, qui l'eût cru ?

— O.K., continue mon amie en m'équilibrant à bout de bras, on va aller dire bonjour.

Elle pourrait me demander de me jeter sous une voiture, je n'aurais pas plus de réactions. Liana me tire par la manche de ma veste lorsque je me saisis d'un dernier shot en passant. Je m'en verse encore une partie dans le décolleté, me précipitant pour l'apprécier.

— Je suis prête à revenir tous les soirs, si tu veux.

J'ai la bouche tout engourdie, mais je ne m'en préoccupe pas vraiment.

— Non, quelque chose me dit que ces shots étaient une mauvaise idée. Et tu verras, demain, tu les regretteras sûrement. Eux et ceux que je ne pourrai pas t'empêcher de boire.

Je fronce les sourcils alors que je me sens partir en avant, comme aimantée au sol. Liana disparaît de mon champ de vision, alors j'observe avec intensité mes baskets en toile.

Je prendrais bien une bière.

C'est marrant, elles sont plutôt jolies, mes baskets. J'aime bien leurs trous, ça leur donne un style.

Mon pied droit se lève pour esquisser un pas en avant, quand une pichenette bien sentie claque sur mon front. J'y plaque une main par réflexe en relevant vivement la tête.

Brian, assis au bar à quelques centimètres de moi, me transperce de ses yeux bleus énigmatiques.

— Regarde où tu marches avant de mettre du sang partout.

Son regard se dirige alors vers mes pieds et je réitère l'expérience dernière. J'ai toujours de jolies baskets, mais c'est vrai qu'elles sont dangereusement proches des marches.

— Je suis encore capable de mre-telir droite et de descendre un escalier sans tomber, Snow.

— En tout cas, tu n'es plus vraiment capable de parler, on dirait.

J'ouvre grand la bouche, offusquée, et descends les marches avec maladresse. C'est que mes jambes suivent les vagues de ses yeux… comme du coton rendu malléable par l'alcool. Je me cramponne deux secondes au dossier de Brian, à la recherche d'un endroit où m'asseoir avant de m'écrouler.

Je n'ai pas l'impression d'avoir tellement bu, pourtant.

— Salut, funambule.

Un immense sourire. Des cheveux auburn. Et le reste complètement flou.

— Je te présente Kenny, dit une seconde voix inconnue, mais tout le monde l'appelle Le Niqué, parce que c'est un niqué, vois-tu. Et moi, c'est Frog.

— Et Niqué, c'est aussi mon prénom en verlan.

Il y a une chaise là-bas, une chaise normale, pas une chaise haute. Mais elle est tellement loin…

— Je crois qu'elle avait compris, intervient alors Brian, juste à côté de moi.

Ah, mais c'est que je me tiens toujours à son dossier, il semblerait.

Je me frotte les paupières en grognant de frustration, afin que mes yeux et mon cerveau établissent une meilleure connexion. Et ça fonctionne. J'aperçois une bière fraîche posée sur le bar, juste derrière le coude attablé de Brian. Sans réfléchir, je lui vole son verre et m'hydrate.

— O.K., O.K., dit-il en me tirant sa consommation de la bouche. Steeven, tu pourrais nous servir un verre d'eau ?

Ni une ni deux, un liquide bien plus tentant arrive comme par magie sous mes yeux. J'admire Brian qui, insondable, me tend le verre. Je sens ma tête pencher sur le côté, mes paupières se plisser en fentes intriguées et mes lèvres s'entrouvrir en un sourire hébété.

J'ai l'air complètement idiote, et je le sais.

— Ferme la bouche, princesse, me souffle Brian à l'oreille. Y'a des choses qui traînent qui aimeraient bien s'y retrouver.

Je le pousse en appuyant fermement ma main sur son torse, mais je n'ai pas l'opportunité de répartir à son sourire narquois, Liana prend instantanément ma défense :

— Je te préviens Snow, tu laisses ma copine tranquille !

Je me tourne vers Liana, contrôlant de mieux en mieux mes vertiges. Et je le vois.

Persuadée d'halluciner, je m'approche, dans une démarche presque irréprochable, pour vérifier ne pas me tromper. Mais non, c'est bien lui. Avec ses cheveux blonds bien coiffés et son sourire permanent.

Il me tend une main, pour la seconde fois, puis dit :

— Damien, enchanté, et tu es ?

Appuyée au bar, j'avise la main de Liana posée sur l'épaule de Damien, son corps posté debout, à côté de celui qui doit être son ex. Je pouffe sans pouvoir m'en empêcher :

— Mais on se connaît, n'importe quoi, toi !

Une chaise crisse dans mon dos et deux énormes mains se posent sur mes épaules tandis qu'un corps diffuse sa chaleur contre le mien. J'entends la voix de Brian au-dessus de ma tête.

— Bon, je vais la ramener chez elle.

Quoi ? Mais pourquoi ?

— Beh et nous ?

— C'est parce que j'suis pas une meuf que tu veux pas me raccompagner, moi ?

Frog et Kenny poursuivent leurs plaintes, mais Brian m'emporte avec lui jusqu'à la sortie.

— Eh mais je veux pas rentrer moi ! Liana !

— Désolée, mais je pense que c'est mieux pour toi d'être raccompagnée en voiture plutôt qu'à pieds, s'excuse mon amie qui me paraît surtout m'abandonner pour rester avec le prétendu homme de sa vie.

Je gémis alors que Brian n'arrête pas de me pousser, ses doigts étonnamment longs posés entre mes omoplates.

— S'il te plaîîît…

Je fais volte-face et me retrouve nez à torse avec Bri. Je lève les yeux, soudainement intimidée.

— Bah alors, princesse, tu préfères peut-être attendre ton carrosse ?

— Je ne suis pas une putain de princesse, Snow !

Durant un instant, je crois l'avoir suffisamment surpris pour qu'il se taise et conserve ses répliques désagréables pour lui, mais ce serait trop beau pour être vrai.

— T'as raison, pour ça, faudrait qu'on te couse la bouche, espèce d'impolie, va.

Chapitre 12

BRIAN

Jemina tire maladroitement sa capuche sur sa tête quand nous sortons du bar. Boudeuse sans trop le laisser paraître, elle croise les bras en reniflant. C'est drôle, je ne l'aurais pas imaginée comme ça, même alcoolisée. Elle a plutôt tendance à afficher un air triste et désolé en permanence, avec un sourire imperceptible et bienveillant.

Sans remarquer la marche du trottoir, elle manque de s'affaler, mais fait comme si de rien n'était. Réaction que nous partageons.

— J'suis pas une princesse, marmonne-t-elle dans sa barbe. O.K., j'aime bien les robes, mais pas celles des princesses, d'abord. Et c'est lui qui se prend pour le prince de l'univers, avec son air narquois, ses réparties à deux balles et son sourire publicitaire.

Je regarde les étoiles par pur réflexe avant d'arriver au 4 × 4 garé sur la place du centre-ville.

— Je t'entends, tu sais.

— Magnifique, dit-elle d'un ton sarcastique, ravie de constater que tu es normalement constitué.

Je lui lance un regard oblique.

— T'étais plus sympathique dans l'église.

Même si j'avoue qu'elle est amusante, comme ça.

— Ouais, toi aussi tu l'étais jusqu'à ce que tu m'enlèves à mon amie.

Je secoue la tête en riant et me dirige vers la portière côté conducteur. Je l'ouvre, prêt à m'installer au volant, mais je constate que Jem reste plantée devant la portière opposée, les bras toujours croisés, ses yeux turquoise brillant de contrariété. En poussant un soupir, je vais lui ouvrir, capable de la forcer à entrer dans la voiture s'il le faut.

Nous nous avisons tous les deux pendant plusieurs secondes, dans le silence le plus total. Autour de nous, des éclats de rire retentissent et des gens passent sans nous voir. Et Jem se décide enfin à poser son petit cul sur le siège passager.

— Tu vois, t'es une princesse.

Elle agrippe la portière et la tire férocement pour la faire claquer. Très bien, si elle veut faire la gueule, qu'elle fasse la gueule, mais toute seule.

Je monte dans la voiture et mets en route le moteur. Nous partons, et alors Jemina s'emmure dans un mutisme renfrogné, la tête contre la vitre, le plus éloigné possible de moi. J'augmente le volume de la radio, faisant un peu plus résonner *Toi qui me juges* d'I woks sound. Jem ricane :

— Un fumeur de joints qui écoute du reggae, comme c'est original !

J'accélère à l'arrivée du dos d'âne, elle se cogne la tronche contre la vitre. Elle grogne et je lui lance :

— Un neurone en plus ou en moins, ça change pas grand-chose quand on est capable de dire des conneries pareilles, *princesse*.

Jemina m'observe avec intensité lorsque je lui demande quelle route suivre. Elle désigne la rue à emprunter, puis murmure, en retrouvant son air coupable perpétuel.

— Tu as raison, désolée, je ne le pensais pas.

Le coude sur la portière, ma tête vient se reposer dans ma main. Je devrais rentrer, vérifier qu'Alejo ne se soit pas relevé après mon départ de la maison. Il n'a pas beaucoup dormi à l'Institut, hier, et sa journée d'école a été longue. Même si nous sommes en week-end demain, je ne préfère pas qu'il ait des heures de sommeil à rattraper, et, je suppose que pour un gosse de neuf ans, on ne calcule pas son repos à la semaine comme moi je le fais.

— Tu vas devoir trouver une excuse, pour Liana, dis-je de but en blanc.

— Comment ça ?

Jemina m'observe toujours, adossée à sa portière.

— Elle va te demander comment tu connais Damien, et pas question que tu lui expliques la vérité. Avant tout parce que parler de la Corporation à un humain est interdit, comme tu le sais.

Jem reporte son attention sur l'extérieur en m'intimant de tourner à gauche.

— Je ne suis pas affiliée à votre Institut, alors en quoi ça me regarde ?

— Ça me regarde, moi. Parce que si Digvix vient à l'apprendre, c'est moi qui vais être dans la merde, encore plus que toi.

Jemina glousse de manière étrange.

— De toute façon personne ne me croit. Personne ne le fait jamais.

La solitude qui se dégage soudainement d'elle me contamine. Ma main sur le levier de vitesse se contracte un instant sous la surprise. Ses épaules affaissées. Sa tête encapuchonnée et baissée. Ses mains à moitié recouvertes de ses manches. Sa culpabilité permanente.

Quelque chose me prend aux tripes.

Un froid que je ne connais que trop bien me glace de l'intérieur, entamant sa conquête dans mon sang, se propageant dans mes muscles, mes organes. Chez moi aussi, c'est permanent, à tel point que je n'en ai parfois plus conscience.

Mais ce soir, je le sens.

Parce qu'une sensation opposée plante sa pointe dans une cavité de ma cage thoracique. Une chaleur douce et rassurante.

— Moi, je te crois, lui affirmé-je sans la regarder.

Elle le fait. Discrètement, mais je sens ses yeux dissimulés me fouiller sans rien trouver.

— Bien sûr, toi, tu ne comptes pas. C'est différent.

C'est vrai, c'est différent.

Je la comprends.

Je l'entends.

C'est pire que le froid. Que le silence.

C'est tout votre être, votre esprit, qui plonge dans le néant. On oublie tout. Ne reste plus rien. Pas même vos sentiments les plus tenaces. Parce que rien ne peut tenir tête au vide. Il avale tout et vous laisse plus démuni que vous ne pensiez pouvoir l'être.

Même son poing ne me blesse plus. Cette grimace monstrueuse ne m'effraie plus. Il hurle, peut-être. Il le fait souvent, mais lui non plus personne ne l'entend. Moi, je ne l'entends plus.

Parce qu'on m'a anesthésié. Parce que j'ai appris à quitter mon propre corps pour me protéger.

Son regard paumé me fascine toujours, dans ces moments. C'est comme si lui aussi, il s'était abandonné. Comme s'il autorisait sa propre haine à l'habiter durant un temps. Puis la peine, le chagrin, les regrets, reviennent en courant.

Je crois qu'il n'est jamais tout à fait conscient du mal qu'il fait, en pleine action. Il pleure toujours, mais seulement après.

Il m'agrippe par le cou pour me relever et me plaque contre le mur. Des postillons m'éclaboussent le visage.

Parfois, j'essaie de me souvenir ce que c'est de vivre. Les sensations que ça peut procurer. Le cœur qui bat trop vite. L'air hivernal qui brûle la gorge. Le manque de sommeil. Un véritable sourire. Une barre monumentale entre potes, en étant sobre.

Dans ces moments-là, encore à cet instant, j'ai presque envie de retourner au manoir chercher ma mère. Me chercher moi. Mais il ne reste rien – d'aucun des deux. Pas même les cendres que le vent s'est empressé d'emporter. Et je n'en peux plus de cette pluie incessante. Des pleurs d'Al lorsqu'il entend notre père appeler, hurler, vociférer.

Lorsqu'il l'entend me tabasser.

Jamais rien ne vient apaiser la haine de la perte. Pire, celle de l'impuissance.

Jamais rien non plus ne vient tarir un amour comme celui qu'a pu éprouver mon père et qui le hante aujourd'hui. Parce que la mort de l'être qui vous était destiné vous assassine.

Parce que tout le monde est unique, personne ne peut être remplacé, c'est connu.

Ne restent que des putains de trous qu'aucun n'est en mesure de combler.

J'ai dû glisser contre le mur, ou tomber. À terre dans le couloir, à moitié adossé au mur, les membres dépossédés, mon père m'enlace en m'écrasant contre lui.

— Brian, réponds, s'il te plaît…

J'ai envie de le prendre dans mes bras en retour. J'ai envie de lui promettre que tout va bien se passer, comme je peux le faire avec Alejo, comme j'ai pu le faire avec Alex.

Mais rien.

J'attends que la douleur des coups s'éveille.

Mais rien.

— Alejo et toi, vous êtes tout ce qu'il me reste.

C'est ce qu'il croit.

Moi, je ne suis déjà plus là.

Chapitre 13

JEMINA

Je mastique plusieurs fois dans le vide en me retournant sur le flan, la bouche affreusement pâteuse. À tâtons, je finis par trouver ma bouteille d'eau posée à côté de mon lit, la tête à moitié dans le vide. Et je bois comme si ma vie en dépendait.

— Eh beh, s'exclame Rose, assise à mon bureau, je me demande bien ce que Liana a pu te faire !

Un grognement grince dans ma gorge quand je me laisse retomber entre mes deux oreillers.

— Si je me souviens bien, elle n'a rien fait du tout.

— Mais raconte ! C'était comment ?!

Mon amie se rue jusqu'à mon lit et saute de l'autre côté pour se pencher sur moi. Je ferme les yeux en me remémorant une partie de la soirée. Le décor du bar qui s'éloigne, se rapproche, tourne dans un sens, puis dans un autre. Mes jolies baskets. Mon équilibre approximatif.

— C'était… vertigineux.

Rose émet un son étranglé qui doit certainement correspondre à un rire.

— Du genre sensation de vertige excitante pendant un saut en parachute ?

— Pas vraiment, non. Plutôt du genre « je vais m'écrouler ».

Je lève les yeux vers mon réveil. Dix heures et quelques.

— Je n'avais pas quelque chose à faire, aujourd'hui ?

Rose apparaît devant moi tandis que je lance misérablement mes jambes dans le vide.

— Aller voir Mme Muller, m'éclaire mon amie en m'examinant avec un petit sourire. Mais je te conseille de prendre une douche, avant quoi que ce soit.

Bonne idée, oui.

N'étant pas certaine de combien de temps pourrait durer la potentielle entrevue entre Charles et sa femme, j'envoie un message à Liana pour lui dire de ne pas venir manger chez moi ce midi. Autant qu'elle ne se déplace pas pour rien.

Quelques minutes plus tard, après avoir séché mes cheveux, je m'en vais pour la seconde fois chez Mme Muller, l'esprit plus tranquille qu'hier. J'ai déjà à mon actif deux victoires : je suis allée à la rencontre de la femme de Charles, puis j'ai passé la soirée au centre-ville. Un bouclier impénétrable m'englobe tout entière lorsque je zigzague dans les rues. Mon sentiment d'invincibilité a redoublé.

Je sais que le plus grand obstacle concernant Mme Muller reste à franchir, mais à mon plus grand étonnement, je ne m'en inquiète pas. Prendre le risque de confier à quelqu'un ma capacité à communiquer avec les esprits m'a toujours attiré malheur, pourtant. C'est cette petite voix confiante, qui me convainc du bon déroulement du moment fatidique. Elle me rappelle à chaque coin de rue que Mme Muller a bien dû voir la chaîne en or de Charles. Et lorsque nous serons face à son mari, lorsque je lui donnerai des preuves irréfutables de sa présence, elle sera forcée de me croire.

J'arrive devant la maison des Muller en compagnie de Rose, sereine. Mon pouce enfonce le bouton de la sonnette qui retentit de façon étouffée, depuis l'intérieur. De la même manière qu'hier, la porte s'ouvre dans la minute, peut-être plus brutalement. Mme Muller sort sur le perron, fébrile, la chaîne de Charles entre ses doigts.

— Qui êtes-vous ? souffle-t-elle en descendant lentement les trois marches. Où avez-vous eu ça ?

Ses interrogations ne ressemblent en rien à des accusations, Mme Muller paraît surtout bouleversée. C'est quand elle s'approche du portillon que je remarque les larmes qui ondoient dans son regard hanté. J'opte donc pour la douceur et la sincérité, sans tout dévoiler :

— Je m'appelle Jemina et je suis une amie de Charles. C'est lui qui m'a dit où se trouvait cette chaîne.

Mme Muller reste interdite, le menton brouillé par le chagrin et le doute. Sa lèvre inférieure tremble lorsqu'elle m'interroge à nouveau.

— Charles ne m'a jamais parlé de vous.

— Non, je le sais.

Je tente un sourire.

— J'aimerais vous emmener quelque part, avant de tout vous expliquer, Madame Muller.

La femme referme les pans de son cardigan en laine sur elle. Son regard s'est durci.

— Je ne vais pas suivre une parfaite inconnue sans savoir où je vais, pas à mon âge, voyons !

J'acquiesce tandis que j'aperçois Rose se raidir à côté de moi. Elle doit certainement redouter ma réponse, qui sera décisive. Toujours grisée par mon élan d'invulnérabilité, je ne réfléchis pas bien longtemps.

— Charles est mort le 29 juillet, devant la banque située en face du parc du Somnambule. Il a quitté la maison en fin de journée, pour rendre visite à votre fils, Adrien, qui fêtait son anniversaire le jour même. Mais votre mari a fait une crise cardiaque en chemin, il est mort avant que qui que ce soit passe dans la rue du parc. C'est une jeune femme qui l'a découvert, plus tard.

Béate, Mme Muller demeure silencieuse, de l'autre côté du portillon. Ses bras ballants semblent prêts à se détacher de ses épaules, je la soupçonne d'avoir arrêté de respirer sans s'en rendre compte.

— Comment…

La vieille femme ne termine pas sa phrase, je viens donc à son secours :

— C'est Charles qui m'a raconté tout ça et je connais beaucoup d'autres choses à son sujet, Madame Muller. Par exemple votre première rencontre avec Charles. C'était au début de l'été de 1960, vous étiez à peine plus âgée que moi. Vous veniez d'avoir 18 ans, et, d'après Charles, vous portiez la robe la plus ensoleillée de toute la galaxie, même si je ne suis pas sûre de ce que ça signifie.

À cette dernière déclaration, Mme Muller ouvre le portillon avec précipitation et échoue dans mes bras, me laissant coite. La vieille femme éclate en sanglots sur mon épaule. Rose détourne le regard, émue.

— Oh, ça va, dit-elle lorsque je lui souris d'un air entendu, fallait bien qu'une de nous deux se mette à pleurer, même si on aurait pu penser que ce serait toi.

Durant le chemin jusqu'au parc, Mme Muller reste accrochée à mon bras, en me racontant tout un tas d'anecdotes sur Charles et elle. Comment son mari est arrivé après la venue au monde d'Adrien et s'est excusé en lui promettant de leur trouver une nouvelle maison, ce qu'il a fait. Comment Mme Muller l'a demandé en mariage, chose qui n'était pas coutume à l'époque, et comment Charles l'en a encore plus aimée.

La dernière journée qu'ils ont passée ensemble, à préparer un repas digne de ce nom dans l'espoir de voir leur fils venir fêter son anniversaire chez eux, malgré les différends qui les séparaient, son père et lui.

— Tu entendras souvent que l'amour n'est que très rarement pour la vie, m'explique Mme Muller, mais ça veut tout de même dire que c'est possible. Tu sais, dès le premier regard, Charles m'a énormément plu. Mais je n'ai compris que bien plus tard qu'il serait plus que l'homme de ma vie, qu'il serait le seul. Parce que tu sais, on pense toujours avoir trouvé le bon, mais on n'est jamais certaine de mourir en sa compagnie. Moi, je l'étais.

Je souris, silencieuse. Mme Muller me fait penser à ma grand-mère, d'apparence frêle mais vive d'esprit, avec un caractère qui m'a l'air bien trempé et des leçons de vie moralisatrices. J'aime ça. Parce que ma grand-mère me manque.

— Je n'en reviens pas, souffle la petite femme, la gorge nouée. Tu peux vraiment le voir et lui parler ? Vraiment ?

Je hoche la tête.

— C'est lui-même qui m'a confié tout ce que j'ai pu vous dire. Et encore, il y a certainement des choses que j'ai oubliées.

Mme Muller rit en me tapotant l'épaule.

— C'est vrai qu'il y a énormément de choses à dire sur plus de cinquante ans de mariage !

Nous approchons du parc. La grand-mère perd de son humeur communicative. Elle se cramponne à moi, certainement secouée de venir ainsi sur les lieux témoins de la mort de son mari, peu importe les raisons qui l'y mènent. Je m'arrête pour poser ma main libre sur son autre bras, sous l'œil pétillant de Rose.

— Tout va bien se passer, Madame Muller. Nous allons nous asseoir sur le banc près de la fontaine, Charles nous y attend sûrement.

— Et s'il n'est pas là ? couine la veuve.

— Il viendra. D'habitude, il arrive tout le temps avant moi, il dit qu'il sait quand je viens lui rendre visite. La seule fois où il n'y patientait pas déjà, il est apparu dans la minute.

Mme Muller s'essaie à sourire, à la fois terrifiée et excitée. Je lui serre le bras pour l'encourager, puis nous traversons la route. Quelques secondes plus tard, l'étendue d'herbe se déploie sur notre droite. La fontaine jette son eau dans le bac, mais Charles n'est pas là. Et j'ai une sensation bizarre, de creux dans l'estomac.

— Quelque chose ne va pas, dit instantanément Rose, la mine inquiète.

Elle part devant nous, tandis que je m'efforce de ne pas imposer mon rythme à la vieille femme. Elle me demande s'il est là, sur le banc. Je lui souris vaguement pour toute réponse. Parce qu'il va arriver. Je ne dois pas en douter.

Mais je le sens. Un vide dans l'atmosphère. Les esprits laissent des traces de leur présence. L'ambiance est généralement plus chaleureuse, plus lumineuse, mais il arrive parfois que l'oxygène se raréfie et que l'air nous oppresse.

Le banc n'est plus qu'à quelques pas.

Rose appelle.

Mais Charles ne se montre toujours pas.

Mme Muller et moi nous installons sur le bois verni. Elle garde ses doigts sur mon avant-bras en scrutant le parc, alors que je lui ai expliqué qu'elle ne pourrait pas voir son mari, ni l'entendre.

— Il va arriver, ne vous inquiétez pas.

La femme hoche une fois la tête de haut en bas, l'esprit ailleurs. Rose revient vers moi, les traits affaissés.

— Mina.

Je sais.

Elle me sonde avec son air grave, ses cheveux foncés emportés par le vent. Je me lève pour regarder autour de moi, ignorant les interrogations de la grand-mère. Le bruissement de l'eau chuchote dans le parc, les arbres qui se dressent derrière le banc remuent sous la brise imperceptible.

— Il n'est pas là, c'est ça.

La voix de Mme Muller a perdu tout de son enthousiasme et a repris ses intonations menaçantes de la veille. Ses yeux brillants de fureur semblent me crucifier. J'ai les paumes humides, le cœur qui cherche à fuir.

— Combien vous pensiez pouvoir me soutirer, hein ? crie Mme Muller en bondissant sur ses jambes.

Je recule d'un pas, elle en fait un vers moi.

— Espèce de petite peste…

— Non, madame, je vous jure qu'il était là encore hier !

Quelque chose dégringole dans mon intérieur. Toute la confiance qui a pu m'animer depuis la veille se casse la figure, se fracasse dans mon abdomen, écrase mes organes. La culpabilité revient et le jugement qui traverse le regard de Mme Muller me transit de torpeur.

Je ne voulais pas lui faire de mal.

— Alors vous êtes folle, ma p'tite, et vous feriez mieux d'aller consulter ! Comment est-ce que j'ai pu vous croire ?!

Mme Muller m'envoie son sac à main dans le torse et me jette au visage la chaîne de Charles.

— Vous vouliez me voler, c'est ça ? Je vais appeler la police ! Toute la ville va savoir qu'une petite arnaqueuse cherche à profiter du malheur des vieilles veuves comme moi !

La femme s'en va d'un pas vif et enragé, me lançant un dernier regard débordant de haine.

Je ne suis pas folle.

Des voix du passé s'élèvent. Je m'efforce de les faire taire.

Tu devrais pas jouer avec elle, elle est bizarre.

Ma maman dit qu'elle est folle.

Même le maître la punit parce qu'elle ment tout le temps.

Rose me rejoint pour me prendre dans ses bras, désolée, mais son contact ne me laisse qu'une impression de vent froid.

Mes larmes s'agglutinent dans ma gorge, si bien que je n'ose pas tout de suite parler. Je m'accroupis, rabats ma capuche sur ma tête. Camouflée, je me mords le pouce et me concentre sur la douleur.

J'ai le pressentiment que si je me laisse aller, tout ce que j'ai reconstruit jusqu'à aujourd'hui va s'effondrer. Il n'en est pas question. Pas une seule larme ne doit franchir mes paupières, pas une seule.

— Je ne comprends pas, dit alors Rose en s'accroupissant devant moi. Pourquoi Charles serait parti ? Il voulait à tout prix parler à sa femme, c'était vraiment important pour lui.

Je ferme les yeux.

— Et il semblait avoir assez d'énergie pour se matérialiser encore pendant un mois, poursuit Rose sans comprendre qu'elle doit se taire. C'est bizarre, Mina. Il ne nous a même pas dit au revoir. Et sa femme, tu crois qu'elle va vraiment prévenir la police ?

Booouuuh ! Eh, regarde : la fille aux fantômes !

Menteuse.

Tu vois cette fille cheloue au premier rang ? En primaire, elle racontait qu'elle parlait aux morts. La folle.

Mais je ne peux pas. C'est plus fort que moi.

C'est tellement plus facile de détruire que de construire, et, durant un temps, ça fait presque du bien.

D'ordinaire, j'aurais attendu la nuit, je n'aurais pas pris le risque de traverser le centre-ville en plein moment du repas de midi. Non, d'ordinaire, je me serais terrée sous ma couette, seule, et j'aurais pleuré jusqu'à être dénuée de toutes mes forces, physiques et mentales. Je me serais laissé sombrer, enfermée dans le noir.

Mais je ne peux pas rester seule. C'est trop risqué, j'en ai conscience. Alors je cours à travers la ville pour m'épuiser et pour ne laisser le temps à personne de vraiment me regarder, je crois. En fait, je ne sais plus si ça m'importe vraiment, à cet instant. Tout ce que je veux, c'est voir Syllia. Qu'elle me rassure. Qu'elle me persuade de n'avoir rien fait. De ne pas être folle.

Qu'elle me rappelle que tout ça est bien réel. Que *je* suis réelle.

Je renifle en contenant un sanglot, sans voir la place défiler autour de moi. J'évite les passants qui me gratifient d'un regard noir lorsque je manque de les percuter, trop occupée à ne pas me laisser tomber par terre.

J'aurais dû m'en douter, je l'ai dit à Brian, hier soir : personne ne me croit jamais.

Alors je finis par mentir à tout le monde, en omettant la plus grande partie de ma vie. Je communique avec les esprits, c'est ce qui a forgé ce que je suis. Et j'en viens à avoir peur. Peur de m'isoler, et d'à nouveau mourir.

Parce que c'est ce que l'on est, lorsqu'on n'existe aux yeux de personne : mort. Surtout quand nous ne sommes pas capables nous-mêmes de nous enraciner dans une réalité. Parfois, j'ai l'impression effroyable d'être plus proche des morts que des vivants. Déjà parce que je ne pense pas que les esprits soient tout à fait morts, simplement qu'ils vivent autrement. Ensuite parce que je pense aussi que l'exclusion est ce qu'il y a de plus assassin, et c'est justement ce que j'ai connu toute ma vie.

Moi aussi, je veux respirer. Sans en avoir conscience. Je veux que mon thorax monte et descende naturellement, sans que j'aie à y réfléchir. Je n'en peux plus de me forcer.

Je toque comme une furie à la porte du *Syl' pleut voir*, espérant de tout mon être que la seule personne terrestre capable de m'aider voudra bien le faire. Rose a bien essayé de me parler, mais au mauvais moment. Pas quand je l'avais décidé, pas quand j'étais apte à écouter. Je lui ai demandé de partir et je culpabilise déjà de la froideur avec laquelle j'ai pu la repousser.

Personne ne vient m'ouvrir. Mais je frappe encore, frénétiquement. Hoquetant entre mes pleurs.

C'est au moment où je m'apprête à poser mon front contre la porte, qu'un cliquetis retentit. On m'ouvre, mais ce n'est pas Syllia. C'est une jeune femme, certainement plus âgée que moi.

J'essuie rapidement mes joues et mes yeux, mal à l'aise.

— Où est Syllia ?

Les cheveux noirs et incroyablement longs, rassemblés en une queue haute bien tirée, la jeune femme fronce les sourcils.

— La boutique est fermée, elle ne reçoit pas de clients avant ce soir.

Elle est grande, ses bras dénudés et musculeux dissuaderaient n'importe qui de la provoquer. Je me sens minuscule, devant elle, fragile et vulnérable. Sûrement parce qu'elle m'observe, intriguée par mes paupières gonflées, mes yeux encore embués.

— Qui es-tu ? m'interroge-t-elle. Est-ce que tu as besoin de quelque chose ?

— Je suis une amie de Syllia et j'ai besoin de la voir.

Mon intuition me souffle que cette inconnue n'est pas là par hasard. Syllia ne reçoit jamais de visite, à part moi. Enfin, c'était le cas avant qu'on ne me vire pour la seconde fois.

La voix de Syllia résonne depuis la salle de communication et la porte du hall s'ouvre à la volée.

— Jemina ? C'est toi ?

Mon amie, éternellement recouverte de son châle noir, bouscule presque la jeune femme qui m'empêche d'entrer.

— Merde, qu'est-ce qu'il s'est passé ? Viens !

Un bras sur mes épaules, elle me conduit à l'intérieur.

— C'est bon, assure-t-elle à l'inconnue. Tout va bien, elle est une habituée.

Elle fait partie de la Corporation, j'en suis sûre.

Syllia m'emmène dans la salle de communication, où je remarque la présence d'un autre individu que je ne connais pas non plus. Allongé sur le canapé, il écarquille les yeux à ma vue. Son teint basané, ses cheveux et ses iris sombres ne me disent rien, mais sa voix, elle, m'évoque quelque chose de fulgurant.

— Merde, mais t'es la fille d'hier soir ! D'où tu sors, comme ça ?

Il se redresse brusquement, ahuri.

— Attends, rit-il en me désignant du doigt, c'est l'humaine qui travaillait avec toi ?

Syllia lève les yeux au ciel en m'entraînant dans la cuisine. Elle m'invite à m'asseoir, m'assure qu'elle revient dans quelques secondes, puis disparaît dans la salle de communication. Les voix me parviennent comme si j'avais la tête sous l'eau. D'ailleurs, j'ai véritablement la sensation de couler.

— C'est quoi ce manque de tact ? râle-t-elle. Et tu ne pouvais pas dire « la jeune fille incroyablement charmante » plutôt que « l'humaine » ?

— Oh, allez, Syl, tu te prends la tête pour rien. Damien nous a dit qu'elle savait, pour la Corporation, alors elle doit bien comprendre que je ne parlais pas méchamment.

Syllia baisse le ton, je me demande même si elle ne chuchote pas. Finalement, regarder la table ronde d'un air absent est plus intéressant. J'entends la Sorcière me rejoindre dans la cuisine, elle referme la porte derrière elle avant de s'avancer jusqu'à moi. Elle choisit la chaise la plus proche, me propose une tisane, quelque chose à manger, mais je secoue la tête.

— Est-ce que tu as envie de hurler ?

Elle formule sa question avec précaution, comme si ses mots avaient le pouvoir de briser mes membres. Comme si elle aussi, elle le sentait. Je vais m'écrouler.

C'était un sursis, je le savais. Mais je continuais à sourire et à essayer de vivre comme si de rien n'était. Je commençais à me faire une raison.

Jamais je ne serai comme eux, comme tous les autres. J'avais trouvé une place convenable auprès de quelqu'un qui me comprenait et je m'imaginais venir en aide grâce à mes capacités. Je me suis bernée. J'ai fait comme si cette sensation de lourdeur, qui s'était rétractée à ma rencontre avec Syllia, ne reprenait pas jour après jour son ampleur d'autrefois.

— J'ai…

Je frémis.

— J'ai voulu aider Charles et sa femme à se parler une dernière fois.

Syllia recouvre mon avant-bras d'une main.

— Elle ne t'a pas crue.

Qu'elle devine la finalité de l'histoire si vite me tire à nouveau les larmes. Parce que c'était prévisible. Syllia l'a su instinctivement, alors que j'ai été foutue d'y croire.

— Elle m'a menacée d'appeler la police.

Syl se penche un peu plus pour planter son regard flegmatique dans le mien.

— La police ne fera rien, Mina.

Mais elle pourrait mettre en garde les habitants de la ville contre une arnaqueuse qui prétend voir les proches défunts et qui répond au prénom de Jemina. De quoi alimenter les rumeurs qui concernent ma schizophrénie.

— Je peux rester un peu ici ?

La Sorcière approuve avec un sourire, puis s'en va faire chauffer de l'eau. Je perçois les deux inconnus discuter à voix basse dans la pièce d'à côté. En tirant sur mes manches pour aller éponger une énième fois mes joues, je m'apprête à interroger Syllia à leur sujet, quand mon inspiration se bloque douloureusement dans ma poitrine.

Je porte une main à mon cou, déjà suffocante. Mes oreilles s'assourdissent. Les fourmillements s'emparent de mes membres. Je lève la tête pour tendre mon cou, certaine que l'air y passera plus aisément dans cette position.

Mon cœur ralentit. Ses battements s'intensifient. Je sens l'organe agoniser, frappant de ses dernières forces les parois qui l'enferment.

Ma vue se trouble et la lumière habituelle m'irradie les rétines. Des larmes glacées dégoulinent depuis ma mâchoire à mes clavicules.

Si j'expire, je meurs. Je n'ai aucun air à recracher, mais c'est pourtant la seule chose que mon cerveau veut bien commander.

Alors je hurle.

Parce que quelque part dans la forêt, quelqu'un est justement en train d'expirer.

Chapitre 14

BRIAN

La cabane est silencieuse, mis à part le bruissement des feuilles lorsque je tourne les pages du livre. Enfoncé dans le canapé, les pieds sur la table basse, je me dis qu'au moins, cette fois, Jemina ne m'interrompra pas. Je vais à la page indiquée dans le sommaire, au chapitre intitulé « Les compagnons de la Mort, de fervents serviteurs », si l'on traduit en français. La liste est plutôt exhaustive, déployant des noms que je ne connais pas, pour la plupart. Ma grand-mère, autrice de *Magic, legends and truths*, aborde également l'histoire des Fées, des Silencieux, de la chasse sauvage, et des Ankous. Je trouve alors la partie qui m'intrigue : celle qui concerne les Banshees.

Je me rapproche de la table basse, y pose le livre, et attrape des feuilles vierges et un stylo. Appliqué à traduire les mots de ma grand-mère paternelle, je pense à Jemina. Je me demande si elle sait d'où lui vient cette capacité, comment elle fonctionne et ce qu'elle peut en faire. Moi-même, je n'en suis pas certain, mais peut-être que Syllia a pu lui apporter des informations dont je n'ai pas connaissance.

Dans le doute, je poursuis la traduction afin d'ensuite la faire lire à Jem, si jamais ce n'est pas le cas. Parce que je pense que tout est toujours plus facile lorsqu'on sait d'où on vient. Et parce que je pense aussi qu'elle ne comprend pas à quel point ses capacités sont exceptionnelles, et que c'est important qu'elle sache pourquoi un Institut pourrait rêver de l'avoir sous la main.

Les compagnons de la Mort, de fervents serviteurs

L'on raconte des Banshees qu'elles possèdent le don de communiquer avec l'au-delà, au sens de ce que l'on ne voit pas. Au cours de mes recherches qui ont consisté en documentations et en rencontres, j'ai pu distinguer trois « sortes » de Banshees, selon leurs capacités ; à noter que ces dernières peuvent être évolutives, et donc, que la place qu'occupe une Banshee dans cette échelle est amovible.

Il existe tout d'abord les Banshees seulement capables d'annoncer la mort d'un individu, au moment exact du dernier soupir. Celles-ci sont connues pour retrouver les cadavres sans véritablement en avoir l'intention, du moins, pas consciemment. Poussées par un pressentiment, ou directement commandées par leur Magie, elles découvrent toujours les morts qu'elles ont elles-mêmes hurlés, peu importe le temps qui leur est nécessaire. Dans le dernier cas, lorsque leurs pouvoirs les poussent à retrouver un défunt, il semblerait qu'elles soient inconscientes lors de leur course effrénée, comme appelées par le mort. On y associe généralement une courte amnésie, lorsque la Banshee recouvre le contrôle de ses membres, une fois en présence de la dépouille. Il semblerait en effet que l'Ombre soit incapable de retracer le chemin qui l'y a menée.

D'autres Banshees, quant à elles, communiquent avec les esprits mêmes. J'ai eu l'occasion de rencontrer Kadija, une Banshee qui pouvait entendre les esprits et se faire entendre d'eux en retour. Pour avoir conversé avec elle, elle ne paraît jamais tout à fait présente, mais fait preuve d'un talent d'écoute et de compréhension rarissime, ce que j'attribue à son quotidien de Banshee. Claire, une Américaine qui vit au Canada, et qui est parvenue à déjouer la loi obligeant toute Ombre à s'affilier à un Institut en promettant son aide à la Corporation au besoin, possède la vue. Elle m'a décrit les esprits comme des corps parfaitement consistants et animés, bien qu'ils ne puissent plus toucher les objets et les corps « terrestres » ; une description qui m'a poussée à l'interroger sur les indices qui lui permettaient de différencier les morts des vivants, ce à quoi elle m'a répondu avec mystère : « Les morts ne sont pas toujours ceux que l'on croit, Sybille. » Notre entretien s'est conclu sur cette énigme, que j'assure devoir être réfléchie par chacun. Ces Banshees, ai-je appris, devinent la mort avant le dernier soupir : il arrive en effet qu'elles découvrent le corps de la victime alors qu'elle vit encore, même si ce n'est que pour quelques secondes, une minute, tout au plus.

Passons maintenant aux Banshees les moins nombreuses, mais qui n'en sont que plus fascinantes. N'ayant eu l'opportunité d'en rencontrer, j'ai dû me satisfaire de témoignages, de légendes et de racontars – ce qu'il y a de plus passionnant, en somme. J'ai entendu dire qu'en plus de prédire la mort, à l'instar de la deuxième « sorte » de Banshees exposée ci-dessus, elles communiquaient littéralement avec les esprits, et par l'ouïe, et par la vue. Certaines pourraient même nommer la future victime, ou sinon, donner les circonstances de son décès, si ce n'est pas non plus la date exacte et le lieu.

Je dois dire qu'il est étrange qu'aucune Banshee n'ait jamais pu sauver qui que ce soit. Ces pouvoirs me font l'effet d'une malédiction. Imaginez savoir que votre mère s'apprête à expirer, comme disent certaines Banshees ; imaginez que vous sachiez où, quand et comment la femme qui vous a enfanté mourra ; imaginez après cela que vous ne puissiez rien y changer.

C'est un ami d'origine chinoise, qui m'a soufflé l'idée d'étudier la légende de Feng. Cette histoire aborde la naissance de l'une des premières Banshees du monde magique et tristement célèbre.

Un astérisque placé à la suite de ces mots me redirige en bas de page, où il est indiqué : « Pour plus d'informations, consulter le chapitre “Le légendaire Grimoire proscrit” ». Ne sachant pas de quoi il s'agit, je mets l'hypothèse que le sujet pourrait être intéressant dans un coin de ma tête, puis poursuis ma traduction.

Avant de vous la rapporter, laissez-moi vous rappeler que les légendes conservent toujours une part de vérité.

Feng vit donc le jour parmi une confrérie de Sorcières chinoise, à une époque où aucun Institut n'existait encore, sans doute durant l'Antiquité. Elle grandit parmi ses Sœurs jusqu'à l'âge de 4 ans où, on le sait, une Sorcière manifeste normalement les prémices du don de sorcellerie. Si tel est le cas, il est de coutume d'initier les jeunes Sorcières à leurs 12 ans, sinon, de ne pas attendre et de les confier au peuple druidique le plus proche. Comme vous le savez si vous vous êtes penchés sur le chapitre consacré aux Sorcières et aux Druides, ces deux peuples s'associent, lors de ce que l'on appelle les Nuptiales, pour enfanter. C'est donc naturellement que les Druides ont toujours recueilli les fillettes dépourvues de Magie.

On dit justement de Feng que le don de sorcellerie ne l'avait pas choisie et, qu'ainsi, elle fut abandonnée par ses Sœurs aux Druides. Seulement, le quotidien nomade et passif de ces derniers, qui ne revenaient dans la région qu'aux moments des Nuptiales, ne correspondait pas aux attentes qu'elle avait de la vie. Pleine de rancœur, on raconte que Feng aurait quitté les Druides et serait restée habiter de façon sédentaire la forêt de son ancienne confrérie, recevant souvent la visite d'une amie Sorcière qu'elle considérait toujours comme sa Sœur. Cette dernière n'était autre que la notable Mei, qui collaborerait plus tard avec la très connue également Méroé.

Un second astérisque, qui insiste pour me faire lire l'histoire du Grimoire proscrit.

Feng, qui passait son temps à errer dans la forêt, continuait de prier la Nature et la Lune, telle une véritable Sorcière. L'année de ses 16 ans, Feng reçut une flèche perdue dans le côté gauche de son crâne, durant une prière. La légende stipule que les chasseurs, après avoir extirpé la flèche de l'os, la laissèrent pour morte, effrayés par le sang qui coulait aussi abondamment que celui de trois chevreuils éventrés. La Mort se serait alors infiltrée dans le trou béant occasionné par la blessure et, si Feng survécut miraculeusement, jamais la plaie ne se serait tout à fait cicatrisée.

Feng aurait alors joui du pouvoir des Banshees. Capable de prédire la mort, en plus de désigner la victime et d'exposer tous les détails de son décès, le bruit court que ses hurlements déchiraient chaque heure la forêt. Ses cris incessants firent fuir les Ombres qui vivaient entre ces arbres et Feng fut de nouveau forcée à la solitude la plus mortelle.

Sa voix ne serait jamais morte et continuerait de pleurer la perte, écorchant parfois l'écorce des arbres, décapitant mystérieusement des bêtes. Et, maudissant tous ceux qui oseraient mettre un pied dans sa forêt.

Je sursaute lorsque mon portable vibre sur la table basse, provoquant un son creux surprenant. Le nom de Soph s'inscrit sur l'écran.

— Une mission ? l'interrogé-je sans préambule.

— *Salut, Brian, je vais bien, merci. Et toi, comment te portes-tu ?*

Après avoir actionné le haut-parleur, je plie rapidement les feuilles où j'ai traduit une partie du texte. Je le glisse dans la poche arrière de mon jean en réitérant ma question, de mauvaise humeur.

— *Oui*, répond finalement Sophie. *J'ai besoin que tu te rendes au village des Gobelins, l'un d'eux a disparu dans la nuit, selon Gremerial.*

Je fronce les sourcils, encore une disparition qui sera sans aucun doute suivie d'un cadavre.

— O.K., j'y vais seul ?

— *Pas besoin du reste de ton équipe, j'aimerais juste que tu récoltes des informations, qu'on puisse ouvrir une enquête.*

Mon ricanement sort naturellement, c'est à peine si j'en ai conscience jusqu'à ce que Sophie me demande :

— *Qu'est-ce qu'il y a de si drôle, Bri ? Un Gobelin a disparu, je ne vois pas en quoi ça te fait l'effet d'une blague.*

— Rien, laisse tomber.

Je raccroche.

Ouvrir une enquête ? Comme si on allait trouver des éléments de réponse, comme si on avait la possibilité de remettre un jour la main sur ce Gobelin vivant.

Comme si la Corporation allait enfin accepter ce qu'il se passe. Ou plutôt, ce qui recommence.

J'avance dans la forêt, muni de mes machettes accrochées en croix dans mon dos. Mes cuisses, elles, sont agrémentées de toute sorte de couteaux, dont un petit nombre destinés à être lancés. Je ne suis pas repassé par l'Institut, préférant ne pas perdre de temps, je me suis donc contenté des armes qui me restaient dans la cabane. Pour ce que j'ai à faire, c'est amplement suffisant.

L'entrée du village finit par apparaître, marquée par deux grands bâtons biscornus, submergés par des dizaines d'objets qui y sont suspendus je ne sais comment. Les Gobelins sont connus pour apprécier les objets réfléchissants, ou ceux auxquels on peut porter une importance émotionnelle. Ou non, d'ailleurs. Pour tout dire, je ne suis pas sûr de comprendre comment ils fonctionnent. J'ai déjà vu des Gobelins exposer fièrement des mouchoirs ou des vêtements dénichés dans la forêt.

Je franchis les deux branches en avisant le petit village en plein mouvement. Des Gobelins forgent dans leur maisonnette respective, d'autres déménagent des petits meubles sans que je ne sache pourquoi, et des Gobelines cousent de nouveaux vêtements, ou rafistolent des anciens. La plupart me regardent d'un mauvais œil, quand on ne m'ignore pas totalement, au point que les Gobelins qui s'improvisent déménageurs manquent de me percuter avec une table. Un pas en arrière m'évite la collision, l'un d'entre eux se marre.

Je me dirige vers la maisonnette de Gremerial, ronde, à l'allure d'un terrier, comme toutes les autres. Gremerial est le chef des Gobelins de Digvix depuis plus de trente ans, maintenant, et si je veux récolter des informations, je dois d'abord m'adresser à lui. Les Instituts réclament à chaque peuple un représentant, dans le but que les directives des Instituts ou de la Corporation elle-même soient plus rapidement répandues, mais également pour faciliter le dialogue. Il est plus facile de s'adresser à une seule personne qu'à une cinquantaine en même temps.

J'ouvre la petite porte et m'accroupis presque pour entrer. À l'intérieur, le plafond est suffisamment haut pour que je puisse un tant soit peu me redresser. Des voix enjouées et des rires gras résonnent dans la bâtisse, ce qui n'a rien d'étonnant puisque c'est un couple de Gobelins qui y habite, et d'ailleurs, il semble en pleine réunion avec quelques autres du village.

Le hall est toujours aussi bordélique et aussi crade que la dernière fois. Dans le salon, sur la gauche, une vingtaine de Gobelins sont attablés, comme très souvent.

— Eh beh ! Si on m'avait dit que mon Traqueur favori viendrait en fin de journée, je me serais fait plus présentable !

Les Gobelins rient à gorge déployée. Aucun ne change jamais de vêtements et arbore toujours la même veste sans manches en peau de bête sur une chemise en toile, avec en accessoire un couvre-chef bizarre dont la forme diffère selon chacun.

Gremerial, assis en bout de table, de l'autre côté de la pièce, en porte un dont la pointe rigide est tirée derrière sa tête.

— Comment qu'tu vas ? enchaîne le chef des Gobelins sans me laisser parler.

Il crie plus qu'il ne parle, agitant sa longue barbe rousse pleine de miettes de pain dans tous les sens. Levant soudainement les bras en l'air, son sourire découvre ses dents pointues, bien plus nombreuses que nous pouvons en avoir nous, les humains.

— J'ai une idée ! On devrait vérifier par nous-mêmes !

Les invités s'esclaffent, alors que Gremerial frappe ses poings sur la table, faisant sautiller sa pinte de bière. Il a l'air vraiment trop heureux pour que ça ne cache rien. Et connaissant les Gobelins, je ne le sens pas.

— Gremerial…

— Test numéro 1 !

C'est à ce moment que la purée de pommes de terre fait le chemin entre les assiettes et moi, comme une avalanche imparable. Le temps que la première cuillérée s'infiltre entièrement dans mon œil, je suis déjà recouvert de bouffe et ça me fout en rage. Parce que ça fait putain de mal, de la purée dans l'œil.

Une main sur le visage, j'entends Gremerial s'enchanter :

— Test 2 !

Sans comprendre comment toute cette mise en scène peut être improvisée et pourtant si coordonnée, je lance un regard sur ma gauche. Un Gobelin m'adresse un sourire malicieux avant de me faire une béquille bien placée. Je tombe, un genou à terre, mais je suis soulagé lorsque je comprends avoir évité un coup de boule dans l'entre-jambes, qui vient finalement frapper mon estomac.

— Test 3 !

Les Gobelins encore à table cognent le bois en rythme tandis qu'une bonne moitié se rue sur moi, quitte à grimper sur les meubles pour me sauter au visage ou à escalader mes vêtements. Je me retrouve cloué au sol en quelques secondes, grognant et insultant sans m'arrêter. Putain de Gobelins !

Et ils se mettent à chanter, ce qui n'augure jamais rien de bon.

J'ai plus de vin et plus de bière,

Mais je suis assoiffé de sang frais !

Je me débats comme je peux, mais ces vermines se glissent partout et reviennent toujours à la charge, pire que des sangsues.

Une fois le Traqueur bien à terre,

Prenez fourchettes, couteaux, cuillères.

Les Gobelins finissent par m'immobiliser, avachi contre le mur à côté de l'entrée du salon. L'un d'eux me marche sur le nez pour se hisser au sommet de mon crâne, vaillant.

Aiguisez bien tous vos couverts !

N'importe quelle veine fera l'affaire.

J'aimerais mieux la jugulaire...

Si vous vous le demandez, oui, une visite au village des Gobelins ressemble toujours plus ou moins à ça.

Gremerial me saute sur la poitrine et je prends conscience qu'il doit peser trois fois le poids d'un Gobelin normal. Ouais : réflexion inutile dans ce genre de situation. Surtout lorsque votre priorité devrait être le couteau avec lequel on vous menace.

— Mais découpons la sous-clavière ! conclut-il avec un sourire carnassier.

Le chef des Gobelins aime particulièrement chanter le dernier vers des chansons, et allez savoir pourquoi, ça parle souvent de tuer un Traqueur. En l'occurrence, moi.

— Ben alors, Traqueur, tu as mauvaise mine et tes réflexes sont pas c'qu'ils devraient être, hein ?

Je reste immobile alors que les autres Gobelins retournent à table poursuivre leur repas.

— Sophie m'envoie pour parler de l'un de vous qui aurait disparu.

Gremerial baisse lentement son couteau, soudainement sombre.

— C'est Palionis, m'annonce-t-il. Il a été tué.

Mes sourcils se haussent alors qu'il me libère enfin. Je me redresse un peu, adossé au mur.

— Tué, tu dis ?

— On sait très bien qu'aucun disparu ne réapparaît vivant.

Le Gobelin s'en va à sa place prendre une gorgée de bière. Palionis était son frère.

— Raconte-lui, Tropius, si tu veux bien.

Le Gobelin en question, à la tête parfaitement ovale et aux yeux globuleux qui dévorent son visage, me narre tristement :

— Je l'ai vu hier qui partait du village avec une pelle. Il disait qu'il avait trouvé une roche à moitié enfoncée dans le sol et qui brillait comme le soleil, comme l'or. Il n'est toujours pas revenu.

— Si tu voulais des informations pour partir à sa recherche, me dit le chef, c'est tout ce que nous avons. Nous ne savons même pas où se trouvait cette roche, nous l'avons bien cherchée, mais nous n'avons toujours pas mis la main dessus.

Merde.

Aucun Gobelin ne quitte son village plus d'une heure. Ils sont foncièrement attachés les uns aux autres, et surtout à leur habitation et à leur femme, lorsqu'ils en ont une. C'était bien le cas de Palionis, qui était en ménage avec la Gobeline Totaline. Elle doit être effondrée.

Constater que l'émotion illumine les grands yeux de Gremerial comme deux lampions me déstabilise. Parce que les Gobelins ne se laissent généralement pas aller devant un Traqueur. La voix de Gremerial tremble sous la fureur, une fureur que je comprends plus que tout :

— Il est de retour, Traqueur. Ce bâtard de psychopathe est revenu d'entre les morts, et ce, dans le seul but de tous nous y en emmener à notre tour.

Baalzephon.

— Je sais.

Mon portable vibre une nouvelle fois, au fond de ma poche. Je m'excuse, m'extirpe de la maisonnette et décroche.

Frog me supplie alors :

— S'il te plaît, mec, dis-moi que tu n'es pas en mission.

— Plus maintenant, non, mais je dois aller faire mon rapport à Sophie.

Mon coéquipier soupire bruyamment. Certain qu'il fait sa grimace de « putain, c'est la merde », je l'interroge :

— Qu'est-ce que t'as fait, encore ?

— Nan, Bri, cette fois, je te jure que c'est pas moi. Mais si tu pouvais retarder ton rapport pour faire un détour au Temple, ça serait génial, tu vois ?

Non, je ne vois pas. Pourquoi j'irais sur le territoire des Elfes ?

— Qu'est-ce qu'il se passe ?

— Disons que Jemina a hurlé et qu'elle est partie en furie chez les Elfes. Je l'ai suivie, mais t'inquiètes Lacie est toujours avec… enfin, tu vois.

Cette fois, oui, je vois. En revanche, ce que je ne vois pas, c'est la raison pour laquelle Jemina était chez Syllia.

— Elle a trouvé un Elfe, continue Frog, mais il est mort avant qu'on puisse faire quoi que ce soit.

— Tu veux dire que vous êtes arrivés avant qu'il meure ?

Frog geint tandis que je me dirige vers le territoire des Elfes.

— C'est vraiment important, Bri ?

— Ouais.

— On est arrivés, quoi… trente secondes avant qu'il rende son dernier souffle ? Mais merde, Brian, on s'en bat tellement les couilles. Ramène ta fraise au Temple, parce que le balai que Slyvias a dans le cul ne veut pas nous laisser partir, Jem et moi, tant que tu ne seras pas là… et maintenant, il me regarde avec son air de méchant parce que j'ai parlé trop fort.

Je me mets à trottiner en assurant à Frog que je viens les chercher, sans pouvoir m'empêcher de réfléchir à ce que tout ça signifie.

Les pouvoirs de Jem sont encore plus impressionnants que ce que je pensais.

Chapitre 15

JEMINA

J'ai presque réussi. Même si avoir vu cet Elfe agoniser sous mes yeux sans que je ne puisse y faire quoi que ce soit me laisse encore tremblante, une infime partie de moi se réjouit. Parce que j'ai presque réussi.

À quelques minutes près, j'aurais peut-être pu le sauver. J'aurais peut-être pu me rendre utile. Et un peut-être vaut mieux qu'un jamais.

La pièce est illuminée par quelques rayons de soleil qui se propagent sur la pierre immaculée. Le sol et les murs m'éblouissent, mais le spectacle qu'offre la vue sur la forêt me comble. Frog et moi sommes assis à une table en marbre, surveillés par deux Elfes dont la taille avoisine les deux mètres, si ce n'est plus. Frog vient de joindre Brian, après que Slyvias a insisté une dernière fois en ces termes, le regard glacial : « Je suis le chef de ce peuple d'Elfes, *Traqueur*, et j'exige que le chef de ton équipe vienne vous chercher. »

Maintenant installée sur une chaise à quelques pas de la paroi manquante, qui donne directement sur le vide, sa femme, Laïerda, recoiffe les nattes qui parsèment les longs cheveux blonds de l'Elfe. Leur peau diaphane semble épouser le soleil, comme elle-même constituée de lumière.

Aussi discrète que je le peux, je me penche vers Frog et lui chuchote :

— C'est quoi, un Traqueur ?

Frog détourne le regard en poussant un soupir.

— Tu demanderas à Brian.

— Le Sale, tonne la voix de Slyvias, va chercher de quoi abreuver et nourrir nos invités.

Je ne me sens pas vraiment accueillie comme tel, mais je m'abstiens d'en faire la moindre remarque.

Debout près de l'ouverture qui mène au couloir sombre et incroyablement long par lequel nous sommes arrivés ici, un être à la peau entièrement recouverte de terre, aux oreilles plus courtes mais aussi pointues que celles des Elfes, sort précipitamment de la pièce.

— Je n'apprécie pas les Banshees, déclare alors Slyvias d'un ton méprisant, elles ont l'art de se croire partout chez elle.

J'ouvre la bouche pour m'excuser, mais l'Elfe me coupe dans mon élan :

— Ne t'adresse pas à moi, tu n'as pas su gagner mon respect ! Tu n'avais pas le droit de venir de la sorte sur notre territoire.

Territoire ? Je n'avais aucune idée que les peuples d'Ombres possédaient une partie de forêt, et peut-être n'est-ce même pas le cas, malgré ce que semble prétendre le chef des Elfes. Son regard noir me sonde, tandis que je vois Frog me faire signe de me taire.

Celui que Slyvias appelle le Sale revient, les mains chargées d'une cruche en argile peinte et d'un saladier en bois rempli de grappes de raisin. Les yeux baissés sur ses pieds nus et disproportionnés, tout comme ses bras étonnamment gigantesques pour sa petite taille, il dépose le tout sous notre nez, avant de s'en aller dans une révérence effrayée.

— Merci beaucoup, dis-je en lui souriant.

— Assez ! hurle Slyvias.

Je tressaille. Laïerda me fusille de ses prunelles obscures comme une caverne.

— Il existe bien une chose que j'apprécie moins encore que les Banshees, m'adresse Slyvias d'un air pincé, et cette chose n'est autre que l'insolence.

Frog soupire encore, comme s'il ne savait faire que ça. Il s'avachit dans sa chaise, en marbre elle aussi. Ni lui ni moi ne touchons au vin ou au raisin. Je ne peux m'empêcher de jeter des coups d'œil vers les Elfes et le Sale, fascinée. La femme de Slyvias est vêtue d'une longue robe, fluide, agrémentée d'une traîne brodée. Sa couleur blanche fait détonner les cheveux ébène de l'Ombre et intensifie la couleur sombre de ses iris. Slyvias, lui, arbore une tunique légère, ceinturée, sur un pantalon de cuir moulant. Ses bottes remontent à mi-mollet, complétant sa tenue moyenâgeuse.

— Laïerda, tonne-t-il soudainement, tu peux retourner t'occuper des Elfons.

Je fronce les sourcils à l'attention de Frog, qui comprend ma question :

— Les Elfons sont la progéniture des Elfes. Elles copulent comme des rats, ces Ombres, pour faire toujours plus de diables qui hantent la forêt en scandant partout le prestige du peuple elfique.

Frog ne rate pas l'expression furieuse de Slyvias. C'est la seconde fois qu'il parle à son sujet de façon insultante en sa présence, mais il ne semble pas s'en préoccuper. En réalité, c'est surtout la façon dont l'Elfe s'est adressé à sa femme qui m'a interpellée.

— Qu'est-ce que vous faisiez au *Syl' pleut voir*, cette fille et toi ? lui demandé-je.

Mon compagnon de table secoue imperceptiblement la tête, puis m'indique rapidement :

— Pas ici.

O.K., très bien, même si je ne comprends pas pourquoi.

Slyvias s'avance jusqu'à nous, tend un bras gracieux pour remplir son verre à vin. Il verse un peu de contenu dans les deux autres qui attendent devant Frog et moi, puis s'en retourne admirer le précipice.

Je l'imite depuis ma place, toujours époustouflée. Ce qui ressemble à un château fait pointer ses tours vers le ciel, au loin, semblable à une tache claire parmi le vert nuancé des arbres. Je crois discerner une étendue d'eau, juste à côté, mais la distance la transforme en point bleuté sur lequel se réverbère le soleil.

— C'est bon, relâche-les.

La voix sans appel de Brian nous fait tourner la tête. Le Sale s'essaie à sourire au nouveau venu.

— Salut, Lorodru, lui dit Snow en passant.

— Ne t'adresse pas à cette infâme créature, combien de fois vais-je donc devoir te le rappeler ? claque le ton acrimonieux de Slyvias.

L'Elfe toise Brian, sans même faire l'effort de dissimuler un centième de l'aversion qu'il éprouve.

— Et dois-je également te rappeler que je n'ai pas d'ordres à recevoir de toi, *Traqueur ?*

Pourquoi profère-t-il toujours ce mot comme une insulte ?

— Pas directement non, admet Brian en se tenant au centre de la pièce, mais les lois de l'Institut ne te permettent pas non plus de garder prisonnier une Ombre ou un Traqueur, Slyvias.

Je rêve ou Brian promène des épées dans son dos…

— Vous portez déjà le blanc, constate-t-il en observant la tenue de l'Elfe.

— Bien évidemment.

Un tic de mépris plisse une infime seconde les yeux gris de Slyvias.

— L'Elfe a été tué ? l'interroge Brian.

— Il semblerait, en effet.

Je regarde le chef du peuple d'Ombres porter son verre à ses lèvres, tandis que je revois l'abdomen écharpillé de l'Elfe vers lequel j'ai été guidée. J'ai eu l'impression qu'on avait fouillé ses entrailles à la recherche de quelque chose et cette vision a poussé mon estomac à régurgiter tout ce qu'il contenait.

— Il y avait du gui dans ses entrailles.

Mon intervention me vaut une grimace altière de la part de Slyvias. Brian, lui, fronce les sourcils, l'air grave.

— Quand est-ce que la victime a disparu ? se renseigne-t-il.

L'Elfe se retourne vers le paysage fantastique, songeur.

— Durant la première rafle, nous le pensions tous mort.

Frog et Snow pâlissent à vue d'œil, sans que je ne comprenne pourquoi. Et de quelle rafle est-il question ?

— Il est revenu, souffle Brian, et la Corporation ne veut pas nous croire.

— Tu as tort, Traqueur, lui fait remarquer Slyvias, effaçant brusquement toute trace d'hostilité de sa voix. Il n'est jamais parti et il est plus proche que jamais.

Curieuse, je me prépare à m'enquérir de l'identité de l'individu qui est au centre de la conversation, mais Brian ne m'en laisse pas l'opportunité.

— Qu'est-ce que tu sais ?

Je frémis. La peur qui assaille Frog me contamine et l'expression funeste de Slyvias n'arrange rien.

— Je te le confie à toi, Traqueur, car malgré le néant qui sépare nos rangs sociaux respectifs, je ne doute pas de la sincérité qui anime ton besoin de devoir accompli. Je ne doute pas non plus de ta loyauté envers ton Institut.

— Accouche, Slyvias.

L'Elfe conserve son masque inébranlable, cette fois, et poursuit :

— On raconte que des Ombres se sont alliées à Baalzephon, Snow, mais l'on colporte des rumeurs bien pires encore : il aurait convaincu des employés du Fourre-Tout de ses projets.

Impossible de comprendre l'effarement de Frog, je n'ai rien saisi des derniers propos formulés. Mais Slyvias n'en a pas fini, et, après avoir pris une courte gorgée de vin, il conclut :

— Réfléchis bien avant d'accorder ta confiance à un tiers, Traqueur, et ne te risque pas à te noyer dans des eaux plus sombres que tu ne les crois. Cette fois, le noir a devancé la nuit.

Durant tout le chemin, j'ai essayé de soutirer des explications à Brian, mais il est resté encore plus muet qu'une tombe, plus froid qu'un hiver polaire. Frog et lui n'ont pas échangé un seul mot et je doute que ce soit parce qu'ils ne s'apprécient pas. Au contraire, ils semblaient partager leur silence. Et moi, j'en étais exclue.

C'est en me déposant à la cabane de l'autre soir que Brian m'a tendu les feuilles que je tiens à présent entre mes doigts. Il m'a rapidement assuré qu'il reviendrait au plus vite, mais ça fait déjà une heure que j'attends sur son canapé, allongée comme une larve morte. Je n'ose pas lire ce qu'il m'a remis, d'abord parce qu'il m'a clairement dit que ça me concernait, et ensuite parce que j'ai vu l'intitulé : « Les compagnons de la Mort, de fervents serviteurs ».

Et… je ne sais pas, ces mots me retournent l'estomac, quand je pense au fait qu'ils désignent les Banshees, donc moi. Comment Brian a-t-il pu s'imaginer qu'une telle chose pouvait m'intéresser ?

Je ne sers pas la mort. Je n'y suis pour rien. Je ne fais que trouver des cadavres, ou comme aujourd'hui, des gens mourants. Mais je ne tue personne.

Pourquoi Brian ne pouvait pas écrire : « Les Banshees, ces êtres lumineux qui éclaircissent nos vies ». *En trouvant des cadavres, génial, c'est vrai qu'on ne peut pas s'en passer*, me dis-je en me retournant sur le flan, le visage recouvert d'un bras.

Mais j'ai failli arriver à temps, aujourd'hui, je ne dois pas l'oublier, au contraire, cette pensée doit m'être utile. Parce qu'elle me rappelle que moi-même, je peux être utile.

Je peux aider.

Comment, je n'en ai encore aucune idée. Je vais devoir y réfléchir.

— Ouah.

Je sursaute en lâchant un petit cri. Rose, debout devant le canapé, inspecte l'endroit, intriguée.

— Heuuu, Mina, pourquoi j'ai l'impression de ne jamais être venue là ?

— Tu m'as fait tellement peur, soupiré-je en me redressant. Et non, tu n'es jamais venue ici.

Mon amie ouvre la bouche, s'accorde une pause, pensive, puis semble changer d'avis en s'installant sur la table basse d'où elle fait voler quelques feuilles.

Je ne me suis pas risquée à en lire un seul mot, trop effrayée à l'idée de voir Brian surgir dans mon dos en m'affligeant un regard courroucé.

— Tu ne me fais pas la tête ?

Ah oui, mince, j'avais oublié la façon dont j'ai repoussé Rose après… Mais je ne veux plus y penser.

— Non, jamais, tu le sais bien.

Rose me sourit en me racontant combien elle est rassurée de ne pas me retrouver enfermée dans ma chambre en train de pleurer. Mon rire s'apparente à un grincement, mais Rose ne s'en préoccupe pas.

L'unique raison qui me permet de résister à la tentation de mon lit, est l'espoir d'avoir peut-être trouvé une autre dimension dans ma façon d'aider les esprits. Les esprits qui habitent encore leur corps terrestre.

Mon amie désigne du menton les feuilles repliées que je tiens toujours dans une main.

— Qu'est-ce que c'est ?

J'hésite un instant, avant de répondre le peu que je sais :

— Un texte qui parle des Banshees…

L'enthousiasme de Rose ne me surprend pas.

— Génial ! Qu'est-ce que tu as appris ?

— Hum, rien, en fait.

Ses yeux prennent l'aspect de deux fentes suspicieuses.

— Mina, ne me dis pas que tu ne l'as pas encore lu.

— J'allais le faire.

— Menteuse.

Pas tout à fait, j'allais vraiment le faire… tôt ou tard.

— Peut-être que tu vas te découvrir de nouvelles capacités ! s'exclame Rose en entourant ses genoux de ses mains. Lis-le !

Je ferme les yeux avec force, en proie à un dilemme. Rose a raison, je pourrai en apprendre plus sur moi-même, sur mon pouvoir. Mais, d'un autre côté, rien ne me certifie que je ne vais pas non plus prendre connaissance de choses que je préfère ignorer.

— Bon, tu sais quoi, je te laisse réfléchir seule, se décide Rose en disparaissant peu à peu. Moi, je vais rentrer en attendant, pour te laisser tranquille, O.K. ? Je reviens bientôt et t'auras intérêt à tout m'expliquer si tu choisis de lire ces fichus papiers, sinon à trouver une excuse valable si tu ne le fais pas.

Son dernier mot s'assourdit alors qu'elle perd en consistance, s'évanouissant finalement en laissant de nouveau la table vide. Deux autres documents glissent jusqu'au parquet. Je n'attends plus. Je déplie les feuilles en tremblant légèrement, aussi impatiente qu'inquiète.

Si je ne le fais pas maintenant, jamais je ne le ferai.

Alors je lis.

Les capacités des Banshees peuvent être évolutives, O.K.

Certaines sont capables *d'annoncer la mort d'un individu*, non pas de la prédire comme je le fais, donc. Les Banshees dont il est question *découvrent toujours les morts qu'elles ont elles-mêmes hurlés*, ce qui n'a pas été mon cas à mon premier cri : je n'ai jamais su qui avait trépassé.

D'autres peuvent apparemment entendre ou voir les esprits, mais pas les deux, ce qui ne ressemble toujours pas à mon cas. J'ai les mains moites lorsque l'écrit rapporte la description des esprits qu'a donnée une certaine Claire : ils seraient *des corps parfaitement consistants et animés, bien qu'ils ne puissent plus toucher les objets et les corps « terrestres »*.

Mon regard se perd un instant sur la table basse où Rose se tenait assise il y a encore quelques secondes. Je revois Charles et elle m'encadrer sur le banc du parc. Rose sur mon lit. Sur ma chaise de bureau. Sur le plan de travail chez Syllia.

Mais je pense alors à l'oreiller que j'ai déjà voulu lui lancer au visage, à ses nombreuses tentatives pour m'enlacer. Autant de choses que je n'explique pas.

Et tandis que je reprends ma lecture, l'once d'espoir qui m'était revenue me quitte à nouveau.

Aucune n'a jamais pu sauver qui que ce soit. Ces pouvoirs me font l'effet d'une malédiction.

Je me replie sur moi-même, mes cuisses contre mon torse, mes bras autour de mes jambes, le front sur mes genoux. Pourquoi je fais ça ? Pourquoi je m'inflige toujours déception sur déception, en reprenant espoir à chaque fois ?

Les morts ne sont pas toujours ceux que l'on croit.

C'est tout mon être qui se tortille sur lui-même, faisant geindre mes organes, me brisant les os, chassant toute pensée pour ouvrir le passage au torrent. Je ne sais pas ce qui me fait le plus mal. Je n'ai pas envie de comprendre.

Je veux juste que tout ça s'arrête. À tout jamais.

J'ai tout essayé. J'ai travaillé sur moi-même, j'ai comblé beaucoup de mes lacunes, investi ces dernières années à m'intégrer. Rien n'a changé. Rien, mis à part mon talent inné pour mentir. Faire semblant.

Je voudrais tellement être malade. Regretter ma santé merdique, tout en étant capable d'expliquer ce qui ne va pas. Parce que je voudrais qu'on me comprenne.

Que tous se rendent compte à quel point la situation est impossible. Que je meure sans que personne ne témoigne de mon agonie. Que je meurs, même si je déambule parmi les vivants.

Parce que c'est tout ce je fais : errer sans but. J'ai beau venir en aide à des esprits, la plupart n'ont besoin de rien d'autre qu'un peu de compagnie, et moi, je reste totalement passive. Charles est parti, sans même parler une dernière fois à sa femme, alors que c'était l'unique chose que je n'aurais jamais faite pour lui. Il m'a toujours soutenue, comme le fait Rose, comme Tibo et Arthur ont pu aussi le faire, à leur manière.

Au final, ce sont les esprits qui m'aident, jamais le contraire.

Et alors que je pensais faire un pas en avant en rencontrant Mme Muller, j'ai reculé d'un kilomètre. Alors que je m'imaginais déjà pouvoir entraver la mort grâce à mon don de prédiction, j'apprends qu'aucune Banshee n'y est jamais parvenue.

Une fille de bientôt 18 ans, déscolarisée, sans emploi, sans avenir, avec pour seule chose en sa possession un pouvoir auquel elle n'est pas foutue de trouver une utilité.

Ma main qui tenait encore les feuilles s'est ouverte pour les laisser retomber par terre.

J'ai besoin d'un lit, d'une couette et de fermer les volets, mais la porte du chalet s'ouvre à ce moment précis. Brian s'arrête à l'embrasure de la porte, tandis que je tente de retrouver une position neutre. Ses traits tirés par la fatigue se tendent un peu plus lorsque son regard intense me scrute lentement. Je frissonne en croisant les profondeurs océaniques de ses prunelles, qui s'en vont observer les feuilles abandonnées à mes pieds. Elles s'attardent également sur celles que Rose a fait virevolter, mais Brian ne paraît pas énervé.

— Je pensais que ces infos t'aideraient.

Je hausse les épaules en lui adressant un regard désolé. Je ne sais pas quoi dire, en réalité.

— Qu'est-ce qui ne va pas ?

Comme toujours, l'envie de parler est pressante, mais la peur de l'incompréhension la dompte largement. Le mutisme reste plus fort que tout et je me contente de rougir, pendant que Brian me sonde en éparpillant ses armes à travers la pièce.

— Tu sais, commence-t-il doucement, je sais écouter.

— C'est que je voulais…

Brian se pose sur la table basse, comme il l'a fait l'autre soir, pour désinfecter ma plaie. Il arque un sourcil. Face à mon silence embarrassé, il me fait remarquer :

— Ton air coupable doit être agaçant, à longueur de journée.

Outrée, je bégaie :

— M-mais… Sérieusement ?

— Ouais, très sérieusement, même. J'ai beau être extraordinairement bien sculpté, ça n'implique pas pour autant que je sois frivole, malgré ce qu'on raconte, princesse.

Un rire jaune m'échappe. Je me tiens un peu plus droite pour tenter de faire bonne figure, mais Snow voit clair dans mon jeu.

— T'es pas obligée de parler, c'est pas mon problème.

Il se lève, insondable, et ajoute :

— Mais tant que tu ne décideras pas à ne plus être victime de ce qui te préoccupe, tu ne résoudras rien.

— Ce n'est pas si facile que ça.

Brian m'étudie un court moment, suffisamment long pour que je détourne le regard.

— Je n'ai pas prétendu le contraire.

D'un geste timide de la main, je désigne son sourcil abîmé et le bleu qui s'étale près de son menton.

— Comment tu t'es fait ça ?

— En mission.

Alors comme ça, lui aussi, il ment.

Brian me propose de nous cuisiner quelque chose, j'accepte même si je n'ai absolument pas d'appétit. Se dirigeant vers le corridor, il m'arrache un sourire en me lançant :

— Attention, princesse, t'es pas préparée à recevoir l'orgasme culinaire qui va suivre.

— Vas-y, balance la sauce.

Il tourne la tête vers moi, hilare.

— Merde, dit-il, t'as découvert mon ingrédient secret.

Chapitre 16

BRIAN

Je nous sers à manger dans la petite cuisine. Jem vient s'asseoir à la table de bar en avisant étrangement son assiette. Elle grimace et rit doucement, un comportement que je ne cerne pas.

— Euh, je n'y pensais plus avec toutes ces histoires mais…

Elle me sourit, désolée. Je suspends mon geste, mon ustensile au-dessus de la casserole.

— Et voilà qu'elle est allergique aux pâtes, maintenant, lâché-je en secouant la tête.

Ma blague la détend et son sourire est amusé, maintenant.

— Je suis végétarienne.

Ah. Je regarde à mon tour les filets baigner dans leur sauce, recouvrant les pâtes de Jemina. Recouvrant celles aussi qui restent dans la casserole. J'échange nos assiettes, la sienne remplie contre la mienne encore vide, puis me retourne fouiller les placards.

— Non, tant pis, je vais trier, ne t'en fais pas.

J'ai du riz, des tomates, encore du poivre…

— Vraiment, ne te prends pas la tête !

Je peux lui préparer une sauce tomate maison qui l'enverra au septième ciel. En même temps, avec mes talents de cuistot, il faut dire que n'importe quel plat basique devient gastronomique.

— Brian !

— Arrête voir de parler pour ne rien dire, c'est un truc que je ne supporte pas.

J'attrape une petite casserole dans le placard du dessous et la remplis d'eau pour la faire bouillir.

— T'es allergique au riz aussi ?

Jemina secoue la tête.

— Et les tomates, tu digères ?

Cette fois, elle s'esclaffe :

— Mais je t'ai dit que je pouvais trier, Snow !

Je fronce les sourcils. Qu'elle m'appelle Snow ne me plaît plus vraiment, je ne suis pas sûr de savoir pourquoi. Liana le fait, elle, mes potes le font parfois aussi, mais avoir Jem dans cette cuisine, pour la seconde fois dans cette cabane où aucun de mes plus proches amis ne met jamais les pieds, et sans qu'elle soit blessée, signifie que Jem n'est ni Liana, ni mes potes.

J'inspecte son regard. Aucune trace de la culpabilité qu'on y voit souvent. J'aime bien ses yeux clairs. Son front large et ses longs cils accentuent la sensation qu'ils me procurent à cet instant. Ils sont comme ouverts. Enfin, bien sûr qu'ils le sont, mais ils donnent l'impression que, si je voulais un jour me glisser en elle, c'est par ses yeux que je devrais passer. Tout ça est tellement maladroit.

Le visage de Jem n'est pas spécialement expressif, sauf sous l'effet de l'indignation ou du rire. C'est pour ça que j'aime bien la taquiner, je crois. Mais ses yeux, eux, reflètent tout de son intériorité, en permanence. Et elle a souvent l'air hantée.

Tout à l'heure, j'y ai vu la volonté d'abandonner. Et ça ne me plaît pas. Parce que lorsqu'on baisse les armes, ce sont ceux qu'on aime et qui nous aiment en retour, qui en paient les frais.

Jem a l'air troublé, mais contrairement à d'habitude, elle n'esquisse pas le moindre mouvement. Ses lèvres pleines s'entrouvrent, sans ne formuler aucun son. Elles semblent attendre sagement.

Merde, c'est envoûtant. Grisant.

— Je t'ai déjà dit de fermer la bouche, il y a des choses qui traînent et qui voudraient bien s'y retrouver.

Ces mêmes lèvres grimacent, le petit nez retroussé de Jem se fronce.

— Ne dis pas ça, je vois encore le bar tourner autour de moi.

Je hausse les épaules et porte mon attention sur l'eau qui commence à bouillir. O.K., j'ai réussi à détourner l'attention.

— Pourquoi est-ce que j'ai l'impression de connaître Frog ? m'interroge Jem.

— Parce qu'il était au bar, l'autre soir.

Elle émet un son qui me fait penser qu'elle se souvient finalement.

— Et qu'est-ce qu'il faisait chez Syl, avec cette autre fille ?

Appuyé au comptoir, je pivote de nouveau vers elle.

— Après ce que tu m'as dit sur Syllia, j'ai pensé qu'il valait mieux garder un œil sur elle, au cas où elle serait vraiment en danger.

Je suis certain qu'elle l'est, mais je préfère que Jem en doute, plutôt qu'elle s'inquiète sans pouvoir ne rien y changer.

— J'ai demandé à Frog et à Lacie, la fille qui l'accompagnait, d'assurer la sécurité de Syllia.

Jem hoche lentement la tête de haut en bas, le regard fixé sur mon assiette.

— Donc, Lacie fait aussi partie de Digvix ?

— Elle travaille pour l'Institut, oui. Elle n'est pas dans mon équipe, mais les gars et moi, on s'entend bien avec elle.

Parce qu'elle aussi soupçonne Lara. Et qu'elle aussi déteste Tom, le chef des équipes de Traqueurs.

— Donc vous fonctionnez en équipe et l'Institut vous donne des missions ? C'est plutôt classe, dit comme ça.

Classe, quand on ne sait pas ce qu'on risque. Surtout en ce moment.

— Et c'est quoi, un Traqueur ?

— Tu poses beaucoup de questions, pour une Ombre qui ne veut pas être affiliée à l'Institut.

Jem lève la tête vers moi et hausse les épaules à son tour.

— Si je dois encore rencontrer d'autres Traqueurs en découvrant des corps sans pouvoir m'en empêcher, je suppose qu'il vaut mieux que je comprenne comment votre organisation fonctionne.

C'est bien raisonner, sur ce coup, c'est vrai. J'attrape le paquet de riz puis en verse dans l'eau bouillante, prenant le temps de mettre les choses en place dans mon esprit avant de parler. Je demande finalement à Jem :

— Tu es sûre de vouloir faire ça ce soir ? Je pourrais te filer un bouquin, ça sera peut-être plus compréhensible. Ça représente beaucoup d'infos, tu sais.

Jem arbore un sourire narquois et réplique en aggravant sa voix :

— Ma physionomie frôlant la précellence de l'esthétisme ordinairement attribuée aux sculptures grecques, ne signifie pas pour autant que je partage tes propres difficultés intellectuelles, *prince présomptueux*.

J'arque un sourcil hautain.

— Pâle imitation. Mais ma bonté me force à attribuer un « passable ».

Le rire cristallin de Jemina me tire un sourire lorsque je lui tourne le dos pour remuer le riz. Je lui fais remarquer :

— En plus, j'utilise pas ce genre de langage tout droit sorti du XIXe. « Précellence », s'il te plaît !

— Quelque chose me dit que tu en serais capable.

Sans lui donner ni raison ni tort, je me contente de lui glisser un clin d'œil.

— En tout cas, j'ai maintenant la preuve que ta bouche est suffisamment bien entraînée pour savoir si bien articuler. Si t'aimes le challenge, tu pourrais essayer…

— Mais arrête avec tes réflexions salaces !

Le torchon qu'elle m'envoie me retombe à moitié sur la tête. Je profite qu'il dissimule mon visage pour esquisser un sourire que je n'avais pas connu depuis longtemps. Un véritable sourire. Qui n'a rien de sarcastique, moqueur, mais qui a tout de sincère.

Je me sens presque paisible.

Presque, parce qu'en reposant le torchon sur le plan de travail, j'entame le récit d'une histoire qu'on m'a imposée :

— On ne sait pas quand la Magie est apparue, certains affirment qu'elle a toujours existé. En fait, on n'est pas sûr de grand-chose, quant à son passé. Ce qui est certain, c'est qu'elle habite des éléments naturels, des fleuves, des roches, parfois des montagnes, un sol, ou, comme dans notre région, un arbre. On l'appelle le Grand Aulne et c'est la source magique des Ombres de la région.

Jemina m'écoute avec gravité, sa concentration traçant un pli à peine visible entre ses sourcils.

— En tant qu'Ombre, tu es un réceptacle. Le Grand Aulne, une source magique donc, disperse la Magie dans les environs et les Ombres qui y vivent l'assimilent. Les Ombres sont attirées par les sources magiques. C'est pour ça qu'elles sont toujours regroupées sur un certain périmètre : parce qu'elles s'établissent à côté de l'une d'elles. Le Grand Aulne serait l'une des premières sources à avoir vu le jour en France, d'après les textes qu'on a pu retrouver ou les légendes de tradition orale qu'on peut encore entendre. Durant l'Antiquité, dans notre région, Ombres et humains vivaient plus ou moins en harmonie, comme à peu près partout. C'est après plusieurs catastrophes, d'origine magique et humaine, qu'humains et Ombres ont commencé à se méfier les uns des autres. Il y a eu une traque meurtrière, proche du génocide, durant le Moyen Âge. Est-ce que Syllia t'a parlé des Alchimistes ?

Jem semble fouiller sa mémoire quelques secondes, le regard vers le plafond, puis répond en secouant la tête de gauche à droite.

— Lacie, que tu as rencontrée chez Syllia, est une Alchimiste. Elle est capable de contrôler l'élément de la terre.

En bon public, Jemina reste silencieuse malgré l'interrogation qui anime son regard.

— Retiens simplement pour l'instant que, dans un Institut, les Traqueurs travaillent au côté d'Alchimistes, qui sont donc eux aussi des réceptacles magiques au même titre que les Ombres. Et, lors de la traque du Moyen Âge, ces Alchimistes ont combattu les humains qui pourchassaient les Ombres et qui voulaient en même temps la mort des Alchimistes. Il y a eu des guerres, un peu partout sur la Terre. Mais tous les humains n'étaient pas contre l'existence des Ombres et des Alchimistes, et même certains qui l'étaient, ont fini par changer de camp, mais tout ça, c'est un peu compliqué. Disons simplement qu'un jour, la Prêtresse d'une confrérie qui était établie non loin de chez nous et qui s'appelait Circé…

— Alors Circé était véritablement une Sorcière ?

J'acquiesce d'un signe de tête.

— Elle a choisi d'arrêter les hostilités en prenant des mesures drastiques. Grâce à son grimoire de renommée internationale, elle a rendu les Ombres invisibles aux yeux des humains dépourvus de Magie sur notre territoire. On raconte que la Magie elle-même aurait propagé son charme sur la planète entière.

— La Magie l'a propagé ? Comment ça ?

— Ouais, la Magie. Elle possède sa propre volonté, certains disent même qu'elle a une conscience, des sentiments. On ne sait pas s'il est vraiment possible que la Magie ait choisi de dissimuler les Ombres, mais la légende le raconte, en tout cas. Seulement, tu vois, le but de Circé était de cacher l'existence de la Magie. C'est pour cette raison que seules les Ombres entièrement dépendantes d'elle sont réellement invisibles, contrairement à Syllia et à toi, par exemple. Mais, les humains dépourvus de Magie, eux, ne peuvent pas entendre tes cris de Banshee, par contre.

Je me masse le front en essayant de me souvenir de tout ce que j'ai pu apprendre à l'Institut.

— Apparemment, les humains pourraient voir les ombres des créatures magiques, la nuit. Les Sorcières prétendent que c'est parce que l'esprit de Circé, comme celui de toutes leurs ancêtres, est parti rejoindre la lune cette nuit-là, et que son amour pour la Magie, son regret de la voir disparaître aux yeux du plus grand nombre, l'aurait poussé à en laisser des traces, des indices perceptibles par les humains.

Mais tout ça, ce ne sont que des légendes.

— C'est pour ça qu'on appelle les Ombres, « Ombres », souffle Jem.

— Il paraît. Mais le plus important, c'est qu'une fois le charme enclenché, on a fini par se rendre compte que certains possédaient encore la capacité de voir toutes les Ombres. Ces humains étaient ceux qui s'étaient alliés aux Alchimistes, des humains qui avaient été chargés de traquer ceux qui voulaient tuer tout être magique et détruire leur source. À la base, les Traqueurs sont des défenseurs de la Magie. Ils sont ensuite devenus les garde-fous des Ombres, c'est encore le cas aujourd'hui. Comme je te l'ai dit, notre rôle est autant d'assurer la protection du monde magique, que d'éviter qu'il n'interfère dans le monde humain de façon négative. Et, il faut aussi assurer une bonne entente entre les différents peuples d'Ombres.

Nous approchons de la partie la plus complexe et celle dont j'ai le moins envie de parler. Je passe mes mains humides sur mon jean, l'air de rien, avant de poursuivre :

— Les Alchimistes et les humains ont bâti les Instituts durant cette période, du moins en France, de ce que je sais. Les Instituts n'étaient d'abord que de simples campements, mais sont finalement devenus après la traque des châteaux, des manoirs, des abbayes, selon qui fournissait les sources financières pour les construire. Ces Instituts se sont alliés durant les combats, puis la Corporation est née. En fait, je t'ai dit que la Corporation avait été décentralisée en Instituts pour imager l'organisation, car les grandes directives et les financements des Instituts viennent bien de la Corporation, mais si on en croit l'Histoire, ce sont plutôt les Instituts qui se sont centralisés.

Jemina hausse les sourcils d'un geste minime, comme impressionnée.

— Où est la Corporation ?

— Personne ne le sait, même ceux qui y travaillent ne sont pas certains de sa localisation et ne font que spéculer. Mais, on s'en fout, de ce détail.

Le secret est prétendument tenu pour la sécurité de l'organisation, mais surtout pour la protection des plus grands. Des conneries, c'est tout ce que c'est.

— La Corporation finance les Instituts, comme je viens de te le dire, et les Instituts, eux, financent ce qu'on appelle des Fourre-Tout.

— Qu'est-ce que c'est ?

— Il y a un Fourre-Tout pour chaque source magique. On y trouve différents secteurs qui proposent différents services. Comme le secteur judiciaire, le secteur financier et d'autres encore.

Si Digvix venait à apprendre que Jem a utilisé ses pouvoirs pour amasser de l'argent dans le monde humain, ce serait le secteur judiciaire de notre Fourre-Tout qui s'occuperait de son jugement.

— Il existe un Fourre-Tout pour plusieurs Instituts qui s'occupent des Ombres venues chercher la Magie d'une même source.

— Tu veux dire qu'il y a plusieurs Instituts dans notre région ?

— C'est ça.

Jemina se mord la lèvre inférieure puis se ronge les ongles. Et moi, je me prépare à lui expliquer ce qu'il se passe dans ce monde qui semble l'intriguer de plus en plus, pour je ne sais quelle raison.

— Si je résume, dit-elle soudainement, la Corporation donne de l'argent aux Instituts, qui, je suppose, rémunèrent ses Traqueurs et ses Alchimistes pour leurs missions, et financent des Fourre-Tout, qui eux, en échange, mettent à disposition des services primordiaux dans le bon fonctionnement d'une bonne société.

Une bonne société, j'en suis loin d'être convaincu, mais je confirme pour ne pas l'embrouiller.

— Et, ajouté-je, les Ombres paient également les Instituts, et pour leur protection, et pour le territoire mis à leur disposition, qui appartient aux Instituts. En contrepartie, les Instituts leur achètent une part de leurs productions. Par exemple, les Gobelins nous fournissent en armes blanches et en bière, les Elfes en vin, tandis que les Sorcières, qui ont plutôt la main verte, en denrées ou en plantes médicinales, même si niveau médical, on se rapproche nettement plus du monde humain.

— Pour une organisation, c'est sûr que c'est organisé, rit doucement Jemina.

Oui, mais être organisé n'empêche jamais la merde de se propager. Et le sourire de Jem me laisse une mauvaise sensation. Je n'aime pas la possibilité qu'elle soit attirée par ce monde. Tout a l'air magique et bien pensé, paisible et pacifique, mais c'est tout le contraire.

La société qu'a construite la Corporation ne diffère que très peu de celle humaine. L'injustice, la fourberie, la haine et la corruption sont les mêmes, partout sur les deux hémisphères.

— Mais il y a bien une raison pour laquelle je t'ai conseillée de rester loin de la Corporation, Jem, et mon conseil tient toujours.

Elle se penche sur la table, les avant-bras croisés l'un sur l'autre. Son regard, plongé dans le mien, est intéressé. Trop à mon goût, donc je m'empresse de la faire déchanter lorsqu'elle me demande :

— C'est à cause de celui dont Slyvias et toi parliez, au Temple des Elfes ? Celui qui est revenu, ou jamais parti, je ne sais plus trop quoi.

Mon attention s'échoue sur le parquet. Je déteste ressasser cette histoire, mais en fait, elle n'a jamais pris fin. Je le savais, mais j'essayais vainement de m'en persuader.

— Ça a commencé il y a des années.

J'épargne énormément de détails à Jem, ou plutôt, je me les épargne à moi. Je connais son histoire, mais je ne peux pas justifier l'injustifiable. Et en y réfléchissant trop, j'ai toujours le sentiment de le faire.

— Un Alchimiste de Digvix est devenu fou et a promis de renverser la Corporation, afin d'éradiquer toutes les Ombres.

— Ça commence comme dans les films, c'est…

— C'est pas un putain de film.

Je n'ai pas crié, pas haussé le ton. Mais mon intonation tranchante déstabilise Jemina, qui se dandine sur sa chaise, gênée. Elle s'apprête à s'excuser, je le sais, mais j'interromps son élan :

— Baalzephon se prend pour un scientifique capable de percer le secret de la Magie, et donc, d'endiguer la création des créatures purement magiques, en même temps qu'il tuera les Ombres même partiellement humaines. C'est juste un pauvre mec paumé qui a pété les plombs, mais il est dangereux, Jem. Vraiment. Dylan, c'était lui.

Ses sourcils inquiets traduisent son incompréhension :

— Comment ça, c'était lui ? Qu'est-ce qu'il lui a fait ?

— On ne sait pas, on ne sait jamais. Tu sais, les Loups-Garous n'attaquent jamais un innocent et ne se risqueraient pas à tuer une jeune femme qui se balade seule dans les bois. Parce que si leur Institut l'apprend, ils seront jugés pour meurtre. Et tuer un humain, aux yeux du secteur judiciaire, c'est bien pire que de tuer un Traqueur.

La bouche de Jem s'entrouvre pour murmurer :

— Je ne comprends toujours pas.

— Parce que je n'ai pas fini. Dylan n'était plus capable de retrouver sa forme humaine, alors qu'il était un Loup-Garou très expérimenté. Et il est mort d'une hémorragie interne à l'Institut Digvix, très certainement parce qu'il a été lynché.

Je verse le riz beaucoup trop cuit dans la passoire, les mâchoires serrées. À tant parler, j'en ai même oublié de préparer la sauce tomate.

— L'Elfe que tu as retrouvé avec Frog, c'était Baalzephon aussi. Le gui constitue un élément de certitude, c'est une de ses marques de fabrique. Et c'est pour nous faire savoir que l'Ombre était bien sa victime, qu'il en a rempli son abdomen. Je suis allé sur le territoire des Gobelins, aujourd'hui, l'un d'eux a disparu.

Je découpe les tomates sans vraiment en avoir conscience. Cette histoire fait remonter tellement de souvenirs que j'aurais aimé oublier. Mais je ne le peux pas. Parce que j'ai bien trop de responsabilités.

— Baalzephon expérimente sur les Ombres et certains Alchimistes qui l'ont rejoint.

— Quoi ? souffle Jem. Mais pourquoi des Alchimistes le rejoindraient alors qu'il cherche à éradiquer les Ombres ? Je croyais que le rôle des Alchimistes était justement de les protéger !

Ouais, mais c'est tellement plus compliqué que ça et ça serait impossible de tout lui expliquer maintenant. Surtout parce que je n'en ai pas l'envie.

— La majorité des partisans de Baalzephon sont des Traqueurs, en vérité. Disons que tout le monde n'est pas satisfait du fonctionnement de la Corporation et que Baalzephon sait promettre ce qu'il faut pour s'attirer les faveurs de la majorité. Cette fois, Jem, on est proches de la guerre.

— Qu'est-ce qui te fait dire ça ?

— Je le sens, c'est tout.

J'attrape un oignon, plongé dans mes pensées, puis je précise, en reprenant l'expression mentionnée par ma grand-mère dans son livre :

— Tu dois trouver un moyen de ne plus partir à la recherche des morts que tu expires. Parce qu'un jour, tu pourrais tomber sur un partisan de Baalzephon venu déposer une de ses victimes.

— Et comment je pourrais faire, en m'attachant à mon lit dès que l'envie de hurler me prend ?

Oui, s'il le faut. Ma réponse est intransigeante, malgré sa démesure. Mais que pourrait-on trouver de mieux, sinon la séquestrer ?

— Tu enquêtes sur les meurtres, si j'ai bien compris, commence-t-elle en m'ignorant.

Je fronce les sourcils, tentant de comprendre où elle veut en venir.

— Moi, je prédis la mort.

Mon couteau frappe la planche à découper, mais je ne l'entends plus.

— On devrait collaborer.

Par contre, quand la lame glisse sur mon doigt à la proposition de Jem, je suis parfaitement concentré sur mon oignon. Avec un mouvement de recul, je secoue ma main par réflexe en fusillant la coupable du regard.

— Non, refusé-je d'un ton sans appel.

— Ce n'est pas toi qui commandes.

Je ricane.

— Justement, si, puisque je suis le chef de mon équipe.

Un sourire espiègle étire les lèvres de Jem lorsqu'elle me lance :

— Aaaah, mais oui ! C'est de là que te viennent tes manies de connard autoritaire.

Du premier des connards que l'univers n'a jamais enfantés, ai-je envie de lui rappeler, mais ma mauvaise humeur soudaine prend le dessus.

— Je suis sérieux, Jem, je ne veux pas d'un poids mort dans mes pattes.

— Un poids mort ? Vraiment ?

Je passe mon doigt plein de sang sous l'eau du robinet.

— Je ne m'enchaînerai pas pour t'éviter d'avoir ma mort sur la conscience, Bri.

Qu'elle use de mon diminutif me surprend. Elle entre dans mon champ de vision, sur ma droite, et se saisit avec délicatesse de mon poignet pour inspecter mon doigt.

— Et puis, je suis plutôt bonne enquêtrice, tu sais. J'ai retrouvé le corps de Rose, une amie esprit, et, oui, c'est vrai que mes capacités de Banshee m'ont aidée. Mais, ça m'est arrivé plusieurs fois de découvrir les meurtriers de certains esprits.

Elle ouvre le placard d'où j'ai sorti les casseroles pour attraper un torchon propre et exerce une pression sur mon doigt, l'air décidé.

— Comment est-ce que tu as fait ça ?

— Disons que lorsque je suis arrivée dans le Sud, je n'avais pas peur qu'on me reconnaisse, alors parler aux gens ne me…

Jem ne termine pas sa phrase, surprise. Elle lève des yeux hésitants vers moi, qui se détournent très vite pour retourner à mon doigt.

Les mots s'impriment dans mon esprit : elle redoute d'être reconnue. Pourquoi ?

— Si je peux avoir une place dans un seul des mondes qui peuvent exister dans cet univers, reprend-elle soudainement plus bas, je devrais saisir ma chance, tu ne crois pas ?

Je le crois, mais une pointe de déception vient obscurcir mon jugement. Parce que ce monde dans lequel elle semble finalement déterminée à entrer, moi, j'aimerais pouvoir m'en échapper. Seulement, je n'ai pas le droit de décider pour elle. À voir son expression, je comprends que ça lui tient à cœur.

Et puis, cette possibilité ne devrait pas tant me décevoir.

— Et si cette place se révèle ne pas être celle que tu espérais ?

Avec un petit sourire, elle insiste :

— Je prends le risque.

Son regard, pour la première fois égayé, s'en va sur ma gauche, à la rencontre du vide.

— Et puis, j'ai une acolyte de taille qui sera ravie de travailler avec nous et qui peut me suivre où que j'aille. Est-ce qu'on peut se parler plus tard, s'il te plaît ?

À ce moment, une sensation de fraîcheur agréable me parcourt le bras, de l'épaule jusqu'au coude. Les joues de Jem rosissent sans raison apparente, ce qui me fait dire que c'est la réponse de son amie qui provoque chez elle cette réaction.

Je soupire, comprenant qu'il n'est ni dans mon intérêt ni dans le sien de refuser son offre, surtout que j'ai parfaitement conscience que Sophie acceptera notre collaboration.

— O.K., me résigné-je, mais ça signifie que tu vas devoir t'affilier à Digvix.

D'un mouvement ferme et bref de la tête, Jem acquiesce.

— Je ne dois plus être victime de mes problèmes, tu as raison.

Chapitre 17

JEMINA

Je n'ai pas fermé l'œil de la nuit. Toujours recroquevillée sous mes draps, je lorgne mon réveil, qui va sonner dans moins d'une minute. Lever matinal pour un dimanche.

Dans une heure, Brian m'attendra au parking près de la forêt, à quelques rues de chez moi. Et nous irons à l'Institut Digvix. Ces prévisions provoquent en moi l'association répandue d'excitation et d'anxiété. J'ai pris conscience seulement durant la nuit de ce que je suis sur le point de faire. Quelque chose dans le souvenir du regard terne de Brian lorsque je lui ai proposé mon aide, réveille en moi l'inquiétude que m'insufflait l'idée d'être affiliée à un Institut. Mais ce n'est pas comme si on m'y forçait. Et puis, si c'est pour me rendre utile, je ne dois pas reculer.

Comme je l'ai dit à Liana, je veux apporter quelque chose à la société, quelque chose qui me ressemble. Je saurai le faire dans celle de la Corporation. Si je peux en plus de ça soutenir les Ombres, les protéger en faisant avancer des enquêtes, pourquoi pas ? Après tout, je suis des leurs, aux yeux de la Corporation, et certainement à leurs yeux aussi. Je suis un réceptacle magique.

Je lève une main devant mon visage, dans l'ombre que mes volets entrouverts accordent à ma chambre. Est-ce que la Magie du Grand Aulne circule en moi ? Je me demande comment ça fonctionne. Est-ce que mes pores l'absorbent ? Je laisse mon bras retomber à côté de mon visage.

Je veux toujours aider les esprits, et si je ne peux pas empêcher la mort, je peux les secourir lorsqu'ils mènent encore leur vie terrestre. Pour avoir conversé avec des centaines d'esprits au cours de mon errance, je peux certifier que la majorité n'a jamais réellement vécu. Que beaucoup se sont vus refuser l'aide dont ils avaient éperdument besoin. Qu'ils ont appelé, eux aussi, et qu'eux non plus, personne ne les a entendus.

Et si moi, je pouvais le faire ? Si je pouvais donner des réponses à la famille du défunt, par exemple ?

En plus de ça, Brian m'a expliqué que Baalzephon n'avait toujours pas été localisé. On a bien trouvé son cantonnement, il y a environ cinq ans, mais d'après lui, il était déjà déserté. Baalzephon avait abandonné ses prisonniers qui lui servaient de cobayes pour ses expériences, dont la plus grande partie s'est révélée être des Ombres, pour un faible pourcentage de Traqueurs. En ce qui concerne les Alchimistes, j'ai cru comprendre que Baalzephon n'expérimente que sur ceux qui ont rejoint ses troupes.

Mais il me manque encore des informations pour tout comprendre. Que cherche à faire Baalzephon de ses Alchimistes ? Que fait-il des Ombres et des Traqueurs qu'il a kidnappés ? Et pourquoi vouloir éradiquer les Ombres ?

Je me promets de poser toutes ces questions à Brian à la prochaine opportunité et me dirige vers la salle de bain de l'étage.

Si je parvenais à mener l'équipe de Brian à une victime de Baalzephon pendant qu'un de ses partisans la met en scène sur le territoire, comme ça a été le cas avec l'Elfe, nous pourrions peut-être lui soutirer des informations sur la position de cette espèce de scientifique.

Je souris en faisant couler l'eau de la douche. Je crois que je viens d'identifier une utilité particulière à mes capacités. J'en avais terriblement besoin.

Mais ma gorge se noue alors que je me glisse sous le pommeau. L'expression désemparée de l'Elfe que j'ai retrouvé, son visage émacié par la faim et la fatigue, ses larmes douloureuses. C'était tellement intense, comme un instant. La mort est intime. Profondément. Le dernier regard, le dernier soupir, le dernier mouvement. La dernière fois de tout, ou du moins, sur cette Terre.

Je pense qu'on n'est jamais plus vulnérable qu'à ce moment.

Mais je le savais déjà. Parce que moi aussi, je suis morte, cette autre fois.

Alors que je sens les muscles de mon visage s'affaisser, la voix aérienne d'une fillette résonne au loin, comme provenant des tréfonds d'une grotte souterraine. Elle fredonne un air sans paroles, s'amuse d'un rire clair. Son chant se répercute à nouveau contre les murs de la salle de bain.

Je coupe l'eau pour passer la tête hors de la douche. Mais rien.

On dirait qu'un nouvel esprit s'est matérialisé en ville, reste à découvrir où.

— C'est encore loin ?

Brian ne daigne même pas m'attendre, non plus me lancer un regard en me répondant.

— T'aurais peut-être besoin que ton prince présomptueux te porte ?

Je plisse les yeux, mais une racine me prend par surprise et je me retiens comme je peux à un tronc d'arbre. En même temps que l'agacement me fait pincer les lèvres, un autre sentiment étrange mais plaisant traverse mon ventre. C'est agréable, revigorant.

— Tu n'es pas mon prince, parce que je ne suis pas une princesse, Brian.

Il ne réagit pas, au contraire, il accélère imperceptiblement le pas. Je regarde les armes qu'il a de nouveau revêtues et l'interroge :

— Est-ce que les couteaux et les machettes font partie de votre tenue de travail à tous ?

— Plutôt, ouais. Mais on n'a pas le droit de tuer, simplement de se défendre.

Je suppose que c'est pour le mieux, je n'aimerais pas savoir qu'un Traqueur peut m'abattre sans représailles, sous prétexte que je suis une Ombre.

— C'est juste là.

J'observe les alentours. Seulement des arbres, et toujours des arbres.

— Tu ne m'avais pas dit que Digvix était un château ?

— Si, c'est bien le cas, mais on doit emprunter un *peregrinator* pour nous y rendre.

Un péré-quoi ?

Brian pivote enfin vers moi, interférant dans la qualité de la connexion entre mes neurones lorsqu'il plonge son regard dans le mien. D'un geste de la tête, il m'invite à le rejoindre. J'obéis bêtement. Il pose une main sur mon épaule, sans me lâcher des yeux. Je me sens parcourue d'une énergie nouvelle.

— Avance avec moi, O.K. ?

Je reste muette. Quand ses pupilles affranchissent enfin les miennes, une sensation de nudité me libère. Brian esquisse un pas. Je l'imite et, la seconde suivante, je suis comme aspirée en avant. Je bascule dans le vide. Le vertige qui me prend n'a pas le temps de s'amplifier : il s'évapore aussitôt, alors que Brian m'empêche d'échouer à quatre pattes par terre.

— Ouah, c'était quoi ?

Brian me tient toujours fermement. J'en comprends la raison lorsque je remarque que les claquements tonitruants d'un torrent d'eau se réverbèrent en fait dans un ravin juste à ma gauche. Là, le vertige est saisissant.

— On a emprunté un *peregrinator*. Ce sont des sortes de portes qui permettent de voyager dans l'espace. Je t'expliquerai plus tard, ou, mieux, tu demanderas à Lacie. On n'a pas le temps.

Si on n'a pas le temps, alors…

Devant moi, un château dont la pierre blanche reflète de façon éblouissante les rayons du soleil matinal. L'immense arche qui fait office d'entrée mène directement sur une cour, où une fontaine surmontée d'une statue et une petite foule qui remue dans toutes les directions occupent l'espace. Les gens sortent des grandes portes protégées par des arcades, d'autres disparaissent derrière, tandis que certains conversent à l'extérieur. Personne ne fait attention à nous.

— Ouah.

Brian se tourne vers moi :

— Qu'est-ce qu'il t'arrive ?

— La fontaine…

… la statue du vieillard se penche, un arrosoir minuscule en main, puis verse de l'eau dans son propre bac.

— Ah oui, on l'appelle le Petit Vieux – la fontaine du Petit Vieux, la statue du Petit Vieux, à toi de voir. Il a des poissons multicolores dans son eau et il en prend soin comme si sa vie en dépendait.

— Mais c'est…

— Regarde ça, m'interrompt Bri en levant la tête. C'est encore mieux.

Une titanesque tour centrale dont la façade fait penser à un clocher-mur pourtant dépourvu de cloches. L'énorme vitrail qui la décore représente un arbre à peine pourvu de feuilles couleur lavande, qui s'en va planter ses branches dans le ciel tandis que ses racines s'abritent sous terre.

— C'est comme ça qu'on symbolise le Grand Aulne, dans la région. Allez, dépêche-toi, on va être en retard.

Bri s'en va à grandes enjambées vers une porte au bout de la cour. Nous entrons dans un hall où deux escaliers, un de chaque côté, se rejoignent au premier étage avant d'à nouveau se séparer. Je n'ai jamais visité de château architecturé de cette manière, mais qu'importe, Bri entame la montée des marches parmi les gens de passage. Je m'empresse de le suivre par peur de me perdre.

Les murs de pierre sont froids, un peu plus sombres qu'à l'extérieur, ainsi camouflés de la lumière. Après un moment à crapahuter, Bri nous fait sortir par une petite porte en bois sculpté, comme toutes celles que l'on peut croiser dans le château, d'après ce que j'ai pu remarquer. Nous sortons sur un chemin de ronde, où cette fois peu de monde croise notre chemin.

J'observe le paysage, fascinée par l'étendue de forêt qui nous perd en pleine nature et nuance sa couleur verte selon l'enfoncement du terrain ou l'éclat du jour. Brian me regarde un instant, puis me dit :

— Le ciel de nuit est plutôt cool, vu d'ici.

— J'imagine, oui.

Ma réponse est presque inaudible. Je visualise Brian accoudé au parapet crénelé, en train de contempler les étoiles.

Je ne sais pas pourquoi, mais cette vision ne me déconcerte pas.

— On y va, ou quoi ?

Brian s'adresse à Frog, qui discute un peu plus loin avec un jeune homme aux cheveux auburn. Le souvenir de son visage dans le bar où Liana m'a emmenée lui associe un prénom : Kenny.

— On t'attendait, capi-pas-taine ! s'exclame-t-il en mimant un salut militaire, le majeur en l'air.

Je crois que je vais bien m'entendre avec lui aussi.

— Salut, me dit-il lorsque nous arrivons à leur niveau, tu es sobre, cette fois ?

— Plutôt, oui.

Frog lève sa main en l'air à mon attention, si bien que je finis par tendre ma paume qu'il claque douloureusement de la sienne en guise de bonjour.

— Dam's est à la boutique de Syllia, prévient Brian en s'impatientant. Ken, Frog t'a fait un topo à propos de l'Elfe ?

Le concerné acquiesce et nous poursuivons notre route sur le chemin de ronde.

— On va peut-être pouvoir convaincre Sophie cette fois, espère Brian en menant la marche.

Kenny et Frog m'escortent, soudain plus sérieux. Moi, je me demande s'ils savent pourquoi je suis là.

— Qu'est-ce qui a changé depuis la dernière fois ? l'interroge Frog.

— Mis à part qu'une Banshee va bosser avec nous, renchérit Kenny en me lançant un coup de coude complice dans l'épaule.

Bon, aucun doute : ils savent.

— On n'est plus en formation, leur explique Bri, on n'est plus des gosses et on a déjà deux corps sur les bras, en plus d'une disparition.

Je ne comprends pas de quoi il parle, et alors que je compte me renseigner, Brian me met en garde :

— Sophie ne doit pas savoir que tu travaillais avec Syllia.

Je fronce les sourcils.

— Mais vous ne lui avez pas donné mon nom ? Pourtant…

— Tu n'apparais pas dans le rapport de Damien.

Ah, oui, j'avais oublié qu'il m'avait volontairement omise.

Nous quittons le chemin de ronde et nous nous retrouvons rapidement dans un escalier étroit en colimaçon. Lorsque nous parvenons dans un couloir décoré de vitraux, Brian se dépêche vers une porte, qui, elle, n'est pas en bois. Il entre, nous le suivons à quelques secondes près.

— ON TOQUE AVANT D'ENTRER BRIAN SNOW !

La femme bondit de sa chaise de bureau. Une des nombreuses piles de feuilles entassées devant elle chute sous la force de son geste. La directrice de l'Institut gémit en se laissant choir dans sa chaise. Elle porte ses mains à son visage. Ses lunettes, perchées sur le dessus de sa tête, menacent de tomber à leur tour, mais tiennent bon, tout de même de travers.

Pour une première impression, je dirais que Sophie est débordée.

— Je te présente Jemina Jaymeson, une Banshee qui va s'affilier à Digvix et travailler avec notre équipe.

La directrice se fige, puis ses doigts s'entrouvrent pour laisser apparaître son œil gauche, intrigué. Elle m'observe quelques secondes, je tente un sourire et la salue.

— Je voudrais faire profiter l'équipe de mes capacités, si vous n'y voyez pas d'inconvénients.

C'est tellement soulageant de pouvoir me promener sans porter de capuche, de pouvoir parler sans avoir peur de trop en révéler, tellement que l'inquiétude qui obscurcissait une part du tableau à mon lever a totalement été annihilée.

Sophie m'offre un sourire sincèrement bienveillant, me demande d'attendre un instant, puis se tourne vers Brian, qui lui, ramasse les documents étalés par terre.

— Explique-moi, Brian, commence-t-elle d'abord calmement avant que son ton ne monte crescendo, pourquoi ai-je ENCORE l'impression que tu me caches ENCORE quelque chose ?!

J'ai le sentiment que ces deux-là s'apprécient autant qu'ils se disputent.

— Moins tu en sauras, mieux ce sera pour toi… et pour tout le monde, même.

— Il a raison, le soutient Frog en s'asseyant en face de Sophie. T'inquiète, on gère.

La directrice hoche lentement la tête en posant ses lunettes.

— O.K., soupire-t-elle, si ça peut m'éviter du travail supplémentaire et une autre montagne de tracas, pas de souci.

Brian avait abordé le caractère de Sophie en la qualifiant de tolérante, je savais aussi qu'il paraîtrait normal à la directrice que je m'affilie à son Institut puisque les Ombres y sont forcées, mais je suis malgré tout surprise qu'elle ne se montre pas plus méfiante. Elle m'a l'air de placer une confiance particulière en les hommes que j'accompagne.

Sophie farfouille dans ses tiroirs et me tend un papier en plus d'un stylo :

— Tiens, si tu pouvais remplir ça, ce serait génial. Ce sont juste quelques infos, ton identité, date de naissance, adresse…

Elle fait un signe approximatif de la main pour ponctuer sa liste. Je lis rapidement le document, constatant qu'en effet, il ne s'agit que d'informations élémentaires.

— Est-ce que je peux savoir au moins où est-ce que vous vous êtes rencontrés ? nous interroge Sophie, Brian et moi.

Chez Syllia.

— Au lycée, répond rapidement Brian en lâchant le tas de feuilles sur le bureau.

Mon cœur pompe anormalement.

— Ah, très bien, me dit-elle. Généralement, seuls les Vampires ont tendance à habiter le monde humain, sûrement par nostalgie, mais en tant que Banshee, je suppose… Mince, tu es la première que je rencontre et je ne pensais pas en voir de toute ma vie ! En tout cas, continue Sophie sans me laisser le temps de faire redescendre la pression, je n'y vois aucun problème tant que tu respectes les lois qui encadrent la vie d'une Ombre dans la société humaine.

Oui, je l'ai compris, maintenant.

Sophie me donne quelques documents qui régissent « l'exil » d'une Ombre parmi les humains et me demande d'écrire le nom de mon lycée en bas de mon formulaire. Mon estomac se comprime. J'indique instinctivement que j'effectue ma scolarité dans le lycée de la ville, puisque Sophie doit savoir que Brian y est inscrit.

— Sinon, enchaîne la directrice, vous avez des trucs intéressants à propos de l'Elfe ?

Pourquoi Brian n'a-t-il pas prétendu que j'ai rencontré Frog en découvrant l'Ombre à l'agonie ?

Sophie récupère le formulaire et le pose à sa droite, du côté de Bri. Je le vois y jeter un œil vagabond, j'ai les mains moites.

O.K., je dois me calmer.

Et maintenant, il m'observe. Il se doute de quelque chose.

— Rien, répond Frog. J'ai bien essayé de repérer des traces de pas ou un quelconque indice qui aurait pu nous aider à découvrir l'identité de celui qui a abandonné Falanis sur son territoire, mais rien. Ils sont doués.

— Ils feront forcément une erreur tôt ou tard, interviens-je pour détourner l'attention de Brian.

Mon affirmation confiante attise la curiosité des autres. Je ne suis pas plus à l'aise, c'est certain, mais au moins Bri n'est plus le seul à me détailler, et pour une raison absurde, ça me rassure.

— Baalzephon ne commet jamais d'erreur, me contredit-il.

Je l'ignore, gardant les yeux braqués sur Sophie.

— Imaginons que Baalzephon soit surhumain, comme le prétend Brian, commencé-je, ses partisans, eux, ne le sont pas pour autant. Si on prend l'exemple d'un tueur en série qui kidnappe mystérieusement ses proies et qui les tue en pleine forêt à l'abri des regards, il aura beau être le plus expérimenté de la Terre, il finira par commettre une erreur. Mais ça ne signifie pas qu'on ne doit pas l'y aider.

Oui, j'use réellement du temps passé à mater des documentaires policiers dans des circonstances pareilles. Mais, l'intérêt qui semble animer Sophie m'encourage :

— Le tueur doit se sentir menacé. Scruté. Suivi. Sa paranoïa le conduira à la précipitation, et la précipitation bâclera son travail.

Je ne suis pas certaine que Rose approuverait l'emploi du mot « travail », seulement je n'ai pas trouvé mieux.

— Je n'ai vu personne sur le territoire des Elfes, Falanis mourait seul au milieu d'une plaine. Est-ce que vous quadrillez la forêt ?

Brian émet un petit rire satisfait.

— Nous n'avons pas suffisamment d'hommes ou femmes pour ça, m'explique Sophie.

— Pas assez de Traqueurs, la reprend Brian, mais si tu considères les Alchimistes dans l'équation, ça change la donne.

Sophie souffle en se massant les tempes, les yeux fermés.

— Les rondes ne font pas partie des fonctions des Alchimistes, tu le sais. Et comme je te l'ai déjà dit, leur chef refuse…

— Mais il est clairement établi qu'ils doivent assurer la défense des Ombres en cas d'extrême nécessité, insiste Brian.

Je regarde la directrice secouer la tête, désespérée. Un dilemme la tourmente et j'ai comme la sensation qu'aucun de nous ne peut l'aider.

— C'est justement ça, Bri, « en cas d'extrême nécessité ». J'ai bien fait une demande au secteur judiciaire du Fourre-Tout pour en avoir le cœur net, mais pour l'instant, je pense que la situation n'est pas envisagée comme extrême. Et si je force les Alchimistes à participer aux rondes des Traqueurs, une plainte pourrait être déposée contre l'Institut, et, crois-moi, l'amende serait lourde. On ne peut pas se le permettre.

Si la situation n'est pas extrême, malgré le danger que courent les Ombres, elle n'en est pas moins complexe, de ce que j'entends.

Brian se penche vers Sophie, appuyé sur son bureau. Il s'exprime cette fois d'un ton beaucoup plus avenant et compréhensif. Kenny, lui, se dirige vers la fenêtre, le visage clos.

— Soph, dit Brian, ça fait trop longtemps que nous n'agissons pas et que des Ombres disparaissent tous les jours. Palionis s'évapore en pleine nuit, et le lendemain, un Elfe est retrouvé près de la montagne de Cacus. Comme toujours, les manifestations de Baalzephon sont très rapprochées, trop pour qu'on ne puisse pas normalement tomber sur un de ses sbires qui promène un corps sur le territoire.

La directrice ouvre la bouche, mais Bri la coupe, grave :

— Oui, je sais, l'Institut De La Haute Maison nous a signalé qu'un de ses Alchimistes, capable d'ouvrir des *peregrinator*, est sûrement parti gonfler les rangs de Baalzephon. Et, oui, il est possible que ça soit lui qui dépose les corps des Ombres juste devant leurs habitations et qui reparte par un *peregrinator* tout juste créé, avant qu'il le referme une fois enfui. Mais Sophie, une seule personne ne peut pas être à deux endroits à la fois. Et tu sais aussi bien que moi qu'il arrive très souvent qu'une Ombre disparaisse d'un village pendant qu'une autre réapparaît, morte, au même moment et à l'opposé du territoire de Digvix.

Je ne comprends pas où veut en venir Brian, mais Sophie, elle, le sait. Et elle lui fait remarquer :

— Oui, mais il est tout à fait probable que cet Alchimiste emporte une Ombre avec lui chez Baalzephon, avant de repartir aussitôt ramener un corps à son peuple.

Bri effectue un mouvement impatient de la tête en s'écartant du bureau. C'est Frog qui reprend :

— Admettons que Baalzephon dispose d'un tel Alchimiste, je pense qu'il n'agit tout de même pas seul. Tu dois y réfléchir, Soph, tu en as conscience.

Sophie se tourne vers moi, irritée :

— Tes nouveaux coéquipiers soupçonnent qu'un employé de Digvix se soit allié à Baalzephon, qu'est-ce que tu en penses ?

Je ne suis pas sûre d'être la mieux placée pour l'éclairer sur le sujet, je viens à peine de mettre les pieds dans l'Institut.

— Tu caricatures, Sophie, revient Brian pour s'adresser à moi : bien sûr que des employés de Digvix l'ont rejoint, mais on pense surtout qu'il a une taupe chez nous, et que c'est cette personne qui lui permet d'éviter les équipes de Traqueurs qui effectuent des rondes, jour comme nuit, sur tout le territoire.

L'hypothèse ne me semble pas improbable, je dois dire, mais elle est angoissante.

— C'est ce que Baalzephon cherche ! s'emporte alors Sophie. Que tout le monde soupçonne son voisin et que Digvix se transforme en Salem !

— Tu ne veux pas comprendre parce que tu as peur, lui balance Brian en accompagnant ses mots de ce regard glacial dont il détient le secret.

— Si, mais vous ne m'apportez jamais aucune preuve !

— Parce qu'il n'y en a pas ! Parce que tu ne nous laisses pas l'occasion de le faire !

Sophie lâche un rire sarcastique et indigné :

— Dois-je te rappeler qui tu accuses ? La Prêtresse de Digvix et le chef des Traqueurs, T…

Au même moment, on toque à la porte et le battant est poussé par un bras puissant. L'homme, grand, imposant, la trentaine, fait un pas dans la pièce. Ses yeux noirs et sans fond, ternes et inexpressifs, se posent un instant sur moi. Je frémis.

— Tom Ribell.

Brian a formulé son nom d'une voix rocailleuse et tranchante. Il est immobile, mais je vois les doigts de sa main gauche tressaillir, comme si son poing le démangeait. Seulement, Brian est talentueux pour imposer l'impassibilité à ses traits quand il le souhaite. Tout est dans son intonation et la rigueur de sa posture.

— Ah, te voilà, Tom, l'accueille Sophie en se levant pour lui serrer la main.

L'homme lui rend son geste, rigide comme une sculpture taillée dans la roche.

— J'attends toujours ton rapport concernant ta visite aux Gobelins, Snow, lui rappelle-t-il lentement.

Les deux hommes se jaugent, l'ambiance devient oppressante. Au vu des expressions de Kenny et Frog, eux non plus n'apprécient pas celui qu'ils considèrent visiblement comme un intrus.

— Je l'ai donné à Sophie, répond enfin Brian.

Ce qu'il y a de si effrayant dans cet échange, c'est l'animosité électrique qu'il déploie à travers la pièce de manière sous-jacente. Ça m'angoisse.

— Mais c'est moi, ton référent, il me semble.

— Ouais, et je prends soin de toi en te faisant gagner du temps.

Pause : Brian est chef d'équipe. Tom Ribell est le référant de Brian. Par déduction, il semblerait que cet homme soit le chef des équipes de

Traqueurs. Donc la personne que Bri et ses coéquipiers soupçonnent. Un liquide glacé dégouline le long de ma colonne vertébrale.

— Écoute, Snow, deux possibilités s'offrent à toi : soit tu joues dans les règles et tu me confies tes rapports de mission comme tous les chefs d'équipe le font, soit tu continues de te foutre de moi et ça risque de mal se finir.

— Tom…, tente Sophie.

— Ça va mal se finir, choisit Brian en traversant la pièce pour sortir.

Frog, Kenny et moi nous regardons tour à tour, hésitants. Je suis soulagée de ne pas être la seule à ne pas savoir comment réagir.

Kenny, jusque-là assis à la fenêtre, se lève en frottant ses paumes sur son jean, mal à l'aise :

— Ouais, euh… Merci, Soph, hein. Et… à plus.

— Ouais, l'imite Frog. Bonne journée, Sophie, décompresse surtout et…

Frog reluque Ribell, contenant manifestement une parole acerbe.

— Au plaisir, Tommy.

Les deux acolytes s'en vont, Frog disparaissant déjà par la porte. Kenny, qui passe à côté de Tom, lâche innocemment :

— Superbe cravate, au fait. Toujours aussi impressionnante.

Je me précipite à leur suite.

— Pourquoi « superbe cravate » ? Ce n'est pas comme s'il en portait une.

Au contraire, il était même simplement vêtu. Mais, Frog s'esclaffe en répondant à la place de son ami :

— Nan, mais il en a une énorme coincée dans l'cul, vu la gueule crispée qu'il trimballe partout.

Chapitre 18

Ravie de vous revoir, je dois dire. Il semblerait que des excuses s'imposent, et il se trouve que je suis d'humeur. Veuillez donc me pardonner pour cette absence, bien que je n'aie cessé d'espérer que vous ne m'attendiez pas. J'étais en voyage, voyez-vous, ou plutôt, partie en expédition à la recherche d'une femme particulière, mais tout le monde ne l'est-il pas – particulier ?

J'ai sillonné l'histoire – ou l'Histoire, visité l'inconscient et fouillé les terres, admiré les paysages et interrogé cet univers. Mais, à ce stade, je ne suis pas certaine qu'il m'appartienne de trop vous en révéler. Je ne suis moi-même certaine de rien.

Aussitôt aperçue, sa silhouette svelte qu'épousait sa robe rudimentaire, poussée par le vent contre ses formes, me mit immédiatement la puce à l'oreille. La femme arpentait la forêt, en quête d'un endroit sûr où elle pourrait se reposer un instant. La nuit lui était inquiétante, elle qui priait pourtant la Lune.

La Sorcière épiait les moindres recoins, une habitude proche de l'obsession. Même son sommeil n'était jamais total, elle écoutait perpétuellement, son énorme livre serré contre son torse. Céleste pensait parfois à combien elle aurait aimé que les arbres parlent sa langue, afin qu'ils puissent la prévenir d'un danger, ce qui lui aurait évité cet état de semi-inconscience qui constituait son seul repos journalier. Ne vous étonnez donc pas de ses traits tirés, des cernes qui soulignaient ses yeux ambrés.

Elle était en Allemagne, la dernière fois que je l'ai croisée, mais impossible de déterminer où précisément, même elle ne le savait pas tout à fait.

Tout ce dont elle était persuadée, foulant d'un pas las la terre recouverte des prémices de l'automne, c'est qu'elle suivait la bonne direction. Elle jeta un œil au sac de coton qui contenait le livre, le plaqua un peu plus contre elle. Céleste ne devait pas échouer. Depuis la mort de sa Sœur adoptive, Hylae, il y avait de cela à peine un mois, Céleste s'efforçait d'éloigner le chagrin et la solitude en se consacrant entièrement à la tâche qui lui avait été confiée. Nul ne devait mettre la main sur ce grimoire, encore moins maintenant que le sort puissant qui avait cadenassé sa Magie faiblissait.

Dénichant enfin un renfoncement dans la roche qui la dissimulerait le temps de quelques heures, Céleste s'allongea en fermant un moment les yeux. Sans plus résister à l'incertitude, elle extirpa le livre de son sac. La Sorcière l'ouvrit sous un rayon fantomatique de lune ; des pages et des pages vierges tachées par les siècles se tournèrent à une vitesse folle. Elle savait que seule une Sorcière du sang de la première détentrice de ce grimoire pouvait en lire le contenu, si le sort qui l'enfermait venait à s'épuiser. Ce qui avait commencé seulement deux jours après la disparition de Hylae.

Céleste n'avait plus qu'un objectif : retrouver la seule qui était capable de sceller à nouveau les pouvoirs de ce grimoire, avant que de mauvaises mains ne viennent s'en emparer.

Sur la dernière page, en bas à droite, le nom de la première Sorcière détentrice du grimoire était toujours là. Sa présence avait alerté Céleste, car elle savait ce que ça signifiait.

Méroé.

Chapitre 19

JEMINA

Nous fouillons depuis des heures le territoire des Gobelins à la recherche de la roche brillante mentionnée par Palionis avant sa disparition. J'avoue ne pas être parfaitement concentrée, sans cesse à lever le nez dans l'espoir d'apercevoir une créature magique, mais toujours aucun mouvement.

Non loin, Brian, Frog et Kenny cheminent au ralenti à travers les bois, scrutant la terre, s'arrêtant pour soulever des feuilles mortes. Un bruit sourd retentit lorsque Bri pousse un tronc mort posé sur un rocher.

— T'es sûr de toi ? demande Frog à son chef d'équipe. Parce que si les Gobelins n'ont rien trouvé, je ne vois pas pourquoi nous, on le ferait.

— Mais c'est qu'il sape souvent ton autorité, ces temps-ci, le nargue Kenny sans relever la tête.

Et moi, je devrais baisser la mienne.

Le sol est aussi irrégulier dans cette partie de la forêt que dans celle à laquelle je suis habituée. Mes yeux louchent sur tous les cailloux, toutes les pierres, petites ou grosses, et mes pieds ont du mal à suivre l'évolution des reliefs ou des affaissements.

— On ne sait jamais, répond simplement Brian, l'air toujours aussi furieux qu'à sa rencontre inattendue avec son chef.

— Vous avez perdu une boucle d'oreille ?

Je reconnais la voix sympathique de Damien, avant de le voir arriver sur ma droite. Il me fait un signe de la tête, affichant encore son sourire permanent. Je comprends que Liana ne puisse pas se passer de lui, il respire la gentillesse et le dévouement.

— Et Syllia ? Tu l'as laissée seule ?

Tout compte fait, je me demande si Brian n'est pas plus anxieux qu'il n'est énervé. Damien lui assure que Syl est avec Lacie, qu'il nous a donc rejoints lorsqu'il a reçu le message de Bri qui lui expliquait qu'on se rendait sur le territoire des Gobelins.

— Attends, intervient Kenny, Lacie est encore en vacances ? Combien de temps il lui reste ?

Je trébuche sur une motte de terre, mais personne n'y fait attention.

— Encore une semaine, dit Damien. Ça ne l'empêche pas de rendre service à Sophie, tu me diras.

Ou à Syllia, en l'occurrence.

— Des fois, soupire Frog en s'étirant, j'aimerais bien repasser le DTDT 2 juste pour avoir plus d'un jour de repos par semaine.

Je fronce les sourcils, comment Brian fait-il pour aller en cours, s'il est censé travailler en même temps pour l'Institut ?

— Qu'est-ce que c'est, le DTDT 2 ? interrogé-je Frog.

— C'est une autorisation d'exercer le métier de Traqueur, droit de traquer droit de tirer de niveau 2. Tu le passes généralement l'année de tes 18 ans, mais il arrive que certains l'aient plus tôt, ou plus tard, s'ils ont des compétences de malade ou, au contraire, s'ils devraient s'abstenir de manier une arme. Et quand tu l'obtiens, tu profites de looongues vacances de deux semaines, enfin, dans notre Institut, en tout cas.

— Avant ça, ajoute Damien, tu passes le DTDT 1, à tes quinze ans, et ton apprentissage alterne entre le terrain et les cours à l'Institut.

Des cours à l'Institut ? Donc il y a une école, dans le château ? Mais alors qu'est-ce que Brian fait inscrit dans un lycée ?

Je ne comprends rien, mais toutes ces questions en ravivent des plus importantes :

— Et, dites, je me demandais ce que faisait Baalzephon des Ombres lors de ses expériences.

Damien, qui s'est approché de moi dans sa quête de la roche de Palionis, hausse les épaules.

— On ne sait pas vraiment. En fait, on est même plutôt proche de ne rien savoir du tout.

— Alors personne qu'il a kidnappé n'est jamais rentré vivant et n'a jamais témoigné ?

Cette fois, le sourire de Damien se dégrade. J'observe un instant Kenny, puis Frog, qui ont l'air de volontairement ignorer la conversation.

— On dit généralement qu'il rafle les gens.

Il n'a pas répondu à ma question et quelque chose me dit qu'il ne le fera pas. Mais si les garçons veulent vraiment me laisser une chance d'aider, j'aurai besoin de tous les éléments.

— Et est-ce que Baalzephon s'en prend à d'autres Instituts ?

— Il a déjà attaqué De La Haute Maison, il y a bientôt cinq ans, et il en a profité pour faire sa première rafle. Mais, son attention est surtout concentrée sur Digvix depuis, parce que l'Institut a une valeur… sentimentale pour lui, disons.

Une valeur sentimentale ? Brian m'a bien raconté que Baalzephon était auparavant un Alchimiste de Digvix, même si je ne saisis pas encore de quoi sont capables les Alchimistes.

— Donc, tenté-je avec prudence en apercevant Brian nous lancer un regard électrique, ça signifie qu'il y a bien une raison au comportement de Baal…

— Y a pas de raison, Jem, me coupe vivement Brian. C'est juste un psychopathe totalement atteint qui cherche à tuer.

Je m'apprête à répliquer, seulement l'expression de Damien et son mouvement bref de la tête me conseillent de me taire. Mon attention retourne alors détailler Brian qui, lui, finit par s'impatienter :

— Ça sert strictement à rien, putain ! On se casse d'ici.

Nous nous arrêtons tous, les autres pas le moins du monde décontenancés, moi étonnée de le voir partir sans nous.

— C'est ce que je di…

— Ferme-la, Frog, l'interrompt doucement Damien en suivant la silhouette de Brian qui disparaît peu à peu derrière les arbres.

Si les Traqueurs sont incapables de me donner les informations qui m'intéressent, aucun souci. Je sais qui le fera : Syllia.

— Je savais qu'il était pas net, même s'il est diablement sexy avec ses yeux de…

— Arrête de dire ça, Rose.

Surtout que la dernière fois qu'elle l'a fait, dans la cabane de Brian, j'ai mal contenu un rougissement.

— O.K., O.K., admettons qu'il ne soit pas bipolaire, continue-t-elle avec un sourire malicieux, ça signifie que sa réaction n'est pas anodine. Et je ne vois pas à quoi ça servirait de travailler avec toi si c'est pour finalement te tenir à l'écart de certaines choses.

Moi non plus, je ne le vois pas. Mais je crois qu'il y a justement énormément de choses que je ne vois pas, chez Brian. Il ne me connaît pas. Me poser un interdit ou des limites provoque souvent en moi pire que l'effet contraire à celui attendu, et j'ai tendance à prendre des décisions démesurées pour sauter les barrières qu'on m'impose.

Mes propres obstacles, en revanche, j'ai toujours eu plus de mal, mais je suppose qu'on est tous plus ou moins dans ce cas.

— C'est dingue, n'empêche, souffle Rose tandis que nous passons dans la ruelle.

Il fait encore jour. Même si je porte une capuche, je me surprends à ne pas plus angoisser que ça à l'idée de croiser une vieille connaissance. J'ai traversé la place sans même me rendre compte que je ne gardais pas la tête baissée.

Je crois que j'avais tout simplement besoin d'un nouvel objectif.

— Qu'est-ce qui est dingue ?

— Bah, déjà que tu aies trouvé un nouveau travail génial : enquêtrice.

Je lève les yeux au ciel en riant.

— Et ensuite que tu découvres que tu es une Banshee spéciale.

— Je ne suis pas spéciale, c'est simplement que les Banshees qui profitent des mêmes capacités que moi sont plus rares, mais ça ne veut rien dire. Si ça se trouve, c'est juste qu'on en a moins recensées que les autres.

Là, c'est Rose qui roule des yeux, et pas parce qu'elle est amusée.

— Tu ne peux pas profiter de ton statut de Banshee rarissime cinq minutes ? Histoire de reprendre un minimum confiance en toi.

J'ai confiance en moi, mais je ne m'en rappelle pas toujours… Contrairement à maintenant.

— Eh, Mina, dis voir…

Rose, qui marche juste à côté de moi, se triture une mèche de cheveux.

— Je crois que j'aimerais me rendre au puits, et que tu m'accompagnes.

Un mouvement de recul me vaut de me cogner l'épaule dans une gouttière.

— Au puits ? Mais…

Je sais qu'il arrive fréquemment que les esprits qui ne se souviennent plus des circonstances de leur mort aient besoin de se les remémorer. Seulement, ils en ressentent ordinairement l'envie lorsqu'ils décident de rentrer.

— Tu veux t'en aller ?

Rose écarquille les yeux.

— Mais non ! Pas du tout ! Je veux rester avec toi !

Ma part égoïste soupire de soulagement, l'autre est maintenue en haleine. Un jour, Rose sera forcée de me quitter, lorsqu'elle n'aura plus l'énergie suffisante pour se matérialiser. Et cet autre monde, où les esprits disent rentrer, la happera sans qu'elle ne puisse rien y changer. Je l'ai déjà vu. C'est comme une lumière aveuglante qui avale les esprits et les emporte.

Et cette lumière m'a appelée, à chaque fois qu'elle s'est manifestée. Comme si moi aussi, au-delà du fait que j'ai souvent la sensation de forcer ma respiration, j'étais morte.

— Je veux comprendre, rien de plus. Je crois qu'il allait se passer quelque chose d'important, ce jour-là.

D'accord.

— On ira.

Je m'annonce à l'entrée du *Syl' pleut voir*, de façon moins bruyante que la fois précédente. Aujourd'hui, le rideau noir et épais est tiré sur la vitrine. Je me demande pourquoi. La porte s'entrebâille d'abord, puis lorsque le visage ovale de Lacie me reconnaît, elle m'invite à entrer.

— Tu es partie en furie, la dernière fois, rit-elle en faisant virevolter sa longue queue de cheval lorsqu'elle referme derrière moi.

La clochette retinte alors que je m'efforce de paraître détendue. À ma dernière visite, j'ai hurlé avant de courir retrouver l'Elfe mourant. J'espère que rien de ce genre ne va se reproduire trop rapidement.

— Désolée, c'était urgent.

Lacie s'esclaffe en m'assurant qu'elle comprend parfaitement, puis nous passons dans la salle de communication. J'y découvre Syllia installée à la table ronde de consultation, son tarot égyptien posé devant elle.

— Syl ?

La Sorcière ne réagit pas, les paupières closes. Ses cheveux dissimulent en partie la pâleur de son visage et ses mains encadrent son jeu de cartes. Lacie hausse les épaules lorsque je l'interroge silencieusement. Elle s'assoit sans un bruit sur le canapé. Alors Syllia bat son jeu sept fois puis coupe le talon, les yeux toujours hermétiquement fermés.

Ses gestes sont graves, pesants, lorsqu'elle effectue ce que je reconnais comme un tirage en croix de vie. Elle dispose dans un premier temps cinq cartes, en croix, donc, sur la nappe bleu foncé. Je l'observe les étudier avec importance, son esprit égaré dans un espace-temps qui m'est inaccessible. Syllia m'a un jour confié que les Sorcières ne tiraient pas les cartes. Elle m'a en revanche toujours affirmé que le hasard n'existe pas et que, pour cette unique raison, elle croit en ses tirages même s'ils ne correspondent jamais à une fatalité. Le destin se construit sur nos choix, à nous de ne pas nous laisser influencer par l'avis des cartes.

Syl est sceptique, je le vois bien à son visage crispé. Elle tire alors une sixième carte, une facultative qui apporte des précisions sur le tirage.

— Qu'est-ce que ça dit ?

La Sorcière reste figée, la lame sous son nez. Rose, qui ne résiste plus au suspens, contourne la table pour se positionner derrière notre amie.

— C'est le Fou, m'annonce-t-elle.

Je ne peux pas deviner ce que le tirage a donné avec cette seule carte, mais je me souviens que le Fou n'apporte jamais de bonnes nouvelles, je crois. Syllia dit alors d'une voix parfaitement calme :

— Que personne ne s'attend à ce qui approche. Nous allons dans la mauvaise direction, mais il faut parfois se tromper de chemin pour comprendre lequel nous devrions emprunter.

Je frissonne. Pas tant parce que la réponse de Syllia n'augure rien de bon, mais l'expression mystérieuse et lointaine qui assombrit son visage à chaque mauvais tirage me fait toujours un drôle d'effet.

— Est-ce que ta question concernait Baalzephon ?

Ma curiosité me vaut un mouvement brusque de la part de Syllia. Elle se dresse, les mains sur la table :

— Comment connais-tu ce nom ?

Rose marmonne quelque chose comme : « ça sent la merde », alors que j'esquisse un pas en arrière avant de me ressaisir.

— Je suis maintenant affiliée à Digvix et je suis venue te voir pour me renseigner à ce sujet.

— Tu as fait quoi ?!

— Syl ! s'écrie Lacie en décroisant les jambes. C'est une Banshee, tu savais que ça arriverait après ce qui s'est passé la dernière fois, ne fais pas l'étonnée !

Syllia grogne en balayant l'air de la main.

— Je t'avais dit de rester loin de toutes ces histoires, tout ce que tu vas réussir à faire, c'est à te faire tuer.

— La confiance règne, à ce que je vois, me rebiffé-je en retirant ma capuche. Je te signale qu'il vaut mieux pour moi retrouver des cadavres en compagnie de l'équipe de Brian, plutôt que de le faire seule.

La Sorcière arque un sourcil sidéré, pour finalement ricaner :

— Snow et toi : j'aurais dû m'en douter.

Ma nuque se tord en même temps que ma tête recule. Snow et moi ? Qu'est-ce qu'elle insinue ?

Surtout que tout à l'heure, c'était plutôt Snow contre moi, et moi entièrement soumise. Enfin, disons que j'ai préféré faire les choses en catimini plutôt qu'au grand jour en insistant avec mes questions. Ce n'est pas tellement de la soumission, en somme… du moins, j'aime bien le croire.

Je devrais remédier à cette tendance, d'ailleurs. La prochaine fois.

— Tu dois rester discrète, Mina, me conseille Syllia. Je ne doute pas de l'équipe de Brian, mais c'est dangereux, en ce moment.

Je m'assois sur la chaise habituellement destinée aux clients, et capitule à moitié :

— C'est vrai, même si je ne m'en rends pas vraiment compte. Mais je te promets que je pense sincèrement avoir pris la bonne décision.

Syllia m'inspecte un moment, les bras croisés sur son châle éternel. Cette réflexion attise mon envie de la prendre en photo, ce qu'elle n'a jamais accepté. Et, à son tour, elle me concède :

— J'admets que tu es certainement plus en sécurité parmi les garçons. Qu'est-ce qu'ils t'ont expliqué ?

Je farfouille mes souvenirs en faisant défiler le long discours de Brian. La Corporation a été créée au Moyen Âge et finance les Instituts, qui eux, versent de l'argent à un Fourre-Tout en échange de services. Les Ombres paient les Instituts ; les Instituts rémunèrent leurs Traqueurs et Alchimistes.

— Tu es une Alchimiste, lancé-je vivement à Lacie.

Un sourire en coin, elle cligne de l'œil.

— Et pas qu'un peu.

— En quoi ça consiste, exactement ?

Lacie croise de nouveau les jambes en étendant ses bras sur le dossier du canapé. Elle semble réfléchir un temps, établissant, j'imagine, une priorité entre les différentes informations à donner.

— Eh bien… tu sais ce qu'est un réceptacle magique ?

Je hoche la tête de haut en bas. Le Grand Aulne, qui est la source magique de la région, déploie sa Magie, et les Ombres la réceptionnent.

— Parfait. Donc, si tu veux, il existe deux sortes d'Alchimistes, mais on parle plutôt de deux générations. D'abord sont apparus les pouvoirs alchimiques de première génération, qui permettent à leur détenteur de contrôler un des quatre éléments : le feu, la terre, l'eau, le vent.

Je repense alors à ce que j'ai pu entendre sur les alchimistes, ou, en tout cas, sur ceux qui sont connus du monde humain :

— Est-ce que vous êtes tous des genres de scientifiques ? Je veux dire, pas comme Baalzephon, mais plutôt… comme Nicolas Flamel, qui aurait conçu la pierre philosophale ?

Lacie glousse gentiment.

— Non, oublie tout ça. La pierre philosophale existe réellement, mais si quelqu'un l'a créée, ou quelque chose, c'est bien la Magie elle-même. Et si tu dois retenir un truc important, c'est qu'un Alchimiste ne peut jamais produire de la matière sans la puiser quelque part. Donc, en soi, il n'est pas artisan de quoi que ce soit.

Je fronce les sourcils. Brian m'avait dit qu'il serait plus simple que Lacie m'explique, mais là, j'avoue être totalement perdue.

— Tu veux dire que, par exemple, un Alchimiste qui maîtrise l'élément eau peut manipuler le contenu d'un lac ?

— C'est extrêmement difficile. Euh… Comment t'expliquer ? Admettons que nous sommes tous en quelque sorte un équilibre de chaque élément – et je précise que c'est une image, d'accord ? Donc, je suis composée de feu, d'eau, de terre, et d'air, seulement, tu vois, l'équilibre parfait n'existe pas.

On a tous un élément en quantité plus considérable que celle des autres. Moi, c'est la terre.

Je m'efforce de ne pas rire, mais ma voix s'étrangle quand je résume :

— Tu as trop de terre en toi ?

Lacie grimace en s'avançant sur le bord du canapé.

— Disons que mon corps a un attrait particulièrement puissant pour la terre et que la Magie qui circule en moi me permet d'absorber facilement de son énergie, de sa matière, pour reproduire cet élément. Ce que mon corps cherche, c'est l'unité, rééquilibrer ses éléments en dégageant le surplus du plus imposant. Pour moi, la terre. Alors lorsque j'en absorbe tandis que son énergie déborde déjà, mon corps la rejette en quelque sorte et… voilà.

Lacie tend une main devant elle. Une tour brune et parfaitement tassée se construit dans sa paume, comme provenant de nulle part et de partout à la fois.

— Mais… je croyais que tu ne pouvais pas créer de la matière !

— Ce n'est pas le cas, confirme l'Alchimiste en se levant.

Elle s'excuse auprès de Syllia qui la regarde durement laisser retomber la terre dans le pot de fleurs posé à l'entrée.

Je ne suis pas certaine d'avoir tout compris pour le moment, tout ce que je sais, c'est que je trouve ça fascinant.

— C'est difficile à expliquer pour quelqu'un qui ne le ressent pas, conclut Lacie avec un sourire. Un peu comme si une Sorcière essayait de te dire comment les arbres communiquent avec elle.

Béate, je me tourne vers Syllia. Elle peut parler aux arbres ?

— Ce n'est pas vraiment ce que tu crois, m'arrête-t-elle avant que je formule un mot.

Rose, qui patiente appuyée au mur près de la cuisine depuis le début, sort enfin de son silence :

— N'oublie pas pourquoi tu étais venue, Mina.

Je lui adresse un regard en la remerciant d'un signe de tête. Parce que j'ai réellement failli oublier.

— Pourquoi Baalzephon expérimente-t-il sur ses Alchimistes ? Brian m'a pourtant dit qu'il cherchait à tuer les Ombres.

Les expressions de Syllia et Lacie en prennent un coup à l'évocation du sujet, une réaction que j'ai pu observer chez tout le monde, jusqu'à maintenant. Bien sûr, l'idée d'un génocide suffirait à éclaircir la gravité qu'elles aussi arborent, mais j'ai le pressentiment qu'un élément majeur m'est encore inconnu.

Lacie m'apporte une première part de réponse :

— Comme je viens de te le montrer, les Alchimistes ne peuvent pas créer de matière, mais nous avons tout de même un avantage considérable dans les combats dont les Traqueurs ne disposent pas. Seulement nous ne pouvons pas non plus utiliser nos pouvoirs à longueur de journée, parce que même si le Grand Aulne disperse sa Magie de façon continue, il nous faut toujours un certain temps pour recharger nos batteries, disons. Notre corps reste plus ou moins celui d'un humain, non pas d'une créature purement magique.

Pour l'instant, les informations ne sont pas bien difficiles à assimiler.

— Baalzephon veut vraiment la mort des Ombres, mais pas seulement : il veut renverser la Corporation. Pour ça, il a besoin d'une armée de taille. D'une armée d'Alchimistes capables de produire leur élément sans avoir à puiser dans aucune source. D'Alchimistes disposés à user de leur pouvoir de façon illimitée.

Je fronce les sourcils. Comment s'y prend-il durant ses expériences ? Vue comme ça, la tâche m'a l'air tout bonnement impossible. Lacie vient de me rappeler que les Alchimistes restent tout de même humains.

— On raconte qu'il a réussi, poursuit-elle. Mais personne n'a jamais pu le constater.

Si c'était vrai, je suppose qu'il aurait déjà attaqué depuis longtemps. Pour l'instant, il se contente de rafler des Ombres avant de les rendre mourantes à leur peuple. Mon regard glisse jusque Syllia qui, elle, garde le visage rivé au sol.

— C'est pour fuir Baalzephon, que tu es venue habiter ici ?

La Sorcière reste pensive un instant, puis réajuste son châle en répondant brièvement :

— Entre autres.

Elle aurait pu mentir. Mais elle aurait pu confirmer, à la place de laisser une porte ouverte à une énième question. Depuis tout ce temps, Syllia ne m'a rien dit de plus sinon qu'elle risquait peut-être d'être recherchée voire tuée. Elle avait l'air de se sentir particulièrement visée.

Tout à l'heure, Sophie a rappelé que Brian soupçonnait le chef des équipes de Traqueur de s'être allié à Baalzephon. Tom Ribell. Seulement, il était également question de la Prêtresse de la confrérie de Digvix.

— C'est quoi, une Prêtresse ?

Syl me jauge avec méfiance, mais je vois bien qu'elle fait surtout attention de ne pas trop en dire.

— Chaque confrérie de Sorcières se choisit une Prêtresse depuis toujours. Pour les Instituts, c'est une sorte de représentante qui aide à la discussion entre les Sorcières et l'Institut auquel elles sont affiliées, mais pour la confrérie, c'est surtout la Sœur qui réunit toutes les vertus nécessaires à la survie du peuple : une Prêtresse est conciliante mais intransigeante, sage et fougueuse, et entre toutes les Sœurs, elle est généralement celle qui dispose des pouvoirs les plus puissants. Elle assure la protection de la confrérie.

J'hésite. Syllia semble avoir compris où je voulais en venir et son regard me laisse penser qu'elle n'apprécie pas ma curiosité. J'opte pour une approche progressive :

— Pourquoi ne pas avoir dit à l'Institut que tu te sentais menacée ?

— Parce qu'on ne m'aurait pas crue.

Ses yeux se plissent de façon instantanée.

— Pourquoi ? Parce que tu n'avais aucune preuve ?

Je me souviens combien ça importait à Sophie, pour des raisons qui m'ont semblées compréhensibles. Seulement, l'Institut existe dans ce but : protéger les Ombres. Si Syllia expliquait pourquoi elle a quitté son village, sa confrérie, je suppose que Sophie prendrait en considération son mauvais pressentiment ou quoi que ce soit.

— Non. Parce que tous ceux qui en ont entendu parler s'accordent à tenir son existence pour légendaire. Pas nous. Pas les Sorcières. Et si nous avons raison, toi, Mina, tu pourrais être également en danger.

Chapitre 20

BRIAN

J'entends la porte d'Alejo claquer lorsque mon père se met à hurler. C'est comme un détonateur. Puis tout explose. Il arrive du salon, passe le seuil de la cuisine, le visage déformé par la haine, les yeux embués par des larmes soudaines et bouffis par l'alcool. Mon corps entier se prépare à l'affronter, comme toujours, mais je n'esquisse jamais le moindre geste. C'est mon père.

C'est mon père et je l'aime. Comment pourrais-je le blesser ? Alors qu'il n'est plus maître de lui-même, alors que tout en lui hurle un appel à l'aide auquel personne ne sait répondre, alors qu'il s'excuse à chaque fois ?

Je ne lâche pas le saladier, reste penché sur le lave-vaisselle ouvert. Je reconnais la sensation. Comme un brouillard qui plonge tout ce qui m'entoure dans une réalité parallèle.

— Qu'est-ce que tu fais là ?!

Aucune réponse ne franchit mes lèvres. Lui aussi, a quitté ce monde pour un moment. Et il me saisit par les cheveux pour me forcer à me redresser en me crachant en pleine face :

— Comment oses-tu remettre les pieds dans cette maison ! TU N'ES PAS CHEZ TOI ICI ! TU N'ES PAS CHEZ TOI PUTAIN !

Sans crier gare, il me tire en avant avec force et m'écrase le côté gauche du visage sur la table de la cuisine. Ou le côté droit, je ne suis pas sûr. Mais j'entends un craquement sec lorsqu'il me recule la tête pour l'éclater à nouveau sur le meuble. Ses hurlements, eux, sont totalement assourdis. La douleur tinte férocement au-dessus de mon œil gauche, puis disparaît aussitôt lorsque mon père m'attrape par le cou en me retournant face à lui.

Bloqué entre deux chaises, le bord de la table qui s'enfonce dans le bas de mon dos, je ne riposte pas, reste les bras le long du corps. Sa bouche s'écartèle. Il doit certainement crier. Encore. Il me secoue, l'air commence à s'acheminer plus difficilement jusqu'à mes poumons. Son étreinte se resserre encore autour de ma gorge, mais je ne bouge toujours pas.

J'ai confiance en lui. Il va lâcher. Il va le faire.

Mes pieds sont balayés du sol sans que je ne comprenne comment et je bascule sur le côté. Mon épaule et mon bras encaissent la chute, puis je me retrouve roué de coups de pied. Et c'est comme si je ne me doutais pas d'où ils venaient. Ou comme si je n'avais pas besoin de me poser la question parce que j'en connaissais déjà la réponse, mais qu'à la fois, je ne réalisais pas.

Mon téléphone vibre dans ma poche arrière. C'est ce qui me ramène un tant soit peu à l'instant. Sans m'en rendre vraiment compte, j'intercepte la chaussure de mon père d'une seule main en attrapant sa cheville. Je me redresse, comprends que je suis étalé dans le verre brisé du saladier lorsque des morceaux se glissent dans ma chair.

— RETOURNE D'OÙ TU VIENS ET NE REMETS JAMAIS LES PIEDS ICI ! TU M'ENTENDS ?!

J'ai envie de lui hurler que non, il n'entend pas, puisqu'il n'est pas dans cette cuisine. Alex n'est même plus dans cette ville et qui sait s'il n'a pas carrément quitté le pays. Mais je tire mon téléphone de ma poche en agrippant la table pour me relever.

C'est Frog. Qu'est-ce qu'il veut ? On ne travaille pas, ce soir.

— RÉPONDS-MOI PUTAIN !

J'entends l'objet frotter le plan de travail dans mon dos, encore derrière mon père. La cruche. Je suis certain d'avoir reconnu le bruissement de la terre cuite sur le plan de travail. Mon corps se raidit pour faire volte-face. Mais trop tard. À peine ai-je le temps de tourner la tête qu'une douleur fulgurante me déchire le trapèze en remontant dans l'arrière de mon cou comme une avalanche.

Je ne peux pas retenir mon cri. J'ai l'impression que mon épaule risque de se détacher de mon tronc et je me fais violence pour en retenir un autre quand je pose mon front sur la table. Putain. Il n'avait jamais utilisé aucune arme contre moi. Aucune.

Je l'entends se laisser tomber par terre en hoquetant. La concentration que ça me demande me tire presque dans une nouvelle léthargie, mais je me redresse lentement pour me tourner vers lui. Effaré, il regarde tour à tour mon portable au sol, mon visage, la cruche qui a éclaté par terre. Avant, il était grand, très grand. Ses cheveux noirs étaient coupés court et sa carrure imposait le respect. Aujourd'hui, il n'est plus qu'une âme meurtrie dans un corps flasque de quadragénaire. Maigre comme un ado, mal rasé et mal coiffé comme un paumé.

Et il pleure. Tout le temps, un nuage gris en permanence dissimulé sous ses paupières tandis qu'il s'inonde d'alcool en tout genre.

Et il n'est plus foutu de faire la différence entre mon frère et moi, dans ses moments de perdition.

— Brian, j'ai cru que tu étais lui, murmure-t-il entre deux sanglots.

Il enfouit sa tête entre ses mains, je regarde sans le voir le nom de Frog s'afficher une seconde fois sur l'écran de mon portable, vrombissant sur le carrelage.

— Alex est parti, papa.

Mon père relève précipitamment la tête pour brailler une dernière fois :

— NE PARLE PLUS JAMAIS DE LUI !

Puis il se noie dans des excuses malmenées par l'alcool et le désespoir. Je finis par m'accroupir sans faire de mouvement brusque pour récupérer mon téléphone avant de m'enfuir dans le couloir. Ce soir, je n'ai pas le courage de nettoyer les débris. Pas le courage non plus de soulever mon père pour l'allonger sur le canapé.

Je n'ai aucun courage pour rien. Pas même pour me nettoyer le visage lorsque je m'enferme dans la salle de bain. Les mains sur le lavabo, je me perds dans l'inspection de mon arcade sourcilière. Je tire mon paquet de cigarettes de ma poche quand la douleur des coups jusque-là absente fait surface.

J'en crame une en ouvrant le robinet. Accoudé, le nez à quelques centimètres du jet d'eau continu, je ne peux pas m'empêcher d'essayer d'oublier. Tout ce qu'il s'est passé. Tout ce qu'il vient d'arriver et tout ce qui m'attend encore. Mais rien ne disparaît jamais. Tout croupit, terré dans un recoin inconnu de nous-mêmes, puis réapparaît en tambourinant à la porte. Et même si on n'ouvre pas, on sait ce qui nous attend derrière.

Alors ça s'infiltre, comme l'eau s'infiltre par l'interstice qui sépare le bas de la porte du sol. Et ça se répand partout, jusqu'à déborder. Jusqu'à ce qu'on ne puisse plus respirer.

On finit tous par y passer.

On nous tire du néant de force pour mener une vie insensée. Je me demande si je comprenais déjà, lorsque j'ai poussé mon premier putain de cri. Si je comprenais déjà que ce jeu était vide, agrémenté de règles qu'on suit pour échapper à l'angoisse de l'absurdité. Tout ce dont je me souviens, c'est qu'un beau jour, on m'a arraché de ma balançoire pour me jeter par terre. Alex est né, encore plus paumé que je l'ai été. Parce que lui a été privé de tout ce à quoi moi j'ai eu droit. L'amour, la protection et la sagesse d'un père et d'une mère.

Puis ma mère est morte. On m'a traîné dans la boue.

Et je me sens toujours aussi sale. Aussi impuissant et incapable.

C'était à moi de veiller à sa sécurité. À moi de l'aimer pour mes parents, qui n'ont jamais été les siens. J'ai échoué.

On se croit invincible, parce qu'on nous en persuade depuis notre plus jeune âge. Comme je le fais avec Alejo, quand il se blesse et que je lui jure qu'il n'a pas à avoir mal. Comme je l'ai fait avec Alex. Mais je mens, putain de merde. Parce que si je suis doué pour pointer du doigt les erreurs de ceux passés, je ne sais pas faire autrement que de les répéter.

Ouais, on se croit invulnérable, loin de tous ces problèmes qui n'arrivent qu'aux autres. Jusqu'à ce que ça t'arrive à toi. Jusqu'à ce que tu constates que, pis encore, ça n'arrive qu'à toi. Ta bulle de confiance éclate, et, sans plus aucune protection, tout ce que tu étais parvenu à éviter jusque-là déboule comme un tsunami. Ça t'emporte d'abord, ça t'épuise, ça te noie, et ça t'avale à tout jamais.

Et les quelques choses qui avaient encore du sens pour toi perdent tout de leur intérêt. T'es mort. Un mort qui rampe parmi les vivants. L'air n'a plus de goût, la bouffe a la texture du sable, la fadeur de la terre, tu ne sens plus la chaleur. Le seul froid qui te glace, c'est celui qui emplit le vide à l'intérieur de toi. Mais même lui, tu finis par ne plus le sentir.

À ce stade, tu as cessé de respirer.

Mais ce froid revient peu à peu, contrasté par cette sensation imperceptible qui occupe une place infime dans ma poitrine. Pourtant, elle parvient à la forcer à se gonfler, parfois.

Ça m'arrive quand Jem est là. Parce que j'ai l'impression d'avoir rencontré quelqu'un à la hauteur de mes regrets. Quelqu'un qui appelle. Quelqu'un qu'on n'entend plus.

Quand on meurt alors même que nos bras continuent de nous traîner sur le sol, on en perd la voix et il devient presque impossible de prévenir qui que ce soit. Moi, je n'ai jamais cherché à le faire, parce que je savais que personne ne pouvait rien pour moi, je devais m'occuper de mes petits frères. Encore aujourd'hui.

Mais elle, Jem, elle crie. Dans un appel terrorisant qui lui a tant décapité les cordes vocales, qu'il s'est assourdi.

Posé sur la tablette au-dessus du lavabo, mon téléphone me signale à nouveau un appel entrant, toujours de Frog. Je ferme le robinet en tirant sur ma cigarette et tente de secouer la tête pour reprendre mes esprits, mais un tiraillement aigu me le déconseille.

— Y a intérêt à ce que ce soit important pour que tu me harcèles comme ça, Frog.

— *Bla bla bla, je suis grognon et j'en veux à la Terre entière. C'est bon, Bri, je connais ton discours par cœur.*

Au moins une côte cassée, minimum. Grand minimum. J'en suis certain quand je porte une main à mon visage pour me frotter les yeux.

— Qu'est-ce que tu veux ?

— *Je veux que tu me dises que t'es chaud.*

Je ricane.

— Est-ce que c'est une proposition indécente que tu t'apprêtes à me faire, Demba ?

— *Ah, ah. Ouais, vraiment, tu devrais te reconvertir dans l'humour. On est au bar, on t'attend, grosse déglingue en prévision, frère.*

Frog n'a toujours pas compris au bout de toutes ces années que je ne suis pas son putain de frère.

J'avise mon reflet dans le miroir. C'est cramé. Complètement. Mais je m'en branle, parce que j'ai trop besoin d'un remontant.

— O.K., j'arrive. Préparez des shots et le billard.

En attendant, je vais me débrouiller pour arrêter les saignements et continuer de faire semblant.

Nous passons la plupart de nos soirées libres dans ce bar depuis nos quinze ans. C'est fou de penser que le barman m'a plus vu grandir que mon propre père. J'entre en ignorant les salutations de quelques mecs attablés sur la terrasse. Je ne suis pas d'humeur. Je le suis rarement, d'ailleurs.

On entend les acclamations de Kenny et Frog depuis l'extérieur, comme souvent lorsqu'ils se sont déjà enfilé le tiers de ce que leur réserve la soirée. Ce qui me rappelle que j'ai du retard à rattraper. Au fond du bar, Kenny et Frog feignent de se battre avec les queues du billard. Sur la table qu'occupe Damien, qui rit en admirant nos coéquipiers, m'attendent un verre de bière et un shooter rempli de whisky. Mes potes me connaissent trop bien.

Frog a dû sentir la tension dans ma voix, et il sait combien un bon boilermaker me retape toujours. Ou alors, il s'est douté que les interrogations de Jem m'ont… remémoré de mauvais souvenirs toujours pas passés.

— Voilà Monseigneur le capi-pas-taine en chef ! s'écrie Kenny.

Il arbore une expression solennelle en pointant sa queue sur moi… ouais, formulé comme ça, ça peut prêter à confusion.

Damien me dévisage lorsque je trempe mes lèvres dans le whisky avant de soulever ma bière pour en boire une grande lampée. Je le sens examiner mon visage comme Sophie le ferait. Mais Sophie, elle, elle est médecin.

— Putain, mais qu'est-ce qui t'est arrivé ?

Je lance le contenu du shot au fond de ma gorge.

— Une transaction qui a mal tourné.

Mes coéquipiers savent que je vends de la beuh à quelques élus pour arrondir les fins de mois et m'occuper au mieux d'Alejo, mais il faut aussi que vous compreniez que je ne sais pas mentir. Les gars me jaugent un instant avant de me suivre au billard quand j'attrape une queue accrochée au mur. Ils me connaissent suffisamment pour savoir que je ne répondrai à aucune question. Depuis tout ce temps, je pense qu'ils ont fini par assimiler que tout ce sang, ces contusions et ces fractures quotidiennes, je les dois à mon père.

— Bon, on se met en équipe ou vous préférez que je vous déboîte l'un après l'autre ?

Kenny et Frog répondent précipitamment en chœur :

— J'me mets avec toi.

Puis ils partent dans une de leur dispute habituelle. Je m'approche de la table pour reprendre ma bière dans une main. Mes côtes me rappellent à l'ordre à chaque mouvement, mais s'il y a bien une douleur à laquelle on se fait, c'est celle-ci. La plus difficile à dompter, c'est celle qui vous remplit le crâne de conneries et qui vous empêche de convenablement respirer.

— Encore un jour de congé, observe Damien en s'appuyant contre le mur. Tu penses que ça suffira ?

— Pour quoi ? l'interrogé-je comme si de rien n'était.

Je l'aperçois hausser les épaules en détournant le regard. Je bois une autre gorgée de bière, le temps que Kenny et Frog trouvent un terrain d'entente.

— On peut régler ça en corps à corps, propose Frog.

— En corps à corps ? ricane Kenny. J'ai pas oublié d'où te vient ton surnom, mec. Si tu veux te battre, on le fait sur un terrain neutre. Avec des katanas.

Un soupir, puis je leur rappelle d'une voix ferme :

— On ne règle rien par la violence, encore moins ici. Et si vous voulez vraiment vous battre, trouvez autre chose que les katanas, aucun de vous ne sait s'en servir.

Pas aussi bien qu'Alex, de ce dont je me souviens. Mon petit frère a toujours été fan de cette arme et il s'est attelé à sa maîtrise aussitôt qu'il a su assez bien lire pour me voler mes mangas.

Damien me ramène à notre conversation en me demandant :

— Est-ce qu'un jour de congé te permettra de te rétablir pour reprendre les missions ?

— C'est juste un bleu au-dessus de l'œil, Dam's, bien sûr que oui.

Du moment que je n'utilise pas mon bras droit. Ce que je m'évertue de faire depuis tout à l'heure, mais je me rends compte que je n'aurai pas le choix, si je veux vraiment jouer au billard.

— Si tu le dis, soupire Damien.

Je repose la queue de billard sur le mur, puis fais signe au barman pour lui demander d'autres shooters de whisky. Même s'il est dégueulasse, ici.

— Tu joues plus, Brian ?

Kenny vient s'asseoir en face de moi, visiblement déçu. Il boit un des deux shots qui restent sur la table.

— Nan, lui dis-je en enfilant le dernier, c'est plus le moment. Maintenant, c'est l'heure de se déshydrater.

Trois heures plus tard, alors que le barman me sert encore de la tequila, nous sommes tous assis au comptoir. Tous fins bourrés. Ce qui représente une précision importante. Je dois me le répéter, pour m'éviter de boire un verre de plus. Je sais que je devrais m'arrêter après celui qui glisse jusqu'à moi et se retrouve la seconde suivante dans mon estomac. Mais j'y arrive pas. Le décor tourne, penche, revient à la normale, puis tourne encore, et je crois que j'adore ça. J'ai l'impression d'être le centre d'un univers, spectateur d'un monde qui gravite autour de moi. Et je n'ai rien d'autre à faire que picoler en regardant les choses se mouvoir sans moi.

Putain, ouais, c'est vraiment agréable.

— Bri, m'appelle-t-on.

Mais je préfère quand même la défonce. La beuh demeure le plus beau cadeau que nous ait offert la nature. Mis à part la lune. Et la mort. Je parle de cette mort dont on ne se réveille jamais.

Ouais, les bites, c'est comme les tomates. C'est pas parce que tu les suces que tu les aimes forcément. Ce qui compte, c'est sûrement la sauce. Qui sait, je pourrais apprécier le goût du sperme tout en détestant avoir une bite dans ma bouche ? Peut-être même que je pourrais bander à l'idée de sucer un mec tout en dégueulant son sperme s'il crache sans prévenir.

La vie, c'est pareil. C'est pas parce que t'aimes particulièrement te mettre des races et rire comme un porc, sourire aux inconnus et faire l'amour à ta copine ou à ton mec, que t'en es pour autant fou. Je pense que j'aime certaines choses qu'offre l'opportunité de pouvoir marcher parmi les vivants, mais que je hais profondément la vie. Parce que justement, je ne me sens pas vivant.

Je me sens juste con, et t'imagines que c'est pas suffisant.

J'aime la vision des voluptés odorantes qui sortent de mes narines. J'aime le goût de la beuh, son effet, l'esprit que je lui assigne. J'aime les vagues d'alcool qui font tournoyer le monde comme un néant dont on n'a pas conscience, et la sensation d'invincibilité et de légèreté qu'elles procurent.

Dans les deux cas, on se laisse balancer, bercer, par des remous qu'on ne se sent pas capable de ressentir autrement. Mais je sais aussi que c'est un leurre. Parce que quand la mer approche en vrombissant, elle jette ses filets au-dessus de ta tête de gamin admiratif et peut très bien te prendre au piège dans ses cordes resserrées pour t'emmener au loin. Après, c'est à toi de retrouver la rive. Alors tu nages, tu nages et tu nages.

Sauf que, putain, y a pas de rive. Et la mer continue d'aller et venir, comme une mélodie envoûtante. Parce que c'est ce qu'elle fait. Elle t'ensorcelle, t'enivre, et te pousse à te laisser sombrer.

— Brian.

On se sent en sécurité une fois mort. On est capable de tout, lorsqu'on a fini par perdre les quelques choses qui nous maintenaient en vie. Alors on choisit de s'autoriser à flotter à la surface. De s'accorder un petit temps de repos. Mais tout ça, c'est de la merde. Une illusion.

J'te rappelle que t'es pris dans des filets qui t'emprisonnent depuis le début. Et toi, pauvre con plein d'espoir, tu coules sans même t'en rendre compte. Tu coules, tu coules et tu coules.

Tu te noies.

Quand t'en prends enfin conscience, il est déjà trop tard. Tu cherches la lumière du jour pour t'orienter, mais c'est vers le fond que tu nages. Mais non, tu te trompes encore, merde ! Y a pas de fond ! Ce que tu crois percuter, là, ce truc dur comme le roc quand tu t'y cognes, mais sableux comme du verre trop fragile qu'on aurait brisé, c'est tout ce qu'il restait. De ta vie. De qui tu étais.

Tu t'enfonces sous terre. Enfin, c'est ce que tu crois. Mais c'est juste une sensation.

Tu ne sais pas si tu t'étouffes, la gorge remplie d'un truc gluant qui se solidifie à mesure que tu tentes de crier, ou si tu te noies.

Moi je te le dis : t'as juste arrêté de respirer.

Et c'est pour ça que personne ne t'entend.

Parce que t'as perdu pied.

Un océan obscur t'a recouvert, tout le monde te cherche, là-bas, sur la falaise, comme des ombres vestiges de ton ancienne vie qu'occulte le soleil, mais personne ne saute à la mer. Personne. Parce que tes cris sont silencieux. Ta voix est écorchée. Rien ne sort.

Aucun son.

Aucun appel. Et dans toute cette eau, tes pleurs se perdent.

J'sais pas si j'aime les tomates, j'sais pas non plus si j'aime les queues ni le sperme. Ce que je sais, c'est que les ombres sont parties. Je ne vois plus le soleil. Et je continue de couler.

Y'a pas de fond.

Y'a pas de fond pour les gens qui ne sont plus vraiment en vie. Il n'existe qu'une unique consolation ; la conviction, qu'un jour, tout sera vraiment fini.

— Brian !

Mon verre m'échappe de la main et je glisse du comptoir sans pouvoir me retenir. C'est fou. Même pas mal. Alors que je suis censé avoir le corps en charpie. Les gars explosent de rire et le mien se joint aux leurs. Frog se laisse choir au sol, les bras en croix.

— Bande de connards, même pas vous me retenez !

— J'allais le faire, se marre Kenny, mais je me suis dit que ça serait plus drôle que tu t'étales comme une merde.

Ouais, j'aurais agi de la même manière, à sa place.

— Bon, nous interrompt Dam's en se levant de son siège, je vous ramène.

— C'est mort, dis-je en roulant à plat ventre pour me remettre droit sur mes jambes.

Putain, c'est pire que la galère. C'est du genre insurmontable, ce qui me cloue au sol. Et le carrelage est tellement frais sur ma joue. Rafraîchissant. Ouais, rafraîchissant. Je pourrais me rouler un joint pour le fumer dans cette position, tout de suite. Mais on met fin à ma paisibilité en me tirant sous les aisselles.

— Je pouvais me relever tout seul !

Je bouscule doucement Damien pour reprendre place au bar.

— Chartreuse, chef !

Le barman secoue la tête :

— Rentre chez toi, Brian. La soirée est finie.

— CHAMPAGNE ! m'exclamé-je joyeusement, accompagné par l'engouement de Frog et Kenny qui frappent le bar comme s'ils réclamaient à manger.

C'est un peu le cas, en même temps. On a faim de chartreuse et de champagne, merde, mais Dam's ne veut rien entendre.

— Il est minuit, Bri, je me lève tôt demain.

J'extirpe tant bien que mal mon téléphone de ma poche, soupçonneux que Damien mente. Déverrouillé, l'écran laisse apparaître un message d'un numéro inconnu, mais que je connais. Vous suivez ?

T'es où ?

— Les gars, je suis invité à une soirée.

Frog écarquille les yeux, surexcité. Squatter les soirées des autres, c'est son passe-temps favori. Foutre la merde aussi, en passant. Alors imaginez qu'il puisse foutre la merde à une soirée où il n'est pas invité… Ouais, le Saint Graal.

— Chez Loriane, c'est ça ? demande Kenny. Il y a Olivia, là-bas.

Ouais, et de quoi convaincre aussi Damien :

— Et Liana, mon gars.

Je vois l'envie s'installer dans le reflet de ses yeux. Il esquisse un sourire vaincu, puis je dis très sérieusement :

— Je suis chaud bouillant. Là, les gars, j'suis plus que déter'.

Frog claque sa paume sur le bar et se lève. Nous saluons en canon le barman et zigzaguons plus ou moins jusqu'à la sortie. La terrasse est encore remplie quand je me prends le pied dans une chaise, l'air de rien. Le 4 × 4 nous attend juste de l'autre côté de la route, garé parmi d'autres voitures qui englobent la place.

— Putain ça commence à cailler les soirs, observe Kenny en passant son pull sur sa tête.

J'ouvre la portière et déniche un joint gentiment posé sur le siège passager, tout en chantant :

— Un Traqueur n'a jamais froid, la meilleure arme de combat !

— Arrêtez de gueuler comme ça, râle Damien derrière le volant.

Le marmonnement de Kenny attire mon attention sur lui tandis qu'il tente de monter à l'arrière de la caisse. Il s'étale sur les sièges et j'explose de rire.

— Eh, Ken, pour monter dans une voiture, tu dois mettre ton pied dans la voiture.

— Gnagnagnagna… dit celui qui devient aveugle après une goutte d'alcool.

Je ne sais pas ce que vous en pensez, mais je trouve que la répartie du Niqué laisse à désirer.

— Tu racontes de la merde, je deviens pas aveugle, c'est juste que peu importe l'obstacle qui se dresse devant moi, je ne peux pas faire autrement que de l'affronter avec bravoure !

Je frappe mon torse du poing et conclus :

— Force et honneur, comme dirait ton pote Lacrim.

— Ouais, ouais, ben la dernière fois le camion est pas passé loin. Un peu plus et tu serais pas là pour me casser les couilles, lâche Kenny en essayant de s'attacher.

J'étais sûr que ça passerait. Je suis désolé, mais quand tu sais qu'une fois arrivé de l'autre côté de l'autoroute tu pourras te cramer un joint, t'hésites pas. Pas quand t'as trois grammes qui affluent dans ton sang. C'est vrai que j'aurais pu me faire dessus quand le camion m'a frôlé en klaxonnant comme si ça allait me faire disparaître, mais au final, tout s'est bien passé. Personne n'est à déplorer.

À l'arrière, Frog se penche vers Kenny en riant :

— Couilles ? Toi, des couilles ?

Quand Damien prend le virage, mes côtes endolories se réveillent. Petit joint, petit joint. J'ouvre la fenêtre et l'allume.

— Quand j'te la mettrai profonde tu pourras les sentir claquer contre ton p'tit cul de malotru, connard.

— OOOOOH L'EMBROUILLE ! MAIS QUEL SPECTACLE, QUEL SPECTACLE !

Dam's me bouscule pour passer la vitesse et me demande de me la fermer.

J'appuie ma tête contre la ceinture le reste du trajet, en tirant sur mon joint de façon régulière et calculée. Habituellement, j'évite de fumer en ayant bu, parce que je n'en ressens qu'à peine les effets.

Bordel de merde, c'est du gâchis.

Damien finit par s'arrêter le long d'un trottoir. Nous descendons. Je regarde Frog et Kenny se bousculer sans trop tenir debout, comme deux mecs bourrés qui veulent se battre, quoi. Mon rire sort à retardement et se poursuit quand Dam's sépare les deux zigotos complètement hors de contrôle, qui tentent de se mettre des droites.

Plus loin, deux filles s'arrêtent de discuter, devant la maison de Loriane. Elles nous toisent un instant, puis décident dans un accord silencieux de retourner se faire exploser le crâne par l'électro pourri qui résonne dans la baraque.

La maison de Loriane est immense. Vraiment très grande. Ses parents sont friqués. Très friqués. Loriane est belle. Et elle le sait. Tellement qu'elle en est repoussante. À vomir. Mais depuis l'an passé, elle ne cesse de revenir à la charge en espérant quelque chose de moi qu'elle n'aura jamais.

Comme je suis un connard, le pire que n'a jamais enfanté cet univers ou quelque chose comme ça, j'en profite pour dévaliser son stock d'alcool à ses soirées, de temps en temps. La dernière fois s'est plutôt mal terminée, à ce qu'il paraît. Je ne me souviens pas de grand-chose, seulement que j'avais ramené les gars avec moi sans qu'ils soient conviés et qu'un certain Matéo m'a trucidé de l'œil droit durant un mois après ça. Il ne pouvait plus ouvrir le gauche, phénomène sans doute lié aux écorchures que j'arborais sur les phalanges. Maintenant qu'il a retrouvé toutes ses facultés visuelles, il s'en donne à cœur joie comme si j'en avais quelque chose à faire.

Espérons qu'il ne soit pas là ce soir, Liana n'a pas arrêté de me répéter qu'il cherchait le bon moment pour me casser la gueule. Enfin, espérons-le surtout pour lui.

L'allée remontée, Damien sonne alors que j'ouvre la porte d'entrée sans cérémonie. La musique est tellement forte qu'on ne nous aurait pas entendus, de toute façon. Mais notre arrivée ne passe pas inaperçue. Je tangue au point que je frappe du pied le meuble sur ma droite et m'y rattrape en envoyant valser ce qui y était disposé. Des bougies, des papelards et d'autres trucs sans importance.

Tous ceux qui discutaient dans le hall se tournent vers nous. Je souris de toutes mes dents en ignorant les leçons de morale que m'offre généreusement Damien :

— Oyez, oyez, pisse-froid et coprolithes ! Nous voulons cervoise !

Frog, encore poussé par Kenny, atterrit contre le mur à ma gauche. Personne ne réagit, mais, alors que l'alcool le balance d'un pied sur l'autre, il pointe son doigt droit devant lui en menaçant, les muscles de la bouche certainement ankylosés :

— Koâ ? Moi vous pète la gueule, O.K. ? Ouais, ouais, vous vois v'nir, bande de cloplitroles de mes deux !

Un mec, sa bière à la main et sa meuf à son bras comme un roi, désigne mon joint d'un geste dédaigneux de la tête. Tiens, Matéo.

— On ne fume pas à l'intérieur, mais je dis ça, je dis r…

— Bah ferme ta gueule.

J'ai bu trop et trop vite, putain, mais ça tombe bien.
Je vais dégueuler. Et si j'y arrive, ne doutez pas que c'est lui que je viserai.

Chapitre 21

JEMINA

Le portable de Liana signale un nouveau message dans son petit sac en bandoulière. Je réajuste ma capuche sur ma tête et remonte le décolleté de mon chemisier. Les deux ne font pas bon ménage ensemble, mais j'ai accepté de porter le chemisier au bout d'une heure afin que Liana me laisse tranquille. En vérité, je n'avais aucun problème outre le fait que je n'avais pas spécialement envie d'avoir froid. Ce qui est maintenant le cas.

Je me demande comment Li fait pour ne pas grelotter dans sa petite robe pailletée et moulante, seulement accompagnée d'une veste courte en cuir noir.

Elle grogne en déblatérant toute sorte d'insultes, avant de s'expliquer :

— Loriane n'arrête pas de me harceler.

— On était censées arriver à vingt-deux heures, il faut dire.

Nous sommes donc en retard de deux heures, plus ou moins. La faute à Liana et son make-up, ou à moi et à tous mes refus à chaque tenue qu'elle me proposait, je ne sais plus.

— Tu m'as l'air bien pressé d'y aller, depuis que tu sais qu'il y aura peut-être Brian.

Oui, je l'avoue. Mais ce n'est pas pour les raisons qu'elle insinue. C'est surtout parce que je dois lui rapporter ce que m'a dit Syllia avant de me jeter de sa boutique. Si je ne suis pas capable de deviner de quoi elle voulait parler, Brian devrait l'être. Après tout, c'est lui le pro, pas moi. Et Syl ne m'a pas fait promettre de ne pas lui en parler.

Je suis vraiment une amie moisie.

Mais c'est pour son bien, qu'elle y croie ou non. Alors oui, je suis pressée de voir Brian et j'espère qu'il sera réellement chez Loriane. Je n'ai aucun autre moyen de le contacter, puisque s'il a pris mon numéro de téléphone sans se soucier de mon avis, lui ne m'a pas confié le sien. Naturellement, ai-je envie d'ajouter. J'ai l'impression que ce genre de comportement lui ressemble parfaitement.

La route est longue à pied, mais nous arrivons finalement devant une maison impressionnante par sa taille. J'imagine facilement cinq appartements y être construits. Nous franchissons la petite allée bordée de fleurs extrêmement bien entretenues, puis Liana ouvre la porte sans manifester notre présence. J'avoue ne pas être à l'aise à l'idée d'entrer sans sonner ou toquer, mais je suppose que Li est une habituée des lieux, alors je la suis sans moufter.

Aucun des jeunes qui ont élu domicile dans le hall ne nous porte la moindre attention. Mon amie me dirige sur la gauche. Nous entrons dans un salon gigantesque où le quart du lycée est en train de danser, boire ou comater à même le sol dans des recoins de la pièce, sinon juché confortablement sur les canapés, un verre encore à la main.

Je tire un peu plus ma capuche. Constater que personne ne nous observe me rassure, mais je reste sur mes gardes. Un regard pourrait suffire pour que quelqu'un me reconnaisse, et, si j'ai trouvé le courage de venir ici, je ne pense pas avoir celui nécessaire à l'affrontement d'un ou d'une ancienne camarade de classe.

Li s'enfonce dans la foule en me faisant signe de la suivre, mais lorsque je la vois se diriger vers un groupe de filles dont deux d'entre elles sont celles qui m'ont bousculée sur la place l'autre jour, je me fige. Leurs regards curieux se posent sur moi lorsque Liana les salue, mais je n'ai pas le temps de m'en soucier qu'on me renverse à moitié. Des doigts s'enroulent aussitôt autour de mon bras pour me retenir. Frog sourit :

— Merde, Jem ! Je t'avais pas vue !

Son sourire reste plaqué sur son visage tandis qu'il tangue d'un côté puis de l'autre, faisant dangereusement chavirer sa boisson.

— Que nous vaut ta réconfortante présence ?

Il lâche finalement mon bras pour poser une main sur mon épaule, certainement dans le but de tenir debout.

— Officiellement, j'accompagne Liana.

— Et officieusement ?

Il bafouille des mots incompréhensibles en cherchant sa bouche avec son verre.

— J'espérais voir Brian. Tu sais où il est ?

Frog secoue négativement la tête, avale sa gorgée, puis m'explique :

— J'ai plusieurs hypothèses : soit il a cédé et il fait un jeu d'alcool, ce qui me paraît très peu probable, soit il s'apprête à dégueuler la centaine de balles qu'il a dépensée au bar, ce qui, tu l'auras compris, me semble plus envisageable. En suivant cette réflexion révélatrice de mon pouvoir de déduction ô combien merveilleux, je te conseillerai de vérifier les toilettes, ou le jardin.

Je grimace. Génial, et moi qui pensais pouvoir sérieusement réfléchir avec Brian.

Frog s'immobilise, son verre au niveau de mon autre épaule, comme traversé d'une idée fantastique.

— Mais peut-être qu'il fume un joint. Si tel est le cas, reprend-il du même ton théâtral que précédemment, alors va trouver la véranda, sinon le bord de la piscine, ou encore… En fait, Bri s'en bat les couilles, il fume partout dans la maison. P'tit con, va !

En résumé, Brian peut être n'importe où.

— Il est en congé, m'apprend Frog, tu comprends. Il en profite pour se murger.

Non, je ne comprends pas, mais je suppose que je ne suis plus si bien placée pour le juger, depuis que Liana m'a traînée au bar. Maintenant, par contre, je comprends pourquoi je n'ai pas eu de nouvelles de lui depuis presque une semaine. Parmi les danseurs, j'aperçois Kenny remuer avec une fille et lui sourire avant de l'embrasser. Plus loin, Damien sort de la pièce du fond et remarque Liana. Il s'avance dans son dos pour lui chuchoter quelque chose à l'oreille.

Et derrière lui, un garçon assis sur un fauteuil m'observe en portant son verre à ses lèvres. Je reconnais immédiatement ses petits yeux marron, sa bouche, qui a proféré tellement d'insultes à mon encontre que je ne pourrai jamais l'oublier, et ses cheveux bruns, toujours coupés aussi court. À côté de Rayan, avec une fille qui m'est inconnue pour compagnie, son éternel acolyte : Matéo.

Je leur tourne le dos en faisant presque basculer Frog.

— Je vais chercher Bri.

Puis je m'enfuis aussitôt vers la porte la plus proche, soit celle qui me ramène dans le hall. Je slalome entre les gens en enfouissant mes mains dans mes poches, le cœur essoufflé. Mince, c'est bon, je n'ai plus douze ans. Oui, seulement je ne suis pas si éloignée de mes quinze ans.

Je me rassure en m'efforçant de penser positif pendant que je parcours la maison de long en large à la recherche des toilettes ou de la salle de bain. Je finis par tomber sur une file impressionnante à l'étage et je sais d'instinct pour quelle raison tout ce monde patiente.

Pas de Brian en vue. Et c'est un autre jeune homme qui sort des toilettes.

Je contiens un soupir puis fais demi-tour pour redescendre l'escalier. Je m'en vais à nouveau dans le salon, vérifie que Brian n'y soit toujours pas, et me dirige vers la véranda. La fumée qui y stagne me brûle la gorge, tant et si bien que je plaque l'extrémité de ma manche sur ma bouche et mon nez pour respirer. Je me dépêche d'atteindre l'extérieur.

Le jardin n'est pas aussi grand que la maison, ce qui me rassure. Mon regard suit le petit chemin gravillonné, qui mène à un potager sous serre, puis à une piscine, le tout caché à la vue de tous par des thuyas bien verts et taillés. Toujours pas de Brian en vue, alors je m'assois au bord de la piscine, à l'abri des regards. Li va sûrement être déçue de ne pas passer la soirée avec moi, seulement je n'ai pas spécialement envie de recroiser Rayan et Matéo. Ni d'autres qui sont certainement ici, mais que je n'ai pas encore aperçus.

J'entends alors des marmonnements. Quelqu'un sort maladroitement de la véranda, sans remarquer la petite marche. Après avoir retrouvé l'équilibre, son corps se redresse, ses épaules se détendent, et il porte un joint à ses lèvres. La lune éclaire son torse, mais l'obscurité ombrage son visage.

Brian.

Brian, qui, une main dans la poche, s'adosse au mur et y pose un pied. Qui tend le cou vers le ciel pour souffler sa fumée, dans un mouvement las. Je ne saurais dire s'il admire les étoiles ou les voluptés de son joint, mais je suis certaine d'une chose : l'identité de l'inconnu que j'ai pris en photo dans la rue de l'église ne fait plus de doute. Sa chemise à carreaux est ouverte sur un tee-shirt blanc uni, ses cheveux noirs comme la nuit tombent sur son front.

Il dit alors :

— Si on m'avait dit que ma princesse serait là…

Ses gestes lents et calculés lorsqu'il s'écarte du mur me plongent dans un état proche du sommeil. Il est une silhouette fantomatique qui flotte à la lueur de l'astre, puis une indomptable qui s'avance dans l'obscurité sans se rendre compte de ce qu'il dégage. Sa posture nonchalante laisse planer une menace latente. Il me fait l'effet d'un chasseur traversant tranquillement la forêt pendant que sa proie s'épuise à s'enfuir.

Comme s'il savait qu'on ne lui échappe pas.

— Je t'ai déjà dit que je n'étais pas une princesse, encore moins la tienne.

Sa casquette ombrage ses traits, oubliant une moitié de son petit sourire satisfait. Mais la magie se brise en même temps qu'il se frappe le tibia dans un transat. Il lâche un juron, sautille, et je retiens un cri alors qu'il évite de peu une baignade improvisée dans la piscine.

— Assieds-toi avant de tomber !

D'un mouvement brusque du bras gauche, il abat son index devant lui pour me certifier, renversant une grande partie de son verre au passage :

— Je ne tombe jamais, qu'on soit d'accord.

— Oh, excuse-moi de remettre en question ton invincibilité, mais j'ai cru durant un instant que tu avais foncé dans ce pauvre transat.

Il s'avance, puis me rejoint par terre en se déplaçant soudainement de façon bien raide.

— Parce que ma réputation est telle que même les transats sont prêts à me défier dans l'espoir de récolter la gloire de celui qui saurait me vaincre. Mais, vois-tu, Jem, nul n'en est capable, en cette galaxie.

Je hoche brièvement la tête de haut en bas, les lèvres pincées.

— Je constate que l'alcool ne fait qu'amplifier ton ego déjà surdimensionné.

Sans me prévenir, il tend une main vers moi et rabat ma capuche en arrière.

— Mais qu'est-ce que tu fais ?

J'attends sa réponse, qui tarde à venir parce qu'il préfère visiblement tirer une longue bouffée sur son joint, son verre dans la même main.

— Qu'est-ce que je ne fais pas, tu veux dire.

Il tourne sa casquette pour la mettre à l'envers, puis lâche un éclat de rire, digne d'un enfant de neuf ans.

— Cloplitroles, pouffe-t-il tandis que ses épaules se secouent sous l'effet de son hilarité bientôt muette.

— Clopli-quoi ?

Il tourne la tête vers moi. Mes poumons se vident d'air lorsque je découvre le bleu qui longe le côté de son œil gauche, rejoignant une plaie ouverte juste au-dessus de son sourcil.

— Mais… c'est quoi ?

Brian me lance un « mmh ? » interrogatif en buvant la dernière gorgée de son verre.

— Tu as quoi au visage ?

— Ça me donne un côté sauvage et aventurier, tu trouves pas ?

Si on veut, oui. Alors que je lui demande comment il s'est blessé, il répond simplement :

— En mission, tout à l'heure.

Je fronce les sourcils.

— Menteur.

Son ricanement m'agace, mais je ne suis pas sûre de comprendre pourquoi.

— Et ça t'avance à quoi de le savoir ?

Si Brian semble très mauvais menteur, il faut néanmoins lui reconnaître son talent pour éviter les questions.

— Je n'ai pas eu de nouvelles de la semaine, lui dis-je subitement.

Il ne répond pas et s'allonge, paisible.

— Frog m'a dit que c'est parce que tu es en congé, alors comment…

— Je ne t'ai pas demandé pourquoi tu as prétendu être inscrite dans mon lycée en tirant une tête comme si ça t'arrachait le poignet. Qu'est-ce que tu caches ?

Sa réplique me force au silence. Je savais qu'il allait tôt ou tard en parler, mais je ne pensais pas qu'il était capable de l'utiliser contre moi. Pour autant, je ne me démonte pas.

— C'est toi qui as dit à Sophie qu'on s'était rencontrés au lycée, je n'avais pas d'autre choix que de le confirmer.

— C'est vrai. Alors pourquoi j'ai bien cru que tu allais te gerber dessus ?

D'un : c'est faux. De deux…

— Pourquoi je devrais répondre à tes questions alors que tu ne réponds pas aux miennes ?

— Je savais que tu pouvais comprendre, soupire-t-il.

Parfois, j'ai vraiment envie de lui mettre un coup de boule.

— J'ai des infos pour toi, au sujet de Syllia.

Brian se rassoit en portant une main à ses côtes. Il grimace un instant et lève le visage vers le ciel, encore une fois. Ses paupières sont lourdes de cannabis et d'alcool, quand il m'encourage :

— Je t'écoute.

Il déglutit.

— Une minute, pas plus.

Est-ce qu'il est sérieux ? Dans le doute, je ne prends pas la peine de m'en enquérir et lui explique :

— Je lui ai demandé pourquoi elle n'avait pas confié à l'Institut qu'elle ne se sentait plus en sécurité. Elle m'a répondu un truc incompréhensible, en parlant de quelque chose de légendaire, dont seules les Sorcières ne doutent pas de son existence. Elle est persuadée que personne ne la croirait.

Les genoux repliés contre mon torse, les yeux inspectant les reflets de l'eau miroitante, j'entends à peine Bri bouger. Pourtant, lorsque je me tourne vers lui pour lui demander s'il a une idée sur la nature de ce dont parlait Syl, il a disparu.

— Brian ?

Je perçois sa voix plus loin dans mon dos. Je pivote pour tenter de le localiser dans le noir, puis finis par découvrir sa silhouette penchée en avant près des thuyas, les mains sur les genoux. Je m'approche en levant les yeux au ciel quand je remarque qu'il tient coûte que coûte son joint entre ses doigts.

— Tu veux que j'aille te chercher de l'eau ?

Les paupières closes, il fait signe que non.

— Je suis concentré.

J'attends quelques secondes à ses côtés, sans trop savoir comment me rendre utile. Puis il se redresse brusquement, à deux doigts de me percuter.

— Bri ! Où tu vas ?

— Trouver Matéo.

Quoi ? Mais… Qu'est-ce qu'il raconte, encore ?

Je trottine pour le suivre, traverse la véranda sous les regards intrigués de ceux installés sur les sièges en rotin. Brian se rend sans un regard pour personne dans le salon, à l'affût, une main sur son estomac. Je m'apprête à l'appeler quand on me barre la route.

— T'es vivante, alors.

Je lève lentement les yeux sur le sourire de Rayan, ce même sourire qu'il avait quand il me plaquait violemment contre les casiers, ou lorsqu'il me faisait tomber dans les couloirs du collège. Toujours à ses côtés, Matéo, et, encore en sa compagnie, la même fille qui plisse les yeux en m'inspectant.

— Pas de doute, elle a toujours ce même air débile et surpris.

C'est sa voix qui me fait un électrochoc. J'ai l'impression de tomber d'une falaise avant de faire un plat monumental sur l'eau. La chute me coupe le souffle. Je ne l'aurais pas reconnue, si je n'avais pas entendu sa voix.

L'expression glaciale et mesquine qui forge son regard paralysant me renvoie dans les vestiaires du lycée, la dernière fois que j'y ai mis les pieds. J'esquisse un pas sur le côté, mais Rayan me saisit fermement par l'épaule d'un geste faussement amical.

— Tu sais qu'on a failli avoir des emmerdes, à cause de toi.

Son sourire s'élargit. Je me ratatine en moi-même quand Matéo alerte par-dessus la musique :

— Avis à la population : on a retrouvé Jemina Jaymeson ! Plus la peine de s'inquiéter !

Le volume de la musique diminue à son annonce. Des chuchotements parcourent le salon tandis que le reste des invités s'agglutine depuis le hall ou la cuisine, au fond du salon. Tout le monde me dévisage. Dans le lot, la majorité ne me connaît pas, mais je sais qu'ils ont eu vent des rumeurs qu'on a propagées à mon sujet. Il semblerait que ça leur suffit pour éprouver de l'intérêt pour moi.

Je frémis lorsqu'Émilie passe deux doigts sur ma joue.

— T'as perdu du poids, je me trompe ? Difficile d'en être certaine, avec des fringues pareilles.

Son regard descend sur mon jean moins large qu'à l'ordinaire, puis remonte juger l'assemblage de ma veste en sweat sur mon chemisier blanc.

Une belle blonde perchée sur des escarpins passe à côté de nous en criant :

— Putain de merde, Snow ! Tu connais les toilettes ou quoi ?!

Kenny apparaît à quelques pas, radieux.

— Faut toujours qu'il dégueule quand la musique s'arrête.

Puis, il se tourne lentement vers Matéo, Rayan et Émilie.

— Sinon, ça fait quoi ?

Matéo lui fait parvenir toute sa haine à travers un simple regard. Je ne sais pas quoi faire. Rester les bras ballants à subir les moqueries à venir, ou m'enfuir en courant au risque qu'on me prenne encore pour une folle. Dans les deux cas, je suis perdante.

Kenny passe un bras autour de mes épaules :

— Hein ? Qu'est-ce que vous voulez ?

Émilie n'hésite pas une seule seconde pour raviver de vieux racontars. Elle avise la proximité entre mon coéquipier et moi, lance un regard amusé à la fille avec qui Kenny dansait tout à l'heure.

— Je vois que tu aimes toujours prendre du plaisir avec ceux qui appartiennent déjà à quelqu'un, Jemina.

— Arrête voir tes conneries, Émilie, intervient Liana en s'extirpant de la foule. On se souvient tous du nombre de fois que tu as trompé Matéo.

La concernée tique. Elle tourne lentement sur elle-même pour faire face à mon amie. Damien se tient à ses côtés, toute trace de son sourire habituel effacé de son visage. Matéo, son attention toujours sur moi, réplique.

— On parle de ton cas, Liana ? La fille qui se plaignait de son mec qui allait baiser ailleurs pendant des mois, pour finalement finir à nouveau avec sa bite dans la bouche.

Il n'en faut pas plus à Damien pour s'emporter et s'avancer dangereusement vers nous, le poing prêt à partir. Mais Bri apparaît de nulle part en trébuchant et pose une main sur le torse de son coéquipier. Il lui murmure quelque chose que je n'intercepte pas, dont je me contrefiche, d'ailleurs.

— Tu bois trop, Brian, lance la fille à escarpins en se positionnant au centre du cercle qui s'est tracé autour de nous.

— Tu ne t'habilles pas assez, Loriane.

Quelque chose me pince l'intérieur de la poitrine. Et je me sens idiote de réfléchir au fait que leurs prénoms riment alors que mes anciens bourreaux se tiennent devant moi, décidés à raviver l'enfer qu'ils m'ont fait vivre.

Je n'aurais jamais dû venir.

Brian se déplace jusqu'à nous, Kenny rejoint celle que je soupçonne être sa copine. Et l'épaule de celui qui est à présent plus que mon chef d'équipe se colle à la mienne. Émilie reporte son attention sur moi, l'expression mauvaise et rayonnante. Loriane, elle, soupire en regrettant de ne pas avoir jeté Brian et sa bande dehors.

— Salut, Matéo, dit-il. Tu m'excuseras, je n'ai pas eu le temps de venir jusqu'à toi avant de dégueuler.

Le garçon grimace imperceptiblement, puis crache en me désignant :

— Tu t'es trouvé une nouvelle pute, à ce que je vois.

J'ai les mains plus que moites. C'est toute l'eau de mon corps qui s'échappe par mes paumes. La tension est telle dans la pièce que je pourrais m'évanouir sous l'atmosphère oppressante. Brian, lui, sourit.

— J'aime pas ce mot, Matéo. Par contre, ta copine, elle, elle adore qu'on le lui répète pendant l'acte, pas vrai ?

Toutes ces répliques cinglantes et sexistes, balancées comme des armes à travers la pièce, me mettent affreusement mal à l'aise.

Le visage d'Émilie vire au cramoisi. J'éprouve presque de la culpabilité à me réjouir en partie de la situation. Peut-être que maintenant, elle comprend ce que ça fait, d'être humiliée.

Mais je n'ai pas le temps de trop y réfléchir : le bras de Matéo franchit aussitôt l'espace qui le sépare de Bri et je me retrouve propulsée sur le côté. Kenny attrape Rayan par le tee-shirt alors qu'il s'élance sur Brian. Matéo est projeté sur des garçons qui s'approchaient, l'air de vouloir en découdre.

Et bientôt, c'est une dizaine de corps qui cherchent à se mettre à terre à coups de poing, de tête, de pied et de je ne sais quoi d'autre. On me tire par la manche de ma veste, ma hanche cogne un guéridon qui s'écrase par terre. Loriane hurle qu'elle va appeler la police.

Liana me fait traverser le hall en vitesse, puis nous nous retrouvons à l'extérieur.

— Attends !

Mais elle m'ignore et me force à rejoindre la rue. Je me dégage de sa poigne plus puissante qu'on pourrait le soupçonner pour crier sans me contrôler :

— Il faut les calmer, Liana !

— Et comment ? En le leur demandant gentiment ? Tu ne les connais pas, Mina. Pire que des animaux.

Non je ne les connais pas, mais je sais qu'ils savent se servir d'armes à feu et je ne doute pas qu'ils aient été entraînés à se battre à l'Institut. Ce qui me pousse à croire que Matéo, Rayan et les autres n'ont aucune chance.

— On pourrait porter plainte contre eux !

Liana ricane :

— Tu n'as pas remarqué qu'ils ont tous volontairement attendu de prendre le premier coup ?

Non, j'étais trop occupée à maîtriser les tremblements de mes jambes.

Li dégaine de son sac des clés de voiture et déverrouille un 4 × 4 un peu plus loin, garé à cheval sur le trottoir. Elle me dépasse pour le rejoindre.

— Dépêche-toi, ils ne vont pas tarder.

Je ne comprends pas tout, mais j'ai le sentiment qu'il vaut mieux l'écouter, raison pour laquelle je l'imite rapidement et monte dans la voiture. Li, côté passager, baisse le pare-soleil pour inspecter son maquillage dans le petit miroir.

— Tu es sûre qu'on ne devrait pas s'inquiéter ?

Je me penche depuis les sièges arrière pour observer la maison de Loriane à travers le parebrise avant.

— Mais non, pas du tout. Tu sais, si tu as un coup de cœur pour Brian, tu vas devoir t'y habituer.

— Je n'ai pas de coup de cœur pour Brian !

Liana se tortille pour me faire voir son sourire.

— Ouais, vu comment tu mets de la volonté à me contredire, j'en suis persuadée.

Elle m'adresse un clin d'œil, puis se rassoit correctement pour attacher sa ceinture. La voiture ronronne lorsque Li met le contact. Elle me fait signe de faire de la place. Je me ratatine dans mon siège quand je vois une ombre plaquer une main sur la vitre opposée. La portière s'ouvre précipitamment, l'air s'engouffre par le coffre au même moment et je jurerais entendre Frog s'y jeter alors que Kenny tombe à côté de moi. Brian se laisse choir à sa suite. Damien claque sa portière, démarre en trombe, visiblement plus hors de lui que pressé.

— Attends, merde ! La portière !

Brian manque de dégringoler sur la route, rattrapé de peu par Kenny qui rit comme un dérangé. Ils sont complètement fous. C'est la seule explication. Et cette hypothèse revient en force lorsque, trois rues plus loin, Liana s'exclame :

— Mais Kenny ! Putain ! Elle est où, Olivia ?!

Le concerné, complètement égaré, tourne la tête de gauche à droite. Son regard vitreux croise le mien lorsqu'il bafouille.

— Oh… non. Elle…

— Ouais, poursuit pour lui Brian. Elle va te tuer.

Notre coéquipier gémit et enfouit son visage dans ses mains. Je pose la tête contre la vitre pour regarder le paysage défiler. Damien s'arrête rapidement devant une maison comparable à celle de Loriane. Je vois à peine Liana descendre, mais je réponds à son bras qui nous fait signe lorsque nous nous éloignons.

— Tu ne vomis pas dans la voiture, prévient Damien.

Brian effectue un mouvement insignifiant de la main, étalé contre sa portière, les yeux fermés.

— C'est ma caisse à moi, je te rappelle.

— Eh non ! nous parvient la voix de Frog depuis le coffre. C'est celle de l'Institut !

Pourquoi n'est-il pas monté à la place de Li ?

— On l'emmerde, l'Institut, bougonne Bri.

Sa tête valdingue et repart à la rencontre de la vitre. Il contient une insulte qui allait commencer par « sa mère », il me semble. Mais ma concentration s'éparpille à nouveau quand Kenny m'interroge :

— D'où tu connais Matéo ? Tu es dans le lycée de Brian et Liana ?

Je me masse le front en baissant le menton, puis je dis vaguement :

— De vieilles histoires, mais tout ça, c'est du passé.

Le ricanement de Bri m'évite une nouvelle question. Un sentiment indéfinissable relève à peine le coin visible de ses lèvres. Et les larmes me montent aux yeux lorsqu'il affirme avec cynisme mais vérité :

— Menteuse. Le passé n'est jamais passé.

Chapitre 22

BRIAN

Quelque chose trémule sous ma cuisse. Et autre chose roule dans mon crâne, un genre de boulet qui me percute l'arrière des globes oculaires quand je me risque à ouvrir les yeux une demi-seconde. C'est quoi ce bordel.

Je porte une main à l'arrête de mon nez, pris de nausées. J'ai un bonnet. Je suis assis sur ce qui doit être un canapé. Et je me rends compte que je suis à moitié à poil en allant chercher le truc qui n'arrête pas de me chatouiller la cuisse. Mon téléphone, d'après sa forme. Ça y est, je me souviens.

Le bar. Chez Loriane.

Je force mes paupières à se soulever l'une après l'autre. Il semblerait que je sois installé dans le salon de la cabane, enfoncé dans le canapé. Mais qu'est-ce que je fous avec ce bonnet ? Je portais une casquette, hier, je crois. Mon bras cherche à atteindre ma tête pour la dévêtir, mais une douleur lancinante me coupe le souffle. Mon membre retombe, épuisé.

Mon père, c'est vrai.

C'est toujours pire le lendemain, j'ai l'impression. Avec les courbatures. Et surtout avec une gueule de bois carabinée comme aujourd'hui.

Mes doigts frôlent une matière lisse et fraîche, je baisse les yeux sans bouger le cou, sachant déjà que le mouvement ne me ferait pas que du bien. Le livre de Sybille Snow gît à côté de moi, ouvert sur un passage auquel je ne me rappelle pas m'être intéressé. Comment est-ce que j'ai bien pu en venir à feuilleter ce bouquin durant la nuit ?

Je me saisis de l'objet de deux doigts, me contentant de le tourner dans le bon sens pour y jeter un coup d'œil plus attentif. Il faut que je boive. J'ai dû m'endormir avec un sèche-cheveux en marche dans la bouche.

Le Grimoire proscrit. Les pages découvertes du livre traitent de la légende du Grimoire proscrit. Aucune idée de ce que c'est, mais j'ai l'impression que je le devrais. J'ai le sentiment que c'est même primordial.

Il me semble que… La tentative de rembobinage de la soirée échoue, je ne sais même pas comment je suis arrivé ici. J'essaie de partir depuis mon dernier souvenir. J'étais au bord de la piscine, si je me souviens bien. Avec Jem. Je l'épiais dès qu'elle détournait le regard, pour imprimer la couleur intrigante de ses cheveux, blonds comme la lune l'est parfois. Son arc de cupidon prononcé me donnait envie d'y passer le pouce, pour aller décoller sa lèvre inférieure de l'autre.

Ouais, ça, je ne pense pas l'inventer.

Par contre, les écorchures qui parsèment mes phalanges, elles, je me demande bien d'où elles proviennent. Mais, quelque chose me dit que Jem a un rapport avec ce livre vieillot.

Mon portable me communique un appel, à présent posé face contre le siège du canapé. Je le retourne, observe le contact de mon père inscrit sur l'écran. Et je louche sur l'heure. Début d'après-midi, il ne doit pas m'appeler pour me supplier d'aller lui chercher une bouteille. Cette habitude ne le prend qu'en début de nuit, lorsqu'il a oublié de remplir son stock la journée et qu'il est trop saoul pour se traîner jusqu'à la supérette du coin.

Ça doit être Alejo. J'approche mon portable de mon oreille avec précaution.

— *Brian ? Tu fais quoi ?*

Mes yeux descendent sur mon torse nu, mon boxer, mes vêtements éparpillés autour de la table basse comme si je venais de passer une soirée en compagnie.

— Je travaille.

Je me redresse, me racle la gorge en espérant que mon enrouement disparaisse avant de trahir mon réveil tardif.

— Et toi ? Tout va bien ?

Même s'il n'est pas rare qu'Al emprunte le téléphone de notre père pour m'appeler, j'ai toujours peur qu'il vienne apporter de mauvaises nouvelles. Qu'il se soit fait mal. Qu'il pleure en m'expliquant que notre géniteur est tombé dans l'escalier. Qu'il se soit écroulé et qu'il ne se réveille plus.

Des fois, je me dis que je devrais réagir. L'aider. L'empêcher de boire, demander de l'aide à sa place. Mais un adulte inconscient est dix fois plus difficile à gérer qu'un gosse, parce que lui, il n'a aucune limite. Aucun interdit, ou presque.

— *Je m'ennuie. J'essaie de regarder les oiseaux mais y en a presque pas. Tu reviens quand ? J'ai envie de jouer avec toi.*

— Je ne sais pas, Al. J'ai des choses à faire, mais je vais essayer d'être là ce soir.

— *Tu le promets ? Si t'es pas là, j'irai pas au lit.*

Un soupçon de rire tente de sortir de ma gorge sèche.

— Est-ce que c'est une menace ?

Mon petit frère installe un court silence. Je suis certain qu'un oiseau vient enfin de traverser le ciel et qu'il préfère le regarder passer plutôt que de me parler.

— *Oui*, répond-il simplement.

— Tu sais, Al, tu n'as pas besoin de me faire du chantage pour qu'on passe du temps ensemble. Et si je te promets d'être là ce soir avant que tu ailles te coucher, c'est parce que j'en ai envie, d'accord ?

— *Oui, oui*, conclut-il. *Travaille vite, hein ?*

J'ai envie de sourire. Parce qu'Al est un enfant qui donne envie de sourire. Mais je n'y parviens pas. Parce qu'il est avant tout un petit garçon seul.

— Je me dépêche. Je t'aime, O.K. ?

Al raccroche après un « O.K. » convaincu, puis je me décide à ramasser mes vêtements avant de me mettre à ressasser cette conversation. Je dois prendre une douche. Me rincer la bouche au détergent avant d'avaler une bouteille de parfum. Essayer de manger sans tout régurgiter. Et appeler Jem.

Mes habits dans les mains, les bras le long du corps, mon regard tombe sur le livre, puis vire en direction de mon portable, à la place que j'occupais sur le canapé. Bon. Je lâche mes affaires par terre et passe l'appel. Je suppose que ma liste n'établissait aucun ordre de priorité.

Le téléphone de Jem sonne. Elle ne répond pas. Naturellement, je rappelle. Et elle ne décroche toujours pas. Alors je lui envoie un message :

Une princesse n'ignore jamais son prince charmant.

Je m'efforce de patienter, de nouveau assis, mais je ne peux pas m'empêcher de penser que je devrais me laisser fondre sous l'eau chaude de la douche, au lieu de réfléchir à la potentialité que Jem rappelle quand je ne pourrai pas décrocher.

C'est urgent, ai-je envie de lui dire. Mais je crains qu'elle s'imagine le pire, comme moi je le ferais à sa place. Alors quand l'écran de mon portable s'allume et affiche les trois lettres attendues, je ne peux pas m'empêcher de lancer :

— Tu en as mis du temps.

— *Ravie d'avoir enfin ton numéro.*

Je conserve tout mon sérieux.

— Comme tout le monde.

— *Si je m'étais lancée à la poursuite d'un mort sans pouvoir te prévenir à temps, et que je m'étais fait attaquer par un partisan de Baalzephon, comment tu te serais senti ?*

Mais quel con ! La question, c'est comment est-ce que j'ai pu ne pas y penser ? J'ai tellement le réflexe de conserver tout moyen de me joindre presque secret que je n'y ai pas réfléchi un seul instant.

— Je me sentirais débarrassé, je suppose.

Jem soupire, je baisse la tête.

— *Tu avais besoin de quelque chose ? C'est en rapport avec l'Institut ? Je croyais que tu étais en congé ?*

— Oui, j'ai besoin de renseignements et c'est en quelque sorte en rapport avec l'Institut, mais comment tu sais que je suis en congé ?

Depuis quand je pose ce genre de questions inutiles ?

— *Frog me l'a dit, hier. Tu sais...*

Sa voix se tait sur une hésitation palpable.

— Quoi ? Je sais quoi, Jem ? insisté-je tandis qu'elle laisse le silence se prolonger.

— *Toi, tu m'as dit que tu étais en mission.*

Bien. J'ai menti, j'étais bourré. En quoi ça la met mal à l'aise ?

— O.K., on a plus important, là. De quoi on a parlé, au bord de la piscine de Loriane ?

— *Euh, Brian, je suis occupée, est-ce que...*

— Est-ce qu'on a parlé d'un sujet en rapport avec l'Institut ?

Je bloque le mouvement de ma bouche en renversant ma tête pour ne pas ajouter un « putain » agacé.

— *J'ai commencé à te parler de Syl, mais tu t'apprêtais à vomir donc tu es parti.*

C'est ça. Je m'en rappelle. Mon bras se pose lentement sur ma jambe, éloignant mon téléphone de mon visage et étouffant la voix de Jem par la distance.

— Pourquoi ? Tu as du nouveau ?

Je regarde le livre de ma grand-mère, raccroche. Une brise glaciale me longe le dos de bas en haut. La sensation désagréable s'estompe aussitôt, laissant les battements de mon cœur ralentis par la perception du danger latent.

Cette fois, Syllia ne pourra pas se défiler.

Une casquette enfoncée sur la tête, je m'efforce de ne pas relâcher le rythme. Je parviens à me faire à la douleur en me répétant que j'ai l'habitude, que le pire est à venir, sans aucun doute. Que je dois me dépêcher, parce que je ne peux pas me permettre de rester trop longtemps chez Syl. Alejo m'attend. Et Soph aussi, même si elle ne le sait pas encore.

Tout le monde semble s'être mis d'accord pour profiter des derniers rayons du soleil d'été, attablé à tous les bars de la place. Je rejoins rapidement la ruelle, puis la devanture du *Syl' pleut voir*. Une grande inspiration me permettrait de détendre un peu mes nerfs, malheureusement mes côtes ne me l'autorisent pas. Je toque à la porte, pas le moins du monde étonné lorsque Lacie vient m'ouvrir.

— Ah, dit-elle en me laissant entrer, j'ai cru que c'était encore Jemina.

On n'en est pas loin, dans un sens.

Le hautbois de Syllia disperse dans la boutique une mélodie un brin mélancolique, presque mystique, tandis que je pose ma main sur la poignée de la porte suivante. La pièce est toujours aussi sombre, mais les notes langoureuses et vibrantes que promène le duduk de la Sorcière accentuent les couleurs et leur morosité. Lacie revient sans un bruit, me désigne d'un signe de tête la cuisine. Par l'entrebâillement de la porte, je peux apercevoir des simulacres de flammes danser dans l'obscurité. Je visualise nettement Syl assise à table, bien droite, les cheveux sur le visage et son châle toujours sur ses épaules.

Une Sorcière ne prie jamais le jour, alors que fait-elle ? Je sais déjà que Syllia est une fan inconditionnelle de la flûte en tout genre, mais dans sa confrérie, la musique est un élément cérémonial, rituel, non pas une distraction. Or, nous sommes en plein après-midi.

Lacie se positionne devant moi, me désigne silencieusement les cartes de tarot éparpillées sur la petite table où les clients consultent. Syl semble s'être agacée, sûrement tourmentée par les prédictions de ses lames, et a dû donner un coup dans son tas dont une partie s'est retrouvée sur le parquet marron.

Les dernières notes soupirent, comme essoufflées de trop chanter, puis un silence macabre sort de la cuisine et envahit l'espace. Durant un instant, je me demande si c'est ce que Jem ressent, à l'approche de la mort. Une main fraîche autour de son poignet, un corps de brise qui souffle contre son torse et s'infiltre dans sa poitrine pour la forcer à se gonfler avant d'expirer.

Une impression de calme, comme le murmure de vagues épuisées qui s'apprêtent à déferler avant le véritable repos.

Mais je reviens vite à la réalité. Qu'elle prie ou non, Syllia ne me fera pas attendre une seconde de plus. Je pénètre dans la cuisine dont les meubles sont ballotés par les serpentements des bougies éparpillées dans la pièce. L'ombre de la Sorcière, effectivement assise sur une chaise, n'effectue pas le moindre geste.

Sa flûte à peine éloignée de ses lèvres, elle déclare d'une voix presque trop forte pour le silence qui venait de s'instaurer :

— Tu sais.

Si je ne me maîtrisais pas autant à cet instant, je frissonnerais. Syllia m'interroge d'une intonation presque affligée.

— Comment ?

— Un livre de ma grand-mère.

Et je discerne le sourire de la Sorcière dans ses mots.

— J'aurais dû y penser.

J'entends Lacie s'avancer au pas de la porte, mais Syl poursuit :

— Qu'est-ce que tu en conclus ?

— Que les histoires pour enfants ne t'ont jamais effrayée.

Que le Grimoire proscrit existe réellement.

— Qui en a la garde ? lui demandé-je en m'approchant brusquement. Et où est-elle ?

Syllia regarde un moment mes mains fermement appuyées sur la table de la cuisine, le visage ombragé par les lueurs de ses bougies. Elle lève les yeux sur moi, examine mon œil abîmé, et avoue enfin :

— Personne ne le sait. Mais j'ai vu dans mes cartes… j'ai vu…

Son regard se perd derrière moi, dans la contemplation d'un avenir qui m'est impossible d'entrevoir.

— Qu'est-ce que tu as vu ?

— La peste.

L'incompréhension est telle que mon nez se retrousse presque de dégoût.

— Mais qu'est-ce que tu racontes, putain. Sois plus claire !

Syllia lâche presque son hautbois sur la table, et, l'air d'un chat prêt à cracher au premier mot de travers, elle précise, dure et froide comme un bloc de pierre trop longtemps oublié dans l'ombre :

— La maladie, Brian. La contagion. Il n'existe pas de pire poison que la Mort.

« C'est tout ce que j'ai pu comprendre, et je ne veux pas en savoir plus », ponctue-elle la conversation en se levant faiblement.

Je reste là, immobile, les muscles des bras bandés par la frustration. Mes doigts se replient dans une volonté de s'accrocher au bois. Je crois que j'ai peur, aussi. Pas pour moi, mais pour tous les autres.

Pour Alejo. Pour Alex. Pour mes coéquipiers et mon père.

Je ne sais pas ce qui nous attend, mais Syllia vient de me faire prendre conscience que, même si nous tentions de nous y préparer, le noir nous surpassera largement.

Chapitre 23

JEMINA

Rose m'observe alors que je fourre mon téléphone dans ma poche en râlant. J'entrevois son sourire espiègle, puis, inspirant profondément, j'avise les troncs resserrés qui se dressent hermétiquement devant nous, comme si l'entrée dans ces bois nous était interdite. C'est l'impression que cette forêt m'a toujours donnée.

Celle de fouler une terre qui ne devrait pas m'être accessible. Oui, cette forêt a quelque chose de menaçant, avec ses conifères éternels et sombres, ses arbres dont les feuilles commencent à pendre mollement aux branches, dans un dernier élan de désespoir. Elles s'accrochent. Mais elles finiront par tomber. Et un vent de blizzard les remuera sur la terre boueuse, les soulèvera pour mieux les abandonner.

Je me sens à ma place, entre ces arbres. Peu importe combien leur promiscuité semble chercher à éjecter comme un savon glissant tout intrus qui s'immiscerait entre eux.

— D'abord Liana, maintenant Brian, comptabilise Rose en s'asseyant sur une roche en bordure du petit parking. Tu t'es déjà fait deux amis en l'espace d'à peine un mois.

— Brian n'est pas un ami, rétorqué-je plus vite que nécessaire. C'est un… mauvais coéquipier.

Le sourire de Rose s'étire encore.

— Plus pour longtemps, ouais.

Je vrille mes yeux dans les siens. Aujourd'hui, Brian n'est qu'un con qui m'a raccroché au nez alors qu'il paraissait disposer d'informations importantes au sujet de Syllia. Rien de plus.

— On y va ?

Rose acquiesce en se levant. Elle me laisse ouvrir la marche, si bien que je suis la première à me glisser dans l'ombre de la forêt Eclipsis. Le soleil s'efforce de percer par endroit le feuillage des arbres qui faiblit et s'épuisera bientôt.

Je repousse mon mauvais pressentiment. Je ne sais pas ce qui encourage Rose à revenir sur les lieux de sa mort. Enfin, si, je le sais. Elle veut se souvenir, comprendre, car elle est persuadée que quelque chose d'important devait arriver ce jour-là. Le jour de son assassinat. J'ai peur qu'elle veuille faire le deuil de sa propre mort. Et je suis égoïste. Parce que je redoute aussi qu'elle décide après ça de me quitter.

Rose était là quand je suis arrivée, et si ça ne fait pas longtemps que nous nous connaissons, je ne m'imagine pas vivre ici sans elle. Du moins, essayer de vivre.

Nous progressons lentement, en silence. L'expression de Rose se détériore à mesure de notre approche du puits. Nous n'en étions pas si loin, lors de nos expéditions à la recherche de son corps. Je suppose que de savoir que son enveloppe charnelle se trouvait près de nous avant qu'on ne vienne la repêcher ravive en elle de mauvaises sensations. Peut-être même des souvenirs.

Quand j'étais au collège, j'ai assisté au choc de Philippe lorsqu'il s'est rappelé du jour J. Il était tombé à genoux en hurlant comme une bête égorgée, revoyant le marteau de son beau-père s'élever puis s'écraser sur lui pour finalement lui donner le coup de grâce en brisant son crâne de face.

Des histoires sombres de famille qui ont mal tourné, on peut le dire.

— Je marchais, déclare soudainement Rose en s'arrêtant.

Ses yeux vitreux et hantés se perdent dans l'horizon. Troublée, égarée même, elle reste plantée entre deux arbres, les bras ballants, la bouche entrouverte. Leurs branches surmontées de milliers d'épines, les sapins l'encadrent en la plongeant dans une obscurité qui détonne à côté du cercle lumineux où je me trouve. C'est comme si la forêt projetait Rose dans un autre espace-temps. Elle oscillait déjà dans un entre-deux, un que nous partagions, celui où une morte peut parfaitement évoluer parmi les vivants. Mais, à cet instant, j'ai les membres recouverts de frissons et l'estomac transi par l'adrénaline.

Inspire.

Rose a l'air possédée. Terrorisée. À la merci de quelque chose que je ne vois pas. Et c'est ce qui me précipite dans un état d'angoisse profond. Je vois déjà ce que la plupart ignorent. Alors ignorer ce que Rose visualise avec autant d'ardeur, me met pire que mal à l'aise.

Expire.

Le fredonnement revient imperceptiblement. Celui de la fillette, qui m'était déjà parvenu lorsque je me douchais. Son rire craquelle la réalité.

Mes poumons peinent à se servir en air, ma poitrine s'aplatit sous le poids de ce que je suppose être l'effroi.

— Une nuit, j'ai pris une boîte entière des anxiolytiques de ma mère avant de me diriger sur le sentier de la forêt. Celui à côté du parking. J'étais fatiguée, Mina. D'une fatigue dont on ne récupère pas.

Une larme brillante détonne sur le teint blafard de sa joue. Je gobe une bouffée d'air comme si je cherchais à l'avaler puisque je ne parviens pas à la respirer. Même mes organes disjonctent. Puis c'est un brouillard épais qui assourdit les paroles de Rose et néglige ma vue.

Inspire. Allez, inspire.

— J'ai fait un pas dans la forêt. Je prévoyais de me laisser mourir le plus éloigné possible pour qu'on ne me retrouve que quelques jours plus tard, mais il était là, lui aussi.

Une terreur blême traverse ses traits et change du tout au tout son expression hagarde. Ses épaules se voûtent, son dos se contracte. Ses yeux ne forment plus que deux lignes écrasées par les souvenirs, jonchées de deux sourcils froncés.

Mon corps ne me répond plus.

— J'ai essayé de me débattre, j'ai presque réussi à m'enfuir, Mina ! Mais il m'a donné un coup en plein visage avec un bâton et je ne voyais plus rien ! Je ne m'étais même pas rendu compte que j'étais par terre avant qu'il me jette sur son épaule !

Rose éclate en sanglots et ses jambes se dérobent. Mais je suis déconnectée. Je l'imagine crier, hurler, appeler à l'aide en espérant qu'on l'entende, mais sachant pertinemment que personne ne s'aventure jamais dans cette forêt la nuit. Surtout pas alors que des joggeuses venaient d'être retrouvées enterrées dans les bois, tandis que d'autres disparaissaient encore.

Je la vois ballotée contre un dos dont elle n'a pas aperçu le visage. Affolée de savoir ce qui l'attend.

— J'ai fini par retrouver le contrôle de mes bras, alors je me suis redressée pour me défaire de lui, poursuit-elle d'une voix atterrée. Mais je ne pouvais rien faire, Mina. Il m'a jetée au sol et ma tête a frappé si fort la terre que quand j'ai repris mes esprits, j'avais déjà les chevilles et les poignets ligotés. Avec un couteau sous la gorge.

Et ce rire qui ne se tait pas. Qui se devine même dans ce fredonnement insistant.

Expire, maintenant. Vas-y !

— J'avais déjà mal quand la lame m'a à peine entaillée la peau, et je n'osais pas imaginer ce que ça serait quand…

Rose se remet à supplier :

— Je te jure que j'ai essayé ! Mais j'étais attachée ! J'ai rampé, mais la seconde suivante il était déjà sur moi et…

La cécité ne me plonge pas dans le noir comme on pourrait le penser. La lumière est éclatante, elle me carbonise les rétines. Elle fait bien plus que m'aveugler. Elle me consume.

— Et il y a eu cette mélodie. Une flûte. Peut-être plusieurs. Il a paniqué, s'est arrêté. Il a retiré sa main de ma bouche, alors j'ai hurlé. Il a eu peur, je l'ai vu. Et il m'a étranglée.

J'entends vaguement Rose hoqueter, puis dire dans un souffle :

— J'ai cru que ma tête allait exploser.

Moi aussi, j'ai cette impression maintenant que je me mets à hurler.

Mon crâne se remplit d'eau et déborde. Mes yeux poussent vers l'avant. Et alors que le noir se rabat violemment sur moi, une image furtive apparaît en cliché dans mon esprit. L'herbe est haute, foisonnante. Des oiseaux chantonnent en se pâmant de branche en branche. L'édifice monté de pierres brunes trône au milieu de la clairière. Une douleur insoutenable me vrille le poumon droit, mais ce n'est rien en comparaison de celle qui mitraille ma mâchoire disloquée comme si on avait tenté de m'en arracher la partie inférieure.

Et je reviens dans une embardée féroce. Je bascule sur le côté, visiblement déjà agenouillée dans l'herbe éparse. Je cherche de l'air, parcourue de tremblements. Une goutte de sueur froide me brûle la tempe puis s'en va glisser jusqu'à la pointe de mon nez.

Rose a disparu.

Il me faut ce qui me semble être une heure et qui ne correspond certainement qu'à de longues secondes pour tendre le bras vers la poche de ma veste. Toujours étalée par terre, j'attends que ma vision se rétablisse parfaitement pour taper sur le numéro du dernier appel entrant.

Ne tenant plus, j'actionne dans un dernier effort le haut-parleur. Un sifflement guttural s'extirpe de ma gorge encombrée. De torpeur. D'impuissance. De désolation.

— *J'allais t'en parler après être sûr de moi, ce n'était pas la peine de rappeler.*

À l'entente de sa voix, la main réfrigérante qui m'étreignait l'œsophage perd un peu de sa force. Ma poitrine reprend suffisamment le dessus sur le poids qui l'aplatissait pour me permettre un semblant d'inspiration.

— *À moins que tu ne voulais juste entendre ma voix... Jem ?*

Ce surnom. Celui qui lui appartient. Il ranime le peu de vie qu'il me reste et bouscule les pleurs qui bordaient mes cils.

— J'ai crié.

Deux mots. C'est tout ce que je suis capable de souffler, après avoir expiré de toutes mes forces.

— *T'es où ? Dis-moi que tu n'es pas à côté du corps.*

À l'instar de Rose il y a quelques instants, j'éclate en sanglots. C'est un nuage orageux qui contient ses éclairs mais laisse passer la pluie sans le vouloir. Le vent tempête et remue tout. Les seuls mouvements qu'autorise mon corps me ramènent à l'état d'embryon.

— Non, j'y suis pas, dis-je entre deux pleurs.

— *Mais t'es où, Jem ?*

Je ne sais pas. Je ne sais jamais rien !

— *Jem ! Oh ! Reprends-toi ! Putain de merde...*

Brian panique. Et, je crois que... ça me surprend. En même temps que ça me ramène un tant soit peu à la réalité.

Une réalité que j'aurais préféré ignorer, finalement.

— Dans la forêt, pas loin du parking, lâché-je d'une voix mécanique.

Bri m'informe qu'il arrive. La fillette chantonne à nouveau, d'une façon beaucoup plus reposée, moins enjouée.

Mes paupières s'alourdissent, et cette fois, il n'est pas question d'une lumière aveuglante. Mais d'une nuit étouffante dans laquelle l'idée que quelqu'un meurt dans les parages revient sans cesse et me hante.

Je suis pratiquement certaine de rêver. J'avance en sautillant dans l'allée bordée d'hortensias, une couronne de marguerites dans les mains. Finalement, la sensation d'avoir déjà vécu plusieurs fois cette scène me fait penser qu'il s'agit d'un souvenir, mais je n'en suis pas convaincue.

Parfois, les deux se mélangent. L'imagination vient modifier le passé, soit pour l'édulcorer, soit pour l'obscurcir.

Mais je n'y réfléchis pas plus longtemps. Je sifflote, comme papa me l'a appris l'autre jour, en lançant un coup d'œil au magnolia qui s'épanouit dans la partie droite du jardin. Après avoir montré mon collier à mamie, j'irai feuilleter ses vieux albums photos à l'ombre des fleurs de l'arbre. Et je prendrai le chapeau de paille de mamie, pour ressembler à une paysanne bohème, comme elle dit.

Je trottine en apercevant ma grand-mère remplir de terreau un nouveau pot pour y planter un petit rosier, près du perron.

— Mamie !

Mamie Jacinthe lève légèrement la tête vers moi, vêtue de son tablier de jardinage. Elle l'appelle son bleu de travail, parce que « ça fait plus ouvrière », mais il est vert, malgré la terre qui le brunit avant qu'elle ne se décide à le laver.

— Alors, ma poupée ? Qu'est-ce que ça dit, cette couronne ?

— Ça dit que c'est réussi !

Ma grand-mère s'extasie devant mon œuvre, l'admire en la prenant entre ses longs doigts de pianiste. Mamie aime bien utiliser cette expression pour parler de ses doigts, parce qu'elle joue justement du piano.

— Eh bien, mon p'tit bourgeon ! C'est du bon travail, mais attends, il manque un élément primordial.

Déçue, mon sourire s'évanouit. Mes petites mains s'accrochent aux pans de ma veste en laine et le bout de mes sourcils se relève dans une expression de souci.

— J'ai oublié quelque chose ?

Mamie approche la couronne de ma tête pour la déposer sur mes cheveux.

— Rien de tel qu'une jolie petite fille pour parfaire une couronne, observe-t-elle avec un sourire.

Mes lèvres imitent les siennes, mes joues se réchauffent. Je tends les bras de chaque côté de mon corps en tenant la jupe de ma robe, tournoyant sur moi-même dans ce que j'imagine être une valse princière et élégante. Un pied maladroit cogne le pot d'un hortensia bleu qui se brise sur le bitume de l'allée. Je me stoppe, stupéfaite et coupable.

C'était le plus vieil hortensia de mamie.

— Oh ! s'exclame-t-elle dans ce que je crois être de la tristesse.

Et les larmes affluent bêtement, tandis que je reste immobile comme une statue.

— Mais non ! s'affole ma grand-mère en remarquant mon effarement. Ne pleure pas pour ça, voyons !

Elle m'enlace, la pire chose à faire lorsque j'ai envie de pleurer comme un bébé. Maman dit souvent que je pleure comme un bébé. Mais en même temps, elle aussi me fait toujours des câlins au mauvais moment.

— J'voulais pas mami-i-i-ie !

Je renifle et m'étrangle, le menton sur l'épaule de mamie Jacinthe qui s'est accroupie pour me serrer contre elle. Maintenant, elle recule un peu, et, me tenant à bout de bras, elle sourit encore :

— Ce n'est qu'un pot, ma poupée. Et les pots, ils se remplacent. Garde tes larmes pour le jour où tu en auras vraiment besoin, tu ne seras que plus triste de pouvoir seulement renifler, sinon.

Mes lèvres tremblotent, mais je tiens bon et fais un signe de tête pour lui dire que j'ai compris. La grosse voix de papi retentit depuis le perron alors que j'essuie mon visage.

— Eh bah alors, Nana, c'est quoi ces trucs que je vois briller dans tes petites billes ?

Papi Bertrand descend les marches pour nous rejoindre quand mamie lui explique que j'ai involontairement fait tomber un hortensia, mais que je suis pardonnée parce que je suis la plus belle et la plus adorable de toutes les petites-filles.

Je ferme les yeux pour ne pas encore me mettre à pleurer.

— Allez, ouvre tes quinquets, marmotte. Personne n'est mort, d'accord ?

Ces derniers mots se perdent, emportés par une brise agréable. Lorsque j'obéis à mon grand-père et que je soulève les paupières, il est toujours devant moi, mais allongé dans son cercueil. Je demande à maman :

— Je ne comprends pas, maman. Pourquoi on meurt ?

Maman secoue la tête, dépitée, et s'excuse en abandonnant ma main. C'est papa qui vient à la rescousse. Ses doigts serrent doucement mon épaule.

— Personne n'est éternel, Mina, m'explique-t-il d'une voix compatissante.

Il me dirige dans l'allée, mais cette fois une allée entourée de bancs. On est dans une église, mais je ne comprends pas à quoi ça sert, ça non plus. Des gens que je ne connais pas sanglotent en prenant notre place devant ce qui devrait être papi. Mais ce n'est plus lui, j'ai l'impression. Ce n'est qu'un petit bout de lui qu'il a laissé tomber.

— Tu ne te souviendras certainement pas de ce que je vais te dire, ma puce, mais j'espère que tu comprendras, pour que la prochaine fois, tu aies moins mal.

Papa et maman se comportent comme si je devais être triste. Mais ce n'est pas le cas, parce que papi n'est pas loin, même si eux ne veulent pas le voir. Il attend juste là, à côté des portes. Et il me fait coucou, alors je le lui fais aussi.

Papa me regarde bizarrement, nous sortons, puis il continue :

— Un beau jour, ton corps sera fatigué, parce que tu auras vieilli. Alors il aura besoin de se reposer. C'est ça, la mort. Et je ne peux pas te dire pourquoi les gens meurent, disons que… c'est la vie.

— Alors c'est à cause de la vie ?

Papi, en haut de l'escalier, met son doigt dans le nez en tirant la langue.

— Dégoûtant ! rié-je.

— De quoi tu parles ? m'interroge mon père, l'air inquiet.

Il pose un genou par terre pour se mettre à ma hauteur.

— De papi Bertrand. Il a mis son doigt dans le nez, beurk !

Ma réponse ne semble pas plaire à papa et je me sens soudainement coupable. J'ai encore dit une bêtise. Maman réapparaît, les yeux tout gonflés à force de pleurer. J'aimerais bien que mamie soit là, pour qu'on rie ensemble de papi. Elle, elle le verrait. Elle voit toujours tous mes copains que personne ne veut voir, mais maman m'a expliqué que « mamie Jacinthe est très triste parce que papi est parti, alors elle se repose dans ce qu'on appelle une maison de repos, chérie. »

Nous étions chez papi et mamie. Papi m'attendait justement dans le jardin en me faisant de grands signes rigolos.

— Papa, dis-je, si on meurt parce que notre corps est fatigué, pourquoi papi est mort à cause d'un camion ?

Il m'avait raconté qu'un camion avait frappé papi quand il était sorti de la maison pour aller acheter le journal. Et maintenant, papa ne sait pas quoi répondre. Alors j'en profite avant que maman me demande d'être sage et polie :

— Mamie est en maison de repos parce qu'elle a besoin de se reposer ?

Maman confirme de la tête.

— Alors elle est morte, elle aussi ?

Pour la première fois, c'est maman qui pleure comme un bébé, une main plaquée sur la bouche.

Je me tourne vers papi, il embrasse ses doigts et me lance son bisou. Je le rattrape en vol pour le serrer contre mon cœur.

Puis papi remonte l'allée du jardin pour disparaître dans la lumière que personne ne veut voir.

Chapitre 24

BRIAN

Je sillonne la forêt aux abords du parking au pas de course, bousculant les branches qui me barrent le passage, sautant par-dessus les troncs morts, écrasant ronces et orties sous la semelle de mes chaussures.

Je n'ai pas entendu Jem crier. Syllia ou Lacie non plus. Pourtant, un cri de Banshee est censé être audible à tout être magique et aux Traqueurs. Je n'y comprends rien. Mais je suis soulagé. Parce que si son hurlement nous était parvenu, il aurait été jusqu'aux oreilles de Lara. Et alors, elle aurait su qu'une Banshee était dans les parages.

Il faut que j'en parle à Sophie, que je la raisonne, et cette fois, que je la convainque. Seulement, persuader quelqu'un que sa plus grande peur est sur le point de se réaliser, revient plus ou moins à suggérer à un fervent partisan du progrès que le réchauffement climatique est inéluctable et que ses conséquences nous tueront tous.

Sophie est du genre à croire en l'avenir. À l'embellir à coup d'optimisme. Et dire qu'il lui suffirait d'un pas dans le placard de son bureau pour traverser le *peregrinator* qui mène à la Corporation et tenter de ramener tout le monde à la raison…

La mission échouerait sans doute, mais elle aurait au moins essayé.

J'aimerais tellement découvrir où se cachent à présent Baalzephon et ses sbires. Me rendre à leur cantonnement et les tuer tous une bonne fois pour toutes. Alex pourrait rentrer, et moi, je pourrais enfin quitter la Corporation. J'emmènerais Al avec moi, j'obtiendrais sa garde. J'aurais alors le temps et l'énergie pour aider mon père.

Je n'aurais plus à me soucier de la potentielle mort d'Alex, du danger que courent ma famille et mes amis.

Je n'aurais plus aucune raison de combattre, de risquer tous les jours ma vie pour une organisation pourrie par des monstres comme Baalzephon.

— Jem !

Plus loin, le corps recroquevillé de Jemina est assis par terre, les bras autour de ses jambes, la tête baissée. Elle se balance nerveusement d'avant en arrière, ses cheveux clairs réchauffés par les reflets du soleil.

Je me jette à genoux devant elle, le cœur lourd de savoir qu'à quelques instants près, elle aurait été dans l'impossibilité de me joindre. La culpabilité, ou quoi que ça puisse être, m'encourage à lui faire relever la tête en encadrant son visage de mes deux mains. Et quelque chose s'élance dans l'air pour se cogner dans ma poitrine. Ma respiration s'arrête.

Ses lèvres entrouvertes, ses joues pâles, ses cils foncés, sont humides de sanglots à peine taris. Jem ne semble pas me voir. Deux yeux recouverts d'un voile flou me fixent d'un regard lointain, sidéré.

— Jem ?

Mon appel n'est qu'un souffle parmi la brise. Et j'ai la sensation dérangeante de tenir une tête vide entre mes mains.

— Jemina, tu m'entends ?

Une larme s'agglutine au bord de son œil gauche, faisant miroiter un instant sa pupille avant de glisser sur sa pommette. Ça n'a rien à voir avec les sanglots auxquels j'ai pu assister au téléphone. Ceux-là témoignaient de la détresse de Jem, tandis que la larme solitaire qui goutte maintenant de sa mâchoire à son décolleté est presque… décorative.

— Il voulait vivre, dit-elle soudainement d'une voix sans relief. Deux esprits m'appellent en même temps, je ne sais pas lequel rejoindre en premier. Et Rose ne me répond pas.

Je maîtrise l'envie de la prendre dans mes bras en espérant lui insuffler un peu de vie. Il est préférable de la ramener d'abord à l'instant présent. De la tirer de cet endroit éloigné qui nous piège et nous distancie du reste à mesure de nos sombres pensées.

— Est-ce que tu te sens obligée de retrouver le corps comme tu as pu le ressentir à la mort de Dylan ?

— Non, désolée.

Je secoue la tête, à deux doigts d'exploser sans véritable motif.

— Mais pourquoi est-ce que tu t'excuses ?

Ses lèvres pleines formulent ses mots avec précaution.

— Parce que c'est ce à quoi je suis censée servir dans ton équipe : trouver les morts.

C'est tellement sordide, comme vie. Être destiné à aider la mort. Mais ce n'est pas tout ce qu'elle est, une alarme. Jem est avant tout humaine, vivante. Un cœur qui pompe, des yeux qui observent plus souvent que sa bouche ne parle, une fille qui cherche à soutenir tous ceux qui sont incapables de lui venir en aide.

— Tu iras retrouver le cadavre quand tu n'auras pas le choix. Pour l'instant, tu dois t'occuper de toi.

— Il avait tellement mal, dit-elle. Et elle, elle n'arrêtait pas de chanter. Après… j'ai rêvé de…

Jem se tait, en proie à un souvenir qu'elle ne parvient pas à démêler. Mon pouce passe doucement sur sa joue. Elle chuchote :

— J'ai eu l'impression de mourir avec lui.

Ses yeux ternes reprennent vie et harponnent un peu plus les miens. Et, là, ce sont des pleurs brûlants et sincères qui tordent son visage lorsqu'elle articule avec douleur :

— J'ai eu l'impression de mourir avec lui et j'étais soulagée, Bri. Moi, j'étais soulagée, mais pas lui.

C'est le moment de la serrer contre moi.

La nuit est tombée depuis peu. Je m'évertue de rentrer à la maison sans penser à Jem qui dort paisiblement dans la chambre de la cabane. Sans réfléchir à cette chose qu'elle a réveillée en moi et qui me hurle de la secourir. Mais Jem n'est pas un chaton blessé. Et peu importe ce que je lui raconte, elle sait aussi que je n'ai rien d'un prince chevaleresque.

Je n'ai pas le temps de me préoccuper d'elle. Je ne parviens déjà pas à remplir mon rôle auprès de mes petits frères ou de mon père, ce n'est pas pour aller tenter l'expérience ailleurs.

Je shoote dans un caillou au milieu de la rue déserte. Il cavale sur le bitume en rebondissant puis disparaît dans l'obscurité. Et moi, je lève les yeux vers le ciel. La lune est ronde, ce soir. Les étoiles lui tiennent compagnie et lui volent un peu la vedette.

En tout cas, c'est ce que prétendrait Alex. Lui, il a toujours préféré les étoiles, de la même manière qu'Al passe beaucoup de son temps à la contemplation des oiseaux.

Mais moi, rien ne m'a jamais autant fait vibrer que la lumière blafarde de l'astre nocturne. C'est une clarté froide et sincère, réservée mais révélatrice. Justement parce qu'elle ne nous inonde pas, elle nous autorise l'espace nécessaire à l'honnêteté. La nuit, je n'appréhende pas d'être moi. Et si on me définit comme insomniaque, c'est simplement parce que les autres n'ont pas compris que la nuit n'est pas faite pour dormir, mais pour méditer.

Je continue d'avancer en dégageant mes cheveux de mes yeux d'un geste las.

Plus loin, la forme de la maison apparaît progressivement. C'est lorsque je discerne la porte d'entrée que mes jambes me supplient de m'arrêter. Pas de tourner les talons pour m'enfuir. Juste… de m'accorder une pause.

Mais j'atteins le devant du jardin, me retrouve la main sur la poignée de porte, referme derrière moi, puis me dirige vers l'escalier. Je ne jette pas un œil dans le salon pour m'assurer que mon père ne soit pas en train de s'étouffer dans son vomi sur le canapé. Je ne regarde pas dans la cuisine pour vérifier qu'il y reste une assiette sale, celle dans laquelle Al a pris son dîner. Je ne m'attarde pas non plus au bas des marches pour aller cacher les bouteilles vides qui traînent dans le couloir.

Mes jambes, comme impatientes d'en finir, gravissent l'escalier. Et mon cerveau se transforme en flipper. Toutes les mauvaises pensées qui cherchent à surgir, propulsées par le lance-billes, finissent inévitablement sur le plateau. Mais je les laisse tomber, rebondir malencontreusement, disparaître.

Pourtant, je ne veux pas accepter l'idée d'avoir perdu. Qui a dit que le but était en partie de jouer le plus longtemps possible ?

Et qu'est-ce que j'en sais, merde, j'ai jamais touché un satané flipper de ma vie.

C'est en automate que je pénètre dans la chambre d'Al. Je ne sais pas qui pilote, mais ce n'est certainement pas moi. Je crois que c'est ce qu'on appelle une obligation… non, une responsabilité.

J'ai envie de voir Al, vraiment. Je n'ai pas envie de lui mentir en le regardant dans les yeux comme si tout allait bien, par contre. Pas ce soir. Pas avec mon coquard, mon arcade misérablement fendue et ma lèvre explosée.

Il ne me posera pas de question, parce qu'il sait déjà ce qui est arrivé, mais je crois que je préférerais qu'il le fasse. Qu'il se comporte comme un enfant innocent qui ne connaît rien de la violence. Qu'il me demande si j'ai mal, plutôt qu'il me regarde avec compassion.

Je reste encore planté devant la porte le temps d'espérer une dernière fois que Jem ne se lancera pas à la recherche du mort récent durant mon absence, puis j'actionne la poignée et passe la tête dans l'entrebâillement de la porte.

— Bri ? m'appelle Al en se redressant dans son lit.

Je contiens un rire. Il s'est tout de même couché, malgré sa menace. Soit il a réellement confiance en mes promesses, soit il tombait de fatigue. La deuxième hypothèse est sûrement la bonne. Al est un gros dormeur.

Ou alors, je rentre toujours trop tard pour avoir l'occasion de le voir éveillé plus souvent.

— Je peux venir ?

— Bah oui, répondit-il comme si ma question n'avait aucun sens.

Je m'avance jusqu'à son lit, aidé par la lune qui berce la pièce de sa faible luminosité. Al a déjà positionné sa minuscule chaise en bois à hauteur de sa tête. Je m'assois, lui se rallonge sur le flan, tourné dans ma direction.

— Ça a été, ta journée ?

Al remue la tête. J'entends son mouvement contre l'oreiller, mais je ne suis pas certain que la réponse soit positive, alors j'attends qu'il réponde de vive voix.

— J'ai dessiné papa ce matin, il était content d'avoir un cadeau. Il a pleuré. Après, il a commencé à faire des crêpes, je suis allé regarder les oiseaux, et quand je suis revenu, il dormait.

Et pas de crêpes, j'imagine.

— J'ai mis nos assiettes au micro-ondes, mais papa dormait encore et je voulais pas le réveiller. J'ai mangé sans lui.

Dès que j'en ai le temps, je prépare les repas de mon père et d'Al pour plusieurs jours, du moins, depuis que j'ai assez confiance en Al pour utiliser un micro-onde. Seulement, je crois que ça a encouragé notre paternel à abandonner un peu plus son rôle de père, et moi à partir plus souvent de la maison.

— Cet après-midi, poursuit Alejo, je suis resté dans le jardin. Il n'y avait pas beaucoup d'oiseaux, aujourd'hui. Et toi, t'étais où, cette nuit ?

Je lève les yeux vers le plafond en prolongeant ma réflexion pour amuser Al.

— Huuuum… laisse-moi réfléchir…

— T'as fait la fête et t'as trop bu d'alcool ? rit mon petit frère.

Mon expression cherche le pardon.

— Je crois bien que oui.

Alejo prend appui sur son coude et s'approche. Je reçois alors une claque monumentale dans la gueule :

— Papa aussi, il boit trop.

Ma gorge se comprime.

— Tu devrais arrêter de faire ça, conclut Al.

J'humecte mes lèvres, inspire longuement, tentant de reprendre constance.

— C'est différent, dis-je. Papa, il boit parce qu'il est triste. Moi…

— Toi tu souris quand même.

Bouche bée, seul un début de son sort de mon œsophage. Presque un couinement ridicule auquel Al ne fait pas attention.

Putain.

Vraiment : putain.

Et putain de merde.

Dire que je voulais qu'il pose des questions.

Al se recouche, tranquille comme si nous venions de converser à propos de broutilles. Alors qu'il vient de me confronter à moi-même, à mes propres mensonges, mes faux-semblants. Ce gosse, il est peut-être trop intelligent.

— Il est rentré, papa ?

Al me ramène à l'instant et me fait oublier le malaise qui montait en moi. Je fronce les sourcils :

— Je n'ai pas regardé s'il était là, pourquoi ? Il est sorti ?

Il ne quitte jamais la maison la nuit, je le lui ai interdit, et jusque-là, il n'avait jamais désobéi. Ouais, quand il ne m'éclate pas une cruche dans le dos, l'alcool rend mon père plutôt docile.

— Il partait quand je suis monté au lit. Il a dit qu'il allait à la supérette, que je ne devais pas m'inquiéter, qu'il fermait la porte à clé.

Mon cul. La porte d'entrée était bien ouverte, à mon arrivée.

— Tu crois qu'il va bien ? demande Al d'une petite voix.

Je hoche la tête, lui assure que notre père doit certainement discuter avec Bob, le propriétaire de la supérette. Mais mon cœur ne bat plus qu'une fois sur deux. Comme s'il cherchait à ralentir le temps, à repousser l'instant fatal. Celui où je retrouverai mon père évanoui au bord de la route et que je comprendrai qu'il ne respire plus.

— Je vais le ramener à la maison, O.K. ? Toi, occupe-toi de dormir.

— Alors tu ne vas pas rester le temps que je m'endorme, ce soir ?

Non, pas ce soir. Je l'embrasse sur le front et remonte un peu plus sa couverture sur ses épaules en lui souhaitant bonne nuit. Je lui répète de ne pas s'en faire, que j'ai la situation sous contrôle.

J'essaie de m'en persuader. Et je crois que le pire, c'est que je finis par y arriver.

Avant de quitter la maison, je fais sonner le téléphone de mon père. L'objet est quelque part dans la maison. Un soupir tremblant m'échappe. La dernière preuve de mon angoisse. Après ça, le pilote inconnu reprend son poste, puis je m'en vais rafler les rues qui mènent au magasin de Bob. Mais rien. Pas la moindre trace de mon père.

Je passe près du parc de la ville, où des jeunes squattent un banc près de la fontaine en écoutant de la musique. L'un d'entre eux me salue. Je reconnais Sam à retardement. Ma main lui adresse un signe automatique.

Mes doigts se glissent dans la poche de mon blouson à la recherche de mon sachet de tabac. Je roule une cigarette sans m'arrêter de marcher et de fureter les moindres recoins obscurs. J'ai presque envie de vérifier les poubelles.

Je devrais peut-être appeler les flics. Rien ne me dit qu'il n'attend pas en cellule de dégrisement, comme c'est déjà arrivé. Oui, c'est sûrement ça. Et il n'a pas voulu me joindre cette nuit non plus parce qu'il avait trop honte.

Les lumières jaunes des lampadaires éclairent la rue dépourvue d'habitations. Sur le côté droit de la route, en bordure du trottoir sur lequel j'avance, un haut grillage m'empêche de couper court par le champ qui accueillera bientôt une nouvelle HLM non réglementaire. Je prends mon mal en patience, accélère tout de même le pas, bifurque à droite au bout de la rue et traverse jusqu'au parking. L'écriteau « ouvert 24/24 » grésille.

À travers les vitres, j'entrevois Bob derrière sa caisse, avec ses gros bras croisés sur son bide et sa tête de bulldog intransigeante. Il réajuste son béret sur sa tête, une cigarette fumante coincée entre les dents. C'est en approchant des portes automatiques que je constate qu'un ado se tient de l'autre côté de la caisse, visiblement remonté et pas près de s'épuiser malgré ses grands gestes.

J'entre. Bob lance sans me regarder :

— C'est cool de te voir, Brian.

— Salut.

Le jeune se tourne rapidement vers moi, mais suffisamment longtemps pour que je saisisse son regard révulsé. Encore un à qui il manque vingt centimes mais qui n'a pas su être assez courtois pour que Bob le laisse malgré tout embarquer sa boîte de protéines en poudre, ou son pack de bières que Bobby est déjà sympa de lui vendre sans réclamer une carte d'identité.

— Allez, mec, pour cinq centimes ! s'emporte-t-il encore.

— Quand on entre on dit bonjour et on se pointe pas chez moi avec un joint dans le bec, gamin.

Bob est à cheval sur le respect et la politesse, et, si vous l'emmerdez en ignorant l'importance de ces deux mots, soyez sûrs qu'il vous enverra balader si vous osez lui demander quoi que ce soit.

— J'suis pas un putain de gamin !

— Tout se passe comme tu veux, Bob ?

Ma question me vaut une grimace de la part du jeune :

— Mêle-toi de ton cul, toi.

— O.K., gamin, dit Bobby en s'accoudant à la caisse, on a deux solutions : soit tu repars gentiment chez toi ou peu importe l'endroit que tu comptes squatter pour la nuit – ton pieu, un bar, tes chiottes, j'en ai rien à foutre ; soit t'embarques ton jeu de cartes sans payer la totalité du prix et moi, j'appelle les flics pour qu'ils viennent mater la vidéo surveillance.

Pas la peine de réfléchir une heure pour comprendre qu'il vaut mieux repartir sans chercher les ennuis. L'inconnu n'est pas assez idiot pour tenter de voler Bob. Il marmonne quelques paroles incompréhensibles, passe à côté de moi en fermant hermétiquement la bouche comme s'il se retenait de me cracher au visage, puis fait réagir les portes automatiques. Bob le suit du regard tout du long, attendant qu'il s'en aille pour lâcher un :

— Encore un trou du cul mal brossé.

Mes yeux ne s'accordent pas à mon sourire.

— Ouais, on a presque tous été un trou du cul, je suppose.

Et souvent, j'en suis encore un.

Bob hausse les sourcils en écrasant son mégot dans son cendrier.

— Je te proposerai bien d'aller faire tes petites courses pendant que je remets les détecteurs de fumée en marche, mais j'ai pas l'impression qu'tu sois là pour te ravitailler, toi ou ton père. J'me trompe ?

Les mains dans les poches, j'approche d'un air faussement tranquille.

— Je cherche justement mon père. Tu ne l'aurais pas vu, dans la soirée ?

Bobby me scrute longuement. Je m'efforce de ne pas me raidir. Les gens ont tendance à prendre cette expression avant d'annoncer une mauvaise nouvelle : ils se demandent si on peut l'encaisser. Je soupçonne Bob de plutôt s'interroger quant à mon rôle de fils aîné. Ça fait dix ans qu'il me répète que ce n'est pas à moi de rafler la ville à la recherche de mon père, non plus de venir lui acheter une bouteille quand il est tellement en manque qu'il pourrait se flinguer.

Quand j'étais gosse, Bob refusait de me vendre de l'alcool, mais lorsque j'ai atteint la majorité, il n'a plus vraiment eu le choix.

— Il est passé il y a environ deux heures, m'annonce finalement Bob en se redressant.

Deux heures. Il pourrait être n'importe où.

— Il n'est pas rentré ? s'enquiert alors le propriétaire de la supérette en refourrant une nouvelle clope entre ses lèvres.

Je secoue la tête d'un mouvement bref. Ça faisait longtemps que mon père n'avait pas disparu. Il s'en allait parfois de la maison pour revenir le lendemain matin, quand ma mère est morte. Il a recommencé lorsqu'Alex a quitté la maison.

Le départ de l'un de ses fils l'a quand même chamboulé, malgré la haine qu'il éprouve envers lui. Je ne comprends toujours pas pourquoi. Comment peut-il maudire Alex tandis qu'il m'a craché au visage le jour où je lui ai appris qu'il partait ?

Qu'est-ce qui a bien pu le bouleverser pour qu'il disparaisse aujourd'hui ? Et s'il était vraiment en plein coma éthylique quelque part en ville ?

Je me masse le front d'une main. Putain, j'aurais dû rentrer aussitôt après m'être réveillé cet après-midi. Je ne sais même pas comment je suis censé réagir, j'ai pourtant l'habitude de prendre les choses en main, bordel, je suis chef d'équipe !

Est-ce que la police accepterait de rechercher mon père si je leur expliquais qu'il est potentiellement en train de mourir dans les environs ? Et si les flics venaient à apprendre qu'un gosse de neuf ans attend seul en pleine nuit alors que son grand frère couvert de bleus est parti retrouver son père alcoolique, qu'est-ce qu'ils feraient ?

— Il n'était vraiment pas dans son assiette, fiston, m'informe Bob d'une voix compatissante. Je ne sais pas ce qui a pu le mettre dans cet état, mais il n'a pas arrêté de pleurer en vadrouillant dans la supérette.

— Est-ce qu'il a acheté de l'alcool ?

Le vendeur me fait signe que non.

— Jamais je ne l'aurais laissé repartir avec ne serait-ce qu'une bière vu son alcoolémie, encore moins avec cette tronche de déterré.

J'ai envie de prendre Bob dans mes bras comme un gosse pour le remercier. Il m'aide sans même le savoir et ça lui semble tellement naturel.

— J'ai failli appeler les pompiers, ou les flics, tu sais. Il avait tellement l'air mal que durant cinq minutes, je me demandais s'il ne comptait pas faire une connerie.

Mon cœur se décroche et cogne violemment mon estomac.

— Mais il s'est ramené à la caisse avec des roses. Moches, les roses, mais j'ai rien d'autre, tu sais bien.

Et mon cœur remonte comme s'il rebondissait sur un trampoline. Mon père a acheté des fleurs.

Comment ai-je pu oublier ?

— Je dois y aller, Bobby. Merci, et à plus tard.

Bob cligne de l'œil :

— Prends soin de toi, fiston.

Les portes automatiques se rabattent sur les côtés pour me laisser sortir.

— Ouais, toi aussi. N'oublie pas de remettre les détecteurs de fumée, hein ?

Les premières étincelles sont rarement remarquées. Ça sent le brûlé, mais on se persuade que ça vient de l'extérieur. Et quand on se décide finalement à pointer son nez dehors pour s'en assurer, c'est là que tout explose. Nous avec.

C'est un peu comme ça que ma mère est morte. Elle se rapprochait un peu tous les jours de la fenêtre, mon père le voyait, je le voyais. Mais on a attendu qu'elle saute dans le vide pour y croire.

Et demain, ça fera neuf ans qu'elle s'est écrasée par terre depuis le troisième étage de notre ancien manoir.

Je vérifie pour la millième fois mon portable après avoir passé le *peregrinator*. Jem n'a pas répondu, elle doit encore dormir et c'est tant mieux. Je lève les yeux sur les torches accrochées aux murs du château. Digvix semble toujours plus tranquille la nuit, mais c'est très rarement le cas. Généralement, les équipes de nuit sont appelées pour régler quelques problèmes avec les Loups-Garous qui vont chasser du gibier en débordant de leur territoire, souvent aussi pour vérifier que les Vampires, qui habitent en ville, n'en profitent pas pour attirer des humains entre leurs crocs. Et il y a les équipes envoyées en éclairage, doublées depuis les disparitions et les meurtres, qui ratissent la forêt de fond en comble. Elles ne trouvent jamais rien, bien entendu.

Baalzephon est un véritable fantôme, capable de traverser les murs pour entendre tout ce qu'on voudrait lui cacher, de survoler le sol pour ne jamais laisser aucune empreinte.

Je contourne le château par la droite pour accéder plus rapidement à l'arrière, où une clairière vide mène au lac qui se déverse dans le ravin longeant l'édifice. Et dire que certains appellent ça « les jardins ».

Ceux-là n'ont jamais dû aller à l'Institut De La Haute Maison. Là-bas, on y trouve suffisamment de fleurs pour considérer que le manoir dissimule en effet des jardins.

Je dépasse les derniers arbres puis me dirige vers le lac plongé dans l'obscurité. Ma tête regarde un instant la porte de derrière, close comme toutes les nuits. Kenny et Frog doivent dormir entre ces murs, à l'heure qu'il est. Damien, lui, est certainement tranquille dans son appartement. Il a demandé une autorisation pour s'établir en ville le jour de ses dix-huit ans. Sophie ne refuse jamais de donner son consentement à un Traqueur qui souhaite vivre en dehors de l'Institut, même s'il a les moyens de se payer une chambre dans les dortoirs. Elle considère que les employés de l'Institut doivent se sentir libres de mener la vie qu'ils choisissent en parallèle de celle que leur imposent leurs devoirs de Traqueurs.

Kenny, lui, ne devrait plus non plus tarder à quitter son père et l'Institut pour partir en ville. Ça lui permettrait de voir plus souvent Olivia, qui, tout comme Liana, n'a aucune idée de l'existence de la Corporation. Mais, quelque chose me dit qu'il va plutôt préférer quitter Olivia. Le Niqué est un cœur vagabond, réellement.

J'aperçois la silhouette de mon père agenouillée au bord du lac de Niobélis. Il est immobile, bien qu'il tangue de temps à autre, forcé de poser une main par terre pour se stabiliser. Mes yeux balaient les environs. Prions pour que personne ne vienne se promener dans les parages, notre famille a suffisamment fait parler d'elle ces dernières années. Et les rumeurs vont encore bon train, sur Alex.

Ce n'est donc pas le moment pour mon père de se donner en spectacle.

— Salut, p'pa, dis-je en me tenant debout à côté de lui.

Muet, il arrache mollement une touffe d'herbe, la conserve un instant dans sa main, puis la lance finalement sur l'eau. Les brindilles font à peine osciller la surface du lac, mais il n'en faut pas plus aux Fées qui sommeillaient à cet endroit pour se réveiller. Une dizaine de petits lampions s'allument sous l'eau, propageant une douce lumière bleutée dans leur nage dansante. Les petits corps des Fées, invisibles derrière la luminosité qu'elles émettent, s'extirpent de l'eau sans bruit et virevoltent autour de nous. Le bruit de leurs battements d'ailes est plus comparable à un ronronnement imperceptible qu'au bourdonnement d'une grosse mouche.

— Alejo s'inquiète, tu sais.

Toujours silencieux, mon père renifle.

— Où sont les fleurs ?

Pour toute réponse, il effectue un mouvement approximatif vers le lac. Effrayant une Fée qui s'approchait, il se déséquilibre par la même occasion. Je me fais violence pour ne pas l'attraper par l'épaule comme un gosse qui risque de tomber à l'eau. Pourtant, s'il n'est pas un gamin, il est bien un homme complètement saoul qui a peut-être encore plus de chance de se noyer.

J'inspecte le lac comme si je pouvais encore apercevoir les roses voguer jusqu'à la cascade. Elles ont dû chuter dans le ravin depuis bien longtemps. Comme les cendres de ma mère, le jour où mon père les a renversées dans l'eau en ignorant l'interdiction du directeur de l'époque.

Chaque année, depuis, il le regrette. Alors je ne suis pas étonné lorsqu'il ouvre finalement la bouche pour me confier que c'est toujours le cas :

— Ta mère ne devrait pas reposer ici. Elle devrait être avec moi, pas à côté d'eux.

Il garde une rancœur profonde envers Digvix. Nous nous rejoignons sur ce point, même si en ce qui me concerne, c'est la Corporation entière que je ne peux plus encadrer.

— Ses cendres sont au fond du ravin, mais ce ne sont que des cendres, papa.

— Ne dis plus jamais une chose pareille !

S'il se met à crier, quelqu'un va forcément l'entendre et rappliquer. Je tente, à peine convaincu que je pourrai le persuader :

— Il faut rentrer. Alejo t'attend. Il ne dormira pas tant qu'il ne t'aura pas entendu repasser la porte.

J'espère qu'il est toujours bien au lit, pas en train d'essayer de préparer à manger pour le retour de notre père ou en train de regarder le ciel de nuit, allongé dans le jardin. Je l'ai déjà retrouvé dehors, un soir, et même si je pense lui avoir fait comprendre les risques qu'il encourrait à rester seul à l'extérieur à une heure si tardive, je connais Al : il s'en fout bien de ce qu'on peut lui dire, du moment où ça ne concerne que lui.

— J'ai pris le 4 × 4 pour venir jusqu'à la forêt, on n'aura pas besoin de marcher pour retourner à la maison.

— Alejo est un bon garçon, affirme alors mon père d'une voix tremblante. Il sera quelqu'un de bien.

Oui.

— Ça ne signifie pas qu'il est assez responsable pour passer la nuit tout seul.

Même si je ne suis pas certain que mon père lui serait d'une grande aide s'il en avait besoin. Al sait s'occuper de lui-même, disons qu'il n'aime pas pour autant être seul. C'est surtout pour cette raison que mon père doit rentrer. Parce que moi, je ne peux pas laisser Jem. Elle pourrait partir à la recherche du nouveau mort d'un moment à l'autre.

Mon père se décide à se lever, mais pas pour la raison que j'espérais. Il chancelle dangereusement, je n'hésite pas à le remettre droit, cette fois. Il essaye de me bousculer. Une Fée tourbillonne joyeusement autour de lui. Sa main décolle d'une rapidité étonnante pour quelqu'un d'aussi imbibé et mes entrailles se retournent en moi lorsqu'elle frappe l'Ombre de plein fouet.

— Mais qu'est-ce qui te prend ?!

La Fée remue des ailes sur l'herbe, sonnée. Mon père, lui, retrousse ses lèvres sous l'effet d'une colère immédiate.

— La Magie a tué ta mère et tu prends sa défense ?! vocifère-t-il en voulant une fois de plus me pousser en arrière.

Et je m'emporte à mon tour quand la Fée peine à se renvoler et choisit de ramper jusqu'au lac. Je franchis le pas qui me séparait de mon père en me retenant de crier.

— Faudrait savoir, balancé-je les dents serrées, un coup c'est Alex qui tue maman, et le lendemain, tout est la faute de la Magie. Pourquoi ça ne pourrait pas être la nôtre, tout simplement, hein ?

Son poing est fulgurant, à tel point que je ne comprends pas immédiatement ce qu'il s'est passé lorsque ma tête valdingue sur le côté et que ma joue s'enflamme. Par contre, le bruit de plat que produit mon père en tombant dans l'eau, impossible de le rater.

Les mains sur les genoux, en train d'encaisser le choc du coup, je me redresse sans avoir totalement retrouvé mon équilibre.

— Putain de merde !

Je plonge en un temps record. Mon père se fait emporter par le faible courant, trop saoul et surpris par sa chute dans l'eau froide pour garder la tête à l'air libre, il panique. Il me faut à peine trente secondes pour l'attraper par le col, mais bien plus me sont nécessaires pour le calmer alors qu'il s'agrippe à moi au risque de me couler. Je le saisis fermement par le col et le secoue :

— ARRÊTE ÇA, PUTAIN !

Il cesse soudainement de se débattre et je le ramène à terre dans un état second. Je l'aide à se cramponner au sol qui nous dépasse largement, puis le pousse, d'abord par l'arrière-train, pour ensuite l'éjecter hors de l'eau en le propulsant par le pied dans une courte échelle grossière. Mon père s'affale sur la terre ferme en pestant contre moi. Je n'écoute aucune de ses insultes, m'évertuant à me hisser à la force de mes bras.

Ses mains empoignent alors mon tee-shirt et me viennent en aide. Du moins, c'est ce que je m'imagine. À peine hors de l'eau que je reçois son autre poing dans l'estomac. Plié en deux, la douleur me coupe le souffle en même temps qu'une nausée soudaine contracte mon corps entier. La porte des derrières s'ouvre à la volée, ce qui ne dissuade pas mon père de hurler à tout-va.

Je fais du mieux possible pour ne pas m'échapper de moi-même, pour garder le contrôle de mes membres et rester attaché à la réalité. Deux hommes trottinent jusqu'à nous. Je ne parviens pas à savoir si j'ai plus peur que honte.

Je crois que je suis encore plus épuisé, finalement. Et je remercie mon père de me laisser me redresser sans chercher à me faire manger le sol. La fausse balade en ville additionnée à ma presque baignade ont achevé mes côtes endolories.

— Eh ! nous interpelle l'un des deux hommes qui me sont inconnus. Qu'est-ce qui ne va pas ?

Sophie va m'étrangler.

Mon père éclate en sanglots sans prévenir, mais je n'ose pas encore m'approcher. Le grand brun baraqué, lui, commet cette erreur. Mon géniteur lui saute au visage comme un fou victime d'un accès de paranoïa. Lorsque les deux se mettent sur lui pour le maîtriser et que ses jambes sont balayées du sol, mes émotions bifurquent du tout au tout.

— Qu'est-ce que vous foutez ?!

Mon père gesticule, plaqué face contre terre par une clé de bras et surmonté du mec aux biceps remplis d'air. L'autre me repousse, je n'hésite pas à lui enfoncer mon coude dans la mâchoire, mais je m'arrête brutalement.

— Vous voyez pas qu'il est simplement bourré ?!

Et malheureux. Désespéré, même.

Je m'élance vers celui qui maintient mon père prisonnier et lui écrase la semelle de ma chaussure en pleine face, sans aucune retenue.

Et ça part en vrille.

En hurlements, en larmes et en sang.

Chapitre 25

JEMINA

Les fredonnements me parviennent de loin, mystiques et endeuillés. Quelque part dans la cabane de Brian, on chante le départ d'un être de plus. Je ne me souviens plus de mon rêve. J'errais en pleine forêt, il me semble. Le sol humide frigorifiait la plante de mes pieds nus ; la peau de mes jambes découvertes se tendait sous la brise. Je ne crois pas que ce chant provienne de mon sommeil.

Infiniment reposée, quoique légèrement accablée pour je ne sais quelle raison, je m'étire en me promettant de bientôt ouvrir les yeux. La lumière du soleil perce ma paupière gauche pour m'encourager, tandis que ma main frôle ce qui ressemble à une herbe touffue. Étrange. Je prends alors conscience de l'inconfort du matelas, qui me faisait l'effet d'une mer calme à mon coucher. On dirait que l'eau s'est solidifiée en glace sur un mouvement d'ondulation durant la nuit…

La rencontre entre mes pupilles et le monde extérieur est assez violente pour me tirer une grimace. Je referme un instant les yeux, me laissant encore quelques secondes d'acclimatation avant le grand saut.

Au-dessus de moi : des arbres. Autour de moi : encore des arbres. Sous mon dos : un tapis d'herbe et de terre sèche. Et à ma gauche : un minuscule corps inerte.

La surprise me provoque un mouvement de recul qui échoue. Mon poignet ne réceptionne pas le poids de mon corps et je retombe sur le flan, hébétée. Je mets un certain temps à assimiler l'information : je ne suis plus chez Brian. Je ne suis plus chez Brian, mais dans la forêt, allongée à côté d'un cadavre.

Où est Bri, d'ailleurs ?

Mon souffle bloqué dans la poitrine, je détaille le petit être qui semblait presque m'attendre. Et qui semble toujours patienter. Affublée d'un chapeau en forme de cône, sa tête aplatie me paraît bien trop imposante ainsi posée sur le reste de son corps. D'un seul coup d'œil, j'identifie la matière de sa veste comme de la peau de vache.

C'est un Gobelin, j'en suis persuadée. Celui qui a disparu. Palionis.

Je dois appeler Bri.

Une lamentation m'échappe en même temps que ma main frappe ma cuisse nue. Pas de poche, pas de téléphone. Comment suis-je censée faire ? Je n'ai pas l'impression d'être sur le territoire des Gobelins, et pour tout vous dire, je n'ai pas non plus l'impression de me trouver dans les environs de Digvix. Les arbres qui me tiennent compagnie, dont quelques pins qui se distinguent par le vert qu'ils arborent fièrement, n'ont rien de semblable à ceux qui emplissent le territoire de l'Institut. Ici, la forêt est bien moins condensée, presque… pauvre, trouée. Ce n'est pas le genre de bois qui laissent place à l'angoisse et à l'imagination, plutôt seulement à la possibilité de croiser un couple sataniste qui cherche sa centième victime pour invoquer un démon.

Ce qui revient plus ou moins à la même chose, en effet.

Un frisson me parcourt et me pousse à me mettre debout. J'époussette grossièrement le tee-shirt de Brian qui fait office de chemise de nuit, puis relève la tête. J'ai déjà remarqué la construction située non loin, à quelques centaines de mètres, et qui a peut-être toutes les caractéristiques d'un monastère, mais je ne suis pas certaine que ses habitants – s'il y en a bel et bien – pourraient m'être d'un grand soutien. Les chants de tout à l'heure devaient pourtant provenir de l'endroit. Il doit forcément rester quelqu'un, et ce quelqu'un doit bien être susceptible de pouvoir me procurer des vêtements ainsi qu'une indication pour retrouver mon chemin.

Mais qu'est-ce que je suis censée faire du Gobelin ?

Je le regarde, désolée, mais consciente qu'il ne va pas s'enfuir durant mon absence et que je ne lui serai pas franchement utile en restant les bras ballants à son chevet. Je contemple un instant la rose rouge qu'il tient sur son torse, comme les morts tiennent parfois un chapelet. Ces fleurs sont le symbole de l'amour absolu, ma grand-mère me l'a souvent répété en entretenant ses rosiers.

Le gui. Les roses rouges.

J'ai le sentiment que m'intéresser aux manières de Baalzephon pourrait m'éclairer sur une part de cette histoire.

Une aura particulière se dégage de l'endroit, et elle m'enveloppe avant même que je ne mette un pied dans l'immense clairière. L'édifice a été construit au bas d'une énorme colline, si bien que le soleil n'éclaire qu'une façade. La pierre sale est recouverte de lierre, et une partie du monastère donne l'impression d'être sur le point de s'écrouler. L'idée que quelqu'un y vive s'amenuise à mesure de mes pas, malgré ces voix qui me sont parvenues. Mon inconscient m'a peut-être joué des tours, ce ne serait pas la première fois.

C'est alors que des bruits secs, suivis de raclements, attirent mon attention. Bien plus loin, commencent à se dessiner les contours d'un champ de culture. Des pommiers bien rangés se montrent peu à peu, puis ce qui ressemble à des groseilliers. Le reste disparaît derrière l'avancée de forêt qui empêtre la clairière. Hésitant à vérifier la présence d'agriculteurs, j'avise mon tee-shirt qui ne dissimule pas plus que la naissance de mes fesses.

Autant se retrouver face à un moine, cela vaut mieux.

Les deux battants de la grande porte sont ouverts et laissent échapper un souffle frais. Mes doigts de pieds se recroquevillent au contact de la pierre lorsque je m'avance à petits pas dans l'obscurité des murs. Le lieu est parfaitement silencieux, l'ambiance est latente. Comme le reste d'écume qui annonce la prochaine déferlante.

J'avise le sol brut, les deux profonds couloirs qui s'offrent à moi, eux aussi dépouillés de toute trace de vie. Seules la poussière et la crasse sont là pour m'accueillir. J'ai envie d'appeler. Mais un sentiment d'angoisse me prend à la simple idée d'ouvrir la bouche. Pour la première fois de ma vie, je crains de réveiller les morts.

C'est dans ce moment de doute qu'une silhouette émerge du noir, devant moi. Un voile opaque la recouvre entièrement et se meut au rythme de son long cheminement. Et elle reste là. Inerte. À quelques mètres de moi, à l'orée du jour. Tandis que les transactions ralentissent dans mon cerveau, à tel point que je ne formule qu'un « bonjour » à peine audible. C'est une voix rauque, presque maladive, qui réagit elle aussi à retardement.

— Heureux de constater que tu as déjà appris à murmurer. Suis-moi.

Mes jambes répondent malgré ma paralysie neuronale. Nous traversons le couloir dans le noir le plus total et mon cœur peine à garder le rythme. Mon instinct m'assure ne pas être en danger, seulement je sens l'odeur de mort qui emplit l'endroit. Tout est silencieux, éteint et froid. Même la lumière du soleil qui m'inonde lorsque nous passons les jardins me paraît terne. Tout est flétri et fané.

La terre ne semble plus avoir connu le réconfort d'une pluie depuis des siècles.

Mon regard se cantonne au sol tandis que mon crâne réclame sa capuche habituelle. Parce que si mon intuition me pousse à suivre ce moine entièrement dissimulé, mon corps, lui, ressent le besoin de se protéger. Non pas de l'étranger, mais de son habitat qui renferme une fumée invisible prête à m'étouffer. J'ai l'impression d'avoir franchi le pas de portes qui ne se rouvriront jamais.

Il semble vieux. Malade et voûté. Ses pieds tracent de minuscules pas imperceptibles. Un frisson me traverse lorsque nous passons devant une gigantesque salle ouverte, où des rangées de tables se suivent comme dans une salle de classe. Des corps de tissu qui gardent leur tête voilée penchée sur les tables, à griffonner sur des papiers, à feuilleter sans bruit des bouquins d'un autre temps. Aucun ne lève les yeux vers nous quand nous faisons irruption dans le couloir. Certains s'adressent à d'autres en langue des signes, puis se replongent dans un mutisme total, se refermant à toute forme de conversation. C'est comme si je n'existais pas. Comme si chacun n'avait plus conscience de l'autre une fois de nouveau dans son activité personnelle.

Nous continuons notre route, toujours dans un silence endeuillé. Les dernières secondes sont sans aucun doute les pires, quand je vois mon guide ouvrir une porte striée d'entailles. Mes muscles se raidissent au moment de franchir le seuil, mais une fois les yeux posés sur un décor bien plus chaleureux que l'aperçu donné depuis mon arrivée, la boule nerveuse qui s'était formée dans mon ventre perd de sa densité.

L'homme s'assoit sur une chaise grinçante. Un regard me suffit pour parcourir l'étendue de la pièce : des murs recouverts de lattes en bois, une fenêtre crasseuse qui obscurcit la lumière, toujours le même sol de pierre froide… et finalement un fauteuil. Son assise gonflée semble plus confortable que celle qui soutient l'homme à cet instant. Il m'invite d'ailleurs à m'y installer d'un lent mouvement du bras.

— Ici, nous pouvons nous permettre de converser en toute liberté, dit-il tandis que je cherche son visage sous son voile.

— Vous continuez de parler tout bas, pourtant.

— Et toi, tu ne le fais plus.

Que répondre à ça ? Sans réfléchir à alimenter le sujet, je tire sur le tee-shirt de Brian et croise les jambes pour embrailler plus rapidement :

— Où nous trouvons-nous ? Je viens de l'Institut Digvix, je ne sais pas comment y retourner.

Me présenter comme une membre de l'Institut ne m'est pas si naturel ; un sentiment d'usurpation me met mal à l'aise. Le même sentiment que lorsqu'on m'interroge sur mes activités quotidiennes et que je me surprends à mentir en prétendant être lycéenne.

— Nous ne sommes nulle part, mais l'endroit est connu sous le nom de l'Abri, où vivent les Reclus.

Il parle. Il bouge, parfois, comme si ses membres tressaillaient dans leur sommeil. Mais je ne m'y fais pas. Mes yeux ne savent pas où se poser, ma bouche n'est pas certaine qu'elle s'adresse bien à quelqu'un. Il me paraît tellement irréel, comme un être désagrégé qui n'aurait repris forme que de moitié pour venir s'entretenir tout spécialement avec moi. Parler à un homme sans visage n'est pas aussi simple qu'on pourrait l'imaginer, même si les masques, eux, ne m'ont jamais perturbée.

Je crois que c'est justement ça, qui dérange mes sens et me raidit : il semblerait qu'il soit justement le plus intègre, en harmonie absolue avec lui-même, à travers le port de ce voile. C'est envoûtant.

Un sursaut incontrôlable me secoue lorsqu'il fait à nouveau entendre sa voix :

— J'ai d'abord pensé que tu te présentais aux portes de l'Abri pour trouver refuge et sérénité, mais tes intentions n'ont pas l'air de correspondre à cette hypothèse. Je constate ton trouble, il me traverse tout entier. Mais, tu n'es pas ici par hasard. Cette autre chose, je la ressens, elle aussi.

L'homme se lève par gestes mesurés. Sa robe ne me permet pas d'apercevoir ses pieds, si bien que la discrétion de ses pas me pose la question de sa capacité à flotter au-dessus du sol. Je l'observe ouvrir un coffre empoussiéré et grinçant, en sortir une robe semblable à la sienne, puis se diriger vers moi. L'idée de sa proximité m'effraie. J'ai la sensation qu'il détient une vérité que je ne suis pas prête à recevoir.

— Avant tout autre chose, couvre-toi. Nos robes ne protègent pas du froid, mais au minimum de la nudité.

Je passe le large morceau de tissu sur ma tête et le laisse retomber sur moi comme un poncho gigantesque.

— Au fait, dit celui qui doit être mon bienfaiteur, je m'appelle Grégoire, tu es ?

— Jemina Jaymeson. Et, non, je ne suis pas là pour trouver refuge, mais simplement une indication qui m'aiderait à rentrer chez moi.

Sa tête bouge. Je crois qu'il acquiesce.

— Je vois. Digvix est chez toi, donc.

Un premier élan cherche à le contredire, mais un second qui n'y voit pas l'utilité referme aussi vite mes lèvres. Il m'interroge alors sur la façon dont je me suis retrouvée autour de l'Abri. Je réfléchis un instant. Brian m'a mise en garde. Les Banshees sont rares et tous les êtres qui peuplent le monde de la Corporation ne sont pas dotés de la bienveillance de Sophie.

— À vrai dire, je n'en ai aucune idée. Je me suis réveillée dans les bois environnants.

Simple, concis, sans oublier un fond de vérité.

— Très bien. Nous n'utilisons jamais notre alchimie, mais je vais prévenir notre messager de faire parvenir une lettre à Digvix par le biais de sa Salamandre.

— Euh… un messager et une Salamandre dans la même phrase ?

Peut-être que je n'aurais pas dû demander, finalement. Je ne doute pas de l'expression intriguée de mon interlocuteur, malgré mon impossibilité de la constater de mes propres yeux. Je suppose qu'un membre de Digvix est censé savoir de quoi il est question.

— Notre messager et seul ami, oui, Tanguy. On l'appelle Tanguy le Fier, descendant de Kay l'Ardent, un Alchimiste doué de la capacité de contrôler le Feu et qui a été l'un des premiers à se reclure sur cette terre. On raconte qu'il a été celui qui l'a mise à disposition de notre peuple, à son arrivée dans ce pays. Tanguy n'emploie la Magie que dans un esprit pratique et il est toujours heureux de pouvoir nous rendre service.

J'humecte mes lèvres, fronce les sourcils. Quelque chose m'échappe.

— Mais, ne venez-vous pas de dire que vous étiez Alchimistes, vos… camarades et vous ?

— C'est bien le cas, même si notre communauté accepte qui souhaite trouver refuge. Quiconque nous rejoint promet l'abstinence et ne fait plus jamais œuvre des capacités que lui autorise la Magie.

Je me penche en avant, intéressée. Grégoire l'interprète de la bonne manière en poursuivant.

— Les Reclus se définissent comme une communauté religieuse, dans ce sens où nous croyons à une force suprême qui interfère d'une façon plus ou moins palpable dans nos destinées : la fatalité.

— Donc… Vous croyez en la fatalité ?

Grégoire acquiesce d'un mouvement discret de la tête.

— Toutes nos actions, tous nos choix, ou au contraire, notre passivité, déterminent nos jours prochains, jusqu'au dernier. Mais ces éléments sont aussi décidés par ce que la vie nous a imposé, ce qui constitue de nombreux paramètres comme la famille, notre lieu de naissance, celui où nous grandissons, l'environnement que nous préférons par la suite. Au même titre, nous sommes également déterminés par les objets et les personnes que la vie nous reprend, dans la limite où l'on considère qu'elle nous en a d'abord fait offrande. Reste la liberté à chacun de voir ces composants comme une aide, une chance, ou un fardeau.

— C'est donc ça, que vous appelez la fatalité ?

Le Reclus reste silencieux pour seul signe de confirmation. Je l'interroge alors sur les raisons qui peuvent pousser un Alchimiste à renier ses pouvoirs et à rejoindre l'Abri.

— Connais-tu l'histoire d'Empathès ? me demande-t-il à son tour.

— Absolument pas, non.

— C'est une vieille légende que le peuple dont je descends racontait dans une langue purement orale qui lui était propre, une langue aujourd'hui perdue. Les Reclus qui en connaissent encore le sens ont fait vœu de ne plus jamais l'employer, car l'Abri n'en serait pas un si l'on n'y perdait pas ses racines. Aimerais-tu que je te conte cette légende ?

Si j'aimerais qu'on me partage une histoire perdue dans les siècles ? L'éternité, c'est exactement tout ce qui me fait palpiter. Grégoire se lance :

— Empathès était, à ce qu'on en dit, l'homme le plus riche du monde. Il parlait aux cœurs, aux âmes, et elles le lui rendaient en bien, avant de finalement le lui rendre en mal. Mais avant cela, soucieux de son prochain à une époque où l'on ne distinguait pas la Magie des humains, Empathès choisit de venir en aide à qui en avait besoin plutôt que de forger, bâtir, traire, ou encore labourer. Il se nourrissait d'un sourire pour une semaine, d'une franche accolade pour un mois, et d'un baiser pour toute une vie. Il était de ceux qui rêvaient la paix au point que, lui, la voyait en tout. Jamais Empathès ne s'était douté un instant que la couturière en voulait au berger d'avoir épousé sa fille, que sa fille en question haïssait celle du fromager pour lui avoir volé son mari durant une nuit, non plus que l'époux de la fille du fromager prévoyait de transpercer le ventre des deux coupables avec sa pioche pour s'en venger.

Je souris, sans comprendre de suite que cette petite histoire n'a rien d'amusant.

— Non, Empathès ne reconnaissait pas les signes et les paroles de la rancœur, des mauvaises intentions, ni même, malgré lui, ceux du désespoir. Parce qu'Empathès aimait trop, il ne voulait pas voir. Mais le jour où les êtres magiques de la forêt et les villageois sont entrés en conflit, le jeune homme a bien été forcé d'admettre l'odeur insistante du sang ainsi que le goût amer de la perte. À regarder ceux qu'il aimait s'entretuer, Empathès s'est décidé à demander conseil à la Magie. Tandis que la forêt était inondée par la guerre, les champs de culture incendiés par le feu de l'honneur et d'une promesse infantile de la victoire, Empathès patouillait dans une boue rouge, encore chaude, à la recherche de réponses. Il s'adressa aux étoiles – les yeux du monde, se plongea dans les rivières – lieu de tous les songes, puis se noya dans la mer – fin de la ronde. L'univers entier semblait l'ignorer. La Magie ne se montra que cette nuit-là, celle où, pris de folie, Empathès dévora les entrailles d'un cerf blanc. Alors la terre se fissura sous ses genoux et il tomba dans les entrailles de la Magie. Ici même, il la supplia d'arrêter les massacres, de disparaître puisqu'elle suscitait la jalousie et séparait les foules. À nouveau, le jeune homme fut confronté au silence, et, alors que mourait le dernier villageois, Empathès connut enfin le véritable désespoir : celui de la solitude absolue ; celle des incompris et des impuissants qui n'ont jamais cessé d'aimer. Une force terrible se déploya d'Empathès, incapable de supporter un tel effroi. On raconte qu'il gela le creux de la Magie et se transforma en le premier Silencieux.

Ma bouche qui s'était entrouverte se clôt. Nous restons de longues secondes sans parler. Je pose cette fois la question sans redouter la réaction de Grégoire :

— Qu'est-ce qu'un Silencieux ?

— Une créature d'origine humaine qu'ont transformée la Magie et la Vie. Les Silencieux vivent dans des lieux éloignés, telle que la grotte non loin du Temple des Elfes de Digvix. Ils effraient par leur apparence et le sentiment glaçant qu'ils traînent partout avec eux : l'angoisse, la mort.

Je regarde un instant le sol, sceptique.

— La Magie, poursuit Grégoire, a été dénaturée depuis ce temps et n'engendre que des guerres à répétition. Nous autres, Reclus, pensons qu'elle doit disparaître et nous œuvrons individuellement dans ce but en refusant de participer à un monde dans lequel nous ne nous reconnaissons pas. Empathès n'aimait pas trop, c'est pourquoi nous continuons d'aimer aussi, mais contrairement à lui, nous nous abstenons d'user de notre Magie puisque nous regardons la réalité en face. Car c'est bien ça qui l'a tué : son propre mensonge, celui qui l'a poussé à croire que l'humain et les êtres magiques étaient incapables des pires horreurs.

— Mais…, hésité-je un instant, s'il s'est transformé en Silencieux, il n'est pas mort, si ?

Grégoire se penche lentement vers moi, geste qui me surprend quand je commençais à m'habituer à son immobilité. Il tend un bras vers moi et sa main glisse de sous son costume, une main tachetée et plissée qui vient se poser sur la mienne d'un air rassurant.

— Ta question m'étonne Jemina, tu sembles pourtant savoir toi aussi qu'il existe bien des façons de mourir ; la première et la plus commune étant celle de ne plus parvenir à vivre.

Un infime mouvement de recul signale mon malaise. Grégoire s'éloigne, je murmure :

— C'est ce qu'il vous est arrivé, c'est pour ça que vous restez dissimulés entre ces murs ?

— Chacun trouve une manière de faire face au vide de l'existence. La famine, le deuil, la guerre, sont autant de choses qui révèlent les âmes. Leur perfidie. Bientôt, tu ouvriras les yeux et tu comprendras mon choix.

Comprendre et envisager sont deux verbes bien distincts.

— J'ai l'impression que vous cherchez à me convaincre.

Le sentiment que Grégoire sourit sous son habit me noue l'estomac.

— Loin de là, c'était une simple mise en abyme. La véritable histoire ne fait que commencer, et, si tu veux savoir où elle va te mener, je t'invite à te rendre aux grandes portes de l'Abri. Ta propre fatalité te réclame.

À cet instant, la porte s'envole sous la force d'un bras épais et abîmé. Puis, Brian apparaît, enragé.

Chapitre 26

BRIAN

Je tire Jemina par le coude sans me soucier de savoir si je lui fais mal. Les vrombissements de mon portable ne veulent pas cesser et commencent réellement à me démanger. Je pourrais le sortir de ma poche et l'envoyer s'écraser contre un arbre, si je ne savais pas que d'ici quelques heures, je devrais dans tous les cas faire face au regard de Sophie.

Putain, mais dans quelle merde je suis ?

— Brian.

J'ai dû demander à Damien de garder Alejo. J'ai dû… Putain !

— Brian !

— Quoi ?!

Jem et moi nous figeons, aussi surpris l'un que l'autre de mon agressivité.

— Qu'est-ce que Grégoire t'a dit ? demandé-je de but en blanc en espérant nous faire oublier ce qu'il vient de se passer.

Ses yeux sont embués, je ne comprends pas pourquoi. Sa tête semble minuscule, en sortant de la sorte d'une toge disproportionnée des Reclus. Pourquoi fallait-il qu'elle la revête ? Elle n'est pas comme eux, je ne suis pas sûre qu'elle comprenne ce que représente cet accoutrement.

— Est-ce qu'il aurait dû me dire quelque chose en particulier ? lâche-t-elle avec hargne malgré son expression troublée.

Il aurait pu en dire trop. Lui monter le crâne. Comme il le fait avec ses genres de recrues.

Mais je n'ouvre pas la bouche et intime à Jem d'avancer. Elle m'interroge sur le sang et les nouveaux bleus qui se sont déjà formés sur mon visage. Sa question provoque un électrochoc. J'avais presque oublié cette partie de la nuit.

— Et le corps du Gobelin ? enchaîne-t-elle. Il faut le ramener !

— On s'en occupera plus tard.

Mon téléphone me signale un nouvel appel. Putain de merde.

— Mais on ne peut pas le laisser tout seul en pleine forêt !

Je fais volte-face. Mes nerfs vont lâcher. Je le sens. Parce qu'on m'attend partout, mais que je ne sais pas où je devrais être. Chez moi avec Alejo. À l'infirmerie auprès de mon père. À l'Institut pour faire mon travail et enquêter. Ou avec Jem, une Banshee qui se met involontairement en danger.

— Il est MORT, Jem ! Alors oui, il est seul ! Qu'est-ce que tu imagines, au juste ? Qu'il attend ta compagnie ? Il ne respire plus, son cœur s'est arrêté. Il ne ressent plus rien. Et seulement pour cette raison, il restera seul même si tu décidais de le ramener à son village !

— Tu ne comprends pas, me reprend calmement Jemina. La mort…

— Peut-être que je ne veux pas comprendre !

Un silence. Un silence durant lequel je me sens vulnérable. Jem arbore ce regard qui signifie qu'elle a saisi tout ce que je n'ai pas dit. Et je n'aime pas ça. Elle se pose beaucoup trop de questions. Elle réfléchit beaucoup trop. Et elle finit toujours par culpabiliser. Comme si c'était tout ce dont elle était capable.

Comme si elle aimait se faire du mal.

Et puis merde. Il faut agir. Ça ne peut plus durer, peu importe les décisions de Sophie. Si je dois menacer Syllia pour qu'elle crache le morceau, je n'hésiterai pas. Si je dois moi-même filer Lara pour savoir ce qu'elle prépare, soit.

— Et les proches de Palionis, tu y penses ? Ils voudraient certainement pouvoir lui dire au revoir.

Je ricane. Je ricane pour ne pas me mettre à chialer deux fois plus fort qu'Alex ne l'a jamais fait.

— Ouais, j'y pense, je leur épargne le pire, même : espérer qu'ils retrouvent celui qu'ils aimaient. Ce corps n'était déjà plus Palionis dès l'instant où Baalzephon l'a enlevé. Parce que c'est ce qu'il fait. Il tue ceux qui nous sont le plus chers, même lorsqu'il les laisse en vie. Baalzephon ne rend jamais ce qu'il prend. Tout comme la Corporation. Et toi, conclus-je sans un semblant de sympathie, tu cherches à éprouver de la compassion pour l'un, et à travailler pour l'autre qui veut pourtant éliminer le premier.

Je l'ai blessée. Je le vois bien aux muscles de son visage qui se sont subitement relâchés dans une expression fantôme. C'est comme si elle aussi s'échappait parfois de son propre corps. Son regard se vide pour la première fois. Celui qui reflète normalement le ciel de son intériorité. J'y ai fait plâtrer les nuages les plus condensés.

Je devrais m'excuser, mais si je suis souvent désolé de la réalité, la formuler reste toujours une priorité. C'est une erreur de vouloir l'oublier.

— Allons chez Syllia.

Mon ton adouci semble rassurer Jem.

— Pourquoi ?

— Déjà, on commencera par la supplier de te trouver d'autres vêtements que ton sac à patates actuel.

Je lui lance un clin d'œil, puis j'ajoute :

— Ensuite, on parlera du Grimoire proscrit et de comment on va prouver que Lara s'est alliée à Baalzephon.

Le *Syl' pleut voir* est fermé, mais jamais pour moi, malgré toute la volonté de Syllia. La porte est verrouillée. Je toque. Peut-être que je tambourine, même. Il me faut des pistes, maintenant.

— Bri ? Mais…

Lacie me contemple de haut en bas, consternée.

— Il y a encore eu du grabuge pendant une mission ou quoi ?

Je l'ignore instinctivement pour me diriger vers la pièce de consultation. Syllia ne s'y trouve pas. C'est tout naturellement que j'ouvre la porte qui mène à la cuisine.

— Parle-moi du Grimoire proscrit. Qu'est-ce que Lara compte en faire ?

Deux têtes tressautent vers moi. La propriétaire de la boutique, une main autour d'une tasse fumante, cherche à me désagréger du regard. Gwendolyne, elle, m'observe avec effarement.

— Il sait ?! s'exclame-t-elle.

S'adressant à son ancienne Sœur, Gwendolyne baisse la voix :

— Il sait et il y croit ?

Jemina fait à son tour irruption dans la cuisine. Elle semble reconnaître l'invitée. Syllia scrute son déguisement de Reclus un long moment sans faire de commentaire, puis, elle répond enfin.

— Ça ne change rien. Sophie n'y croira pas, elle.

Si, elle pourrait avoir confiance en Syllia. Mais pas la Corporation, qui ne bougerait pour rien au monde son cul.

— Je m'occupe de Sophie et de l'Institut, dis-je en m'adossant au mur. Mais si je veux pouvoir coincer Lara, tu dois me donner toutes les informations nécessaires.

— Le Grimoire proscrit ? répète à retardement Jem en s'asseyant auprès des filles, suivies par Lacie.

J'avais oublié ce détail. Jemina va forcément vouloir savoir de quoi il en retourne. Et naturellement, elle va encore fourrer son nez dans des affaires qui ne devraient pas la concerner, ou plutôt, qui pourraient lui valoir de se faire tuer. Mais peut-être qu'il vaut mieux qu'elle sache tout. La laisser dans l'ignorance serait prendre le risque de la voir se diriger vers l'ennemi sans qu'elle ne s'en rende compte.

Imaginons que Lara soit véritablement corrompue, je pense qu'il est préférable que Jem ait conscience d'avec qui elle s'entretient si elle venait à la rencontrer.

Je fais un signe de tête à Syl, pour l'encourager.

— C'est un des plus anciens grimoires que les Sorcières sont parvenues à conserver, commence-t-elle. Sa première détentrice s'appelait Méroé, une Sorcière originaire de l'Égypte antique. Elle expérimentait énormément et a été l'une des rares à repousser les limites de la pratique de la sorcellerie pour on ne sait quelle raison. On raconte qu'elle avait percé le secret de la métamorphose, qu'elle maîtrisait plus que quiconque l'art de l'empoisonnement et…

Syl frémit imperceptiblement.

— La légende dit également qu'elle pratiquait fréquemment la nécromancie. Toutes les formules, les onguents, toutes ses expérimentations sont répertoriées dans le Grimoire proscrit…

Les légendes ont bien plus qu'un fond de vérité. Elles poussent à l'acte et se réalisent, comme des prophéties. Si l'on vous répète toute votre vie qu'un homme est parvenu à voler par la force de sa pensée, que vous êtes suffisamment fou pour y croire, vous finissez par essayer. Et parfois, par réussir.

De ce que j'ai pu lire dans le livre de ma grand-mère, Mei, une des Sœurs de Méroé, participait à bon nombre des expériences de sa Prêtresse. Certaines Sorcières prétendent qu'elle était en fait une cousine éloignée de Méroé et qu'elle espérait hériter de son grimoire, d'autres que Mei était amoureuse. À tel point qu'elle serait allée jusqu'à présenter la Banshee Feng à la détentrice du Grimoire proscrit. D'après les versions qu'a pu recueillir ma grand-mère, Feng et Méroé seraient mortes lors de l'essai d'un rituel.

— Dévastée, Mei s'est enfuie avec le grimoire, poursuit Syllia. Elle a échoué en France et a rejoint une confrérie qui lui semblait particulièrement accueillante, actuellement celle de Digvix. Il y avait une condition à son adoption : qu'elle n'emploie jamais ce que le grimoire renfermait ; un grimoire dont elle avait malgré elle hérité. Cette promesse a été réitérée par chacune des héritières de l'objet.

Mais bien sûr, l'histoire ne peut pas se clore ainsi. Il y manque un dernier rebondissement pour en tirer une conclusion plus spectaculaire et frémissante.

Durant la fin du Moyen Âge, Vermeil, la détentrice du Grimoire proscrit, a brisé sa parole. Face au danger que représentaient les prémices des grandes chasses dont les Sorcières seraient victimes au cours de la Renaissance, elle a fait œuvre du rituel qui avait pourtant tué Méroé. Elle aurait empoisonné l'eau et la terre des quatre villages voisins, par son seul sacrifice.

Syllia continue le récit :

— Alors Médée, nièce de Circé, et porteuse des pouvoirs du Livre des Ombres, a pris en sa possession le grimoire de Vermeil et en a proscrit l'usage avec le consentement de la Magie elle-même, paraît-il.

Happée par l'intrigue, Jem chuchote presque lorsqu'elle demande :

— Comment s'y est-elle prise ?

Les yeux rivés dans ses souvenirs, Gwendolyne semble revivre un moment inspirant et fort de son existence, pour je ne sais quelle raison.

— « Ta Magie s'enferme dès à présent dans l'obscurité de cette nuit. La Lune veillera à te tenir compagnie, n'aie crainte, car le Soleil continuera de vouloir t'éclaircir. Néanmoins jamais ni l'une ni l'autre ne parviendra à ses fins : c'est maintenant au néant que tu te destines. D'aucuns voudront ranimer ton pouvoir, mais aucun ne le pourra, ni d'hier, ni de demain, puisque ce sont les mauvaises attentions qui, toujours, les animent. »

Médée aurait alors confié à l'une de ses Sœurs, une certaine Blanche, le soin de garder hors de portée le Grimoire à présent proscrit, vagabondant à travers les pays.

Et d'après ce que m'a répondu Syllia l'autre jour, elle n'a aucune idée à qui est aujourd'hui revenue cette tâche, non plus où se trouve cette personne.

— Et donc, intervient Jem après un moment de silence, vous pensez que Lara voudrait faire usage du grimoire en question ?

Aucun d'entre nous ne confirme de vive voix. Je me contente de fixer Syllia, qui elle, préfère observer la flamme de sa bougie vriller sans qu'un seul courant d'air ne traverse la pièce. Posée de la sorte au centre de la table ronde, sa lumière miroite sur les visages blafards des filles.

— En tout cas, dis-je, c'est pour ça que Syllia a fui.

Parce qu'elle craignait que Lara n'ait en tête un sort qui nécessiterait le sacrifice de son sang pour l'accomplir. Parce que Lara pourrait très bien estimer être bien plus essentielle à sa confrérie que Syllia, sa propre nièce. Plus que ça, même, aux yeux d'une Sorcière : sa propre Sœur.

Je me demande si le sacrifice de Syllia pourrait vraiment satisfaire le Grimoire proscrit. On ne piège pas la Magie. Nous lui sommes toujours redevables. Peu importe ce que la plupart prétendent. Moi, j'ai appris très tôt que rien ne nous est dû, rien ne nous est offert. Tout a un prix, une contrepartie, et l'on finit toujours par nous arracher ce qu'on nous avait d'abord promis.

Le souvenir de ce que Syl avait lu dans ses cartes me revient : la peste. La contagion, insistait-elle.

Je n'aime pas ça.

— Lara.

Le ton soudainement grave de Jemina m'interloque. Ses yeux clairs s'adressent aux miens.

— Si elle venait à mettre la main sur le Grimoire proscrit, d'après toi, elle pourrait s'en servir contre l'Institut Digvix, c'est bien ça ? Qu'est-ce qui te fait dire qu'elle ne va pas au contraire s'allier avec vous contre Baalzephon ?

C'est Syllia qui se charge de répondre, confirmant mes soupçons.

— Parce que jamais Lara ne demanderait à la confrérie de mourir pour la Corporation dans une guerre perdue d'avance. La survie de ses Sœurs prévaut sur tout le reste. Y compris sur ta sécurité à toi, Jem.

Si Lara obtient véritablement le grimoire ; si Lara s'essaie à la nécromancie, la présence d'une Banshee est plutôt requise, surtout si elle dispose des mêmes capacités que Jemina.

Chapitre 27

Le vent soulevait les feuilles tombées prématurément de leur branche. Il ballotait un volet mal fermé, chuchotait la prémonition du danger entre les arbres qui constituaient l'orée de la forêt. En son cœur, le souffle du temps s'amenuisait, si bien qu'aucun ne semblait vouloir entendre ses mises en garde.

La silhouette émergea du jardin qui longeait les bois. Elle avançait à pas pressés, quand bien même personne n'aurait pu la reconnaître dans cette partie de la ville. Mais, qui oserait déclarer sans hésitation qu'aucun Traqueur de l'Institut ne se promenait dans les parages ? Ou, pire, si Syllia n'avait pas découvert le peregrinator ?

Lara tira sur son capuchon vert émeraude, inquiète, et se dirigea vers le pont qui enjambait un cours d'eau, menant directement dans la forêt. Elle n'eut pas atteint la moitié de la construction qu'elle disparut dans un courant d'air frais.

Un peu plus loin du peregrinator, une vieille femme se traînait. Le son clair de sa canne qui cognait le bitume aurait pu la dissuader de se montrer en pleine ville, malgré la nuit qui dissimulait son corps fin et fragile. Mais, n'en doutez pas : Genéniève n'hésiterait pas une seconde à tuer pour se préserver, tout comme Tom, qui trottinait encore à travers les bois.

Lara reparut dans une pièce entièrement plongée dans l'obscurité. D'un naturel parlant, elle tendit la main et saisit la poignée de la porte. L'escalier misérable qu'elle emprunta la mena dans un immense hall qui avait dû être luxueux, fut un temps. Elle se dirigea dans les couloirs éclairés de torches et dont seuls les crépitements perçaient le silence du manoir.

Tom reproduisit le même schéma, puis Genéniève. Il était rare que Baalzephon demande une assemblée, il devait avoir des nouvelles encourageantes à annoncer. Peut-être de quoi remotiver Tom, qui désespérait de voir la suite des évènements se dérouler.

Mais Baalzephon le lui avait promis. Il ferait de Tom un Alchimiste. L'homme entra dans l'immense salon. Attablés : Prunelle, Lutra, Genéniève, Lara, Lucian, et d'autres dont Tom n'était pas encore parvenu à retenir les noms. Dans le lot, il savait l'homme chétif et à l'expression pincée être un des médecins favoris de Baalzephon. Un qui ne renonçait jamais à pratiquer une expérience par éthique. Tom avait entendu dire qu'on ne lui attribuait que très rarement des interventions depuis la dernière rafle, après qu'il a tué la moitié des cobayes de Baalzephon en moins d'une semaine. Ce qui représentait cinquante-trois personnes.

C'était la belle époque... Baalzephon s'en souvenait encore. Il se la remémorait chaque nuit, même. Et il le fit encore en ouvrant les grandes portes du salon.

— Bonsoir, mes amis, salua-t-il son auditoire d'une voix chantante.

Un courant d'air tarit légèrement les flammes qui léchaient la pierre de la cheminée. La Salamandre qui y reposait émit un petit bruit inquiet, dans la chaleur de son nid.

— Nous nous réunissons aujourd'hui pour fêter la grande nouvelle de notre très cher docteur Megelen.

Baalzephon désigna le médecin assis autour de la table, qui sourit et rejeta ses épaules en arrière. Tom réprima un rictus méprisant.

— Vous rouvrez enfin boutique ? demanda sèchement Genéniève.

— Exactement, ma belle et tendre.

Le maître de l'assemblée entreprit des allers-retours dans le salon, les mains croisées dans son dos. Ses pas étaient inaudibles ; le pivotement de son corps lorsqu'il exécutait un demi-tour, presque langoureux. Baalzephon avait cela de fantomatique qu'il paraissait se fondre dans l'air ambiant et flotter imperceptiblement à la surface du sol. Ses gestes étaient lestes, toujours gracieux et précis. Sa voix douce, profonde, comme le murmure du silence au fin fond d'une caverne, un murmure que l'on entend mieux qu'un marteau piqueur qui chercherait à percer le sol au-dessus de nos têtes.

— Les travaux des laboratoires sont enfin terminés, informa-t-il ses collaborateurs. Le docteur Megelen stipule que d'ici quelques semaines, nous nous serons suffisamment fournis en ustensiles pour de prochaines expérimentations. Hommes et femmes affluent de tous les coins de France, préparés à combattre en échange de leur dû : nous les ferons Alchimistes, puis nous les aiderons à renverser la Corporation. Seulement, voyez-vous, mes confrères, il me manque trois objets primordiaux à mon entier bonheur.

Lutra Pontife intervint alors de sa voix caverneuse :

— La pierre philosophale.

Apparut alors à l'entrée du salon la forme d'un corps humain se traînant à quatre pattes. Ses chevilles et ses poignets étaient encerclés de lourdes menottes, reliées à des chaînes qui raflaient lentement la pierre du sol. La peau recouverte de crasse, les vêtements en lambeaux, Linias arborait des cheveux mi-longs qui lui recouvraient la moitié du visage. L'on pouvait apercevoir deux longues canines qui ressortaient de sa bouche dont la mâchoire inférieure était étrangement avancée. La salive écumait sur ses lèvres au rythme de sa respiration.

— Linias…, soupira affectueusement Baalzephon.

Il gratifia la bête, mi-homme, mi-Loup, d'une caresse sur la joue, puis rappela :

— La Pierre m'est inutile sans le Grimoire proscrit, et inversement.

— Pourquoi ne pas ordonner à Métacirca de s'en charger ? demanda innocemment Tom.

Baalzephon n'avait toujours que deux noms à la bouche : Métacirca et Alex Snow. S'il venait lui-même de mentionner l'un, Tom savait que Baalzephon parlerait bientôt de l'autre. Le Traqueur n'avait encore jamais rencontré le fidèle serviteur de Baalzephon, le fameux Métacirca, mais une chose était certaine : il le haïssait déjà. Le plus serviable et loyal de tous était Tom, Baalzephon s'en rendrait compte tôt ou tard. Et s'il ne le faisait pas, alors le chef des équipes de Traqueurs trouverait un autre moyen d'atteindre reconnaissance et gloire.

— M'imaginerais-tu complètement dépourvu d'intelligence, Tom ? Métacirca m'a confié il y a peu avoir recueilli des informations sur la potentielle position de la protectrice du Grimoire. Il s'en est déjà allé voir ce qu'il en était. En ce qui concerne la Pierre, chaque chose en son temps. Nous devons limiter nos déplacements. Ce que l'on ne voit pas est définitivement plus effrayant qu'un corps palpable, et donc, vulnérable.

Une voix cristalline prit la parole :

— Et nous en avons besoin, par ailleurs, de cette peur. Si j'ose un jour pouvoir prétendre prendre la tête du secteur judiciaire, mes idées doivent rassurer plutôt que repousser.

— En quoi rouvrir la prison pour Ombres récalcitrantes rassurera le monde de la Corporation ? cracha Lara en ôtant son capuchon.

— Dois-je te rappeler quelle place tiennent les Ombres dans notre projet, Lara ? intervint Genéniève. Quelle hypocrisie : participer à l'éradication de tes confrères en condamnant la réouverture des prisons…

Ne se laissant pas décontenancer, Lara mit fin à la conversation :

— J'assure la survie de mon peuple. Cela vaut bien toute l'hypocrisie du monde.

— Puisque vous avez fini de vous chamailler, mesdames, puis-je poursuivre ?

Baalzephon, debout face au feu, laissa quelques secondes de silence afin d'asseoir sa voix sur l'auditoire.

— Tom. Ne t'avais-je pas demandé il y a de ça plusieurs mois de te renseigner sur la position d'Alex Snow ?

Tom tiqua. Baalzephon voulait que le Traqueur lui amène Brian Snow, afin de récolter des informations sur son frère. Si Tom était convaincu que ce petit con de Snow ne savait rien des déplacements d'Alex, il voulait néanmoins en profiter pour faire disparaître Brian de l'équation. Le jeune devenait trop intrusif, soupçonneux, son équipe et lui se posaient bien trop de questions. Tom ne l'avait pas encore confié à Baalzephon, et il ne comptait d'ailleurs jamais le faire. Il allait régler cela lui-même, seulement, il devait prendre son temps, réfléchir, analyser, prévoir. Brian Snow était intelligent. Et surtout, très proche de la directrice de Digvix.

Tom ne voulait pas risquer sa couverture.

— J'y réfléchis encore. Je pense avoir trouvé le bon moment, monsieur.

— Bien, conclut Baalzephon en faisant claquer ses paumes. Alors nous pourrons bientôt entreprendre notre prochaine rafle. Je dois encore y penser. Ne pas nous précipiter, ne surtout pas nous précipiter, répéta-t-il en baissant la voix.

— Mais, monsieur, se fit curieux Lutra, je pensais que vous n'aviez plus besoin d'Alex Snow pour créer de nouveaux Alchimistes capables d'utiliser leur pouvoir sans limites ?

— Pas pour décupler les pouvoirs alchimiques, c'est vrai. Mais pour conférer les pouvoirs alchimiques à des Traqueurs. N'est-ce pas, Tom ?

Enfin.

Tom s'empêcha de trop montrer sa réjouissance, conserva son air éternellement impassible, mais au fond de lui bouillonnait l'espoir de ne plus être un moins-que-rien de Traqueur.

Oui, bientôt, il serait Alchimiste et la Corporation le craindrait, lui et ses revendications. Bientôt, Baalzephon lui permettrait de détruire ce monde d'injustices et d'en ériger un nouveau.

Du moins, c'est ce que Tom s'imaginait. Mais nous savons, vous comme moi, que rien ne se déroule jamais comme on nous laisse le croire.

Je devrais vous laisser là, à ruminer les dernières nouvelles. Seulement, voyez-vous, il me semble intéressant de survoler quelques centaines de kilomètres pour nous diriger ensemble vers l'Allemagne, non loin de la frontière. Oui, car ici, quelque part dans cette immense étendue de forêt, marche encore tranquillement un être qui m'est cher. Et il se trouve justement que son histoire est inhérente à la nôtre.

Le jeune homme, épuisé, n'en conservait pas moins son expression apaisée et réjouie qu'il faisait voir chaque jour et chaque nuit. Ou du moins, lorsqu'il avait quelqu'un avec qui la partager… et ces dernières heures avaient été plutôt solitaires.

Il mourrait d'envie de s'octroyer une pause, mais une promesse amusante le poussait à aller bon train. Il avait en effet convenu avec lui-même s'autoriser une visite à la taverne s'il atteignait le village dans moins de cinq minutes. De quoi booster son rythme…

Les villages d'Alchimistes se font de plus en plus rares, en Allemagne. La Corporation s'évertue à les fermer les uns après les autres, une fois les Instituts prêts à en accueillir les habitants. En France, le dernier s'apprête à être déserté, dans le Languedoc-Roussillon. Le village dont il est question ici n'est pas encore dans le viseur de la Corporation. L'Institut qui emploie les villageois n'est pas sujet aux missions urgentes, si bien que la distance entre le village et l'Institut ne pose pas encore de problème.

Quoi qu'il en soit, les habitants ne se soucièrent guère du jeune homme qui, haletant, passa les premières maisons à colombages.

Il avançait paisiblement dans les allées. C'était un habitué des lieux. Il ne tarda pas à bifurquer sur la droite et à se diriger dans la bonne direction. Plus tard, il s'assit enfin au comptoir, passant ses mains sur son visage tiraillé par le froid.

— Tu n'es pas d'ici, toi, remarqua instantanément la serveuse.

Il secoua la tête de façon négative.

— Je ne suis que de passage, répondit-il.

Par chance, la Corporation, organisation internationale, ne négligeait pas l'apprentissage des langues. Ainsi le jeune homme, d'origine française, n'éprouvait aucune difficulté à tenir une conversation en allemand.

La femme déposa une chope de bière devant lui, attendit qu'il sorte ses pièces d'or. Elle remarqua un billet de dix euros, enfoui en boule au fond de son petit sac presque vide.

— Tu vas souvent te promener dans le monde humain, toi.

L'homme avisa la serveuse, un sourire poli aux lèvres.

— Et toi tu t'ennuies un peu trop, pour spéculer à mon sujet.

L'autre ne s'offusqua pas et accepta les pièces. Le jeune vagabond porta la chope à ses lèvres, but de longues gorgées. Les voix montaient à la table derrière lui, la conversation se passionnait de seconde en seconde.

— Mouais, tu sais il lui en faudra du temps et des hommes pour venir jusqu'ici.

— Qui te dit qu'il n'a pas les deux, justement ? On raconte qu'il a trouvé comment illimiter les pouvoirs des Alchimistes… tu imagines une armée comme celle-là face à nous ?

— Et comment est-ce qu'il aurait fait ça ? rit de bon cœur le premier. Allez, ce ne sont que des rumeurs, tout ça.

— C'est simple, répondit un troisième. On raconte qu'il aurait reçu l'aide d'un Alchimiste bien particulier…

Du mouvement attira l'attention du jeune homme, à sa gauche. Une femme prit place au comptoir, ayant le soin de laisser un tabouret vide entre elle et lui. Elle lui lança un regard hésitant. Son visage était recouvert de terre, la jupe de sa robe avait été déchirée à hauteur des cuisses, pour en faire une tunique.

Étrange. Elle aussi, devait être de passage. À son épaule, un sac en tissu accroché par une cordelette usée, en bandoulière. Elle voyageait léger. Très étrange, se répéta l'homme avant de saisir un éclat de voix derrière lui :

— Le Maudit ! s'esclaffa le plus sceptique des trois. Les gars, ne me dites pas que vous croyez vraiment à ces histoires ! Si Baalzephon recherchait quelqu'un de maudit, s'il l'avait déjà trouvé il y a quelques années, je pense que ce prétendu Maudit aurait saisi l'occasion de le tuer.

— À moins qu'il ne soit de son côté, réfléchit un autre.

Le jeune homme resserra sa prise autour de sa chope.

— En attendant, les Ombres disparaissent à Digvix, paraît-il. Si vous voulez mon avis, il prépare une nouvelle rafle.

Il la resserra encore. Puis, une voix à sa gauche vint apaiser le brouhaha de ses pensées :

— Est-ce que tout va bien ? Je veux dire…

La fille l'observait avec intérêt. Il sourit, tendit sa main droite.

— Tout va bien. Tu es ?

Elle prit un instant pour peser le pour et le contre. Cela faisait si longtemps qu'elle n'avait pas prononcé son propre nom… et puis, que risquait-elle ? Bientôt, elle serait dans les Terres lointaines.

Elle saisit sa main.

— Céleste, enchantée. Et toi ?

Nouveau sourire sympathique.

— Alex. Aussi enchanté que tu l'es, en passant.

Chapitre 28

JEMINA

L'atmosphère n'est plus la même. Quelque chose s'est retourné. Quelque chose qui ne reviendra jamais à la normale, si tant est qu'il y en avait déjà une.

Damien et Kenny me conduisent dans un couloir du rez-de-chaussée qui m'est encore inconnu. J'ai la sensation que nous nous enfonçons dans l'arrière-cœur du château. Digvix me paraît soudainement bien obscur. Une grande porte dont les battants nous ouvrent la voie semble la seule destination possible. Les garçons sont restés silencieux depuis mon retour. Brian, lui, est aussitôt reparti je ne sais où.

Je me demande s'ils savent ce que je viens t'entendre de la bouche de Syllia. Kenny est nerveux, je le vois à la façon dont sa main vient souvent frôler son arme à feu accrochée à sa taille, comme pour s'assurer de sa présence. Damien, lui, dégage le même sentiment de sécurité qu'à l'ordinaire, mais il a perdu de sa consistance ; je n'en ressens aucun des effets. Et si Baalzephon était en ce moment même sur le territoire de l'Institut ? Difficile de combattre ce que l'on ne voit pas, plus difficile encore de ne pas s'en effrayer. Je comprends mieux les expressions qui répondaient à chaque mention de son nom. Mes traits doivent sans aucun doute revêtir la même, lorsque nous franchissons la porte.

— Tiens, regarde.

Je sursaute imperceptiblement. Damien désigne le fond de la pièce. L'endroit est sombre, et, s'il paraît étendu, les lumières tamisées et le plafond bas donnent une apparence de petite grotte à la pièce. Impossible de discerner ce que tente de me montrer Damien.

— Il y a un buffet là-bas, plus loin, précise-t-il.

Nous continuons d'avancer de quelques pas, puis je m'arrête lentement.

— Je n'ai pas spécialement faim, dis-je.

Kenny se tourne vers une excavation à peine éclairée, comme il y en a tout autour, et s'assoit à la table qu'elle dissimule. Je l'imite après coup. Je remarque la disparition de Damien seulement une fois mes fesses sur le banc en bois. Mon compagnon de table se masse le front et décoiffe ses cheveux.

— Où est parti Brian ? lui demandé-je.

Il m'a déposée aux abords de l'Institut alors que Damien et Kenny m'y attendaient déjà. Frog s'en est allé avec lui pour épauler Lacie chez Syllia.

— Certainement chez lui, en ville, me répond Kenny. Il devra sans aucun doute passer par la case « chère Sophie » avant de nous rejoindre.

J'ai cru comprendre qu'il y avait eu du grabuge ici durant notre absence et il semblerait que Brian soit en partie concerné. Je me demande si cela a un rapport avec les coups qui ont marqué son visage. J'espère pour lui qu'il n'aura pas d'ennuis.

Trois tasses de café glissent sur la table et Damien réapparaît à côté de moi. Mon regard se perd dans la contemplation de l'arcade de pierre qui nous recouvre alors qu'il m'interroge sur ce qui s'est passé avant mon arrivée.

— Brian nous a dit que tu avais retrouvé Palionis, ajoute-t-il.

J'opine du chef.

— Je me suis retrouvée à l'Abri des Reclus. J'ai…

Mon esprit vagabonde entre le souvenir du discours de Grégoire, le danger qui guette potentiellement Syllia, la difficulté que nous allons sûrement rencontrer pour la protéger, les risques qui pourraient moi-même me surprendre… et cet ancien Alchimiste qui ressemble un peu trop à mon goût au prototype du grand méchant.

— Qui sont les Silencieux ?

Kenny sourit :

— Laisse-moi deviner. Grégoire t'a gentiment pris sous son aile pour te faire entendre le merveilleux conte d'Empathès.

Je ne suis pas certaine de la réaction à adopter.

— Est-ce que l'histoire de la Corporation n'est que légendes ? Déjà celle de Feng, puis d'Empathès, et finalement celle du Grimoire proscrit…

— Le Grimoire proscrit ? répète Kenny, intrigué.

— Que légendes, non, me reprend Damien. Du moins, pas en ce qui concerne l'histoire de la Corporation. Mais, si on parle de l'histoire de la Magie, je suppose que c'est plus ou moins le cas, c'est vrai. Les Silencieux sont des créatures purement magiques, dont on ne sait rien de la provenance et qui ne semblent pas avoir de conscience. Des êtres pareils, il n'en existe que très peu.

Des êtres dénués de conscience ? Je n'y crois pas un seul instant.

— Ils font peur, poursuit Damien. En fait, ils terrorisent, même, à tel point que les parents s'en servent comme prétexte pour dissuader leurs enfants de trop s'aventurer dans la forêt de l'Institut.

— Et ça fonctionne, confirme Kenny en grimaçant.

Dubitative, je coince une mèche de cheveux derrière mon oreille.

— En quoi sont-ils si horribles ? Je ne comprends pas.

— Imagine ta grand-mère qui revient d'entre les morts, en décomposition et toujours enveloppée du même peignoir glauque.

La description de Kenny tire un petit rire à Damien, accompagné d'une expression légèrement affligée.

— Ne l'écoute pas trop, me conseille-t-il. Disons que différentes légendes courent quant à leur apparition. Dont celle d'Empathès, qui relève d'une culture qui n'est pas celle de la Corporation. Traqueurs et Alchimistes voient surtout dans les Silencieux le pire : l'angoisse, la mort, la paralysie, l'asphyxie. Il n'y a pas d'adversaire plus dangereux que celui contre lequel tu ne peux pas te battre. Des Silencieux sont reclus dans la montagne de Cacus, du côté opposé à celui du Temple elfique.

Alors l'immense colline dans laquelle sont établis les Elfes est la montagne de Cacus. Qui est Cacus ?

— Ils hantent une grotte, m'explique encore mon coéquipier. Il arrive qu'ils en sortent, nous ne savons pas pourquoi, personne n'a jamais trouvé de sens à leurs… excursions. Et dès lors qu'ils quittent leur grotte, ils se traînent par terre à la force de leur bras. On les appelle alors Rampants.

— Pourquoi ne marchent-ils pas ? l'interrogé-je.

— Parce qu'ils n'ont pas de jambes… ni de pieds, cela va de soi, se sent obligé de préciser Kenny. Et une fois dehors, ils sont comme attirés par le vivant. Ils fouinent. Sentent. Ne t'en approche jamais. Ils aiment saisir les chevilles pour te mettre à terre.

S'il me suffit de surveiller l'endroit où je pose mes pieds, en quoi les Silencieux sont-ils si dangereux ? Mince, je ne saisis vraiment pas la crainte et le dégoût qui font frissonner Kenny.

— Ils puent horriblement en plus, ces mecs, se souvient-il en se frottant le bras comme pour retirer une saleté toute neuve.

— Et Cacus ?

Ma question fait sourire Damien :

— Une autre légende. Les versions diffèrent selon les peuples, à Digvix. On raconte qu'autrefois des Géants vivaient sur le continent, plus ou moins dix auraient été recensés à l'époque de l'Europe médiévale. Mais, bien sûr, aucune preuve de leur passage, mis à part dans des textes anonymes et non datés qu'on soupçonne de nous venir tout droit du Moyen Âge.

Des Géants ? Comment… Si de telles créatures avaient réellement foulé les forêts, j'imagine que les humains se seraient au minimum douté de leur présence, à défaut de les voir si la Magie les dissimulait entièrement.

— Des sacrés constructeurs de bateaux, à ce qu'on en sait, reprend Kenny avant de boire une gorgée de café. Et des grands navigateurs. Ceux des pays nordiques seraient les premiers à avoir migré vers l'Europe, propageant des rumeurs au sujet d'une île mythique. L'île unique de la mer Perdue. Alors les gros zigotos qui vivaient déjà en Occident, dont certains du territoire actuel de Digvix même, se seraient regroupés à leur tour pour un petit voyage à la recherche de cette île. Cacus, qui habitait cette forêt, est resté seul après leur départ. Les Traqueurs et les Alchimistes y ont vu une opportunité.

Il fait signe à Damien de continuer à sa place et porte à nouveau sa tasse à sa bouche.

— On raconte que Cacus vomissait des flammes et crachait des tourbillons de fumée brûlante. Pas mal, hein ? Mais les humains n'étaient pas les seuls à craindre les Géants, dans la région. Les Elfes, en plus de se sentir menacés, aimaient déjà exercer une forme de contrôle sur les autres peuples, à l'époque. Les Traqueurs, les Alchimistes et les Elfes se sont alliés. Les Traqueurs diront que c'est une lance de l'un des leurs qui est parvenue à transpercer le cœur de pierre du Géant. Les Alchimistes ajouteront que c'est un Alchimiste doué du vent qui a propulsé et donné suffisamment de force à cette lance ; et les Elfes, eux, prétendront que c'est Moriour, une cheffe de guerre, qui aurait tiré une flèche en lonsdaléite, un matériau très résistant. C'est pourquoi la flèche ne s'est pas brisée, et, enduite du poison très spécial des Elfes, aurait paralysé le Géant mourant.

Kenny, railleur, s'amuse des Gobelins, éternellement en guerre froide avec les Elfes, qui savent pourtant bien rejoindre cette version des faits ;

bien sûr qu'ils sont fiers de raconter que cette flèche a été façonnée par leur peuple. Qu'une histoire de gloire, peste-t-il.

Je trouve tout cela plutôt fascinant, pour ma part.

— Oui, et, s'apprête à conclure Damien, une fois le Géant terrassé, les Fées…

— Des Fées ? m'exclamé-je.

Mon conteur personnel m'adresse un clin d'œil.

— Rien à voir avec ce que tu peux imaginer, attention. Les Fées viennent chercher les créatures magiques mortes et les font disparaître en poudre incandescente. Seulement, elles n'auraient pas pu emporter Cacus, trop fatiguées après la traque dont t'a parlé Brian. Alors, elles ont pris son cœur. Les Silencieux des environs, attirés par les restes de chaleur de la cavité, l'ont envahie puis frigorifiée par leur présence, avec le temps. Cacus s'est statué en pierre et recouvert de verdure, puis les Elfes y ont érigé leur Temple, grandement satisfaits, d'ailleurs. Alchimistes et Traqueurs de la région ont convenu qu'un Institut ne serait pas de trop dans les parages, effrayés à l'idée que Cacus ne se réveille un jour… Et nous voilà des siècles plus tard, au réfectoire de ce même Institut, avec un problème tout autre : Baalzephon.

C'est étrange. J'ai réellement la sensation que ce monde n'est apprivoisable qu'au travers de ses légendes. Faute d'écrits, j'imagine. Une brise me glace les omoplates sous mes vêtements : et si des Géants avaient véritablement vécu ? Et s'ils avaient participé au monde humain à cette époque d'harmonie que m'a brièvement rapportée Brian ?

— Le Grimoire proscrit, me réveille Damien.

— Ouais, ton tour, un peu, me charrie Kenny.

L'inquiétude revient à la charge lorsque je me remémore notre conversation avec Syllia. Je leur résume au mieux les derniers évènements : le légendaire Grimoire proscrit de Méroé, l'épidémie provoquée par Vermeil, les soupçons que Syllia portait au sujet de Lara. Brian émettait l'hypothèse que Syllia puisse être sacrifiée par sa tante pour la réalisation d'un sort puissant, durant notre route jusqu'à Digvix. Lequel, il y réfléchissait justement. Personne ne sait trop rien du Grimoire proscrit, du moins, personne de l'Institut, pensait-il.

— De mon côté, je me demande si Lara serait vraiment utile à Baalzephon, même avec ce grimoire.

Les garçons m'interrogent du regard. Je hausse les épaules.

— Eh bien, quand on a une armée d'Alchimistes aux pouvoirs infinis, pourquoi s'embêter avec une Sorcière ?

— C'est simple, intervient Kenny. Deux possibilités : Soit Baalzephon n'a pas cette prétendue armée à sa disposition, soit il redoute ses partisans maintenant plus puissants que lui, qui pourraient retourner leur veste. Il lui faut des solutions de replis et j'imagine que Lara n'est pas la seule qu'il a prévue.

Tout cela a du sens, en effet. Damien s'apprête à parler, mais se ravise. Il se frotte le visage des deux mains, visiblement épuisé, puis se lance :

— Et si ça avait un rapport direct avec la pierre philosophale ?

Mon sang bifurque dans mes veines. Je manque de m'étouffer avec mon café.

— Ne me dites pas que Baalzephon a en sa possession la pierre philosophale ?!

D'autres visiteurs, entrés quelques instants plus tôt, nous scrutent, installés un peu plus loin. Damien me fait comprendre qu'il vaut mieux descendre le volume.

— Des racontars prétendent qu'il serait à sa recherche, précise-t-il, l'expression grave.

Mais…

— Eh ouais, acquiesce Kenny en réaction à ma léthargie inquiète. Et tu te doutes bien que c'est l'immortalité qu'il veut, pas soi-disant transformer du métal en or. Quelle histoire !

— La vie éternelle ? Difficile à y croire, désolée, dis-je, presque intransigeante.

— T'excuse pas, je suis de ton côté sur ce coup, me soutient Kenny.

Damien, lui, paraît plus sceptique.

— On ne sait pas vraiment ce qu'est la pierre philosophale. On sait simplement qu'au début de la Renaissance, un Alchimiste irlandais aurait gagné une pierre luisante durant un duel dans un village d'Alchimistes. Les duels étaient répandus, une manière de s'amuser… ne fais pas cette tête ! Ils sont interdits aujourd'hui, en dehors des entraînements.

De quoi parfaitement me rassurer, alors.

— Il aurait soupçonné détenir la Pierre lorsqu'en l'oubliant au chevet de sa mère mourante depuis plusieurs semaines, il aurait découvert la femme en question complètement rétablie le lendemain.

Mais on ne sait pas où la Pierre se trouve, plus depuis le XVIe siècle. Et c'est tant mieux.

— Après, à propos des pouvoirs qu'elle possède, je doute vraiment qu'elle puisse effectivement procurer la vie et la santé éternelles à qui que ce soit. Mais Baalzephon semble le croire, lui.

— Comment le savez-vous ?

Cette fois, les garçons échangent un regard… gêné, je crois bien, et je ne comprends pas pourquoi.

— Des racontars, rappelle Kenny. Et puis, tu l'as dit toi-même : tout n'est que légendes, dans ce monde.

Ce n'est pas exactement ce que je voulais laisser entendre, mais Kenny renchérit :

— La majorité des Alchimistes qui croient en l'existence de ce caillou – très certainement aussi merdique que celui qui apparaît comme par magie dans ta chaussure – te diront plutôt que la Pierre est le moyen de parvenir à la quintessence, à l'alliage parfait des quatre éléments, à l'équilibre ultime, ce qu'elle est elle-même, constituant la forme solide du légendaire cinquième élément : l'éther.

L'éther ?

— Oui, me confirme Damien. Sa signification a varié selon les époques, les écrivains qui en ont discuté. Aujourd'hui, c'est l'omniprésence. Tout ce qu'il reste ; ce que tu ne fais que pressentir de la vie et de la mort. Mais d'autres t'expliqueront que c'est une matière céleste, normalement impalpable, d'autres que c'est un sentiment. Et d'autres encore, simplement une légende.

Lacie, elle, semblait être persuadée de son existence, elle en parlait si naturellement, sans la remettre en cause ; et alors que mes lèvres commencent à formuler cette pensée, une voix profonde et furieuse m'interrompt :

— Qu'elle soit légendaire ou non, Baalzephon ne l'aura pas.

Brian, une cigarette coincée au coin de sa bouche, balance son pied gauche sur le bord de la table. On nous regarde à nouveau.

— On bouge, ordonne-t-il en réajustant les couteaux accrochés à sa cuisse et ceux à son mollet, dissimulés sous son pantalon.

— Où ? lui demande Kenny.

Cette fois, personne ne blague. Et Kenny est plus sérieux que jamais. Brian et ses poings, eux, semblent prêts à défoncer un mur de béton :

— Exprimer à Sophie comment sa passivité va tous nous tuer.

Fantastique.

Je ne suis pas étonnée de voir Brian entrer comme un fou dans le bureau de la directrice, non plus de la réaction de Sophie qui le réprimande en haussant la voix.

— Arrête de t'imaginer chez toi partout comme ça, tu veux ?!

Damien, Kenny et moi suivons le mouvement dans un calme relatif.

— Jemina ! s'enthousiasme alors la femme, derrière son bureau éternellement en pagaille. Comment te portes-tu ?

— Elle irait mieux si tu nous aidais, la bombarde Brian.

Je remarque alors la présence d'une tierce personne, assise face à Sophie et à peine surprise de nous voir envahir la pièce. Il salue les garçons, puis son regard s'attarde sur moi, curieux. Je détourne les yeux.

— Je sais pourquoi Syllia a quitté son village, introduit Brian. Kamil, peu importe ce que tu entends, je compte sur toi pour la fermer.

L'inconnu, dont je sais maintenant au moins le prénom, opine du chef, détendu. Je me demande pourquoi Brian lui fait confiance : sans véritable raison, je ne l'imaginais pas avoir d'autres relations de confiance que celles dont j'avais conscience.

— Exprime-toi, l'encourage Sophie, intéressée.

Mon attention échoue sur le seul objet décoratif des lieux : une plante visiblement assoiffée.

— Le Grimoire proscrit. Syllia soupçonne Lara de vouloir le retrouver pour aider Baalzephon. Elle sait que certains rituels pourraient réclamer le sacrifice du sang de la détentrice, et dans le doute, elle a préféré partir.

— Attends, attends, l'interrompt Sophie. Le Grimoire proscrit ? On ne sait même pas s'il existe vraiment.

— Les Sorcières, elles, en sont persuadées. Mais le plus important dans cette histoire, c'est que Syllia et Gwendolyne soupçonnent elles aussi Lara de s'être rapprochée de Baalzephon, ou sinon, d'en avoir l'attention.

Je n'aime pas trop ce qui se déroule : d'abord parce le plus important, à mes yeux, serait plutôt le danger que court peut-être mon amie Sorcière, et ensuite, parce que je ne suis pas sûre que Syl aimerait qu'on vienne parler en son nom à la directrice de Digvix. Je ne suis même pas sûre qu'elle aurait apprécié qu'on dévoile ses craintes à qui que ce soit. Mais Brian ne semble pas s'en soucier ou simplement y penser.

— Et donc, commence lentement Sophie, tu espères que c'est suffisant pour que j'autorise ton équipe à surveiller Lara ?

Kamil déduit je ne sais comment :

— Non, ce n'est pas là où il voulait en venir.

— Je veux qu'on retrouve ce foutu grimoire avant Baalzephon, s'il ne l'a pas déjà entre ses mains. Mais, si c'était le cas, je suppose qu'on l'aurait su. Lara en aurait aussitôt fait usage.

Les paupières de Sophie s'affaissent sur ses yeux, derrière ses lunettes. Elle réfléchit. Et moi, je me demande bien comment Brian voudrait s'y prendre dans la réalisation de ses objectifs. Personne ne sait quelle Sorcière protège ce grimoire, aujourd'hui, non plus où elle se situe. Elle pourrait être n'importe où.

— Non, refuse catégoriquement Sophie.

Mon Dieu, les traits furibonds de Brian n'augurent rien de bon.

— Non ? répète-t-il.

— Non. J'ai besoin de vous ici. Pas à l'autre bout du monde, partis à la recherche d'un bouquin légendaire. Si Baalzephon décide d'attaquer demain, l'Institut aura besoin de tous ses combattants.

Le poing de Brian frappe le bureau d'une telle force qu'une pile de feuilles s'effondre. Personne ne pipe mot. La directrice n'a pas bougé d'un cil et fixe le Traqueur, stoïque.

Kamil reprend alors la parole :

— Justement, Sophie, comme je te le disais, les Alchimistes doivent être en première ligne, si nous ne parvenons pas à éviter de combattre Baal…

— Et comme je te le disais, c'est impossible. Tu sais très bien que la moitié d'entre eux n'hésiteront pas à demander une mutation dans un autre Institut. Nous avons besoin d'eux.

— Plus que des Traqueurs ? la relance Kenny, sans reproche.

— Nous avons besoin de tout le monde, sans exception.

Brian secoue la tête :

— Si tu acceptais enfin de voir la réalité en face… Et si Lara savait où se trouve Baalzephon ?

— La dernière fois que nous avons trouvé sa position, lui rappelle Sophie, il l'a appris suffisamment rapidement pour déserter son campement. Je ne vois pas en quoi cette fois serait différente.

— MAIS PUTAIN TU VAS TOUS NOUS FAIRE TUER.

J'ai sursauté. Vraiment. La rage qui se dégage de Brian me surprend, et, je l'avoue, m'effraie. Ses mâchoires sont aussi serrées que ses muscles sont bandés, parés à frapper. Damien tente d'apaiser la conversation, mais Sophie dresse une main pour le faire taire, sans ciller, sans fuir le regard enflammé de Brian.

Je ne sais pas où me mettre. Et puis, quel poids ai-je dans cette confrontation qui n'est même pas la mienne ?

— Tout ça devient personnel, dit calmement Sophie.

Oui, j'ai clairement l'impression que ça l'est, vu l'état de Snow.

— Brian, écoute-moi. Je comprends, d'accord ?

— Ne mets pas ce sujet sur…

— Écoute-moi. J'ai peur aussi pour lui. Sûrement pas autant que toi, mais c'est le cas. Seulement, je ne peux pas laisser interférer mes sentiments dans cette histoire. En faire quelque chose de personnel, c'est risquer de prendre les mauvaises décisions. Alors reprends-toi et sois le chef d'équipe travailleur et raisonnable que nous connaissons tous.

Brian, jusque-là les mains plaquées sur le bureau, se redresse lentement, propageant une menace d'explosion latente à travers tout l'espace.

— Je le suis. C'est toi qui n'es peut-être plus à la hauteur, Soph.

Sur ces mots, Brian se dirige vers la porte, mais ajoute avant de disparaître définitivement :

— Et bien sûr que c'est personnel. Qu'est-ce qui ne l'est pas, ici ?

Un silence prolongé. Un mélange d'angoisse, de regrets. Je frissonne. Personne ne semble à son aise alors que Sophie se masse les tempes.

— Il ne le pensait pas, la rassure Damien.

— Si. Et il a raison.

La femme prend une grande inspiration et souffle. Je choisis ce moment pour extérioriser mon incompréhension la plus totale :

— Est-ce qu'il n'y a vraiment rien qui puisse être fait ?

La directrice me sourit.

— Si, justement, ma puce. Des solutions, il en existe. Mais ce n'est pas à notre échelle que se prennent les décisions nécessaires, malheureusement.

Puis elle ajoute :

— Allez, dégagez-moi ces mines défaites, les enfants ! Il n'y a pas mort d'homme… enfin, pas pour l'instant.

Elle attrape une feuille en partie griffonnée, déchire un morceau et y rédige quelques mots. Je la regarde se lever, s'approcher du feu en faisant claquer ses talons sur le parquet sombre. Et tandis qu'elle attise les flammes presque éteintes dans la cheminée, de petits couinements semblables à ceux d'un chien croisé avec un cochon d'Inde se font entendre.

— Qu'est-ce que c'est ? demandé-je en chuchotant à l'oreille de Kenny.

Je n'ai pas spécialement envie que Kamil comprenne que je viens d'être affiliée à Digvix, encore moins qu'il s'interroge sur le pourquoi du comment.

— Une Salamandre, m'éclaire mon coéquipier en baissant lui aussi la voix. Elle va faire parvenir le message de Soph dans une autre cheminée.

Sophie jette son morceau de papier dans le feu, l'observe brûler, puis se tourne de nouveau vers nous :

— Zou, allez vous reposer. Et surtout, n'oubliez pas : tout ira pour le mieux.

Damien pose une main sur mon épaule et me fait signe de la tête d'obéir. Mais je le sens. Rien n'ira pour le mieux.

Quelque chose me laisse penser que c'est Brian qui a raison. Mais qu'on ne veut pas l'écouter.

— Et, les garçons ! Brian ne m'a pas laissée en placer une à ce sujet et je suis à peu près certaine qu'il va éviter mes appels pour le reste de la soirée, donc si vous pouviez l'informer que son père va mieux, ce serait top. Dites-lui que je voudrais quand même lui parler à ce propos.

Son père va mieux ? Parce qu'il allait mal ?

— Pas de souci, lui assure Damien en la saluant une dernière fois.

Puis nous partons. Les garçons discutent : et si on allait se poser un peu dans un des salons ? Manger quelque chose ? Boire un coup ? Histoire de décompresser. Il faut appeler Frog. Prendre de ses nouvelles. Pourquoi ne pas directement passer au *Syl' pleut voir* ? Non, mauvaise idée. Trop de monde ne devrait pas s'y réunir en même temps. Peut-être Lara le fait-elle même surveiller…

Je m'excuse auprès de mes camarades tout neufs, parce qu'en ce qui me concerne, je sais déjà où je vais aller.

Chapitre 29

BRIAN

Un mélange nettement palpable de fureur et de regrets exalte de tout mon corps. Je le sens. Ça cogne les meubles de la cabane, s'enfonce dans le canapé, ricoche sur les murs et me troue littéralement le corps pour se réinstaller en moi. Sophie a raison. Mais qu'est-ce que je peux y faire ? Je me suis déjà montré beaucoup trop passif, il n'y a encore pas si longtemps.

Je ne peux pas abandonner une nouvelle fois Alex. Pas alors que j'entends toujours sa voix.

— J'ai chaud, Brian.

Je secouai la tête et remontai les couvertures que mon frère voulait repousser au pied de son lit. En bas, papa faisait un boucan impossible. Jusqu'à ce que le silence revienne, comme il revient toujours.

— Non, il fait froid.

Lui aussi devait forcément claquer des dents. Je ne pouvais pas être le seul. Le seul qui grelottait, même emmitouflé dans les couvertures dont je n'avais pas déjà recouvert Alex. Assis par terre, adossé au mur, je le regardais, j'inspectais son visage tuméfié éclairé par les lumières nocturnes. Je ne baissais jamais les volets, effrayé à l'idée qu'on ne puisse pas s'enfuir si nécessaire. Si la porte n'était plus accessible, il restait la fenêtre. Maman l'avait compris, je pensais alors.

Je sursaute, allongé nonchalamment sur le canapé de la cabane. Quelqu'un vient de toquer. Ça ne peut être que Jemina. Qui toque à nouveau, d'ailleurs.

C'est ce que je répétais toujours à Alex, quand on se cachait : quelqu'un allait forcément toquer et nous serions sauvés, même pour un instant.

Peut-être que je me trompe. Peut-être qu'à la place de vouloir arrêter Baalzephon une bonne fois pour toutes, je devrais retrouver Alex et le garder en sécurité jusqu'à ce que ce psychopathe meure par lui-même. S'il meurt un jour… Mais alors, cela signifierait abandonner Alejo à mon père. Abandonner mon père au vide. Laisser mes coéquipiers récolter les merdes de la Corporation.

Impossible d'imaginer mes proches se battre seuls. Impossible pour autant d'imaginer un petit garçon comme Alejo s'occuper d'un homme tel que son père, et pourtant impossible de savoir Alex vagabonder sans compagnie je ne sais où, tandis que Baalzephon est certainement encore à sa poursuite.

C'était cet autre soir, où j'ai connu le véritable froid. Il ne m'a plus quitté depuis. Depuis cette nuit passée enroulé dans des tonnes de laine. Je venais de nettoyer les blessures de mon petit frère, débordé de douleur et de culpabilité.

— J'ai vraiment mal, répétait-il.

Ses hoquètements et reniflements étranglés résonnaient dans la salle de bain. Il avait neuf ans, l'âge d'Alejo, et il avait déjà trop vécu.

— Ne pleure pas, dis-je fermement. Une douleur comme ça, c'est dans ta tête.

Il s'énerva en insistant :

— Mais puisque je t'ai dit que j'ai vraiment maaaaaaal !

Et les pleurs repartirent de plus belle, alors je m'expliquai en le saisissant par les épaules. Le contact de mes mains le fit grimacer.

— Oui, tu as mal, je sais ! Mais une douleur comme ça, au moins, ça finit par partir, tu comprends ?

Il a fini par comprendre, oui. Et rien n'est plus terrifiant. Horrible. Inimaginable. Qu'un enfant de neuf ans puisse saisir une chose pareille. Qu'il sache si bien ressentir la torpeur de notre père, faire preuve d'empathie, tandis que la terreur lui tordait les entrailles. Je le voyais bien agir normalement, parfois. Comme un gosse avec son père. Comme si, par moments, il oubliait combien notre père le haïssait du plus profond de lui-même. Puis je voyais son expression se métamorphoser lorsqu'une gigantesque main assombrissait son visage. Là, il se souvenait. Il se souvenait qu'il devait cesser d'exister. Disparaître. Et moi, je l'y ai aidé. Parce que nous n'avions aucune autre issue. Pas à cette époque.

— Brian ! appelle Jemina depuis l'autre côté de la porte d'entrée.

Son poing frappe encore. J'ai envie de la surprendre en ouvrant à la volée pour finalement la bousculer à des kilomètres plus loin. Tout à la fois, je voudrais simplement m'emmitoufler contre elle. M'emmitoufler au creux de quelqu'un plutôt que dans des couvertures.

Mais je ne peux pas me le permettre. Il faut garder son sang-froid. Réfléchir. Agir. Trouver la solution. Pourtant :

— Tu peux entrer, c'est ouvert !

Quelques secondes se passent avant que je n'entende ses chaussures sur le bois du seuil. Elle avance dans le petit couloir. S'arrête. J'ai les yeux fermés. Mais je la vois. Très précisément. Cette fois, pas question de doute, d'hésitation, de réserve. Elle dégage quelque chose d'incroyablement consistant, comparé à tout ce qu'elle a pu laisser paraître jusqu'à maintenant.

— Ton père va mieux, mais Sophie voudrait quand même en discuter avec toi.

Pas le temps pour ces conneries.

— Qu'est-ce qu'on va faire, Brian ?

Sa question m'arrache un semblant de ricanement. Qu'est-ce qu'on va faire ? Putain, j'en ai strictement aucune idée. Je ne sais déjà pas comment sortir Alejo de cette situation, je ne sais déjà pas comment aider Alex, comment pourrais-je avoir ne serait-ce qu'une idée à proposer pour repousser Baalzephon ? Alors même que notre Institut n'en a rien à faire ? Que la Corporation estime que la situation n'est pas de son ressort ?

Je me redresse, attrape mon paquet de cigarettes sur la table basse en soupirant, sors une clope. Je l'allume.

— Tu sais c'est quoi le problème, Jem ?

Mes yeux la transpercent involontairement. Je voudrais pouvoir simplement la regarder. M'adresser à elle. Mais non, impossible. D'abord parce que tout bouillonne encore en moi. Ensuite parce qu'elle me fait l'effet d'une porte incroyablement grande ouverte. Comment ne pas désirer y entrer ?

— Eh bien, tente-t-elle : Baalzephon ?

— Tu trouves ce monde plutôt merveilleux, hein ? Tu te trompes à son sujet. Le monde magique est merveilleux. Le monde de la Corporation est pourri.

Jem se rapproche encore. Vraiment. Comme elle ne l'a jamais fait. Assise juste en face de moi, ses genoux à quelques centimètres des miens, ses fesses gentiment posées sur la table basse. La clarté de ses iris turquoise se dore de reflets quasi mystiques sous la lumière tamisée.

— Je ne comprends pas où tu veux en venir.

— Il n'y a encore pas si longtemps, les Instituts de la région possédaient une prison dont personne ne connaît la situation géographique, dis-je sur le ton de la conversation. Les Ombres de la région y étaient enfermées. Tu aurais pu l'être, quelques années en arrière, si on t'avait attrapée en train de voler des humains grâce à tes pouvoirs.

Ses sourcils se froncent méchamment :

— Tu ne vas pas me le reprocher éternellement, quand même !

— Jusqu'à ce que tu admettes ton erreur. Mais on s'en moque. Cette prison a été fermée par le dernier ministre de la Justice, qui, aux dernières nouvelles, a été remplacé aux élections, il n'y a pas longtemps. Fermeture, donc, pour insalubrité et mauvais traitements. Les Ombres y mourraient de malnutrition, de maladies diverses ou d'épuisement. Dylan y avait été enfermé durant trois mois. Il n'était qu'un ado. Et Jem, tu dois garder à l'esprit, à chaque seconde, à chaque interaction avec un employé de la Corporation, à chaque échange avec une Ombre, y compris Syllia, qu'aujourd'hui, beaucoup veulent voir les portes de la prison rouvrir, Traqueurs comme Alchimistes. Baalzephon fait peur, Jem. Les Ombres se sentent en insécurité, abandonnées par la Corporation, leur Institut respectif. La situation engendre des problèmes relationnels avec les équipes de Traqueurs, qui eux-mêmes ne se sentent plus protégés lors de leurs missions. Les Alchimistes, eux, n'interviennent qu'en dernier recours, sinon travaillent le reste du temps dans l'organisation, l'administration ou le Fourre-Tout. Dans ce monde, être fille ou fils d'Alchimiste revient à être bien-né. Prédisposé à une espérance de vie plus longue, à un travail moins harassant, à être écarté au maximum des risques des interventions sur le terrain.

Le sérieux de Jemina me fait étonnamment plaisir. Vraiment. Elle semble mettre à ma disposition toute la compréhension et la concentration dont elle est capable de faire preuve. Après m'avoir demandé si les pouvoirs alchimiques étaient donc héréditaires, et après ma confirmation, elle m'interroge légitimement :

— Mais Lacie, elle ne correspond pas du tout à ta description. Vous vous entendez bien. Et Syllia et elle aussi.

— Exact. Pourtant, tu as dû remarquer que jamais tu n'as rencontré un de ses coéquipiers. Je ne veux pas dire que Lacie est une exception, mais il faut regarder la réalité en face : personnellement, elle est la seule Alchimiste à ne m'avoir jamais réduit à mon rang de Traqueur pour se valoriser.

— Je comprends. Pourquoi me confier tout ça ?

Ma cigarette bientôt consumée, je tire une dernière fois dessus puis l'écrase dans le cendrier posé sur le canapé.

— Parce qu'à partir de là, tu peux saisir les enjeux : les Traqueurs se sentent menacés à la fois par Baalzephon et par les Ombres, en même temps qu'ils examinent avec mépris les mains propres des Alchimistes. Certains pensent que la Corporation se montre trop laxiste envers les Ombres, d'autres qu'elle est trop passive et n'entend pas les problèmes des Ombres et des Traqueurs, car trop occupée à dorloter ses Alchimistes. Une scission énorme divise les foules. Divise même les Instituts. Je crois que Sophie est perdue et ne sait pas comment gérer les choses, à qui s'adresser, comment le faire, et pour quelles raisons exactement. D'un côté, si elle envoie les Alchimistes en première ligne, ils pourront poursuivre l'Institut. Imagine que tu sois journaliste, que ton chef de rédaction te demande de nettoyer les toilettes plutôt que de rédiger des articles. Tu peux refuser. Ou, tu peux accepter, mais alors, si tu te blesses, ce sera ta faute. Dans la Corporation, si tu te blessais hors de tes fonctions, la faute reviendrait à ton Institut. D'un autre côté, si Sophie écoute les directives du Fourre-Tout, tout droit venues de la Corporation, alors les Traqueurs de Digvix pourront se retrouver à affronter une armée d'Alchimistes aux pouvoirs illimités.

Pire dilemme de l'histoire. J'ai finalement peut-être été dur avec Sophie…

Jemina demeure silencieuse un instant. Je baisse les yeux sur ses mains, chacune simplement posée sur un genou. Je suis curieux de savoir si elle se rend compte à quel point elle aurait dû rester chez elle, ne jamais revoir Syllia, ne jamais recroiser notre route. À la fois, je me rends moi-même compte combien elle n'avait pas le choix. Et nous non plus. Elle ne pouvait pas rester seule à hurler à la mort. Elle serait certainement devenue folle, puis quelqu'un aurait fini par l'entendre.

Je pense que c'est ce qui me serait arrivé. La folie. Voir des morts. Parler à des morts. Vivre avec la mort. En permanence. Sans jamais pouvoir faire semblant de l'oublier.

Elle se lève. Ne lâche pas un mot. Un sourire léger qui lui triture les lèvres. Jemina disparaît dans le couloir. Je n'ai aucune idée de comment réagir. Pas après que je lui ai expliqué tout cela. Angoissé, comme je ne l'ai plus été depuis longtemps, je coince une autre cigarette entre mes lèvres et pars à la recherche de mon briquet, certainement tombé quelque part entre les coussins du canapé. Mais alors que je suis à moitié retourné, la main plongée entre le dossier et le siège, des doigts saisissent doucement ma cigarette et l'emportent. Je pivote de nouveau face à Jem.

Une compresse s'approche de mon visage. Ça picote. Juste au niveau de mon sourcil. Mais aussi quelque part ailleurs, sous mes paupières, dans ma gorge, ma bouche. Quelque chose se tortille à l'intérieur de moi, cherche à se démêler sans trop y parvenir, faute d'espace.

— Je ne te forcerai jamais à en parler, formulent lentement ses lèvres roses.

Que…

— Si tu te sens plus en sécurité comme ça, pas de souci. Mais toi non plus, ne sois pas ta propre victime.

Ses yeux descendent de mon front pour harponner inconsciemment les miens. Je ne comprends pas. Par quel tour de passe-passe elle parvient à s'ignorer. Elle est intelligente. Lucide. Empathique. Jolie. Mais elle ne semble pas en avoir fini avec les jeux de cache-cache.

— Ça ne me dérange pas de taire certaines choses, quand ça peut aider, poursuit-elle avec ce même sourire étonnamment élégant, presque sensuellement sage. On peut aussi être amis dans le silence, si tu en as envie.

Amis. Une seconde fois, le souvenir d'Alex refait surface :

— Dis, Brian, est-ce qu'on est copains ?

— Copains ? répétai-je.

Nous étions près du manoir que notre famille habitait, à l'époque. Après avoir arpenté la forêt, nous nous étions arrêtés au milieu des arbres, armés de nos bâtons, pour livrer une lutte acharnée l'un contre l'autre.

Alex était agenouillé à même le sol. Il avait tendance à tomber trop facilement à mon goût.

— Oui, tu sais, amis, quoi, précisa timidement mon petit frère en baissant les yeux.

Ses cheveux étaient recouverts d'une pâte constituée de terre boueuse et d'herbe sèche.

— On est frères, Alex. Arrête de raconter n'importe et relève-toi avant que je ne t'achève et gagne le combat !

Je relevai mon bout de bois en feignant un cri guerrier, pâle imitation, mais fier comme la lune lorsqu'elle est pleine. Je renverrai mon frère au sol aussitôt serait-il debout, et il se remettrait sur pieds, encore. Mais il afficha une bouille de gamin mécontent, mi-vexé, mi-chagriné. Sa main rafla la terre et ses doigts emprisonnèrent une petite pierre. Il avait depuis toujours cette manie de récolter mille cailloux sans intérêt et de les trimballer dans ses poches. Je n'ai jamais compris pourquoi il aimait ça.

— Non mais…, essaya-t-il, tu sais… c'est pas juste. Moi, j'ai pas d'copains. Alors je me disais… Enfin, voilà.

Il haussa les épaules. Mes bras retombèrent doucement le long de mon corps, le bout de mon bâton rebondit dans l'herbe éparse. Je fronçais les sourcils.

— Tu ne vas pas encore pleurer, si ?

Et il pleura. Naturellement. Je soupirai.

— Alex. J'suis ton frère. Ton grand frère. On est forcément un peu amis, sinon on ne jouerait pas ensemble.

— C'est vrai ?

Il renifla. Typique Alex. Capable de faire dégringoler une avalanche larmoyante puis de s'émerveiller aussitôt. Et là, un sourire gigantesque déforma justement jusqu'à ses yeux.

— J'suis content, conclut-il avant d'ajouter d'un air satisfait : ça veut dire que tu ne peux pas taper aussi fort qu'avant du coup. Des amis, ça ne se fait pas mal, j'ai pas raison ?

Il se releva. Je ris. C'était tellement rare pour nous, des rires aussi sincères et libres d'exister, qu'on les prolongeait autant que possible, qu'on en profitait souvent jusqu'au lendemain.

Embrasser Jem, à cet instant, me fait le même effet. L'impression qu'elle vient de me promettre quelque chose. L'envie de retarder le vide entre nos lèvres, la séparation de nos langues. La disparition de son contact. Envie de prolonger la sensation de réconfort et de plénitude.

Alors quand mes paupières se soulèvent pour me laisser voir en elle, je passe une main derrière sa nuque, mais c'est elle qui revient. Et, quelque part, j'ai l'intime conviction qu'elle reviendra toujours.

Et tandis que je m'avance au bord du canapé pour me rapprocher d'elle, sentir la chaleur qui émane des parcelles découvertes de sa peau, la sonnerie de son téléphone retentit. Elle sursaute.

— Je…

Interrompue par une autre sonnerie, la mienne, elle se mordille la lèvre et contient une grimace.

— Tu veux répondre ?

Ma question la force à me regarder à nouveau ; néanmoins, ses pupilles, dilatées, se détournent pour vérifier l'identité du malvenu.

— C'est mon père, annonce-t-elle comme une fatalité.

— Alors réponds, aucun souci.

Elle me sourit. Je dégaine à mon tour mon téléphone. Damien. J'observe un court moment Jemina s'éloigner et décroche.

— *Tu as bloqué Sophie.*

Tout juste. Et Dam's n'a pas l'air d'apprécier.

— Je voulais simplement qu'elle me laisse tranquille pour la soirée.

Mon coéquipier soupire, mais m'avoue qu'il comprend. Puis :

— *Problème chez Kaleb. Il faut qu'on aille voir.*

Bizarre. Notre équipe n'est pas censée intervenir ce soir. Pourquoi nous ?

— Un nouveau corps ou une autre disparition ?

— *Nouveau corps. Sophie veut que ce soit nous.*

Si la reine ordonne, les chevaliers n'ont plus qu'à obtempérer. Dommage, je m'amusais bien, ici.

Chapitre 30

JEMINA

— Bonne nuit, m'a souhaité Brian en me déposant chez moi. Et surtout, fais ton possible pour ne pas te retrouver à l'autre bout du monde, avec un cadavre à côté.

J'ai grimacé pour toute réponse.

S'il s'est vraiment imaginé que j'allais dormir paisiblement après qu'il m'a annoncé partir chez les Vampires, c'est qu'il me connaît encore très mal. Parce que moi aussi, je peux être bornée. Et je vais lui montrer que l'équipe a autant besoin de moi que de n'importe quel autre de ses membres.

Il a tourné à droite. Mince. J'accélère le mouvement de mes jambes pour prendre de la vitesse. Je suppose qu'aucune raison ne poussera mon père à se rendre dans notre garage, et donc, qu'il ne remarquera pas l'absence de son vélo. Enfin, je l'espère. Cela doit bientôt faire trente minutes que je lui ai promis de rentrer à la maison. Et ma mère doit certainement encore veiller, histoire de s'assurer que je ne me suis pas fait kidnapper.

J'aurais encore dû prétexter dormir chez Liana, finalement.

Brian se gare dans une rue déserte, à cette heure. Aujourd'hui la nuit est totale : les nuages tapissent les étoiles en même temps qu'ils filtrent la lune. Je ralentis, descends du vélo, et me dissimule derrière les maisons mitoyennes. Brian ne semble pas m'avoir remarquée. C'est que je dois être plutôt douée en filature…

Il continue à pied. Ma nervosité explose. Je tourne la tête dans tous les sens : un poteau, une barrière, n'importe quoi… J'ai besoin d'accrocher mon vélo. Mais rien. Tant pis, je poursuis lentement Brian, priant pour ne pas être trop indiscrète. Il bifurque encore une fois. La rue mène sur une autre qui lui est perpendiculaire. Devant moi, une pelouse en bordure de forêt et un petit pont mal entretenu, censé permettre le passage par-dessus un ruisseau qu'on entend s'écouler, dans le silence de la nuit.

Des chuchotements me parviennent. Des chuchotements inhabituels. Pas de ceux qu'on nous adresse au creux de l'oreille. Je le sens. Un esprit vagabonde non loin. Je vérifie la distance qui me sépare de Brian en jetant un coup d'œil sur la gauche. Il s'arrête. La devanture qui accapare son attention est tout à fait banale et incongrue : une sorte de boutique d'antiquaire, d'après l'écriteau. Mais alors qu'il s'apprête à signaler sa présence en toquant, il glisse une main dans sa poche.

Et, sans réfléchir, j'abandonne le vélo de mon père et me précipite jusqu'au trottoir d'en face, persuadée que me dissimuler entre les arbres plutôt que dans la rue adjacente est une super idée. Brian m'a forcément aperçue, au minimum du coin de l'œil. Je ne vois pas comment il pourrait en être autrement. Et si par miracle il n'a pas entendu les milliers de branches que j'ai brisées à mon passage, ni même le martèlement de mes chaussures sur le bitume, alors il est un très mauvais Traqueur, nul doute.

Pourtant, je l'entends continuer sa conversation téléphonique comme si de rien n'était :

— Je suis dans le repère des Vampires. Tu devrais dormir, quant à toi, bonhomme.

Bonhomme ? À qui parle-t-il ?

— Tu ne peux pas m'attendre, Alejo. Retourne dans les dortoirs et arrête de te sauver, s'il te plaît, sinon Sophie va encore nous disputer tous les deux.

Un enfant. Au vu de l'intonation qu'il emploie. Quelque chose s'éveille dans mon ventre… de l'attendrissement. Je ne sais pas… Voir Brian sourire comme il le fait ne me laisse pas insensible. J'aimerais le surprendre plus souvent sourire de cette façon. Il a quelque chose de paternel, de soucieux et d'aimant. Quelque chose de plus naturel que l'expression imperturbable qu'il arbore la plupart du temps.

— Allez, Al, au lit. Évite de te faire gronder. On se voit demain matin, promis. Quoi ? D'accord, alors, va dans le bureau de Sophie et demande-lui le double de ma chambre pour prendre ma guitare. Attends ! Alejo ! Je t'aime.

Je suis achevée d'amour.

Seulement, tandis que Brian raccroche, une gêne tire mes entrailles dans mon dos. Une forme d'angoisse indépendante de moi-même. On me frôle l'épaule par derrière. Mon cœur bondit et je fais volte-face. Une petite fille se met à chantonner, non loin. Puis rit.

Mes globes oculaires grincent en roulant vers la droite, terrifiés à l'idée de ce qu'ils pourraient rencontrer. Pourquoi ce mauvais pressentiment ? Je n'ai jamais eu peur des esprits et celui-là m'attend depuis un moment, maintenant.

— Bonjour, me salue-t-on.

Je parviens à surmonter la quasi-paralysie de mes membres. J'avance dans les bois en longeant le ruisseau. Le petit pont apparaît et, assise au bord, qui balance en cadence ses jambes dans le vide, une fillette. Le visage crasseux, une robe de poupée à moitié déchirée, elle me fait coucou d'une main pleine de terre.

— Tu ne devrais pas te promener toute seule dans la forêt, tu sais, me signale-t-elle gentiment. Maman dit que c'est dangereux, et elle a raison.

Mon bras se lève de lui-même pour prendre appui sur un tronc d'arbre, comme s'il sentait mes jambes flancher.

— Ne t'inquiète pas, la rassuré-je, je ne me promène pas. Je me cache… comme toi, peut-être ?

— Oh non ! rit-elle. Pas besoin de me cacher, moi, personne ne me voit plus maintenant, je crois. Mais ceux qui passent par ce pont, eux, ils se cachent. Et puis, zou ! ils disparaissent. Ils sont forts, eux.

Mes lèvres se contractent. Sûrement tentent-elles de sourire. Puis, sans crier gare, je trébuche en moi-même lorsque la fillette relance la conversation.

— Tu devrais aller voir Jacinthe.

Impossible. Elle ne peut pas…

— Elle ne va pas très bien ces derniers temps, tu sais. Elle a besoin de te voir. Elle me l'a dit.

Ma grand-mère lui a dit…

— … comment…

— Chut ! On va t'entendre, toi ! Et Jacinthe, même qu'elle a dit que c'était un secret !

Sur ce, la petite fille se lève, soudain furieuse, et disparaît.

Je me suis laissé cinq minutes. Pas plus. Le temps de me convaincre que cet esprit ne peut pas connaître ma grand-mère, qu'il devait faire allusion à une autre Jacinthe… forcément, comment pourrait-il en être autrement ?

Face à la porte de l'antiquaire, je souffle un bon coup. Stop. Je n'y pense plus, quelque chose de prioritaire nécessite toute mon attention. Je ferme le poing, lève machinalement le bras, puis sursaute en toquant, avec l'impression d'avoir réveillé l'univers entier. J'attends. Encore. Encore un peu. Puis toujours. Alors j'insiste. Et patiente à nouveau. Encore un peu plus. Seulement la poignée ne se décide pas à bouger. Pourtant Brian a bien dû entrer…

Qu'est-ce que je suis censée faire, maintenant ? Ma filature presque parfaite ne peut pas se clôturer sur une défaite pareille, je ne m'y résoudrai pas. Peut-être devrais-je appeler Brian… lui expliquer que je compte dormir ici s'il ne me fait pas entrer… le supplier puisqu'il refusera…

— Qui t'es, toi ?

Je relève précipitamment la tête.

— Pard…

— Pas de pardon qui tienne, la môme. T'es qui ?

Ma mâchoire inférieure pendouille, offusquée. Pour qui se prend-il ? Avec ses bras croisés sur ses pectoraux gonflés comme des tonneaux, son jean tellement troué qu'il pourrait se promener en caleçon sans qu'on n'y voie aucune différence ; et ce regard… hautain à souhait.

— On dit bonjour, lorsqu'on est poli, rétorqué-je.

Je croise les bras, sur le même schéma, même si je ressemble sûrement plus à une enfant pleurnicheuse qu'à une jeune femme prête à en découdre. Qu'importe. J'ai suffisamment à faire avec un Brian.

— J'suis pas poli, chérie. Rentre chez toi.

— Je suis une Traqueuse et je ne vois pas en quoi j'ai mérité que tu me prennes de haut comme ça.

Un rictus distord son visage percé. L'inconnu ricane doucement.

— Une Traqueuse ? Je ne t'ai jamais vue. Et par les temps qui courent, pas moyen que tu mettes les pieds à l'intérieur.

— Je suis avec Brian.

— Vous êtes tous avec Snow, ce soir, je rêve ! Depuis quand t'es dans son équipe ? Tu m'as plutôt l'air d'une collégienne en manque d'adrénaline.

On s'en moque littéralement, bon sang ! Je ne suis pas décidée à me résigner, ce soir. J'en ai plus que marre de m'accommoder de ce qu'on veut bien me donner.

— Si tu as la fâcheuse habitude d'insulter tous les inconnus qui t'adressent la parole, balancé-je, ta vie sociale doit être inimaginablement déprimante.

Et tout ça en articulant parfaitement.

L'expression du jeune homme se transforme sensiblement. Du rictus discret, il passe au clin d'œil malicieux et fait mine de me laisser entrer, le bras ouvert.

— Je t'en prie, *Traqueuse*.

Je préfère ça, en effet. Comme quoi, il suffit de savoir s'imposer, et c'est bon de s'en rappeler. Vraiment bon. Je me sens… vivante. Moi.

Le couloir est serré, sombre. Totalement noir. Je discerne la porte du fond grâce à la lumière des réverbères à l'extérieur et presse donc le pas pour l'atteindre avant que mon hôte ne referme. Je pénètre alors dans une salle bondée. Des lumières bleues dansent sur la foule qui se déhanche, comme en transe, sur un fond de techno dont le volume frôle l'insupportable. Les corps vibrent les uns contre les autres, m'emportent et me bousculent en leur cœur même. Des regards avides et ternes s'accrochent à moi. Me suivent de près. M'épient sans la moindre discrétion. Je tente de traverser les danseurs, à la recherche de Brian, mais impossible d'espérer pouvoir le discerner parmi tous ces gens. Je remarque alors des balcons presque déserts, où seules quelques personnes accoudées aux barrières admirent le spectacle auquel je participe malgré moi. Je rafle l'endroit des yeux et déniche l'opportunité de prendre de la hauteur : l'escalier.

Je me glisse au possible entre les corps qui ondulent autour de moi. Arrivée à l'escalier, mon regard rencontre celui de l'homme qui m'a fait entrer, pourtant inondé au milieu des autres. Il prépare quelque chose dont je préfère ignorer l'existence. Quelque chose qui, selon les traits que resculpte son expression, semble induire de m'étrangler avant de faire disparaître les preuves du crime… Mon pied rate une marche. L'idée me rappelle Rose de façon fulgurante. Mon amie Rose, que je n'ai pas revue depuis notre excursion jusqu'aux abords du puits, et dont je n'ai même pas relevé l'absence.

J'escalade les marches au plus vite. Ce n'est pas le moment d'y penser. En plus de ma quête de Brian, je suis pourchassée, on dirait. Parce que l'autre avance maintenant jusqu'au bas de l'escalier. Et moi, je me dirige vers l'unique issue qui s'offre à moi : une porte, par laquelle je trébuche jusque dans un second couloir. Blanc. Tout à fait immaculé, cette fois-ci. Et sans doute bientôt retapissé de tout mon sang.

Parce que oui, si Brian m'a dit se rendre chez les Vampires, pourquoi n'ai-je pas réfléchi à la possibilité que ce fou furieux, la main sur le chambranle de la porte, n'en soit pas justement un ?

Des voix animées résonnent jusqu'ici. Je continue d'avancer. Sans courir. Pour je ne sais quelle raison. Alors qu'un mini-moi m'implore de fuir en poussant le cri le plus aigu et dissuadant possible.

Une double porte. Plus très loin. C'est de là que provient la conversation. Je reconnais d'ailleurs Brian qui hausse le ton :

— Ce n'est pas le moment de s'entretuer !

— Bri…

Une main s'écrase violemment sur ma bouche et me tire en arrière. Je valse littéralement en l'air et m'étale de tout mon poids. Une douleur inouïe me déchire le crâne tandis qu'il rebondit par terre dans ma chute. Sonnée, je ne sens qu'à peine mon corps se relever, saisi par ma veste sous une poigne de fer.

— Laisse-moi, dis-je à moitié endormie.

— Alors, t'es qui ? Une Traqueuse ou une des putes de Baalzephon ?

Pute ? Est-ce qu'il… Soudain tout à fait remise et parfaitement révoltée, je reçois la gifle sans m'étonner de sa brûlure, mais en me délectant presque de la colère qu'elle ajoute à celle qui enflait déjà.

Je rassemble toute la salive possible sur ma langue et la propulse comme la pire arme qui soit en plein dans la face de ce connard. Même Brian, pire connard que n'a jamais enfanté l'univers, ne m'insulterait pas de pute et ne me giflerait pas comme une moins que rien.

— Espèce de…

Ses mâchoires se contractent de plus en plus. Son regard fou ne laisse pas de doute : je vais en baver. Une seconde plus tard, il me balance dans les portes, et c'est comme ça que je fais mon entrée. Rien de très classe, mais tout de très bruyant en plus d'être embarrassant, vous imaginez bien.

Je gémis, face contre terre. Le silence est total. Et je prends conscience de ce que tout ça signifie.

— Oups.

Meilleure réplique possible.

C'est Brian qui va m'étrangler, après réflexion. D'ailleurs, son intervention ne tarde pas :

— Jem ?

Maintenant à quatre pattes, je relève la tête, presque étonnée.

— Brian ? Oh… waouh. Quelle… surprise ?

Si seulement Li était là pour assister à cette scène, nous pourrions en rire éternellement. Brian, lui, m'en voudra plutôt à jamais. Mais un grognement menaçant interrompt mes pensées. Je pivote, comprends que mon futur assassin n'en a pas fini avec moi, et me demande comment me sortir de la situation quand une voix rocailleuse tonne :

— LUKA ! ÇA SUFFIT.

L'homme, dans la fleur de l'âge, debout derrière un bureau en bois sculpté, se répète plus calmement :

— Cela suffit. Nous avons des invités.

— Mais Kaleb, s'insurge Luka, elle m'a craché à la gueule !

Un regard vers Brian. Je l'aperçois qui hausse un sourcil à mon attention. Il a l'air amusé, ce qui me rassure un tant soit peu. J'ai au moins un allié, parmi ces visages qui m'examinent avec curiosité. Ah non, deux. Il semblerait que Damien soit là, lui aussi. Naturellement, il me sourit.

Un geste de Kaleb suffit à faire déguerpir le fameux Luka. Je soupire et saisis une main tendue qui se propose de m'aider à me relever. Mon Dieu, j'ai vraiment mal au crâne. La femme qui m'a remise sur pied hoche sèchement la tête en réponse à mes remerciements et recule de quelques pas, s'en allant aux côtés d'une autre, plus jeune.

— Depuis quand Baalzephon vide de leur sang ses victimes ? lance cette dernière, menaçante.

— On ne connaît pratiquement rien de ses expériences, répond Damien. Vous devriez croire Kaleb. Les disparitions s'enchaînent ces derniers temps, vous le savez : Dylan, c'était bien Baalzephon.

La jeune femme croise les bras. Brian, lui, reste totalement fixé sur moi, même lorsqu'il renchérit :

— Nous devons rester soudés. Ombres et Instituts.

— Facile à dire, pour un Traqueur, lui fait remarquer Kaleb en s'asseyant à son bureau.

L'air narquois, il passe sa jambe gauche sur la droite, puis continue :

— On sait tous que les Loups-garous ont beaucoup de difficultés à assimiler la notion de territoire. Qui sait, peut-être votre ami s'est-il aventuré trop loin et… paf le chien.

La jeune femme pivote, hors d'elle, mais Damien réagit aussitôt en posant une main sur son épaule pour capter son attention.

— Ces marques de crocs ne signifient rien. Tu le sais.

— Nous allons bientôt devoir nous battre pour survivre, intervient à nouveau Brian. Tous. Dirigez plutôt votre haine réciproque vers les partisans de Baalzephon. Encore plus au moment voulu.

À ces mots, Kaleb part dans un grand rire, découvrant ses crocs ivoire. Notre chef d'équipe reste de marbre, tandis que, pour la première fois, je perçois des signes d'agacement et d'impatience chez Damien.

— Excuse-moi Snow, commence Kaleb, mais les Ombres ont déjà du mal à s'aider elles-mêmes. Elles ont mieux à faire que de se jeter dans la gueule du loup. (Il adresse un clin d'œil à l'attention des filles.) Encore moins pour un Institut incapable de les protéger. Et nous, Vampires, nous avons bien d'autres préoccupations.

— Baalzephon ne compte pas vous épargner, tu le sais, lui rappelle Brian en avançant un peu plus vers lui.

— Exactement. Nous l'attendons, même. Le sang humain nous manque, Traqueur. Nous trépignons à l'idée de mourir avec, pour une fois, la permission d'un buffet à volonté.

Les passagers du bus m'auscultent d'un mauvais œil ; pourtant, je fais de mon mieux pour ne pas parler trop fort, tout en essayant de suivre le fil de la conversation avec Liana. Difficile, j'ai tellement de choses en tête. J'avais prévu de tenter d'appeler Rose. Je suis inquiète. Aucune trace d'elle… c'est comme si… non, elle ne serait jamais rentrée sans m'en parler. Et puis, je le sens, lorsqu'un esprit s'en va. Il laisse un vide. J'espère que ce vide qu'a laissé Rose n'est pas le même, simplement un manque. À vrai dire, je ne suis plus certaine de quoi que ce soit. Peut-être son absence a-t-elle un rapport avec les souvenirs de sa mort, je ne sais pas trop. Cela a dû être un énorme choc, pour elle. Traumatisant. Comme pour beaucoup d'esprits.

— *Il me trompe, je te dis !*

J'écarte instinctivement le téléphone dans un mouvement brusque pour épargner mon oreille. Que suis-je censée lui répondre ? Je ne peux tout bonnement pas lui expliquer que Damien disparaît durant parfois des jours pour tenter de faire régner la paix dans un monde magique qu'elle est incapable de voir ou même d'imaginer… si ?

— Peut-être qu'il a quelques problèmes, simplement. Et peut-être que ceux-ci nécessitent un peu de son temps.

Je descends maladroitement du bus.

— Il n'y a pas de « peut-être », Mina. Damien me trompe, j'en suis sûre.

— Tu lui en as parlé ?

La culpabilité m'aplatit tout entière. Même si je n'invente pas d'histoire abracadabrante, j'occulte des éléments extrêmement importants dans sa quête de la vérité.

— Mieux : j'ai rompu avec lui.

— Quoi… mais… Pourquoi ?

— Parce que même s'il ne me trompe pas, il me ment, Mina. Et ça, c'est inacceptable, tu n'es pas d'accord ?

Si, tout à fait, et c'est bien ça le problème. J'opte pour le silence compatissant, plutôt que de m'engager dans une argumentation vide de sens et abominablement discutable.

— Tu es chez toi, Mina ?

— Non, je suis à l'autre bout de la ville.

Même si j'aurais préféré être dans mon lit, après cette nuit mouvementée qui n'a pas pris fin avant que Brian m'ait sermonnée comme une enfant mal élevée. J'ai riposté, bien entendu. Et je crois qu'il m'en veut, au moins un peu. J'avoue ne pas avoir mesuré mes mots. *Tu prétends vouloir empêcher Baalzephon de tuer tout le monde, eh bien, laisse-moi te faire remarquer que ça n'arrivera jamais si ton petit monde continue de tourner autour de ta belle gueule !*

Mais il y a une part de vérité, dans ma répartie : cette histoire n'est pas seulement la sienne.

— D'ailleurs Li, je suis désolée, je dois te laisser. On en reparle plus tard, si tu veux bien.

Liana capitule, non sans rechigner. Je tente une dernière parole de réconfort puis raccroche, les yeux levés sur un bâtiment qui a longtemps hanté mes nuits, petite. Il est toujours aussi gigantesque. Déjà des années en arrière, je trouvais que ses murs crasseux de terre et de pollution ressemblaient à ceux d'une prison abandonnée. Les grilles aux fenêtres sont aussi rouillées que le portail immense qui m'invite à entrer. Je frémis. On raconte qu'un homme aurait tenté de s'enfuir de l'hôpital psychiatrique, une nuit. On l'aurait retrouvé enfourché sur les pics du même portail. Je frémis une seconde fois. L'atmosphère n'a pas changé.

Je traverse le parc verdoyant à la hâte. Le soleil est au rendez-vous, ce qui signifie que la moitié de l'hôpital psychiatrique se promène. La plupart des usagers sont inoffensifs, mais j'en ai bien trop vu pour encore pouvoir y croire un jour. J'avais sept ans à mon dernier passage et il a été mémorable. Une femme âgée m'a agrippée en me hurlant de partir. D'après elle, j'attirais les mauvais esprits. Mes parents l'ont repoussée le temps que le personnel soignant vienne nous porter secours. La femme a fini par se reclure dans un coin en se balançant sur elle-même. Je n'oublierai jamais son regard. Un mélange de haine brûlante et de paranoïa. Elle s'est arraché un doigt sous mes yeux sans sembler ressentir une once de douleur. Elle disait que les ombres glissaient de sa main jusqu'à son cœur.

Aujourd'hui encore, j'en ai des vertiges.

J'entre dans le bâtiment, me présente rapidement à l'accueil, décidée à ne pas traîner trop longtemps dans les parages. Même mes parents sont encore réticents à l'idée que je remette les pieds ici, ils me l'ont d'ailleurs répété ce matin lorsque je leur ai expliqué que je voulais rendre visite à ma grand-mère.

Les couloirs sont d'un gris si terne et délavé qu'ils paraissent nus. L'air est chaud, mais je claque des dents sans pouvoir le contrôler. L'homme qui me conduit s'arrête devant une porte semblable à toutes les autres, une que, malgré moi, j'espérais ne plus jamais revoir. Pourtant m'y voilà, sur les recommandations d'un esprit pour le moins angoissant, et lorsque la porte s'ouvre, j'affiche mon plus grand sourire.

— Mina, ma puce ! Comme je suis contente de te voir !

Petite, ma grand-mère était pour moi une source d'inspiration. Elle était de ce genre de personnes à vous lancer à tout-va des phrases percutantes qui font jongler votre esprit. Et je me surprenais souvent à les répéter. Elle ressemblait énormément à mon père, bien qu'ils n'aient aucun lien de sang. Elle est la mère de ma mère, mais toutes deux ne se sont jamais vraiment entendues. Divergence d'intérêts ou guerre infondée, je n'ai jamais réellement su pourquoi. D'après elles, ça ne me regardait pas et ça ne devait pas obscurcir mon jugement. Au moins, elles étaient d'accord sur ce point. À vrai dire, elles étaient souvent du même avis sur tout un tas de choses. Elles n'ont jamais aimé l'entendre, d'ailleurs.

Ma grand-mère a été admise dans cette structure après le décès de mon grand-père ; elle n'en est plus jamais sortie. Elle a très rapidement montré des signes de démence, néanmoins d'abord internée après une tentative de suicide. Enfin, ça, je l'ai appris plus tard, bien entendu. Ma mère n'aime pas en parler, c'est d'ailleurs mon père qui s'en est chargé.

Aussi démente qu'elle soit, quoiqu'il arrive, elle se souvient finalement de moi, même dix ans plus tard.

— Salut mamie.

J'allonge mes pas jusqu'à son fauteuil. Son sourire lui dévore le visage. La dernière fois que je l'ai vue, elle se rongeait les ongles jusqu'au sang. Je me souviens de ses dents tachées de rouge vif lorsqu'elle a ri sans que personne n'en comprenne la raison. À sept ans, on s'imagine facilement que sa grand-mère est possédée quand elle agit de cette façon. Mais à dix-sept ans, il semblerait qu'on soit simplement heureuse de retrouver la plus grande amie de sa vie.

Je m'assois face à elle après l'avoir longuement enlacée. L'homme adresse un mot gentil à ma grand-mère, qui rougit, puis il nous laisse seules.

— Il est vraiment bel homme, tu ne trouves pas ?

Même enfermée dans un endroit pareil, ma grand-mère ne perd pas le nord, on dirait.

— Il est trop vieux pour moi, tu sais.

Elle me glisse un clin d'œil, prétextant que « les fruits les plus mûrs sont souvent les meilleurs ». Je ris doucement et admire l'amusement qui déploie une touche de malice dans ses iris verts. Ma grand-mère fait partie de ces personnes âgées dont le regard reste jeune et étincelant à jamais. Rien qui ne le ternisse, encore aujourd'hui. Et elle semble avoir une forme du tonnerre, peut-être pas physique, certes, mais son cerveau tourne encore, nul doute. Peut-être que cet esprit faisait véritablement référence à une Jacinthe qui n'était pas la mienne.

— Un beau jeune homme aurait-il déjà cueilli toutes les fleurs de ton cœur ?

Hum… C'est-à-dire que… Je n'en sais strictement rien. Je n'y ai même pas réfléchi une seule seconde.

— Je ne crois pas, non.

— On ne le croit jamais, au début.

Cette fois, le regard de ma grand-mère se perd par-delà mon épaule. Un regard quelque peu nerveux. Ses lèvres frêles et sèches s'entrouvrent à peine, hésitantes.

— Tout va bien ?

— Bien sûr, bien sûr, m'assure-t-elle, soudain de nouveau parfaitement vive. Et toi ? Tu as tellement grandi ! Et tu es si ravissante ! Moi qui pensais qu'on ne pouvait pas être plus belle encore que ta maman…

Légèrement mal à l'aise, je me remets en place dans mon fauteuil. Grand-mère me lance un regard complice puis sourit comme une jeune fille de vingt ans :

— Alors, des nouveaux secrets à me confier ? Ça fait bien longtemps.

Elle se penche vers moi, curieuse et impatiente. C'était notre passe-temps favori, nous raconter toutes sortes de choses, même les plus banales. Elle était mon amie. La seule en vie, tout du moins. Si je savais qu'elle finirait elle aussi par disparaître aux yeux des autres, jamais je ne pensais possible de la perdre de cette manière. Pas en même temps que mon grand-père.

— Désolée de te décevoir, mais non. Et toi ? De nouvelles aventures ?

— Je ne peux pas t'en parler ici.

Ah bon ?

— Est-ce que tu veux aller marcher dans le parc ?

— Avec ces fous furieux ? Non merci, s'esclaffe-t-elle.

D'instinct, je balaie l'endroit du regard. Les murs sont toujours aussi blancs. La pièce n'est pas très grande, mais je sais qu'il existe des installations bien pires que celle-ci dans le bâtiment. Au moins, elle, elle a une salle de bain.

— Pourquoi ne pas tout me dire ici ? Il n'y a personne.

Je me penche à mon tour vers elle pour l'encourager ; elle me saisit la main. Elle semble perturbée. Je crois bien que ma grand-mère replonge dans ce monde obscur et angoissant qu'elle habite la plupart du temps. Il y a des lieux, comme celui-ci, où l'on ne peut suivre personne. Quand les autres parviennent à y dénicher un petit bout de réalité auquel s'accrocher, ma grand-mère, elle, se noie et s'enfonce toujours plus profondément.

Sa voix baisse d'une octave et vacille :

— Je ne peux pas, Mina. Il le faut, mais ils sont ici. Tu le sais bien.

Des prémices de larmes s'agglutinent sous ses paupières qu'elle bat rapidement. Sa propre peine et ses angoisses s'amassent dans ma cage thoracique et descendent contaminer mon estomac. J'aimerais pouvoir l'aider, mais je sais pertinemment que je ne le peux pas.

— Qui est là ? Explique-moi.

Elle jette un coup d'œil furtif derrière moi. Par réflexe, je regarde dans la même direction. Son autre main m'attrape presque violemment le menton et me force à tourner la tête, à me laisser happer par son regard hypnotique.

— Ils nous écoutent, ils nous surveillent, chuchote-t-elle avant de geindre : tu devrais les voir, tu les as toujours vus !

Je bloque, figée. Serait-il possible qu'elle parle de…

— Il me manque quelque chose, interrompt-elle mes pensées.

Une seconde fois, son regard se perd par-dessus mon épaule. Elle ne regarde pas dans le vide, elle semble réellement discerner quelque chose. Ou plutôt : quelqu'un. Une larme ruisselle sur sa joue, glissant entre les rides de sa peau blafarde.

— Je ne les vois pas, mais ils sont là. Ils sont partout, Mina. Il y a des invisibles partout. Partout, partout, partout. Par-tout. Je les sens.

Un doigt glacé longe ma colonne vertébrale. Je voudrais pouvoir me redresser pour faire passer la sensation, mais je suis transie de peur et ma grand-mère ne semble pas décidée à décrocher ses doigts de mon visage.

— Partout, Mina. Partout.

Elle se répète jusqu'à l'essoufflement, même au-delà. Ses yeux deviennent fous. Ses joues, poudrées de rose, prennent une teinte écarlate. Elle tremble, puis se met à hurler. Plus question de rester calme et délicate, la peur et la surprise s'imposent et annihilent le peu de sang-froid que je conservais. Je m'arrache à elle. Elle bascule en avant. Se rattrape avec une agilité rare pour quelqu'un de son âge et dans son état. Et je recule lentement sans détourner mon regard. Ne pas lui tourner le dos. Ne surtout pas lui tourner le dos.

L'homme de tout à l'heure débarque avec un autre. Ma grand-mère se débat, menaçante, dangereuse. Quelque chose a vrillé. Je ne sais pas quoi. Je me sens glisser en moi-même et atterrir dans mes talons tandis que ma grand-mère redevient brusquement silencieuse. Elle se rassoit, faible, gentille. La sérénité folle qui dézingue les muscles de son visage la fait paraître presque amorphe.

— Et si on écoutait un peu de musique ? propose-t-elle d'une voix désincarnée.

Elle entame *Boogie Woodie Bugle Boy* des Andrews Sisters, l'air de rien. Elle est folle. Folle. C'est la seule chose qui tourne en boucle dans mon esprit, jusqu'à ce qu'elle allume la radio posée sur la table basse. Aucun son n'en sort. Seulement des grésillements qui finissent d'anéantir mes nerfs. Si je ne quitte pas cet endroit, elle va me contaminer de sa folie. Mais je reste. Parce que je les perçois. D'abord de façon mécanique, détachée. Puis elles se superposent. Prennent en force, en volume.

Ma grand-mère, qui poursuit sa chanson sous les regards attentionnés des soignants, interrompt leurs recommandations que je n'ai moi-même absolument pas écoutées :

— Quoi ? Vous n'entendez donc pas ?

Ses yeux reviennent à moi, qui m'efforce de tenir debout, blottie dos au mur, à deux pas de la porte.

— Toi, tu les entends, Jemina. Tu as toujours entendu toutes les autres. Et tu les vois. N'est-ce pas ?

Ce qui a raison de moi, c'est que si je ne peux pas les décrypter, je les entends, ces fichues voix.

Chapitre 31

Si difficile de réécrire une histoire, alors même que toutes se répètent.

Cet autre jour, en ville, bien à l'écart du centre, un buraliste sortait fumer une cigarette devant son commerce. Il salua un passant – sans doute se connaissaient-ils bien, car ils entamèrent une certaine conversation dont il serait inutile d'en réaliser la transcription. Ils discutaient, donc, lorsque le buraliste leva un instant les yeux devant lui. Un bâtiment pour le moins intriguant avait pris la place des autres boutiques. Bizarre. Aussitôt, pourtant, les devantures auxquelles était habitué le commerçant refirent surface, et monsieur tout le monde – donc personne – ne s'en soucia. On oublie vite, ces temps-ci, ne trouvez-vous pas ?

C'est là que la Magie opère. La vôtre, la mienne, celle que nous mettons en place de source à réceptacle. Lequel est lequel, me direz-vous. Remarque très pertinente à laquelle je vous laisse réfléchir par vous-mêmes.

Ce bâtiment, nous en voyons toujours la pierre, nous. Étrange forme cubique et sculptée, où l'on n'aperçoit aucune porte ni aucune fenêtre pour y entrer, ou en sortir. Très mauvais, l'architecte.

Le Fourre-Tout doit vous paraître encore bien mystérieux.

Plus loin, un jeune homme grimpait l'escalier de la gare. Les quelques âmes qui patientaient sur les quais étaient saisies par les mouvements d'un parapluie perdu, malmené par le vent. L'homme réajusta les manches rebroussées de sa chemise déjà impeccable. Il marchait tranquillement sans trop sembler se soucier de ce parapluie. Que quelqu'un le récupère pour le rapporter à l'accueil était bien inaccoutumé. Il était là. Presque tous les jours. Presque à chaque heure. Quand il disparaissait entre des mains bienveillantes, il revenait aussitôt. Quoiqu'il arrive. Et il finit d'ailleurs par percuter le mur au fond des deux quais ; alors notre homme poursuivit sa route, paisible. Il le ramassa sous des regards curieux, le balança sur son épaule, puis effectua un demi-tour. Il redescendit l'escalier avant de disparaître, le pied à peine posé sur la dernière marche.

Une fois encore, on oublia.

Retrouvons cet homme, son rôle est primordial ; sinon, pourquoi le mentionner ?

La salle des pas perdus, comme on l'appelait, était bondée. Elle l'était toujours. Femmes et hommes déambulaient dans tous les sens, souvent l'air pressé. Il arrivait parfois de croiser un visage incertain, un cou qui se contorsionnait dans l'espoir d'identifier la direction appropriée, mais la chose demeurait rarissime : pour la plupart des pas qui martelaient le carrelage, c'étaient avant tout ceux des employés du Fourre-Tout.

Notre inconnu, lui, lança le parapluie par-dessus son épaule et avança. Le parapluie s'éclipsa comme par magie en rebondissant contre le mur. Fantastique. Victor se rendait à la Chambre de Justice, fraîchement admis député. C'est donc tout naturellement qu'il emprunta l'ascenseur qui menait au sous-sol. Dans sa cage, chacun s'agrippait aux manches installés sur les parois. Ceux qui n'en voyaient pas l'intérêt, disait-on, étaient les plus terre à terre. Raison pour laquelle leurs pieds adhéraient tant et si bien au sol qu'ils ne s'en décollaient pas, même lorsque l'ascenseur entamait sa descente vertigineuse.

En ce qui concerne notre Victor, une seule main lui suffisait pour ne pas s'effondrer au plafond – drôle de formulation.

Il traversa ensuite un long couloir sombre, puis poussa deux grandes portes pour faire son entrée dans la Chambre. Les tribunes formaient deux demi-cercles, l'un face à l'autre, et se remplissaient déjà des habituels députés, trop nombreux pour que Victor espère un jour tous les connaître.

Derrière son pupitre, installé au milieu des tribunes de droite, le ministre – ou plutôt, l'ancien ministre – de la Justice feuilletait un document. Luther, qui s'apprêtait à céder sa place, continuait néanmoins d'arborer son flegme perpétuel sur tous les pores de son visage. Victor n'éprouvait à son encontre qu'une neutralité sans borne. Ce qu'il redoutait plus que tout, c'était l'identité du prochain ministre. Des idées et idéologies effrayantes fleurissaient en ce moment parmi les députés. Victor sentait bien que quelque chose le dépassait. Son regard croisa justement celui de Lutra Pontife, qui s'entretenait cordialement avec Genéniève de la Cour Siprès.

Victor s'installa dans les tribunes. En leur centre, un espace bien vide, une chaise esseulée. Celle où s'installaient les accusés, quand on ne sortait pas un collier denté, s'ils étaient considérés comme trop dangereux pour être libres de leurs mouvements.

Seulement deux députés candidataient au poste de ministre ; aux dernières élections, ils étaient cinq. Victor hésitait encore. Devait-il faire barrage à Prunelle Belt quitte à élire « un mauvais moins pire que le détestable », comme disait un de ses collègues ? L'élection se déroulerait par vote à la main, cette fois. Chacun verrait alors qui votait, qui s'abstenait. Et, nom d'une pipe, les députés abhorraient étrangement le vote blanc.

Malgré tout, Victor garda ses mains bien campées sur ses genoux.

Prunelle Belt, les lèvres fines et rigides, le brushing parfait, restait figée. Même lorsque tous purent constater qu'elle remportait le vote haut la main – très haut, elle avait levé la sienne. À quelques sièges d'elle, Genéniève revêtit ce sourire qui répugnait Victor : celui qui semblait fanfaronner et mettre en garde. « J'ai gagné », signifiait-il.

Victor avait été soulagé d'apprendre qu'elle ne se présentait pas aux élections. Néanmoins, si Prunelle Belt ne s'était pas forgé des avis aussi extrêmes que sa collègue, elle gardait une affection toute particulière pour l'ordre. D'ailleurs, l'une des premières décisions qu'elle comptait faire voter au plus vite par la Chambre, n'était autre que la réouverture de la prison régionale. Une prison destinée avant tout aux Ombres considérées dangereuses.

— Veuillez applaudir Madame la Ministre : Prunelle Belt.

La femme se leva. Une branche maigre et humide, froide et sans écorce. Ce fut l'impression de notre jeune Victor.

Il frémit, ses mains toujours sur les genoux. Autour, les applaudissements claquaient leurs propres échos.

Métacirca marchait au milieu de la foule. C'était la semaine du marché, au village. Et il avait sa cible en ligne de mire. Son capuchon noir dissimulait jusque-là son visage, mais il le repoussa en arrière en remarquant qu'il alarmait les marchands et les passants. Il est vrai que le port des capes n'est pas répandu chez les Alchimistes et convient mieux aux Sorcières.

Heureusement, Métacirca se moquait bien qu'on puisse l'identifier, même après sa mission accomplie.

La jeune femme paraissait ne s'être rendu compte de rien. Métacirca la suivait depuis la veille, pourtant, aussitôt qu'elle fût sortie de la taverne du village. Ses indicateurs devraient être récompensés, nul doute que Baalzephon leur promettrait l'impossible, comme il semblait le faire à tous, ces temps-ci. Tom était certainement le plus dupe, pensa Métacirca.

Il accéléra le pas peu à peu. Parvenu à bonne distance, il saisit la femme par derrière et lui trancha simplement la gorge. Des hurlements retentirent. La foule s'écarta subitement. Et Métacirca disparut, emportant avec lui un sac en tissu arraché à sa victime.

Reparu dans un lieu obscur dont il semblait suffisamment accommodé pour le traverser sans accroche, il finit sa marche dans la salle de réception. Baalzephon l'y attendait debout face à la cheminée. Le silence était léger. Paisible.

Baalzephon portait la même cape sombre que Métacirca. Le velours sec et déchiré lui donnait l'aspect d'un Silencieux, outre ses membres décharnés. Il suspendit une de ses mains, pourvue de doigts longs et fourchus, au-dessus du feu. Des filets d'eau sortirent de sous son vêtement et se rejoignirent sur sa paume pour s'en aller étouffer les flammes.

— La vie est si longue, souffla-t-il, lorsque nous ne possédons rien de plus que la solitude, Métacirca.

Le jeune homme le savait mieux que quiconque, en effet. Il déposa sa récente acquisition sur l'immense table pour toute réponse. Baalzephon s'approcha et, fébrile, tira du sac un livre dont la reliure en cuir n'avait pas empêché le temps de corner et jaunir ses pages. Le bleu translucide de ses yeux se tapissa d'un sentiment proche de l'espoir.

Mais alors, un raclement de gorge réclama de l'attention depuis la porte. Seul Métacirca tourna la tête pour connaître l'identité de l'intrus. Comme s'il s'attendait à de la visite, Baalzephon demanda :

— Quelles sont les mauvaises nouvelles, cette fois, mon bon Keller ?

Le médecin enfouit ses mains dans les poches de sa blouse. Métacirca et lui se connaissaient déjà avant de rejoindre tous les deux Baalzephon. Ils venaient du même Institut, mais aucun n'en avait jamais parlé. Sûrement parce que Métacirca n'adressait que très rarement la parole à Keller, non pas qu'une animosité particulière l'en empêchait, disons qu'il conservait ses mots pour Baalzephon ; les autres lui paraissaient bien insignifiants.

— Le Loup-Garou s'est vidé de son sang, l'informa le docteur Keller.

Baalzephon, toujours sans diriger son attention ailleurs que sur le Grimoire proscrit qu'il tenait précieusement, ordonna :

— Métacirca, mon ami, va donc ramener ce corps à sa meute. Et, si tu y parviens, amène-moi un autre Loup, nous n'étions plus très loin de la réussite, cette fois. Un Loup-Garou, loup ou humain, pas hybride… rien de *magique*, cracha-t-il soudainement. Après cela, rallume le feu et envoie un message à Lara. Dis-lui de venir le plus tôt possible.

Keller se fit encore entendre alors que Métacirca concentrait déjà son énergie dans la création d'un nouveau *peregrinator*. Il avait cela de particulier, pour un Alchimiste de seconde génération capable de crever l'espace et de s'y glisser à son bon vouloir, de pouvoir établir des *peregrinator* instantanés, qu'il détruisait simplement en les traversant. Il fit un pas de côté et disparut dans une brise glacée qui se propagea dans la pièce.

— Monsieur, dit Keller, et pour l'Elfon, que fait-on ?

Baalzephon grimaça de dégoût. Aucune Ombre ne le répugnait plus que les Elfes.

— Balancez son corps dans le lac.

Oui. Que le mort revienne à la Mort. Les Fées s'en chargeront.

Chapitre 32

BRIAN

Le temps commence sérieusement à se rafraîchir. C'est ce que je me dis en arrivant aux abords de la cabane, surpris de découvrir Jemina assise sur les marches du perron. Je m'arrête. Elle lève la tête. Sa capuche lui dévore la moitié du front et assombrit un peu plus son expression.

— Tu m'espionnes encore, princesse ? lancé-je alors même qu'elle ne semble pas là pour passer un moment en ma compagnie.

Elle ne répond pas, je me sens observé. Jaugé. Je ne comprends pas pourquoi.

— Alors, tenté-je à nouveau, qu'est-ce qu'il t'arrive ?

Un bruit de gorge sarcastique grince.

— Qu'est-ce qui m'arrive ? répète-t-elle, soudain animée. Oh, je ne sais pas, est-ce que tu veux parler de Baalzephon qui a encore tué une Ombre, ou de Syllia totalement abandonnée par ton Institut, ou encore de Rose qui a disparu, ou sinon de toi qui m'exclue continuellement de ton équipe ?

O.K., je suppose que la meilleure réaction à cette attaque devrait être le calme et l'empathie, mais Jem a mal choisi son heure.

— Tu devrais te poser les bonnes questions, parfois, Jem, ça te ferait du bien. Si tu trouves que mon petit monde tourne trop autour de ma belle gueule, comme tu dis, c'est certainement parce que tu es trop habituée à ce qu'il le fasse autour de la tienne.

Sa bouche s'ouvre, offusquée à souhait, mais je ne la laisse pas répartir :

— D'abord, Digvix n'est pas mon Institut à proprement parler, et je te rappelle que tu es censée en faire partie maintenant. Je te rappelle aussi que durant cette visite chez les Vampires, ni Kenny ni Frog n'étaient là, alors arrête de te sentir personnellement persécutée.

— Avoue que tu ne veux pas que je m'immisce dans vos affaires.

C'est vrai. Mais pas pour les raisons qu'elle s'imagine, même si je ne suis pas certain de leur nature.

— Quoiqu'il arrive, Jem, même si tu nous accompagnais partout, rien ne pourra changer ce qu'il est en train de se passer.

Je soupire, passe une main sur mon visage.

— Et si tu peux éviter de t'investir trop directement dans toute cette histoire, ça pourrait potentiellement te sauver la vie.

— Donc tu es décidé à faire ce choix à ma place ?

Oui. Et j'assume entièrement cette preuve d'égoïsme. Je déverrouille la porte de la cabane pour faire signe à Jem d'entrer. Elle accepte, non sans me gratifier d'un regard courroucé. Elle m'agace. Profondément. Elle semblait pourtant saisir l'importance de toute cette histoire, l'autre soir, et maintenant, elle parvient à me reprocher de vouloir la garder en sécurité.

Moins d'Ombres ont connaissance de son existence, de sa nature de Banshee, plus les chances que Lara l'apprenne s'affaiblissent. Car, comme nous l'a dit Syllia, qui sait ce que pourrait prévoir la Prêtresse de Digvix si elle venait à entrer en possession du Grimoire proscrit de Méroé ?

Jemina s'en va dans le salon, mais ne s'assoit pas, optant pour un circuit nerveux autour de la pièce, son ongle coincé entre ses dents.

— Mon amie, Rose, c'est un esprit. Elle ne m'a pas quittée depuis mon retour ici, m'explique Jem. Et elle a disparu. Comme Charles. Je crois… je crois que je ne sens même plus son énergie… c'est comme…

Toute l'anxiété qu'emprisonnait jusque-là Jem s'échappe et emplit l'atmosphère. Elle déblatère quelque chose d'incompréhensible au sujet des esprits qui cherchent à rentrer je ne sais où pour y faire j'en sais trop rien.

— Un esprit n'est pas censé disparaître une fois son énergie amenuisée ?

— Si, mais je le sens, lorsque c'est le cas. Et Rose, elle, allait parfaitement bien. Charles aussi, d'ailleurs. C'est comme si… s'ils s'étaient simplement évaporés. Comme si on les avait kidnappés, quelque chose dans le genre. Je suis sûre que Rose est encore là, pas très loin, mais je ne sais pas où. Pas encore.

J'ôte mes armes et les dépose dans un coin de la pièce.

— J'ai fini les rondes, l'informé-je, tu veux qu'on aille la chercher ? Enfin, si tu penses que c'est possible.

— Non, enfin si, se reprend Jemina, c'est juste que… J'ai un très mauvais pressentiment, Bri.

Elle arrête sa course nerveuse, les bras le long du corps, ses lèvres affreusement seules d'après les miennes. Je pourrais avancer de quelques pas. Lentement, pour ne pas l'effrayer plus qu'elle ne l'est déjà. Je pourrais faire glisser mes doigts sur la peau de son cou, l'admirer se recouvrir de chair de poule et passer ma main derrière sa tête pour saisir doucement ses cheveux. M'aplatir contre elle.

Elle m'inspecte.

— Quel genre de mauvais pressentiment ? demandé-je d'une voix modifiée par ma soudaine envie de contact chaud et vivant.

— Le genre qui est arrivé lorsque j'ai entendu des voix sortir tout droit d'une radio moisie. Le genre qui est toujours là, mais en pire, parce que ces voix, je les entends encore depuis des heures.

L'annonce provoque un demi-tour forcé à la réalité. Nous avons plus important à faire.

— Qu'est-ce qu'elles disent, ces voix ?

La ruine. Le naufrage. L'épuisement. La terreur. Tout autant de sentiments que m'inspire le regard suppliant de Jem, à cet instant. Et merde, je la comprends tellement.

— J'ai envie de hurler, halète-t-elle.

Un court silence s'impose naturellement. Puis :

— Alors hurle, Jem.

— J'peux pas…

Pourquoi ? Elle a l'air en bonne santé, tout semble plutôt bien fonctionner. Je ne doute pas de la capacité de ses cordes vocales.

— J'ai pas envie de hurler parce que quelqu'un est mort ou va mourir, mais parce que… je ne sais même pas vraiment pourquoi. Et toi, t'es là, impossible à détester. Je suis même pas sûre que ça vaille la peine d'essayer. Je voudrais aller chercher Rose, mais j'ai la conviction de devoir retourner écouter cette radio. Et à la fois, je voudrais que tu m'expliques une bonne fois pour toutes pourquoi tu ne me fais pas confiance. Pourquoi tu ne veux pas me laisser l'occasion d'aider Syllia.

— Je te fais confiance.

J'avale ma salive, la gorge sèche. Le reste ne veut pas sortir.

— Alors c'est quoi, le problème ?

Et puis merde.

— Sincèrement, Jem, en vrai, il n'y a aucun problème. C'est moi qui l'ai construit de A à Z. Et je suis désolé, je peux pas faire autrement. Tu devrais être libre de tes propres décisions, oui, mais j'ai l'impression que tu n'as pas toutes les cartes en main, et si c'est le cas, c'est justement parce que je refuse de te les donner. Alors, j'essaie… j'essaie d'agir au mieux.

Ses sourcils froncent un sentiment d'intérêt, mais relèvent leur pointe dans une autre émotion indéfinissable.

— Je t'ai dit qu'on pouvait être amis dans le silence, répète-t-elle en s'approchant, les bras croisés, ses mains dissimulées sous ses manches. Et c'est toujours le cas. Mais si j'ai accepté d'intégrer l'Institut Digvix, c'était pour m'y faire une place. Pour l'instant, j'ai juste l'impression que tu m'en empêches.

Je m'en veux. Je comprends. Mais je ne sais pas comment faire autrement.

Jem s'éloigne vers le canapé, soupire, puis s'y laisse choir. Je la rejoins, l'esprit légèrement embrouillé par quelques idées parasites. Je devrais trouver quelque chose à lui répondre. Lui promettre de ne plus interférer entre elle et le monde magique qui l'intrigue tant. Lui expliquer l'inexplicable. Peut-être lui raconter comment ce même monde magique a pulvérisé ma famille, une bonne partie de mon enfance, et surtout, la vie de mes petits frères. Lui raconter le vide incomparable qui zone dans mon corps, partout autour de mon squelette, et qui bouffe ma chair. Lui avouer que si mes petits frères n'existaient pas, je serais déjà très loin, et que cette pensée me bouffe elle aussi.

Lui faire comprendre que mon égoïsme ne l'entrave pas seulement elle. Qu'il entrave aussi mes amis, qui voudraient m'aider, mais que je préfère garder éloignés de tout ce bordel monstrueux dont ils n'ont pas vraiment idée.

— Tu n'aimes pas la Corporation, je me trompe ? m'interroge à moitié Jem, le visage tourné vers moi. Toi non plus, tu n'as pas vraiment eu le choix.

Je hausse les épaules.

— On a tous le choix. Je le pense vraiment. On fait juste des conneries, pas mal de conneries, d'ailleurs. Certaines sont réparables, et d'autres, irrémédiables.

Mon téléphone signale sa présence en vrombissant. Je le tire de ma poche et réponds sans entracte.

— Je vais venir, Soph, pas la peine de me harceler comme ça.

Je la sens paniquée, elle me contamine même par sa simple voix.

— *Justement Brian, il faut que tu viennes. À l'Infirmerie.*

Ma poitrine se fige alors même que je n'ai pas fini d'inspirer. Et même après que Sophie m'a explicité l'urgence de la situation, impossible de relâcher l'air emmagasiné dans mes poumons.

— *Les Alchimistes de l'Institut. Cela fait deux jours. Tous les mêmes symptômes. Nous sommes déjà à notre dixième victime.*

Sophie raccroche aussitôt. Je demeure muet durant plusieurs secondes, jusqu'à ce que Jem m'interroge.

— Il faut que je retourne à l'Institut.

Je me lève, lui tends la main :

— Est-ce que ma princesse accepterait de m'accompagner braver le danger ?

— Bonne question, tu devrais la contacter.

Sa main saisit malgré tout la mienne et son contact m'électrise. Je contiens un sourire, ramasse mes armes, puis nous partons.

Nous traversons l'entrée de l'Infirmerie à grands pas. Jemina est aussi inquiète que moi. Je crois que nous pensons à la même chose, mais que nous préférons attendre d'être certains de ce qui se trame ici. Ma tête bifurque dans tous les sens, à la recherche de Sophie. Je finis par l'apercevoir dans un des couloirs, en train de converser sérieusement avec un de ses collègues.

Jem et moi approchons. Après avoir remarqué notre présence, elle esquisse un geste de la main pour nous indiquer de l'attendre là. Pour une fois, j'obtempère. L'Infirmerie est bondée du personnel soignant qui s'active de tous les côtés. Plus que d'ordinaire. Un brouhaha commence à se former. J'entends qu'on pourrait vider le réfectoire et y préparer une zone d'accueil pour les prochains malades. Ils attendent sans aucun doute une vague de contamination assez importante.

— Qu'est-ce qu'il se passe ?

Ma question semble faire surgir tous les doutes de Soph. Elle se masse le front, une pile de documents entre les bras.

— Ça fait maintenant deux jours que des Alchimistes consultent plus ou moins pour des symptômes similaires. De prime abord, la chose est banale, peut faire penser à une grosse grippe. Puis les cas se sont rapidement aggravés. Les premiers à être venus consulter un médecin sont déjà tous morts. Et une vingtaine d'autres sont hospitalisés.

La main de Jem s'enroule délicatement autour de mon poing. La sensation m'apaise, mais n'annihile pas la colère.

— Vous avez une idée de ce qui peut provoquer ça ? se renseigne Jem.

Moi, j'en ai une. Mais Sophie va encore tout faire pour la décrédibiliser. Et je vais encore m'emporter.

— Aucune, répond-elle. Les examens sont infructueux. Impossible de poser de véritable diagnostic, nous n'avons jamais rencontré des cas semblables. Les soins…

Sophie détourne rapidement le regard, émue. Elle est à deux doigts de craquer.

— Les soins ne sont plus que palliatifs. Brian, je suis désolée.

Pris de court, je l'interroge du regard sans émettre le moindre son.

— Tu avais sûrement raison. Cette maladie, elle n'a rien de normal.

— Tu veux dire, intervient Jem, hésitante… Tu veux dire qu'elle pourrait être magique ?

Sophie opine du chef.

— Ce qui est certain, c'est qu'elle ne touche que les Alchimistes. Aucun Traqueur n'a encore manifesté un seul des symptômes déjà rencontrés.

— C'est le Grimoire proscrit, soufflé-je, les mâchoires serrées. Baalzephon l'a retrouvé.

Au même moment, Jem s'excuse et porte son téléphone à son oreille. Elle s'écarte de quelques pas et mon poing se reforme à nouveau, sans sa main pour le délier un tant soit peu.

— J'ai prévenu la Corporation, m'informe Sophie, anxieuse. Je ne m'attends pas à avoir une réponse. J'ai voulu passer le *peregrinator* pour m'y rendre directement, il n'a toujours pas voulu s'ouvrir.

Le *peregrinator* dans le bureau de Sophie, qui conduit directement à la Corporation elle-même, décide de qui peut l'emprunter selon le danger que la personne représente ou non. Je n'y comprends rien. Sincèrement. Soph est tout ce qu'il existe de plus pacifique.

— Baalzephon prépare sa future attaque, dis-je en guise de réponse, nous devons nous aussi nous préparer. Il cherche à affaiblir l'Institut.

— C'est bien possible, acquiesce la directrice. Et, je crois bien ne pas mentir cette fois en te répétant que jamais les Alchimistes ne participeront en première ligne.

Peut-être même pas en deuxième, oui. Et ça m'emmerde profondément. Je me tourne vers Jemina et la découvre sonnée, son téléphone maintenant verrouillé. Elle est plongée dans une contemplation absente de son écran noir.

— Jem, tout va bien ?

Son trouble détend étrangement les muscles de son visage, alors même qu'elle m'annonce :

— Ma grand-mère s'est suicidée. Je…

Le choc. La surprise. Rien d'autre n'intervient. Elle est purement secouée et désorientée, aucune trace de chagrin. Et je comprends.

— Jemina…, murmure à peine Sophie.

Puis la directrice s'excuse, appelée d'urgence par un infirmier.

Je franchis lentement l'espace qui me sépare de Jem. Tends une main vers son épaule. L'attire contre moi. Ses doigts s'accrochent à mes vêtements, lorsque son souffle tremble à mon oreille :

— Bri, ces voix. Elles sont de plus en plus fortes.

Chapitre 33

JEMINA

J'ai dû insister. Furieusement. *Pas au téléphone*, s'entêtait aussi mon père. Si c'était lui qui m'appelait avec cet air sinistre, c'était forcément pour partager une mauvaise nouvelle. Ma mère, elle, aurait attendu mon retour. Elle n'aurait rien dit. En fait, elle aurait juste pleuré en m'enlaçant. Et, mon père aurait fini par s'occuper du reste, soit le plus important, à mon sens.

Je ne suis pas triste. Plutôt soulagée. J'imagine que, maintenant, ma grand-mère ne pourra que mieux se porter. Parfois, la vie sied mal aux gens. Rose, elle, s'épanouissait en tant qu'esprit. Par contre, cette pensée-ci, elle, m'attriste.

Et, cette impression que la vie n'est pas souvent faite pour moi non plus menace de me terrasser.

— D'accord, admet Frog, le souffle court, c'est carrément flippant ici. Vous pouvez me rappeler en quoi ma présence vous est indispensable ?

Le lieu est désert. Abominablement flippant, oui, surtout lorsque des chuchotements se superposent les uns sur les autres au creux de vos oreilles, comme pour vous mettre en garde. Mais nous devons aller voir. Parce que ces voix ne cessent de prendre de l'ampleur. Si elles tentent de m'interpeller, je me dois de les écouter.

Le corps serré que forment les arbres autour des jardins relâche un brouillard porté par la brise. Une gueule chaude qui expire une fumée glaciale. Mes poils se hérissent, la peau de mon dos me tiraille. Les réverbères de l'entrée projettent un écran de lumière sur la condensation. Difficile de discerner quelque chose. Mais nous sommes seuls… enfin, pour l'instant.

Kenny prend une longue inspiration, comme s'il s'apprêtait à plonger au fond d'un bassin. Damien semble tout droit sorti d'un caveau : j'imagine que sa récente rupture avec Liana y est pour quelque chose. Sur le chemin, il a voulu prendre de ses nouvelles, mais qu'aurais-je pu lui dire sinon que Li se portait bien ? Lui raconter comment elle tente de l'oublier en listant par textos tous ses défauts ? Qu'elle finit par lui en inventer des supplémentaires en espérant le détester ? Mauvaise idée.

Brian paraît tout à fait à l'aise avec l'idée de passer une partie de la nuit dans un hôpital psychiatrique. Il doit être fou. Je ne vois pas d'autres explications possibles. Ou peut-être est-il véritablement insensible au monde extérieur…

— Je vais vous ouvrir la grille, attendez ici.

Et le voilà maintenant qui se hisse sur le mur avec une agilité dont je n'avais pas encore pu témoigner. Il se laisse tomber dans le vide, de l'autre côté, sans qu'on ne perçoive ne serait-ce que le bruit de ses chaussures sur le sol.

— Mais…

— T'inquiète, me confirme Kenny, ce mec crapahute partout depuis sa naissance.

Oh, fantastique. Mais que compte-t-il faire de plus tout seul derrière ce portail ? Pourquoi ne nous a-t-il pas aidés à escalader à notre tour ?

— J'étais persuadée qu'au moins un d'entre vous savait déverrouiller une porte autrement qu'avec une clé.

— Ouais, pas faux.

Kenny me regarde, à moitié dans ses pensées, puis revenu à lui-même, il lâche :

— Mais Brian adore faire ses trucs de son côté.

Un peu trop, parfois. Peut-être que moi aussi, j'arriverai à m'y accommoder, un jour.

Damien suppose :

— Il est parti en éclaireur, j'imagine. Il reviendra nous ouvrir.

— Bah qu'il se grouille le cul, frémit Frog, parce que je suis à deux doigts du malaise vagal.

Un cliquetis retentit.

— Vous avez entendu ?

Les garçons se tournent illico dans ma direction. Non. Ils n'ont pas entendu. Et ils n'entendent pas non plus les crépitements d'une radio qui peine à produire du son. Les voix s'affolent. Impossible de discerner ne serait-ce qu'un mot dans tout ce boucan. Je ferme les yeux. Ça s'infiltre depuis l'extérieur et envahit mon crâne. S'agglutine quelque part dans mon front et sous ma nuque. Au milieu, un vide effrayant d'où on m'a dégagée.

Des étincelles. Comme si la radio prenait feu et que son plastique pétillait. Puis une interférence qui me transperce les tympans depuis l'intérieur.

— Jemina ?

Je rouvre les yeux. Damien me dévisage.

— Tu as envie de hurler ?

Il a peur. Moi aussi.

Je secoue la tête de gauche à droite. Je n'ai pas envie de hurler. J'ai la gorge nouée. L'estomac aplati. Une pierre tombale sur la poitrine.

Non, je n'ai pas envie de hurler. J'ai envie de pleurer. D'un chagrin à la limite du maladif.

— Il faut qu'on se rapproche, dis-je en saisissant les barreaux du portail. La radio. Il faut qu'on s'en rapproche.

— Oui, on est là pour ça, non ? nous rappelle Kenny.

Les garçons échangent quelques mots, mais je n'y fais pas attention. La silhouette de Brian apparaît dans le chemin. Il ôte sa cagoule.

— Tout est neutralisé.

Je n'ai aucune idée de ce que ça peut bien signifier. Tout ce qui m'intéresse, c'est le trousseau de clés que Bri brandit. Je n'en peux plus d'attendre. Qu'il ouvre, bon sang.

Le portail grince enfin. J'avance la première, hypnotisée. La lumière des réverbères se tarit peu à peu jusqu'à nous laisser dans le noir le plus total. Nous traversons le brouillard plus léger qu'il m'était apparu. Autour de nous, les formes des arbres ondulent. Du moins, je crois les voir onduler, oppressée par une présence méconnue. L'impression alourdit encore l'atmosphère déjà lugubre. Des doigts se posent sur mon épaule, je tressaute.

— Ça ne va pas ?

Brian me sonde, mais je détourne rapidement le regard. Non, ça ne va pas. Ces voix m'appellent. Et quelque chose est tapi dans l'ombre. Quelque chose qui s'incruste sous mes vêtements et ralentit mes mouvements. Quelque chose qui me saisit au cou.

— On nous observe, dis-je d'une voix blanche.

J'entends vaguement les râlements de Kenny lorsque Frog lui fonce dedans.

— T'es con ou quoi ?

— Oh, ça va, j'ai mal calculé la distance entre nous.

Le silence revient. Nous scrutons les environs. Et encore, je jurerais que le paysage se meuve sous mes yeux. Il s'approche, s'éloigne, se rapproche à nouveau, puis repart. Comme un océan calme et intensément profond. N'importe quoi peut se dissimuler sous un bleu si obscur. Et mes mots reprennent de leur sens quand Brian encadre mon visage de ses mains pour happer mon attention. Les allers et retours sont envoûtants.

Je suis terrifiée. Pas par lui. Par tout le reste. Les murmures recommencent à s'entrechoquer et à se répondre, à se renvoyer la balle. Un canon harmonieux mais angoissé s'installe. Mon cœur suit la cadence.

— Il n'y a personne, Jem.

Si. Ma grand-mère avait raison. Ils sont partout. Et ils nous écoutent. J'ai les jambes en coton.

— Je me fous de combattre un Vampire, s'exprime d'un coup Frog, mais des esprits, non. Ça me fout vraiment les jetons, je suis désolé.

— Le sois pas, le soutient Kenny. Mais maintenant qu'on est là, autant continuer d'avancer.

Brian glisse sa main dans la mienne. Je le suis. L'impression d'un danger imminent est près de me faire imploser, lorsque nous franchissons les portes d'entrée. Devant le bureau d'accueil, une dizaine de personnes évanouies s'entassent presque. Damien se racle la gorge.

— Espérons qu'aucun des internés n'aura besoin de soin durant les prochaines heures.

— Je n'y avais pas pensé, c'est vrai, avoue Brian en se tournant de nouveau vers moi. Il faut que tu nous guides. Tu te souviens de la chambre ?

Bien sûr, oui.

Je pivote vers la gauche. Le couloir s'allonge sous mes yeux, indéfiniment. C'est comme si le monde se déformait un peu plus à chaque pas. Je me demande si je ne vais pas finir par tanguer et m'affaler contre un mur, mais la main ferme et chaude de Brian fait office d'ancrage.

Les bourdonnements reviennent au galop, les chuchotements prennent encore en force. Je m'arrête devant la porte. Un moment se passe avant que Brian ne saisisse la poignée de lui-même. La vague d'odeur de détergeant m'assèche la bouche. Mais j'entre.

Tout est vide. Je veux dire, tout est à sa place, à la même qu'hier, du moins, mais ma grand-mère n'est pas là. Son sourire non plus. C'est étouffant. Et la lumière artificielle est trop blanche, spectrale. De quoi dénaturer un peu plus l'endroit.

Je m'avance jusqu'à la table basse. Mes jambes s'ankylosent, mes articulations résistent. J'ai la nuque raide. La radio est là. Et tout ce qui me parasitait l'esprit se tait subitement. Je m'immobilise.

— Qu'est-ce qu'il se passe ? m'interroge Frog d'une voix chevrotante. Il y a un esprit, c'est ça ?

Je tente d'inspirer profondément. Impossible. Je n'ai même pas encore relâché l'air dont mes poumons se sont gorgés plus tôt. C'est comme s'ils cherchaient à conserver ce dont ils pensaient bientôt manquer. Sur ma droite, j'aperçois Brian jeter un œil dans la salle de bain. Il m'observe un court moment, puis ferme la porte.

— C'est cette radio-là ?

Sa voix profonde pénètre sous ma peau, si proche de moi. J'aimerais l'inciter à faire un autre pas dans ma direction. Lui demander de prendre l'objet entre ses mains à ma place. Mes doigts passent sous mes yeux. Je les vois se saisir de la radio. Ils tournent un bouton.

Un hurlement. Qui fait trembler le sol et secoue les meubles. Je perds pied. C'est comme un amas de nuages obscurs qui foncent sur nous. Il stagne au-dessus de nos têtes. Et cette femme hurle toujours. C'est douloureux. Puissant. Térébrant. Le cri aigu comprime mes tympans, les parois de mon crâne.

Le tintement qui suit l'explosion. Les grésillements finissent par le recouvrir. Puis les voix. Encore. Des murmures inarticulés. Des souffles à l'agonie, qui se fatiguent. Des galops tambourinent sourdement le sol. Ils arrivent. Et je ne peux rien faire. Rien. La vague approche.

Ça m'attrape par les chevilles, me tire violemment. Je chute. Ma tête rebondit sur l'herbe. Un vent glacial traverse mon pantalon, glisse sur mon ventre, remonte à mon cou. Je meurs de froid. De solitude.

Je meurs, simplement.

La nuit... la nuit...

— JEMINA !

Des cris. Des flammes. Et du sang.

Brian me secoue par les épaules. Je le vois. Il est inquiet, ses yeux le trahissent. Mais mes autres sens sont encore ailleurs. Des pleurs retentissent. Encore des cris. Des appels. Personne ne les entend.

De l'aide. Il faut de l'aide…

— Jem !

Ma main se lève mécaniquement. Mon pouce frôle la pomme d'Adam de Brian. La pulpe de mes autres doigts provoque une chair de poule sur la peau de son cou.

— Qu'est-ce que tu vois ?

Mes bras s'enroulent autour de la radio. J'aimerais la fondre en moi. Mieux comprendre.

— Je…

Parcourue de tremblements, je me mets à claquer des dents.

— Ils vont…

— Concentre-toi, Jem.

Il relève mon menton. Ses sourcils se haussent. Il est beau, comme ça. Déterminé et vulnérable à la fois.

— C'est comme si l'univers entier allait mourir.

J'éclate en sanglots.

— Brian, ils vont… Je n'entends pas bien… Il faut augmenter le volume.

Fébrile, je fais tourner le bouton. Rien ne se passe. Tout s'est tu. Sauf le roulement de la terre qui est devenu audible. Je convulse.

— Je n'entends plus rien ! m'emporté-je soudainement.

— Ce n'est pas grave, Jem.

— Mais ils m'ont appelée !

— Calme-toi.

— ILS M'ONT APPELÉE ET JE N'AI PAS SU ÉCOUTER BRIAN !

Il tente de me prendre la radio ; je le bouscule de toutes mes forces. Il fait deux pas en arrière mais revient à la charge. On m'entrave. Damien et Kenny me tiennent fermement par les bras. Et je hurle. Et partout dans les chambres alentour, on hurle aussi.

Des hurlements. Que des hurlements. De la peur. Tout le monde appelle. Mais eux non plus, on ne va pas les entendre. Parce que personne ne veut jamais entendre ! Personne ! Vous pourriez tout aussi bien crever sur le bord de la route, on vous pousserait dans le caniveau en priant pour vous oublier durant la nuit !

Parce que personne ne veut vous entendre !

La radio vole au travers de la pièce. Elle s'éclate en morceaux contre le mur. Mes jambes se dérobent.

Il fait noir, là-bas. Tellement, parfois, que l'opacité obscure vous empêche de discerner vos propres mains devant votre visage. Vous les sentez à peine passer sur vos joues. Tout est engourdi. Et c'est étrange, quand on y réfléchit, parce que tout le reste est décuplé. Vous n'êtes pas en colère, vous êtes hors de vous. Vous n'êtes pas seuls, vous n'existez plus. Ce n'est pas que vous êtes morts, c'est plutôt que vous avez disparu.

Il est difficile de se retrouver à tâtons, quand nos paumes ont durci à force d'essayer d'escalader la pente. Vous grincez. De partout. Même votre propre corps crie à sa façon.

Et parfois, la lumière est telle qu'on n'y voit pas plus que d'habitude. Je ne sais pas ce que j'ai le plus haï. Ce qui m'a le plus effrayée. Je n'en suis pas totalement revenue.

Une caresse légère parcourt ma mâchoire. Des doigts survolent le creux de ma main gauche. C'est agréable. Comme effleurer la surface de l'eau avant d'y plonger sans retenue. Et le bleu qui m'aspire lorsque j'ouvre les yeux me fait l'effet d'un lac immense où je pourrais me noyer. On est parfois tellement bien, sans respirer, quand on a oublié ce que ça faisait.

— On est dans ma chambre à l'Institut, m'informe Brian, d'une voix aussi douce que ma peau sur la sienne.

Sa main s'éloigne de moi. Je me sens naufragée.

— J'ai perdu connaissance ?

Il sourit bizarrement. Il a l'air triste, pour la première fois.

— Plus ou moins. Tu as hurlé.

La pierre tombale revient m'écraser tout entière.

Il est assis au bord du lit et il me tend un verre d'eau posé sur la table de nuit. Je me redresse avec son aide. Il n'arrête pas de me regarder.

La chambre est plutôt spacieuse. Aucune décoration. Sur la commode, un sac de sport rempli de vêtements. Comme si Brian était en permanence prêt à partir. Ou peut-être est-ce simplement qu'il passe plus de temps chez lui, en ville.

— Tu as parlé de Matéo et Rayan, en dormant.

J'essaie de ne rien laisser paraître, mais je me fige malgré moi. Je ramène instinctivement mes jambes contre mon torse.

— Qu'est-ce que j'ai dit ?

— Rien que je n'ai vraiment compris, si c'est ce qui t'inquiète.

Deux gorgées d'eau pour contenir mon soupir.

— Est-ce que tu as déjà laissé l'occasion à quelqu'un de comprendre ? me demande soudainement Brian.

Un sentiment indéchiffrable se dégage de lui. Une sorte de nostalgie et de mélancolie. Il me semble parfois si inaccessible. Je ne suis pas certaine de comment lui répondre : je veux être sincère, sans avoir à m'épancher.

— Ce n'est pas ce que j'aimerais : qu'on comprenne. Enfin, ça ne l'était pas, à l'époque.

— C'était quoi ?

— J'ai l'impression que tu le sais, sans t'en rendre compte.

J'examine ses traits se confondre. Ses cheveux dansent sur son front. Ils ombragent son regard de manière sensuelle et lui procurent un air… solitaire, je ne sais pas pourquoi. Sa poitrine se gonfle faiblement. J'ai envie de le toucher. De l'embrasser. Quelque chose me dit que, ce soir, tout sera différent.

Que cette fois, c'est le bon moment.

— Il va falloir que tu m'en dises plus, Jem.

— Je parle du vide. Du froid. La solitude est inhérente à l'état humain. À la société humaine. À celle dans laquelle on vit. Mais il y en a une particulière. Celle-là, tu la connais. Et celle-là, personne ne veut la comprendre.

Tendre la main à quelqu'un, c'est parfois risquer de crouler sous le poids de l'autre. Rares sont ceux prêts à compromettre ce qu'ils ont pour quelqu'un d'autre. Rares sont ceux prêts à accepter qu'un autre compromette ce qu'il a pour le tirer du sol.

On se sent parfois tellement lourds. Je me le sentais, il y a encore quelque temps. Puis j'ai rencontré Syllia. *Ce qui te paraît insurmontable aujourd'hui, te semblera bien moins que moindre demain*, m'avait-elle dit. Il y a une part de vérité dans tout cela.

— Qu'est-ce qu'il t'est arrivé ?

Jamais Brian n'avait fait preuve d'autant d'intérêt à mon égard, j'admets ressentir une pointe de malaise.

— Rien que je n'aurais pu éviter, dis-je en m'essayant à sourire. Et je vais mieux. J'irai encore mieux bientôt.

Il ne sera plus jamais question de m'abandonner.

— Pourquoi tu me regardes encore d'un air coupable ?

Parce qu'il n'est pas seulement question de vous, dans une histoire pareille. Lorsque vous sombrez, vous emmenez une part de ceux que vous aimez, au passage. Et ça, je ne me le pardonnerai jamais. Tout l'effroi et la tristesse que j'ai pu engendrer.

— Quoique tu aies fait ou penses avoir fait, ce n'était pas ta faute, m'assure Brian.

J'ai envie d'aimer à nouveau. De *vraiment* aimer. De me sentir pétiller. De vivre.

— Brian.

— Hmm ?

Aussitôt baissée, sa tête se relève.

— Ne laisse personne te faire du mal. Jamais.

— Bien sûr que non, raille-t-il, rappelle-toi combien je suis intouchable.

Il pourrait embrasser les muscles de ses bras, ce serait pareil. Je roule des yeux.

— Je ne rigole pas. Je suis très sérieuse. Et je ne suis pas aveugle.

Tout dans son expression indique un mélange de trouble et de surprise.

— De quoi tu parles ?

— Des marques de coups que tu arbores en permanence alors que le reste de l'équipe n'a jamais rien. Je ne suis pas idiote.

Ses traits se relâchent. Ses épaules se détendent. Comme si son corps soufflait un coup, soulagé. Je ne le connais qu'à peine. J'ai jusque-là plus ou moins respecté les distances de sécurité qu'il m'imposait. J'ai conservé précieusement les questions qui me taraudent encore l'esprit.

— J'ai deux petits frères, murmure-t-il presque, lointain.

Il est là-bas. Pas dans mon là-bas à moi, mais bien dans le sien. Nous en possédons tous un, mais tout le monde n'y met pas forcément les pieds et il diffère selon chacun. Je me demande ce qu'il voit. Je me demande s'il y voit quoi que ce soit, même. Tout ce dont je suis certaine, c'est qu'il y fait aussi froid.

— Ma mère s'est suicidée, il y a des années, et mon père a des problèmes avec l'alcool, depuis.

Mes côtes craquent et ma cage thoracique s'ouvre en grand. J'ai littéralement envie qu'il me touche en plein cœur. Comme si j'avais besoin de ça. Comme s'il en avait besoin aussi.

— Alejo n'a que neuf ans, et, s'il ne comprend pas tout ce qu'il se passe, j'ai toujours l'impression qu'il en sait déjà beaucoup trop. C'était pareil, avec Alex. Comme si, tous les deux, ils avaient trop vécu. Je voudrais pouvoir… Je ne sais pas. Leur forger une forteresse indomptable et les y enfermer jusqu'à la fin de leurs jours pour les protéger, rit-il doucement.

Je souris.

— Et toi ? Tu resterais dehors ?

Ma question prend Brian de court. Ses paupières font barrage à une émotion palpable. Ses doigts retrouvent ma mâchoire. Ma joue. Mon cou.

Ce n'est pas une rencontre, c'est une découverte. Et je crois être prête à entreprendre cette expédition-là. Peut-être finirai-je sans vivres et sans eau dans un désert aride ; peut-être me noierai-je véritablement dans l'océan inconsidérable de ses yeux. Je ne sais pas. Je m'en moque. À cet instant précis, rien ne me fait plus envie que l'ivresse qui nous envahit.

Ses lèvres jalonnent un chemin que je veux suivre. Sa main qui accroche le haut de ma hanche éveille mes sens. Tous mes organes se compriment. Mon corps ne cherche pas à le fuir, au contraire. Je prends pour la première fois conscience de ma propre consistance.

— La plus grande des forces est celle qu'on ne voit pas, me chuchote-t-il à l'oreille.

Brian a cela d'un artiste qu'il sculpte les êtres. D'un regard, d'un mot, d'un clin d'œil, il rend aux fresques antiques leur lumière d'antan. Je n'ai aucune idée des siècles qui ont défilé pendant mon errance, ma désertion ; ici, maintenant, mes verbes se conjuguent au présent : j'ai chaud, d'une chaleur torride et merveilleusement claustrophobe. Je vis, sans penser un seul instant à tout ce que ça peut impliquer. À tout ce qui m'attend.

J'expire en tremblant lorsque ses lèvres effleurent la base de mon cou. Tout mon être semble vouloir transiter dans ce souffle et rejoindre les tréfonds de Brian, pour le deviner.

Je le fouille. Le cherche. Mes mains, mes doigts. Ma bouche. Sa langue. Ses yeux. Moi.

Je le cherche, alors même que je sais pertinemment qu'il s'est lui-même perdu depuis longtemps. Et au fond, j'ai le sentiment que je ne le connaîtrai jamais tout à fait.

Un électrochoc me force à m'écarter brusquement.

— Ton téléphone, dis-je.

Décontenancé, Brian sort l'objet de sa poche. Un appel entrant.

— C'est mon père, m'explique Brian. Il vient de rentrer chez moi après un petit séjour à l'Infirmerie et j'ai viré toutes ses bouteilles entre temps, il doit m'app…

— Non, réponds, le coupé-je. Je crois que c'est important.

Brian s'exécute, mitigé.

— Papa ? Papa, tu m'entends ? insiste-t-il.

Puis, son visage se décompose. Brian ne semble pas réaliser.

— Alex ?

Je ne comprends pas ce que ça signifie.

— O.K., ne bouge pas, j'arrive.

Brian raccroche illico, se lève, complètement sonné. Puis il balance de but en blanc :

— Mon père a un problème, il faut que j'aille chez moi.

— Tu veux que je t'accompagne ?

Ma proposition se formule naturellement, sans peur d'un refus. Parce qu'il n'est pas question de moi. Mais, malgré tout, je ne m'attendais pas à ce que Brian accepte sans hésitation.

— Je te préviens, dit-il, tu n'as pas le droit de me parler comme ça, de me faire cet effet-là, puis de t'en aller.

— Euh… Je dois signer quelque part ou c'est un genre de kidnapping ?
— Considère que j'ai signé pour toi.

Il m'attrape par la main et me tire hors de sa chambre.

Chapitre 34

BRIAN

Je crois que je ne comprendrai jamais.

C'est la pensée qui m'accapare l'esprit lorsque j'ouvre la porte de chez moi, Jem sur les talons. Figé, l'odeur du sang m'alerte. Mon corps sait déjà ce que mes yeux s'apprêtent à transmettre à mon cerveau. Ça pue le métal. Les mêmes relents que celles des pièces jaunes. J'adorais ça, petit. Puis j'ai appris qu'on pouvait abominer les effluves d'une tarte aux pommes qui cuisait, lorsqu'elle redonnait vie à de mauvais souvenirs.

La tarte aux pommes pour la mort de ma mère. Les pièces jaunes pour celle de mon père.

Avant de lever les yeux, je m'applique à ralentir les battements de mon cœur. C'est presque tout à fait flegmatique que je détaille le cadavre de mon père, à moitié avachi contre le mur, à moitié allongé dans son propre sang.

Je ne comprendrai jamais où et quand s'écrit le mot fin.

Mon premier réflexe est de vouloir trouver Alejo, mais je me dirige d'instinct vers le cagibi, juste à côté de l'escalier. Jem retient son souffle. Je ne l'entends plus haleter comme lorsqu'elle a fait un pas sur le seuil. Elle bafouille quelque chose à propos d'appeler les secours. Et je ne saurais dire si je la considère alors naïve ou optimiste. Le premier choix serait sans doute plus adapté à la situation, mais je pense la comprendre. Moi, j'ai l'habitude. Elle, est bouleversée.

J'enjambe le corps de mon père. Son sourire imperceptible, ses yeux bouffis et clos, comme si ses paupières étaient délicatement posées sur ses yeux. Son visage encore humide. Tout me file la gerbe, mais je me contiens. Parce que derrière la porte du cagibi, mon petit frère a besoin de moi. J'actionne la poignée. Un fracas monstre retentit derrière.

— Non, non, non…, panique-t-il en se tassant certainement aux tréfonds de la petite pièce.

— Alex ?

Mon ton est ni trop léger, ni trop grave. L'équilibre. C'est la clé. Quand les angoisses d'Alex prennent le dessus, il n'a pas plus besoin d'être rassuré que de s'accrocher à un point d'ancrage solide. Je l'ai très vite compris. Il se fiche d'être réconforté. Il veut la certitude que tout va bien. Que tout ira encore bien.

— Éteins la lumière. Éteins-la !

Sa voix se brise littéralement. J'entre et referme aussitôt la porte. Assis dans la pénombre du cagibi, en compagnie de mon petit frère possédé de torpeur, les mauvais souvenirs se déterrent à coups de pelleteuse effrénée. Tout semble vouloir me ramener en arrière, seulement ce n'est pas le moment de flancher.

— Qu'est-ce qu'il s'est passé ?

J'aimerais lui demander s'il n'est pas blessé, mais j'ai bien conscience du manque de pertinence de ma question. Il l'est forcément. D'une manière ou d'une autre. Et Alex détestait avoir mal. Je veux dire, la douleur terrorisait véritablement Alex. C'était indescriptible. Je me demande si c'est toujours le cas.

— Je… Je voulais juste le voir. Je ne… Est-ce qu'il va bien ? J'ai entendu des coups de feu. Après ça, il a arrêté de hurler et de frapper contre la porte.

— Il est mort, Alex.

Comme d'habitude, il opte pour le silence. Quand mon frère ne voit pas l'intérêt de parler, il choisit quoiqu'il arrive de se taire.

— Il ne peut plus te faire de mal, ajouté-je. On devrait sortir et trouver Alejo, il devrait être là.

Quelques secondes se passent, une éternité en ce qui me concerne, mais je ne bronche pas. Brusquer Alex serait la pire des choses à faire. Les contours de sa silhouette finissent par se déplier dans l'obscurité. Il se relève. Son souffle reprend doucement un rythme plus calme.

— Je vais ouvrir la porte.

La lumière se fraie un passage avant de finalement nous inonder. Je ne peux pas m'empêcher d'être soulagé de sortir de cette cage où nous enfermait parfois notre père. Alex, lui, était toujours rassuré d'y être cloîtré, car ici, dans le noir, il s'y sentait parfaitement dissimulé. Comme si même notre père ne pouvait pas nous y discerner et poursuivre ce qu'il avait commencé.

Jem nous dévisage, horrifiée. Je l'ignore et examine d'un coup d'œil global le visage tuméfié d'Alex. L'envie de le faire monter dans la salle de bain et de m'armer de compresses et de désinfectant, comme lorsque nous étions petits, me brûle les membres.

— Est-ce que je dois appeler quelqu'un ? demande Jem d'une voix chevrotante. Sophie, ou quelqu'un d'autre ?

— La police fera l'affaire, dis-je, stoïque. Je vais m'en occuper.

Alex a grandi. Il fait presque ma taille, maintenant. Sa corpulence n'est plus si loin de la mienne. Ce soir, néanmoins, il a tout du petit garçon que Sophie a envoyé à l'Institut De La Haute Maison.

— On ne va pas mentionner Alex, précisé-je en reportant mon attention sur Jem.

Elle paraît tellement désolée et impuissante que j'ai presque autant de peine pour elle que pour mes frères, qui viennent de perdre leur père.

Je ne peux pas laisser les hommages de mon père à Digvix. Le monde de la Corporation a pris ma mère, il ne l'aura pas lui.

Alex est suspendu dans un endroit où aucun d'entre nous ne peut le rejoindre. Totalement absent de lui-même, il lève son téléphone portable parcouru de spasmes sous mes yeux, lorsque je lui demande si quelqu'un sait qu'il est ici. La photo d'une certaine Bella s'affiche sur son écran alors qu'elle tente de joindre mon frère. Le regard lourd et difficile qu'il consacre à cette image le perd un peu plus. Je l'appelle plusieurs fois, comme s'il était plongé dans un sommeil agité que je voudrais lui épargner.

Il finit par pivoter lentement la tête vers moi.

— Rappelle-là, allez à la cabane.

— On y est déjà installés, me répond-il, atone.

Alors parfait.

— Pars d'ici, Alex. Je m'occupe du reste.

Mécaniquement, mon petit frère se dirige vers la porte d'entrée, traverse l'allée, puis disparaît. Je me sens abominable. Incapable. Mais Alejo est quelque part et je dois le ramener à l'Institut.

Jemina s'approche, ceinture mon poignet de ses doigts pour attirer mon attention.

— Brian, je suis tellement désolée, s'excuse-t-elle.

Je détourne le regard.

— Ne le sois pas, tu n'as rien à voir là-dedans.

C'est un des sbires de Baalzephon. J'en suis certain.

— Rentre chez toi, Jem. Je dois aller chercher mon autre frère, il ne doit pas être très loin. Et c'est plutôt moi qui devrais m'excuser de t'avoir fait venir ici.

Comment ai-je pu un seul instant penser que rien de très grave n'était arrivé ? Même après tout ce temps, je me laisse encore surprendre.

L'Institut est complètement en vrac. Cette maladie inconnue se propage à une vitesse folle, si bien qu'aux dernières nouvelles, quatorze autres Alchimistes viennent s'additionner aux dix premiers qui avaient déjà succombé. Je ne peux pas m'empêcher de me demander si le hurlement de Jem avait un rapport avec ça. S'il prévoit pire encore ; s'il annonce l'issue des combats qui n'ont même pas encore commencé.

Nous sortons de ma chambre, Alejo et moi. Je l'aide à enfiler son sac à dos et lui tends sa guitare. Il ne boude pas simplement. Il est abattu. Il se sent abandonné. Au bout du couloir, Lacie nous sourit. Elle a accepté d'accompagner Alejo et Sophie n'a pas hésité à lui donner deux jours pour faire l'aller-retour jusqu'à l'Institut De La Haute Maison.

— Je l'aime pas trop, en plus..., me supplie encore Alejo en se cramponnant à ma main.

Je m'accroupis et lui file une pichenette dans le front.

— Pourquoi ? Elle est gentille, pourtant. J'ai confiance en elle.

— Ouais, mais elle comprend rien quand je lui parle, balance Al en baissant la tête pour éviter de me regarder.

C'est vrai que Lacie n'est pas spécialement douée pour nouer des liens avec les gosses.

— C'est seulement pour le voyage, rassuré-je mon frère. Après ça, tu te feras des amis à De La Haute Maison. Regarde-moi.

Il secoue la tête :

— J'ai pas envie. Et pis j'arrive jamais à me faire des amis. Et pis aussi qui c'est qui va me jouer de la guitare pour m'endormir, maintenant ?

— Eh bien, toi tout seul. Tu n'auras qu'à t'entraîner jusqu'à ce que je vienne te chercher, et à ce moment-là, je t'offrirai enfin ta nouvelle guitare.

Elle attend déjà dans la cabane, d'ailleurs.

— Han ! Génial ! s'exclame Alejo.

Je lui fais un clin d'œil, remue ses cheveux et m'apprête à lui dire au revoir lorsqu'il relance la conversation :

— Dis, Brian. Pourquoi papa est mort ?

Je n'ai pas de bonne réponse à cette question, mais mon frère en a besoin.

— Parce que c'est la vie, je suppose. C'est dans l'ordre des choses. Personne n'est éternel.

— Alors à quoi ça sert de vivre ?

J'en sais strictement rien non plus. Et puis, qui sait si la mort n'est pas meilleure compagne que la vie, finalement ?

— Toi aussi, tu vas mourir, alors ?

La vérité devrait être un réflexe, pourtant, je ne peux pas m'y résoudre. Alors je choisis l'humour, pour me laisser l'occasion de croire que je n'ai pas réellement menti.

— Oh ça non ! Brian Snow, mourir ? Les frères Snow sont invincibles, mets-toi bien ça dans le crâne, mon gars !

Nouvelle pichenette. Alejo rit un bon coup. Ça nous fait du bien à tous les deux.

— Je voudrais me battre, moi aussi, soupire une dernière fois mon frère.

Je le tire contre moi pour l'enlacer. Si lui aimerait se battre, moi je voudrais le garder dans mes bras pendant une semaine.

— Un jour, si tu en as envie, dis-je sérieusement. Pour qui tu en auras envie. De la façon qui te semblera être la bonne, surtout. Mais avant ça, n'oublie pas de grandir.

Avec un peu de chance, cette idée lui sortira de la tête une fois suffisamment grand pour prendre les armes. Avec encore plus de chance, il quittera la Corporation.

— On se revoit vite, bonhomme, d'accord ?

Et Al s'en va tout sourire rejoindre Lacie. Une gêne s'installe dans ma poitrine, remonte dans ma gorge. La dernière fois qu'un de mes frères est parti pour De La Haute Maison, il a bien failli y laisser la vie.

Absent, je ne contemple qu'à moitié Alejo sautiller aux côtés de Lacie. Ma mère aurait dû être là pour continuer à le dorloter comme elle l'a fait dès sa naissance. Elle me manque encore, dans des moments pareils. Même après tout ce qu'elle a pu infliger à ma famille.

— Qu'est-ce que tu aimerais faire, plus tard, mon ange ? me demandait-elle tous les trois jours, comme pour s'assurer que je n'avais pas déjà changé d'avis.

Astronaute, pour voir les mers et les forêts depuis tout en haut. J'aime bien la hauteur. Ça permet de prendre physiquement ses distances.

Alejo disparaît pour de bon et je fais de mon mieux pour ne pas m'écrouler contre le mur, pour ne pas pleurer comme un môme. Une partie de moi culpabilise à en mourir de le faire partir sans même lui laisser l'opportunité de rencontrer Alex. Mais je préfère le savoir loin le plus tôt possible. Tous les deux auront d'autres occasions. Putain, quand même, j'aurais aimé que quelqu'un d'autre prenne cette décision à ma place.

Ouais. Ma mère et sa cuisine mexicaine me manquent. Et le plus désolant dans toute cette histoire, c'est que je ne suis pas sûr que mon père manque un jour à qui que ce soit. Parce que ça fait longtemps qu'il n'a plus vraiment été là.

Je reçois un message de Jem : elle voudrait me parler d'une chose importante. Elle s'excuse encore. Et moi aussi, j'aimerais bien lui parler, mais je dois aller voir Alex, avant tout.

Lui secouer le cul, lui remettre le cerveau en place. Baalzephon est très certainement encore à sa recherche et lui déboule dans l'Institut que notre ennemi hait plus que tout.

Chapitre 35

JEMINA

Et si c'était lui, ou elle. Et si c'étaient eux deux.

Je donnerais tout pour que Rose apparaisse sur ma chaise de bureau et tournoie dessus, les bras en l'air en éclatant de rire à une de ses blagues qui m'aura encore laissée sceptique. Mais toujours aucun signe de sa présence. Et c'est mon esprit qui tourbillonne. En quête d'une réponse que je ne saurais même pas capable d'entendre, je crois bien.

Parce qu'il est bien possible que ces voix annonçaient la mort du père de Brian ou même celle de ma grand-mère. Ma grand-mère… Je dois en discuter avec quelqu'un et je ne peux le faire avec personne d'autre que Brian, qui lui-même a mieux à faire. Et si elle était en fait une Banshee ? Elles entendaient ces voix… puis cet esprit qui m'a confié la connaître… finalement, ce devait vraiment être ma grand-mère, cette Jacinthe. Et alors, peut-être même qu'elle croyait véritablement en l'existence de mes amis que mes parents considéraient comme imaginaires. Il y a aussi cette légende que Brian m'avait traduite, celle qui relate l'acquisition des pouvoirs de prédiction par la première Banshee. Elle avait eu le crâne transpercé par une flèche, et la mort se serait infiltrée par sa blessure béante. Ma grand-mère s'est trépanée avec une paire de ciseaux. Et si elle connaissait cette histoire ? Et si elle avait tenté de voir de ses propres yeux les présences invisibles qui la hantaient ?

Liana, qui fait les cent pas dans ma chambre depuis plusieurs minutes, s'arrête au pied de mon lit et croise les bras.

— Tu ne m'écoutes pas.

Je me redresse, adossée contre un coussin.

— Si, si, bien sûr que si ! Tu parlais de Damien.

Le regard de mon amie se fait brusquement indulgent.

— Qu'est-ce qui ne va pas, Jem ? Est-ce que c'est à propos de ta grand-mère ? Est-ce que tu préfères être seule ?

Je ne sais pas comment Damien a fait pour ne jamais rien divulguer à Liana. J'ai envie de tout lui avouer au sujet des Ombres et de la Corporation, rien que pour ne plus avoir à faire semblant.

— Absolument pas, au contraire.

Ma réponse me vaut une tendresse typique Liana. Elle vient s'allonger sur le lit à côté de moi.

— Est-ce que c'est parce que Brian ne t'a pas encore répondu ?

Je n'aurais pas dû lui confier que nous nous étions embrassés, seulement, je ne sais pas... J'avais envie de m'en réjouir avec mon amie.

— C'est plutôt Damien et toi qui me faites de la peine. Li, je suis sûre qu'il ne t'a pas trompée. Et, oui, c'est vrai, il y a certainement des choses qu'il ne te dit pas. Mais tu peux avoir confiance en lui. Je veux dire : d'accord, tu n'aimes pas les cachotteries, mais pourquoi ne pas considérer ça plutôt comme son jardin intime ? Peut-être que...

Je marche sur des œufs.

— Peut-être que ça ne te regarde pas ?

— Pardon ?

Au moins, j'aurais été franche. Mais là, je préfère m'en tenir au mutisme. C'est plus sûr.

— Peut-être que je devrais en parler avec lui.

— Parfaitement, conclus-je rapidement pour ne pas lui laisser l'occasion d'encore changer d'avis. La communication, il n'y a rien de mieux.

Liana sourit, puis roucoule :

— Puisque cette histoire est réglée, c'est à ton tour de te confier à moi. Tu vas tout de suite me dire si tu laisses tes parents croire que nous passons notre vie ensemble pour éviter qu'ils se doutent que tu as un copain.

Un copain ?

— Je ne suis pas en couple avec Brian.

Mon amie émet un raclement de gorge semblable à un rire mal contenu.

— Est-ce qu'il pense la même chose de son côté ? me demande Liana.

— Euh... oui, je suppose.

— La communication, il n'y a rien de mieux ! s'esclaffe-t-elle.

Je la soutiens, et elle, pour me rendre la pareille, elle se moque de moi. D'accord, d'accord.

— J'ai une idée fantastique !

Liana sursaute et s'agenouille pour me regarder droit dans les yeux, les dents étincelantes.

— Tu t'imagines toujours que tes idées sont fantastiques mais elles le sont rare…

— On va organiser une sortie à quatre !

Je m'étouffe avec ma propre salive. Rarement fantastiques ses idées, oui.

— O.K., s'emballe Li en se mettant debout.

Elle traverse la pièce pour reprendre son sac à main de mon bureau, puis pivote vers moi :

— Ça va être génial. Moi, je vais pouvoir me décider quant à ce que je devrais faire avec Damien, et toi, tu vas pouvoir… faire quelque chose avec Brian. Tout le monde rentrera chez soi heureux comme jamais !

Sans me permettre d'en placer une, elle fait claquer deux bises sur mes joues, puis tourne les talons en balançant ses cheveux. Liana esquisse un dernier coucou et referme la porte derrière elle. Je devrais lui courir après dans l'escalier. L'empêcher de tout ruiner. De me mettre dans la position la plus gênante possible.

Mais c'est aussi l'occasion pour moi d'aller voir Syllia.

Je trottine presque à travers la ville. Mon inquiétude augmente à mesure de mon approche du *Syl' pleut voir*. Charles et Rose ont disparu, je ne cesse de le répéter. Mais je prends conscience des questions que cela soulève. Je n'ai pas non plus eu de nouvelles de Syllia depuis plusieurs jours. À ma dernière visite, j'accompagnais Brian. Et nous avions discuté du Grimoire proscrit.

Syllia nous avait expliqué que sa première détentrice, Méroé, était entre autres une grande nécromancienne. Et allez savoir pourquoi, j'ai un mauvais pressentiment. Les choses coïncident un peu trop bien.

J'aperçois déjà la ruelle, depuis les arcades du centre-ville. La largeur de mon pull ne me protège pas suffisamment du froid. Ou peut-être mes dents claquent-elles comme un avertissement. Je remarque intérieurement que, pour la première fois, je ne porte pas de capuche dans cette partie fréquentée de la ville, lorsqu'une voix persiffle dans mon dos :

— Jemina Jaymeson, tiens.

Mes jambes cessent leur cheminement. Je me suis porté malheur toute seule. Bravo.

— Tu as peur de croiser mon regard ou quoi ?

Je me retourne lentement. Devant moi, Émilie ricane. J'ai d'autres soucis en tête. Je devrais l'ignorer et poursuivre ma route.

— Qu'est-ce que tu fais là ? semble-t-elle me reprocher en avançant d'un pas.

— En quoi ça te concerne ?

Ça me dépasse. Cette volonté de vouloir encore me pousser à bout. Elle fait une fixette sur moi et je ne comprendrai jamais pourquoi. Je ne comprendrai jamais non plus comment certaines personnes semblent autant prendre plaisir à en faire souffrir d'autres. N'a-t-elle aucune conscience des répercussions de ses actes ?

— Ton mec a tabassé le mien, pendant la soirée chez Loriane, crache-t-elle en s'approchant encore.

D'ordinaire, j'aurais déjà été tentée de fuir, et je l'aurais sans doute fait, à cet instant. Mais ce soir, Émilie a perdu toute l'importance que je lui accordais auparavant.

— Brian n'est pas mon mec. Et je me fiche du tien. J'en ai rien à faire de toi non plus. Tu ne me fais plus peur.

— Ah ouais ? J'ai encore les photos, tu sais.

Les photos. L'espace d'une seconde, je glisse en moi pour revenir quelques années en arrière. Première année de lycée. Émilie et Matéo me provoquaient depuis un moment déjà, mais jamais je n'aurais pensé que ça irait plus loin que quelques rumeurs infondées dont tout le monde se moquait, plus loin que des menaces ou des bousculades. Puis un jour, après le cours de sport, Émilie et deux autres filles m'ont attrapée et coincée dans les douches. On m'a arraché la quasi-totalité de mes vêtements. Les coups que je recevais à la tête m'étourdissaient trop pour que je puisse vraiment me défendre. Personne n'a réagi, mais tout le monde a regardé. Le pire, c'est que je n'ai jamais saisi pourquoi j'avais mérité tout ça. La haine de Matéo, Rayan et Émilie. L'insensibilité de tous les autres. La pitié silencieuse de certains. Les conseils du collège, puis de ceux du lycée, selon lesquels changer d'école était la meilleure décision à prendre.

Je n'étais coupable de rien, juste de m'être trop laissé faire. De ne pas avoir su m'imposer. Mais c'était à moi de m'adapter.

— Renvoie-les encore à toute la planète, si ça peut te faire plaisir.

Ma réplique me vaut l'un des regards les plus noirs et vindicatifs d'Émilie.

— On ne fait plus partie du même monde, toi et moi, ajouté-je en haussant les épaules. Peu importe ce qu'il se passe dans le tien, ça ne se répercutera plus jamais dans le mien. Tu n'as plus aucune emprise sur moi.

Je lui tourne le dos pour m'en aller, mais, avec un regard en arrière, je lui adresse un genre d'au revoir :

— Tu devrais te faire aider, Émilie. La méchanceté volontaire est signe d'une grande pathologie.

Et je m'en vais sous ses insultes qui s'accrochent un millième de seconde à mes vêtements avant de se ratatiner par terre, inertes. Pour moi, cette fille n'existe plus. Quand j'arrive enfin à la boutique de Syllia, mon esprit l'a déjà éradiquée de mes pensées.

Sur la porte d'entrée, le panneau qui indiquait l'ouverture et la fermeture du *Syl' pleut voir* a été décroché. Mon anxiété ne fait que s'accroître un peu plus. Elle explose en constatant que la porte n'est pas tout à fait close. Syl quitte rarement la boutique, et lorsqu'elle le fait, elle n'oublie jamais d'en verrouiller l'entrée à double tour.

Je ne prends même pas la peine de m'assurer qu'aucun bruit suspect ne soit perceptible, à l'intérieur. Baalzephon en personne pourrait m'attendre, je me jetterais dans ses bras en débarquant comme une hystérique. La porte qui mène au salon est grande ouverte. La lumière de la cuisine est allumée.

— Syllia !

Mes genoux caillebottent.

— Syl !

Ses cartes ont été balancées à travers la pièce ; ses plantes ont été renversées. Des éclats de pots en terre cuite gisent partout sur le sol. Son rideau de velours a dégringolé, laissant nu l'accès à l'escalier.

J'ai du mal à respirer.

La cuisine est déserte. La vaisselle et les herbes séchées tapissent le carrelage. Je dois appeler Brian. Je le sais. Pourtant, ma réaction première est de m'assurer d'aucune trace de sang.

Par terre, dans la pièce de communication, une carte attire mon attention, sous la table ronde où je prétendais appeler les défunts. L'arcade sans nom. Un squelette qui fauche des restes humains.

Syllia disait que cette arcade effraie toujours ceux qui la tirent. Elle serait pourtant de bon augure. Seulement, là, seule dans la boutique, je ne peux m'empêcher d'y reconnaître rien qu'une des possibles prémonitions qu'elle peut apporter : celle du deuil.

Je dois me rendre au village des Sorcières.

Chapitre 36

Tropius surveillait ses arrières et marchait avec prudence. Depuis la mort de Palionis, le chef des Gobelins avait interdit les sorties nocturnes après s'être référé à l'avis du village. Tropius avait voté contre l'avis commun, sinon, il n'arpenterait pas la forêt en pleine nuit. Tous les jours, au coucher du soleil, il venait explorer le territoire qu'il connaissait déjà sur le bout des doigts, en espérant découvrir la fabuleuse pierre dont avait parlé Palionis avant de disparaître.

Le Gobelin hors la loi ne parvenait pas à résister à l'envie de la dénicher pour y façonner de jolies pierres éclatantes. Il rêvait d'agrémenter les épées qu'il confectionnait dans sa forge : pas celles destinées à l'Institut, bien sûr, mais celles qui seraient conservées pour les Gobelins.

C'était dans sa nature, se justifia intérieurement Tropius, de se laisser convaincre par tout ce qui brillait.

À tant examiner les environs, à tant s'assurer qu'aucun danger ne le guettait, il ne suspecta avoir franchi les limites de son territoire que bien tardivement. Ce n'était pas la première fois que Tropius s'aventurait par inadvertance sur le territoire des Sorcières… loin de là, il faut l'avouer. Déjà plus jeune, le Gobelin s'amusait à espionner les parages et toutes celles qui pouvaient s'y trouver. Seulement, il ne lui sembla pas s'être autant enfoncé dans les bois, les fois précédentes.

Alors que Tropius se résignait à ne pas écouter sa curiosité et à rebrousser chemin, le chant d'une flûte retint son attention. C'était proche. Les Sorcières devaient prier, sans doute. Et Tropius se laissa guider par son plaisir coupable de les voir danser. Ça l'amusait : des femmes comme emmaillotées dans des linges transparents. Autant être à poil, remarquait chaque fois le Gobelin.

Il se tassa sur lui-même et escalada la pente sur sa droite. Arrivé presque à son sommet, il aperçut les Sorcières qui scandaient des paroles incompréhensibles par-dessus le chant de leur flûte. C'était bien harmonieux, Tropius devait l'admettre, mais il ne put retenir un petit rire moqueur lorsqu'il aperçut les femmes se tortiller dans une danse possédée.

Son rire se tut presque aussitôt. D'autres Sorcières traçaient un cercle épais de sel autour d'une femme nue, évanouie dans l'herbe. Ses cheveux noirs couvraient en grande partie son visage. Tropius frémit. Il venait de repérer Lara ; Lara qui se taillait la paume de la main au-dessus d'un énorme grimoire. Le livre convulsa sur le sol au contact du sang chaud, puis s'ouvrit. Une fumée charbonnée se libéra de ses pages.

Le Gobelin sut instinctivement qu'il était témoin de quelque chose d'important. De quelque chose qui ne présageait rien de bon. Il réfléchit un court instant à s'en aller, de peur d'être surpris, mais l'idée lui passa bien vite.

Le cercle de sel ne fut pas fermé avant un long moment. D'abord, Lara récita des pages de son grimoire étrange.

Certains pensent que rien n'est plus meurtrier que la Mort elle-même. Jamais je ne l'ai vue armée, pourtant. D'autres diront que la Vie tue, mais si seulement ils voulaient bien la rencontrer…

C'est néanmoins la Mort que Lara invoquait. Les Fées, qui sillonnaient rivières et lacs dans la forêt, piquèrent la surface de l'eau, puis traversèrent les bois. Leur lumière se propageait sur l'écorce des arbres et faisait onduler les troncs. Les créatures vinrent inonder les Sorcières assemblées.

C'était une danse macabre, certes, mais merveilleusement illuminée. Elle n'inspirait malgré tout que de l'horreur à Tropius. Il croyait savoir ce qui se tramait. Il la sentait ramper. L'angoisse de la mort. Son chagrin lui saisissait les pieds. Ses regrets lui écrasaient la poitrine. Sa nostalgie l'étouffait. Et cet effroi… Il craint durant un moment que des Silencieux n'aient quitté leur repère dans la montagne de Cacus et ne rampent vers lui. Mais rien.

Lara entra dans le cercle de sel, un poignard façonné par les Gobelins entre les mains. Elle le brandit au-dessus du corps étendu sur le sol. Et lorsque Tropius s'attendit à la voir commettre l'irréparable, un déchirement aigu lui provoqua une vive douleur au crâne. Ses oreilles tintèrent, puis le monde s'assourdit. Quelqu'un venait de hurler. Loin, très loin. Mais des restes subsistaient et lui labouraient encore la tête. Lorsqu'il put enfin rouvrir les yeux, il constata qu'il n'était pas le seul à l'avoir entendu.

— Une Banshee…, souffla Lara.

Comblée, elle signala aux autres de refermer le cercle de sel. Ce fut comme si le grimoire aspirait l'énergie alentour. Tropius eut l'impression qu'on le plongeait dans de l'eau glacée tellement le vent était froid. Tout se tut à nouveau.

Les pages du Grimoire proscrit s'affolèrent quand Lara transperça le cœur de Syllia.

De retour sur son territoire, le premier réflexe de Tropius fut d'éveiller tout le village en scandant ces mots : *Lara a tué sa Sœur ! Lara a tué sa Sœur ! Debout, camarades ! Les Sorcières sont encore devenues folles !*

Tout cela est bien difficile, pour moi, vous comprenez ? J'aimerais vous faire découvrir des endroits inexplorés, vous transportez plus loin encore que ce dont vous disposez. Mais qui suis-je pour vous imposer de brûler les étapes ? Qui suis-je pour obscurcir les vies qui se démènent le long du chemin ?

Rien n'est éternel. Rien ni personne. Les mots doivent eux aussi avoir une fin.

Certains parleraient d'ouragan. Personnellement, et même si je ne connais pas si bien Métacirca, il me semblerait malgré tout plus pertinent de comparer cette sensation à un mur mal érigé. Oui, Métacirca était percuté de plein fouet. Et tout s'effondrait. Son peu de conviction faiblissait avant qu'il ne revoie son ami d'enfance, mais maintenant qu'Alex passait devant lui sans le voir, Métacirca se sentait plus vulnérable que jamais.

Il devait faire un choix. Trahir Baalzephon, ou trahir Alex Snow. C'était au-delà de ses forces… peu importe combien Métacirca rêvait de voir la Corporation tomber, il ne pouvait se résoudre à conduire Alex à sa perte. Cette fois, son ami n'y survivrait sûrement pas. Pas alors que Baalzephon réunissait toutes les armes nécessaires à la destruction des Instituts de la région. Personne ne pourrait sauver personne, cette fois, non.

À moins que Métacirca ne choisisse un autre camp.

Encore sûr de rien, il ne pouvait cependant pas revenir bredouille auprès de Baalzephon. Alors lorsque le petit frère d'Alex le repéra, il lui conseilla de s'enfuir. Puis il entra dans la maison des Snow, brandit son arme à feu, et tira. Éric Snow se renversa.

Métacirca observa quelques secondes la porte à côté de l'escalier. Une dizaine de pas le séparaient d'Alex.

Mais le jeune homme se téléporta.

Cette nuit-là, j'eus la conviction que ces mots portaient une histoire qui dépassait encore ses personnages. J'aurais pu choisir de les rediriger, mais impossible : aucune de mes mains ne décide de rien. Cette histoire perdit un peu de son sens, et en acquit une part d'un autre, encore lointain.

Chapitre 37

BRIAN

C'est une première. Je franchis la porte d'une salle de réunion sans avoir annoncé ma présence, mais ne subis pas les remontrances de Sophie ou de Tom. Tom... En y pensant, je devrais peut-être m'occuper de lui avant qu'il ne s'occupe de moi. Mais ça devra attendre.

Les tables rangées en carré sont vides, à l'exception d'une seule. Je vois d'abord les chaussures d'Alex croisées sur sa table. Il fout de la terre partout ; ça lui ressemble bien. Ses écouteurs dans les oreilles, il ne lève pas les yeux à mon approche. J'aimerais avoir une phrase de grand frère joyeux et léger à lui lancer, seulement je ne crois pas avoir un jour été de ce genre. Je m'assois du côté opposé ; nous restons muets un temps indéfinissable. Je crois entendre murmurer jusqu'ici une des musiques des Dropkick Murphys.

— Tu crains pas pour tes tympans ?

Alex ne réagit pas. En même temps, je ne suis pas sûr qu'il entende quoi que ce soit, noyé dans son punk celtique.

Il finit par ouvrir la bouche.

— J'veux pas parler de ça. Il y a plus important.

J'aurais dû m'y attendre. Alex évite toujours les sujets sensibles. Mais il faudra bien aborder la mort de notre père, j'aimerais qu'il vienne à son enterrement. Un enterrement loin des histoires des Instituts, de Baalzephon, de la Corporation. Je me fourre certainement le doigt dans l'œil, du genre gorge profonde oculaire, mais je veux qu'il m'accompagne, qu'il sache qu'il n'est pas responsable.

— Je m'attendais à mieux comme grand retour, venant de toi.

L'humour, c'est ce qui fonctionne le mieux, avec lui.

Ma réplique le tire un peu plus vers la réalité. Il sourit en ôtant ses écouteurs.

— Si tu m'avais vu arriver à De La Haute Maison : c'était magistral.

Je n'en doute pas, mais je me garde bien de le partager. En réalité, il y a énormément de choses que j'aimerais lui confier, mais qu'il est préférable de taire. Par exemple le fait que je n'ai jamais été un centième du frère qu'il m'imaginait être. Qu'il admirait.

Non, j'ai une réputation à conserver.

— Cette fille qui t'a appelé, elle vient aussi de De La Haute Maison ?

Alex sourit un peu plus.

— Je ne crois pas qu'elle-même sache vraiment d'où elle vient, mais officiellement, elle est rattachée à De La Haute Maison, oui. Ne la taquine pas trop, elle est du genre coriace… violente, carrément.

Un court silence où nous partageons un regard amusé. Puis Alex reprend soudainement :

— Comment va Alejo ? Il doit être… géant, maintenant.

— Il a neuf ans, donc géant comme un gosse de son âge. Il va bien, je crois. Il se pose beaucoup de questions.

— J'imagine…

L'expression d'Alex se dégrade, ses épaules se voûtent insensiblement. Mais je le connais encore trop bien pour ne pas savoir ce qui lui trotte dans la tête. Lorsqu'il m'interroge à nouveau, ma réponse est déjà toute formulée.

— Est-ce qu'il… Il ne se souvient pas de moi, je suppose ?

— Se souvenir, c'est un grand mot. Mais il te connaît. Il demande souvent que je lui raconte des histoires sur toi et moi.

J'ajoute presque immédiatement :

— Rien de ce qui a pu arriver n'est ta faute. Ni maman, ni papa. Tu le sais.

Nous n'étions que des gamins à la mort de notre mère. Durant un instant, je revois ses membres désarticulés. Ses yeux terrifiés accrochés au vide. Le sang qui dégoulinait de sa bouche. J'entends encore les appels désespérés de mon père. Alex, qui était là lorsque notre mère a sauté du dernier étage du manoir, a mis du temps à sortir. Et c'était comme s'il ne comprenait pas ce que maman faisait là, à gésir par terre comme un simple cadavre. Je crois qu'il a voulu s'éviter d'en prendre conscience. Il est presque aussitôt retourné à l'intérieur, mécaniquement. Aujourd'hui encore, il esquive la réalité :

— Je vais partir à la recherche de Baalzephon.

Pour un changement de sujet, c'est explosif.

— Qu'est-ce que tu racontes, Alex ? Tu sais très bien qu'il peut être n'importe où.

— Alors contactons la taupe qui a infiltré ses partisans !

Je porte une main à mon visage : le convaincre va se révéler impossible.

— Sophie n'a plus aucune nouvelle depuis que tu as été libéré. La taupe est très certainement morte à l'heure qu'il est.

Seule Sophie connaît l'identité de la personne en question. Tout ce que je sais à son sujet, c'est que lorsqu'Alex a été capturé par Baalzephon, c'est elle qui a fait parvenir à la directrice de Digvix la position du repère de l'époque. Comment, je n'en ai aucune idée.

— Il y a forcément un moyen, insiste Alex, tendu.

Non. Sophie le sait. Je le sais. Même si je m'obstine à espérer finir par découvrir quelque chose à chaque nouvelle victime. Si seulement nous pouvions interroger Lara, nous aurions peut-être une chance…

— S'il en existait un, les gars et moi serions les premiers à t'accompagner, dis-je, mais…

— Je vais aller parler à Sophie. Et nous allons partir.

— Alex !

Je ne peux pas le laisser faire. Baalzephon le rattrapera aussi vite qu'Alex partira à sa recherche. Forcément. Ce fou est partout. Invisible. Il est plus dangereux encore que cette maladie mystérieuse qui tue un à un les Alchimistes de Digvix.

— Brian !

L'imitation de mon petit frère finit de me mettre hors de moi.

— C'est quoi ton problème ? crié-je sans plus me contrôler. T'as eu de la chance une fois, t'en auras pas une deuxième ! Tu sais très bien qu'il doit déjà être au courant de ton retour !

— Alors quoi ? demeure parfaitement calme Alex. Tu voudrais que je me cache jusqu'à la fin de ma vie ?

— Oui ! Je ne comprends pas pourquoi tu es revenu, encore moins à Digvix, alors qu'il y a cette épidémie complètement incontrôlable.

Mon frère me toise un moment. Je le sens réfléchir. Et le sourire qu'il affiche en conclusion à sa réflexion me donne envie de lui en coller une bonne pour lui remettre les idées en place.

— Je ne suis pas un Alchimiste comme les autres, tu le sais. Personnellement, je ne me sens absolument pas menacé par cette contagion.

Ouais, en même temps il faut bien dire qu'Alex ne se sent jamais menacé par quoi que ce soit. Ça lui ressemble bien. Et, d'un côté, j'avoue être soulagé de constater qu'il est toujours le même, avec plusieurs dizaines de centimètres en plus.

— En ce qui concerne Baalzephon, ajoute-t-il, ça me regarde, maintenant. Toi, tu as fait ta part du boulot.

Si c'était vraiment le cas, Alex n'aurait jamais été capturé par Baalzephon.

— C'était pas ta faute, m'assure-t-il comme s'il avait lu dans mes pensées.

Nos regards se croisent. L'œil vairon de mon petit frère sourit. Moi, je ressens encore le besoin de l'étriper, néanmoins cette vision adoucit quelque peu ma colère. Cette tache brune qui semble comme s'écouler dans le vert de son iris droit me fascinait, petit. J'adorais l'admirer, à l'époque où il peinait à rester debout trop longtemps. Le jour où j'ai demandé à ma mère ce que c'était exactement, elle m'avait répondu un simple « je ne sais pas, éloigne-toi, maintenant ». Ma mère était persuadée qu'Alex était maudit. La plupart des gens le connaissent sous ce nom, d'ailleurs. Le Maudit, celui qui a survécu à Baalzephon ; le Maudit, celui qui a potentiellement permis à Baalzephon de transformer ses Alchimistes en machines à tuer ; le Maudit, celui qu'on est parvenu à libérer alors que tous les autres étaient présumés morts, si l'on n'avait pas carrément retrouvé leur corps au moment de la découverte du repère.

— Je refuse que ce fils de… Il ne remettra pas la main sur toi, tonné-je.

Alex balance ses jambes dans le vide, maintenant bien assis sur sa chaise, les bras sur la table.

— Baalzephon n'est pas une si mauvaise personne.

C'est ce qu'il disait à sa libération. Moi, je retiens surtout les hurlements qu'Alex poussait pendant son sommeil, avant qu'il ne s'exile.

— Tout ce qu'il veut c'est…

— Je sais. Mais je n'y crois pas.

Je ne veux plus jamais entendre à nouveau ces rumeurs qui ne justifient en rien l'injustifiable. Baalzephon est un meurtrier. Un tortionnaire. Et il s'en est pris à mon petit frère. C'est tout ce que je retiens.

— Il a le Grimoire proscrit, annoncé-je.

Alex m'interroge du regard.

— C'est le grimoire de Méroé, une Sorcière antique qui était connue pour ses poisons, sa pratique de la nécromancie et d'autres trucs pas très nets. Sa magie devrait être scellée, ce sont les héritières du grimoire de Médée qui renouvellent normalement le sort d'emprisonnement. Mais il semblerait que Lara, elle-même héritière du Grimoire proscrit, soit parvenue à l'utiliser. La maladie qui touche les Alchimistes ressemble étrangement à celle que Vermeil avait propagé à son époque, à la seule différence qu'elle avait empoisonné…

Merde, et si c'était encore ça ? Une histoire d'empoisonnement qui ne touche que les Alchimistes pour je ne sais quelle raison.

— De la nécromancie, c'est ça ? répète Alex avec un petit rire. Ça colle bien avec les objectifs de Baalzephon, réfléchis…

On s'en fout de ces putains de rumeurs. Si la personne que j'aime mourrait du jour au lendemain, je ne voudrais pas pour autant éradiquer les Ombres simplement pour me venger.

Mais la persévérance d'Alex m'aiguille. Je n'y avais pas réfléchi jusqu'à maintenant, mais si ce qu'on raconte est vrai, alors il se pourrait que Baalzephon recherche véritablement la pierre philosophale.

— Je suis prêt à t'accompagner, accepté-je finalement. Mais à une condition : que Sophie nous y autorise.

Alex sourit, vaillant :

— Bien sûr que Sophie va nous y autoriser, tu sais très bien qu'elle ne me refuse jamais rien. Je vais aller la voir, il faut juste que je retourne chercher Bella au chalet, je suppose que Sophie préférera la rencontrer.

— Sophie n'est pas à son bureau, aujourd'hui, elle bosse à l'Infirmerie et enchaîne sur des réunions.

Mentir à Alex ne me fait ni chaud ni froid. Parce que je dois l'empêcher de prendre des décisions suicidaires. Et puis, je sais que Sophie n'acceptera jamais de nous laisser partir avec Alex à la recherche de Baalzephon. Par contre, elle pourrait accepter ce que j'ai à lui proposer. Mais, pour ça, je dois m'entretenir avec elle avant qu'Alex ne le fasse.

C'est pourquoi j'incite mon frère à nous retrouver demain matin au réfectoire pour manger une bricole, avant qu'il n'aille parler à la directrice de l'Institut. À mon plus grand soulagement, il accepte. Avec entrain, même, impatient de revoir Frog, Damien et Kenny.

— Jusque-là, conclus-je en me dirigeant vers la porte, tâche de rester en vie.

Les lèvres d'Alex s'étirent un peu plus :

— Toi aussi.

— Je te l'ai déjà promis, non ?

Ma réponse provoque en lui une vive émotion que je ne cerne pas tout de suite. Il est heureux, à la fois nostalgique. C'est vrai qu'il m'avait fait promettre de ne jamais mourir, lorsque nous étions gosses, et il a l'air de s'en souvenir. Ce jour-là, un mélange de chagrin, d'admiration et de soulagement tournoyait dans son regard.

Aujourd'hui encore, il continue de me mettre sur un piédestal. Je n'ai pourtant rien de plus que lui. Rien d'admirable non plus. Mais j'imagine que c'est mon rôle de grand frère qui me pousse à le lui faire croire. J'imagine aussi que ça l'aidera à se surpasser et à garder espoir.

Après tout, il en aura mille fois plus besoin que moi.

— Il faut que je te parle, c'est super important.

Je n'attends pas que Sophie me rappelle que j'ai encore oublié de toquer avant d'entrer et me poste devant son bureau. Sa tête fait la girouette entre la porte et moi, comme si son cerveau n'avait pas encore assimilé l'information de ma présence.

— C'est à propos d'Alex. Et de Baalzephon.

La directrice ne reste pas silencieuse plus longtemps :

— Je me doutais que tu allais venir pour en discuter. Je sais ce que tu vas dire, et je suis d'accord avec toi : Alex n'aurait jamais dû remettre les pieds dans aucun Institut, c'est trop risqué.

— Exactement. Il veut partir à la recherche de Baalzephon, avec les gars et moi. Je lui ai dit que je ne ferai rien sans ton autorisation.

Sophie plisse les yeux, les mains croisées sous son menton.

— J'espère que tu ne comptes pas sur moi pour te donner mon approbation.

— Au contraire, je veux que tu refuses.

Elle hoche brièvement la tête vers le bas. « Parfait », conclut-elle. Mais non, pas parfait. La conversation n'est pas finie.

— Envoie-nous plutôt chercher la pierre philosophale.

Intriguée, Sophie relève les yeux vers moi. Elle décale le dossier qu'elle étudiait avant mon arrivée, soudain entièrement disposée à se consacrer au sujet.

— Je t'ai déjà dit que j'avais besoin de tous les combattants ici, prêts à défendre l'Institut, Brian. Nous ne savons même pas…

— Nous ne savions pas où se trouvait le Grimoire proscrit, pourtant, Baalzephon est vraisemblablement parvenu à mettre la main dessus. Je ne vois pas d'autre explication à ce qui tue les Alchimistes. Et, si l'on en croit la légende, Vermeil aurait déjà utilisé un sort similaire. Un sort d'empoisonnement.

— Tu veux dire…

— Que ce sont peut-être la nourriture et l'eau qui contaminent les Alchimistes, oui.

Sophie saute sur ses jambes.

— Je dois aller à l'Infirmerie, on…

— Avant ça, promets-moi de nous laisser partir à la recherche de la Pierre, Soph. Parce que cette fois, le doute n'est pas permis. Elle doit exister. Vraiment. Lacie et d'autres Alchimistes y croient, nous ne devrions pas prendre de risques. Et puis, s'il se trouve que son existence n'est que légende, les Druides sauront nous le certifier.

On raconte que les derniers à s'être vu confier la Pierre sont les Druides des Terres lointaines, l'un des rares peuples druidiques plus ou moins sédentaire. Les Terres lointaines constituaient un refuge de luxe : c'est un des lieux les plus neutres de l'Occident. La forêt orientale qu'aurait habitée Feng demeure aujourd'hui plus connue encore que les Terres lointaines, et ce, partout dans le monde, d'après le bouquin de ma grand-mère. Dans le territoire des Terres lointaines, la Magie est restée maîtresse, les peuples d'Ombres qui y vivent ne sont affiliés à aucun Institut. Leur sécurité dépend entièrement de leurs propres moyens.

La Pierre aurait été identifiée pour la dernière fois il y a cinquante ans ; des documents en font la description depuis des siècles. Le Grimoire proscrit est bien réel, tandis que personne n'a jamais attesté de son existence, alors je ne vois pas pour quelles raisons la Pierre serait simplement le fruit d'esprits rêveurs… Quoi qu'il en soit, les Druides sauront nous le dire, je le répète.

— Les Terres lointaines sont extrêmement dangereuses, Brian, tu le sais très bien.

— Alex sera là. Il connaît aussi bien les Terres lointaines que la majorité des peuples qui y vivent.

Je n'exagère qu'à peine. Après qu'Alex a été libéré de Baalzephon, il est parti pour les Terres lointaines, une fois rétabli. C'est sa seule destination dont je n'ai jamais eu connaissance. Il en sait donc forcément plus que moi, mon équipe, ou même Sophie, qui n'avons jamais mis les pieds dans les Terres lointaines.

— O.K., soupire la directrice. Mais comment penses-tu que vous pourriez vous y prendre, exactement ?

— Aucune idée, tout ce dont je suis certain c'est qu'il nous faut en premier lieu trouver les Druides. Déjà parce qu'ils sont censés être les derniers détenteurs de la Pierre, mais aussi parce qu'ils auront des conseils à nous donner. Enfin, je l'espère.

Les Druides sont normalement réputés pour leur sagesse, alors si ceux des Terres lointaines peuvent nous en faire profiter, autant sauter sur l'occasion.

— Ne pas établir de plan ne te ressemble pas, me fait remarquer Sophie.

— Je veux protéger Alex, mais je sais que nous n'avons encore aucun moyen de dénicher le repère de Baalzephon et de le tuer une bonne fois pour toutes. Nous pouvons au moins contrecarrer ses plans. Et si jamais la pierre philosophale possède les pouvoirs que les rumeurs lui accordent, alors je préfère vraiment la trouver avant lui.

Sophie semble peser le pour et le contre. Elle me jauge durant de longues secondes. Elle va accepter. Parce qu'elle aussi veut protéger Alex. L'Institut. Les Ombres qui en dépendent. Et je crois qu'elle aussi, comprend peu à peu que nous ne gagnerons jamais les combats qui se préparent.

— Je capitule.

Je contourne précipitamment le bureau de Sophie pour venir la prendre dans mes bras. Elle lâche un petit oh ! surpris, puis rit doucement.

— Je préférais quand même t'enlacer quand tu étais petit et moins grognon, blague-t-elle.

Encore une fois, c'est elle qui m'aide à éloigner Alex du plus grand danger. Et cette fois, je n'échouerai pas.

— Je convaincrai ton frère, ne t'en fais pas, m'assure Sophie.

Ça devrait être beaucoup moins compliqué pour elle que pour moi. Alex a toujours été pire que têtu et Sophie le raisonnait déjà mieux que personne, quand nous étions plus jeunes. Je remercie la directrice de Digvix et quitte la pièce. Alors que je ferme la porte derrière moi, Gwendolyne déboule comme une tornade :

— Je venais voir Sophie, balance-t-elle entre deux inspirations essoufflées. Nous sentons l'arrivée de Rampants.

— Au village des Sorcières ?

— Non. Le vent porte leur odeur depuis le territoire des Gobelins.

Et merde.

Chapitre 38

JEMINA

— Tu l'apprendras tôt ou tard, m'avait dit Syllia.

Elle remuait sa tisane pour aider le miel qu'elle venait d'y verser à fondre.

— Apprendre quoi ? lui avais-je demandé.

— À vivre, bien sûr. Laisse-toi un peu de temps.

Qui a vraiment le temps ? Nous sommes tous condamnés à expirer. Tous. Ce qui me brise le cou et m'empêche de respirer, c'est la fatalité. Qui peut prétendre mourir en ayant compris pourquoi on a vécu ? Qui, d'entre nous tous, est véritablement capable de donner sens à sa vie ?

— J'ai parfois l'impression, avais-je timidement commencé, que peu importe ce que nous parvenons à construire, tout ça finira malgré tout en miettes. Même si je réussissais à trouver ma place dans cette société inhumaine et compétitive, même si je réussissais à en trouver une qui ne me force pas à mettre de côté au moins une de mes convictions personnelles… C'est ça, oui, j'ai l'impression qu'un jour ou l'autre, je m'y serai perdue. Conformée. Adaptée. Imaginons que je puisse reprendre mes études, je devrais calquer mes volontés au parcours que j'aurais choisi. Et s'il ne me convenait que durant un temps ? Et si durant cinq ans de ma vie, j'aimais profondément l'histoire, pour finalement me rendre compte que la science me correspondrait mieux, une fois diplômée ?

— Écoute, je ne comprends pas très bien comment fonctionne le monde humain, mais la vie est partout la même. Certes, ses conditions diffèrent, mais le cycle reste semblable quoiqu'il arrive : on te donne la vie, et comme elle n'est pas éternelle, tu finis par mourir. Et ça, ça concerne bien tout le monde. Personne n'y échappe. Et ceux qui ne savent pas se faire à cette idée sont certainement ceux qui ne savent pas non plus aller de l'avant. Tu as le droit de te tromper, Mina. Comme nous tous. Tu as le droit de prendre le temps de réfléchir et de te louper. Du moment où tu en tires les bonnes conclusions. La vie ne se mesure pas en quantité, mais en qualité. Même s'il te faut trente ans pour être heureuse, que ce nouveau bonheur ne dure que cinq ans, il en aura valu la peine.

— Là, c’est moi qui ne comprends pas où tu veux en venir, m’étais-je excusée.

— Je sais. Et je ne me vois pas capable de te l’expliquer.

Je cours comme une dératée à travers la forêt. Sans avoir aucune idée d’où peut se trouver le village des Sorcières. Brian n’a répondu à aucun de mes appels. J’aurais pu demander le numéro de Damien à Liana, mais je ne voulais pas avoir à lui mentir.

Alors je me dirige vers le seul territoire que j’ai pu fouler dans mon état normal : celui des Gobelins. Je n’ai pas le moindre souvenir quant au trajet à suivre pour rejoindre la montagne de Cacus, et même si je l’aperçois depuis ma position, j’imagine que m’y rendre demandera beaucoup plus de temps. Autant prier pour tomber sur un Gobelin. Après tout, leur territoire ne doit pas être si étendu que ça.

Seulement je n’en connais absolument pas les limites et ce détail m’était sorti de l’esprit. Je ralentis mon rythme. J’ai la quasi-certitude d’être revenue dans les parages où nous avions cherché la pierre que Palionis espérait rapporter à son village, avant d’être kidnappé par Baalzephon. La logique des choses voudrait que je ne sois plus très loin de mon objectif. À la fois, le souvenir de n’avoir rencontré aucun Gobelin en compagnie du reste de l’équipe, cet autre jour, me tracasse.

Et si aujourd’hui non plus, je ne croisais pas une seule Ombre ? Et que Brian s’obstinait à ne pas me recontacter ?

Alors je suppose que dans ce cas extrême, je m’autoriserai à demander le numéro de Damien à Liana.

Mais tandis que je contourne un énième arbre et engouffre à moitié mon pied dans un trou, le feuillage des fougères remue légèrement devant moi ; ma tête se redresse avec précipitation. Un Gobelin. Forcément. J’esquisse un pas, mais m’arrête aussitôt. Et si c’était en fait un des sbires de Baalzephon ?

Je me fige, prudente. Le buisson de fougères s’agite plus violemment cette fois. Je dois reprendre mes esprits. Jamais un être humain ou n’importe quelle créature de la même taille pourrait se camoufler dans un endroit pareil.

— Qui…

Une libellule étrange s'extirpe des plantes. Ses ailes frétillent maladroitement tandis qu'un petit bras surgit à son tour pour capturer l'insecte.

— Je l'ai ! s'exclame une voix nasillarde.

La créature se lève brusquement sur ses jambes, un sourire gigantesque découvrant des rangées de dents carrées. La tête ovale du Gobelin me fixe un instant, puis toute la satisfaction qui brille dans ses yeux globuleux s'évapore.

— T'es qui, toi ?

Il est aussi grand qu'un enfant de six ans. Son couvre-chef d'aviateur à moitié cramoisi est de travers. Sa main libre vient le réajuster tandis qu'il me toise toujours d'un mauvais œil.

— Je m'appelle Jemina. Je suis de l'Institut Digvix.

— Ah. Une Traqueuse, grimace-t-il en me reluquant.

Le moment de ne faire parler qu'une partie de la vérité est venu, il semblerait.

— Non, je suis une Ombre. Une Banshee.

— Oh. Une Banshee.

Il ne me croit pas. Et son air d'enfant condescendant me souffle qu'il n'en a rien à faire de savoir qui je suis. J'ai plutôt la sensation qu'il voudrait simplement me voir quitter son territoire.

— Oui, une Banshee. Je suis une amie de Brian Snow, peut-être le connais-tu ?

Un rire monosyllabique.

— Mauvaise pioche. Snow aime un peu trop me soulever du sol et me suspendre par mes vêtements.

Merci, Brian. Vraiment. Merci de parvenir à contrarier ma quête de la vérité même dans ton absence.

— Et toi, comment t'appelles-tu ? demandé-je en espérant lui faire rapidement oublier l'image de Brian.

— Qui me dit que je peux te faire confiance ? Tu pourrais être là pour me rafler et m'emmener à Baalzephon, après tout.

C'est vrai, mais je ne saisis pas en quoi son argument l'amuse. Peut-être que mon désespoir transparaît, lui laisse penser que j'ai besoin de lui et que cette position lui plaît particulièrement.

— Ou alors tu pourrais être une Sorcière déguisée en citadine, persiste-t-il. Une Traqueuse qui me fait une mauvaise blague et cherche à me soutirer des informations.

— Je suis une Banshee affiliée à Digvix, je te l'ai dit.

— Moi aussi, je dis beaucoup de choses.

— Mais c'est la vérité.

— Moi aussi, je prétends souvent dire la vérité.

— Mais je ne suis pas toi et tu n'es pas moi !

— Et j'en remercie la Magie !

Je soupire et porte une main à mon visage. Je comprends mieux pourquoi Brian prend plaisir à le suspendre, finalement.

— Je m'appelle Tropius, lâche de but en blanc le Gobelin. Et je dois retourner très vite à mon village, parce que cette Fée a besoin d'être soignée.

Il s'approche à petits pas nerveux et tend sous mes yeux ce que je croyais être une libellule. La créature est secouée d'un spasme. Ses ailes s'étirent douloureusement puis retombent, fatiguées, dans la paume du Gobelin.

— Elle s'est cassé une aile et elle ne vole plus très bien. Je ne sais pas si elle peut encore briller.

Son corps grisâtre, parfaitement imberbe, se recroqueville sur lui-même. Les globes oculaires noirs de la Fée disparaissent sous ses paupières.

— Nooooon…, souffle Tropius en ramenant sa main sous son visage. Non, non, non… Je crois bien qu'elle vient de mourir. Elle ne pourra plus jamais faire briller les créatures magiques…

Damien m'avait rapidement expliqué que les Fées venaient chercher les créatures magiques mortes pour les faire disparaître. C'est ce que doit vouloir signifier Tropius par les termes de « faire briller », j'imagine.

— Une partie de la Mort est morte, conclut Tropius en posant confortablement la Fée sur une fougère.

Je l'observe murmurer quelques mots que mon oreille ne perçoit pas, puis il se tourne de nouveau dans ma direction.

— Pourquoi ne m'as-tu toujours pas enlevé ? m'interroge-t-il.

Je soupire un bon coup.

— Parce que je ne suis pas du camp de Baalzephon. Je ne suis pas là pour toi particulièrement, je cherchais ton territoire en espérant trouver quelqu'un qui puisse m'indiquer où se situe le village des Sorcières.

Tropius plisse les lampions qui lui servent d'yeux.

— Pourquoi voudrais-tu te rendre chez les Sorcières si tu n'es pas une Traqueuse ?

— Je suis à la recherche d'une amie. J'ai vraiment besoin de ton aide, tu comprends ?

— Ce que je comprends, c'est que les Sorcières sont encore devenues folles. Elles ont des périodes, tu sais. Elles perdent régulièrement la boule, ici, à Digvix, en tout cas. Et tu es potentiellement une Banshee. Qui me dit que tu ne perds pas la boule avec elles ?

Hein ? Mais je ne capte rien, bon sang ! Je n'ai pas le temps pour ce genre de débats !

— Mon amie est peut-être en danger. C'est… une longue histoire, mais elle avait quitté le village des Sorcières, et maintenant, elle a disparu. Est-ce que tu vas m'aider, oui ou non ?

— Ton amie, ce ne serait pas Syllia, par hasard ?

Mon sang ne circule plus.

— C'est elle, oui. Qu'est-ce que tu sais ?

La brise apporte brusquement une fraîcheur toute neuve. Ma peau se recouvre de chair de poule. Et les prémices d'une angoisse que je connais bien chuchotent dans l'air. Mais c'est différent, aujourd'hui. Ça ne vient pas de moi. C'est là, partout autour. Non, ça ne vient pas de moi.

Et Tropius le sent aussi :

— Des Rampants.

La panique transforme les traits de son visage en masque d'épouvante.

— Des Silencieux sont sortis de leur grotte, répète-t-il, le souffle court. Viens ! Dépêche-toi !

Tropius me saisit par la main et me tire violemment en avant. Au même moment, mon téléphone vibre dans la poche de ma veste.

Nous courons à travers les bois, le Gobelin devant moi, malgré ses petites jambes. Je trébuche à plusieurs reprises, me rattrape au possible. Tropius me distance rapidement. Des Rampants. Je me souviens de la description que m'en avaient fait Damien et Kenny. Je n'avais alors pas compris ce qui les répugnait autant, ce qui faisait des Silencieux des êtres si terrifiants.

Des maisonnettes arrondies apparaissent derrière les arbres. Tropius a déjà atteint le village. Les Ombres s'activent dans tous les sens pour se barricader à l'abri. Certains se terrent dans des forges, d'autres dans les maisons, et d'autres encore se tiennent au milieu de la place, armes en main.

Je ne sais pas quoi faire. Camouflée entre deux habitations, j'observe la scène. Tropius s'élance de nouveau vers moi pour me hâter, mais je n'ai pas le sentiment de devoir me protéger. La peur est bien là. La même sensation d'imminence complique ma respiration. Mais je ne vois aucun intérêt à me cacher. Non plus lorsque des relents de putréfaction remontent à mes narines. Tropius contient un haut-le-cœur, cramponné à mon pantalon.

— Jemina, il faut que tu viennes !

Une autre voix tonne au centre du village. Brian apparaît dans mon champ de vision, pâle. Il m'appelle. Tropius s'enfuit, disparaît dans la foule.

Des hurlements retentissent. Les derniers oiseaux qui n'avaient pas pris leur envol décollent précipitamment de leur branche.

Je me sens aspirée de mon propre corps. Un crochet indolore m'a saisie par le dos et me tire. Le vide se déploie. C'est comme si la mort elle-même nous encerclait, la gueule grande ouverte, prête à nous avaler au dernier moment.

Ce doit être pour ça que tout le monde se montre si effrayé. Pour ça peut-être aussi, qu'une jeune Gobeline demeure complètement paralysée à côté de Brian. Elle convulse presque. Puis je la vois. La main qui la maintient par la cheville. Une main où quelques lambeaux de chair menacent de se décrocher au moindre mouvement. J'aperçois vaguement Brian saisir le manche de sa machette. Il bouge au ralenti. Comme si, lui aussi, redoutait l'affrontement. J'avance.

Le Rampant se traîne par terre. Derrière lui, d'autres tentent de le rejoindre. Des linceuls noirs et déchirés recouvrent en grande partie leurs membres squelettiques. Leurs os grincent sur le sol. Des gémissements rauques à peine perceptibles accompagnent ce qui ressemble en tout point à une agonie.

Je m'approche encore.

— Arrête, dis-je simplement.

Brian stoppe son geste, sa machette en l'air. Ses lèvres paraissent vouloir formuler quelque chose, mais aucun son ne sort de sa bouche. Je me poste entre lui et la Gobeline. Accroupie, je décroche délicatement un par un les doigts du Rampant. Il lâche un cri strident. Sa tête, sans visage, se redresse à peine.

— Tout va bien, lui assuré-je. Je ne te veux aucun mal.

Sa main s'accroche à la mienne, d'une poigne douloureuse. Son autre main, libre, s'appuie sur mon épaule pour soulever son buste.

Et alors que Damien et Kenny m'assuraient que les Silencieux rampaient toujours en dehors de leur grotte, celui-ci se dresse peu à peu au-dessus de moi. Sa cape, ballotée par le vent, dissimule les jambes qu'il n'a pas.

Un hoquet collectif souffle sa surprise dans le village quand le Silencieux de nouveau debout tourne lentement sur lui-même, puis s'en va. La Gobeline prend ses jambes à son cou. Derrière moi, Brian commente d'une voix désincarnée :

— Putain, Jem, t'es extraordinaire.

Chapitre 39

BRIAN

À peine entré chez Gremerial, j'ai saisi Tropius par sa veste en peau de bête et l'ai soulevé à bonne distance de moi, afin d'éviter ses poings et ses pieds qu'il remuait dans tous les sens pour me frapper. Je lui ai fermement intimé d'avouer ce qu'il savait, sans oublier de lui rappeler que Baalzephon ne se contenterait pas d'attaquer Digvix, mais aussi les villages des Ombres, et, qu'en conclusion, nous étions dans le même camp, même par défaut.

Il a soudainement cessé de gigoter, a jeté un regard à Jemina, puis a lâché :

— Syllia est morte.

Maintenant attablé en face de lui, j'écoute les dernières explications de Tropius. Alors Lara a véritablement fini par sacrifier sa nièce, sa propre Sœur. À côté de moi, Jem semble avoir arrêté de respirer. Je crois qu'elle est sous le choc. Elle est totalement ailleurs. Déconnectée. Je glisse ma main sur la sienne, sous la table, et elle l'attrape sans plus la relâcher. Zilo, la compagne de Gremerial, nous adresse un sourire triste. Non pas qu'elle regrette Syllia, mais plutôt le chagrin que cause sa mort.

Les Gobelins ne s'enthousiasment jamais de la perte d'un être, pas même de celle d'un Elfe. Du moins, pas les Gobelins de Digvix. Ils ont un respect sans borne pour les morts. Comme les Sorcières, même si ce respect ne s'adresse généralement qu'à celles qu'elles appellent les Anciennes et dont les ossements reposent dans les Catacombes. J'ai eu le malheur de les visiter, plus jeune. Il paraît que, pour se venger de mon intrusion, les Anciennes m'ont plongé dans une sorte de coma. Je n'en garde aucun souvenir.

Je vais devoir rapporter tout cela à Sophie. Nous n'aurons jamais la preuve formelle que les Sorcières ont empoisonné les Alchimistes, cependant nous avons un témoin qui peut confirmer l'assassinat de Syllia par Lara et la complicité du reste de la confrérie de Digvix. Dont celle de Gwendolyne. Comment a-t-elle pu laisser faire une chose pareille ?

Jem brise alors le silence :

— Tu as dit que tu as eu la sensation que la Magie était insufflée au corps de Syllia ?

Sa soudaine intervention m'étonne, doublée de sa voix calme et déterminée. Je n'ai aucune idée de ce qui se trame dans son esprit, mais il s'y passe quelque chose, aucun doute.

— C'est ça, confirme Tropius. Tout semblait de plus en plus terne, puis Lara a…

Poignardé Syllia, oui, mais je remercie intérieurement le Gobelin de ne pas le reformuler une seconde fois. Je ne sais pas si Jem le supporterait. La concernée se tourne vers moi.

— Et si c'était pour ça que Rose avait disparu ?

C'est possible, oui. Mais Jem m'avait dit qu'un autre esprit était lui aussi rentré sans prévenir, et ce bien avant que Lara ne vienne chercher Syllia. Le seul moment où nous avons laissé la boutique sans surveillance est la nuit où nous sommes allés à l'hôpital. La nuit où mon père est mort. Les Sorcières ont dû venir au *Syl' pleut voir* ce même jour. Peut-être gardaient-elles un œil sur la boutique, dans l'attente de voir Syllia sans défense. Ou peut-être était-ce un des partisans de Baalzephon.

Je n'en sais rien.

Nous ne le saurons jamais.

Zilo dépose devant chacun de nous une chope de bière et un morceau de pain. Gremerial la remercie en s'asseyant en bout de table. Il nous inspecte, muet. S'attarde sur Jem.

— Je savais qu'une Banshee était dans les parages, dit Tropius. Tu as hurlé, le soir où j'ai vu la cérémonie des Sorcières.

Alors c'était bien lorsque nous étions à l'hôpital. Et si Tropius l'a entendue, les Sorcières également. Les pouvoirs de Jem croissent encore, il semblerait, mais je n'en glisse pas un mot. Je ne suis pas non plus inquiet. Même si Lara sait maintenant qu'une Banshee se balade quelque part, nous partons dès demain pour les Terres lointaines. Elle n'aura aucune chance de retrouver Jemina.

Et lorsque nous rentrerons, j'y veillerai personnellement.

— Laisse-moi t'aider, insiste Gremerial en voyant sa compagne apporter un plat de purée.

— Non, toi laisse-moi plutôt tranquille, nom de nom !

Il y a quelques mois encore, je me serais sûrement amusé de la situation. Aujourd'hui, elle ne fait que m'attrister. Chez les Gobelins, comme chez les Elfes, les sexes définissent le rôle de chacun. Les Gobelins forgent et farfouillent à la recherche de nouvelles pierres pour garnir leurs armes, tandis que les Gobelines s'occupent du reste.

« Du reste ». Merde, je déteste tout de ce monde. C'est définitif.

Les Loups-Garous et les Vampires sont complètement détachés de ce genre de principes à la con, mais je suppose que l'histoire de chaque peuple influence encore leurs us et coutumes. Par exemple, les Gobelins seraient nés de l'union des Gnomes et des Bergleutes, des créatures magiques qui n'existent plus en France. Ils conservent encore des caractéristiques de leurs ancêtres : s'ils sont profondément bienveillants, les Gobelins détestent être dérangés, par exemple. Ils apprécient la vie en communauté seulement si elle est synonyme de tranquillité, et, c'est justement ce qui les rend le plus souvent agressifs envers les autres peuples d'Ombres. Le manque de tranquillité. Leur quotidien est rythmé par la forgerie, les discussions en tout genre, les blagues, les farces, la bière et la purée. Ils ont aussi pour habitude de soigner les animaux blessés qu'ils peuvent rencontrer sur leur territoire.

Finalement, les Gobelins sont un peuple de fêtards sympathiques, ce qui les différencie nettement des Elfes. C'est d'ailleurs en grande partie pour cette raison que les deux peuples se vouent chacun un mépris infini. Pourtant, ils ont bien une chose en commun : la place que tiennent les Gobelines et les Elfènes dans leur peuple respectif. Pour parler franchement, elles ne sont ni plus ni moins que des ménagères. Il paraît qu'il en est tout à fait autrement à l'Institut De La Haute Maison. Là-bas, on raconte que les Gobelines vont chasser pour les fêtes et qu'elles participent au travail dans les forges. En ce qui concerne les Elfes, il semblerait que le schéma soit le même presque partout, à quelques exceptions près. L'Elfène n'est destinée qu'à engendrer de nouveaux Elfons et à rendre la vie de son époux la plus paisible possible.

— Comment as-tu fait, avec ces Rampants ? demande Zilo en se joignant enfin à nous.

Jemina hausse vaguement les épaules, encore recluse en elle-même.

— Ils avaient simplement l'air… triste.

— Comment ça ?

— Eh bien, comme s'ils cherchaient juste de l'aide pour se relever et repartir.

L'idée me prend aux tripes. Parce que je connais les soupçons que beaucoup ont au sujet de l'existence des Silencieux. Certains prétendent qu'ils ne sont ni plus ni moins que des humains perdus, à cheval entre la vie et la mort. Seuls. Et que la solitude les pousse à se regrouper. Qu'à la fois l'angoisse qu'ils traînent partout avec eux entretient celle des autres. Un foutu cercle vicieux. Certains pensent même qu'ils peuvent tuer d'un simple souffle, rendre fou par leur présence prolongée et je ne sais quoi d'autre encore.

Mais jamais je n'avais entendu parler de la possibilité de les voir se relever en dehors de leur grotte. Généralement, nous nous barricadons et nous attendons que leurs cris et gémissements s'épuisent. C'est à ce moment-là qu'ils font demi-tour, de nouveau parfaitement silencieux, sans mauvais jeu de mots.

Jem est une Banshee, elle-même à cheval entre la vie et la mort, dans un sens. Et tout à l'heure, elle a comme instillé un peu de vie à ces Rampants, suffisamment pour les calmer et leur permettre de se relever.

Je la regarde. Elle le remarque.

— Nous devons rentrer à l'Institut, dis-je pour trouver une excuse à ma contemplation.

Zilo, déçue que nous ne dévorions pas des tartines de purée, se voit malgré tout rassurée par Gremerial et Tropius qui comptent bien tout enfourner.

— Ne me laisse pas toute seule, me murmure Jemina, ma main toujours dans la sienne, ou le contraire, je ne sais plus.

Quelque chose dans son expression s'agrippe désespérément à moi. C'est comme s'il ne lui restait plus que ça. J'aimerais lui dire que c'est une mauvaise idée. Qu'une guerre approche – je ne le répèterai jamais assez. Qu'on ne sait pas qui de nous survivra.

Seulement j'ai envie qu'elle s'accroche. À n'importe quoi. Et je dois l'avouer, à moi plus qu'à toute autre chose. Parce que moi aussi, je veux m'accrocher à elle.

Je veux pouvoir me sentir vivre rien qu'en lui effleurant le bras. En embrassant ses lèvres.

Si elle a pu soulager l'angoisse en personne, alors peut-être que nous aussi, on se relèvera.

— Bien sûr que je ne te laisserai pas, la rassuré-je. J'ai signé pour toi, je te rappelle.

— De chocolat.

Sam me passe le joint d'un mouvement mal contrôlé. J'évite de peu la brûlure.

— De croissants.

Cela fait bientôt vingt minutes que nous avons commencé à lister tous les aliments qui nous font le plus envie lors des grandes faims, comme sait les provoquer la beuh. Le problème, c'est que Sam est encore une fois le seul à participer. Je le connais bien, maintenant. J'ai fumé plus de joints avec lui qu'avec n'importe qui d'autre, suffisamment pour affirmer que Sam finit toujours par oublier que ce genre de petit jeu est plus marrant à deux.

Je l'admire quelques secondes. Lui comme moi, sommes avachis depuis plusieurs heures sur les marches de la mairie. Et c'est drôle quand on y pense : les flics ne viennent jamais ici la nuit. Enfin, presque. J'ai déjà pu prendre mon pied en regardant Sam tenter de leur échapper, il y a deux ans. Il est tombé en loupant le trottoir. Misérable, c'était misérable.

— Oh, d'une tarte aux mirabelles ! Ou aux quetsches !

— Seconde option, je vote pour la seconde.

— De jus de pomme, m'ignore-t-il en s'étalant un peu plus sur les marches.

Je me demande comment il fait pour trouver sa position confortable. Et pour le coup, comment je fais aussi.

— En fait tu as envie de sucre, lui dis-je en observant un peu les étoiles.

— Non, plutôt de salé, là.

Ouais, ouais. J'entends ça.

— Ça fait longtemps qu'on est potes, maintenant, hein ?

Je fronce les sourcils :

— On est potes, nous ?

Un hoquet offusqué manque d'étrangler Sam pour de bon. Je me marre comme un gars typiquement défoncé. Ma tête roule sur le bord d'une marche et putain qu'c'est pas agréable. Mais je m'en contrefous. Je tire une longue barre et fais encore tourner.

— Sérieusement, Brian.

Ouais, c'est vrai qu'il a carrément l'air sérieux, à cet instant précis.

— Mec, tu baves, essuie-moi ça avant de mettre ta bouche dégueu sur le joint !

Il obtempère sans trop réagir et poursuit :

— J'veux dire. Sérieusement.

Sam garde la bouche ouverte, l'air sur le point d'éternuer.

— Tu vas lâcher le morceau ou pas ?

— Attends ! chuchote-t-il. Pas si fort !

Cette conversation n'a aucun sens, je m'en rends bien compte. Sûrement pour cette raison que je me mets à pouffer comme un môme.

— T'as l'air différent, ce soir, accouche finalement Sam. Enfin, pas différent, mais content, tu vois ?

— C'est parce que je crois que je suis en train de tomber amoureux, lui expliqué-je très naturellement.

Sam se redresse, vif et enthousiaste :

— On la refait, j'étais pas prêt !

Hein ? Mais qu'est-ce qu'il chie encore ?

— Répète, répète, me presse-t-il en moulinant du poignet.

— Euh… Bah je crois que je suis en train de tomber amoureux.

— Non.

Mais putain. J'capte que dalle ! C'est quoi ce zigoto qui me sert de compagnon de fume !

— Quoi « non » !

— Oh, eh, hein, calme-toi. C'est pas ça. C'est : est-ce que tu tombes amoureux, ou est-ce que tu l'es déjà et tu commences à aimer ?

Je le toise comme s'il était l'idiot le plus fini de l'univers et lâche :

— Parce qu'il y a une différence, évidemment.

— Blasphème ! Bien sûr qu'il y en a une ! Et même des milliers !

Sam pousse un long soupir qu'il pourrait très bien remplacer par un « qu'est-ce que je vais faire de lui ». Mais c'est plutôt moi, qui devrais poser cette question. Parce que c'est bien lui qui a sa tête de « j'ai trop fumé et je suis à deux doigts de m'endormir ». Je vais devoir le reconduire chez lui, encore. Et j'aurais encore droit à un de ses poèmes louches. *Comme la sauterelle qui frétille, oh oui frétille dans mes yeux, noie tes doigts dans mes cheveux. Embrasse-moi, même pour le fric et la frime, et comprends l'amour que ces vers expriment. Oh bébé, tu pourras caresser les muscles de mes bras, si je peux te toucher la teucha.* Le summum de l'élégance.

— Dis-moi ce que ça te fait, m'encourage-t-il en m'assénant un coup sur l'épaule.

Je lève les yeux vers lui, il recule en époussetant ma veste comme s'il venait de la salir par son contact.

— O.K., accepté-je avec presque de l'entrain. Je dois le dire comment ?

— Comme le poète que tu es au plus profond de toi. Très, très, profond. Surtout quand tu me regardes avec cette tronche-là. Très enfoui, le poète…

Je me racle la gorge, me concentre.

— C'est… comme si elle avait une partie de moi en elle. Pas une qui me manque. Pas ce baratin à la con. Nan, je veux dire… C'est comme si elle me faisait découvrir cette partie de moi dont je te parle, parce qu'elle la possède elle-même.

— Laquelle ?

— Je…

J'hésite une seconde, puis me résigne :

— L'espoir.

— C'est terriblement gnangnan, balance Sam. Mais beau, hein. Mais gnangnan quand même.

— Ferme ta gueule.

— Et elle, elle en pense quoi ?

Je souffle et hausse les sourcils dans une grimace qui ne convient pas vraiment à mon sentiment.

— J'en sais rien.

— Demande-lui.

Un ricanement m'échappe. En réalité, je n'ai pas du tout cherché à le contenir.

— T'as raison, c'est ça : « Salut, Jem, dis, j'ai une question à te poser : est-ce que tu veux bien de moi ? » Merde, Sam, j'ai plus dix ans ! Même mon petit frère saurait mieux s'y prendre !

Penser à Alejo fait nettement redescendre mon moral. Je me masse le front, fume un coup. Je visualise Jem chez elle, qui n'arrive sans doute pas à s'endormir. Elle a préféré rentrer chez ses parents plutôt que dormir à l'Institut. Trouver une bonne excuse pour expliquer son absence, lorsque nous serons partis pour les Terres lointaines. C'est-à-dire demain. Je me demande bien quel bobard elle aura inventé. Bobard. Je me marre encore.

— T'as rien compris, mon gars, me reprend Sam. T'y comprends rien à rien.

— À quoi ?

— Mais à l'amour ! s'emporte-t-il dans un élan de passion. Peu importe que t'aies dix, vingt, ou même soixante ans. L'amour, ça reste l'amour. Enfin, c'est différent à chaque fois, mais… merde, justement, t'es pas un gosse, parle-lui ! Comme deux adultes normalement constitués !

Officiellement, Jem n'est pas adulte, elle n'a pas encore dix-huit ans. Mais je crois que Sam se foutrait de cet argument.

— Je vais partir un petit moment, annoncé-je soudainement à Sam.

— Tu changes de sujet.

— Je suis pas sûr de revenir.

Sam me regarde. Du genre, vraiment. Comme s'il savait que quelque chose ne tournait pas rond.

— Et tu vas où ?

Je hausse les épaules et réponds très franchement :

— J'en ai aucune idée.

Sam fait claquer sa main sur mon trapèze.

— Du moment où tu es avec la fille dont tu parlais, c'est pas grave, hein ? J'espère que tu te casses avec elle. T'as plutôt intérêt, sinon elle aura vite fait de t'oublier.

J'ai comme la sensation que me séparer de Jem serait difficile, dans tous les cas. J'ai l'impression qu'elle me comprend. Sans que j'aie à dire quoi que ce soit. Et j'ai furieusement besoin et envie de quelqu'un comme elle.

Sam bâille, me tend le reste du joint. Je lui fais remarquer qu'il va s'endormir et qu'il n'est pas question que je le porte jusqu'à ma voiture.

— T'as qu'à me traîner par les pieds.

— Ta tête va rebondir dans l'escalier et t'as déjà trop souvent oublié de porter un casque en faisant du vélo, Sam.

Il dresse son majeur à mon attention.

— Ma vengeance sera terrible.

Je lâche un rire de nez. De là à ce qu'on se revoie, il aura déjà tout oublié.

Je me lève, écrase le mégot par terre et saisis fermement Sam par le bras. Une nuit écourtée m'attend, et demain, direction les Terres lointaines en quête de la fameuse pierre philosophale.

Chapitre 40

L'humidité de la Grotte scintillait sur les parois rocheuses. La lumière bleutée qui se propageait à travers les différents couloirs rappelait étonnement celle des Fées. En nous engouffrant dans une salle close de la caverne, nous pouvions entendre des voix se faire écho, de temps à autre.

Élisa se tenait à moitié avachie sur elle-même, assise en tailleur à même le sol, son espèce de robe recouverte de poussière. Autrefois, elle gardait constamment le dos bien droit ; autrefois encore, ses cheveux avaient la couleur du feu qui, toujours chaud, commence néanmoins à se tarir. Mais, ses yeux, l'expression de son regard, demeuraient intacts. Elle avait le sourire d'une vieille femme qui sait, la posture d'un bouddha essoufflé et l'appétit d'une vie ennuyeuse. À ce sujet, une voix lui fit remarquer :

— Tu ne cesses jamais de te bâfrer, dis.

Élisa mima le bruit d'un crachat pour signifier son mépris. Ou plutôt, si elle n'avait pas eu la bouche aussi sèche à cet instant, sans doute aurait-elle craché avec ce plaisir malicieux qui me rappelait sa jeunesse. Elle arracha un morceau d'aile cramoisi de la chauve-souris qui grillait sur le feu. Élisa ne se nourrissait auparavant que de végétaux récoltés aux abords de sa caverne, à l'époque où il lui arrivait encore d'en sortir. Des siècles avaient défilé, depuis. Enfin, nous avouerons que « défiler » est un grand mot. Oui, car la vieille femme semblait sentir la Terre grincer à chaque mouvement, la Magie soupirer entre les pierres qui l'engloutissaient à moitié dans la pénombre, tant elle-même restait statique depuis tout ce temps.

Après avoir avalé ce qu'elle mastiquait à moitié, elle reprit d'ailleurs son activité favorite : se tourner les pouces. Littéralement. Elle regardait le vide qui se dressait droit devant elle, ou disons qu'elle se consacrait à ce qui se tramait dans sa tête, jusqu'à ce que Clotho parlât une seconde fois :

— Tu dois bien savoir ce qui va advenir.

Clotho et deux autres femmes, Lachésis et Atropos. Chacune, d'une nonchalance incomparable, jouait son rôle : Clotho tissait un fil, Lachésis le déroulait soigneusement, tandis qu'Atropos le sectionnait sans jamais hésiter, pas même un court instant.

— L'avenir est difficile à déterminer, lui répéta encore Élisa, tu le sais tout autant que moi. Un rien suffit à le métamorphoser.

— Et même après tout ce temps, intervint Atropos, je ne comprends toujours pas à quoi te sert ton miroir, dans ce cas.

— À mieux cerner le présent, tout simplement.

Mais Élisa le savait, elle. Le Temps ne s'octroie jamais de pause. La décision de conjuguer un verbe au passé dans le futur n'empêche pas que sa formulation relève du maintenant. Et, sitôt écrit, un mot s'inscrit dans une forme d'éternité.

— Tout ce dont je suis certaine, reprit la vieille femme, c'est que celui que tout le monde s'évertue à nommer Baalzephon n'est qu'un symptôme. Le fond de l'histoire n'est pas ici.

— Où est-il, alors ? l'interrogea Lachésis.

— Plus loin.

Clotho soupira :

— Tu repars dans tes délires, Élisa.

— Mais non, c'est vous tous qui ne comprenez pas.

— Tu n'expliques rien, il faut dire !

Les trois fileuses avaient le don d'importuner Élisa au pire moment : lorsqu'elle réfléchissait. Et je dois dire qu'elle réfléchissait souvent, et fatalement, parfois pour pas grand-chose.

— Parce que je n'ai pas d'explications, sacrebleu ! s'emporta-t-elle en levant les bras comme une poupée ravagée par l'arthrose. Vous commencez à sacrément me courir sur le haricot. Retournez à votre fil, bon sang.

Lachésis, Clotho et Atropos baragouinèrent un moment dans un recoin, puis le silence revint, bercé par les crépitements des flammes. Élisa, agacée, leur confia pourtant :

— J'ai le sentiment qu'on va nous rendre visite.

— Qui ça ? se réjouit Lachésis.

— Les mauvaises personnes.

Mais tout était relatif. Les femmes en avaient parfaitement conscience : le hasard n'existe pas, et, si ces gens venaient à malgré tout mettre les pieds ici, Élisa devait quant à elle faire son travail : rien, diraient certains. Mais n'est inutile seulement ce que l'on ne comprend pas.

— Les bonnes personnes viendront plus tard. Bien plus tard. Peut-être même trop tard, tout dépend de ce que l'on veut bien croire.

— Quand ça ?

Clotho releva la tête, intriguée, mais Atropos râla : on ne pouvait pas arrêter de la sorte le fil de la vie, sinon, comment pouvait-elle le couper ?

— Je crois bien…, réfléchit Élisa, quand la nuit nous aura englouties, après une dernière recrudescence de lumière.

Personne ne renchérit.

Peu importe ce que vous supposez, vous avez vu juste et vous le verrez encore.

Chapitre 41

JEMINA

Mon sac de randonnée glissé sur une épaule, je me tourne lentement au pas de la porte. J'observe mon lit dont les draps sont parfaitement bordés. Ma chaise roulante sous mon bureau. Mes rideaux grands ouverts. Les quelques photos de Liana et moi que Li a elle-même accrochées tout autour de ma fenêtre. « C'est pour que tu nous regardes tous les matins et tous les soirs, quand tu ouvres ou fermes tes volets. Je veux que tu te souviennes de moi et de ma beauté sans pareille, tu comprends ? »

Oui, je comprends : c'était surtout pour que je ne l'oublie pas.

Ma mère m'appelle depuis le bas de l'escalier. Je me sens presque forcée de franchir le seuil de non-retour et de refermer la porte derrière moi. Ce n'est pas que je n'ai pas envie d'y aller. Que je n'ai plus envie de participer à toute cette histoire. C'est simplement que trois de mes amis sont partis, comme de simples dommages collatéraux. Je n'ai aucune idée de si Charles et Rose ont pu rentrer. Et Syllia… Eh bien Syllia, elle…

Mon inspiration se bloque dans ma poitrine. J'ai la conviction de craquer si je venais à la relâcher trop vite.

— Jeminaaaa ! s'impatiente ma mère.

Mes jambes descendent mécaniquement. Sur la dernière marche, ma mère me sourit de toutes ses dents en me tendant un énorme sachet que je soupçonne être rempli de toute sorte de petites choses à grignoter.

— Faites bien attention à vous, surtout.

Je souris.

— C'est simplement une longue randonnée, maman.

— Exact, apparaît mon père. Et je ne doute pas que vous allez plus boire que marcher.

Ma mère lui administre une tape sèche sur le bras.

— Comment il s'appelle déjà, le copain de Liana ?

— Damien.

— Tu répèteras bien à ce Damien que tu es sous sa responsabilité, puisqu'il est majeur et toi mineure, hein ?

— Plus pour longtemps, lui rappelé-je en me frayant un passage pour me diriger vers la sortie.

— Et le tien ? m'interroge mon père.

Il passe une main au creux du dos de ma mère et me lance un clin d'œil discret. Je fourre mon sachet dans mon sac de randonnée.

— Comment ça « le tien » ?

— Ton copain, bien sûr. L'autre garçon qui vous accompagne. C'est quoi, son prénom, à lui ?

Ma mère fronce les sourcils, amusée, l'air de dire « il n'a rien compris ». Mais, au contraire, je crois qu'il a encore tout mieux compris que n'importe qui. Je ne sais pas pourquoi je lui réponds, je ne sais surtout pas pourquoi je lui réponds ça.

— Brian. Brian Snow.

— Pourquoi tu ne me l'avais pas dit ! s'exclame ma mère, mi-réjouie mi-blessée. Ça change totalement la donne, s'inquiète-t-elle soudainement.

J'ouvre la porte, parée à m'échapper à la moindre approche. Et je déguerpis à l'entente du mot « préservatifs », en lançant un dernier « je vous aime ! ». Je remonte mon allée en enfilant la seconde anse de mon sac. À peine plus loin que la maison voisine, un 4 × 4 noir est garé à cheval sur le trottoir. Brian. Que fait-il ici ? Nous avions tous rendez-vous au parking de la forêt Eclipsis.

Je rejoins la voiture. Les vitres teintées m'inquiètent l'ombre d'une seconde, comme s'il était possible que ce soit finalement la portière d'un inconnu que j'empoigne à l'instant. En même temps, oui, c'est vraiment probable, vous me direz… même si je n'ai croisé aucune voiture semblable en ville, mise à part celle de Damien.

— C'est moi que tu attends, comme ça ?

Brian réagit incroyablement vite à ma question :

— Non, bien sûr que non. Je viens chercher ta sœur. Elle te ressemble pas mal, mais elle, elle dit « bonjour » et « merci ».

Le pied que je m'apprêtais à poser côté passager revient sur le bitume.

— Superbe. Parce que je préfère que ce soit ton frère qui me conduise. Tu sais, celui qui ne se comporte pas comme un gros con les trois quarts du temps où il ouvre la bouche.

Brian me regarde, puis la sincérité de son sourire fait frétiller mes lèvres.

— Tu es la seule à me suivre dans ce domaine-là, j'aime bien ça aussi.

Aussi ? Qu'est-ce qui lui prend ?

Je grimpe dans la voiture en roulant des yeux. En vérité, je redoutais un peu qu'il m'accueille avec un air désolé que je n'aurais pas supporté : son sarcasme était le bienvenu. Il demande tout de même si je vais bien. Parce qu'il le faut, je suppose. Et je lui réponds en marmonnant à peine. Parce que je ne suis pas suffisamment courageuse pour laisser le silence s'exprimer pour moi.

— Et ton frère, Alex, il va mieux ?

— Difficile à dire, avec lui.

Avec Brian aussi, d'ailleurs.

— Qu'est-ce qu'il faisait, dans ce placard ?

J'ai envie de savoir, car j'ai le sentiment que c'est en interrogeant Brian au sujet de son frère que j'en apprendrai plus sur lui. Pourquoi ça m'intéresse ? Pourquoi Bri m'intéresse ? Sûrement parce que l'impression qu'il dégageait le soir où je l'ai photographié avant même de le connaître attise toujours ma curiosité.

Je le sens. Brian est capable de me comprendre mieux que quiconque. Comme s'il avait tout vu. Tout vécu. Qu'il savait poser les mots là où il en manque. Ceux que moi-même je n'ai pas le cœur à prononcer. Et quand il le fait, je crois bien qu'il les formule autant pour moi, qu'il le fait pour lui.

J'aurais aimé le rencontrer dans d'autres circonstances. Dans un autre monde. Un qui ne lui donnerait pas envie de fuir, un où je saurais vivre aussi. Avec lui.

— Il s'y est réfugié, répond Brian en faisant mine de hausser les épaules.

— Est-ce que ton père vous bat depuis longtemps ?

Brian freine brusquement au stop. Il s'excuse. Une minute se passe. Une minute, c'est long, très long, dans ce genre de situation. Brian penche lentement la tête pour me jauger, intrigué.

— On ne t'a jamais appris à prendre des pincettes ?

— Ça ne fonctionne pas, avec toi.

Il reprend la route, plus tranquille, et poursuit la conversation :

— Mon père a commencé à la mort de ma mère. Mon plus jeune frère, Alejo, était encore un bébé narcoleptique, à l'époque.

La tendresse adoucit soudain ses traits.

— Al dormait tout le temps, vraiment. Mes parents devaient parfois le réveiller pour qu'il mange. Alex, lui, il se fendait la gueule tout seul, presque en permanence et même en pleine nuit. J'adorais ça, ma mère, elle, détestait. C'était comme s'il n'avait pas le droit d'être heureux.

Étrange – et horriblement triste, de pouvoir penser qu'un bébé devrait s'interdire de rire. Mais autre chose réclame la priorité :

— Comment elle est morte, exactement ?

— Je ne sais pas trop. Je jouais dans le jardin. À l'époque, on habitait un énorme manoir au milieu de la forêt, dans les environs de Digvix. J'entendais ma mère crier depuis la chambre d'Alejo. C'était le soir, j'aurais dû être au lit, alors j'ai voulu me dépêcher de rentrer parce que j'avais peur qu'on me surprenne dehors. Elle a sauté du dernier étage, ou peut-être qu'elle est tombée. Alex ne m'a jamais raconté la finalité de l'histoire. Je ne me souviens pas vraiment l'avoir vue. Je me souviens surtout du bruit. Du bruit et de son corps, par terre.

Une boule en béton durcit dans ma poitrine. Imaginer Brian enfant, découvrir le cadavre de sa mère, me broie les entrailles, mais qu'il me confie une chose pareille me déstabilise pour une autre raison à la fois. Je pensais qu'il me repousserait encore. Qu'il me refuserait à nouveau l'accès à lui-même.

J'ai envie de l'embrasser. De le serrer au plus près de moi.

— Quand…, commencé-je avant de me reprendre : s'il y a une guerre, quels seront tes plans, après ?

— Comment ça ?

— Imaginons que l'Institut combatte l'armée de Baalzephon et l'anéantisse, toi, qu'est-ce que tu feras ?

Si j'ai bien compris une chose à propos de Brian, c'est que sa présence dans le monde de la Corporation n'est justifiée que par le danger qui guette ceux qu'il aime. Si la menace disparaît, plus rien ne retiendra Bri à Digvix, je suppose.

— Je demanderai à Sophie l'autorisation de quitter l'Institut, dit-il sans réfléchir. J'obtiendrai mon bac, cette fois, pour poursuivre mes études dans le supérieur. Je vivrai normalement, et Alejo aussi. Sans toutes les emmerdes et les injustices de la Corporation.

L'idée me plaît, si sa réalisation peut le rendre heureux.

— Et toi ? m'interroge-t-il.

— Eh bien, je pense toujours garder un pied dans Digvix. Créer un lien avec les Ombres qui y sont affiliées. À côté de ça, Liana m'a expliqué qu'il existe la possibilité de passer un équivalent du bac, à la fac, pour accéder aux études supérieures sans passer par la case « lycée ».

— Tu voudrais te diriger vers quoi ?

— Je n'ai pas encore réfléchi au domaine, mais j'irai en licence, puis en master. Je veux travailler avec des gens, un tas de gens, m'investir pour une cause qui me dépasse. C'est tout ce dont je suis sûre. Et toi ?

— J'ai toujours rêvé d'être astronaute.

Astronaute… je souris. Encore une surprise. Vraiment, Bri n'a rien de ce que la Corporation l'oblige à être.

— Mais, continue-t-il, moi aussi je garderai un lien avec les Ombres. Avec mon équipe. Avec Sophie. Je commence à me dire que si différents mondes existent et qu'on a la chance de le savoir, de le voir, c'est l'occasion d'y trouver dans chacun la place qui nous convient le mieux.

— Oui, je n'ai pas non plus envie de choisir, finalement.

Brian me lance un regard complice.

— On dirait qu'on est sur la même longueur d'onde, princesse.

C'est vrai. J'aimerais qu'on ait l'opportunité d'être plus que ça.

Chapitre 42

BRIAN

Jem et moi descendons de la voiture de façon coordonnée.

— Rappelle-moi, Bri, s'approche Frog. Pourquoi on n'a pas simplement pris le *peregrinator* pour aller à De La Haute Maison, puis repris celui qui mène directement aux Terres lointaines ?

— Je le soutiens sur ce point, renchérit Kenny, je suis pas très motivé pour une longue marche, là.

Parce que je ne voulais pas qu'Alex se promène entre les territoires de cette manière. Si j'étais Baalzephon, je posterais quelqu'un à chaque *peregrinator*, ce serait le meilleur moyen de mettre la main sur mon petit frère.

— Pour rehausser vos petits culs trop plats, lancé-je.

Jemina admire les alentours. Nous sommes garés sur le bas-côté d'un sentier, en plein milieu des bois, et elle ne semble pas comprendre pourquoi.

— Où sont les Terres lointaines, au juste ? demande-t-elle.

Kenny soupire, faussement dépité.

— Très, très loin, Jemina.

Bella, l'amie d'Alex, fait son apparition en le toisant avec lassitude.

— Quoi ? lui adresse-t-il. Question conne, réponse conne, tu as oublié ?

Alex se marre. Elle, elle grimace, puis souffle en se détournant. On dirait que le duo Frog-Kenny lui a mené la vie dure au cours du voyage.

— Ton frère a ri, lui, me signale Ken en baissant la voix.

— Parce qu'Alex a l'humour d'un gosse de onze ans, réplique Bella.

O.K., elle a un sacré caractère. Mais elle n'a pas tort, il faut l'avouer. Après quelques réflexions taquines, Alex répond finalement à Jem.

— Si on se dépêche, nous y serons dans une heure, plus ou moins. Il ne va pas tarder à faire nuit, il nous faudra trouver un endroit où nous reposer.

Nous décollons, nos sacs de rando hissés sur nos épaules. Damien me gratifie d'une tape sympathique dans le dos :

— Paré à contrarier les plans de Baalzephon ?

Espérons-le, oui.

Nous progressons à un bon rythme. Plus loin, Alex plonge ses mains dans une petite marre et en extirpe une Fée lumineuse, qui baigne dans l'eau recueillie au creux de ses paumes. Jem semble subjuguée par la créature magique. Je me demande de quoi ils parlent. Ça me fait plaisir, qu'ils s'entendent si bien. En même temps, il fallait s'y attendre. Ils ont tous les deux ce côté naïf et émerveillé d'un enfant curieux.

L'arcade ne doit plus être à grande distance, maintenant. Après cela, il nous faudra trouver le peuple druidique et ça risque de ne pas être une mince affaire, puisqu'il change de campement presque tous les jours.

— Est-ce qu'il est réellement toujours comme ça ?

Sans qu'elle le désigne, je sais que Bella parle d'Alex.

— Ça dépend de ce que tu entends par là.

— Son insouciance. Elle me fait peur, parfois.

Je hoche la tête d'un geste bref, de haut en bas.

— Ouais, ça, c'est de naissance je crois bien. Mais s'il n'était pas aussi insouciant, comme tu dis, il ne serait pas ce qu'il est.

— Il te l'a dit ? Qu'il voulait tuer Baalzephon.

L'air siffle presque dans ma gorge en quittant ma poitrine. Il ne l'a pas explicitement annoncé, non, mais quand il m'a confié vouloir partir à la recherche de Baalzephon, je me doutais bien que ce n'était pas pour lui proposer une collocation.

— Toi aussi, non ? Sinon pourquoi tu serais là ?

Bella rougit imperceptiblement. Sous ses airs de dure à cuire, elle se révèle finalement facile à désarçonner.

— Pour veiller sur lui.

— Vous êtes ensemble ?

Elle secoue la tête.

— Non. Enfin… C'est pas la question. J'ai juste le sentiment de devoir le suivre, comme si je n'avais pas le choix.

Mes yeux se reportent vers Jemina. Elle et les autres se sont remis en marche, encore plus joyeux qu'auparavant. Damien et Alex se chamaillent, tandis que je parierais mon bras que Frog et Kenny racontent encore une anecdote bien croustillante, vu le regard hilare que Jem m'adresse rapidement.

Sam a raison, je dois lui parler. Parce que dans un sens, moi, j'ai le choix. Celui de lui avouer que si nous n'étions pas dans les Terres lointaines à nous préparer à une future guerre, je lui aurais proposé de passer la soirée avec moi. Tout le monde scande partout que c'est l'intention qui compte, non ?

D'un autre côté, les sentiments que j'éprouve déjà ont choisi pour moi.

— Cette maladie, qui touche les Alchimistes, change de sujet Bella, elle ressemble en tous points à un empoisonnement.

— C'en est sûrement un. Comment tu l'as vu ?

— Je suis médecin… enfin, presque, je crois.

Un petit rire m'échappe. Elle va devoir se décider.

— Si le peu d'Alchimistes ne peut pas combattre, comment Digvix espère survivre ? m'interroge-t-elle.

— Il ne survivra pas.

Ses sourcils prennent un angle quasi aigu.

— Votre directrice ne m'a pas l'air du genre à envoyer mourir ses hommes et femmes dans un combat perdu d'avance.

Je le pense aussi, mais à présent, toute cette histoire me semble sans issue. Jamais la Corporation n'acceptera de nous prêter main-forte, et jamais elle n'autorisera les autres Instituts de la région à nous envoyer leurs Alchimistes. De son côté, Sophie, elle, n'envisagera pas un seul instant de voir les Traqueurs de n'importe quelle région débarquer chez nous pour crever avec ceux de Digvix.

Alors, oui, ça me paraît maintenant être sans issue. Baalzephon connaît bien les failles de la Corporation.

— D'où est-ce que tu viens ? interrogé-je de but en blanc Bella.

Elle hausse les épaules.

— D’un coin perdu au milieu des arbres. Mais, l’important, c’est qu’aujourd’hui, je suis à peu près sûre d’où je veux aller.

En effet, c’est la partie qui pose généralement le plus de difficultés.

Bella, absorbée dans la contemplation d’Alex, lâche d’une voix inflexible :

— J’espère que ce chien de Baalzephon va crever pour ce qu’il a fait.

Mon attention s’attarde sur les cicatrices qui dépassent des manches de mon frère.

Putain que ouais. Peu importe ce qu’Alex trouve à y redire, Baalzephon ne mérite pas de vivre.

Chapitre 43

JEMINA

— Alors, Jemina, c'est quoi, ta petite histoire à toi ?

Alex me gratifie d'un coup de coude amical. Je suis légèrement mal à l'aise. Ma petite histoire ? Je ne suis même pas tout à fait sûre d'en avoir une…

— Euh, eh bien…

Le regard patient et intéressé d'Alex me déstabilise. J'ai la sensation qu'il s'attend au récit d'une chanson épique, mais je n'ai rien de ce genre dans mes bagages. Mon histoire se résume à des hauts et des bas dans ma relation avec mes capacités de Banshee.

— Tu as bien quelque chose à me dire sur toi, me taquine-t-il encore.

Si je peux attester une des caractéristiques du petit frère de Brian, c'est certainement son penchant pour la rigolade. Vraiment, il n'a pas l'air d'être du genre à tout prendre au sérieux, bien au contraire.

— O.K., me lancé-je. Ça ne fait pas très longtemps que je suis affiliée à Digvix. Avant de rencontrer…

Une recrudescence soudaine de pur chagrin me coupe dans mon élan. Non, ce n'est pas le moment. Je dois me ressaisir, parce que je me rends dans les Terres lointaines. Un territoire inconnu qui semble dangereux. Je pars à la recherche d'une pierre légendaire que pourrait utiliser un meurtrier et tortionnaire.

D'une voix beaucoup plus assombrie, je reprends :

— Un soir, j'ai rencontré une Sorcière qui habitait en ville. Elle m'a appris l'existence d'autres peuples, dont le village de Sorcières où elle vivait avant, dans la forêt. Nous sommes devenues amies, mais ce n'est pas vraiment elle qui m'a parlé de la Corporation et de Digvix, du moins, elle abordait toujours le sujet de façon très vague, comme pour s'en débarrasser au plus vite.

— C'est bien rare, les Sorcières qui abandonnent leur village, commente Alex avec curiosité.

— C'est son village, qui l'a abandonnée, pas l'inverse.

Ma réflexion impose un silence de plusieurs secondes. Alex ne m'interroge pas, je crois bien qu'il attend que je choisisse de rouvrir la bouche de moi-même.

— Je me suis affiliée à Digvix pour aider Brian et le reste de l'équipe dans leurs enquêtes, mais, entre nous, nous n'avons strictement rien fait. En ce qui me concerne, je me suis contentée de retrouver des cadavres.

— Qu'est-ce que tu entends par là ?

— Je suis une Banshee.

Surpris, Alex mime un mouvement de recul et pousse une sorte de cri mi-joyeux, mi-fasciné.

— Mais c'est génial ! Je n'en avais encore jamais rencontré !

Oui, comme beaucoup de monde, je me rends compte.

— Génial, je ne sais pas trop, rié-je. Tu sais, une fois, j'ai carrément repris connaissance près de l'abbaye des Reclus, à côté d'un Gobelin mort.

Naturellement, mon rire s'est tari bien vite.

— Nous avons tous nos qualités et nos défauts.

Alex répond d'un naturel qui me laisse perplexe. Est-ce qu'il imagine ne serait-ce que la moitié de la détresse qu'on peut ressentir dans un moment pareil ?

— Donc tu as rencontré les Reclus ? Tu connais Grégoire ? m'interroge-t-il.

— Oui, c'était… assez intense. Il m'a raconté l'histoire d'un certain Empathès et je ne m'attendais pas à une conclusion pareille.

Mon interlocuteur hoche la tête, l'expression brusquement moins euphorique. Son regard s'attarde un instant sur Ken, qui marche maintenant devant nous, avec Damien et Frog.

— Empathès, le premier Silencieux, de ce que la légende en dit, confirme-t-il. Tu sais, une histoire n'a jamais qu'une seule et unique lecture. Le récepteur travaille tout autant que la source, dans ce genre de processus.

Alors ce serait moi qui aurais entendu la solitude mortelle d'Empathès, non pas Grégoire qui me l'aurait contée ? J'avoue être sceptique.

— Quelqu'un t'a expliqué d'où seraient venus les Reclus et les Chanteurs ambulants ?

— Les Chanteurs quoi ?

Alex sourit.

— On dit que lorsque les Géants sont partis sur les mers, ils ont fini par découvrir une île inconnue, au milieu d'une mer où aucun bateau n'avait encore jamais vogué. Ils y auraient fait une escale, pour y trouver des vivres, et là, y auraient rencontré un peuple isolé, savant, tranquille, l'un des rares qui connaissaient la véritable paix. Et le secret de cette paix aurait été confié aux Géants. Alors les Géants auraient pris la décision d'habiter à leur tour cette île, tandis que le peuple dont ils avaient fait la rencontre aurait choisi de reprendre le bateau des Géants pour partir explorer les continents. Ils seraient d'abord arrivés en Europe, y auraient connu pour la première fois la ruse, la guerre, la famine et l'inconsidération. Le peuple s'est scindé en deux, sur un désaccord philosophique, on pourrait dire. Les Reclus en sont arrivés à penser que la Magie nourrissait la perfidie des êtres vivants. Les Chanteurs ambulants, eux, croient encore aujourd'hui que le vivant ne peut être fondamentalement bon, qu'il faut l'accepter et y remédier de son mieux. Ces deux peuples ont les mêmes racines, mais forment deux branches bien distinctes. Aucun des deux ne te fera entendre la même version de l'histoire d'Empathès.

C'est incroyable. Tout ce que le monde de la Magie peut dissimuler. J'ai encore tellement à apprendre à son sujet. Je regarde Brian, derrière nous, en compagnie de Bella. Si j'étais née dans les conditions qui sont les siennes, aurais-je la même idée à propos de la Magie et de la Corporation ?

— Les Traqueurs et les Alchimistes ne croient pas à cette légende, eux, précise Alex, mais je ne suis pas certain que la bonne question soit de savoir s'il faut croire ou non aux mythes et aux histoires ; la bonne question serait plutôt de chercher à comprendre ce qu'on veut vraiment y voir, tu ne penses pas ?

Mince. Mais qui est-il ? Un sage tout droit revenu d'un pèlerinage au Népal ? Sous ses apparences de grand enfant, Alex semble finalement ressentir plus subtilement les choses que n'importe qui.

— Les Alchimistes et les Traqueurs craignent les Silencieux, d'ailleurs, mais jamais tu ne rencontreras un Chanteur ambulant ou un Reclus qui les fuira.

— Je ne les ai pas fuis non plus, dis-je sans réfléchir.

Alex m'observe un moment.

— Je n'imagine pas une Banshee fuir la vie en détresse, il faut dire, remarque-t-il.

— La vie en détresse ?

Il hausse les épaules.

— Oui, parce que c'est exactement ce qu'est un Silencieux : un être vivant qui rampe en attendant qu'on le relève.

Cette description rebondit contre les parois de ma cage thoracique. Mes poumons s'ouvrent un peu plus qu'à l'ordinaire. J'ai aidé les Rampants à se relever, au village des Gobelins. Alex me lance un clin d'œil complice :

— En voilà une autre, de belle histoire à raconter.

C'est incroyable cette manière qu'a Alex de respirer la vie, mais je n'y réfléchis pas plus longtemps lorsque Damien secoue les bras en l'air pour attirer notre attention :

— On est arrivés à l'arcade, ça y est !

L'arcade ? Quelle arcade ? Pourquoi ai-je l'impression d'être la seule à ne pas savoir où je vais alors qu'aucun de nous n'a jamais mis les pieds dans les Terres lointaines ?

Alex trottine pour rejoindre les garçons, tandis que je me contente de poursuivre à une vitesse raisonnable : mes muscles n'ont pas la même endurance que ceux des Traqueurs qui m'accompagnent. D'ailleurs, Brian et Bella ont vite fait de me rattraper.

— Le *peregrinator* est une arcade ? me demande-t-elle.

— C'est ça, affirme Bri en nous dépassant.

Sa main frôle volontairement la mienne. La douceur de son geste me surprend et je dois sans doute le laisser paraître compte tenu de la réaction de Bella :

— Toi aussi, tu trouves ça bizarre que ce soit une arcade ?

— En fait, je pensais que les Terres lointaines étaient ici, je n'avais pas compris que nous allions nous… rematérialiser ailleurs ?

Ils auraient dû inventer un verbe exprès pour signifier la traversée d'un *peregrinator*.

— Non, celui-là est différent, il nous permet de passer une espèce de barrière magique.

L'arcade romane se tient au milieu des arbres, simplement, presque bêtement. Sa pierre sale transparaît par endroit, recouverte de lierre et de mousse. Et elle attend. Là. Comme un vestige superbement conservé mais dont il semble manquer une sacrée partie.

Frog franchit le pas sans hésiter :

— Qui c'est qui va arrêter le plus méchant des méchants ? C'est bibi !

Il laisse une légère brise à sa disparition, semblable à celle que Damien et Kenny produisent quand ils traversent à leur tour. Alex sourit à Bella et l'invite à être la prochaine d'un signe de tête silencieux. Elle se poste une seconde devant le *peregrinator*, comme si elle prenait sa respiration avant de plonger dans des eaux inconnues, puis entre dans les Terres lointaines dont je n'ai encore aucun aperçu. Alex la suit. Et la main de Brian se glisse cette fois dans la mienne.

— On y va ensemble ? me propose-t-il.

Mes doigts se resserrent autour des siens. Je hoche brièvement la tête ; et nous reprenons la route.

Je ne me sens pas happée par le vide. Pas de vertige. Pas de basculement. Juste… un gang qui se propage de mes pieds jusqu'à mes tympans, l'espace d'un court instant. Et je suis là, bien debout. Au beau milieu d'une forêt plus dense que celle que nous venons de quitter. Des bois différents de tous ceux que j'ai pu partiellement visiter.

L'air n'est pas le même, ici. Il est tellement plus… respirable. Une sensation délicieuse me picote la surface de la peau sous mes vêtements. Une caresse presque audible. Un chuchotement de vie. Parce que c'est l'impression que j'ai : tout est consistant, bien vivant, la moindre particule d'oxygène pétille au contact de mes joues, de mes mains.

— Tu le sens aussi, constate Alex d'un ton qui laisse présager que c'était prévisible.

— C'est comme si…

— Comme si tu étais partie intégrante de chaque chose qui constitue cette forêt, m'aide-t-il à poursuivre. C'est la Magie qui circule, dans l'atmosphère mais aussi dans chacun des objets qui nous entourent. Même jusque dans les épines des sapins, qu'il y aura, plus loin. Dans la terre, les arbres, la pierre, l'eau… La Magie est beaucoup plus condensée ici, parce que quelque part autour de nous se trouve le Grand Aulne.

La source magique de la région, je me souviens.

Bella, déjà à quelques centaines de mètres devant nous, passe des doigts intrigués sur l'écorce d'un arbre. Elle frissonne, recule. Et nous n'attendons pas plus longtemps pour nous remettre à notre tour en marche. Alex et moi reformons naturellement un duo, les garçons derrière nous.

— Attends, tilté-je d'un coup. Toi aussi, tu sens la Magie ? Je croyais que seuls les Alchimistes et les Ombres en avaient la capacité.

— Oui, justement, me répond Alex. Je suis un Alchimiste, en quelque sorte.

— Pardon ?

Impossible, l'Alchimie est héréditaire, Brian lui-même me l'a confirmé.

— C'est compliqué, mais c'est vrai. Aussi compliqué que tes pouvoirs de Banshee.

Je fronce les sourcils et saisis ma chance en espérant en savoir plus : je raconte alors à Alex pourquoi j'imagine que ma grand-mère a pu être une Banshee avant moi, et que dans la logique des choses, ce doit sans doute être d'elle que me viennent mes pouvoirs. Je lui dis tout. Ces gens qu'elles sentaient autour d'elle, le fait qu'elle ait voulu se trépaner, peut-être dans l'espoir d'accroître ses capacités et d'enfin pouvoir les voir.

— Je ne sais pas, reste mitigé Alex. Je n'avais jamais entendu parler d'une Banshee qui aurait transmis sa nature. Mais, en même temps, je t'avoue que je n'y connais pas grand-chose et que je n'ai jamais entendu non plus parler d'une Banshee qui aurait enfanté. Pourtant, j'ai pas mal voyagé, ces derniers temps.

Dans les Terres lointaines, il semblerait, car ce sont bien ses indications qui nous orientent depuis le début.

— Pourquoi es-tu affilié à un Institut différent de celui de Brian ?

Un sourire énigmatique se profile sur le visage d'Alex. Il prend son temps avant de me répondre par une autre question.

— Brian ne t'a rien dit ?

Non, et lui non plus, il n'en paraît pas étonné.

— J'ai été raflé par Baalzephon, quand j'avais quinze ans.

Mon Dieu. Je ne peux pas m'empêcher de jeter un coup d'œil à Brian. Pourquoi me l'avoir caché ? Cela explique tellement de choses. Son comportement. Sa rage. La peur qu'il tente en vain de dissimuler. Et pourquoi il ne veut pas quitter l'Institut tant que Baalzephon ne sera pas hors d'état de nuire.

— Ne lui en veux pas, me conseille Alex. Il pense me protéger en agissant comme ça.

Je crois qu'il cherche tout autant à se protéger lui-même, à vrai dire. Je regarde longuement son petit frère. Et je pense à celui que je ne connais pas et que Brian a laissé derrière lui, à De La Haute Maison.

— Je ne comprends toujours pas pourquoi tu vis dans un autre Institut, insisté-je.

— Brian m'a aidé à partir là où Sophie est parvenue à me trouver une place. À De La Haute Maison. Ils pensaient certainement tous les deux qu'en m'éloignant de ma famille, il serait plus difficile pour Baalzephon de me trouver. Mais s'il est partout, on ne le savait pas, à ce moment-là. Donc quand j'ai...

Alex s'arrête, inspire, puis continue finalement :

— Quand j'ai été libéré, je suis parti vagabonder, et jusqu'à maintenant, aucun partisan de Baalzephon n'a encore réussi à me ramener à lui.

Je frémis. Vu l'état des corps que j'ai pu retrouver, je n'imagine pas ce qu'Alex a dû subir. Je ne m'interroge plus à propos des cicatrices qui ornent ses avant-bras.

— C'est horrible. Impensable.

Il n'y a pas d'autre mot. Peut-être aurais-je dû les contenir, mais je ressentais vraiment le besoin de les formuler. Parce que c'est véritablement horrible. Cauchemardesque. Tout ce que cette famille a vécu.

— Baalzephon est réel, me corrige Alex. Ce n'est pas impensable. Il tue, il torture. Mais il aime, profondément. N'écoute pas trop ce que tu peux entendre à son sujet, parce que les monstres ne sortent pas des placards. Ce sont les autres, tous les autres, qui les engendrent. Brian pense que Baalzephon doit être exécuté, mais en vérité, il a besoin d'être sauvé, et peut-être est-ce la même chose. Avant d'être ce qu'il est aujourd'hui devenu, il était lui aussi un Reclus durant un temps, tu sais.

Je ne suis pas certaine de saisir où veut en venir Alex, lui qui m'abandonne pour rejoindre Bella en m'adressant un dernier de ses nombreux sourires. Un énorme doute s'empare de moi.

Baalzephon était un Reclus. Peut-être parce que les Reclus n'ont pas peur des monstres, pas peur des Silencieux. Contrairement à ce que m'a paru croire Alex, je n'ai pas vraiment aidé les Rampants à se relever, je leur ai simplement servi de béquille afin qu'ils rentrent chez eux. Comme pour les esprits. Je n'ai pas le don de redonner vie.

C'est triste, mais parfois, les morts ont simplement besoin de mourir.

Chapitre 44

BRIAN

Cela fait maintenant deux jours que nous marchons ; Jemina s'est déjà enrhumée. Les nuits sont fraîches, il faut dire, et elle n'est pas habituée à dormir à la belle étoile, non plus à randonner si longtemps avec autant de poids sur le dos. Je m'approche d'elle et détache les clips de son sac. Elle s'arrête, lève les yeux. Je la regarde en retour. Ce simple échange parfaitement silencieux suffit à me procurer l'envie de franchir la distance qui nous sépare encore.

— Qu'est-ce que tu fais ?

Je la contourne sans lui répondre pour lui ôter les anses de ses épaules.

— Je peux le porter toute seule, se renfrogne-t-elle.

— Je te le rendrai quand tu auras un peu récupéré.

Alex vient de me signaler que nous ne devrions plus être très loin de la rivière. Je n'étais même pas au courant que nous cherchions à la trouver ; il m'a alors expliqué que nous aurions plus de chance d'y rencontrer un peuple des Terres lointaines venu se réapprovisionner en eau. C'était bien réfléchi. Autant vous dire que j'ai été étonné de mon petit frère, il est généralement plutôt du genre à se laisser porter par son instinct qu'à prévoir quoi que ce soit.

Damien, qui arpente la forêt aux côtés de Jem depuis ce matin, intervient :

— Pour une fois que Brian se décide à être avenant avec toi, tu devrais en profiter.

Je ne sais pas de quoi Jem et lui conversent depuis tout à l'heure, mais je me doute que ça a un rapport avec Liana. Damien vit vraiment mal leur seconde rupture. Personnellement, je lui ai conseillé de tout balancer à Liana et de quitter l'Institut avant la bataille qui s'annonce.

— Tu voudrais que je vous laisse combattre sans moi ? s'est-il énervé.

Damien sait toujours apaiser sa colère, d'ordinaire, si bien que je ne l'ai vu transparaître qu'à deux occasions : à la première, il a cassé la gueule à un Traqueur quand nous étions adolescents. La seconde fois où j'ai pu voir son expression se durcir, c'était justement pendant notre discussion au sujet de Liana et lui.

— O.K., ai-je répondu, alors tu devrais y réfléchir après Baalzephon. Tu pourrais être heureux sans Li, c'est sûr, mais entre nous, tu m'as tout l'air de vouloir être heureux avec elle, or ce sera impossible tant que tu lui mentiras.

Il sait que j'ai raison. Et je pense que c'est aussi pour ça qu'il est perpétuellement morose, ces derniers jours. Je le soupçonne de sérieusement y réfléchir.

J'allonge le pas pour reprendre ma place auprès de mon petit frère.

— Donc c'est vrai, Baalzephon peut user de ses pouvoirs de façon illimitée ? l'interroge Kenny, anxieux.

Alex confirme, l'air à des milliers de kilomètres.

— Comment il a fait ? renchérit Frog. Je veux dire, parvenir à développer les capacités d'un Alchimiste une fois, c'est une chose, mais reproduire l'expérience, c'en est une autre.

— Je ne sais pas trop.

Au vu de la tête que tire mon frère, il le sait. Je le lui ai déjà demandé à plusieurs reprises, mais j'ai fini par comprendre qu'il ne me le dira jamais. Peut-être même à personne.

Bella l'observe étrangement, elle semble se retenir d'aborder encore le sujet. Elle a raison de le faire.

— Il paraît que les Druides viennent souvent se ravitailler aux mêmes endroits de la rivière, nous explique soudainement Alex, sans doute pour changer de sujet. On devrait les rencontrer assez facilement.

— Ils ne sont pas nomades, comme tous les autres peuples druidiques ? s'étonne Frog.

— Plus ou moins. En vérité, ils ne se promènent pas sur tout le périmètre des Terres lointaines et ne restent jamais trop éloignés des seuls points d'eau potable qu'on peut trouver, c'est-à-dire la rivière et le fleuve.

Je me demande comment Alex a pu survivre ici tout seul, avec pour seules connaissances celles dont mes coéquipiers et moi disposions à notre départ de Digvix. Presque aucune, en résumé.

Depuis tout petit, Alex est fasciné par les Terres lointaines et tout ce qu'on peut lui en raconter, mais rares sont les Traqueurs ou les Alchimistes à y avoir mis les pieds. Plus rares encore sont les Ombres à prendre ce risque et qui, soit n'en reviennent jamais pour finalement y vivre, soit n'en reviennent jamais car y sont mortes. Le deuxième scénario est le plus commun.

Alex m'a raconté la légende selon laquelle Circé serait celle à avoir bâti les barrières délimitant les Terres lointaines. Apparemment, si un être humain entre en contact avec ces barrières, il se retrouve aussitôt propulsé du côté opposé des Terres lointaines, sans qu'il n'en remarque rien ; et si une créature magique qui vit dans les Terres lointaines tente d'en sortir, elle finit irrémédiablement en cendres, sans même que les Fées ne puissent venir faire briller une dernière fois son corps. On dit que seuls les peuples pouvant potentiellement vivre dans le monde humain sans danger ont la capacité de traverser l'arcade qui mène aux Terres lointaines. Et il est vrai que tout cela n'a jamais été contesté, ni pas pure allégation, ni dans les faits.

C'est la première fois que je chemine entre ces arbres, sur cette herbe tantôt touffue et bien verte, tantôt éparse et asséchée par le soleil. Je dois bien avouer que l'endroit n'a rien à envier aux autres forêts ou sapinières que j'ai pu arpenter. Si je suis hermétique à la Magie qui y circule, je ne le suis pas aux paysages somptueux que les Terres lointaines offrent parfois, lorsque les arbres s'éloignent les uns des autres pour nous laisser entrevoir autre chose que des troncs ou du feuillage.

Malgré tout, ça ne soigne pas la rancœur que j'éprouve envers ce monde-là. Envers la Corporation qui se l'est approprié. Et, pour l'instant, je ne vois pas comment distinguer la Magie des Instituts. Combattre l'un revient malheureusement à combattre l'autre. Sans oublier que si les Instituts n'existaient pas, certaines Ombres n'auraient plus aucune raison de se priver d'attaquer les humains. Les Vampires, par exemple, en profiteraient certainement pour partir chasser, tout comme les Loups-Garous.

— Je l'entends, souffle Alex après plusieurs minutes.

— Tu entends quoi ? lui demande Bella, sur ses gardes.

— La rivière, bien sûr.

La jeune femme baisse sa main qui était remontée sur sa machette, parée à dégainer au moindre danger :

— Tu ne pouvais pas dire « j'entends la rivière », histoire de m'éviter des frayeurs ?

— Et ne pas pouvoir profiter de la tronche que tu tires ? Jamais.

Bella bouscule Alex lorsqu'il passe à côté d'elle pour partir devant. Il disparaît derrière les arbres et les fougères sans se soucier de savoir si qui que ce soit le suit ou non.

— Alex ! l'appelle en vain Bella. Alex, attends !

Elle trottine à sa suite, Jem apparaît alors à ma gauche, légèrement essoufflée.

— Ton frère est dur à suivre, croit-elle m'apprendre. Dans tous les sens du terme.

— Et encore, la reprend Damien, tu n'as rien vu.

Une minute, tout au plus, nous suffit pour retrouver Bella et Alex au bord de la fameuse rivière. Mon petit frère, le sourire aux lèvres, balaie l'air d'une main :

— Allons, ne me remerciez pas.

Bella soupire un bon coup.

— Je n'en avais pas l'attention.

Je guette les alentours, attentif à chaque craquement de brindille. Si j'ai l'habitude des rondes nocturnes sur le territoire de Digvix, il semblerait qu'ici tout soit différent. Sûrement parce que je ne connais pas cette forêt, chaque mouvement provoqué par le vent m'emplit de soupçons. Je sais que le danger peut être n'importe où. Je sais aussi que je ne sais pratiquement rien de ce territoire-ci et qu'on aurait vite fait de me surprendre.

Mais avec les putains de ronflements de Frog, certains bruits sont difficilement perceptibles et mon esprit paranoïaque les transforme en quelque chose de menaçant.

J'allume une cigarette.

— Tu veux que je te reprenne ?

Jemina s'assoit contre l'arbre en face de moi. Je secoue la tête de gauche à droite.

— Damien viendra me relever quand il aura fini de chasser. Tu devrais retourner dormir.

— Je ne dormais pas. Je n'y arrive pas.

Je sais. Je l'ai remarqué. Mais je préfère qu'elle aille de nouveau s'allonger quand même, nous n'avons pas fini notre éternelle randonnée.

— Pourquoi ce sont ces Druides, qui ont la pierre philosophale ? me demande Jemina.

— Des documents stipulent qu'un Alchimiste irlandais pensait avoir découvert la Pierre et l'aurait amenée à De La Haute Maison, afin que l'Institut s'occupe de la dissimuler dans les Terres lointaines.

— D'accord, mais pourquoi dans les Terres lointaines ?

— Parce qu'elles font partie des endroits les plus sécurisés pour y cacher des armes pareilles et ne sont pas très loin de l'Irlande. Certains croient encore que la pierre philosophale possède réellement des pouvoirs hors norme, à l'heure actuelle. Elle aurait été confiée au peuple druidique des Terres lointaines, simplement parce que les Druides sont sans doute les êtres les moins belliqueux et opportunistes des environs. Dès lors, nous en avons perdu la trace.

— Damien et Kenny m'en avaient parlé.

Jem me lance un regard soudainement intense, le front baissé.

— Bri.

Une seule syllabe. Rien qu'une seule putain de syllabe et j'ai déjà envie de la rejoindre au pied de son arbre.

— Est-ce que je peux venir ?

Nous chuchotons depuis tout à l'heure, pour ne pas réveiller les autres, mais sa voix a encore baissé d'un ton. Et son murmure me paraît propager un souffle chaud qui s'infiltre jusque sous mes vêtements.

— Bien sûr que oui, dis-je, déjà ailleurs.

Parce que si elle s'approche, je suis certain de ne pas simplement me contenter de l'admirer.

Elle réduit lentement la distance qui nous sépare, sans jamais détourner ses yeux des miens. J'aime ce regard. Ses pupilles dilatées de gourmandise. Elles m'avalent tout entier, se transforment en gouffre béant dont le vide m'embarque dans un lieu reclus d'où j'espère ne pas pouvoir m'échapper. Difficile de croire qu'elle ne possède pas d'autres pouvoirs que ceux d'une Banshee.

Elle s'approche avec une telle douceur que je m'étonne presque de la chaleur de sa paume sur ma joue. Je reprends conscience de mes membres au travers de la proximité de son corps. L'instant n'est pas électrique, fou, endiablé. Il est calme. Reposé. Enivrant. Je me sens comme happé par ce que dégage Jem. Par la confiance dont elle fait preuve. Par l'envie que trahissent ses lèvres gonflées. Mon sang prend feu.

J'écrase ma bouche contre la sienne. Mes doigts s'accrochent à ses cheveux. Et tout s'imbrique. Comme si Jem faisait bien plus que combler une pièce manquante. Comme si elle cherchait en moi celle que j'avais volontairement enfoncée dans les plus sombres profondeurs, et ce dans l'unique but de me la ramener.

Cette jeune femme est bien plus que ce qu'elle est. Bien plus que ce que je peux imaginer. Ce n'est pas tant ce baiser, pas tant nos peaux qui voudraient bien s'agrafer l'une à l'autre dans un dernier élan d'espoir ou de vie.

Nan, je crois que quelque chose me dépasse. J'ai la conviction d'avoir trouvé un abri où attendre que la pluie tarisse, que le froid perde de son mordant.

— Jem, tu…, soufflé-je lorsque nos visages s'écartent finalement l'un de l'autre.

Elle sursaute, alertée. Je m'interromps, surpris par sa réaction. Mais je comprends que ça n'a rien à voir avec moi. Jemina tourne brusquement la tête vers l'autre côté de la rivière, tendue. Au même moment, Alex se redresse, soudain bien éveillé.

— Qu'est-ce que…, marmonne-t-il.

— Vous avez entendu quelque chose ? les interrogé-je.

— On dirait un cheval qui approche au galop, me répond Jem en se relevant.

J'accompagne son mouvement, une main déjà sur mon arme à feu. Et alors que j'ouvre la bouche pour demander des précisions, Jemina part à toute vitesse. Elle enjambe les autres qui dorment encore et saute dans la rivière. Je m'élance à sa poursuite, mais Bella se dresse devant moi pour m'attraper par les épaules :

— On ne doit pas se disperser ! me rappelle-t-elle en me secouant.

Mais Alex poursuit Jem, déterminé, comme s'il savait exactement ce qui l'attendait.

— Qu'est-ce qu'il se passe ? bâille Kenny, complètement défoncé de sommeil.

— Putain de merde, lâché-je en bousculant Bella. Excuse-moi.

Bella tombe lourdement par terre. L'eau s'infiltre dans mes chaussures aussitôt mes jambes immergées jusqu'à mi-cuisses. Mais je ne peux pas penser à autre chose, à qui que ce soit d'autre : Jemina a disparu dans la forêt. Et si Alex n'est pas avec elle, c'est bien elle et non lui qui finira tuée par on ne sait quelle créature magique.

Chapitre 45

JEMINA

La forêt n'a rien à voir, de nuit. J'ai eu la sensation qu'un étau se refermait sur nous alors même que les étoiles me faisaient de l'œil. Nous étions piégés.

Là, maintenant, j'ai l'impression de courir à contre-courant, de tenter d'élargir les parois sombres qui ont accompagné le réveil de la lune. Gagner en force et en vitesse se révèle compliqué, avec un jean et des baskets trempés. C'est là qu'intervient Alex. Alex qui saute par-dessus un tronc affaissé sans témoigner d'aucun effort. Ses mouvements fluides et souples attiseraient ma jalousie si mon esprit n'était pas préoccupé par autre chose.

Je ne suis pas certaine de ce que j'ai vu. Ou entendu. Mais Alex et moi longeons la rivière comme si nos vies en dépendaient. Brian m'appelle, quelque part derrière moi. Seulement je ne dois pas ralentir.

Alex crie de surprise. Un cheval déboule d'entre les arbres pour lui couper la route. Je tente d'accélérer ma course. L'animal cambre brusquement, projetant dans la rivière une forme difficilement identifiable sur le coup. Tout va si vite. On dirait un corps. Un corps qui flotte à plat ventre, sur la surface de l'eau. Alex s'élance dans la rivière. La bête, immense, le rafle d'un bond, les sabots en l'air. Ses yeux rouges luisent une dernière fois dans la nuit : une main s'empare de mon bras tandis que je pousse un hurlement de terreur. On me tire violemment en arrière ; je bascule sur quelqu'un. On me couvre la bouche.

Alex est dans l'eau. Certainement assommé. Il va se noyer. *Il va se noyer.*

Je mords de toutes mes forces les doigts qui scellent mes lèvres.

— ALEX !

Impossible de me débattre. Les bras musclés qui me retiennent sont deux blocs de béton posés sur mon torse.

— Calme-toi.

Ce n'est pas un conseil. C'est bien la voix intransigeante de Brian qui m'ordonne de rester tranquille. Je me tais. Les yeux braqués sur la rivière. Le cheval écrase ses sabots avant sur le sol et se propulse hors de l'eau, majestueux. Il s'ébroue, propageant une condensation blanche depuis son museau. Les muscles de ses pattes se bandent sous la lumière blême de la lune, puis il détale. Une seconde éternelle se passe avant que Brian ne me relâche. L'ombre d'Alex se dresse dans la rivière, en mauvais équilibre. Il porte quelqu'un dans ses bras.

Brian le rejoint au trot, alors que la scène m'a vidée de toute énergie. J'ai bien cru voir mourir Alex. J'étais persuadée que lui non plus ne s'en sortirait pas. Bon Dieu, comment Brian a-t-il fait pour attendre le départ de ce cheval psychopathe ?

J'esquisse un pas en avant, mais Alex, qui danse d'un pied sur l'autre, visiblement étourdi, arrive déjà.

— Je dois l'emmener à Bella, dit-il en réponse à Brian qui s'inquiète de son état.

Alex demeure rivé vers le visage blafard du petit garçon qu'il serre contre lui. Il me dépasse à grands pas, inquiet.

— C'était quoi, lâché-je en grelottant.

— Un Lou Drapé, répond Brian en s'avançant dans ma direction.

Tout dans son allure me donne la sensation qu'il est prêt à me sauter au cou.

— Pourquoi t'es partie comme ça ? s'emporte-t-il sans crier gare.

— J'ai senti que je devais le faire.

— Tu l'as senti ?! répète-t-il. Putain, Jem, ça aurait pu être n'importe quelle créature magique ! Tu aurais pu te faire tuer ! Tu n'es pas entraînée pour te défendre !

C'est vrai, mais il aurait peut-être fallu y penser avant notre départ pour les Terres lointaines.

— Je ne comprends pas pourquoi tu t'énerves comme ça.

— Je ne sais pas, peut-être parce que je me demande quand est-ce que tu vas enfin te mettre dans la tête que si le monde magique paraît fantastique, il n'en reste pas moins meurtrier ! Tu sais, Jem, la vie ça peut parfois être cool, mais elle aussi elle tue. Bah la Magie, c'est pareil !

La tension qui s'était emparée de mes muscles se relâche. Brian, la mine soudain déconfite comme je ne la lui ai jamais vue, poursuit d'une voix éteinte :

— T’as l’air tellement insouciant, des fois. En même temps, t’as l’air d’avoir le cul entre deux chaises, et je ne voudrais pas que tu choisisses la mauvaise. Celle dont moi je ne veux pas. Celle sur laquelle je ne pourrai pas te suivre.

Instinctivement, mon corps vient chercher la chaleur du sien et ma main glisse sur sa nuque. Brian est un Traqueur. Brian est le pire connard que n’a jamais enfanté l’univers. Brian est un grand frère. Il est aussi avant tout quelqu’un qui se sent malgré lui incroyablement seul. Et ça, je peux parfaitement le comprendre.

Je dirais même que je peux tout comprendre de Brian. Il suffit de relier les pistes. D’assembler les morceaux. Tout peut être expliqué. Tout. Même ce que je ressens pour lui. Ça ne pouvait pas se passer autrement. Brian et moi sommes trop semblables pour vouloir nous éloigner l’un de l’autre. Ou, en tout cas, pour que je veuille m’éloigner de lui.

Personne ne m’a jamais parlé comme lui l’a fait. Personne ne m’a jamais autant donné la niaque que lui.

— Ce que j’essaie de te dire Jem, c’est que je ne sais pas si je t’aime, mais j’en ai envie, poursuit-il au creux de mon oreille. Vraiment, vraiment envie.

Mon regard harponne l’océan qui remue dans le sien.

— Moi, je t’aime, dis-je.

L’eau de ses yeux se trouble, surprise et amusée.

— Quoi ? Attends… comme ça ?

— Oui, enfin… non, ou peut-être. Mais je l’ai décidé. Pourquoi aimer quelqu’un ne pourrait-il pas être un choix ?

— Parce que… il y a une différence entre…

Je roule des yeux en poussant un soupir. Il ne peut pas simplement accepter les choses comme je les perçois ? Peu importe ce que l’on ressent, la certitude est difficile avec une guerre qui nous attend. Nous devrions prendre ce que nous pouvons tant que nous le pouvons, et de la manière dont nous en avons l’opportunité.

— Arrête : tu me fais rêver, Bri. C’est pas suffisant ? Je ne suis plus sûre de pouvoir vivre sans toi dans les parages. Et des parages bien restreints. Tout ce que tu as à m’apporter, je ne crois pas que quelqu’un d’autre l’ait. Pas de cette façon. Pas en étant… horriblement toi.

Nous sourions. Le bleu foncé de ses yeux paraît presque noir dans la nuit, mais son éclat ne trompe pas.

— Horriblement ?

— Tout à fait. Et le reste, ça se construit, non ? Après tout ça, après les Terres lointaines, après Baalzephon, on vivra normalement. On essaiera. On ira faire des choses débiles que font les couples de notre âge. On créera nos propres souvenirs, ceux qu'on aura décidé de vivre. Et on aimera ça. Et on s'aimera.

Brian caresse ma mâchoire. Son pouce et son index se campent autour de mon menton pour me faire lever la tête. Ses lèvres, à quelques millimètres explosifs des miennes, chuchotent avant de m'embrasser :

— En fait, Jem, il y a au moins une chose dont je peux être sûr, c'est que je suis déjà au moins amoureux de toi.

Frog enroule le petit inconnu dans son sac de couchage. Alex lui a retiré la chemise et le pantalon en lin qu'il portait sous un genre de cape. L'enfant était trempé jusqu'aux os, et maintenant, nous espérons qu'il se réchauffe au plus vite, allongé près du feu.

— C'est un Druide, remarque Kenny. Combien de chances nous avions de tomber sur un Lou Drapé avec un Druide sur son dos, franchement ?

Brian m'a appris que les Lou Drapés sont des créatures magiques qui enlèvent les enfants pour les noyer dans le point d'eau le plus proche. Je ne saisis pas l'utilité de ces meurtres mais…

— Le hasard n'existe pas, intervient Alex. Jamais quand il est question de Magie.

Il repousse une énième fois les mains de Bella. Les sabots du Lou Drapé l'ont frappé au visage et à l'épaule, mais Alex refuse d'être soigné pour une raison qui me dépasse. Il devrait être en position fœtale à l'heure qu'il est, pas en train de cogiter comme il le fait.

— C'est bon, s'impatiente-t-il. Ça va guérir tout seul.

Vraiment ? Et s'il avait une commotion cérébrale ou je ne sais quoi ? Pourtant, Bella, qui m'a confié à l'instant être plus ou moins médecin à De La Haute Maison, confirme à peu de choses près :

— Oui, mais ça ne veut pas dire que tu dois laisser le sang couler comme ça, idiot.

À ces mots, Alex se lève doucement pour se rincer le visage dans la rivière. Je frémis. Elle ne m'inspire plus vraiment confiance, cette rivière. J'observe ma gourde fraîchement remplie. Je vais boire une eau où un enfant a certainement été noyé durant les derniers jours.

Frog avale une longue gorgée de la sienne et exprime tout haut ce qui me dégoûte tout bas.

— Donc là, concrètement, j'ai bu un corps en décomposition, si ça se trouve.

— Et d'la pisse sans aucun doute, ajoute très sérieusement Ken. Tchin !

J'adore voyager avec ces deux-là. Sincèrement : ils ont le don de me rassurer, c'est dingue.

— Si ce gosse est un Druide, réfléchit Brian, alors il devrait pouvoir nous amener à son peuple.

— Si sa conscience est assez développée, répond Alex en revenant, il sentira les traces des autres Druides, oui. Mais si ce n'est pas lui qui retrouve les autres, ce sont les autres qui le retrouveront.

Alex m'explique rapidement que les Druides, s'ils sont nomades, ont la capacité de ressentir la distance qui les sépare de leurs pairs et de tracer ces derniers jusqu'à les rejoindre. Mais il n'est pas certain que cet enfant puisse réaliser cette prouesse, au vu de son âge.

Pile à la ponctuation d'Alex, l'enfant remue dans son sommeil. Frog, attentif, se précipite à son chevet pour le recouvrir de la couverture de Kenny. Je souris. Je n'imaginais pas Frog être si tendre avec qui que ce soit.

— Tu peux l'adopter, Demba, si tu veux, le taquine Kenny.

— Ferme-la, lui intime Brian.

Un moment de silence durant lequel nous espérons le réveil du petit, puis Bella finit par nous informer :

— Je vais chasser, il aura sûrement faim.

Alex la regarde disparaître, suspicieux sans que je ne comprenne pourquoi. Sûrement parce que Damien est déjà parti chasser et qu'il ne devrait pas tarder à revenir. Mais tandis que la végétarienne en moi revoit encore Bella étriper sa dernière prise, une voix suave nous interpelle depuis le bord de la rivière.

— Quel magnifique petit garçon… Comment s'appelle-t-il ?

La femme, vêtue d'une longue robe blanche et légère, repousse délicatement une mèche de cheveux blonds derrière son oreille. Son sourire parcourt la petite assemblée que nous formons. Il s'attarde sur moi, puis s'en va retrouver celui de Frog. Je rêve ou…

— Oh, merde, souffle-t-il.

Ouais, je crois bien qu'il mate ses tétons apparents. Extrêmement galant… Kenny lui file un coup de coude dans les côtes.

— Je vous ai entendus parler de chasse, poursuit la femme de sa voix transcendante. Il se trouve que j'ai bien trop de poissons pour moi toute seule.

Je ne la sens pas. Mais alors pas du tout. Tout ce qui me traverse l'esprit à cet instant, c'est « génial, encore un piège merdique ». Et les parfaits imbéciles qui me servent de compagnons de route ne cernent même pas le danger.

La femme désigne le feu d'un geste gracieux. Entre-temps, des poissons y sont apparus et flambent au-dessus des flammes.

— Génial, se réjouit Alex, j'ai une de ces dalles !

Imbécile, imbécile, imbécile. Je cherche l'attention de Brian, mais lui-même tente d'attirer celle de son frère. Dieu merci, je ne suis pas la seule à avoir des soupçons.

Les garçons se ruent sur le feu, tout guillerets, tous sauf Bri qui demeure tout à fait impassible. Curieuse, la femme l'interroge alors :

— Tu ne me sembles pas bien affamé.

Est-ce moi ou y a-t-il des sous-entendus derrière ce ton doucereux ? Mes doigts s'accrochent à une pierre qui se tenait là, à côté de mes fesses. J'ai furieusement envie de la lui balancer en plein dans son visage angélique.

— Je suis déjà rassasié, lui fait savoir Brian.

Il me lance un coup d'œil d'encouragement. Il a un plan, je le vois bien. Il suffit que je projette ma pierre pour que tout s'enclenche, mais aucun de mes membres ne répond plus. C'est comme si j'étais soudainement paralysée. Et je comprends alors qu'il en va de même pour Brian, compte tenu de ses doigts qui tremblent furieusement au-dessus du manche de sa lame.

La femme rejoint Alex en quelques pas, qui lui, inspecte le poisson. Il a dû sentir l'odeur de cochon grillé. Quel poisson a cette odeur lorsqu'il cuit ? Alors que Frog ouvre grand la bouche, le petit garçon se redresse et nous alerte :

— Ne mangez pas ! Elle va vous transformer !

Les traits de l'inconnue se durcissent. Les garçons n'esquissent pas le moindre mouvement. Plus personne ne parle. Je crois qu'eux non plus, ne peuvent plus bouger. Alors, la femme s'approche dangereusement d'Alex, s'accroupit devant lui, puis susurre :

— Toi, je préfère te garder pour te goûter autrement…

Bella jaillit de l'ombre, son pied balaie l'air à pleine vitesse et se fracasse dans la mâchoire de celle qui nous gardait prisonniers.

— Dégage de là, sale chienne !

Un craquement retentit. Bella assène un autre coup de pied. Saisit la femme par les cheveux. Et je remercie l'univers d'enfin pouvoir fermer les yeux. J'attends le bruit d'un corps jeté dans l'eau avant de m'autoriser à les rouvrir. Ça sent affreusement l'hémoglobine. D'ailleurs, notre coéquipière en a le visage recouvert.

Alex disait vrai. La colère métamorphose Bella en furie.

— La prochaine fois que vous remplirez vos gourdes, assène-t-elle, vous pourrez vraiment parler de boire un corps en décomposition.

Un silence choqué plane.

— Quoi ? dit Bella. De rien, je vous en prie !

— Elle vous a sauvé la vie.

Tous les regards se rivent sur le petit garçon. Il poursuit :

— Cette femme était une Groac'h. Les Groagez séduisent les hommes et les femmes puis les transforment en poissons pour les servir à leurs nouvelles proies.

Frog ricane en balançant son repas dans l'eau.

— Un cheval aux yeux rouges qui tue les gosses. Une nana trop bonne qui tente de me faire bouffer un mec. Génial. Top. Je kiffe les Terres lointaines. Pratiquement trois jours sans qu'il ne se passe rien, et là… BAM. C'est quoi la suite ? Une taupe qui aspire notre énergie en nous suçant la bite ?

Charmant.

Damien réapparaît dans la seconde, un lièvre mort dans chaque main :

— Vous en faites des têtes. Il s'est passé quelque chose ?

Kenny soupire longuement, se lève, prêt à déguerpir.

— Je vous laisse lui raconter, moi, je vais chier.

— Fais attention à la direction du vent, cette fois, lui balance Bella, les mains sur les hanches.

Je ne parviens pas à me décrocher des cadavres des petites bêtes. Du sang dégouline par terre depuis leurs museaux. Mon estomac suit les balancements de leurs corps, suspendus aux mains de Damien. Je ne contiens qu'à moitié un haut-le-cœur. Alors quand mon coéquipier lance les lièvres égorgés devant moi en s'exclamant « à table ! », je me précipite derrière un arbre. Et je vomis. Comme la princesse que je ne suis pas.

— Eh beh, observe Frog, c'est pas vous qui allez vaincre Baalzephon, j'vous l'dis, moi.

Chapitre 46

BRIAN

Bella a eu l'attention de rapporter des plantes comestibles à Jem. Après avoir mangé un peu de la soupe que Bella lui a préparée, elle s'est endormie dans son sac de couchage, épuisée. Je crois qu'elle a eu son compte de frayeurs pour la semaine entière, seulement, j'ai le pressentiment que nous ne sommes pas au bout de nos surprises.

Il nous reste encore beaucoup à faire. Et peut-être n'arriverons-nous même pas à mettre la main sur la Pierre.

— Écoute p'tit gars, dit Alex au jeune Druide qui dévore sa portion de lapin comme si sa vie en dépendait, on a besoin de toi.

— Comment puis-je être sûr de pouvoir vous accorder ma confiance ?

S'il n'avait pas cette bouille de collégien, je lui donnerais facilement quarante ans, à ce gosse.

— Euh…, est pris de court mon frère, parce qu'on t'a secouru et que tu te nourris de nos prises ?

— Mais vous pourriez être des partisans de Baalzephon qui tentent de m'amadouer avant de m'amener à son campement.

Il a raison. On n'est jamais trop prudent, par les temps qui courent.

Alex pose une main sur son épaule, s'apprêtant sûrement à entamer un long discours pour rassurer le gamin, mais ce dernier l'interrompt :

— Tu as quelque chose de particulier. Je le ressens. Et toi, s'adresse-t-il à Bella. Toi tu es raccrochée à lui.

Les deux en question se jaugent étrangement, comme s'ils attendaient chacun de voir la réaction de l'autre. Rien ne vient. C'est Alex qui rompt le lien pour reprendre :

— On a vraiment besoin de ton aide. Nous cherchons la pierre philosophale.

— Non, vous cherchez mon peuple.

Interloqué, mon frère accepte la correction.

— Effectivement, ouais. Vous êtes les derniers à l'avoir eue entre vos mains. Et tu sais comme moi que notre rencontre, dans ces circonstances, ne peut pas être due au hasard.

Le petit hoche pensivement la tête, du gras partout autour de la bouche. Il s'essuie avec le haut que lui a prêté Alex. Un Druide vêtu d'un tee-shirt qu'on trouverait dans n'importe quelle boutique du monde humain, c'est plutôt cocasse.

— C'est vrai. Peut-être est-ce la Magie qui l'a voulu ainsi.

Je contiens un soupire d'impatience. O.K., je comprends. La Magie agit souvent par elle-même, mais de là à la soupçonner de diriger les destinées… c'est tiré par les cheveux, même si Alex semble y croire.

— Mais mon peuple a reçu la pierre philosophale il y a plusieurs siècles, maintenant.

J'interviens alors :

— Si tu sais déjà ça, d'autres des tiens doivent bien savoir plus encore.

C'est certain. L'un des credo des Druides est la transmission du savoir. Et il faut avouer qu'ils aiment se vanter de leur science infuse, alors je ne les imagine pas omettre aux générations futures quel acte héroïque ils ont réalisé en prenant sous leur protection une pierre aux pouvoirs légendaires.

— Comment tu t'appelles ? l'interroge Alex.

Le petit observe Alex durant de longues secondes, parfaitement statique. Quelque chose se passe. Je vois bien comment ce Druide appréhende mon frère. Une sorte de passion mystérieuse anime son regard d'enfant.

— Je suis Demné.

— Alors : Demné, serais-tu d'accord pour localiser ton peuple et nous conduire à lui ?

— Je peux essayer, mais je ne sais pas si j'y parviendrai.

Alex sourit en lui lançant à peine le poing dans l'épaule, pour le taquiner.

— Fais pas ton modeste. À mon avis, ce n'est pas pour rien qu'on t'a donné ce prénom.

Le petit rougit fièrement. Mon frère fait référence à la légende druidique du Saumon de la connaissance. Les Druides croient en l'existence d'un vieux poète, Finegas, qui vivait en d'autres temps auprès des leurs. Ayant entendu le mythe selon lequel un saumon magique nageait dans les eaux d'une rivière non loin d'où le peuple venait de s'établir pour quelques jours,

Finegas partit le pêcher. Sept ans passèrent. Lorsque le peuple revint sur les mêmes terres, un jeune Druide nommé Demné tint compagnie au vieux poète. Un soir, tandis que le soleil éclairait la forêt de ses derniers rayons, Finegas parvint finalement à extirper le légendaire saumon de l'eau. Il lui restait donc à le manger pour acquérir les connaissances du monde et la sagesse de l'univers. Finegas chargea Demné de cuire le poisson. Le jeune Druide se brûla le pouce de la main gauche et le porta naturellement à sa bouche pour atténuer la douleur. Alors Finegas en conclut que Demné était destiné à recevoir ce que lui avait cherché durant toutes ces années. « Mais je ne repars pas les mains vides. J'ai acquis ce que peu connaissent : la satisfaction de m'être battu pour mes objectifs. » Les Druides racontent que dès lors, chaque fois que Demné portait son pouce à ses lèvres pour méditer, toutes les solutions lui étaient données.

Mais Damien me coupe dans mes réflexions :

— Pour l'instant, nous avons besoin de dormir.

Nous regardons tous Jemina, et bien entendu, Frog et Kenny ne peuvent pas s'empêcher de se marrer. Si j'aimais pas ces gars comme ma propre famille, j'enfoncerais la tronche de l'un dans le cul de l'autre.

— Oh, arrête, pouffe Frog, avoue que c'était drôle quand elle a dégueulé.

Quelle bande de petits cons.

Les jours défilent à une lenteur extrême. J'ai la sensation de tourner en rond. Le paysage est plus ou moins le même partout. Des arbres. Encore des arbres. Parfois des petites cascades qui finissent elles aussi par se ressembler. Alex répète que nous ne tarderons pas à atteindre le fleuve. Qu'il faudra redoubler de prudence, car pas mal de peuples d'Ombres vivent dans les environs et que l'accueil pourrait ne pas être celui attendu.

Jemina, elle, semble avoir repris du poil de la bête : on dirait qu'elle commence à s'habituer au rythme.

— Qu'est-ce qu'on fait, si on ne la trouve pas ?

Je tourne la tête vers Damien.

— La Pierre ? Bonne question.

Je n'ai pas la moindre idée du temps qu'il pourrait nous falloir pour la dénicher – s'il est réellement possible de le faire. Tout ce dont je ne doute pas, c'est qu'Alex est plus en sécurité ici que n'importe où. C'est déjà ça de pris, et c'était quand même mon objectif premier : éloigné Alex des Instituts, des combats qui se profilaient quand nous sommes partis. L'unique bémol dans l'équation, c'est qu'Alejo patiente à De La Haute Maison, seul. Si les batailles avançaient jusque-là, je devrais y retourner. Persuader Alex de rester ici pour la pierre philosophale et convaincre Jem de ne pas me suivre.

Merde, tout ça risque d'être bien plus complexe que prévu.

— Et si elle n'était même plus ici ? s'inquiète à juste titre Damien. Et si elle l'était encore, mais là où on ne peut pas la trouver ?

— Je suppose qu'on y réfléchira lorsqu'on aura rencontré les Druides.

Personne d'autre ne peut nous donner de pistes à explorer. Ou en tout cas, je ne vois pas qui d'autre pourrait nous aiguiller.

— J'ai l'impression que tout ce qu'on fait depuis le début est inutile, regrette Dam's avant de pousser un long soupir. Nous étions censés enquêter sur les disparitions des Ombres, mais nous le savions tous les quatre : ça ne servirait à rien. La seule différence quand Jemina a été affiliée à l'Institut, c'est qu'elle a découvert des corps que nous aurions fini par trouver d'une manière ou d'une autre. Tu avais des soupçons à propos du Grimoire proscrit, mais ça n'a pas empêché la mort de Syllia ou celle de tous ces Alchimistes. Et maintenant qu'on est dans les Terres lointaines, c'est comme si nous courions après un pur fantasme. J'aimerais bien arrêter de rentrer bredouille pour une fois et ne pas faire tous ces sacrifices pour rien.

J'examine l'expression renfrognée de mon coéquipier durant un long moment. Putain que je le comprends. Je ressens exactement la même chose. À la seule différence notable que tous ceux que j'aime sont à mes côtés, hormis Alejo qui reste malgré tout en sécurité. Enfin, normalement.

— Je pense, rectifié-je en espérant apaiser ses doutes, que nous ne saurons pas si cette excursion peut être fructueuse tant que nous n'aurons pas au moins entendu le nom de la pierre philosophale dans une autre bouche que la nôtre.

Oui, en somme, je radote. Je sais. Seulement il fallait bien trouver quelque chose à répondre.

Mais l'ambiance demeure morne tout le restant de la journée. Même Kenny commence à se lasser. Moi-même, je ne suis pas d'humeur à rire avec Alex. Jem et Bella finissent par tirer des tronches de six pieds de long, la fin d'après-midi arrivée. Je les écoute papoter de temps à autre, sans rien percevoir de ce qu'il est dit.

Et ce n'est que le lendemain soir que les visages changent du tout au tout, aux derniers éclats du soleil.

Alex était en train de taquiner Demné, quand une flèche a pourfendu l'air et a touché Ken dans l'épaule. Cinq Elfes nous ont pris d'assaut et nous étions plutôt en mauvaise posture lorsqu'ils sont arrivés comme des rois, nous surplombant du haut de la colline au pied de laquelle nous avions décidé de passer la nuit : les Druides. Bâtons de marche en main, ils toisaient la scène sans esquisser le moindre geste. Bella a profité de la surprise générale pour trancher la gorge d'un Elfe, et certainement effrayés par la dizaine de Druides soudainement apparus, les Elfes ont déguerpi.

Les Druides patientaient, tandis que nous reprenions notre souffle, et que nous-mêmes attendions que quelque chose se passe. C'est Demné qui a brisé la glace en s'écriant :

— Cathbad !

Finalement, ce sont eux qui ont fini par le retrouver.

Jem murmure à mon oreille, nerveuse :

— Ils sont étrangement silencieux, non ?

Je passe un bras autour de ses épaules alors que nous suivons le peuple druidique au travers de la forêt. Je partage le soulagement de Demné, qui est actuellement en train de se chamailler avec Alex. Celui-là a toujours eu un lien particulier avec beaucoup d'Ombres. Elles ont tendance à facilement lui faire confiance. C'est sûrement dû au sourire d'imbécile qui ne le quitte jamais. Ouais, ça doit être ça.

Je suis certain que Bella serait d'accord avec moi. Et je suis certain que c'est aussi pour ça qu'elle le regarde avec cet air attendri là.

Les quelques Druides venus à notre rencontre nous conduisent à leur campement temporaire. Je dénombre une trentaine d'Ombres, tout au plus.

Toujours sans un mot, le Druide borgne, Cathbad, nous invite à nous asseoir autour de l'un des nombreux feux allumés. Seule une Druidesse se joint à nous, le regard intransigeant. Et sans que nous nous soyons encore présentés, Cathbad articule lentement :

— Cela fait bien longtemps que nous n'avons plus vu de Traqueurs.

Son œil intact – le gauche vraisemblablement amoché des années auparavant par une lame aiguisée – serpente jusqu'à Jem.

— Mais cela fait bien plus longtemps encore qu'une Banshee n'est pas venue visiter notre peuple.

Le petit truc des Druides, c'est leur don quasi télépathique parfois très développé, comme il semble l'être chez Cathbad. Ils sont connus pour être de véritables empathes sur commande. À proximité d'un être vivant, ils peuvent décrire avec exactitude son état tant psychique que physique, avec de l'entraînement. Certains savent mieux que vous-même ce que vous ressentez. Ils entrent dans votre inconscient pour y dénicher les réponses à leurs questions, et je ne doute pas que le Druide qui se tient le dos bien droit face à moi, ait beaucoup d'expérience.

Il se masse la mâchoire, visiblement en proie à une réflexion, puis tire sur sa barbe grise.

— Nous vous remercions tout d'abord d'avoir sauvé le petit Demné, poursuit l'homme.

Jemina lorgne les tentes installées un peu partout. Elle doit rêver de s'y reposer rien qu'une heure, à l'abri de la brise fraîche.

— Nous venons de Digvix et de l'Institut De La Haute Maison, annoncé-je pour engager la conversation.

— Je sais.

— Nous sommes venus requérir votre aide.

— Je sais, insiste-t-il calmement.

S'il sait tout, pourquoi ne pas directement nous apporter les indications que nous sommes venus chercher ?

— Et je vous offrirai mon aide dans les limites du possible, ajoute Cathbad sans cesser de me regarder.

Mais contre toute attente, je ne suis pas le premier à perdre patience. Il semblerait que si Jem n'a plus de courbatures, elle n'en a pas moins ras-le-bol de se trimballer partout au hasard.

— Nous sommes à la recherche de la pierre philosophale.

— Une Banshee en possession de la vie éternelle ? Tu es suffisamment redoutée, jeune femme.

Si ce mec avait eu Bella en face de lui, je ne doute pas qu'elle aurait largement fait claquer son poing sur sa joue. Heureusement pour Cathbad, elle a emmené Kenny à l'écart pour soigner sa blessure et s'assurer qu'elle n'était pas infestée de poison elfique.

Je mets les choses au clair sans plus perdre une seconde :

— La Pierre n'est pas pour Jemina, mais vous devez déjà l'avoir deviné.

C'est le moment de lui exposer les derniers évènements. Les disparations en série. Les cadavres retrouvés. Les soupçons envers la confrérie de Sorcières de Digvix. Le Grimoire proscrit… Durant mon monologue, l'œil de Cathbad se perd à observer distraitement Alex. Lorsque mon frère remarque l'attention dont il est la cible, il se lève pour rejoindre Demné qui lui fait signe, plus loin. Ce n'est pas tout le monde qui aime se faire triturer l'esprit.

Une fois mon discours conclu, Cathbad me jauge avant de répartir :

— Même si les rumeurs concernant Baalzephon semblent fondées, je ne peux préserver la neutralité de mon peuple en vous indiquant la position de ce que vous appelez la pierre philosophale.

— Peu importe que vous choisissiez un camp ou non, répliqué-je, Baalzephon viendra vous chercher quoiqu'il arrive.

La Druidesse se penche à l'oreille de Cathbad pour lui murmurer quelques mots. Un silence s'installe durant lequel le Druide médite profondément. Mais il sait que j'ai raison. Forcément. Croire que Baalzephon ne s'en prendra qu'à ses opposants relève du délire plus que de l'espoir. Les Druides seront au mieux des dommages collatéraux s'ils ne sont pas directement visés, un jour ou l'autre.

À ma gauche, Frog s'étire, l'air impatient. La femme le toise d'un mauvais œil.

— Tout d'abord, commence tranquillement Cathbad, sachez que ce n'est pas la pierre philosophale que vous cherchez, mais plus exactement l'Élixir.

J'avais déjà entendu parler de la Pierre sous forme liquide, c'est bien vrai, mais jamais personne ne l'avait affirmé avec autant de conviction. Merde, alors le peuple des Terres lointaines l'a bel et bien eue entre ses mains il y a des siècles de cela.

— Ensuite, poursuit le vieil homme, comprenez que nous n'étions qu'une étape dans la protection de celui-ci.

— À qui l'avez-vous remis, dans ce cas ? l'interroge Damien, assis à côté de Jem.

— Pas nous, le corrige la Druidesse, nos ancêtres. Ils l'ont confié à celle à qui personne ne peut prétendre voler quoi que ce soit. À celle qui donne, à celle à qui l'on ne demande pas.

Oh, non. Ne me dites pas que…

— Pas à la Magie, quand même ! s'agace Frog en se massant le visage. Putain c'est pas possible…

Second regard courroucé.

— Qui d'autre qu'une mère pour protéger son enfant ? tâche de le convaincre Cathbad.

Mais Frog se lève douloureusement, avec le poids d'une semaine de marche sur les épaules ajouté à celui de la déception.

— Excuse-moi, m'sieur, mais t'es un fou furieux ! Même sa grand-mère Josette aurait fait mieux ! s'emporte-t-il en désignant Dam's du menton.

Je ne connais qu'un unique moyen de rendre un objet à la Magie, colporté par toutes sortes de rumeurs, comme c'est souvent le cas dans ce monde : rencontrer le Grand Aulne et lui rendre ce que la Magie a elle-même fabriqué.

— J'en peux plus de ces histoires de méchants ténébreux, râle encore mon coéquipier. Il mérite une bonne claque au cul ce gosse pourri-gâté de Baalzephon. Et on va la lui coller, les gars. Ça va saigner. Rouge. Très rouge.

C'est sa façon à lui de motiver les troupes. Généralement, Kenny est le plus réceptif de l'équipe. Mais on ne l'arrête plus :

— Fini de tourner en rond, les gars. On va se sortir les pouces du trou de balle. Si on doit rentrer les mains vides, on doit être sûrs et certains que la pierre philosophale a bien disparu. Avant ça, j'vais voir si le Niqué va bien. Et après… bah, après…

C'est souvent comme ça que Demba parvient à nous tirer des pires situations : en hésitant.

— Je sais pas moi, après on a qu'à aller à la Grotte des Transcendances. Au moins ça, on peut pas s'tromper : ça existe vraiment.

Damien et moi nous regardons. Quel génie, putain. C'est tout Frog. Une flemmardise et un retardement psychique qui cachent une logique à toute épreuve. Ce mec est un dieu. Un dieu qui se gratte le cul en partant, mais un dieu quand même.

Jem, perplexe, intercepte la trajectoire de mes yeux.

— La Grotte des Transcendances ?

J'opine du chef, encore impressionné. C'est Damien qui éclaire Jemina :

— C'est peut-être le lieu suprême des environs à visiter pour comprendre la Magie.

Chapitre 47

JEMINA

— Hier…, ahané-je, hier je n'ai pas compris. Quel est le lien entre cette grotte et la Magie ?

J'entends vaguement Bella rabrouer Kenny qui gigote son bandage à l'épaule, sans aucun doute pour se gratter. Le soleil est brûlant, aujourd'hui. Caniculaire. Je le soutiens, sur ce coup. Je ne pense pas pouvoir supporter un morceau de tissu supplémentaire sur moi comme il le fait.

— Les quelques Ombres qui y sont allées parlent de sa Gardienne comme d'une sorte de voyante extralucide, m'explique Brian. Elle comprendrait mieux que quiconque les volontés de la Magie.

Alors c'était à prendre au premier degré. Ce que Bri m'avait affirmé à propos de la capacité de la Magie à agir selon ses bons vouloir. Je m'étais imaginé que ce n'était pas à considérer au sens littéral du terme…

— Est-ce que la Magie peut réellement influencer le fonctionnement des choses ?

Alex ralentit son rythme pour m'apporter des éléments de compréhension.

— Si les Ombres se reproduisent, à l'instar des humains, la Magie peut également elle-même en recréer. Cela arrive, notamment avec certaines Ombres qui, elles, n'ont aucun moyen de reproduction. Rien que pour cette raison, on peut effectivement dire que la Magie intervient directement dans la vie quotidienne. Pourquoi crois-tu que la météo des Terres lointaines ne respecte pas les saisons ?

Ce n'est pas faux.

— Alors, cogité-je de nouveau, est-ce qu'on peut dire que la Magie a dirigé ce Lou Drapé jusqu'à nous ?

Alex sourit.

— Ça, c'est à chacun d'en décider. Et la problématique introduit directement la question du degré de conscience des créatures magiques et des Ombres.

Ce n'est jamais moi qui choisis vraiment de partir à la recherche d'un mort, non plus de hurler. J'expire toujours à un moment ou à un autre… mais est-ce véritablement comparable ? Admettons que ce Lou Drapé enlève les enfants par pur instinct, sans pouvoir y changer quoi que ce soit, pour autant, était-il forcé de venir noyer Demné juste à côté de nous ?

J'expose mes doutes tout haut, auxquels Alex n'apporte pas de réel dénouement :

— Même endormi, Demné aurait pu tenter d'appeler à l'aide, et qui sait ? Peut-être est-ce pour ça que nous l'avons entendu, nous deux, et seulement nous deux. Parce que son appel était magique.

Brian m'a effectivement expliqué que les Druides pouvaient pratiquement lire dans les esprits, mais…

— … un Druide peut vraiment faire ça ? Je veux dire, même le plus expérimenté, tu penses qu'il pourrait communiquer simplement par la force de son esprit ?

Alex hausse les épaules.

— On ne le saura jamais, je suppose.

Il semble loin de ressentir ma curiosité. En même temps, si la Grotte des Transcendances est vraiment « le lieu suprême pour comprendre la Magie », comme l'a dit Damien, et que c'est bien Alex qui fait office de carte pour nous y conduire, j'imagine qu'il s'y serait déjà rendu s'il avait voulu saisir le sens du monde qu'il habite.

Moi, je n'aurais pas hésité à y faire un détour, si j'avais eu l'occasion de préparer une excursion dans les Terres lointaines en solitaire et sans aucun autre objectif que celui de fuir Baalzephon. Même si c'est déjà considérable, comme intention… C'était maladroit, tout à fait.

— Tenez, nous interpelle Alex au bout de plusieurs heures, ça devrait être là, d'après les indications de Chiron.

Chiron ?

Brian et moi allongeons le pas lorsqu'un émerveillement que je n'ai jamais vu à Frog le fait taire pour une minute. Bella et Damien s'avancent encore et disparaissent de notre vue. Kenny, lui, semble prendre un cliché mental de l'ahurissement de son coéquipier, adossé à un tronc d'arbre, moqueur.

Le terrain monte légèrement. Je franchis les derniers arbres, déjà aveuglée par des reflets dont je n'identifie pas tout de suite la source. Ma main en visière, je dois patienter pour m'habituer à la luminosité.

Comme encastrée dans le sol de la forêt, l'eau tranquille du lac semble enflammée par le soleil. Aux abords, des galets qui procurent à l'endroit un effet de mini-plage à l'abri de tous les regards. C'est intime. Je le sens. Nous ne sommes pas tout à fait chez nous. Quelqu'un vit ici, et pas seulement la Gardienne à laquelle Brian a fait référence.

Je redescends la bute, abrupte de ce côté-ci. Les garçons me suivent tandis qu'Alex est déjà au bord de l'eau, Bella et Damien à quelque distance.

L'eau crépite sous les mouvements d'une brise imperceptible. Sa propreté impeccable me surprend. Sa transparence également. Pas une feuille fraîchement échouée d'une branche ne flotte à sa surface. De l'autre côté du petit lac, une colline rocheuse, sur laquelle quelques brins d'herbe s'évertuent à y élire domicile. Une avancée de pierre attire mon regard. Suspendue au-dessus de l'eau, la roche n'autorise que de rares caresses à l'activité infime du lac.

— C'est l'entrée, annonce Alex en suivant mon regard.

Une cavité, minuscule vue depuis ma position, laisse apercevoir ce qui nous recevra une fois à l'intérieur : un noir bien opaque. Alors que je me projetais naïvement l'image d'une caverne façon homme préhistorique telle qu'on les représente dans les dessins animés, nous nous apprêtons en réalité à nous glisser tant bien que mal dans un amas de roches basses, en plein milieu de la forêt.

— Euh…, hésite Kenny, vous comptez y aller comment ?

— Bah à la nage, répond Alex avec un naturel qui surprend Bella :

— Est-ce que tu as déjà oublié tout ce qui nous est arrivé aux abords de l'eau depuis que nous sommes dans les Terres lointaines ?

Je m'accroupis. Je suis d'accord avec Alex. Nous allons devoir nager, il n'y a pas d'autres moyens sinon contourner la colline et l'escalader pour la redescendre en espérant parvenir à l'entrée. Seulement, compte tenu de la position bien fière de la paroi, je nous imagine plutôt dégringoler. Au final, nous finirions quand même trempés.

Quelque chose me frappe à pleine vitesse quand mes doigts survolent l'eau. Mon cœur s'arrête dix bonnes secondes, comme traversé par une onde de choc. Je frémis. Mes yeux se lèvent lentement en direction de l'entrée de la Grotte. On a chuchoté.

— Il y a quelqu'un à l'intérieur, informé-je les autres.

Le débat se clôt instantanément.

— Même pas en rêve j'y mets les pieds, lâche Frog.

— Flippe pas comme ça, l'encourage Alex, je suis confiant, moi.

Frog lui fait très justement remarquer qu'il l'est en toute circonstance, mais je suis aussi d'avis que nous devons entrer. Brian me devance :

— Il y a forcément quelqu'un à l'intérieur. Au moins la Gardienne de la Grotte des Transcendances, t'as oublié ça quand tu nous as donné l'idée de venir jusqu'ici ou quoi ?

— Je le sens pas non plus, se positionne encore Bella.

Brian pose son sac et s'assoit par terre.

— On n'est pas forcés de tous y aller.

— Mais nous devons nous y rendre, persévéré-je en me redressant.

Et, à notre plus grande surprise, Frog retourne aussitôt sa veste.

— O.K., on y va, escorte suicidaire de merde que nous sommes, marmonne-t-il en abandonnant à son tour son sac.

Il s'avance jusqu'à la rive, qu'à moitié déterminé, rebrousse ses manches, soupire, inspire, intercepte nos regards circonspects, puis :

— Quoi ? Allez, les gars, la Banshee a parlé : il faut y aller. Je veux pas prendre le risque de rester ici si c'est pour crever. Dois-je vous rappeler que Jemina traîne la mort partout avec elle ?

Alors que Kenny se marre, Brian désespère :

— Belle intention, Demba.

J'approuve.

— Ouais, quelle bravoure, renchérit Kenny en nous rejoignant au bord de l'eau.

— Toujours là pour vous remontrer à bloc, bande de pisseuses, fanfaronne Frog en s'étirant comme s'il s'apprêtait à réaliser un deux cents mètres en apnée.

L'eau est glaciale, malgré le soleil de feu qui devrait la réchauffer. Le sol s'affaisse brusquement et je perds pied. Alex me suit de près tandis que Brian, Ken et Frog pénètrent seulement dans le lac. J'ai le sentiment qu'un évènement primordial va se produire dans cette Grotte des Transcendances. Un souffle étrange s'en extirpe. Comme si la roche respirait.

— Pourquoi il y a pas de Fées, dans ce putain de lac gelé ? s'étonne Frog.

J'aperçois Damien et Bella s'installer confortablement sur les galets pour attendre notre retour. Ils ont convenu tous les deux qu'il valait mieux dans tous les cas que certains d'entre nous restent faire le guet, au cas où Baalzephon aurait eu la même idée.

— C'est vrai que c'est bizarre, admet Kenny.

Je ne prête pas plus attention à leur conversation, concentrée à ne pas me frigorifier avant d'au moins poser une main sur la roche. Alex me rattrape. Je grimpe devant l'entrée de la Grotte des Transcendances avec son aide, puis me mets aussitôt à grelotter. L'air qui exalte depuis l'intérieur est tout aussi froid que l'eau qui le protège.

— Tu es sûre de vouloir t'y lancer la première ? s'assure Alex, les mains sur le rebord.

Je hoche la tête de haut en bas. La question serait plutôt de savoir si je préfère m'y lancer la tête en avant ou les pieds en premier. Je m'agenouille et me recroqueville sur moi-même pour tenter d'y voir quelque chose. Des reflets bleus semblent miroiter plus au fond. Je crois bien que la Grotte est souterraine, en dessous de la surface du lac.

Les pieds en premier, plus de doute.

— Dis aux autres de faire attention, il faut quasiment sauter, signalé-je à Alex avant de m'asseoir par terre et d'enfouir mes jambes dans le trou.

Je me tortille comme un ver : difficile de faire plus élégant. Mon dernier coup de fesses sur la gauche me vaut un plongeant dans le vide. Par réflexe, je plie les genoux quand mes pieds rencontrent le sol pour amortir le choc, mais je m'affale quand même, vous vous en doutez.

— Jemina ! Tout est O.K. ? s'inquiète Alex.

Étalée sur le flan, je prends appui sur mes paumes pour me redresser. Je regarde en arrière. Pas moyen d'apercevoir mon compagnon de route. Il semblerait que j'ai fait un plongeon d'au moins trois mètres.

— Oui ! Mais faites atten…

Alex se rattrape en roulant sur son épaule. Rapidement debout, il vient me proposer sa main pour me relever.

— Tu t'es pas fait mal, au moins ?

— Euh… J'ai fait de mon mieux.

Les parois humides reflètent une lumière bleue tamisée. Même les petites flaques qui parsèment la roche du sol paraissent luminescentes. Comme si ce simulacre d'éclairage en provenait.

— Bordel de merde !

Frog se casse monumentalement la gueule. Alex s'esclaffe. Ma voix s'apprête à accompagner la sienne, quand je l'entends une seconde fois. Ce chuchotement.

— Vous pensez qu'il pourrait y avoir des esprits, ici ?

Demba se fige, en train d'épousseter son pantalon.

— Ah non, pas encore. Je t'ai déjà dit que ça me filait les jetons, les esprits.

— Ce n'est pas moi qui choisis, tu sais.

Brian apparaît à son tour :

— Qui choisit quoi ?

— Où je rencontre des esprits.

— Tu crois qu'il y en a dans la Grotte ?

Je réponds par l'affirmatif. J'ai réellement la sensation que nous sommes loin d'être seuls. Et, je me retiens bien d'émettre l'hypothèse devant Frog, mais je ne suis pas certaine que nous soyons les bienvenus, d'ailleurs.

— C'est bizarre, dis-je. Je n'ai toujours vu ou entendu que les esprits des humains. Pourquoi y aurait-il des esprits de personnes qui n'ont rien à voir avec le monde magique dans la Grotte ?

— Pourquoi tu ne vois pas les esprits des Ombres mortes ? m'interroge Kenny, fraîchement arrivé.

Il ôte son tee-shirt, profitant de l'absence de Bella pour se libérer de son bandage. Elle lui filerait une tape derrière la tête, si elle était là.

— Eh bien, je suppose que comme les Fées emportent les corps des Ombres…

— Elles n'emportent que les corps des créatures magiques, m'interrompt-il. Elles ne prendraient pas le tien, par exemple.

Je n'ai pas la moindre piste de réponse. Il faudrait que je me renseigne, à notre retour à l'Institut.

— C'est pas le moment de réfléchir à ça, conclut Brian en passant devant. On ne doit pas rester séparés trop longtemps.

Le silence revient, hormis le claquement de gouttes d'eau qu'on ne voit pas tomber, mais dont les échos se renouvellent sans cesse. Je reste proche de Bri. Nos mains se frôlent à plusieurs reprises, jusqu'à ce qu'il remonte la sienne le long de mon bras et la glisse sous mes cheveux en me demandant si ça va.

Ce n'est pas que ça aille ou non. C'est que c'est indéniable : je ne perçois plus seulement une seule voix, mais bien au moins trois différentes qui halètent chacune leur tour. Je ne sais pas comment interpréter le pressentiment qui m'anime : comme une mise en garde ou, au contraire, un encouragement.

— Il y a vraiment des esprits enfermés entre ces murs, Bri.

— Certains prétendent qu'on peut rester emprisonnés ici, et qu'alors, on peut se transformer en Silencieux.

Ma tête pivote vers lui, bien que je ne le discerne qu'en partie.

— Quoi ? Mais comment ? Tu veux dire qu'il y a des Silencieux quelque part autour de nous ?

— Aucune idée. Mais peut-être que, si ce qu'on peut entendre a un fond de vérité, ce sont ces personnes retenues prisonnières que tu peux percevoir.

— Je les entends.

— Qu'est-ce qu'elles disent ?

Les doigts de Bri se resserrent un peu autour de ma nuque. C'est agréable. Rassurant.

— Je crois… Je crois qu'elles essaient d'entrer en contact avec nous. Qu'elles nous appellent.

— Nous, ou toi ?

Je n'en sais rien. Est-ce que ça change réellement quelque chose ?

Un embranchement nous force à nous arrêter. La voix de Frog résonne :

— Mec, attention où tu vas !

— C'est toi qui t'arrêtes comme un sagouin ! se défend Kenny.

Alex surgit de nulle part à ma droite. Il n'ouvre la bouche que pour nous proposer de continuer tout droit. Nous suivons son intuition sans plus un mot. L'obscurité reprend le dessus au fur et à mesure de notre avancée et, bientôt, le noir complet envahit l'espace. Les garçons stoppent la marche les premiers, se disputant pour savoir si l'un d'eux n'aurait pas encore un peu de batterie sur son téléphone pour activer son flash.

Je dresse les mains devant moi et continue à tâtons. On peut deviner le bruit de crépitements. Un feu brûle, pas loin. Vraiment pas loin. Mais les animaux qui m'accompagnent sont trop occupés à se torturer l'esprit à propos d'un fichu flash pour prétendre entendre quoi que ce soit.

— Chhuuuuteuh, leur fais-je signe en même temps. Écoutez, un peu.

Les garçons poursuivent leur dispute. Je retente d'attirer leur attention. Brian et Alex s'éloignent des deux autres, quant à eux trop susceptibles pour passer à autre chose.

— Moi ? J'sers à rien ? se vexe Demba. Mec, fais pas chier pour un putain de flash.

— On aurait dû venir avec Damien et te laisser là-bas, je le savais.

— Bon, haussé-je la voix pour la première fois envers mes coéquipiers, c'est quand que vous vous concentrez sur le principal ?

Silence hébété. La lumière de flammes danse tout autour de nous. Pétrifiée, je reste bloquée sur Kenny et Frog, qui ont enfin terminé de se chamailler. Tous les autres ont le regard fixé devant moi. Mais je n'ose pas regarder. Parce que cinq secondes avant ça, j'avais les paumes fermement plaquées sur de la roche, et pas levées dans le vide comme si on braquait une arme sur moi.

— C'est pas fini tout ce raffut, bande de crétins ?

La vieille femme se tient au bout de l'impasse, les poings campés sur les hanches. Ses longs cheveux blancs déguerpissent à moitié de leur chignon bas, ondulant par-ci par-là.

— La Gardienne de la Grotte des Transcendances : une mémé ? réfléchit bêtement tout haut Alex.

La Gardienne émet un son offusqué. Elle chope son chausson gauche, rapide comme l'éclair, et le balance dans l'entre-jambes d'Alex. Il évite la collision de peu.

— Qui c'est qu'a oublié de t'apprendre les bonnes manières, l'avorton ? Que je maudisse toute sa descendance sur trois générations.

Elle… elle n'en est pas vraiment capable, pas vrai ?

— D'jà que je vous attends depuis un moment, me dites pas que vous êtes venus pour faire les mégères insatisfaites.

— Attendez, l'arrête Demba, vous voulez dire que vous saviez que nous viendrions ?

Les épaules de la vieille femme menacent de se disloquer sous l'effet de son rire. Soudain tout à fait sérieuse et grave, elle lui retourne une question :

— Qui crois-tu que je sois ?

Elle bombe fièrement le torse tandis qu'une voix sort de nulle part pour l'anéantir.

— Oh, arrête, Élisa. Même ceux qui te connaissent ne savent pas vraiment à quoi tu sers, au juste.

Je remarque alors trois femmes occupées à tisser, dans un renfoncement de la petite caverne. Elles sont apparues comme par enchantement. Je ne rêve pas. Aucune trace d'elles une minute auparavant. Les femmes échangent des messes basses en m'examinant. Je crois deviner le mot « la Banshee », proférer comme une insulte.

— Ne t'avise pas de changer l'issue de ces vies ! me met en garde celle qui s'occupe de couper le fil.

— Je…

Mais Élisa m'empêche de poursuivre ; elle agite les bras, dans un geste qui pourrait plus ou moins vouloir dire « dégagez, oust ! ».

— Bon, pas de temps à perdre. Vous trois, désigne-t-elle Brian, Frog et Kenny, vous sortez.

— Non, objecte naturellement Bri. On reste. Nous sommes venus ensemble, nous repartirons ensemble.

— Et bla, et bla, et bla. Vous vous retrouverez tôt ou tard, c'est promis.

— On cherche la pierre philosophale, persiste Brian en avançant jusqu'à ma hauteur.

La Gardienne roule des yeux avec exagération.

— C'est parce qu'il l'aime, le trahit la première des trois fileuses en me désignant.

Mais Brian ne semble pas l'entendre, étrangement. Et je ne peux pas faire autrement que de le dévisager. Est-ce que cette femme affirme une chose pareille au hasard ou…

— Tu es la seule à les voir et à les entendre, m'apprend Élisa. Je n'ai pas envie que les autres le fassent, je n'en vois pas l'intérêt. Mais toi, je ne peux pas t'en empêcher.

Pourquoi ?

— De quoi tu parles, mémé ? demande Alex en balayant l'endroit du regard.

— M'accompagnent uniquement le Maudit et la Banshee, à prendre ou à laisser, l'ignore-t-elle.

Brian requiert notre avis, silencieusement, à son frère et à moi. Je passe ma main dans la sienne. Tout va bien se passer. Élisa a dit que nous nous retrouverions. Je la crois. Je sens que nous pouvons avoir confiance en elle.

— C'est bon, le rassure Alex, on vous rejoint.

— Et par où on est censés repartir ? intervient Frog.

Élisa ramasse un morceau de je ne sais trop quoi, on dirait une patte d'un animal, et le mâchouille en articulant bien :

— Par là où tu es entré, bougre d'imbécile.

— Par où je suis tombé, tu veux dire, marmonne l'imbécile en question avant de tourner les talons.

Brian passe son pouce sur ma joue, me fait promettre d'être prudente, le fait promettre à son frère, puis nous tourne finalement le dos.

Une fois seuls avec Élisa et les fileuses, je jette un coup d'œil curieux vers Alex. Pourquoi l'a-t-elle appelé le Maudit ? J'ai l'impression que j'ai beau en apprendre tous les jours, de nouveaux mystères viennent remplacer les précédents.

— Elle les entend, me suspecte une des trois femmes à moitié dissimulées dans l'ombre. Les voix.

Comment l'a-t-elle su ? Peu importe, je saisis l'occasion.

— À qui appartiennent-elles ?

— À des âmes perdues, m'éclaire Élisa. Elles sont entrées et ne sont pas encore ressorties.

— Pourquoi ça ?

— Je ne voudrais pas vous importuner, se signale Alex, mais je ne comprends rien à la conversation. Si vous pouviez m'expliquer…

— Parce que la Mort se nourrit de morts, petite écervelée, me lance la Gardienne en faisant abstraction de mon compagnon.

Alex baisse visiblement les bras et s'en va se dégourdir les jambes près du feu.

— Hop, hop, hop ! le rappelle à l'ordre la Gardienne de la Grotte. On va commencer par toi.

— Oh, cool. Commencer quoi ?

Élisa désigne du pouce l'espace derrière son dos. Et miracle, une cascade est vraisemblablement apparue pendant la conversation. C'est quoi cet endroit où tout se cache sous notre nez ?

La vieille femme dégage les cheveux qui lui tombent sur le visage d'un mouvement sec et impatient. Puis, théâtrale, elle se déplace lentement sur le côté en désignant l'eau turquoise qui s'écoule depuis un trou béant dans la roche jusque dans un puits. Sans fond, le puits, ça ne fait pas de doute. Sinon l'eau aurait déjà débordé, j'imagine.

— VOICI : le Miroir des Transcendances…, souffle Élisa d'un ton glauque.

— Putain de merde, lâche Alex, fasciné.

— Politesse et courtoisie, je vous prie, claque des doigts notre hôte. Allez, zou.

Elle saisit Alex par le poignet pour je ne sais quelle raison, le conduit au bord de la cascade, et le fait mettre à genou.

— Penche-toi, lui indique-t-elle.

— Ça sent la mauvaise vanne, rigole Alex en secouant la tête de gauche et à droite.

— Mais quelle impertinence !

Sans plus de préambule, elle lui saisit le crâne à deux mains et le plonge sous l'eau.

— Qu'est-ce que vous faites ? paniqué-je, prête à m'élancer vers eux quand une des fileuses stoppe mon élan.

— Elle gagne du temps, rien de plus. Regarde.

Ils ont disparu.

— Est-ce qu'Alex va bien ?

— Qu'en penses-tu, toi ? me relance une autre, celle qui tisse le fil.

J'observe les pulpes sèches et usées de leurs doigts parcourir leur œuvre. Un tas de fils de toutes les tailles menace de perdre l'équilibre à chaque instant, juste à côté de la femme qui les sectionne avec de longs ciseaux rouillés.

— Qu'est-ce que vous faites, exactement ?

Absorbée, l'envie d'approcher me tire dans leur direction.

— On scelle les destins, répond fermement celle du milieu, et ne t'avise pas de changer l'issue de ces vies.

Mince…

— Vous prévoyez la vie et la mort des êtres vivants ?

Aussi désagréables les unes que les autres, je ne fais même plus attention à laquelle s'adresse à moi.

— Nous ne sommes ni la Vie ni la Mort, petite sotte de Banshee. Nous ne mourons pas, nous.

— Est-ce que vous insinuez que… je ne sais pas, que la mort meurt ?

— Bien sûr. La Mort. Pourquoi crois-tu que le vivant s'acharne à donner la vie ?

Je n'ai pas une minute pour méditer sur cet échange qu'une main me cramponne par la manche. Élisa, revenue de je ne sais où, me guide vers le Miroir des Transcendances.

— Où est Alex ?

— Finalement, ce n'était pas à lui de consulter le Miroir. Il est ici pour tout autre chose.

Qu'est-ce que ça signifie ?

— Ton tour, me presse la Gardienne en claudiquant devant moi, sans me lâcher. À genoux. Rince-toi le visage pour ôter les résidus.

L'eau est différente de celle du lac. Opaque. Impossible de voir au travers. Mon reflet est parfait, secoué par les remous que provoque la cascade qui se déverse continuellement.

— Quels résidus ?

— Du pragmatisme inhérent à votre monde, bon sang ! Les gosses, de nos jours, faut leur mâcher les morceaux et tout leur refourguer direct dans l'gosier, pas possible…

Je n'hésite pas plus longtemps et plonge mes mains dans le Miroir des Transcendances. L'eau est à température ambiante, presque chaude pour quelqu'un qui porte encore des vêtements trempés et gelés.

Je m'asperge généreusement. Instinctivement, je rebrousse mes manches. Je me lave les mains, les poignets, monte sur mes avant-bras. Une seconde fois, je me projette de l'eau sur le visage. J'apprécie la sensation des gouttes qui coulent dans mon cou, puis dans mon décolleté.

— C'est relaxant, dis-je à l'attention d'Élisa.

— N'est-ce pas, ma poupée ? Je ne trouve rien de plus délicat que l'eau.

— Elle est salée.

— Naturellement.

— J'ai envie de m'y baigner.

J'ai l'impression de flotter à côté de moi-même. De façon agréable. Comme si mes sensations étaient à la fois exacerbées, mais que mon esprit, lui, s'était faufilé je ne sais où pour profiter d'un peu de liberté.

— Si tu savais, balance Élisa.

Je ne vois rien. Vraiment. Tout est blanc. Lumineux. Mais doux. Moelleux. Peut-être suis-je déjà dans l'eau, finalement.

— Pourquoi doit-on consulter le Miroir des Transcendances pour trouver la Pierre ?

— Cette histoire n'est plus la tienne, me reprend Élisa, mais tu as bien fait de venir.

Elle ne l'est plus ? Comment ça ?

— Brian dit qu'ici on peut comprendre la Magie.

J'ai la bouche pâteuse. Et j'aimerais bien ouvrir les yeux, maintenant que je me rends compte qu'ils sont fermés. Je préférerais voir Élisa pour discuter.

— La Magie, ma poupée, on ne la comprend pas. On l'accepte ou on la repousse, c'est bien différent.

— Si je ne suis pas là pour la Pierre, pourquoi m'avoir laissée accéder à la cascade ?

Mon corps se retourne lentement, comme à plat ventre sur un matelas confortable. Je pourrais m'endormir si je n'avais pas d'autres questions à soumettre à Élisa.

— Tu vas encore expirer, Jemina. Et cette fois-là sera différente des autres.

— Brian pense aussi que mon pouvoir est particulier, mais c'est faux. Je ne fais que découvrir des cadavres, comme toutes les autres Banshees. Je n'ai servi à rien.

— J'ai dit que cette histoire n'était plus la tienne, me reprend la Gardienne, mais ça ne signifie pas pour autant que tu n'as pas un rôle à y jouer.

— Lequel ?

— Je n'en suis pas encore certaine.

Bon sang. Je ne saisis pas la raison de ma venue. Élisa me fait tourner en bourrique, rien de plus.

— Mais je voulais que tu viennes pour le voir, poursuit-elle. Pour prévenir les autres. Tu devais être écartée du danger, ça, au moins, j'en suis persuadée.

— Pour que je voie quoi ? De quel danger parlez-vous ?

Mon corps claque sourdement contre une surface dure et fraîche. Je redescends de mon état quasi léthargique.

— Alex ne t'accompagnera pas. Parce que maintenant, cette histoire est bien la sienne.

La peur afflue dans chaque particule de mon corps. Je récupère aussitôt les facultés de mes membres, sous pression. Mes paupières s'ouvrent presque violemment. Je suis allongée face contre terre, toujours dans la Grotte des Transcendances, mais aucun signe des fileuses ou de la Gardienne.

J'aimerais dire que tout est silencieux, mais ce n'est pas le cas. Les voix ont pris en consistance. Il fait noir. Nuit. Je ne sais pas. Seule une flaque dans laquelle j'ai posé ma main émet cette lumière bleuâtre.

— Alex ! crié-je en tournoyant sur moi-même, perdue. Alex !

— Jemina, répond-il à quelques pas. Tout va bien ?

Alex s'avance, d'abord plongé dans l'ombre. Sa silhouette se dessine peu à peu, au rythme de son approche. Les battements de mon cœur ralentissent. Les fourmillements provoqués par l'angoisse s'atténuent à mes extrémités.

— Maintenant, oui, dis-je, mais il faut se dépêcher. Élisa a dit…

Je les vois. Le temps se suspend et la peur saccade ma respiration. Elles surgissent de nulle part. Deux petites mains agrippent son visage. Elles n'ont rien d'humain. Des ongles noircis et déchirés. Du sang. De la crasse.

— ALEX !

Il a disparu. Comme ça. Il a disparu.

Et je l'appelle. Mais il ne répond plus. Il a vraiment disparu. Et ces mains ne réapparaissent pas. Pas pour moi. Je cours. Parce qu'il faut que j'aille chercher de l'aide. Parce que je ne sais pas me battre, je ne sais même pas utiliser le couteau que m'a confié Brian. Alors comment suis-je censée reprendre Alex à cette chose qui l'a emmené ?

Le temps me paraît infini, perdue dans des couloirs rocheux tous semblables les uns aux autres. Frigorifiée. Terrorisée. Je ne sais pas quoi faire.

Que vont dire Brian et Bella ? Et si Alex se transformait en Silencieux ? Et si…

— Jem !

Brian. J'éclate en sanglots. La sortie. Je m'accroche aux aspérités de la paroi, en vain. Ma tempe cogne contre la pierre et mon genou s'écorche.

— Bri ! Alex ! Il faut que tu viennes !

Il ne perd pas une seconde. Des cailloux s'écoulent à son passage et il atterrit sans dégât. J'accours vers lui. Il me saisit fermement dans ses bras.

— Elle a pris Alex. Elle a gardé Alex.

Ni une ni deux, Brian se détourne pour partir à sa recherche, mais c'est là que je le remarque : la Grotte a fermé ses tunnels. Rien qu'un mur. Et Alex de l'autre côté.

Quelque part derrière, un gémissement rauque retentit. Puis un cri.

— Putain de merde ! s'enrage Brian en frappant contre la roche. PUTAIN ! Jem, vient-il soudainement, Jem, reprends-toi. Il faut sortir d'ici.

— Mais Alex ?

— Je reviendrai juste après.

Brian se positionne pour me faire la courte échelle.

— Après quoi ?

— On est attaqués. Sûrement des sbires de Baalzephon. Dépêche-toi.

Chapitre 48

BRIAN

C'est pas le moment d'y penser. C'est vraiment pas le moment d'y penser, putain. Je traverse le lac comme un fou, abandonnant Jem à l'entrée de la Grotte aussi comme un con. Mais ces mecs-là ne doivent pas repartir en vie. Parce que si je n'arrive pas à sortir Alex de la merde dans laquelle je l'ai laissé se foutre, alors eux, ils l'attendront patiemment s'ils nous ont vus entrer avec mon frère et revenir sans lui.

Un gars au visage camouflé me fonce dessus, à peine ai-je pied. Je tire un couteau de lancer accroché à ma cuisse. Il fuse. L'homme a un mouvement de recul : la lame lui transperce l'épaule, mais il se reprend vite. Un cri bestial s'extirpe de sa gueule folle. Je pare l'attaque de son sabre ; mon pied décolle illico pour le frapper au torse. Il recule. Je sors mon arme à feu. Deux balles lui explosent le front.

Plus loin, Bella prend le dessus sur un autre gars. Elle lui écrase très vite la semelle de sa chaussure sur la nuque. Je ne sais pas si elle lui dégage la tête des épaules ou si c'est sa machette qui achève l'ennemi en lui traversant le dos. Mais lorsque je m'apprête à vérifier si Jem va bien, un rempart de briques me percute de côté. Je tombe à la renverse sur les galets, le corps à moitié immergé.

J'entends Jemina prendre peur. L'eau me recouvre peu à peu. Je ne peux pas bouger. Bientôt plus respirer. C'est un Alchimiste, forcément. Et s'il contrôle si facilement l'eau du lac, alors il a dû passer sous les bistouris de Baalzephon.

Des coups de feu retentissent. Jemina hurle encore. Et je prie pour qu'il ne soit rien arrivé à elle ou aux autres.

On me tire soudainement par les aisselles. De l'air. Je tousse à en dégueuler. La voix de Bella s'insurge :

— Putain ! On… On s'est fait prendre par surprise !

Jem parvient au rivage, visiblement secouée. Elle est tellement pâle que je me dis que c'est finalement elle qui va encore gerber.

Je me tourne vers la Grotte des Transcendances, les coudes au sol.

— Personne n'est blessé ? s'enquiert Bella en observant les environs. Où sont les autres ? Vos copains bizarres et lourds, là.

Jem et moi levons les yeux vers la forêt. Le silence est total. Les oiseaux pépient. Les branches grincent sous la brise. Les feuilles se froissent. Pas le moindre son de voix. Rien.

Je vais flancher. Mon cerveau va littéralement éclater. J'ai la poitrine en feu. Je pourrais buter le premier qui oserait sourire de travers.

— Et où est Alex ?

Bella essuie sa lame sur son pantalon. Ses mains tremblent légèrement. Elle bloque une seconde, puis nous sonde. Elle devient nerveuse.

— Où est-il ?

Ma mâchoire se contracte. Jem détourne le regard.

— Il est resté coincé à l'intérieur, annoncé-je en contrôlant mon envie de balancer toutes mes armes et de déclarer forfait.

— Il faut aller le chercher ! s'exclame Bella, déjà de l'eau jusqu'aux genoux. Mais quel idiot… j'aurais dû m'en douter.

Et de la colère, elle passe aux larmes. Parce qu'elle aussi le sait. Si Alex a été emprisonné dans la Grotte des Transcendances, personne d'autre que lui-même ne peut l'en sortir. J'arpente les arbres alentour du regard. Toujours aucune trace des gars.

Je passe une main sur mon visage.

Alex, ou mes coéquipiers ?

— Brian, murmure Jem en m'agrippant par le bras comme si elle sentait mes pieds se détacher du sol.

— Venez m'aider ! explose Bella en jetant tout ce qui pourrait la gêner pour nager. Qu'est-ce que vous foutez !

Elle trébuche, perd l'équilibre, frappe l'eau.

— On ne peut pas le laisser seul ! *Je* ne peux pas le laisser seul. Pas lui.

— Tu crois que maman aurait pu m'aimer, dans une autre vie ? m'avait demandé Alex, alors que nous faisions des ricochets près du manoir.

Enfin, je faisais des ricochets, lui, à peine concentré, jetait les cailloux qui ne lui plaisait pas dans l'eau et conservait précieusement les autres.

— Peut-être, avais-je répondu. Mais on n'a pas d'autre vie.

— T'en sais rien.

— Si, je le sais.

— Ah ouais ? Et comment ?

Je lui avais lancé un caillou en pleine face juste pour le faire taire. Il s'en contrefichait complètement.

— Tu penses que, toujours dans une autre vie, tu aurais pu me détester ?

— N'importe quoi.

— Tu critiques tout le temps c'que j'dis. T'es nul, m'avait-il balancé en boudant.

— C'est toi qui racontes n'importe quoi. Je t'aime dans cette vie-là, c'est tout. Arrête d'imaginer des trucs bizarres dans ta tête.

Alex avait croisé les bras, redressé le dos, puis pincé les lèvres.

— J'veux pas qu'il y ait d'autre vie, avais-je avoué.

Mon petit frère s'était vivement de nouveau tourné vers moi, assis en tailleur dans l'herbe.

— Pourquoi ? s'intéressait-il, complètement émerveillé d'avance par ce que j'allais pouvoir dire.

— Parce que si ça se trouve, dans une autre vie, on aurait pas été frères.

Je propulse une pierre plate sur l'eau du lac. Elle sautille deux fois et plonge sous la surface. À Digvix, les mouvements suffisent généralement à éveiller les Fées. Elles effectuent alors des rondes incandescentes, en apnée, jusqu'à ce qu'elles choisissent de prendre l'air, ou sinon, de laisser leur lumière se tarir.

Nous avons fouillé les environs de la Grotte des Transcendances tout le restant du jour. Nous sommes retournés bien quatre fois dans la Grotte. Pas moyen d'avancer à la recherche d'Alex. Aucun signe de nos coéquipiers non plus.

En somme, il ne reste plus que nous trois. Jem, Bella et moi. Je ne comprends pas. Comment a-t-on pu si facilement nous faire avoir ? Depuis combien de temps nous suivaient ces gars ? Comment auraient-ils pu arriver par hasard au meilleur moment : celui où nous sortions de la Grotte, Ken,

Frog et moi. Déjà à cet instant, je n'avais pas aperçu Dam's que Bella était déjà en train de massacrer un sbire de Baalzephon.

Je souffle un bon coup, me saisis d'un autre caillou, puis le lance. Il coule.

Je n'imagine pas ce que doit vivre Alex. Je n'ai aucune idée de comment cette foutue Grotte de mes deux est censée pouvoir transformer les gens en Silencieux. Et je ne sais absolument pas quoi faire. Nous ne pouvons pas quitter les Terres lointaines sans avoir au moins une hypothèse sur ce que sont devenus nos coéquipiers. Nous ne pouvons pas non plus quitter les Terres lointaines et laisser Alex seul.

Toute cette histoire me file la nausée.

Les filles se sont enfoncées un peu plus loin dans la forêt, pour y trouver de quoi manger et allumer un feu. Surtout pour s'éloigner d'ici, je présume.

J'attrape une grosse pierre et la projette au loin. Son *plouf* camoufle presque le claquement sec d'une branche qui se brise, derrière moi. Quelqu'un m'épie. Autant conserver une posture naturelle et décontractée. Je préfère que l'intrus espère pouvoir me surprendre, pour retourner sa confiance contre lui.

Encore un craquement. Je fronce les sourcils. O.K., compte tenu de la discrétion du voyeur, je n'ai pas de quoi m'inquiéter. Une petite voix chuchote vivement. Je lève les yeux au ciel en soupirant.

Pas possible. Qu'est-ce qu'il fait là, lui ? Je me lève, tapote mon pantalon pour en retirer la saleté, puis m'étire. Je me tourne face à la forêt. Le Gobelin se fige, ses énormes yeux naturellement écarquillés. Et sans que je ne saisisse la raison de toute cette violence, la créature s'élance de toutes ses forces vers moi. Je l'attrape au passage par sa veste.

— Salut, Tropius, un problème ?

— Oh non, pas encore ! gesticule-t-il dans les airs.

Il joue des pieds et des mains dans l'espoir de m'atteindre, mais je ne suis pas débile au point de le suspendre à deux centimètres de mon visage. Seulement le petit con finit par me lancer son poing dans l'abdomen.

— Tu devrais essayer plus fort, l'encouragé-je d'un ton morne.

— Tropius ! se plaint une voix depuis les fougères. Tu te fais toujours attraper !

Un Elfe Sombre sort de sa cachette. Ses bras disproportionnés laissent traîner ses mains par terre, aux jointures rongées. Le caleçon qu'il porte en tout et pour tout ne va pas tarder à rendre l'âme. Il frotte un doigt sous son nez long et droit.

Si Slyvias, le représentant des Elfes de Digvix, savait qu'un Elfe Sombre vivait dans les Terres lointaines, il n'en reviendrait pas. Les Elfes ont toujours réduit en esclavage ceux qu'ils appellent « les Sales », alors un Elfe Sombre libre, pour Slyvias, relèverait d'une légende qu'il faut à tout prix faire oublier, si on ne veut pas prendre le risque d'éveiller les consciences.

— Qui es-tu ?

Tropius claque des doigts plusieurs fois devant mon nez pour attirer mon attention :

— Je te présente mon ami si tu me reposes par terre, Snow.

J'obtempère alors que l'Elfe Sombre, à la peau de porcelaine, ouvre grand les yeux.

— Snow ? s'étonne-t-il timidement. Comme Alex Snow ?

— Comment connais-tu mon frère ?

L'Elfe retourne aussitôt se camoufler dans les fougères, terrifié.

— Voici Ificius, poursuit Tropius comme si toute cette scène était habituelle. Un Elfe Sombre fraîchement sorti de sa tanière.

Alors il ne vit même plus sous le sol. Les Elfes Sombres creusent la terre et construisent des tanières incroyables pour vivre à l'abri et à l'écart des autres. C'est pour cette raison que les Elfes les appellent les Sales : parce qu'ils sont toujours recouverts de terre. Du moins, c'est l'excuse qu'ils se sont trouvée.

— C'est mon ami ! scande Ificius comme pour se préserver de représailles. Alex est mon ami !

— Approche, l'incité-je, je ne te ferai pas de mal.

Encore une Ombre avec laquelle Alex a dû faire copain-copain durant sa venue dans les Terres lointaines. Ificius garde le silence durant un temps, puis effectue des roulades jusqu'à nous pour finalement se réceptionner en tailleur.

— Alex est coincé dans la Grotte des Transcendances, l'informé-je en désignant l'entrée par laquelle nous sommes passés.

Ificius se décompose.

— Et toi, Tropius. Qu'est-ce que tu fais ici ?

Tropius est affilié à Digvix, il lui est interdit de quitter le territoire sans l'autorisation de la directrice. Je ne vois aucune raison pour laquelle Sophie aurait permis au Gobelin de venir dans les Terres lointaines, qui plus est seul. C'est beaucoup trop dangereux. Elle-même me l'a rappelé avant notre départ.

Et elle avait raison, une fois de plus.

— Tu ne le sais pas, Traqueur ? La guerre a commencé. Mon peuple a dû fuir pour survivre. Nous avons été dispersés en arrivant aux Terres lointaines. J'étais seul jusqu'à ma rencontre avec Ificius.

La réalité m'assène un coup violent. Je reste d'abord sans voix. La guerre a commencé. Et Alejo m'attend toujours à De La Haute Maison.

— Les combats ne sont qu'à Digvix pour l'instant ?

— Pour l'instant, du moins, quand nous sommes partis, me confirme le Gobelin. Mais ils vont s'étendre au-delà, c'est certain.

Je serre les poings, le regard rivé en direction de la lumière que provoque le feu de Bella et Jem.

— Alex est enfermé dans la Grotte des Transcendances, répété-je sans m'en rendre compte.

— C'est vrai, c'est triste, observe Ificius en se balançant sur ses fesses. Mais il n'est pas tout seul.

Je hoche la tête en réponse à l'Elfe Sombre, et décolle.

La guerre a commencé.

Il m'a fallu un bon moment pour convaincre Bella de prendre le chemin du retour. Je soupçonne ma réplique mal avisée de l'avoir fait changer d'avis, lorsque j'ai bien cru que Jem allait pleurer à sa place. « Une fille à gérer, c'est suffisamment difficile. »

— Une femme n'a pas besoin d'être *gérée*, m'a fait filer droit Bella. Les hommes se croient beaucoup trop indispensables.

Jem s'est rangée de son côté. Bien heureusement. Elles ont pris le temps de m'agonir ensemble, puis nous sommes finalement partis. Nous avons mis toute la nuit pour dénicher le *peregrinator* qui mène presque directement à De La Haute Maison pour Bella, en suivant les indications que nous avait données Alex en prévision du retour.

Sauf que ce jour-là, je m'imaginais l'emprunter avec eux deux pour retourner auprès d'Alejo et le ramener avec moi chez nous.

Bella l'a franchi à la fin de la nuit, nous l'avons regardée hésiter, de loin. Je voulais m'assurer qu'elle ne veuille pas finalement retourner à la Grotte des Transcendances. Alex tient à elle, c'est évident. Je ne pouvais pas la laisser seule ici. Je savais pertinemment qu'elle serait plus en sécurité à son Institut, même si les combats vont sûrement progresser jusque là-bas. J'aimerais tellement prendre Alejo sous mon bras et l'emmener loin, très loin.

Mais je ne peux pas.

— Tu penses qu'Alex s'en sortira ? me demande Jem, anxieuse.

— Oui. Il est bien trop acharné.

C'est la première fois que nous parlons depuis l'aurore. Nous sommes en fin d'après-midi. Je ne suis même plus certain du nombre de jours qui sont passés.

— Je ne sais pas comment Bella a fait, pour réussir à partir.

Je lance un regard à Jem.

— Je n'y serai pas arrivée, poursuit-elle, si c'était toi qui étais resté là-bas.

Aucune réponse convenable ne me vient. Je l'embrasse. Parce que ça me semble naturel. Elle sourit tristement, puis ajoute :

— Je n'ai pas envie que tu ailles combattre.

— Je n'ai pas le choix.

Tout dans son expression semble dire que c'est faux. Et elle n'aurait pas tort, si elle le formulait tout haut. Mais je ne peux pas simplement m'enfuir avec Alejo et elle. Plus maintenant que je n'ai aucune idée d'où sont nos coéquipiers et qu'Alex est retenu dans la Grotte. Si nous avons une chance de gagner cette guerre, je dois y participer. Pour que lui puisse enfin vivre sans le poids de l'existence de Baalzephon sur ses épaules.

— Tu n'as qu'à te dire qu'une fois cette mauvaise passe dernière nous, on pourra enfin faire quelque chose de normal, ensemble. Et peut-être plus, j'espère.

— Déjà, impose Jem, je veux rencontrer Alejo.

Je souris.

— Tout ce que tu veux.

Je rêve de laisser la pulpe de mes doigts glisser dans son cou. De faire tomber les bretelles de son débardeur. De déposer mes lèvres sur son décolleté. De lui demander si elle a envie de moi comme j'ai envie d'elle.

J'aurais voulu tomber amoureux au premier regard. Le coup de foudre. Comme il n'en existe pas. Je voudrais l'aimer comme si trente ans s'étaient écoulés. Me dire que nous avons bien profité.

J'aimerais pouvoir lui confier tout ça, mais rien ne sort mis à part un misérable :

— N'oublie pas que j'ai signé pour toi.

Chapitre 49

Les roues de la charrette grinçaient lugubrement. Les pierres qui recouvraient les corps, à l'arrière, tombaient de façon régulière lorsque l'une des roues s'enfonçait dans un trou. La carriole tanguait alors ; le cheval qui la tirait s'ébrouait à peine d'un air absent.

L'Ankou ne s'en éloignait jamais, sa faux gigantesque bien en main, même s'il était difficile de discerner les os de ses doigts décharnés sous la pièce de tissu noir qui lui servait de vêtement.

Il arpentait en permanence les Terres lointaines sans pouvoir en sortir. On racontait que quiconque entendait les grincements de sa charrette connaîtrait bientôt la mort. C'était vrai. Une fois sa proie suffisamment proche, l'Ankou brandissait sa faux et raflait le corps. Il ôtait ensuite une pierre qu'il transportait jusqu'alors et la remplaçait par le nouveau cadavre qu'il devait ramener à la mer.

C'était d'ailleurs sa destination : la mer des Terres lointaines. Sa charrette débordait presque des prises de sa dernière excursion.

Le vent fit balloter le voile qui lui couvrait le visage, s'il en avait bien un. Il huma généreusement l'air, intrigué, et posa sa main libre sur la croupe de son cheval. Tous deux s'arrêtèrent : l'Ankou sentait la mort, quelque part. Non pas la Mort. La mort. Ou peut-être devrais-je dire un mort ?

Quoi qu'il en soit, il restait encore quelqu'un dans les parages que l'Ankou était chargé de ramener à la mer.

Il avança de quelques pas, caché derrière les derniers arbres qui laissaient finalement place à une grande clairière. Au beau milieu, deux silhouettes se dessinaient sous la clarté de la lune. L'Ankou médita un instant.

Quelle était cette impression inconnue ? Sa faux ne frétillait pas entre les cartilages de sa main. Son cheval s'impatientait. Et lui, l'Ankou, expira. Chose qui ne lui était plus arrivée depuis des décennies, maintenant.

Pourtant il la sentait. La mort. Mais peut-être me suis-je également trompée : ce devait être la Mort, après tout. À vous d'en juger.

L'Ankou se surprit à prendre une faible inspiration. Il respirait. Et il en profita pour éteindre la bougie suspendue à sa charrette. Il attendit longtemps, debout dans la nuit. Le cheval retrouva soudainement son calme lorsque les deux jeunes gens entrèrent à nouveau dans la forêt, à une distance moindre d'ici.

À cet instant, l'Ankou comprit : la jeune femme était une Banshee. Elle aussi, avait un travail à accomplir.

Chapitre 50

JEMINA

Je ne suis pas certaine : est-ce que le vrombissement continu du 4 × 4 m'aide à me plonger dans un état méditatif ou, au contraire, est-ce qu'il m'empêche de réfléchir ?

Malgré ce dont tente de me persuader Brian, il est inquiet. Angoissé. Et tout un tas d'autres choses encore. Je le vois à la pression anormale qu'il exerce sur le volant. À ses coups de frein mal contrôlés. Et à la manière dont il est accoudé à sa fenêtre. Il est plus que tendu, c'est indéniable. Mais rien ne me vient à l'esprit. Que pourrais-je lui dire ? Il a envoyé son plus jeune frère à De La Haute Maison et la guerre vient d'éclater sur le territoire de Digvix alors qu'il était dans les Terres lointaines, là où il doit sans doute avoir le sentiment d'abandonner son autre petit frère. Ajoutons à cela que ses amis et coéquipiers depuis toujours y ont disparu après une attaque par des partisans de Baalzephon… et vous avez un Brian rongé par la culpabilité, animé par la colère, mais tu par les responsabilités.

En ces circonstances, c'est bien dur de communiquer. Imaginez ma surprise quand il prend la parole pour me poser cette question sortie de nulle part :

— Qu'est-ce qu'ils t'ont fait ? Rayan, Matéo et Émilie.

Je l'inspecte. J'ai envie de lui demander s'il est sérieux. Mais bien sûr, qu'il l'est. C'est Bri. Il a compris depuis longtemps que tout était lié. Il a compris depuis longtemps que je n'aimais pas en parler. Que je préférais me cacher.

Et maintenant que j'ai décidé que tout cela était bien loin derrière moi, lui décide qu'il faut aborder le sujet.

— Est-ce qu'on est obligés d'en parler maintenant ?

Alors que nous nous dirigeons en plein vers une guerre dont seulement une partie bien restreinte de l'humanité a conscience.

— J'ai envie de comprendre.

Je reporte mon attention sur le paysage. En réalité, sa curiosité, ou quoi que ce soit, ne me dérange pas. La curiosité de Rose ne me dérangeait pas non plus, à vrai dire. C'est simplement que je n'ai jamais vu l'utilité d'en parler. Je l'ai déjà fait quand les choses auraient pu être réglées et ça ne m'a apporté que de nouveaux problèmes. Maintenant que tout ça n'est plus d'actualité, ça ne me procure ni plus ni moins que la sensation de rechercher la plainte et la pitié.

— Disons, commencé-je, que certaines personnes ont besoin de s'en prendre à ce qui leur semble trop différent d'eux, je suppose. Pour Rayan, Matéo et Émilie, c'était moi.

— Qu'est-ce qu'ils t'ont fait ?

Je remue dans mon siège pour trouver une position plus confortable, mais aucune ne peut l'être pendant une conversation pareille.

— Au début, rien de très grave. C'étaient des répliques, des insultes, des trucs que j'aurais pu trouver humiliants, mais à ce moment-là, je m'en fichais un peu, tu vois ? Au collège, ce qui me préoccupait surtout c'était de réussir à me faire des amis, peu importe que je me fasse aussi des ennemis. En fait, je ne les voyais pas vraiment comme ça, à cette époque. Je pensais même que c'était normal, que des enfants s'en prennent à d'autres. Après tout, c'est quelque chose qu'on retrouve même dans les relations entre adultes, alors...

— C'est pas normal, croit m'apprendre Brian.

— Je le sais, maintenant.

Liana, elle, semble encore avoir du mal à se rentrer cette idée dans le crâne.

— À notre entrée au lycée, continué-je, ça a pris une ampleur beaucoup moins supportable. Peut-être aussi parce qu'à cet âge-là on est plus susceptibles sur certaines choses et qu'on hésite pas à s'y attaquer.

J'affirme ça comme si cette époque était déjà lointaine : j'avoue me sentir tellement plus vieille que je ne le suis, parfois.

— Et aussi, ils ont commencé à me ridiculiser physiquement. En me bousculant devant tout le monde. En me faisant tomber. Je me suis déjà retrouvée avec un bol de soupe renversé sur la tête en pleine cantine.

Brian me regarde. Il fulmine.

— J'aurais vraiment dû lui dégueuler à la gueule, à ce Matéo de mes couilles.

— Hein ? Lui vomir dessus ?

— Rien, laisse.

Je sens que je ne préfère pas savoir, finalement.

— Personne n'a jamais réagi ? me demande Brian, scandalisé.

— Les autres élèves étaient plutôt passifs, on va dire. Certaines personnes ont essayé de prendre ma défense, mais ça se retournait à coup sûr contre eux. En ce qui concerne le personnel du collège puis du lycée, je ne sais pas trop quoi en penser… Quand tu es collé toutes les semaines, au bout d'un moment, ce n'est plus tellement une punition, mais une habitude, alors qu'est-ce qui pouvait les arrêter ?

Il y a bien eu une fois où Rayan a été expulsé du lycée durant plusieurs jours, et il ne s'est jamais montré aussi exécrable qu'à son retour.

— C'est pour ça que tu as été déscolarisée ? s'intéresse Brian, posant sans aucun doute la question qu'il avait en tête depuis le début.

J'inspire au mieux.

— Un jour, Émilie et des copines à elles que je connaissais à peine m'ont coincée dans les vestiaires, après un cours de sport.

Je revois encore les flashs. Des filles ont vaguement protesté. Mais, au final, j'imagine que quand elles ont reçu les photos, elles ont pris le même air que les autres : indigné, seulement pas contre celles qui m'avaient fait ça, mais bien contre moi pour une raison qui me dépasse encore.

— Elles m'ont arraché la moitié de mes vêtements. Émilie filmait, une autre prenait des photos. Il ne doit pas y avoir une seule personne qui ne les a pas vues, dans le lycée. Quand je suis revenue, tout le monde me regardait. Sans parler. Ils attendaient que je m'éloigne, pour ça.

— Comment on peut faire ça à quelqu'un, s'énerve Brian en soufflant un coup. Je comprends pas.

— Je devais déranger, d'une manière ou d'une autre.

— N'importe quoi ! Ce sont les gens comme Émilie qui dérangent !

Je me tais. J'ai l'impression que Brian a encore plus besoin de silence que moi-même. Mais il reprend pourtant :

— Pourquoi le personnel du lycée n'a rien fait ?

Je hausse les épaules.

— C'est ce qui me dégoûte le plus, dans cette histoire, en fait. J'en ai parlé à mes parents, qui sont allés voir le directeur à plusieurs reprises. Il leur assurait que c'étaient des trucs de gamin, que ça passerait, qu'il allait calmer le jeu et que tout ça finirait par se tasser. Quand il y a eu l'épisode dans les vestiaires, il a conseillé à mes parents de me changer de lycée.

Ils ont voulu porter plainte, mais il les a convaincus de se rétracter, par je ne sais quel miracle. Je pense que mes parents espéraient m'éviter des difficultés supplémentaires, mais rien n'a changé, hormis que dans ce fameux nouveau lycée, ce n'était pas moi qu'on harcelait.

— C'était juste trop pesant, tu comprends ? dis-je à Brian. Les gens se font du mal en permanence et sans aucune raison, la plupart du temps. Cette ambiance glauque et malsaine, c'était pas fait pour moi. Ça me faisait peur. Alors je n'ai plus jamais remis les pieds dans une école.

Dans le monde des vivants non plus, par la même occasion. Jusqu'à ce que je rencontre Liana.

— Je voudrais, hésité-je une seconde, enfin c'est bête, mais je voudrais juste que les gens s'aiment. Je n'arrive pas à comprendre en quoi c'est si compliqué.

À l'arrêt, Brian plonge le bleu intense de ses yeux dans les miens. Il se penche vers moi, une main sur ma joue, puis dépose ses lèvres sur les miennes.

— Moi, je t'aime, conclut-il, parce qu'on l'a décidé.

— C'est pas à toi de choisir ! m'écrié-je quelques heures plus tard.

Brian tire le frein à main, hors de lui. Mais pas autant que moi.

— Pourtant durant un instant je pensais encore être le chef de ton équipe, me balance-t-il sans avoir à hausser le ton.

Quel con. Quel con, quel con.

— Alors je quitte l'Institut, c'est simple.

— Si tu le quittes, me met en garde Brian, tu ne pourras plus revenir sur son territoire sans être arrêtée et envoyée au secteur judiciaire du Fourre-Tout. Ça aussi, c'est simple.

À travers la fenêtre du salon, on peut voir mes parents assis épaule contre épaule sur le canapé. Ils regardent la télé, comme tous les soirs. Et, oui, j'ai envie d'aller les voir. Mais, non, je ne veux pas rester.

— Tu crois vraiment que l'Institut va se soucier d'une chose pareille alors qu'il est censé être en guerre ?

Brian soupire. Se masse le front. Comme si je lui causais une migraine. Et ça m'énerve encore plus.

— C'est trop dangereux, Jem, répète-t-il d'un ton plus apaisé. On ne sait même pas où sont exactement les combats, ils pourraient être dans l'enceinte même de Digvix.

— On le verra aussitôt le peregrinator franchi, et si c'est le cas, j'aurais juste à faire un pas en arrière pour disparaître. Et puis, entre nous, c'est toujours trop dangereux pour moi, mais jamais pour toi.

Brian lâche un rire sardonique.

— J'ai été formé au combat, pas toi, alors oui, c'est forcément moins dangereux pour moi.

Je me cogne le coude dans la portière en me tortillant pour le regarder bien en face.

— Mais je pourrais être utile.

— Comment ?

Pire connard que n'a jamais enfanté cet univers, je vous l'avais dit.

— Je peux aider à m'occuper des blessés.

Et ne pas être trop loin de Brian, par la même occasion. Mais peu importe ce qu'il en conclura, j'irai à Digvix. Parce que j'ai l'intime conviction que c'est à l'Institut que je dois être, pas chez moi.

— S'il te plaît, persisté-je tandis que je le sens flancher. Laisse-moi choisir. J'ai le droit de choisir, au même titre que toi.

C'est cette phrase qui finit de convaincre Brian et, après que nous avons rejoint la forêt Eclipsis puis traversé le *peregrinator*, je tente de contenir l'énorme sourire qui me démange le visage en admirant le château où règne un calme total. « Satisfait ? », je m'abstiens de lui demander alors que nous avançons au bord du lac qui borde Digvix.

Le ciel est recouvert de nuages. La chaleur du soleil n'est plus au rendez-vous, certainement parce que nous sommes bientôt en hiver. Ou peut-être même le sommes-nous déjà. Je frictionne mes avant-bras, contente malgré tout.

Mais lorsque nous entrons et découvrons les arcades totalement vides, toutes les formes de plaisirs qui pouvaient m'habiter se défont. Disparaissent. Parce que la pierre du château exhale la mort.

— Je n'ai jamais vu la place aussi déserte, s'inquiète Brian.

En son centre, la statue du Petit Vieux se meut à peine à notre passage. Pas de salut. Plus d'eau dans son arrosoir. C'est comme si le Vieux était profondément endormi.

Brian suppose que Sophie doit être à l'Infirmerie, alors nous nous y rendons naturellement. Inspire, c'est bon, me dis-je alors que l'angoisse m'empêche de respirer convenablement. Je fixe la main de Bri, appuyée sur la porte. Il pousse. Et je souffle. S'il y a moins de monde qu'à l'ordinaire à l'intérieur, je suis tout de même heureuse de ne pas découvrir une accumulation titanesque de cadavres.

Aucun signe de destruction, j'en conclus donc que non, la ou les batailles ne sont pas parvenues jusqu'au château. D'ailleurs, pour l'instant, je ne remarque rien de significatif. Rien qui n'écrive en gros caractère dans mon esprit le mot guerre.

Mais lorsque nous franchissons les portes de l'Infirmerie, là, plus de place au doute. Ça s'active dans tous les sens. Ça crie. Ça gémit. Des brancards attendent n'importe où. Des gens, blessés, patientent debout ou avachis contre les murs. Brian disparaît un instant pour se rendre à l'accueil, certainement pour se renseigner sur les occupations de Sophie.

Les occupations. En ce moment, soit elle sauve une vie, soit elle regarde quelqu'un expirer. Je me rends compte alors combien ce que je vivais avant de partir dans les Terres lointaines doit être quotidien pour elle. Même si moi, je ne sauve jamais personne.

Je m'avance dans un couloir, intriguée par la lumière naturelle qui provient du fond. Les portes sont grandes ouvertes sur l'extérieur, détail qui me paraît étrange pour un lieu où l'on soigne des gens. J'approche. Des voix échangent quelques mots. J'entends qu'on creuse le sol. Et alors, je le vois.

L'amoncellement de cadavres auquel je m'attendais. Il était là. Et les corps se renversent par lots dans des fosses communes creusées à la force des bras. Une femme, munie de sa pelle, lève un instant les yeux sur moi. Son expression fantôme me fait frémir.

Je pensais connaître la mort, mais je n'en avais vu que deux ou trois de ses nombreux visages. Et le quatrième me fait peur. Vraiment peur.

Cette fois, le mot guerre est bien imprimé en moi.

J'arpente l'Infirmerie, pantoise, en quête de Brian. C'est Sophie qui m'aperçoit de loin, perdue au milieu de tous ces corps qui tournoient dans une chorégraphie incroyablement macabre. Elle se rue dans ma direction, Brian la suit sans se presser, mais l'air bien déterminé. La directrice me prend dans ses bras, je lève les miens mécaniquement pour les enrouler dans son dos.

— Jemina, soupire-t-elle, tu vas bien ?

— Sophie, insiste Bri, qu'est-ce qu'il s'est passé ?

Elle me relâche sans trop s'écarter.

— Ce n'était que la première attaque, explique-t-elle en contrôlant mal les tremblements de sa voix.

Je la regarde réajuster ses lunettes sur son nez, certainement pour tenter de reprendre constance.

— C'était… il y a plusieurs jours, je ne sais même plus quand exactement. Ça n'a duré que quelques heures mais… Nous n'avons même pas fini de rapatrier tous les corps.

— Où est l'armée de Baalzephon ?

— Aucune idée, on suspecte qu'elle soit venue par différents *peregrinator*, nous ne les avons pas localisés, nous ne savons même pas s'ils existent encore. Puis ils sont repartis.

Sophie est plus que dépassée. Elle est impuissante. Et si elle ne se retenait pas d'éclater en sanglots, je suis à peu près sûre que je pleurerais avec elle.

— Damien, Kenny et Frog, dit subitement Brian. Tu les as vus ?

Ma respiration ne reprend que lorsque Sophie hoche la tête de façon positive.

— Ils sont au réfectoire pour aider les autres blessés.

Parce qu'il y en a aussi dans le réfectoire ?

— Les Gobelins ont dû fuir, poursuit Sophie. Les Sorcières, elles, ont été arrêtées par le Fourre-Tout et jugées. La Chambre de Justice les a fait emprisonner.

— La prison a rouvert ? se décompose Brian.

Mais Sophie ne s'arrête plus :

— Les Elfes sont barricadés dans leur Temple, et les Loups-Garous sont partis à De La Haute Maison. Nous avons réussi à empêcher la propagation de la maladie qui touchait les Alchimistes, tu avais raison : les vivres étaient empoisonnés par on ne sait quoi.

— Où est Lara ? demandé-je.

— Disparue, répond Sophie en soupirant bruyamment. Et Alex et Bella ?

Brian ment, sans que je comprenne pourquoi :

— Ils vont bien, ils sont rentrés à De La Haute Maison. Leur Institut n'a pas été touché ?

Sophie le rassure : Alejo est toujours en sécurité. Lacie l'a confié aux professeurs de l'Institut, puis est rentrée une fois certaine qu'il était entre de bonnes mains.

— Et Tom, il est où ?

La directrice encadre son visage de ses mains, les yeux clos, pour mieux réfléchir. Mais elle remue la tête de gauche à droite :

— Je ne sais pas, certainement en train de travailler notre stratégie de défense, peut-être dans son bureau.

— Je vais aller voir les différentes unités, nous informe Brian, leur filer un coup de main si possible.

Sophie opine activement du chef. Elle me regarde. Cette conversation m'a semblé défiler à une vitesse trop folle pour que j'en saisisse tous les enjeux.

— Toi, Jemina, ma puce, tu peux aller au réfectoire, on pourrait avoir besoin de toi.

Les rares personnes que je croise sur ma route foncent tête baissée. Si certaines arborent le même choc qui doit transparaître sur chaque muscle de mon visage, elles ne fusent pas moins à travers le château remplir la mission qui leur a été assignée. Personnellement, je n'ai pas cette force. Cette hargne. Ou cette obligation.

Je ne sais pas à quoi je m'attendais. Et peut-être qu'au fond, je ne pouvais pas m'attendre à quoi que ce soit de précis.

Le réfectoire est comblé. Sur les deux tables qu'il y reste, certains mangent silencieusement. La plupart se restaurent à même le sol, soit par manque de place, soit parce que leurs blessures ne leur permettent pas de se tenir debout. Je me fige bêtement à l'embrasure des portes. Mon regard balaie l'espace à l'éclairage tamisé. L'unique fois où j'y ai mis les pieds, j'étais en compagnie de Damien et Kenny.

Ma poitrine se contracte. Ils sont quelque part au milieu de tous ces gens. Et ils mettent la main à la pâte. Alors c'est qu'ils ne doivent pas être eux-mêmes en trop mauvais état. Mais je ne peux pas m'empêcher de penser à Alex qui croupit dans la Grotte des Transcendances depuis plusieurs jours maintenant.

— T'peux m'l'ouvrir ? S'il te plaît, madame.

Le petit, du chocolat partout autour de la bouche, se met sur la pointe des pieds pour me tendre son pot de compote. Je tente un sourire.

— Tiens, voilà.

— Tu en veux ? C'est la dernière.

Il plonge un doigt dedans et le porte à ses lèvres.

— Non ? demande-t-il face à mon silence.

— Je n'ai pas faim, c'est gentil.

Je m'accroupis et essuie sa bouche avec l'extrémité de ma manche.

— Mais, dis voir, tu ne connaîtrais pas quelqu'un qui s'appellerait Frog, Damien, ou Kenny ?

L'enfant sourit, sans doute encore amusé de la dernière blague de mon coéquipier :

— Frog est au fond, avec Kenny. Damien est au téléphone avec sa chérie, il m'a dit. Il devrait bientôt revenir.

Cette fois, mon sourire est sincère lorsque j'imagine Damien et Liana converser tranquillement. Même si, au fond de moi, je sais qu'il est plutôt probable que Li s'entête à repousser Damien.

L'endroit perd un peu de son ambiance sinistre quand le petit s'éclipse en trottinant. Je m'apprête à suivre ses indications quand quelque chose, ou plutôt quelqu'un, me percute l'épaule. Un carton dégringole à mes pieds et vomit les bandages stérilisés qu'il contenait. Je me baisse automatiquement pour les ramasser.

— Je suis désolé, je ne regardais pas où j'allais, s'excuse le jeune homme en se joignant à moi.

Ses gestes pressés trahissent la masse de travail qui l'attend encore.

— Est-ce que je peux t'aider ? me propose-t-il en affichant un sourire avenant mais fatigué.

— À vrai dire, c'est moi qui venais ici pour aider, dis-je avant de me présenter.

— Moi, c'est Rob. Et… Ben écoute, Jemina, j'allais changer les pansements de certains blessés, tu pourrais en profiter pour voir comment je m'y prends et puis continuer toute seule.

Je ne suis ni aide-soignante ni infirmière, et Rob doit discerner mon appréhension, car il me rassure :

— Ça n'a vraiment rien de bien compliqué. Tu vas voir.

— Alors… tu es médecin ?

Je repense à Bella qui m'avait expliqué travailler à l'Infirmerie de son Institut en tant que médecin. Elle ne semble pourtant pas bien plus âgée que moi, à l'instar de Rob, et j'avoue que ça m'étonne encore.

— Bientôt, oui, me répond Rob en jetant les derniers bandages dans le carton. Quand je ne suis pas en mission, je bosse à l'Infirmerie, à De La Haute Maison.

— Oh, me réjouis-je, alors tu dois connaître Alex et Bella !

Rob stoppe son mouvement, lève lentement la tête vers moi. Son expression est soudainement plus grave.

— Comment les connais-tu, toi ?

Euh…

— Je suis partie dans les Terres lointaines avec eux.

— LES TERRES… les Terres lointaines ? se reprend-il brusquement.

Il semblerait que je viens de faire une nouvelle gaffe, même si je n'ai strictement aucune idée de sa portée. Je ne vois pas où est le problème : Sophie était au courant, elle les a même autorisés à nous accompagner. Et si c'était ça, le problème ? Peut-être que ce n'était pas à elle d'en décider ?

— Ne dis à personne d'autre où Alex se trouve, m'ordonne Rob. Je suis sérieux.

Alors lui aussi, il sait. Que Baalzephon recherche Alex. Damien, Frog et Kenny étaient eux aussi dans la confidence. Au même moment, comme par hasard, la voix de Frog retentit :

— Jemina Jaymeson ! Je ne rêve pas !

Ma tête pivote avec une telle force que je risque un torticolis. Frog avance dans notre direction, Kenny à ses côtés. En dehors des quelques croûtes qui décorent leur visage, ils m'ont l'air en parfait état.

Et ça me fait tellement plaisir de les voir. Que quelqu'un de familier vienne atténuer l'anxiété que m'inspire l'endroit. D'espérer que s'ils ont réussi à revenir des Terres lointaines de leur côté, Alex devrait y parvenir aussi.

— Ils ont bien essayé de nous rafler ces fils de chien, me raconte Frog sans attendre d'être à ma hauteur, mais tu nous connais : on a fini par les prendre par surprise.

— On a eu de la chance, résume Kenny. Il exagère.

— N'importe quoi, l'écoute pas, c'est parce que comme il était blessé il ne nous a pratiquement pas été utile, à Dam's et moi.

Ma poitrine se gonfle. Je n'ai pas les mots. Les entendre se chamailler au milieu de la mort, comme ça…

— Oh, bah, s'étonne Kenny une fois arrivé devant moi.

— Moh, tu pleures ? s'attendrit Demba.

Les deux couillons, comme pourrait très bien les appeler Brian, étendent les bras en poussant un « oooooooooh » affectif et m'avalent tout entière entre eux deux.

— La petite bichette qui pleure devant ses héros, me taquine Kenny.

Je ne sais pas. Je suis soulagée, mais en même temps tellement triste. Ces larmes-là non plus, je ne parviens pas à les contrôler.

Chapitre 51

BRIAN

La nuit est abominablement froide. Je le sais. Mais je ne le sens pas. C'est le mec adossé à l'arbre que j'ai escaladé qui me l'a fait remarquer. Seb. Quelque chose comme ça. Ça m'a fait penser à Sam, sur le coup. Je me demande ce qu'il fait d'ailleurs, en ce moment. Sam. Il doit encore être défoncé à en mourir, mais bosser malgré tout comme un fou pour ses examens. Il y a des gens, comme ça.

— J'en peux plus d'attendre, gémit Seb.

Je ne devrais pas en dire autant, en ce qui me concerne, puisque nous ne sommes rentrés que depuis deux jours. Et pourtant, je n'en pense pas moins. Combattre l'ennemi est une chose. L'attendre, résigné, c'en est une autre. On s'impatiente. On réfléchit trop. On s'invente des scénarios complètement glauques. On en espère d'autres impossibles. Et, dans le cas de Seb, on finit par flipper.

Je me penche légèrement, du haut de mon arbre. Je crois discerner un corps, à plat ventre. Ou peut-être est-ce mon imagination. Je me demande ce que c'était de combattre dans les tranchées, à piétiner des morts, à en faire basculer des nouveaux, jusqu'à ce que quelqu'un vienne nous faire basculer à notre tour.

Des Traqueurs ont participé à plusieurs reprises aux guerres du monde humain, mais je n'ai jamais eu l'opportunité d'en rencontrer. Dommage. Je devrais essayer de dénicher un témoignage, ou quelque chose dans le genre, après tout ça. Histoire de voir ce qui est le pire : être Traqueur ou soldat. Peut-être que les deux n'ont rien en commun, finalement.

Le ciel est bien dégagé ce soir. La pleine lune profite de la compagnie de nombreuses étoiles. Alex serait certainement resté le nez bloqué en l'air, à prononcer de jolies phrases toutes faites. Il a intérêt à sortir indemne de la Grotte des Transcendances. Même si j'aurais dû moi-même me débrouiller pour qu'il n'y ait jamais à y rester.

Ce ne sont pas les plus heureux qui se transforment en Silencieux, vous l'aurez compris. Et si je n'avais pas d'autre choix que d'éloigner Alex de Digvix, j'aurais pu… je ne sais pas, trouver un moyen de lui rendre visite plus souvent. Je pensais qu'en gardant mes distances, personne de l'Institut n'apprendrait qu'il était à De La Haute Maison et que je réduisais ainsi les chances que l'information ne filtre. Ça ne servait à rien, bien entendu, mais je suis parvenu à m'en persuader. Et puis, j'avais peur que mon père le retrouve. Qu'il… qui sait comment il aurait réagi ? Vu la manière dont il a accueilli Alex à son retour…

— Dis voir, Brian, m'interpelle Seb, t'aurais pas un briquet ?

Sans un regard, j'enfouis ma main dans une de mes poches et laisse tomber le feu au bas de l'arbre. Seb me remercie ; j'entends le briquet s'allumer. Moi aussi, j'ai envie de fumer, mais de la beuh.

— Rattrape, me prévient-il.

— Garde-le.

— T'en auras pas besoin ?

Je ne pense pas, non. Pas ce soir, en tout cas. Et si l'armée de Baalzephon se pointe, plus jamais, sans doute.

— J'ai survécu, tu sais, moi, me signale Seb.

Je sais. Le seul de son équipe à s'être tiré vivant de la première bataille. Un miraculé, certainement.

— En même temps si tu t'étais pas caché, lui lancé-je pour rire.

Enfin, pour essayer.

— C'était… Ça pétait de partout. On ne pouvait rien faire. Juste espérer tomber sur des Alchimistes trop occupés à concentrer leur pouvoir pour riposter. Tenter d'attaquer à plusieurs en priant pour que le dernier qui reste en vie puisse abattre l'ennemi. Les délégués des Traqueurs encore vivants étaient fous, quand nous sommes rentrés. Et nous ne sommes pas rentrés parce que nous avons bien combattu, oh nan, mais parce que l'armée de Baalzephon s'est repliée pour je ne sais quelle raison.

— Les délégués ne peuvent rien faire à une si petite échelle, dis-je. Il faut viser plus haut, parce que la plupart des décisions d'un Institut sont prises selon les règles et les lois établies par les Fourre-Tout, qui eux-mêmes répondent de la Corporation.

— Des hommes et des femmes sont partis, tu sais.

Je fronce les sourcils.

— Partis où ?

— S'organiser ailleurs, hors des Instituts.

Merde, ça, c'est intéressant.

— Et ils s'organisent pour faire quoi ?

— Peser plus lourd, m'explique Seb. Ils veulent réunir des travailleurs des différents Instituts de la région.

Vraiment intéressant.

— Pourquoi tu n'es pas parti avec eux ? demandé-je sans reproche.

Un court silence suit ma question.

— En fait, se reprend Seb, ça fait un moment que ça a commencé, bien plusieurs mois. J'y ai réfléchi, et si je trouve l'idée géniale, je ne vois pas vraiment ce que j'aurais à apporter.

Sa présence, déjà. Sa voix. Ses idées, potentiellement. C'est déjà beaucoup, mais Seb ne me laisse pas le temps de le lui faire savoir :

— Et puis, des personnes à qui je tiens vivent à Digvix, dont certaines se sont battues, sont mortes, et dont d'autres vont encore se battre au prochain combat.

Je comprends mieux que quiconque. Et alors que je m'apprête à lui confier ce que j'ai à dire de tout ça, je crois apercevoir le signal. Le piquet en flammes, à plusieurs kilomètres de notre position.

— Baalzephon ne s'est toujours pas montré, ricane Seb, il préfère envoyer tous ses larbins plutôt que de faire le sale travail. Et le sale travail, c'est nous, hein.

— Que crois-tu que la Corporation fasse ? Pourquoi t'es là, à ton avis ?

Ma réplique lui cloue le bec. Je me laisse tomber de mon arbre, Seb sursaute à mon apparition soudaine. Je me tourne vers la lueur orange qui a déjà pris en consistance. C'est bien le signal.

— Baalzephon est enfin là, annoncé-je. À toi de jouer, discrètement.

Seb, ahuri, tire précipitamment sur sa cigarette et balance le mégot à la volée. Le Traqueur court en hurlant à la mort :

— BA… BAALZEPHON EST LÀ ! VOUS ENTENDEZ : ILS SONT LÀ ! PUTAIN !

J'examine les environs du mieux possible. La tâche est difficile, au beau milieu d'une étendue de forêt plongée dans la nuit. Même si le piquet n'est en flammes que depuis quelques secondes, je préfère rester sur mes gardes. Ce n'est pas parce que l'armée est encore à bonne distance que certains ennemis n'ont pas réussi à passer inaperçus jusqu'à notre position. Nous ne sommes à l'abri de rien ni de personne.

Je trottine en avant, mon arme à feu dans une main, une hachette dans l'autre. Rien. Vraiment rien. Derrière moi, le premier escadron de Traqueurs s'est mis en marche. Des centaines et des centaines de femmes et d'hommes passent sans me voir, déviant simplement de ma trajectoire pour éviter la collision. Une armée de morts ; c'est la sensation qu'ils me font. De la chair à canon prête à se faire exploser.

Et je suis des leurs.

Je repars vers l'avant, au pas de course cette fois-ci, bousculant les corps un à un. Je choisis l'arbre le plus convenable et saute pour m'y accrocher. Perché au plus haut, j'essaie d'entrevoir de nouveaux signaux, mais rien non plus. Merde. C'est bizarre. Il y a normalement du bois à cramer tous les cinq cents mètres, afin que les troupes puissent évaluer la distance qui les sépare de…

Merde. Putain.

— Décalez-vous ! crié-je pour pouvoir redescendre sans m'affaler sur un malchanceux.

Les regards qui se lèvent vers moi n'ont rien de guerrier, de décidé. Certains ont la niaque, la rage, c'est indéniable, mais la plupart paraissent surtout hésitants. Tout le monde le sait, et ceux-là en ont encore plus conscience que moi, qui n'étais pas là à la première confrontation : c'est peine perdue. Tout cela n'est plus qu'une question de fierté. Une volonté de limiter les dégâts. D'accomplir son devoir.

Qu'est-ce qu'on fout là ?

Je remonte les rangs jusqu'en première ligne et chope par le col un gamin d'à peine dix-sept ans pour le tirer en arrière.

— Retourne à l'Institut. Grouille-toi.

Le jeune bloque, paumé, puis obtempère. J'avance au même rythme que les autres, malgré mon envie de sprinter jusqu'à la première tête à décapiter. Mais ce serait encore plus suicidaire que ce qui nous attend. Et si Jem l'apprenait, elle reviendrait m'assassiner une seconde fois.

Jem. Qui dort sans aucun doute encore paisiblement. J'aurais vraiment aimé rester avec elle, si je l'avais pu. Si j'en avais eu la force. Mais le courage nécessaire au refus de combattre est précisément celui que je ne possède pas.

Ces minutes, les plus longues de ma vie, me semblent insuffisantes pour penser une dernière fois à tout ce dont j'aimerais réfléchir avant de me lancer à corps perdu dans une tuerie sans nom. Alejo, par exemple. Qui doit certainement être en train de s'entraîner à la guitare, impatient de me montrer ses progrès. Alex, qui, je n'en doute pas, s'est finalement extirpé de la Grotte des Transcendances avec une fois de plus une chance miraculeuse. Mon père, qui aurait dû mourir plus tôt – heureux. Ma mère, qui n'en a été une que pour moi, mais qui a si bien tenu son rôle que je l'aime encore malgré la misère dont elle a accablé Alex. Mes coéquipiers, aux côtés desquels j'ai vécu les meilleurs moments de mon adolescence et avec lesquels je ne combattrai pas ; que, cette fois, je ne pourrai pas protéger. Syllia, qui m'a dit un jour que faire le gros dur ne m'allait pas. *Je ne fais pas le gros dur, déconne pas*. Elle avait répliqué quelque chose comme : *Non, parce que tu ne sais pas le faire. T'es bien trop intelligent pour ça.*

Jem. Je pense à Jem. Encore. À tout ce que j'aurais dû lui dire avant de partir sans un mot au début de la nuit. Elle ne sait pas à quel point j'aime que le bout de son nez frétille quand elle s'emporte. À quel point j'aime ses vêtements larges qui dissimulent ce que personne ne pourrait imaginer. Et ses yeux. Sa bouche. Tout ce qui peut en sortir. Tout ce qu'elle tait, parfois. J'aurais voulu lui dire que je l'aime, simplement. Lui promettre que c'est vrai, que ça l'est encore plus puisque nous l'avons choisi. J'aurais attendu, fébrile, qu'elle me réponde.

— Ce serait le moment de chanter la Chanson des Oubliés, nan ?

J'avise la jeune femme qui chemine à ma gauche. La Chanson des Oubliés. Un genre d'hymne des Traqueurs dont la rédaction s'est prolongée sur plusieurs guerres, donc plusieurs siècles. Il dénonce la pression que la Corporation exerce sur les Traqueurs et les Alchimistes. Mais la Chanson des Oubliés reste malgré tout celle des Traqueurs, de mon point de vue, puisque jamais de ma vie je ne l'ai entendue sortir de la bouche d'un Alchimiste.

— Surtout pas, lui dis-je.

— Pourquoi ? me demande-t-elle.

— Parce que ce n'est pas la bonne guerre pour le faire.

Elle ricane doucement en secouant la tête.

— Tu crois vraiment qu'il y a de bonnes guerres pour quoi que ce soit ?

— Non, mais il y a des causes meilleures que d'autres. Nous, nous n'en avons même pas.

— Tu…

Des sifflements. Par centaines. Puis un torrent de flèches s'abat sur nous, tout droit venu de la nuit. Une douleur fulgurante m'irradie l'avant-bras que j'ai levé au dernier moment en espérant me protéger. Qui aurait pu penser que des Alchimistes aux pouvoirs illimités se ramèneraient avec des arcs et des putains de flèches ?

Plusieurs Traqueurs s'écroulent autour de moi, puis la commandante de l'escadron hurle de nous disperser. J'obéis et tire sèchement sur la flèche enfoncée dans ma chair.

— En avant ! s'époumone-t-elle.

Un cri hargneux général s'élève. Mes pieds me propulsent du sol et je détale, ma hachette déjà prête à s'abattre. Les corps s'arrachent à l'ombre droit devant nous pour se ruer dans le tas. Mais il n'y a plus de tas. Il semblerait que ceux-là ne soient pas destinés à utiliser leur pouvoir, seulement à nous affaiblir.

Je tire deux balles. La première s'infiltre dans un front, la seconde traverse une gorge. J'avance sans me soucier des combats autour de moi. C'est à l'arrière qu'il faut frapper. Parce que ces Alchimistes-là ne sont sans doute qu'une diversion pendant que les autres préparent des attaques que nous, Traqueurs, ne pourrons pas parer.

Mon pied valdingue contre un torse, ma hachette s'abat. L'homme pousse un cri rauque, l'épaule en charpie. Je lui fais fermer sa gueule par un dernier coup en pleine face. Trois autres tirs. On me percute violemment l'épaule gauche ; je m'affale. Une femme surgit de nulle part en braillant et me saute dessus. Je lâche mon arme à feu. Je m'empare de ma machette ni une ni deux et la dresse au dernier moment. La femme, couteau à la main, s'empale dessus. Son dernier hoquet projette de son sang sur mon visage. Je repousse son cadavre. Je dois me relever. Reprendre une position moins vulnérable.

Mon flingue. J'envoie des balles à l'aveugle, dans une nuit pareille. Comme tous les autres, qui doivent certainement eux aussi prier pour ne pas toucher de Traqueurs.

Je me rue de nouveau en avant. Damien et Frog étaient chargés d'allumer le signal qui aurait dû nous être destiné, à Seb et moi. Ils ne l'ont pas fait. Quelque chose me dit qu'eux aussi ont été surpris. Ça a dû merder quelque part. Forcément.

Mon bras s'étire mécaniquement. Ma hachette frappe un homme en pleine gorge. Du sang gicle partout lorsque j'extirpe mon arme de son corps. Je tournoie sur moi-même. Je suis parvenu à dépasser les premiers envoyés, on dirait. Par je ne sais quel miracle.

Je brandis mon arme à feu et colle une balle dans le dos de quatre Alchimistes, avant de définitivement tourner les talons.

Des lamentations me parviennent, plus loin devant. Des claquements bruyants. Des explosions. Je reçois quelque chose dans les jambes. Je perds l'équilibre, manque de m'affaler. Une tête. C'était une tête. Pas moyen de savoir si c'était celle d'un allié.

Ici, les arbres ont perdu une bonne partie de leur feuillage. La lumière de la lune m'éclaire un tant soit peu. Mais je n'y vois plus l'utilité lorsqu'un feu énorme apparaît de nulle part, à quelques centaines de mètres. Les Alchimistes sont là-bas, ça ne fait plus de doute.

Une petite partie de moi espère qu'Alex soit responsable de l'incendie. Même s'il aurait eu horreur de brûler une partie de la forêt. Même si ça signifierait qu'il serait actuellement en train de combattre.

Les corps remuent entre les arbres qui me sont encore lointains. Les coups fusent dans tous les sens. Des cadavres tout neufs s'écroulent chaque seconde, certains volent au travers de la forêt, propulsés par je ne sais quel Alchimiste. Le sol est soudainement boueux. Presque impraticable. Une de mes rangers manque d'y rester.

Agrippé à un tronc d'arbre, je me dégage avant de repartir de plus belle, mais bien ralenti. La chaleur qui émane du lieu est quasi brûlante. Le vent rapporte des cendres incandescentes. Je profite de mon camouflage pour descendre quelques mecs. On repère ma position au bout du huitième. La boue se transforme peu à peu en sable mouvant. Je me sens avalé. Alors je n'hésite pas à ranger mes armes pour me hisser sur l'arbre à côté de moi.

— Fils de…

Le mec se distingue légèrement de la foule en furie. C'est lui. Le regard rivé sur moi. Une main en contact avec le sol. Je dégaine mon flingue, vise, et ne le loupe pas. Mais même une fois l'Alchimiste abattu, la terre garde son nouvel aspect. Pas le choix. Je replonge dedans, bien décidé à rejoindre les combats.

Une bonne minute m'est nécessaire pour me sortir de cette merde boueuse. Je me dissimule derrière un tronc, observe quelques secondes. Tire à nouveau. Mais des renforts arrivent, et ce ne sont pas ceux de Digvix. Nous n'en avons pas.

Je m'élance vers une femme déstabilisée par un de nos Traqueurs et libère ses intestins en projetant ma hachette. J'abandonne mon arme pour empoigner ma machette. Au même moment, une force sortie de nulle part me propulse dans les airs. Je frappe de plein fouet un arbre et retombe par terre, pire que sonné.

Par-dessus les hurlements, un son strident. Je cligne plusieurs fois des yeux. Un homme s'avance jusqu'à moi, la main dressée dans ma direction. Il me soulève de terre, à distance. Un Alchimiste de seconde génération… Il pourrait certainement me briser la nuque d'un simple mouvement de doigt.

— C'est de la triche, articulé-je difficilement.

Ma réplique l'agace. Je m'attends au pire. Mais, sorti de je ne sais quelle dimension, Frog arrive par-derrière pour le saisir par les cheveux. Il lui tranche la gorge, sec. Efficace. Et je m'en vais une seconde fois embrasser le sol. Dur, ici. Bien sûr.

— Ils sont beaucoup trop nombreux, Brian !

Frog se précipite vers moi pour m'aider à me relever.

— Qu'est-ce que tu racontes ? Ils sont quoi… trois cents, pour l'instant ?

— Nan. Crois-moi. Ils attendent, je les ai vus.

— Où ça ?

Un couteau fuse entre nous deux.

— Près de…

Puis une onde de choc puissante nous cloue au sol. La douleur m'irradie tout le flanc gauche. Le même son strident couvre encore tout ce qui se trame autour. Mais je rouvre instantanément les yeux. Pas le temps. Il faut rester alerte et pouvoir se défendre.

Je tends le bras pour récupérer ma machette qui m'a glissé de la main. À une centaine de mètres d'ici, une nouvelle explosion. Je reste bien campé sur mes jambes. Ça crame. De partout. Et un feu pareil, très peu en sont capables. Pas des flammes aussi hautes. Pas qui se propagent aussi vite.

Damien me saisit par les épaules et me secoue.

— Putain, Bri, t'es vivant.

— Et pas qu'un peu.

— Ouah, les gars, souffle Frog, c'est forcément le destin. Tous réunis. Ah…

Il lance un couteau, l'air distrait. Ce mec est fou. Complètement barge.

— ... nan, autant pour moi. Je dois retrouver Kenny.

— Brian, me secoue encore Damien. Alex est revenu.

Un poids monstrueux se soulève de ma poitrine. Mon attention dévie naturellement vers le feu de forêt. C'est bel et bien lui, alors. Damien me saisit le visage pour me forcer à le regarder.

— Il faut aller l'aider.

Oui. Mais...

La flèche surgit d'entre les arbres, à pleine vitesse. Celle-ci, pas de sifflement. Juste cette pointe argentée qui brille à la lueur de la lune. Mais je n'entends plus rien. Pas même ma voix quand je préviens Damien, une main sur son épaule pour le bousculer le plus loin possible. Dam's s'effondre. Et durant un instant je veux y croire. La flèche ne l'a pas touché. Pourtant je ne l'ai pas vue poursuivre sa route. Alors elle doit forcément être quelque part.

Je dégringole à genoux. Le sourire de Damien tangue dangereusement. Puis disparaît. Il suffoque, la flèche plantée dans son cou.

— Nan nan nan...

Je cherche Frog des yeux. De l'aide. Il nous faut de l'aide. Je ne comprends pas comment personne n'a encore eu l'idée de m'achever avec mon coéquipier.

— Calme-toi, mon gars, rassuré-je Damien. Je vais t'emmener à Sophie, ça marche ? Juste : respire.

Du sang jaillit à chacun de ses râles. J'appuie une main sur l'entrée de la flèche, l'autre à la sortie, dans l'espoir de contrôler l'hémorragie. De la merde. Putain. Quel espoir ?

Damien s'agrippe à mon bras, les yeux révulsés. Je pourrais chialer comme un gosse. Je le pourrais, si je ne me sentais pas aussi vide. Aussi seul.

Mon ami tente de me dire quelque chose. Mais je n'y comprends rien.

— On verra ça plus tard, Dam's. J'te promets. Mais là...

Je passe un bras sous son épaule et tire de toutes mes forces pour le redresser. Damien me pousse violemment, avec une force qu'on ne soupçonnerait pas de la part d'un mourant. Parce que c'est qu'il est, hein ? Mourant.

— Putain, Damien ! Fais pas chier !

Il est paniqué. Il a mal. Et il pleure. Damien qui pleure… Sa bouche articule silencieusement. Ses lèvres déjà pâles. Les cernes qui bordent maintenant son regard… Je reviens à ses lèvres, qui désespèrent de me faire comprendre quelque chose que je ne veux pas assimiler.

Li. Il dit « Li ». Putain de merde. Li.

— Je lui dirais, je lui dirais tout.

Son regard perd de son éclat. Presque graduellement depuis que cette flèche de merde lui a transpercé le cou.

— Et si je ne reviens pas, lui assuré-je, t'imagines pas une seule seconde que Jem tiendra sa langue.

Ma main va trouver la sienne. Le sang a inondé le sol sous mes genoux. Je déglutis. On me frappe derrière la tête. Et alors que je me jure de buter celui qui m'empêche d'accompagner le dernier souffle de mon ami, je prends conscience que Damien est déjà parti, moi allongé à côté de lui.

Je dois rejoindre Alex, même si j'ai de grandes chances d'y laisser ma peau. Je dois rejoindre Alex. Et espérer survivre pour revoir Liana.

Chapitre 52

JEMINA

La caresse de Brian me réveille. Somnolente, je garde les paupières closes en soupirant de contentement. Son front se colle au mien, puis ses lèvres embrassent le bout de mon nez. Je ris doucement.

— Tu me traites comme une enfant.

— Je te traite comme une princesse.

Une part de moi sait que, petite, j'aurais choisi Brian comme prince charmant. C'est un peu ce que j'ai fait, dans les Terres lointaines. Avant ça, même. À chaque fois qu'il a emprunté ce surnom. À chaque fois que j'ai surjoué l'agacement.

— Je t'aime aussi, Brian.

Je l'aime comme une enfant à qui le garçon de ses rêves vient d'offrir une fleur toute moche. Je l'aime comme une ado qui ne veut plus vivre qu'au travers de son regard océanique. Je l'aime comme une femme à qui il donne le goût du rire. Je l'aime comme une femme, mais bien plus âgée, à qui il procure une sensation d'éternelle jeunesse et de renouveau.

Si je l'ai décidé, je dois avouer que ce n'est bien qu'à moitié. Le reste s'est produit avant même que je ne le réalise tout à fait.

J'imagine déjà Liana m'asséner un « je te l'avais dit » lorsque je lui confierai tout ce qu'il s'est passé.

— Tu m'as manqué, cette nuit.

En réponse, il scelle ses bras autour de moi et m'attire définitivement contre lui. La chaleur de son corps m'enveloppe et je crains d'être sur le point de me rendormir.

— Tu en es certaine ? Parce qu'à mon retour, tu t'étais entièrement approprié le lit.

Je glousse sans retenue. Et ça fait tellement de bien. De rire de bon matin, les jambes entrelacées à celles de son copain.

— Tu as quand même pu t'installer confortablement ?

— Je n'ai eu aucune pitié. Je t'ai retournée, comme ça.

Il me fait brutalement pivoter sur le dos. Mes éclats de rire percent la tranquillité de la pièce lorsqu'il me fait rouler sur le ventre. Mais alors qu'il surplombe mon corps du sien et que son souffle me chatouille sensuellement le cou, je reste muette d'envie et de bonheur.

— Et qu'as-tu fait, après ça, prince présomptueux ?

Ma voix est descendue d'une octave, et ça le rend fou. Je le sais, parce qu'il me l'a déjà chuchoté en grognant, dans les Terres lointaines.

— Après ça, j'ai dégagé ta nuque.

Il joint le geste à la parole en rassemblant mes cheveux sur mon épaule. Au contact de ses lèvres sur ma peau, les battements de mon cœur se suspendent.

— C'est tout ?

— Tu voudrais plus ?

Sa main remonte ma cuisse jusqu'à la naissance de mes fesses, et malgré mes supplications intérieures, il la redescend lentement. Il aime jouer avec moi. Et étrangement, j'aime ça aussi. Seulement, son téléphone vibre sur la table de chevet, furieux. À mon plus grand désespoir, Brian y jette un œil.

— Je dois y aller, m'informe-t-il en se levant.

J'aime voir son corps nu. J'aime pouvoir l'admirer sans embarras. J'aime qu'il sache s'offrir à moi, dans tous les sens du terme.

— Tu ne veux pas rester encore un peu ?

Il m'adresse un regard désolé en s'habillant rapidement.

— Je n'ai vraiment pas le temps, c'est important.

— Ne pars pas, Bri. S'il te plaît.

Des larmes dévalent mes joues sans que je ne m'en inquiète. Brian les récupère sur ses pouces.

— Eh, princesse, je ne vais plus nulle part sans toi, tu te souviens ?

Je renifle, opine du chef. Je me sens ridicule.

— Je reviendrai et, cette fois, je t'emmènerai avec moi.

Un sourire ravive les muscles de mon visage. Soulagée, je reçois un dernier baiser, tendre, et me rallonge pour m'emmitoufler dans les draps de Brian. Je voudrais y mourir, imprégnée de son odeur.

— À tout à l'heure.

Il me fait un dernier signe avant de disparaître de mon champ de vision. Je ferme les yeux, décidée à me reposer avant son retour.

— À tout à l'heure, fais attention à toi.

Mes paupières se soulèvent brusquement. Il fait nuit. Et Brian n'est pas là. Je tâte frénétiquement le lit, à sa recherche. J'étais certaine que c'était réel. C'était vraiment lui. C'était… Je me lève avec précipitation, emmêlée dans les draps.

Quelque chose ne va pas.

Mon visage est imprégné de pleurs. Mes larmes ne tarissent pas. Ma gorge se noue peu à peu. J'enfile rapidement un pantalon avant de sortir dans le couloir. Je dévale l'escalier à une vitesse que je n'aurais jamais imaginé pouvoir atteindre. Un sentiment bien connu m'écrase la poitrine, force l'air à en sortir sans plus l'autoriser à y entrer.

Personne ne croise ma route, si bien que je décide de vérifier le réfectoire. Là, j'y trouve Rob, en train de soigner un nouveau blessé. Mon cœur tambourine une fois, rien qu'une. Puis il ralentit dangereusement.

— Où sont passés tous les autres ?

Rob me regarde, surpris. Débordé. Paniqué. Je ne sais pas trop.

— Au combat. L'armée de Baalzephon est là.

Une peur d'abord insurmontable me paralyse sur place. Je n'entends qu'à peine Rob requérir mon aide. Et je ne lui adresse pas un mot lorsque je parviens enfin à tourner les talons. Je me retrouve très vite à sprinter à travers les bois, la vue voilée par les pleurs. Mon œsophage brûle. Mon estomac se tortille. Mes yeux cherchent à s'échapper de leurs orbites. Je tombe les genoux à terre, étourdie. Je revois Brian sortir de la chambre. Je peux détailler son dernier sourire et encore entendre son rire. Je pourrais décrire chaque millimètre de ses iris, selon les émotions qui les ont habités.

Et avant tout, je pourrais conter pendant des heures ce que je ressens en me perdant dans leurs eaux troubles, sans jamais parvenir à trouver les mots justes. Ce n'était pas un rêve. C'était bien trop…

Putain ! *Brian.*

Des cris. De rage. De terreur. De douleur. Des appels au secours. Et cette odeur métallique qui hante les bois. Je grelotte, littéralement parcourue de spasmes. Non, vraiment, quelque chose ne va pas.

Un Traqueur s'approche à vive allure, aussi vite que le lui permettent ses blessures. Un petit groupe d'autres Traqueurs en mauvais état le suit de près.

— Fuis ! s'écrie le premier.

Là, l'envie de hurler se manifeste. Aussi puissante et insistante qu'elle ne l'a jamais été. Mon dos se contracte. Mes oreilles bourdonnent. Mon estomac se comprime. J'ai la sensation que mes organes cherchent à s'échapper de mon corps. Mais je me redresse. Sans savoir où je vais. Sans savoir pourquoi j'y vais. Les arbres défilent. Je ne perds pas l'équilibre.

Inspire.

Ça ne doit pas sortir. Non. Pas maintenant. Je peux le contrôler. Oui, cette fois, je peux y arriver.

Expire.

Mais il devient si difficile de respirer que je chancelle, appuyée sur les troncs pour progresser. Je ne sais pas où, mais je dois m'y rendre. C'est vital. J'atteins finalement une gigantesque clairière dont je ne connaissais pas l'existence. Des cendres recouvrent sinistrement le sol et s'envolent sous la brise froide. Mes membres sont soumis à une telle pression intérieure que je doute un instant de parvenir à destination. Je me mords les doigts jusqu'au sang pour me ramener à la réalité.

Mais j'y suis finalement. Et tout ça est bien réel. J'en ai conscience. Beaucoup trop. Parce que je les vois, ces silhouettes. Trois. Dont deux à terre. Dont l'une…

Inspire. Contrôle.

Expire. Doucement.

Je demeure sidérée, le cerveau en veille. Mes yeux s'assèchent. Je déglutis à plusieurs reprises. Je ne veux pas crier. Pas maintenant. Pas ce soir. Et l'idée idiote de pouvoir éternellement me contenir me vient à l'esprit. Parce que dans un monde parfait, si je ne crie pas, personne ne meurt. Et je ne veux pas être arrachée à mon idylle sans être préalablement consultée. C'est injuste. Cruel.

Mais c'est moi-même qui m'en tire avec violence. J'accours jusqu'à lui. Je ne respire déjà plus. Une attraction toute-puissante déracine mon âme de mon corps. Plus rien ne me semble réel, maintenant. Je n'ai pas envie que ça le soit. Ça aussi, je devrais pouvoir en décider, non ?

Je me jette à terre sans sentir mes genoux s'écorcher. Alex s'écarte lentement. Je ne lui adresse pas un regard, je n'ai d'yeux que pour lui. La sérénité que dégage son visage me fait vaciller. L'espoir renaît.

— Ouvre les yeux. Je suis là, tu peux ouvrir les yeux.

Il reconnaît ma voix. Il la reconnaît. Il m'entend. Et il serre ma main entre ses longs doigts ensanglantés.

— Bri, tu ne peux pas me laisser.

Ma voix s'est brisée, et je crois que rien ne pourra jamais la raccommoder.

Inspire.

Expire.

À partir de cet instant, rien d'autre que des couinements ne sort de ma bouche.

— On n'a pas encore mangé de glace ensemble. On n'a pas encore planifié nos vacances d'été. On n'a pas fait tous ces trucs ennuyants, qui prennent de leur sens une fois que tu as trouvé quelqu'un avec qui les partager. Et tu sais, tu dois aussi me présenter Alejo. Ne l'oublie pas, Brian. Il t'attend.

Je discerne l'esquisse d'un sourire relever les commissures de ses lèvres. Il m'a promis qu'il n'irait plus jamais nulle part sans moi. Pourquoi ne veut-il pas parler ? Pourquoi ne peut-il pas juste renouveler sa promesse ?

Et que font toutes ces flèches dans son corps ? Je détourne immédiatement le regard. Pourquoi lui ?

— Ouvre les yeux, s'il te plaît. Tu ne vas pas m'obliger à te supplier, si ?

À nouveau, ses doigts se resserrent autour des miens. Je passe délicatement ma main dans ses cheveux crasseux de terre. Je n'ose plus me détourner de son visage. Je ne veux pas constater l'étendue des dégâts. Je ne veux pas perdre espoir, pas après qu'il m'a redonné la force de me battre, de vivre.

— O.K., je t'en supplie, Bri.

Pas de réaction. J'insiste.

Quelque chose m'est volé. Quelque chose s'évade de mes entrailles les plus enfouies et s'échappe dans la nuit. Quelque chose qu'on ne me rendra jamais. *Inspire, Jem. Inspire.*

— Bri ? À toi de faire ton boulot. C'est toi le chef, après tout, non ? Comment on va faire sans toi ? Comment je…

Lentement, ses doigts relâchent leur prise, et je me sens plus nue que jamais. Un goût de bile me monte à la gorge. J'ai besoin de voir ses yeux une dernière fois. J'ai besoin de m'y recueillir avant l'inévitable. Je veux y puiser quelques forces. Tout juste suffisantes pour le garder contre moi encore quelques heures. Je veux le réchauffer. Je veux le réconforter et l'aimer encore un peu. Pour un instant d'éternité. Parce que c'est ce qu'est Brian. C'est ce qu'il était déjà, adossé au mur près de l'église, la tête en direction du ciel : un instant de vie éternelle.

Son dernier soupir s'extirpe de sa bouche. Il me frigorifie. Pourtant, ma poitrine explose comme une bombe, et alors les flammes raflent tout sur leur passage. Élisa l'avait prédit : j'expirerai, et cette fois serait différente des autres.

Je n'ai plus froid. Tout s'est assourdi. Plus rien ne bouge.

Peut-être que les choses doivent fonctionner de la sorte… Alors que lui se vide de tout, je ne parviens plus à me contenir.

Si Rose était encore là, et j'aimerais qu'elle le soit, je lui dirais de ne pas avoir peur. De rentrer sans moi. De son plein gré. Que s'acharner, ça fait mal parfois. Vraiment mal. Que s'évertuer à vivre quand même le souffle nous a quitté, c'est brasser dans le vide. Nettoyer une plaie déjà à vif. C'est tirer sur la corde. Et les cordes, ça s'emmêle, souvent.

Mais je me suis acharnée, et ça a payé, durant un temps. Un court moment que je croyais pouvoir faire perdurer. Je pensais que nous y arriverions. Je pensais réellement qu'on surmonterait tout. Le plus dur était passé, pour moi. Enfin, je le croyais.

Mais ça. Tout ce sang. Toute cette solitude. Cette putain de résignation. Non, ça, c'est au-delà de mes forces.

Un feu m'irradie de l'intérieur. Mes poumons s'apprêtent à imploser. Un goût métallique m'emplit la bouche.

J'aimerais dire à Élisa, à mes parents, à Liana, combien je suis désolée. Mais je ne suis le suis pas. Ce cri de Banshee n'est pas tellement différent des autres. Il est vital.

Parce que, Bri, j'ai besoin de le suivre où qu'il aille.

Expire.

Chapitre 53

Élisa ferme lentement les yeux, les mains jointes entre ses jambes en tailleur. Fini de se tourner les pouces, pour le moment.

— Qu'est-ce que c'est ? souffle Atropos.

Son ciseau saute soudainement de ses mains et rebondit au sol. Le bruit se prolonge en écho dans la Grotte. Toutes le sentent : un relent gênant d'angoisse et de mort. Le fil des tisseuses s'émiette entre leurs mains frêles.

La Gardienne sourit. Elle comprend mieux que quiconque ce qui vient de se produire. Ce qu'elle n'a pas pu empêcher. À l'heure qu'il est, les combats doivent avoir pris fin. La Mort doit s'activer.

— La Banshee, répond finalement Élisa. Elle a fait appel.

Les fileuses tressaillent. Elles savent en partie ce que cela signifie.

— Alors, tout le monde est mort ? l'interroge Clotho.

— Oh que non ! ricane la vieille femme. Mais une bonne moitié de la forêt de Digvix s'est assombrie, c'est certain.

— Donc, Alex Snow…, commence Lachésis.

— Est suffisamment armé pour poursuivre.

— Alors Baalzephon…

Élisa roule des yeux en soupirant. *Bande de mégères ignorantes !* Combien de fois l'avait-elle répété :

— Ce Baalzephon est bien le cadet de nos soucis !

Elle l'a déjà dit : le noir a devancé la nuit.

Les arbres. Escalader. Admirer. Sentir. Inspirer.

Le coup avait été trop violent, Alex avait aussitôt sombré. Maintenant ankylosé de partout, il n'y croit pas. Pourtant il les entend discuter, réfléchir à leur récompense, rêver en grand. Le froid sur sa joue, tandis que la terre a bu trop de sang, c'est à n'y rien comprendre. Ils s'animent. Ça en vient aux mains. Alex voudrait pouvoir en profiter pour s'échapper, s'épargner le pire, mais il en est bien incapable.

Il a mal. Trop mal.

Escalader les arbres, admirer la vue, sentir la vie. L'inspirer.

Alex aussi rêve en grand, mais il est trop tard ; Baalzephon l'attend.

À suivre…

Mentions légales

ISBN : 9782383850564
Site Internet : www.aem-editions.fr
Adresse mail : artenmots@gmail.com